D1152418

Fanny

OU
LA VÉRIDIQUE HISTOIRE
DES AVENTURES DE
FANNY TROUSSECOTTES-JONES

Erica Jong

Fanny

OU
LA VÉRIDIQUE HISTOIRE
DES AVENTURES DE
FANNY TROUSSECOTTES-JONES

Traduit de l'anglais
par GEORGES BELMONT et HORTENSE CHABRIER

ACROPOLE

3 bis, passage de la Petite-Boucherie
75006 Paris

Un livre présenté par Hortense Chabrier

NOTE DE L'EDITEUR :

*Ce roman est une œuvre d'imagination. Les noms,
personnages, lieux et incidents sont des inventions de
l'auteur ou sont utilisés à titre de fiction; et toute
ressemblance avec des personnes vivantes ou mortes,
avec des événements ou des situations géographiques,
serait pure coïncidence.*

Si vous souhaitez être tenu régulièrement au courant
de nos publications, envoyez vos nom et adresse en
citant ce livre aux
Editions Acropole
3 bis, passage de la Petite-Boucherie
Paris 6ᵉ

Cet ouvrage a été publié pour la première fois aux États-Unis,
par The New American Library, New York, en 1980, sous le
titre :
FANNY
being the True History
of the Adventures of Fanny Hackabout-Jones
© Erica Jong, 1980
© Traduction française : Éditions Acropole, 1980.

ISBN 2-7144-1278-5   H 60-2080-4

Où l'on fait Connaissance avec Fanny...

Il PLEUT sur Merriman Park. La verdure est de cet émeraude qui n'existe qu'en Angleterre. Même les troncs d'arbres sont verts des baisers qu'y laisse la mousse. Et les marches qui mènent au petit temple grec sont toutes glissantes du même vert mousseux. De l'autre côté du saut-de-loup, au bout de l'avenue de châtaigniers trempés de pluie, des vaches paissent, mufle baissé, oublieuses de l'averse (ce sont vaches anglaises).

Une épagneule rousse et blanche aux pattes boueuses pénètre en bondissant dans la maison, traverse à toute allure le dallage en damier de marbre blanc et noir de la grande entrée, sans se soucier le moins du monde de l'assemblée de dieux et de déesses trônant au plafond peint, des scènes de l'*Enéide* ornant les murs, des statues marmoréennes de la Poésie, de la Musique, de la Géographie, de l'Astronomie, de la Géométrie et de la Sculpture, noblement allongées sur les frontons qui surmontent la majesté des portes. La chienne a mangé de l'herbe et s'arrête un instant pour vomir sur le parquet de la bibliothèque, puis gravit au galop le grand escalier conduisant à la chambre de sa maîtresse, et parvenue là, saute (toujours crottée) sur les genoux voilés de soie (imprimant sur la moire du peignoir, couleur de rose rose, des marques de pattes), vomit encore un peu d'herbe, et, bref, distrait entièrement la dame de ce qu'elle écrivait. La maîtresse pose sa plume d'oie (d'ailleurs, à ce stade, émoussée d'avoir tant couru), se lève et délaisse son secrétaire en noyer pour châtier la chienne, dont le nom, nous l'apprenons, est Chloé.

Mais qui donc est la dame et qu'écrivait-elle ? Elle est bien trop belle pour que l'on ne s'en enquière pas. Ses cheveux sont couleur de l'automne; ses yeux, bruns et liquides comme ceux de sa chienne

Son visage ne trahit pas plus d'années qu'il n'en faut pour qu'une jeune fille s'épanouisse en femme. Peut-être a-t-elle trente ans, ou quarante, ou qui sait ? trente-cinq à jamais. Pour ses amis, elle est Fanny, Frances pour les documents officiels, et Fannette pour les amants engoués de ses charmes. Et ils furent légion. Nombre d'entre eux, lettrés, l'appelèrent aussi de noms poétiques — Lindamira, Indamora, Zephalinda, Lesbia, Flavia, Sappho, Candida — qui figurent dans leurs poèmes et leurs pièces de théâtre. Mais qu'importe ! Nulle femme de caractère n'atteint jamais l'âge de Fanny (quel qu'il soit), sans être aussi déraisonnablement moquée par d'aucuns que portée aux nues par d'autres.

Or donc, qu'on l'ait traitée de fille publique, fille de joie, maquerelle, libertine, panier de lupanar, grue, volaille, croquembouche, coquecigrue, culleteuse, chèvre, croqueverge, bachelette, fille d'Eve, ribaude, broute-couilles, caracole, frisepoulette, garce, catin, Marie-couche-toi-là, Marie-Galante, picoteuse, chatte, mirelaridaine, belle gouge, trousse-cottes, lumière d'amour, gigouillette, mâtine, revergasse, matelasse, fredanguille, motte, sac à pine, trou-madame, oiseau de nuit, fleur de pavé, lanterne, nymphe des ténèbres, tire-lire, corbillon, cauquemarre, glaneuse, pince-pine, casse-pine, grimpeuse, hérisson brûlant, caillette, souris, voire Reine des putains — n'est point surprenant. Tant de vie, tant de talents en une seule femme ont toute chance d'être calomniés autant que loués.

— Chloé ! Vois ce que tu as fait à mon peignoir, dit-elle sans être vraiment en colère, à l'épagneule bavocheuse.

Et toutes deux quittent les parages du secrétaire et du siège de noyer (sculptures en côtes de coquilles Saint-Jacques et pieds mouvementés à pattes de lion étreignant une boule) pour se diriger vers le meuble de toilette où la chienne sera séchée et brossée avec tout l'amour que l'on porterait à un enfant. Voilà qui nous permet de jeter un œil discret sur ce qu'écrivait Fanny. Et nous le faisons avec juste ce qu'il faut de remords pour ajouter au piquant de la chose...

La Véridique Histoire
des Aventures de
FANNY TROUSSECOTTES-JONES

En Trois Livres

---

*Comprenant son Existence à Lymeworth,
son Initiation à la Sorcellerie, ses Équipées
avec les Joyeux Compagnons, son Séjour
dans un Bordel, sa Vie Dorée à Londres, ses
Tribulations d'Esclave, sa Course de
Femme Pirate, &, pour finir, l'Éclaircisse-
ment & le Dénouement de sa Destinée,
& caetera.*

MCMLXXX

DRAMATIS PERSONAE
(dans l'Ordre de leur Apparition)

FANNY	Frances Bellars, aussi connue comme Fanny Troussecottes-Jones, la très belle Héroïne de ces Tragi-Comiques et Pseudo-Héroïques Mémoires
LORD BELLARS DE LYMEWORTH	Le Père Adoptif de notre Héroïne
LADY BELLARS DE LYMEWORTH	La Mère Adoptive de notre Héroïne
L'HONORABLE DANIEL BELLARS	Le Frère Adoptif de notre Héroïne
L'HONORABLE MARY BELLARS	La Sœur Adoptive de notre Héroïne
ALEXANDER POPE	Poète Immortel (mais Homme trop Mortel)
Mme LOCKE	L'Intendante de Lymeworth
LUSTRE	Le noble Destrier de notre Héroïne
LADY MARY	Fameuse Danseuse de Corde, ou peut-être une Imitatrice
AUTRES ACROBATES, BOUFFONS ET MONSTRES DE FOIRE	
DOGGETT	Fameux Acteur devenu Forain
ISOBEL WHITE	Sage-Femme des Bois et Sorcière présumée
JOAN GRIFFITH	Son Amie
LE GRAND MAÎTRE	
LA PUCELLE	
SOEUR ALICE	L'Assemblée des Sorcières
SOEUR LOUISA	
DIVERSES SORCIÈRES	

RUFFIANS

Mlle POLLY MUDGE	Femme de Chambre à la Cloche Muette et à la Belle Andouille
M. NED TUNEWELL	Rimailleur Prétentieux, mais de bonnes Intentions
VALET D'ÉCURIE	A la Cloche Muette et à la Belle Andouille
Mme POTHERS	Une Dame en Voyage
SALLY	La Servante d'icelle
MAÎTRE SLOCOCK	Membre du Barreau
PAUL	Egalement connu sous le Nom de Horatio, Héroïque Gaillard, de Teint ébène
LANCELOT ROBINSON	Le Célèbre Bandit de Grand Chemin et Pirate, Chef des Joyeux Compagnons

JOHN CALOTTE
LOUIS LE LUTIN
SIRE POPELINE
MONSIEUR TIC
BEAU MONDE
LA GRINCHE ⎬ Les Joyeux Compagnons
PEÀU D'ANGE
STENTOR
GOUSIER
SANCHO
SIRE FRANCIS BACON
CAVEAT

MÈRE COXTART	Tenancière Notoire
LE MAJORDOME	Serviteur favori de Mère Coxtart

DRUSCILLA
EVELINA
KATE
MOLLY
ROXANA ⎬ Filles Publiques, Filles de Plaisir, Filles de Joie, et
NELL caetera
MELINDA
SOPHIA
ROSAMUND
BRIDGET

14

UN BOULANGER	Qui vient à l'Aide de notre Héroïne
LE GUICHETIER	De la Prison de Newgate
LE DOYEN SWIFT	L'Immortel Auteur des Voyages de Gulliver
HOGARTH	L'Immortel Peintre
CLELAND	Infâme Ecrivassier
LE GUIDE DES ENFERS	Qui entraîne notre Héroïne dans les Entrailles de la Terre
« MOINES » ET « NONNES »	Nous n'en entendrons parler que trop tôt
LE TAVERNIER DU GEORGES ET LE VAUTOUR	Aubergiste, comme il est indiqué
SUSANNAH	La bien-aimée Servante de notre Héroïne
LE Dr PUETTE	Fameux Accoucheur
SES COMPÈRES	Qui l'assistent et le servent
BELINDA	La ravissante Fille de notre Héroïne
PRUDENCE FERAL	Nourrice, de Profession
Mme WETTON	Cuisinière hautaine, mais souillon
LA CASSANDRA	Magnifique Vaisseau Marchand
UN BATELIER	Sur la Tamise
UN VIEUX MARIN	Sur les Quais de Londres
LA BONNE-ESPÉRANCE	Un Brigantin
LE CAPITAINE WHITEHEAD	Déiste et Sensualiste
LE MARCHAND DE NOUVEAUTÉS	Commerçant au Marché Royal des Changes
UN MENDIANT	Porteur de Missives et de Messages
THEOPHILUS CIBBER	Infâme Comédien et Fils du Grand Colley Cibber
Mme SKYNNER	Marchande de Réputation Douteuse, qui vend des « Instruments de Sûreté »
M. COCKLYN, SECOND LE LIEUTENANT LLEWELYN BARTHOLOMEW DENNISON, CHIRURGIEN DU BORD DIVERS MATELOTS, PIRATES, ESCLAVES ET RUFFIANS	Qui composent l'Etrange Equipage de La Bonne-Espérance
LE HAZARD	Un Brick

LA JOYEUSE-DÉLIVRANCE	
LE BIJOU	Qui forment la Grande Flottille
LA VOLONTÉ	Pirate
LE PROMPT-RETOUR	
LE GUARDA-DEL-COSTA	Un Galion Espagnol transportant un Trésor
LA GALÈRE-AUX-TROIS-CUILLERS	La Noble Galéasse d'Annie Bonny
ANNIE BONNY	La Célèbre Femme Pirate
LE CAPITAINE	De *La Cassandra*
UN PASSAGER	De *La Cassandra*
DIVERS PASSAGERS ET RUFFIANS	
LA FEMME DE CHAMBRE	La Nouvelle Venue à Lymeworth
UN HOMME DE LOI	Le fidèle Factotum de Lord Bellars

Livre Premier

Chapitre I

Introduction au présent Ouvrage, ou Programme des Réjouissances.

Moi, Fanny Troussecottes-Jones, ayant reçu la Bénédiction d'une longue Vie, ce qui fait pâlir jusqu'à l'Insignifiance les Événements même les plus cruels de la Jeunesse — voire les montre, au vrai, sous jour de Comédie — déclare écrire cette Histoire de ma Vie et de mes Aventures en guise de Testament pour mon unique Fille, Belinda.

J'ai, par d'autres Documents, légué à cette très-excellente Jeune Femme mes maisons, mes terres, mes bijoux, et le soin de mes chiens, chevaux et animaux domestiques; et pourtant, je suis convaincue que l'Histoire qui suit aura plus de Valeur pour elle que toutes les richesses acquises par moi durant ma vie, grâce tant à ma Plume qu'à ma Personne. Car, s'il n'est pas chose facile de naître Homme, en cette Vallée de Larmes, il est plus difficile encore d'y naître Femme. Et cependant, je crois bien avoir prospéré en dépit de ce Caprice du Destin, ou même à cause de lui; et quel meilleur héritage puis-je laisser à ma bien-aimée Belinda que le Récit véridique et complet de cette Vie même, qui fut si fréquemment défigurée, calomniée, ou utilisée pour inspirer des Romans scandaleux, des Comédies licencieuses et des Odes impudiques ?

Sans doute parlera-t-on souvent, dans ces pages, de Débauche et de Vice; toutefois, ce sera non pas, en aucune façon, parce que leur Auteur aura désiré prôner le Mal, mais bien plutôt parce que la Vérité, la Vérité toute nue, aura requis qu'il écrivît avec la plus extrême sincérité possible, de sorte que l'Héritière de ce Testament apprît à éviter le Mal, voire à le transformer en Bien.

19

On a pris le plus grand soin de ne point offenser délibérément la Pudeur ni la Chasteté. Néanmoins, l'Auteur reconnaît que la Vérité est une Déesse plus sévère que la Pudeur, et chaque fois qu'est apparue la Nécessité de choisir entre la première et la seconde, la Vérité a, en toute Justice, triomphé.

Si certains Épisodes de l'Histoire qui va suivre offensent les Sensibilités affinées d'un Age moins libertin que celui qui me vit naître, je prie les Lectrices et Lecteurs de le porter au Compte des Excès de mon Époque, des Origines sans nul doute déchues de mes pauvres Parents Naturels, d'un Manque d'Éducation Méthodique occasionné par mon Sexe, et des Circonstances de mon Existence, qui me conduisirent à gagner ma Vie grâce à mon Esprit, à ma Plume et à ma Beauté.

Le Monde goûte si fort, ces Temps-ci, Histoires et Romans où l'on voit éternellement périr le Vice et triompher la Vertu, que Lectrices et Lecteurs s'étonneront peut-être que le Vice ne soit pas toujours puni dans ce Récit, ni la Vertu toujours récompensée, comme dans les Livres de M. Fielding et de M. Richardson. A quoi l'humble Auteur que je suis doit se contenter de répondre que c'est la Vérité qui est servie ici, et non la Morale. Et quelque Regret que nous ayons de l'affirmer, nous n'en devons pas moins assurer que Vérité et Morale ne couchent pas toujours, hélas, dans le même Lit.

Il est banal et pourtant vrai de faire observer que les Exemples influent avec plus de Force sur l'Esprit que les Préceptes. Quoi qu'il en soit, si le Sexe Mâle n'a jamais manqué d'exemples de Grandeur, de Jésus de Nazareth à William Shakespeare, le barde de Stratford, c'est en vain que le Sexe Féminin cherche de Grandes Dames sur lesquelles modeler son périlleux Destin.

Les Auteurs de Récits et de Romans contemporains rendent fort peu Service à cet égard; car, tantôt ils ne tarissent pas sur la Vertu féminine, pour claironner ce Luxe que bien peu de Femmes peuvent s'accorder et que, seules, les plus fades et les plus dépourvues d'Esprit peuvent tolérer, et tantôt ils condamnent le Vice de la Femme en des Termes tels que, à la lecture de ces mâles Écrivains, toute Jeune Femme de Cœur devrait se résoudre à se trancher la gorge sur-le-champ. Ni la Pamela Andrews de M. Richardson, avec ses incessantes Écrivasseries proclamant sa Vertu, non plus que son ennuyeuse Clarissa Harlowe, avec ses Larmoiements et ses Épîtres insupportables, ni même la douce Sophia Western, qui inspira à M. Fielding de si charmantes pages, ou la perverse Moll Flanders dont M. Defoe parle avec tant de Vigueur, ne brillent comme des Exemples sur lesquels une Femme de chair et de sang puisse façonner sa Vie. Car la Vie, ainsi que le savaient les Anciens, n'est pas plus Tragédie que Comédie, mais consiste en un Mélange des deux. Elle est festin où l'on vous sert des rôts délicats autant que des hachis et des ragoûts épicés, des viandes faisandées aussi bien que des fruits exquis, des épices et sauces exotiques comme de simples mets rustiques. S'il en va ainsi pour l'Homme, imaginez ce qu'il peut en être pour la Femme ! Elle qui, partout dans la Nature, est incomprise et uniquement perçue comme Incarnation de la Vertu ou Personnification du Vice.

J'ai tenté dans cette Histoire de prouver la Fausseté de l'une comme de l'autre Incarnation ; car, de même que le festin de la Vie auquel il vient d'être fait Allusion, la Femme est un mélange doux-amer. Et je proteste ici solennellement non seulement que je n'ai nulle intention d'éclabousser ni de vilipender quiconque, mais que tout ce que l'on trouvera ici copie fidèlement le Grand Livre de la Nature, et que, moi, votre Servante, je ne suis rien de plus qu'une humble Copiste.

Chapitre II

Brève Description de mon Enfance, où seront particulièrement considérées les Souffrances de ma Mère Adoptive, Lady Cecilia Bellars.

Je suis née sous le Règne de la Reine Anne, mais je n'ai connu la Date exacte de ma naissance que bien des années plus tard, par la faute des infortunées Circonstances qui me virent déposée et abandonnée sur le seuil d'une porte, dans la plus tendre Enfance. En honnête Conscience, je n'eusse pu dire si mes Parents Naturels étaient, comme l'on dit, pauvres mais probes, ou pauvres mais dépravés. Qu'ils fussent pauvres était une Conjecture assez probable, sinon pourquoi auraient-ils laissé l'Enfançon sans Défense auquel ils avaient donné le jour, sur les marches d'une Grande Demeure du voisinage ?

Les Parents Adoptifs que le Sort m'attribua ainsi s'appelaient Bellars : Laurence Bellars et sa noble Dame Cecilia. Lord Bellars était issu d'Ancêtres nobles et tombés dans la pauvreté, qui lui avaient légué un domaine familial aussi lourdement chargé d'hypothèques que nos châtaigniers l'étaient de châtaignes. Mais par un judicieux emploi de la dot de sa Femme dans le Financement de Spéculations sur les Actions de la Compagnie des Indes Orientales, aussi bien que grâce à des Placements à la Banque d'Angleterre, il s'était considérablement enrichi, et il semblait que quoi qu'il fît ne pût que l'enrichir encore. Si doué était-il pour la Spéculation que, même en 1720, lors de la fameuse Affaire des Mers du Sud, et alors que je n'étais qu'une toute Jeune Fille, il fut l'un des rares non seulement à prospérer, mais à réussir à transformer ses gains en Terres avant l'Éclatement du Scandale. Au vrai, ledit Scandale, qui fit la ruine de tant de gens, accrut notre domaine de quelque deux mille acres, outre qu'il nous permit de rembourser nos Dettes et de nous pourvoir d'un Équipage encore plus beau, ainsi que d'un Renfort de Laquais en splendide Livrée.

Lord Bellars préférait vivre principalement à Londres, en arguant du Prétexte de ses Transactions d'Affaires, bien que, au vrai, le Jeu et les Filles occupassent probablement le plus clair de ses loisirs. Il laissait à son Épouse, Cecilia, le soin de présider aux Destinées du Château et de son parc, dans le Wiltshire, et à l'Instruction des Enfants — Daniel, Mary et moi-même — dans les Vertus qu'il n'avait lui-même ni le temps ni le Désir d'insuffler, soit par les Préceptes, soit par l'Exemple.

Ma position au sein de la Famille n'était ni celle d'une Héritière de la Fortune du Nom, ni celle d'une Servante. J'étais un Enfant Trouvé, que l'on aimait pour la Vivacité de son Esprit, la rousseur de ses boucles et la Gaieté de son Caractère, sans toutefois lui accorder les Indulgences octroyées à un Enfant qui, pour le meilleur ou pour le pire, est de votre propre sang.

J'ai toujours été un Rat de Bibliothèque, amoureuse de la Lecture, du jour où l'on me donna mon premier Abécédaire, ou peu s'en faut. A une époque où les jeunes filles, pensait-on communément, n'avaient nul besoin d'autre éducation que les Travaux d'Aiguille, la Danse et l'Usage du Français (avec peut-être, en sus, un Vernis de Musique, pour toucher de la harpe ou de l'épinette), je mettais au pillage la Bibliothèque de mon noble Père Adoptif, pour dévorer l'*Anthologie de la Poésie* de Tonson et les récents ouvrages de M. Pope et de M. Swift, comme ceux, plus anciens, de Shakespeare, de Milton, de Boccace, de Boileau et de Molière. Pour le Latin, on me laissa l'apprendre seule; car, si cette belle Langue passait pour être la Marque de l'Érudition chez un Homme, on la jugeait superflue pour la Gent Féminine. Au vrai, je n'ai jamais pu comprendre pourquoi il fallait que Daniel, Garçon plutôt obtus et paresseux, mais mon Aîné d'un an, fût envoyé chaque jour à l'École pour y apprendre le Latin, le Grec, l'Algèbre, la Géométrie, la Géographie et l'Usage de la Sphère, cependant que moi, qui étais tellement plus vive, n'étais encouragée que dans l'Art de la Pâtisserie, du Petit-Point et de la Danse Française, et que l'on me moquait pour la Vanité que je tirais d'exceller dans la Calligraphie. Et pourtant, de tous les Arts que j'appris dans l'Enfance, l'Écriture est celui qui me fut de la plus grande Utilité tout au long de ma Vie et qui m'a le plus distinguée des autres Femmes. La Beauté, hélas ! passe; la Richesse peut être perdue, d'un Tour de la Roue de la Fortune. Une Femme fort bien dotée peut tomber aux mains d'un Roué qui ne lui accordera même pas d'Argent pour sa Cassette personnelle, dilapidera au Jeu son Douaire et ne lui laissera rien que Dettes et Bouches affamées à nourrir. Mais une Femme Instruite, capable de subvenir à ses Besoins grâce à sa Plume, est plus assurée de l'Avenir (n'en déplaise aux Gausseries des Beaux Esprits de Café) qu'aucune autre Femme. Car qu'est-ce que le Mariage, si ce n'est une Forme de Service Contractuel à long terme, où l'Épouse renonce à tout (Nom, Fortune, Santé même et Constitution) en échange des Visites Nocturnes, à l'Occasion, d'un Goujat, avec lequel elle ne partage rien, qu'un Toit et qu'une Nourricerie pleine de Bébés braillards ?

Ma Mère Adoptive, Lady Bellars, était l'une des Créatures les plus infortunées de ce Monde, car eût-elle été un Homme, que sa Fortune et sa Beauté eussent fait son Bonheur. Douée de trop d'Esprit pour passer ses jours entre la table à thé et la table de jeu, de Nature trop douce pour harceler et tancer son Époux pour ses longues Absences, son Goût pour les Filles et le Jeu, et trop timide pour faire une Rouée à la Mode du Jour et se servir de l'État de Mariage pour couvrir de multiples Amours, elle languissait à la Campagne, se consacrant à des Enfants qui avaient de loin dépassé l'Age de requérir ses Soins, et à une Ménagerie de Bêtes auxquelles elle prodiguait plus d'Affection maternelle qu'il n'est naturel.

En plus de trois Bichons et d'un Perroquet, elle avait un Ouistiti, deux autres Perroquets (de Guinée), quatre Cacatoès, trois Aras, une douzaine de Rossignols écarlates des Indes Occidentales, une demi-douzaine de Canaris (tant cendrés que jaune citron), deux douzaines et quelques de Tourterelles de Barbarie blanches et grises, et nombre de Paons du plus beau blanc qui déambulaient librement à travers le parc. Si dévouée était-elle à sa Ménagerie que, lors même des rares occasions où Lord Bellars lui faisait mander de venir à Londres, elle déclinait l'Invitation, remontrant les Soins qu'elle devait à ses Animaux.

Ainsi, dès ma plus jeune Enfance, ai-je eu devant moi l'Exemple de ce qu'un Mariage fâcheux et sans Amour peut coûter à une femme de tendre Disposition, et résolu en mon cœur qu'il n'en adviendrait jamais de moi ce qu'il était advenu de ma douce Mère Adoptive, qui, je le crois sincèrement, était presque poussée hors de ses Esprits par les douloureuses Trahisons que lui infligeait son Epoux.

Là où une Ame moins tendre eût rendu la Monnaie de la Pièce et payé en Paires de Cornes et en Impertinences les Amours de son Mari, Lady Bellars se retirait dans sa Ménagerie, jusqu'à ce que, enfin, parvenue à l'Age des cheveux blancs, elle parlât plus à ses paons et à ses tourterelles qu'aux Humains en visite.

Que cela te serve de Leçon, commandais-je en silence à mon cœur, tout en écoutant la Chère Dame bavarder avec sa Ménagerie. Et bien que je tienne d'elle un Amour des Animaux qui dure jusqu'à ce jour, j'ai aussi appris à me méfier du Sexe Mâle et à considérer tout beau Galant et tout Homme de Plaisir comme un Voleur probable de mon Entendement et de la Paix de mon Esprit. Cette Leçon, par-dessus tout, a été l'Instrument de la part de Bonne Fortune qui m'est échue en ce Monde.

Au vrai, comme la Belinda de *La Boucle Dérobée* de M. Pope (poème que je n'ai cessé de lire et relire au cours de mes jeunes années), j'ai reçu de mon Ange Gardien une Leçon qui prime toutes les autres :

> *Ton Ange te le dit, fais-en du moins ta Somme :*
> *Garde-toi bien de tous, mais en premier de l'Homme.*

Chapitre III

Où, ayant fait la Rencontre de mon premier Grand Homme, j'apprends la Vérité de cette Maxime : Qu'il est plus aisé d'être Grand dans ses œuvres que dans sa Vie.

CETTE Leçon devait être bientôt éprouvée. Pendant toutes les années de Paix et d'Abondance de mon Enfance campagnarde, on me répéta que je ne faisais que croître en Beauté. Je le dis sans Immodestie; au vrai, à peine le croyais-je moi-même. Comme tant de Jeunes Filles, lorsque je me regardais dans le miroir, je ne voyais que Défauts affligeants; et pourtant on me qualifiait si souvent de Beauté que j'en vins à comprendre que le Monde me voyait sous cet Aspect. Le Sort voulait tout bonnement que je fisse soupirer les Pastoureaux et que les Laquais retinssent ma main plus longtemps qu'il n'était besoin en m'aidant à descendre de Voiture.

Autant ma Demi-Sœur, Mary, était courtaude et forte, avait un visage pareil à un poudingue à la graisse de bœuf et des cheveux tristes, autant j'étais, à l'Age périlleux de dix-sept ans, mince et longue (*trop* longue, à mon goût), avec des cheveux de flamme (trop roux à *mon* idée), les yeux les plus bruns du Monde (ah ! que n'étaient-ils *verts* !), la gorge d'un blanc bleuté comme du lait écrémé (peu m'importait la Couleur, mais le *Volume*... !), des doigts allongés et fuselés (oh ! mes mains étaient jolies — cela, je le concédais !), et la jambe déliée (mais qui l'eût vue sous les jupons ?) et se terminant par un pied agile, capable d'exécuter tous les Pas de Danse les plus compliqués (pour l'Agrément que je pouvais en tirer dans cette morne

Campagne !). Le fait est que je m'étais donné pour Livre de Chevet un Ouvrage intitulé *Le Maître à Danser*, lequel n'offrait pas moins de trois cent cinquante-huit Figures et Airs différents de Danses paysannes; et je savais tout aussi bien pirouetter, déployer l'éventail et en jouer, aguicher comme il convient à la table de thé, et placer les mouches de la Manière la plus avantageuse sur l'ovale de mes joues. A cause de tout cela, Daniel me taquinait et me tourmentait, et Mary me détestait en silence, cependant que ma pauvre Mère Adoptive, à demi éperdue, soignait ses bêtes, apparemment oublieuse en tout de ce que les trois Tendres Ames à sa Charge n'étaient plus des Enfantelets, mais atteignaient un Age où toute l'Envie, tout le Vice, toutes les Tentations du Monde pouvaient les prendre au piège.

C'est vers cette Saison de notre Vie que Lord Bellars, après avoir vécu principalement à Londres au cours des trois dernières années (à part quelques brèves visites à sa Famille), vint s'installer à sa Campagne pour un séjour de plusieurs mois.

Quand me parvint la nouvelle qu'il amenait de Londres avec lui un Personnage non moindre que le Grand Poète Monsieur Alexander Pope, j'en pus à peine croire mes oreilles. M. Pope, dont je connaissais presque par cœur *La Boucle Dérobée* ! M. Pope, dont la divine Plume avait écrit ces Vers :

> *Cesse, ô blonde Nymphe, de pleurer ta Boucle volée :*
> *Au Disque étincelant elle ajoute Gloire et Clarté.*
> *Tous les Trésors tressés dont l'Or ce front enorgueillit*
> *Causeront moins d'Envie que la mince Mèche ravie.*
> *Car après tant de Traits mortels de ton Oeil assassin.*
> *Quand, après tant de Morts, viendra pour toi-même la fin,*
> *Quand tous ces blonds Soleils verront se coucher leur lumière,*
> *Quand tous ces beaux Cheveux iront rejoindre la Poussière,*
> *Cette Boucle, par la Muse à tout jamais célébrée,*
> *Au Firmament, Belinda, sera ta Gloire gravée...*

M. Pope, dont le tendre cœur avait saigné pour une dame inconnue ensevelie en terre étrangère...

> *Par d'étrangères Mains tes Yeux mourants furent fermés,*
> *Par d'étrangères Mains ton Corps pudique fut lavé,*
> *Par d'étrangères Mains ton humble Tombe fut ornée;*
> *Sur sa Pierre pleurant, des Inconnus l'ont honorée...*

L'homme capable d'écrire ainsi ne pouvait être que l'Ame la plus sensible qui eût jamais vécu ! Il devait avoir des yeux auxquels rien n'échappait et un Cœur qui battait au rythme des Souffrances des plus infimes Créatures vivantes. Enfin, par chance, un Homme qui pût me comprendre ! Un Homme au Cœur assez grand, à l'Esprit assez noble — à la différence de ces jeunes Rustauds qui écarquillaient leurs yeux sots à mon passage dans le Village, ou de Daniel, dont toute la Pensée n'était tournée que vers des Prétextes à me bousculer dans l'escalier ou à fourrer ses mains grasses sous mon corsage.

Toute une semaine, la Maisonnée entière fut plongée dans les préparatifs. Pigeons et perdrix furent tirés et plumés. Les huîtres quéries au Marché furent bouillies dans leur propre jus, et d'extravagantes recettes furent empruntées aux Livres de Cuisine. Le jour qui suivrait l'arrivée du Poète en compagnie de Lord Bellars, nous devions recevoir toute la Noblesse locale pour qu'elle rencontrât notre distingué Visiteur et festoyât de tartes aux épinards parfumées à la noix de muscade, au clou de girofle et au zeste de citron; de bouchées de cervelle de veau aux asperges; de soupe aux huîtres; de pigeons et de perdrix rôtis; de trois sortes de poudingues et d'un Mets Royal, appelé « Fruits aux Fleurs Confites », dont la préparation prenait deux jours et qui consistait en une concoction de pâte d'amandes décorée de confitures rouge, blanche, bleue et verte en forme de fleurs et de massifs, d'où sortaient tout debout des branches de fleurs en sucre, faites de cerises, de pommes, de groseilles à maquereau, de groseilles et de prunes glacées.

Mais, d'avance, je ne me sentais guère d'Humeur à manger.

Tout le jour, je m'attardai à la fenêtre de ma Chambre à coucher, rêvant devant un Livre de Poésie de M. Pope, et m'imaginant invitée à me mêler aux Beaux Esprits d'un Café de Londres, à flâner dans les Allées de Pall Mall ou à Covent Garden, à me rendre en barque à Twickenham avec M. Pope, pour y visiter sa fameuse Grotte des Fées.

Je dus bien changer de toilette trois fois ce jour-là, rejetant mes robes et les passant comme si j'avais été une Actrice ambulante dans une grange ! Tout d'abord, je mis la robe de soie gris tourterelle au dos à la Watteau et à la pièce d'estomac et au tablier jaunes; puis, je l'échangeai contre une bleue, avec mon plus joli tablier brodé et un fichu de dentelle blanche; mais, à la fin, je préférai un Damas de couleur cerise et sans fichu du tout, ayant entendu dire que les Dames de Londres portaient la gorge presque nue, et ne voulant pas passer pour une simple petite Campagnarde !

Le Crépuscule était presque tombé, lorsque le carrosse à six chevaux parut à grand fracas, accueilli par les aboiements de tous nos chiens. Je n'en demeurai pas moins à ma fenêtre, me mettant délicatement sur la gorge de petites touches d'essence de tubéreuse et me mordillant les lèvres pour en aviver le rouge.

Comment m'étais-je imaginé M. Pope ? Était-il possible que je n'eusse pas ouï dire auparavant qu'il était bossu ? Ou se peut-il que ma Mémoire me trompe aujourd'hui ? Il n'en reste pas moins que je me l'étais représenté sur le Modèle d'un Héros de Roman Français, peut-être parce que l'Imagination d'une Fille de dix-sept ans est encline à parer un Poète des couleurs qu'il affectionne lui-même. Ses Mots étaient beaux, donc son Apparence devait l'être ! Il n'en pouvait être autrement. L'Idée ne m'effleura pas, sur le moment, que peut-être les Poètes écrivent-ils afin de créer cette Illusion même dans l'Esprit des Simplettes de dix-sept ans, et de rehausser en fait à l'aide de leur Plume les piètres Avantages dont Dame Nature leur fit présent.

Imaginez ma Surprise et ma Déconfiture à la vue de la Silhouette qui sortit du carrosse !

Il n'avait pas plus de quatre pieds et demi de haut et son dos faisait bosse si prodigieusement, entre les omoplates, que son habit ventre-de-biche devait représenter un Miracle de la part du Tailleur qui l'avait ajusté. Il semblait porter non pas une, mais plusieurs paires de bas de soie à la fois; et pourtant, ses jambes étaient si piteusement maigres que tous ces bas grimaçaient et pendaient comme si ses mollets avaient été des triques plutôt que de la chair. Sous l'habit et le gilet, il portait une sorte de doublet en fourrure (comme en mettaient nos Ancêtres), peut-être pour donner du volume à sa difformité malingre, à moins que ce ne fût pour se garder des refroidissements dont pareil corps devait être coutumier. De ma haute fenêtre, je ne pouvais discerner son visage baissé, mais, à côté de Lord Bellars, il avait l'air d'un Point d'Interrogation humain planté près d'un peuplier. Lord Bellars était grand, très droit, avec de larges épaules et des jambes viriles et musclées. Sous son tricorne en poil de castor, bordé d'un épais galon de passementerie de fil d'or, il portait une fort belle perruque de voyage, et, quand il renversa la tête pour rire d'un Mot d'Esprit lancé par le Poète, j'entrevis un nez romain de Belle Allure, un teint d'olive pâle, resplendissant de Vie et de Feu, et des yeux qui étincelaient comme des gouttes de rosée sur des pétales de rose. Son rire résonnait, mâle comme l'aboiement d'un mâtin. Au vrai, dès la minute où je le revis, je fus prête à pardonner ou à mettre au compte de la basse Calomnie toutes les Histoires scandaleuses que m'avait contées Lady Bellars à son propos.

O ma Belinda, prends garde au Leurre d'un beau visage, au postulat bien trop facile selon lequel charmante façade recouvre nécessairement appartements enchanteurs; car, ainsi qu'il en va des palais, de même en va-t-il des Grands Hommes. Ils peuvent présenter au-dehors de grandioses portiques ou loggias, quand l'intérieur ne sera que Folie et Laideur. On dit que l'Homme se reconnaît à l'inclinaison du couvre-chef, et Lord Bellars portait le sien avec l'Impu-

29

dence du Roué; et pourtant il est bien plus de Gentes Pucelles de dix-sept ans trahies par un Cœur trop confiant que de Filles succombant aux Artifices et aux Stratagèmes de Séducteurs. Cet âge étant coutumier de supposer que la Nature est en tout conséquente avec elle-même et harmonieuse, nous présumons, dans notre Innocence, qu'un beau front abrite un Esprit tout aussi beau, que la Beauté d'une bouche est garante de celle du Discours, et la Robustesse virile des Formes, de la robuste Virilité des Actes. Hélas ! ma chère Fille, il n'en est rien.

Mais j'étais plus jeune à cette époque que tu ne l'es aujourd'hui, et pleine de toute la folle Impétuosité de cette Jeunesse; quitte à me rompre le cou, je dévalai donc le grand escalier et me fusse précipitée dans la cour pour accueillir nos Visiteurs, si une abominable Traîtresse n'avait, sur le second palier, tendu la jambe pour m'arrêter et m'envoyer rouler, tête la première, jusqu'en bas des marches. Avant que, derrière mes paupières, le Monde s'illuminât de trente-six chandelles, puis devînt noir comme la Tombe, j'eus le temps d'apercevoir le visage de Mary, tel un poudingue bouilli sur lequel on aurait plaqué un sourire, me raillant du haut du palier, et je sus au fond de mon cœur, même en l'Absence de Preuve, que c'était elle qui m'avait fait un croche-pied. (Ah ! Belinda, plus encore que des Ruses des Hommes, garde-toi de l'Envie des Femmes; car plus de Gentes Pucelles ont souffert Trahison de leurs Sœurs envieuses que de leur Ame trop crédule !)

Les Mauvais Sentiments qui régnaient entre Mary et moi tenaient à une Histoire ancienne. Peu après la Naissance de ma Sœur Adoptive — une Fille, quel Désappointement ! —, on l'avait confiée à une Nourrice, jusqu'à l'âge de trois ans ou presque, alors que, dans l'entre-temps, Daniel voyait le Jour et que, moi-même, on me trouvait abandonnée sur le seuil marqué par le Destin.

Au vrai, Daniel et moi, nous fûmes tous deux allaités par des Nourrices pendant un certain temps après notre Naissance, mais par des Nourrices résidant au Château même (où Lady Bellars pouvait nous rendre souvent Visite), tandis que Mary était restée éloignée de la Demeure jusqu'à ce qu'elle pût parler. Pendant ce temps, Lady Bellars, par Repentir d'avoir négligé de témoigner son Amour maternel à sa première-née, et, au vrai, se sentant privée par la Façon dont Lord Bellars moquait ses Élans maternels, me prodiguait ses Tendres Sentiments à tel Degré que Mary me portait une extrême Envie, et sans nul doute, eût voulu me voir morte.

Pour aggraver encore les choses, je me montrais Enfant précoce, intelligente quand Mary était obtuse; capable de réciter de longs Passages du *Paradis Perdu* de M. Milton ou les *Sonnets* de M. Shakespeare, alors qu'elle ne pouvait se rappeler même la plus simple

Ballade villageoise — et ne m'en détestait que plus. On m'amenait, trottinante dans mes plus beaux habits d'Enfant, pour me donner en Spectacle aux Invités de Lord et de Lady Bellars, cependant que ma pauvre Sœur Adoptive, chaque fois qu'elle s'essayait à paraître, oubliait son Texte, prenait l'Air bovin et sot, incitant Lord Bellars à déclarer :

— Las ! Quelle Grimace ! Qu'a donc cette Enfant ? Si je ne savais à quoi m'en tenir, je jurerais que les Fées nous l'ont changée au berceau et que Fannette est ma propre Fille !

Assurément, rien de tout cela n'était calculé pour susciter la Bonne Volonté entre Mary et moi...

Combien de temps demeurai-je sans Connaissance ? Je ne saurais le dire. Je rêvai que j'allais jusqu'à la Lune et que j'en revenais, et que la face de l'Astre était celle, moqueuse, de ma Sœur Adoptive, Mary. Tout un petit espace de temps, je m'envolai jusqu'à ces Sphères décrites par M. Milton et par le *Signor* Ariosto, puis m'éveillai pour trouver la Maisonnée entière penchée sur moi, en grande Inquiétude et Sollicitude, et notamment Lord Bellars et M. Pope, dont les yeux, magnifiques de Bonté, je le voyais bien maintenant, avaient l'Omniscience du Regard du Poète.

— Venez, Gentille Nymphe, me dit-il en me tendant une main délicate comme celle d'un Tendron, et pourtant froide et pâle comme la Mort en Personne.

J'étais à la fois repoussée et attirée par cette Délicatesse et cette Mortelle Pâleur, ces grands yeux sensibles et ce long nez frémissant, toute cette Physionomie du Poète emprisonnée dans la carcasse d'un Nain contrefait.

— Madame, dit Lord Bellars en aparté à Lady Bellars, vous ne m'aviez point prévenu que notre petite Enfant Trouvée était devenue une telle Beauté.

— Et pourquoi l'aurais-je fait ? répliqua Lady Bellars. Seriez-vous revenu pour elle, quand vous n'en faites rien pour votre propre Fille ?

Lord Bellars eut un geste pour signifier qu'une telle Remarque ne méritait pas même le Mépris et, remerciant le Poète de sa Bonté, me tendit aussi une main, puis m'enleva du même Elan dans ses bras et, à la vue de toute la Maisonnée, me porta dans l'escalier jusqu'à ma Chambre à coucher.

Imagine-t-on le Feu qui me brûlait les joues, tandis que cette Merveille de Mâle Vigueur me soulevait dans ses bras pour m'emporter avec pareille Impétuosité ?

— Voilà que tu as grandi en Beauté, me dit Lord Bellars, en me contemplant de très haut, semblait-il.

Et puis il s'élance dans l'escalier, qu'il gravit par deux marches à la fois, se hâte de gagner ma Chambre à coucher, où il me jette sur le lit, sans précaution, mais gaiement, puis dit avec un sourire de Paillardise narquoise, tel le Démon en Personne :

— Je ne sais qu'un Moyen sûr de ranimer Fille qui défaille...

En un Tournemain, mes jupes et ma chemise sont troussées pardessus ma tête, étouffant mes Protestations d'Alarme effarouchées, et une main chaude et vigoureuse se met à jouer des Arpèges sur la tendre mousse soyeuse qui, quelques années auparavant, avait commencé à couvrir le Mont Plaisant sis entre mes jeunes cuisses, tout comme l'herbe veloutée la berge humide d'un ruisseau.

D'abord, il s'amusa à tenter de tortiller de ses doigts cette végétation féminine frisottée comme vrilles de vigne ; mais soudain, le voici qui insinue un doigt au plus Vif de ma Féminité, m'enflammant au-delà de toute Résistance des Forces jumelles de la Pudeur et de la Surprise, et faisant que je crie : « O ! O ! O ! » Sur quoi, rabattant mes jupes en place, il considère avec Amusement le rouge de mes joues et de mon front, caresse ma gorge et ses fortes collines neigeuses aux cimes rosées (dont l'Encombrement ne m'avait causé, au vrai, qu'Embarras jusqu'à cet instant), rit, me baise sur les lèvres et déclare :

— Du moins ma Beauté est-elle encore pucelle... bien que, à en juger par l'Impatience que je devine à l'Ardeur de son jeune sang, elle ne doive plus le rester bien longtemps !

Là-dessus, il se retire en hâte, me laissant bouleversée, sans voix, presque muette de l'Outrage, auquel se mêle la Honte du Plaisir. Un Feu court dans mes veines, m'emplissant de Désir, de Dégoût et d'Aversion pour moi-même.

O j'avais entendu beaucoup de choses, de la bouche des Gens de la Maison, sur tout le Mal qu'il y avait, tous les Maux que l'on encourait à s'abandonner au Désir Bestial (bien que, à en juger par la Conduite des Domestiques entre eux, on eût pu penser qu'ils étaient bien mal placés pour en parler !). Je savais pourtant que les Sensations désordonnées que j'éprouvais en ce moment présageaient ma Chute, de ma précieuse Pureté jusque dans la Ruine et la Disgrâce, et j'en pleurais de Honte. Un Homme avait le Droit de donner sans Crainte libre cours à ses Passions ; une Femme le faisait à son Péril — en particulier avant le Mariage. Ma timide Mère Adoptive ellemême avait insisté pour que les Jeunes Ames à sa Charge lussent une Brochure intitulée : *Onania, ou du Haïssable Péché de Pollution de Soi et de toutes ses Conséquences Effroyables, telles qu'elles s'appliquent aux deux Sexes*, qui détaillait les Horreurs et les Désordres du Corps et de l'Ame découlant infailliblement de la Complaisance aux Plaisirs de la Chair. Si l'Onanisme pouvait entraîner l'Épilepsie, les Fièvres, les Furoncles, voire la mort, que d'Abominations *pires* encore devait attirer la Perte du Pucelage ! Toutefois, j'étais dans une extrême Confusion devant toutes ces choses, car j'avais entendu railler, à l'office, les Amours de Lord Bellars comme autant de simples *Bagatelles*, et, de même, celles de certaines Femmes Mariées du Comté être plus moquées que réprouvées. La Galanterie était-elle donc Péché Mortel ou Véniel ? Cela dépendait, au vrai, de l'Auteur de la Faute. S'il s'agissait d'un Homme du Monde, le Crime était petit; si la Coupable était une Fille de dix-sept ans, quelle énormité !

Lord Bellars n'avait pas rabattu mes cottes un instant trop tôt, car, dans la minute qui suivit, Lady Bellars et Mary firent leur Entrée, et Lord Bellars fit comme si rien de malséant ne s'était produit.

— La Mâtine reprend tout juste ses Esprits, dit-il d'un Air de suprême ennui.

— Ainsi vois-je, dit Lady Bellars avec Hauteur.

Et puis, plus bas, à Lord Bellars :

— Je m'étonne que vous nous fassiez du tout la Grâce de votre Présence céans, quand vous ne savez y exercer que votre Malfaisance.

Sur quoi, Mary de dire avec Dépit, prenant comme toujours la Défense de son Père :

— Je suis sûre que c'était la Faute de Fanny; l'insolente Catin !

— Chut ! fait Lady Bellars.

Puis, avec Douceur, à mon Adresse :

— Je t'en prie, Fannette, porte quelque chose de plus modeste pour le Souper. Ces Poètes ont le sang chaud. Point n'est besoin d'enflammer leur Frénésie.

Et, sur ces Mots, elle sort dans un ample Mouvement de soie à la suite de son Époux. Seule, demeure Mary, qui, s'asseyant au bord de mon lit, me chuchote venimeusement à l'oreille :

— Tu n'es pas même ma Vraie Sœur, effrontée Friponne !

Et de me cracher au visage, puis de tourner les talons et de s'enfuir en courant.

Peut-on se représenter mes Sentiments, alors que je suis là, étendue sur ce lit dans mon Humiliation, les sangs enfiévrés, et souillée par un crachat ? Parmi le Bouillonnement de mes Ruminements des Conséquences de mes Passions Charnelles et de mon Ressentiment envers ma Sœur Adoptive, quelques Résolutions toutes neuves se faisaient Jour dans mon Esprit troublé.

Comment me venger sur Mary de mon Humiliation ? Et comment résister aux Ardeurs passionnées que Lord Bellars avait sciemment allumées en moi ? A peine mon Père Adoptif était-il de retour depuis quelques minutes, et déjà toute la Maisonnée était en Tumulte,

Toujours il en était ainsi dans le Passé, me rappelais-je. Un Semblant d'Ordre et d'Harmonie prévalait, tandis qu'il s'amusait à

Londres, et Lady Bellars, Mary, Daniel et moi-même, nous vivions en Termes supportables ; mais sitôt que mon Père Adoptif s'en revenait à Lymeworth, toutes les Passions Maîtresses de ceux dont il avait la Garde devant Dieu se montraient sous leur Jour le plus horrible. Daniel, qui, pourtant disgracieusement épais et le visage tout affligé et crotté de Boutons, s'essayait toujours à singer les Manières de son Père et à jouer comme lui les Beaux, se prenait d'une Frénésie d'Imitation des Galanteries fameuses de l'Auteur de ses Jours. En conséquence, lorsque Lord Bellars était sur ses Terres, Daniel me tourmentait constamment de ses Attentions Libidineuses. Mary, pour sa part, refrénait encore moins son Envie à mon égard ; et Lady Bellars, qui savait être tendre, pleine d'Esprit même, une fois laissée au Plaisir qu'elle prenait à ses Animaux et à ses Enfants, répondait à la Présence de son Époux en redevenant l'Héritière puritaine et compassée qu'il avait, sans le moindre Amour, épousée. Tant il est vrai que, si les Gens peuvent transcender leur Caractère en un temps de Tranquillité, ils n'y parviennent jamais en période de Tumulte. Moi-même (je le confesse volontiers), je devenais par trop vaine et coquette avec l'Arrivée de Lord Bellars, et excitais ma Sœur Adoptive à une véritable Débauche d'Envie.

Pauvre Mary, dont la Passion pour les rôts de bœuf et de mouton l'emportait sur tous les Rêves de Grâce élancée ! Toutes ces deux dernières semaines, elle avait pris des Purgations, dans l'Espoir de paraître en Beauté devant son Père. Hélas ! en vain. Car elle avait beau se purger et repurger, jeûner jusqu'à la famine, dès qu'elle approchait des Canons de la Beauté qu'elle ne serait jamais, elle s'empressait de faire collation d'un gigot de mouton rôti, qu'elle faisait passer à Renfort de vin clairet et de vin de Porto très sucré !

Tout comme la Gloutonnerie était sa Passion maîtresse, l'Équitation était la mienne ; je pouvais aisément me passer de bœuf ; de Cheval, jamais ! J'avais rarement Motif à me soucier de ma Taille, car l'exercice que je donnais à Lustre, mon Cher Compagnon, me gardait aussi mince que les rôts et les tourtes entretenaient les Rondeurs de Mary.

Certes, d'autres Tourments me chagrinaient : mon Avenir incertain, l'Absence pour moi de Dot et d'Espérances, et mon Rêve — oserai-je le confesser ? — d'aller à Londres pour y chercher Fortune dans le Métier de Poète !

Car j'avais conçu la plus folle des Passions que puisse nourrir Fille de la Campagne : devenir un des Beaux Esprits Littéraires de Londres. O je rêvais d'écrire des Vers Épiques et de me mêler au Beau Monde de la Ville ! Je rêvais des Cafés Londoniens, des Théâtres, des Mascarades et des Bals ! Mais le premier de tous mes Rêves était de conquérir la Renommée, grâce à mes Écrivailleries. Si c'était là

Ambition risible chez un Garçon, que dire du Ridicule pour une Fille ! A Londres, une Jeune Fille ne pouvait qu'être à la Merci de toutes Espèces de Roués, d'Entremetteuses, de Requins et d'Escarpes. Lymeworth était un Paradis, comparé à l'Enfer de Londres, qui n'était partout que Gentes Pucelles traînées dans la Corruption, et où (me disait-on) les Loups les plus voraces se déguisaient en Agneaux les plus doux.

Du moins Lymeworth était-il pour moi un Foyer, en dépit des Caprices de ma Condition. Peut-être Lord Bellars aurait-il encore la Bonté de me doter; ou bien, faute de quoi, peut-être pourrais-je devenir Gouvernante auprès d'une autre Famille du Comté, et prendre un Héritier aux Rets du Mariage. De même que les Hommes du Monde sont réputés avoir du Flair pour débusquer l'Héritière, qui pouvait dire si je ne m'en découvrirais pour traquer l'Héritier ?

Ainsi musai-je un moment, tout Optimisme; mais la Noire Mélancolie ne tarda pas à me reprendre. Ah ! si j'étais née Homme, songeais-je, mon État d'Orpheline n'eût pas opposé si haute Barrière à mon Avancement; mais, comme Femme, je subissais double Désavantage. Orpheline, Fille et secrètement Écrivassière — le Sort pouvait-il me réserver pire Condition ? Même un Bossu comme M. Pope était mille fois mieux loti qu'une Fille au dos droit et d'Esprit vif, mais sans Dot ! Quel Choix me restait-il alors, sinon de ravaler ma Revanche sur Mary et de renfoncer en mon Ame mon orgueilleuse Présomption ? L'Envie n'est point chose si intolérable, supposais-je. Hérodote n'avait-il pas édicté que « Mieux vaut être Objet d'Envie que de Pitié » ? Il me fallait apprendre Ruse et Rouerie, Intrigue et Perfidie — si étrangers à ma Nature que fussent ces Traits. Faute d'avoir une seule Guinée à mon nom, ni l'Expérience du Vaste Monde, non plus qu'aucun Métier avec quoi gagner mon Pain, il me restait à guigner et à attendre l'Occasion favorable, comme le Général avisé guette le bon moment d'engager ses Armées.

Et donc, essuyant le crachat sur ma joue et les larmes de mes yeux, je fis Serment à Dieu que, surtout, je saurais endurer.

Chapitre IV

---

*Où il est question de Jardinage, de Châteaux, de la
Malédiction qu'est la Mode, de Paradis perdu, d'un
Souper de Famille en compagnie d'un Hôte Illustre, &
de la sotte Curiosité des Pucelles de dix-sept ans.*

Aɪɴsɪ qu'il a été dit, nos Voyageurs fatigués ne devaient pas festoyer
ce premier soir; la chose était remise au lendemain, où toute la
Noblesse locale était priée à Dîner pour rencontrer notre Grand
Homme, Favori de la Fortune autant que des Muses, sinon de Dame
Nature : M. Pope, le Divin Nain. Cependant, le soir de l'Arrivée du
Poète, devait se tenir un petit Souper de Famille, après lequel Mary
nous divertirait d'un petit Concert à la harpe (dans l'Espoir, sans nul
doute, de déguiser, sous la Beauté de la Musique de M. Haendel, la
Laideur de ses propres Formes). A la suite de quoi M. Pope discour-
rait à notre Profit de son Passe-temps renommé, à savoir le Dessin de
Jardins et de Parcs selon les Règles mêmes de la Nature; car M. Pope
était l'un des Fils les plus loyaux de Flora qui eût jamais vécu, et
son Délice était d'aider ses Amis et Nobles Protecteurs à tracer les
Plans de leur jardin, de telle sorte que les Œuvres de la Nature et
de l'Art se complétassent mutuellement.

Lord Bellars avait informé Lady Bellars de tout cela dans une
Lettre qu'elle m'avait communiquée. Maintenant qu'il avait tant
prospéré et amassé une seconde fortune en investissant les béné-
fices qu'il avait tirés du fameux Scandale des Mers du Sud, Lord
Bellars brûlait de faire démolir la Demeure Ancestrale, bel Edifice
Gothique de l'époque d'Elizabeth, dressé sur un Site dévolu à l'un

des Ancêtres de Lord Bellars par la grande Gloriana elle-même, afin de la remplacer par une nouvelle Construction de Style Moderne et Palladien. Et de même les jardins, ces labyrinthes géométriques et ces haies d'arbres et d'arbustes dont les Plans remontaient à Charles II. On les déracinerait sans Merci pour faire place à un parc à la toute dernière Mode, conçu à grands frais pour simuler la Nature, avec moutons paissant, petits Temples, Mosquées et Pagodes en miniature, Village minuscule, vrais Paysans vêtus d'Accoutrements rustiques de Bergers, et même une grotte, sur le Modèle de celle de M. Pope à Twickenham. Les bosquets toujours verts de mon Enfance (taillés pour être à la Semblance de paons faisant la roue, d'ours dansants, d'animaux héraldiques, de grands globes, pyramides et cônes) seraient voués aux ordures au nom de la Mode; et, au vrai, M. Pope venait à seule fin de nous aider à dessiner ces nouveaux jardins, tant il était fervent du Bel Art de rendre les parcs cultivés semblables à la Nature sauvage d'où ils étaient issus.

Hélas, quelle grande Mélancolie c'était pour moi qu'une telle Déférence envers la Frivolité de la Mode ! Lymeworth (tel était le nom du berceau campagnard de la Famille des Bellars) était ma Demeure depuis l'Enfance, et, à la Vérité, le Style Gothique n'aurait pu produire plus noble Edifice. Libre à Lord Bellars de le qualifier de « méchante vieille ruine gothique »; pour moi, l'on y respirait l'Odeur même de l'Histoire et de la Grandeur. La grande Elizabeth en personne avait été jadis reçue à Lymeworth et y avait écouté de douces Musiques dans la Galerie Principale, sous les Portraits encadrés des plus lointains Ancêtres de Lord Bellars. La Rumeur voulait que Shakespeare y eût rendu visite, peut-être comme membre d'une Troupe de Comédiens Ambulants; et l'on disait en outre que la magnifique Salle Haute (avec ses tapisseries flamandes dépeignant la Cour de Diane la Chasseresse, parmi les verts ombrages d'une forêt) était le lieu où il avait joué. Pourtant, c'était cette salle même que Lord Bellars avait fini par détester le plus, la déclarant « barbarement démodée et dépourvue d'Elégance, de Proportions et de Ton ». Tout cela devait donc être démoli : les briques et les poutres mêmes de mon Enfance; les longues galeries dans lesquelles j'avais couru et joué avec Daniel et Mary, avant que l'Age, l'Envie et les Passions de la Chair nous séparassent, le vaste escalier de pierre et les chambranles sculptés, les cerfs cabrés au-dessus de la cheminée de la Grande Salle, cette même cheminée où, enfants, nous avions coutume de nous cacher pour échapper à notre Gouvernante, dans nos Jeux, et où, une fois, nous avions même brûlé, pour l'Amusement, une perruque de cérémonie de Lord Bellars (et avions été sévèrement punis pour ce Mauvais Tour).

Et les jardins, quelle Scélératesse d'Esprit il fallait pour y trouver à redire ! Lymeworth était sis juste au-dessous du haut d'une aimable colline pareille à une cuisse potelée, et regardait une paisible vallée en contrebas; une rangée de chênes centenaires l'abritait des vents; à ses pieds, se déployait doucement une prairie embellie de hêtres, d'ormes et de châtaigniers. Outre les labyrinthes toujours verts et les topiaires dont j'ai parlé plus haut, il y avait un délicieux jardin clos, dont les murs étaient ponctués d'obélisques, à intervalles réguliers, ainsi que de grandes sphères sculptées et de bêtes héraldiques blanches, le tout taillé dans la pierre. Ce jardin clos recelait une tonnelle, plus pleine de douces senteurs de fleurs que le Paradis de M. Milton. Abattre tout cela, c'était détruire le Jardin d'Eden, et il fallait que Lord Bellars fût notre Lucifer, pour nous leurrer hors de ce Paradis en invoquant la Mode.

— Milord, dit le Poète à Lord Bellars, durant notre léger Souper rustique, composé de potage, de pain et de beurre frais battu à la baratte, de poudingue au gras de rognon et aux raisins secs, et finissant par un dessert de fromage suivi d'oranges de Lisbonne, de raisin muscat, de pruneaux de Tours et de poires de Rousselet. Milord, il n'est rien qui répugne plus à l'œil que l'Exactitude mathématique et les Rigueurs crêpelées des jardins de nos Ancêtres. Il nous appartient plutôt de peindre un paysage en partant de matériau vivant, à l'Exemple des Salvator Rosa, des Gaspard Poussin et des Claude Lorrain, qui ont peint les Points de Vue les plus romantiques, pour l'Enchantement de leurs toiles.

— « Romantiques », Monsieur ? Usez-vous de ce Terme dans le Sens où il désigne tout ce qui, dans la Nature, est Sauvagerie, Démesure, Absurdité ?

— Nenni, Milord, répond le Poète. J'entends par ce Mot la Passion pour les choses d'ordre naturel, dont ni l'Art ni le Caprice de l'Homme n'ont gâté l'Ordonnancement originel, mais l'ont au contraire réformé plus près des Vœux du Cœur. Je parle des Beautés de la roche brute, des cavernes moussues, des ruisseaux argentés, des torrents et cascades, des avenues ouvertes, des élévations de terrain et des grottes étincelantes, toutes vivantes du bruit des eaux courantes, tel le Nymphaeum classique des Anciens, demeure chérie des Muses.

Je dois le confesser : j'étais impressionnée par ce merveilleux flot de Paroles, et déjà mon Esprit imaginait un Jardin Enchanté, malgré ma Répulsion, jusqu'alors, à tolérer tout Changement d'aucune sorte à Lymeworth.

— Je vous en prie, Monsieur, demandé-je au Poète (lequel siégeait a ma droite et, au vrai, n'avait pas manqué de laisser souvent errer son Regard jusqu'à ma gorge, fort visible encore, nonobstant la modestie que Lady Bellars m'avait contrainte à porter), oui, je vous en prie, décrivez-nous votre grotte; car Lord Bellars nous a dit qu'elle est une des Merveilles du Monde et, si je ne m'abuse, il compte en faire construire une ici même, à Lymeworth, lorsque l'on aura bâti la nouvelle Demeure sur les Plans de Monsieur Kent et de Monsieur Campbell.

— Ce m'est grande Joie, répond le Barde, de décrire ma grotte à une Jeune Dame d'une aussi exceptionnelle Beauté. Car l'Harmonie est tout, dans la Nature, et quelle Harmonie plus admirable pourrait-on concevoir que de dépeindre les Splendeurs d'une Merveille de la Nature pour les oreilles d'une autre de ses Merveilles ?

Je devins écarlate, à ce galant Compliment, tandis que Mary me lançait un Regard Noir par-dessus la table, que Lord Bellars rayonnait la Fierté (à moins que ce ne fût le Désir) et que Lady Bellars jouait distraitement avec une grappe de muscat.

— Ma chère Enfant, poursuivit le Poète, c'est le Dédale de la Fantaisie pure, une salle souterraine, pleine d'anfractuosités et de Mystère, comme si elle était l'Oeuvre de la Nature même. Des coquillages, mêlés à des fragments de miroir taillés en formes anguleuses, en parachèvent les parois; et une étoile dessinée dans ce même matériau décore le plafond, lequel, lorsqu'on y accroche au centre une lampe d'albâtre mince ayant figure orbiculaire, brille de mille aiguilles de lumière se reflétant partout. Reliés à la grotte par un étroit passage, se trouvent deux porches, munis de niches et de sièges — l'un regardant la Tamise et fait ingénieusement de pierres lisses, l'autre tout rugueux de coquillages, de silex et de morceaux de minerai de fer, comme l'Antre même des Muses. Le fond est pavé de simples galets, de façon à ne pas distraire l'œil du petit temple ouvert auquel il conduit et qui est entièrement constitué, à la Manière rustique, de coquilles de clovisses, et s'accorde assez bien avec le murmure constant de l'eau tombant goutte à goutte et concourant à parfaire l'Effet aquatique du lieu. Pour le compléter, il ne manque, ma chère Fanny, que votre Statue, en Costume de Nymphe... ou peut-être, à moins que mes yeux ne me donnent de votre Beauté naturelle une idée trompeuse, sans Costume du tout !

A ces Paroles, l'écarlate de mes joues s'enflamma plus encore, et Lord Bellars se mit à rire à gorge déployée.

— Monsieur, vous vous moquez, protestai-je.

— Je me marie demain, Fanny, si j'ai jamais été plus sérieux de ma Vie.

— Mais parlez-moi encore de la grotte, dis-je, souhaitant désespérément passer à des Sujets moins indiscrets (tant j'étais loin de soupçonner, dans la Candeur de la Jeunesse, que la grotte de M. Pope représentait peut-être la Chaleur du Sein Maternel pour cet

Homme qui avait tant de mal à persuader les Dames de partager sa couche solitaire).

— Il reste peu de chose à dire, répliqua le Poète. Il faut le voir de ses propres yeux, comme l'a fait Lord Bellars. Vous jugerez ma Description trop poétique; pourtant, elle est plus proche de la Vérité que vous ne le supposeriez. En outre, j'ai le Projet d'étendre cette grotte sur non moins de cinq cavernes, chacune avec sa décoration particulière de cristal, d'améthystes, de coquillages et de minerais. J'espère me procurer des Raretés, coraux et mousses, et même de gros blocs de diamants de Cornouaille. Quand tout sera fini, il y aura un *Bagnio,* ainsi que de nombreuses fontaines dissimulées, d'où des cataractes d'eau seront précipitées de rocs et de pierres en surplomb, tandis que, de jets puissants, s'élanceront d'impétueux torrents, courant à vos pieds. L'eau se brisera sur des amas de silex et de spath. Ainsi la Nature et l'Art s'uniront-ils, à leur Bénéfice mutuel.

Cette fois encore, je restai muette devant la Beauté d'une telle Description; car, dès que M. Pope parlait, l'on oubliait sa Difformité, sa Calvitie naissante, l'odeur confinée que dégageait toute sa Personne (son Corps était bien trop noué et tordu pour lui permettre de se baigner ou de se vêtir sans Assistance), et l'on ne voyait plus, au lieu de l'Aspect physique, que la Magnificence des Objets qu'il décrivait. Peut-être est-ce là ce que l'on entend par être un Poète : compenser par les Mots ce que la Nature a refusé à l'Apparence humaine; et, certes, il ressentait plus qu'une Passion naturelle pour sa célèbre grotte, qui semblait être une sorte de Substitut aimable au Déplaisant de sa Personne. C'était la caverne où il mandait les Muses et polissait ses Rimes; mais n'était-ce pas aussi Façon de se re-faire ? (Ainsi méditais-je sur la Nature Humaine, dans la Mélancolie de ma Jeunesse.)

Et je me demandai alors si je pourrais être Poète, puisque la Beauté ne faisait pas défaut à ma Personne, mais que, certes, les Circonstances de ma Naissance orpheline m'avaient accordé la Connaissance du Chagrin, laquelle peut-être, jointe à beaucoup d'Exercice et à la Bénédiction des Muses, suffirait. Je résolus d'aller voir M. Pope en privé, après le Souper, et d'en débattre avec lui.

Les Dames (Lady Bellars, Mary et moi-même) se retirèrent enfin, laissant les Messieurs à pisser et à boire, pots de chambre et bouteilles étant sortis à ces Fins de la desserte. Je sais qu'il y a peut-être quelque Grossièreté à mentionner cette Coutume; mais, comme j'écris ceci pour ma Belinda et qu'il se peut que les Mœurs rustiques du temps de George Iᵉʳ lui soient peu familières, je suis sûre que l'on me passera cette Incivilité. Car tel était bien l'Usage du temps pour les Messieurs, que de se soulager dans la Salle à manger, cependant que les Dames gagnaient les Cabinets d'aisance ou leur propre Chambre.

A cette Occasion, sitôt que Lady Bellars eut pris le chemin de la sienne, Mary, me tirant brutalement par le bras, proposa que, toutes deux, nous tentions d'épier les Ebats des Messieurs par le trou de la serrure de la Salle à manger.

— Car je gagerais, me dit-elle, que, tout de même qu'il a le dos difforme, son Appendice Viril ne peut être que pareillement bizarre et barbare.

Sur quoi, avec un vilain rire démoniaque, elle m'aiguillonne :

— Eh quoi ! Fanny, serais-tu si couarde que tu n'oserais pas ?

Et de coller l'œil au trou de la serrure, en n'en bougeant plus, pendant que je me débats entre la Curiosité et le Dégoût.

— Oh ! Oh ! reprend-elle. Quel Instrument prodigieux il a, en dépit de sa faible Stature.

Puis elle reste un moment silencieuse, sous le Charme, l'œil écarquillé d'Attention contre le trou de la serrure. Après quoi, elle émet une série de sons feignant l'Alarme et la Surprise, toute sa Conduite étant celle d'une Femme de Chambre plus que d'une Dame, à ceci près qu'une Femme de Chambre eût eu, au vrai, plus de Droits qu'elle à prétendre aux Grâces.

— Viens jeter un œil, dit-elle. Tu en croiras à peine ton Regard...

A contrecœur, sottement, et pleine d'un Sentiment d'Effroi et de sombre Prémonition, je m'agenouille et applique l'œil au trou, à travers lequel je découvre un Spectacle qui, au vrai, ne valait guère la Peine qu'il m'attira ensuite...

Mon père Adoptif, Lord Bellars, pariait avec le Poète à qui, d'un jet, parviendrait au plus près d'une grappe de raisin lancée par lui dans le pot de chambre, tandis que le pauvre gros Daniel regardait, empli d'un Respect et d'une Admiration quasi religieux pour les Talents Virils de son Père. Quant à l'Appareil masculin des deux Parieurs, on ne pouvait vraiment en juger à cause de la Longueur de l'habit; mais celui de M. Pope semblait être une pauvre petite chose, nullement difforme et bien plutôt pareille à un jouet; en revanche, Lord Bellars paraissait puissamment nanti d'un bel Equipement. Mais c'était du Jeu que je m'émerveillais plus que de l'Anatomie. Je n'avais alors qu'une faible Expérience des Joueurs impénitents (aujourd'hui, je les sais capables de parier à tout propos, tant sur deux gouttes de pluie faisant la course sur une vitre de fenêtre que sur deux Pouliches de sang arabe). Lord Bellars était sûrement de ceux-là, et je m'étonnais fort que le Grand Poète, qui, quelques instants plus tôt, discourait encore de la Nature et de l'Art, pût maintenant prendre vif Plaisir à pisser en visant une grappe de raisin dans un pot de chambre !

— S'il vous plaît, mais que faites-vous ? proféra derrière moi une voix sévère.

C'était Lady Bellars, revenue soudain sur ses pas pour surprendre nos Malices.

Je me relevai et me tournai vers elle, le Feu aux joues.

— C'est Fanny qui m'a forcée à le faire, déclara Mary sans qu'on lui demandât rien. Oui, c'est elle qui m'a forcée ! Je mourais de peur. J'ai même fermé les yeux en refusant de regarder. Je le jure. J'en fais serment sur la Bible.

— Silence, dit Lady Bellars. Fanny, est-ce vrai ?

— Madame, répondis-je, je ne saurais plaider ma propre Cause. Puisque vous me vîtes l'œil à la serrure, c'est donc Vérité. J'ai péché par Curiosité, sans rien de plus. Mais je jure que je n'ai pas forcé la main à Mary.

— Que si ! Que si ! s'écria Mary.

— Allez dans votre Chambre, toutes deux, dit Lady Bellars. Nous verrons à la Vérité plus tard.

— Madame, dis-je, j'ai grand'Honte. Je vous supplie d'accepter mes Excuses.

— Allez ! répéta Lady Bellars. Allez toutes deux.

Comme nous tournions les talons, Mary me chuchota à l'oreille une ultime Insulte :

— Je te ferai bannir de Lymeworth, tu verras !

— Mary, rétorquai-je en me redressant de toute ma Hauteur, vous n'êtes qu'une Bête. Me faire punir ne vous sauvera pas de votre Sottise. J'ai peur que vous ne soyez stupide pour la vie.

Je crois que ma Dignité l'inquiéta plus que ne l'eussent pu faire aucune Excuse ou Insulte, car, en m'accusant, elle s'attendait à juste titre que je l'accusasse en retour; mais j'avais déjà une Intelligence suffisante de la Nature Humaine pour savoir que cela n'eût servi à rien. Mary avait attiré sur sa tête son propre Châtiment, puisque, espérant gagner la Faveur de son Père en les charmant, son Invité célèbre et lui, avec sa harpe, elle était maintenant privée de cette Consolation. Eussé-je tramé pareille Vengeance, que je ne l'eusse pu exécuter plus astucieusement que la Curiosité et le Vice de Mary (aussi bien que son désir de me trahir) ne l'avaient fait.

Si tu ne devais apprendre qu'une chose, ma Belinda, sache que tes Ennemis auront plus tôt fait de se trahir eux-mêmes que toi de les aider. Accepte le Blâme pour tes propres Erreurs et tâche d'en tirer Enseignement; mais n'essaie pas de rejeter la Condamnation sur Autrui. Non seulement cela ne te vaudra nul Bien (car blâmer ne réparera jamais un Tort), mais tu en deviendras une Remontreuse et une Couarde. Prise sur le fait d'une grave Erreur, tiens ta langue et regarde tout au fond de ton Cœur. Laisse les Sots à leurs

Remontrances et à leurs Blâmes; tourne plutôt ton Regard au-dedans de toi-même. L'Ame est pour moitié reçue et pour moitié forgée par chacun; n'oublie jamais que c'est toi-même qui fais ton Ame.

Quoi qu'il en soit, peut-être la Rancœur de Mary était-elle un Instrument du Destin; car, si notre Concert se trouvait désormais annulé, mes propres Aventures n'en étaient qu'à leur Commencement, ainsi que l'on va bientôt le voir.

Chapitre V

Où il est question d'Escargots, de Bâtons de Sucre d'Orge, de Rossignolets, d'Écouvillons & de Houlettes, ainsi que de l'Âme Immortelle, de quelques Mises en Garde contre les Roués & de quelques Observations sur les Propensions des Poètes à l'Érotisme.

EXILÉE dans ma Chambre, je méditai mon Triste Sort. A cause de ma sotte Curiosité, j'avais perdu l'Occasion de discourir avec M. Pope de Sujets plus chers à mon Cœur que celui des Dimensions de l'Appareil Masculin. Telle a été en tout cas mon Expérience, très chère Belinda, que, seuls, les Sots se soucient ainsi d'Anatomie Comparée. Il est vrai qu'il existe de vastes Différences entre les Hommes quant à leur Equipement Amoureux (Raison pour laquelle les hommes désirent toujours être rassurés *a contrario*); de vastes Différences entre les Talents accordés par Vénus, et de non moins vastes Ecarts entre les Tempéraments octroyés de naissance par les Astres (tous Sujets sur lesquels j'aurai à revenir plus loin). Mais, seuls, les Simples d'Esprit et les Balourds insistent sur les Différences de Taille à l'Exclusion de toute autre Qualité.

D'aucuns possèdent une Trique roide à l'œil furieux, calottée de rouge, enracinée dans des fourrés de boucles évoquant les jungles des rivages des Indes; d'autres ont le Membre piteux et tors, pâle et blême comme pâte à pain; d'autres encore, d'étranges Champignons brunâtres au bout de tiges courbes; et d'autres aussi, de petites Choses rosées, plus proches du Bouton de Rose que de l'Epine d'Amour. De plus, rien en ce Triste Monde n'a autant de Noms divers que cet Organe banal; et l'on découvrira que le Nom que chaque Homme donne au sien a fort à voir avec l'Opinion qu'il a de lui-même.

Le qualifie-t-il de Bélier à quoi rien ne résiste ? Lors, c'est qu'il mène Siège d'Amour telle une Machine de Guerre. En parle-t-il comme de sa Bagatelle ? Sans doute a-t-il même Vanité de ses perruques et de ses gilets. L'appelle-t-il sa Flamberge ? Attendez-vous assurément qu'il joue les Matamores et que l'Ivresse de sa Bravade retombe en Mélancolie. Son Escargot ? Auquel cas, soyez-en avertie : vous aurez toutes les Peines du Monde à le tirer de sa coquille et, sorti de là, il n'aura rien de plus pressé que d'y rentrer. Sa Lance d'Amour ? Soyez certaine qu'il ne manie pas mieux la Plume pour écrire ses Sonnets.

Quant à l'Opinion que se fait un Homme de son Appareillage Intime, il n'est pas plus de Raisons qu'elle soit nécessairement infaillible. Le Politique qui se targue d'avoir le bras long et le reste en proportion, le Boucher qui se glorifie de sa Brochette, le Poète qui chante son Rossignolet, l'Acteur qui n'a que son bâton de Sucre d'Orge à la bouche, le Laquais qui vante son Gros Bras, le Pasteur qui prône sa Houlette, l'Orateur qui fait des Apothéoses à son Arsenal d'Adam, le Mousquetaire qui ne tarit pas sur son Ecouvillon, le Capitaine de Frégate qui se flatte de son Artillerie — aucun de ces Hommes, si délurées que soient au reste leurs Facultés Mentales, ne mérite Confiance sur sa propre Estimation de ses Prouesses dans les Arts (et l'Exercice Guerrier) de l'Amour !

Mais, ainsi que je le disais, il faut être la dernière des têtes de bois pour s'arrêter à l'Anatomie, à l'exclusion de toutes autres Qualités. L'Ame est, à tous égards, bien plus importante que le Corps; même l'Homme de Plaisir (pour peu qu'il soit également Homme d'Esprit et de Talent) comprend cela.

Il n'est que le Roué pour accorder plus d'importance à son Attribut Intime qu'à son Ame; et le Roué, vous ne tarderez pas à le découvrir, est la Sorte d'Homme le plus obtus qui soit. Si dévoué est-il à son Organe Masculin que le Besoin de courir toutes Espèces de Prostituées pour assouvir son Désir de Nouveautés libidineuses occupe entièrement sa Pensée. Il croit chaque fois trouver une Femme qui ait Manière plus neuve et plus charmante de frétiller de la Croupe, une Catin qui connaisse les soixante-neuf positions de l'Amour à la Mode Arabe, certains Tours de mouchoir, certains Onguents et Essences de l'Orient, sans parler des « Bijoux Indiscrets » (comme disent les Français) ou des Objets badins et Babioles de Chine sculptées dans l'ivoire à l'image d'Organes éléphantesques, et autres Absurdités de ce genre Sachez éviter de tels Hommes. L'on ne trouve nul Plaisir à leur Société, nulle Sagesse dans leur Conversation,

45

nulle Générosité dans leur Cœur pour leurs Maîtresses; et soyez sûre que, avant longtemps, ils vous auront donné la Vérole par-dessus le marché. Un Laquais dissolu, un Maître à Danser tout débordant de soi, un Portefaix nourrissant des Illusions de Grandeur font de meilleurs Roués qu'un Homme de Talent et de Bonnes Manières, car l'Education n'est pas là pour susciter en eux une seconde d'hésitation dans l'Abomination et l'ignoble Dégradation de leurs Vices : ouvrant votre couche à un Roué, souvent vous trouverez que, sous l'habit du Seigneur, sommeillait son Valet.

Mais revenons-en à mon Récit. J'étais donc étendue sur mon lit, réfléchissant à la Sottise de ma Curiosité et à la Trahison de Mary qui avaient ruiné la précieuse Occasion pour moi de m'entretenir, avec un vrai Poète, des Mœurs et Demeures des Muses, lorsque, soudain, la porte est repoussée, et qui vois-je entrer, sinon M. Pope en Personne !

— Ah ! Monsieur, dis-je, vous étiez à l'instant même dans mes Pensées.

— Et vous, tout autant dans les miennes, réplique le Poète, s'avançant vers moi, un sourire faunesque aux lèvres.

— Je me demandais justement, reprends-je, le sang me montant subitement au visage, au cou et à la gorge, si j'irais jusqu'à oser vous poser quelques questions touchant l'Art de la Poésie.

— Posez, posez, ma chère Enfant, dit-il, courant presque jusqu'au lit et s'asseyant au bord de ma couche, ses petites jambes pendant telles deux branchettes brisées par le vent de la tempête.

— Eh bien, donc, dis-je (si absorbée dans ma Réflexion sur les Muses que je ne me souciais pas de l'interroger sur le Motif de sa Présence dans ma Chambre), est-ce Vanité chez une Personne de mon Sexe que de souhaiter d'être Poète, voire que d'aspirer à devenir un jour la première Femme à qui serait décerné le Titre de Poète Lauréat ?

Là-dessus, le voilà qui part d'un furieux et cruel accès de rire, lequel me donne encore plus à rougir que ma Sottise présumée.

— Fanny, ma chère Enfant, la question même entraîne la réponse. Aux Hommes la Poésie; aux Femmes d'être leurs Muses sur cette Terre. Il vous appartient d'être l'Inspiration des Poèmes; autre chose est la Création. Et pourquoi voudriez-vous qu'il en allât autrement ?

La Manière dont il exprima ce Doute et l'Insistance de son Affirmation me laissèrent, je le confesse, abasourdie. Je gardais mes premiers Essais poétiques secrètement cachés sous l'oreiller de mon lit; mais j'étais bien trop confondue sur le coup pour les sortir de là et solliciter l'Avis du Grand Homme. Au vrai, chaque Parole tombant de ses lèvres m'incitait à encore plus de mépris pour ces malheureux Vers qui, quelques instants plus tôt, me paraissaient tout inspirés du Feu gracieux des Muses.

— Considérez la Beauté de ces deux Hémisphères jumeaux, dit le Poète, sa main plongeant dans l'échancrure de mon corsage et dégageant mes Seins.

J'eus le souffle coupé par cette Audace, mais n'osai interrompre le cours de ses belles Paroles :

— Considérez la Roseur de ces Aréoles, couleur d'une Aube d'Eté. Eh quoi ! ne croirait-on point deux Planètes Sœurs d'un Univers inconnu ? Et ces lèvres... poursuivit-il, s'enhardissant jusqu'à appliquer la ventouse froide et visqueuse de sa bouche sur un des Mamelons. Ne sont-elles pas comparables à l'Explorateur venu planter son Etendard dans des Rivages Vierges ?

Tout alarmée que j'étais, je ne pouvais envisager de briser ce Discours sans faire Offense à un Hôte honoré; et, cependant qu'il me mordillait ainsi l'un puis l'autre Bout de Sein et m'enflammait les veines, tout en semant le désordre dans mes Esprits, ma Résolution devenait de plus en plus incertaine. Car, si sa Personne m'était détestable, son Eloquence ne manquait ni de Grâce ni d'Elégance et, en dépit de ses Arguments touchant le Beau Sexe et l'Art de la Poésie, plus que jamais je me sentais conquise par la Beauté du Langage plutôt que par celle des Traits.

— Mais, Monsieur, protestai-je tout en échappant (ô combien brièvement !) à son Etreinte, l'Inspiration ne me paraît pourtant relever d'aucun Genre ni Sexe; comme les Anges, elle n'est ni mâle ni femelle.

— En théorie, c'est juste, répondit le Poète, allongeant un bras sous ma chemise et insinuant sa main glacée et gluante entre mes cuisses, où sourdait une douce humidité. Mais, en pratique, l'Inspiration visite plus fréquemment les Personnes du Sexe Mâle, et ce pour la Raison suivante, notez-le bien : de même que la Muse est femelle, ainsi est-elle plus encline à recevoir Amants masculins que féminins. En conséquence, une Femme Poète est Absurdité de la Nature, Créature vile et méprisée, dont le Destin ne peut être que Solitude, Mélancolie, Désespoir et, pour finir, Suicide. Quoi qu'il en soit, si elle choisit la voie du Bon Sens et dévoue sa Vie entière au service d'un Poète du Sexe Fort, les Dieux la béniront et tout l'Univers retentira de ses Louanges. Tout cela participe du Grand Equilibre de la Nature. De même que les Anges se placent au-dessus de l'Homme, et Dieu au-dessus des Anges, de même la Femme se met-elle au-dessous de l'Homme et au-dessus des Enfants et des Chiens; mais si elle tente de bouleverser ce Grand Equilibre, en usurpant la Position de Supériorité de l'Homme tant dans les Arts et les Sciences que dans la Politique, la Société et le Mariage, elle n'en recueillera que Chaos et

Anarchie et, au vrai, c'est le Monde entier qui ira à sa Ruine...

Ce disant, il était parvenu à glisser un doigt frétillant dans la tendre Ouverture Vaginale inviolée jusqu'à ce jour même (où elle avait été visitée d'abord, dois-je le rappeler, par un doigt appartenant à Lord Bellars, avant de l'être par celui du Poète en Personne !) et, à force de Tortillements et de Grouillements, en même temps que de Suçotements intermittents, avec une inlassable Détermination, de mes Tétons, il avait assez bien progressé dans son Assaut de mon Pucelage, tout en parlant du grand Ordre Divin et des toutes-puissantes Lois de Nature.

— Mais, Monsieur, dis-je, par-dessus les coups de marteau *crescendo* du sang dans mes oreilles, tel le déferlement des vagues sur un rivage, Monsieur, ce Grand Ordre ne peut-il donc être altéré ? Une illustre Femme Poète ne peut-elle se lever, qui ferait mentir ces immuables Théories ?

— Non, répliqua le Poète, Mille fois non. Car tout ce qui existe dans la Nature n'est qu'Expression de la Volonté de Dieu; et s'il a placé la Femme dessous l'Homme, vous pouvez être assurée que c'est dans un Noble Dessein. Bref, tout ce qui est, est BIEN.

Sur quoi, il dénoua son aiguillette, fouilla sous son gilet et son curieux doublet, en quête de son petit Membre rose, me troussa vivement les jupes par-dessus la tête et, tout crêté comme un coq, se tint prêt à livrer Assaut à mon Pucelage, avec l'Arme même destinée à cet Effet. Mais mon Ange Gardien devait veiller sur moi à cet instant; car, juste comme il approchait de mon tendre et vierge Connelet, son Impatience précipita son brûlant Accès de Concupiscence dans son ultime Phase, et ce furent mes cuisses jeunes et fermes et mes beaux jupons propres qui reçurent l'illustre Effusion !

— Oh ! Oh ! gémit-il, tant de Soulagement que de Désappointement.

Et il enfouit sa tête entre mes Seins, où ses yeux laissèrent couler quelques larmes brûlantes de détresse.

— O ma Fanny, reprit-il, tu es la seule Inspiration que je désirerai jamais ! Viens-t'en à Twickenham avec moi. Tu seras Maîtresse de ma Maison et de mon Cœur, Reine des Muses, Première entre les Femmes. Je te vêtirai de satins et de dentelles d'or, je te couvrirai de joyaux, je te parerai à l'égal de ma grotte... !

— O Monsieur, dis-je, je ne puis quitter les Tendres Parents qui m'ont recueillie et élevée jusqu'à l'Age de Femme. Lady Bellars en aurait le Cœur brisé. Je vous en prie, Monsieur, ne me tentez pas de la Sorte !

Mais son Offre avait fait soudain naître dans mon Esprit un Plan : celui de quitter Lymeworth et de faire mon chemin jusqu'à Londres. Si bien que je ne dis pas au Poète ce que je pensais de sa

Misère physique et des Aveux détestables de sa Passion. J'essuyai
sur mes cuisses la Substance Gluante, à l'aide d'un mouchoir de
fine batiste et suppliai mon Admirateur de prendre Congé de moi,
de façon que je pusse considérer son Offre jusqu'au lendemain.

Chapitre VI

*Où l'on trouvera quelques Réflexions sur l'Harmonie,
l'Ordre & la Raison, mêlées à nombre d'Aventures
surprenantes, se succédant à une non moins étonnante
Rapidité.*

IL ÉTAIT près de onze heures du soir lorsque le Poète prit Congé de
moi, car, peu après son Départ, j'entendis la grande horloge de la
Maison, en haut de l'escalier de service, sonner les onze coups. Je
dois préciser que mon Visiteur ne s'était pas retiré sans glisser dans
ma tremblante main une petite poignée de pièces d'or, tout en me
faisant mille Protestations de sa Passion pour moi.

Je dois aussi reconnaître que je trouvais tous ces Evénements
(et ceux qui les avaient précédés) déconcertants à l'Extrême. Je ne
parvenais pas à établir de Lien entre la Conduite du Poète et ses
Professions de Foi Philosophiques; car si, comme il le déclarait,
la Femme vient dessous l'Homme et cependant dessus les chiens
et les Enfants, pourquoi alors vouloir me laisser cet or dans la main
avec tant d'Insistance et me promettre des Richesses ? Comment
se pouvait-il qu'il pût allier tant d'Elévation à tant de Bassesse —
d'abord discourant de sa grotte et de l'Antre des Muses, de la Nature
et de l'Art, puis pissant en visant une grappe de raisin dans un pot et,
pour finir, rendant à demi l'Ame dans mes jupons, après une Fièvre
de brûlant Désir Charnel ? Jamais je n'eusse imaginé sous ce Jour
l'Auteur de tant de Vers divins ! Où était l'Harmonie ? Où, l'Ordre ?
Et où, la Raison ? Je ne voyais que Discorde, Hasard et Amour de
Soi, là même où mon Souhait le plus ardent était de trouver tout le
contraire.

50

Las ! Belinda, j'avais dix-sept ans et, en dépit de ma taille et de mon port de Femme (comme de ma ferme, mais sotte, Conviction que la Vie n'avait plus rien à m'enseigner que je ne susse déjà), mon Désir d'une logique Universelle faisait de moi encore un Enfant. Il me restait à apprendre que la Vie des Grands Hommes s'écarte plus souvent de la Philosophie qu'ils professent qu'elle n'y adhère; que leurs Mœurs bafouent en privé leurs graves Déclarations en public; et que, dans un Boudoir, leur Conduite bestiale se moque bien des Arguments angéliques de leurs Epîtres morales, de la noble Logique de leurs Epopées ou des tragiques Solennités de leurs Traités.

Comment, en outre, traduire ma Perplexité devant le Spectacle de Concupiscence Masculine qui venait de m'être offert ? A dix-sept ans, j'étais pucelle, et ma Connaissance des Ardeurs que dispense Vénus était bien faible. Certes, j'avais lutté contre le Démon d'Onania (sans même connaître le Sens du Terme), mais, au vrai, avant d'avoir lu la fatale Brochure de Lady Bellars, je m'étais tenue pour la première Fille sur cette Terre, et de toute l'Histoire de ce méchant Monde, à succomber à de tels Désirs ! Après avoir lu le Pamphlet, assurément je m'interdis ce Vice (bien que l'une des Filles de Chambre de la Maison prétendît que c'était Moyen de préserver son Pucelage). J'étais résolue à me garder de toutes Pratiques impures, tant que le Ciel ne m'aurait pas envoyé un Epoux. Aussi, à la place, m'adonnais-je à l'Equitation et exerçais-je Lustre, m'épuisant en Vénerie pour ne plus avoir la Force d'Actes Vénériens.

Au vrai, j'avais été Témoin, en mon temps, d'Accouplements amoureux entre chiens et chiennes, Etalon et Juments, volailles, Domestiques. Et même, oui, j'avais surpris Daniel avec la Fille de Laiterie, parmi les cruches et les pots, fort occupés tous deux à baratter la crème d'étrange Manière. Mais penser qu'un aussi Grand Poète que M. Pope pût être porté à tant de Bassesse et de Bestialité me laissait perplexe au plus haut degré.

J'en étais à ce point de mes Réflexions lorsque, une fois de plus, l'on frappa à la porte de ma Chambre à coucher et, sans que j'aie eu le temps de l'y inviter, parut mon Frère Adoptif, Daniel en Personne, ivre de vin de Porto et bavant sur son jabot comme un vieil épagneul. (Je ne pus m'empêcher de remarquer, non sans Amusement ni Dédain, qu'il avait déboutonné son gilet de Façon libertine et pour bien montrer les généreux bouillons de sa chemise en beau tissu de lin de Hollande, sans nul doute dans l'Idée d'exercer par là même un Effet des plus dévastateurs sur le Beau Sexe.)

- C'est grand Dommage que tu aies manqué la Soirée, Fannette, mon Agnelle, dit-il en s'avançant vers le lit et me jetant des regards de bouc et de singe libidineux. Le Concert de Mary ne nous a nullement fait défaut, tant nous étions égayés de Boisson et de Conversation

— Qui t'a prié d'entrer, s'il te plaît ? demandai-je, en bondissant du lit, afin de pouvoir mieux défendre ma Personne contre l'Assaut qu'il méditait.

— O-ho ! fit Daniel, de sa voix prise de vin et tout en tripotant d'une main ses pustules. Ne souhaites-tu pas ma Compagnie ?

— Certainement pas, dis-je. Le jour où je souhaiterai la Compagnie d'un Rustre aviné, je trouverai plus beau que toi à l'Ours et au Dragon.

(L'Ours et le Dragon, on l'aura sans doute deviné, était la Taverne du Village, et l'on n'aurait pu trouver dans toute l'Angleterre trou plus crasseux, plus indigne, plus plein de Croquants ivres.)

— O-ho ! M'insulterais-tu donc ? dit Daniel, en rougissant sous ses boutons et ses marques de petite vérole.

— Appelle cela comme tu voudras, répondis-je avec Hauteur, pourvu que tu fasses place nette sur-le-champ.

— O-ho ! fit encore Daniel. Je ne souffrirai pas gaiement pareilles Insultes à ma Personne et à ma Qualité.

Et il pousse l'audace jusqu'à s'approcher et à me souffler son Haleine pestilentielle en plein visage (comme si cela avait dû me renverser net, tel le Feu jailli de la bouche d'un Dragon !). Puis, sans autre Cérémonie ni Préambule, il me jette les bras autour du cou, me plante sur la gorge ses abominables baisers et tente de m'étendre sur le lit et de me forcer à ouvrir les cuisses. En un clin d'œil, je rassemble toutes mes Forces contre son Ivresse chancelante et, me soulevant avec l'Energie que, seule, la Déesse de la Colère peut inspirer, je lui décoche, du bout de ma mule de satin, un coup de pied droit dans l'Aine.

— O Jésus ! Je suis mort ! s'écrie-t-il. O mon pauvre Oiseau, ma pauvre Pissouillette !

Et de reculer en titubant, les mains sur la Conscience, puis de basculer par-dessus la toilette pour s'écrouler dans un fracas et un grand tintamarre, au beau milieu des morceaux du pot à eau brisé.

— Et maintenant, dis-je, penchée au-dessus de lui (et poussant mon Avantage telle Pallas Athéné la Déesse Guerrière), dehors !

— O cruelle Fanny, larmoie-t-il. Oui, cruelle, cruelle Fanny ! Ne sais-tu pas que je t'aime ?

— Va-t'en faire l'Amour à Madame Betty la Chambrière, qui est déjà grosse d'un Enfant de toi. Ou à Madame Polly, la Fille de Laiterie, qui le sera bientôt ! Je n'ai que faire d'un Rustre ivre et querelleur, et qui est mon Frère Adoptif par-dessus le marché !

— Mais non ton Frère par le Sang, Fanny. Viens, quel Mal y a-t-il là ?

— Le Mal sera le prochain coup de pied que je te donnerai et qui mettra fin à jamais à ta Carrière amoureuse ! dis-je en savourant ma Rage.

— O s'il te plaît ! geint-il comme un chiot. S'il te plaît, je te prie...

Et le voici qui se met à ramper sur le ventre comme un serpent vers la porte de ma chambre, gémissant, miaulant, larmoyant, jusqu'au moment où, parvenu au chambranle, il se remet d'aplomb en s'aidant du bec-de-cane en cuivre, puis, se retournant pour me lancer un dernier Regard plein de Reproche et de Cajolerie, sort. Et alors même qu'il s'en va, d'une main distraite il presse un bouton sur sa joue. (Si pareille Complexion était le résultat de la Luxure, combien j'avais Raison de refréner celle-ci en moi !)

Mais à peine Daniel était-il parti depuis une dizaine de minutes que, une fois de plus, la porte s'ouvre, et que Lord Bellars pénètre à son tour dans ma Chambre virginale.

Mes pensées étaient dans un tel Tumulte, par suite des divers Evénements de la soirée, et mon Corps, si épuisé par ma Résistance à Daniel, que je pus tout au plus soupirer quand Lord Bellars s'approcha de moi et, dominant de sa haute Stature mon lit, abaissa sur ma Personne ses beaux yeux bruns étincelants.

— Tu es si ravissante, ma Fannette, dit-il, que toute cette nuit je n'ai eu de Pensée que pour ta Beauté.

— Je vous en prie, Milord, ne me flattez pas. Vous me faites rougir.

Et il était vrai que le sang me montait aux joues, avec tout l'Entrain que l'on voit aux papillons de nuit se jetant sur la flamme d'une bougie, par une chaude nuit d'Eté : de même que leurs ailes frémissent et battent, je tremblais sous le Regard pénétrant de Lord Bellars. Mes mains se glaçaient, le visage me brûlait, mon sang se retirait; eût-on dit, de mes pieds et de mes mains et refluait vivement jusqu'à mes joues, sous le fard et les mouches.

— Nenni. Ne m'interdis pas la Parole, car si je ne peux te posséder qu'avec des Mots, alors je *parlerai*, en dépit de tes Alarmes. Le Charme de tes Attraits est sans pareil. Tes jambes et tes bras sont finement tournés et tes yeux sont deux coupes d'ambre liquide. Tes Appas sont plus blancs que neiges alpines et ta chevelure flamboie comme mille Automnes passés et mille autres à venir. Tu es en quelque Sorte ma Fille, et pourtant est-ce Audace de ma part que de rêver d'une Intimité plus grande encore entre nous que celle qu'engendrent le Devoir filial et la Gratitude de l'Orpheline ?

Sur ce, il me saisit dans ses bras vigoureux, et moi je m'évanouis presque, comme sous l'Effet d'un Philtre.

— Oh ! non, Milord, par Pitié, contenez-vous, s'il vous plaît. J'implore votre Considération, car la Créature que je suis n'a d'autre Protection que vous, d'autre Défense que votre Honneur Je vous conjure de ne pas faire que j'en vienne à m'abhorrer moi-même. Je vous en prie, ne m'avilissez pas à mes propres yeux !

Tombant alors à genoux au bord du lit, il s'exclama :

— Je fais serment à tes pieds de te posséder ou de mourir !

Et, ôtant une de mes petites mules pointues en satin, il pressa ses lèvres sur la chair déchaussée.

— De grâce, Milord... ! bégayai-je.

Car eût-il sur-le-champ posé ses lèvres sur ma gorge, que j'en eusse ressenti moins de Ravissement que d'un tel Abaissement jusqu'à me couvrir la plante du pied de baisers. Ah ! que cette Chair grossière était indigne d'une si belle bouche.

— S'il vous plaît, Milord ! protestai-je encore.

— Mon Ange ! soupira-t-il, lançant loin l'autre mule pour me baiser le pied gauche. Je t'en prie, pardonne-moi, si tu le peux jamais, ma Grossièreté dans les Circonstances précédentes; car, jusqu'à ce Souper, j'étais incapable de reconnaître quelle fine et délicate Créature tu es devenue, sous ta robuste Beauté. O mille Pardons pour tant de Présomption de ma part ! Mais, après t'avoir entendue discourir avec Monsieur Pope de sa grotte et de la Nature et de l'Art, j'ai compris l'Indignité du Traitement que je t'avais réservé. Et pour cela j'aimerais mieux encore plonger ce Fer (et je vis scintiller méchamment, à la faible lueur de la bougie, la Lame qu'il venait de dégainer) dans ma Poitrine que de te voir me détester comme un Vil Traître, un Vulgaire Roué — ce qui est assurément ton Droit, considérant ce qui est survenu avant le Souper.

O quelle Confusion régnait en mon Cœur ! D'abord le Poète, ensuite Daniel, et maintenant Lord Bellars ! Daniel, je le savais, était un Sot et un Maroufle. Le Poète me semblait être une Créature piteuse, voulant se placer au-dessus des Femmes parce que jamais il ne se tiendrait de plain-pied avec les Hommes. Mais Lord Bellars ? Comment devais-je le juger, lui, quand je me trouvais devant une Passion déclarée en des Termes si tendres que l'on ne pouvait guère douter de sa Sincérité ? (Oh ! le Désir n'est que Bassesse de Sentiment, je ne l'ignorais pas; mais l'Amour n'était-il pas le Bien Suprême, selon les Poètes ?)

La pointe de l'Epée restait suspendue au-dessus de la mâle Poitrine de Lord Bellars. Il arracha sa cravate, déchira violemment son gilet de satin brodé, dévoilant le devant de sa chemise en fine toile de lin, comme pour transpercer cette Blancheur de neige jusqu'à ce que les pavots de son sang vinssent y épanouir leur rougeur.

— Eh bien, donc, vienne la Mort ! s'écria-t-il

Et sa main gauche, en ouvrant de force sa chemise, révéla

une fine toison tirant sur le roux et frisant ici et là en d'adorables bouclettes, ainsi que deux Tétins du plus beau rose juvénile, autour desquels poussait le même poil roux.

— Arrêtez ! m'écriai-je. Comment pourrais-je jamais me pardonner d'être la Cause de votre Mort ?

— Plutôt mourir que te déshonorer ! répliqua-t-il. Mais mon Amour est tel que je dois faire Violence à l'un de nous deux. Et puisque je ne peux être l'Assassin de ce charmant Pucelage que j'ai entouré de mes Soins depuis la plus Tendre Enfance, c'est à moi de périr. Choix terrible, mais inéluctable ! Adieu, Douce Pucelle ! Si tu me gardes un Souvenir, que ce soit une aimante Pensée !

Ce disant, il fait le Geste de se plonger l'Epée dans la Poitrine.

A cette vue, je tombe à genoux sur le parquet et le supplie de refréner, de retenir, d'arrêter sa main. Alors, lâchant l'Epée, il se laisse choir près de moi et m'étouffe de baisers.

Le sang qui coulait de sa blessure (superficielle, je le découvris par la suite) tachait ma gorge et ma robe, y mettant comme un doux empois et m'emplissant les narines de son odeur salée, cependant que, refermant sur moi ses bras, Lord Bellars me baisait d'abord sur la bouche, puis dans le creux de la Gorge, puis entre les jambes, où sa langue, profondément dardée dans l'Ouverture Virginale, préparait humidement la voie aux brusques estocades qui allaient suivre.

Si je saignai un peu en immolant mon Pucelage, ce n'était rien, me sembla-t-il, en comparaison du sang qu'il m'avait sacrifié. Au vrai, qui eût pu dire où finissait sa propre Offrande et où commençait la mienne ? Etroitement embrassés et enlacés, et comme pris tous deux à une mutuelle et délicieuse glu, nous défaillîmes d'Amour sur ce parquet. L'Extase fut complète et entièrement partagée.

Plus tard, venu le Cynisme, je devais apprendre à disséquer et analyser l'Acte d'Amour, à porter un Verdict sur la Technique de mes Amants, à les ranger dans mes Hiérarchies de l'Amour; peut-être faute d'Amour, justement. Mais, en cette première Occurrence, mon Cœur fut non moins pris que mon Pucelage, et j'étais incapable de Jugement comme de Résistance. Lord Bellars m'eût-il demandé de me percer le Sein à son Exemple, que je l'eusse sans nul doute obligé volontiers. Ensuite, il recommença à me baiser les pieds, cette fois dans l'Attitude du Suppliant.

— Je te jure Eternel Amour ! dit-il. Je fais Serment par Vénus, par Jupiter et par Jésus Lui-même que je n'ai jamais encore aimé comme en ce moment.

Et, un instant, j'eus l'Impression que tous mes Rêves de Jeune Fille s'accomplissaient en vérité, que j'étais l'Héroïne d'un Roman Français et que, en une seule nuit, j'avais franchi le Pas, de l'Adolescente à la Femme, vécu mille Vies, senti mon Ame s'incarner dans le Corps de Cléopâtre, de Desdémone, de Portia, d'Héloïse, de Juliette ! Oui, toutes les Grandes Héroïnes de Roman se rejoignaient et s'alliaient en moi. Juliette s'y mêlait à Héloïse, et Portia y prêtait sa Force à l'attendrissante Douceur de Desdémone. Même, il y avait en moi de la folle Ophélie, prête à mourir d'Amour et à flotter au fil de l'eau d'une rivière moussue, bordée de saules pleureurs, des fleurs éparses se noyant parmi sa chevelure défaite.

Las ! Hélas ! Que de folles Visions peuvent défiler dans la tête d'une Jeune Fille de dix-sept ans !

Lord Bellars prit congé et je m'endormis du Sommeil de l'Innocence — le Sommeil de l'Agneau qui ignore encore que Dieu créa aussi le Lion, et qui est loin de se douter, de plus, que le Seigneur voulut que celui-ci fût le Roi des Animaux, dans cette Jungle foisonnante que l'on nomme le Monde.

Chapitre VII

Où Vénus fait son Entrée, accompagnée de Mots char-
mants ; & où l'on en apprendra plus long sur les Badi-
nages Amoureux de Lord Bellars que, tout comme notre
Héroïne, l'on n'aimerait en savoir.

JE M'ÉVEILLAI à cinq heures du matin, au chant des oiseaux. J'avais le cœur aussi léger que leurs pépiements. J'aurais voulu m'envelopper de mon manteau et courir pieds nus dans l'herbe du parc pleine de rosée, gambader sur le velours des pelouses, comme une jeune épagneule, m'agenouiller pour baiser le tendre tapis vert, puis lever les yeux au Ciel en remerciant Dieu du jour nouveau et de m'avoir donné cet Amant et la Vie.

Bref, l'Ame allègre d'Amour, pétulante et toute réveillée, je débordais d'un Enthousiasme de jeune chien. Je me vêtis, m'aspergeai le visage d'eau froide dans la cuvette et dévalai l'escalier pour saluer le Jour avant que le Monde fût debout.

L'Intendante, Madame Locke, me sourit, non sans une Interrogation du Regard ; mais j'étais bien trop la Proie de mes Sentiments Amoureux pour répondre à cette Question tacite, ou même pour m'y arrêter.

Je courus aussitôt jusqu'à mon lieu favori, dans le jardin aux murs moussus. Il s'agissait d'une Statue de la Déesse Vénus (ramenée d'Italie par Lord Bellars, alors qu'il était Jeune Homme et qu'il accomplissait son Grand Voyage) ; Statue fort belle, bien qu'il lui manquât à la fois la tête et le bras droit. Elle était debout, en gracieux Équilibre sur une conque surmontant un piédestal à l'image de vagues sculptées, et je l'imaginai tout juste née de l'Écume des Mers.

Tombant à genoux à ses pieds, je lui offris une Prière silencieuse
Je me figurai qu'elle me souriait bien que, au vrai, elle ne possédât
point de visage, ainsi que je l'ai dit. Perdue ? Étais-je perdue aux
yeux du Monde ? Et que m'importait le jugement du Monde, quand
j'étais en ce moment tout exaltée au Service de Vénus ? Les Héroïnes
de Roman étaient toujours au-dessus des Lois, et si leur Destin
était de mourir d'Amour, eh bien alors, qu'était-ce d'autre que la
Preuve de la Trempe de leur Cœur et de la qualité de leur Amour ?
Non moins que Lord Bellars, je pouvais m'exclamer : « Vienne la
Mort ! »

Ah ! Belinda, quelle Impatience n'a-t-on pas, à dix-sept ans, à
peine éclose du Néant, de quitter le Monde pour retourner à ce
même Néant ? Avec les années, on brûle de moins en moins de dire
Adieu à cette Terre. Moins fermes deviennent nos chairs, plus se
fanent les roses de nos joues, et plus tenacement nous nous accro-
chons à la Vie. Mais combien prêtes nous sommes à jeter tout cela
par-dessus bord, tant que fleurissent encore ces roses et que la chair
garde la Fermeté de la pêche mûre ! N'est-ce pas là paradoxe que
plus nous approchons de la Tombe, plus nous en tenons pour la Vie,
tandis que, plus proches nous sommes de notre Naissance, plus nous
usons témérairement du Don que l'on nous fit de la Vie ?

L'Amour, disent les Poètes, est une Forme de Folie, un Désordre
des Sens comme celui qu'on voit aux misérables Créatures lunatiques
de l'Asile de Bedlam — et de cela, certes, je puis attester la Vérité.

Ce qui advint ensuite, il me peine extrêmement de le rapporter,
bien qu'un quart de siècle ait passé depuis ce temps-là.

L'esprit éperdu d'Amour, j'errai jusqu'à la Bibliothèque, dans
l'Intention d'y rechercher un Poème passionné de Matt Prior, lequel,
pensai-je, était le parfait reflet de mon Esprit du moment. Je m'efforçais de me ressouvenir des Vers. Ils disaient à peu près :

O tout-puissant Amour ! De ta Force infinie
Le Cœur Humain peut-il demeurer à l'Abri ?

Mais là s'arrêtait ma Mémoire. Donc, je me hâtais vers les étagères de Livres de Monseigneur où se trouvaient les Recueils de
Poèmes, afin d'y vérifier mon Souvenir, lorsque, dans l'Insouciance
de l'Innocence, je passai devant l'écritoire de Lord Bellars et y
aperçus une Lettre de sa main, restée inachevée.

De même que la mère chatte est incapable de négliger ses
chatons, et se sent toujours contrainte de les porter d'un coin d'ombre
à un autre, ainsi l'Amante ne peut-elle s'empêcher de prendre Connaissance de tout ce qui appartient à son Bien-aimé, même si elle est
assurée d'en concevoir du Chagrin.

Je m'arrêtai pour lire la Lettre. Je me rappelle jusqu'à la date, comme si un Fer brûlant l'avait gravée dans mon Cerveau. A première vue, elle me semblait destinée :

Lymeworth
21 juin 1724

Adorable Créature, ô vous, la plus Chère et la Meilleure des Femmes, mon Ange, ma Reine, ma Souveraine,

Puisque je suis votre Esclave dévoué et que vous m'avez commandé de vous rapporter jusqu'à mes plus futiles Badinages — tout comme vous, j'y compte bien, les vôtres — que je vous dise donc ce qui est advenu ici ce soir, entre moi-même et ma délicieuse Fille Adoptive, Fanny, la jeune Orpheline dont je vous ai parlé, qui vit dans ce Château de Lymeworth, grâce à la Bonté de Cœur, à la Magnanimité et à la Générosité de votre Serviteur.

Connaissant le Zèle, l'Ardeur, la Ferveur que vous mettez à vos Conquêtes, je crains que vous ne protestiez que de séduire une Jeune Fille qui n'a rien vu du Monde, qui se trouve livrée entre mes mains comme l'Agneau aux griffes du Lion, et que toute Épithète de flatteuse Bonté ne saurait manquer de griser, n'apporte aucun Triomphe et n'est même pas une Victoire digne d'être signalée Madame, vous auriez tort. Cette Enfant abandonnée n'est ni une Domestique ni une Vulgaire Catin; c'est une Fervente des Muses fort érudite en Poésie et en Philosophie. Que vous dire ? Je l'ai vue, de mes yeux vue, par le trou de la serrure de son Boudoir, repousser les Avances d'un Personnage, et quel ! rien moins que le Poète, Monsieur Alexander Pope (que j'ai amené ici, comme vous le savez, pour m'aider à dessiner mes nouveaux Jardins en prêtant son précieux œil de Poète aux Efforts de mes Jardiniers paysagistes), aussi bien que les Assauts de mon méprisable Fils, Daniel (lesquels Assauts, j'en conviens, sont peu de chose, car ce Garçon n'a guère plus de Charme qu'un Croquant de nos Campagnes). Mais notez bien, je vous prie, qu'elle est une Proie de Valeur, en dépit de ses humbles Origines, puisque, à force d'Étude et d'Application, elle a fini par se parer de plus de Grâces que mes propres Enfants, et que, tout en ayant par nature le Sang chaud, elle est aussi pleine de Principes Moraux (Chose qui, ainsi que vous vous le rappelez, constitue l'une des Clauses essentielles retenues par nous, dans la Liste des Règles de notre petit Jeu de la Vérité et de notre Engagement de nous divertir mutuellement en nous avouant nos Badinages respectifs)

Par ma Foi, elle offre toutes les Qualités requises   Beauté Morale, Passion, et toutes en Abondance

Or donc, vous souhaiterez sûrement apprendre quelle Stratégie j'adoptai, quelle Campagne je menai, quelles Manœuvres j'exécutai, bref, par quels Moyens je parvins à la Victoire et à l'entière Conquête de ma Proie. Eh bien ! je résolus de combiner deux Stratégies : tout d'abord le quasi-Viol (qui lui échauffa le Sang et jeta le Désordre dans ses Sens), puis cette Stratégie de la Terreur et de l'Affolement dont nous avons tant débattu, et en vertu de laquelle, menaçant de me tuer de ma main, je lui permis ensuite de voler à mon Secours et d'être, ô Douceur, le Bon Ange de mon Salut. La Manœuvre réussit mieux que je ne pouvais l'espérer ! En d'autres Occasions, des Jours, voire des Semaines, étaient nécessaires à la Victoire complète. Cette fois, la Conquête ne prit en tout que quelques minutes !

J'e trai dans sa Chambre, l'Épée au côté, louai sa Beauté en des Termes empruntés au Langage du Théâtre, poussai la Hardiesse jusqu'à lui baiser les pieds (non pas la gorge, notez-le bien !), brandis la Menace de périr par Amour en remettant ma Vie entre ses mains, me tirai de fait un peu de Sang et, au bord du Gouffre Noir, fus sauvé par le Don, que me fit cet Ange, de son Pucelage. Ah ! Madame, quel admirable Jeu. S'il vous avait été donné d'épier par quelque Orifice indiscret (comme en telle Occasion précédente que vous n'aurez sûrement pas oubliée), vous n'eussiez pas manqué de me complimenter vivement. Oui, mon Amie, cette Fille est mienne, totalement mienne. Après cette nuit, il n'est plus rien qu'elle ait encore à m'accorder.

Je suis trop plein de ce Triomphe tout neuf pour être à même de porter sur lui un honnête Jugement. Mais je vous promets qu'il figurera dans notre Livret des Amours comme une de nos plus charmantes Soirées de Divertissement. Cupidon lui-même me prépare une Couronne !

J'espère que votre Santé est bonne, Madame, et que votre Silence ne dissimule pas une Persistance de cette fâcheuse Fièvre dont vous me faisiez part dans votre dernière Lettre. Par ma Foi...

Je ne pus en lire plus long. Mes yeux débordaient de larmes amères et mon Cœur souffrait d'une Humiliation si grande que, seule, la Mort eût pu l'en guérir. Je courus me régugier de nouveau à l'abri des murs du jardin, prête à me briser le front aux pieds de la Statue de Vénus. Et sans nul doute je l'eusse fait, si la Couardise ne s'était entremise, avec la Crainte infâme d'une Blessure corporelle. Les Phrases les plus cruelles de la scélérate Lettre résonnaient dans mon Cerveau comme un Glas sous le toit d'un clocher d'Église : *Quel admirable Jeu !* – j'entendais la voix railleuse de Lord Bellars pro férer ces Mots détestés. Et aussi *l'entière Conquête de ma Proie*, et *je résolus de combiner deux Stratégies, et en des termes empruntés au Langage du Théâtre !* N'était-ce pas assez d'avoir consommé ma Perte, d'avoir trahi la belle Confiance que je faisais pour la première fois aux Pouvoirs de l'Amour ? Fallait-il aussi m'épingler de Ridicule aux yeux de la Maîtresse de Lord Bellars à Londres — Dame de Qualité certainement, pour qui ma Perte n'était que Manière de passer, en se jouant, un après-midi, que Saynète grivoise, que Sorte d'Intermède pour réchauffer le sang d'Amants blasés ?

O Belinda, jamais Fille ne fut aussi misérable que moi ! Je songeai à mettre fin à mes Jours (qui n'offraient plus d'Intérêt à mes yeux); mais je ne le pouvais, tant par Peur des Tourments physiques que des Tourments de l'Ame dans l'autre Monde ! Mais comment survivre à cette Humiliation ? Je me sentais incapable d'affronter de nouveau Lord Bellars et ma Mère Adoptive, incapable de prendre place à table en face du Poète, de Lady Bellars, de Mary, de Daniel et du Traître Lord Bellars lui-même, ainsi que de tous les autres Invités prévus, sans laisser transparaître ma Détresse. Oui, que faire, sinon fuir ?

Fort heureusement, j'avais les pièces d'or que le Poète m'avait forcée d'accepter et, en outre, je possédais quelques bons vêtements et joyaux qui se pouvaient mettre en gage, tels qu'une boîte à priser en Argent, une montre en Or et plusieurs bagues en Or aussi.

Je remontai en courant dans ma Chambre pour rassembler tous mes Biens de ce Monde (y compris mes premiers Essais poétiques) et pour tirer les Plans de ma Fuite de Lymeworth.

J'en étais à examiner comment m'échapper jusqu'à Londres, sans tomber aux mains de Bandits de Grand Chemin et de Voleurs, quand me revint à l'Esprit la Coutume qu'ont certaines Actrices célèbres de Londres, de se travestir en Homme pour jouer les Jeunes Cavaliers, et je conçus l'Idée de voler la tenue de cheval de Daniel et sa perruque d'Équitation, afin de prendre le chemin de Londres en Homme. Par chance, j'étais alors, comme aujourd'hui, excellente Cavalière, ainsi que je l'ai dit; mais j'ignorais si je parviendrais à prendre mon Étalon Arabe bai-brun, Lustre, sans éveiller les Soupçons du Palefrenier et des Garçons d'Écurie, de même qu'il était tout aussi douteux que je fusse en mesure d'atteindre Londres indemne. Mais quel autre Choix avais-je ? Je séchai donc mes larmes et me mis en Devoir de m'apprêter pour ce Voyage.

Chapitre VIII

Qui renferme les Aventures diverses de notre Héroïne durant la Préparation de sa Fuite, ainsi que nombre d'édifiantes Digressions sur les Dots, l'Amour, les Beautés de la Campagne Anglaise, la Sagesse des Chevaux, la Nécessité des Déguisements & finalement, l'Avantage qu'il y a, en tout temps, d'être un Homme plutôt qu'une Femme.

DANIEL dormait comme un porc, ou, pis encore, comme un vieux Hobereau, ronflant, sifflant, expirant à grand Renfort de salive et de vents. Malgré toutes ses Prétentions aux Manières d'un Homme de Plaisir pendant le jour, dans son Sommeil il était clair qu'il était plus à plaindre qu'à craindre. De temps à autre, il tressaillait en dormant et marmonnait des Syllabes inintelligibles. Je n'eus pas grand mal à m'emparer de ce que je voulais sans l'éveiller, tout en ne manquant pas de me souvenir que de pauvres Filles avaient été pendues pour moins que ce que je dérobais en ce moment, et que, après la Façon dont je l'avais traité la veille, sa Revanche pouvait être terrible.

Les grandes perruques longues de mes jeunes années commençaient juste à passer de Mode (bien que, au vrai, de Vieilles Gens les portassent encore) et les Jeunes Élégants arboraient maintenant la perruque plus petite, surtout pour monter à cheval. Je mis la main sur l'une de celles-ci, noire et fort belle, qui avait dû coûter tout une pochée de Shillings, et m'emparai du même coup d'une paire de bottes de Cavalier, d'une culotte de Cheval en peau brune, de bas, d'une fine Épée à poignée d'Argent, d'une redingote verte, de linge frais, d'une cravate, d'un chapeau en castor noir, et d'un lourd manteau écarlate pour me protéger de la pluie.

J'avais bien trop peur de réveiller Daniel pour me demander si ces vêtements m'iraient ou quelle sorte de Figure je ferais, déguisée en Petit-maître. Juste comme j'allais sortir de sa Chambre, Daniel se retourna et murmura : « Fanny, Fannette, Fan... », et, un instant, je me crus perdue. Mais il rêvait seulement; l'Infâme me souillait dans son Sommeil autant qu'éveillé.

Je me hâtai vers ma Chambre, afin d'y composer une Lettre d'Adieu à Lady Bellars et de m'accoutrer proprement dans les vêtements volés, avant de me mettre en route. J'écrivis donc :

> Madame,
>
> Le très grand respect que je vous porte, à vous et à votre iné-puisable Bonté à mon égard, en toutes Circonstances, me contraint à vous informer de ma Fuite imminente de Lymeworth. La Cause de ce Départ précipité, je ne puis la divulguer. Qu'il me suffise de dire que je me suis imposée à votre Grand Cœur plus longtemps que ne le mérite mon Indignité. Ce serait certainement manquer de Sentiment que de ne pas confesser le Chagrin qui me serre la Poitrine en vous faisant mes Adieux, à vous et à Lymeworth. J'ai vécu ici d'heureuses années, j'y ai appris la noble Passion de l'Amour Filial, les nobles Arts de la Lecture et de l'Écriture, les Leçons plus rudes de l'Histoire, ainsi que les Divertissements salubres de l'Équitation, de la Chasse à Courre et à Tir, et de la Pêche. J'espère de toute mon Ame que vous ne tiendrez pas ma Désertion pour une Perfidie. Un jour, le Temps accompli, j'expliquerai les Raisons de mon Départ. Jusque-là, adieu, ma Douce Mère (si vous me permettez de vous donner ce Nom). Je suis
>
> Votre très-obéissante et affectionnée Fille Adoptive, jusqu'à la Mort,
>
> Fanny.

Je scellai cette Lettre non sans verser un pleur, connaissant trop le Chagrin qu'elle infligerait inévitablement à Lady Bellars. J'aurais voulu pouvoir me cacher dans les plis de sa robe, comme lorsque j'étais petite. Mon Cœur débordait d'Humeurs mélancoliques, et ma Mémoire, des Souvenirs les plus doux. Lady Bellars ne m'eût pas mieux traitée si j'étais née de son Sang. Elle m'avait élevée comme sa vraie Fille — comme une Fille de son Cœur, sinon de son Sein — et bien que je fusse sans Dot et sans Espoir d'un beau Mariage, j'étais, en un Sens, plus fortunée que Mary, car je ressentais moins la contrainte des Devoirs Familiaux. Mary ne manquerait pas d'être mariée avec le premier Personnage venu, si détestable fût-il, qui apporterait à la Descendance de Lord Bellars le plus de Terres possible. Et bien que je ne pusse m'empêcher de sourire à la Pensée de son Sort, j'en mesurais toute l'Injustice. Même elle ne méritait pas pareil Traitement — non plus qu'aucune Femme. C'est un Paradoxe que l'Absence de Douaire puisse être une Bénédiction pour certaines Dames; car quel autre Attrait que sa Dot Lady Bellars avait-elle eu pour Lord Bellars, et n'eût-elle pas été beaucoup plus heureuse sans lui ?

Faute, certainement, de pouvoir emmener un portemanteau sur mon Cheval, il était essentiel que je prisse donc tous mes Biens sur moi, dissimulant les Objets de valeur à l'intérieur de ma culotte et dans les poches de ma redingote, voire jusque sous la coiffe de mon chapeau.

O, je faisais Belle Figure en Garçon ! Mes longs cheveux ramassés tout près du crâne, à l'aide de rubans et d'épingles (pour les tenir cachés sous ma perruque de Cavalier), le visage vierge de fards ou de mouches, la gorge masquée par la redingote et le manteau, le chapeau coquinement rabattu sur le front pour tenir mes traits dans l'ombre, et mes bottes me donnant, avec l'Épée, l'Assurance du Petit-maître.

Debout devant ma glace, je m'exerçai au Parler masculin :

— Halte ! La Bourse ou la Vie ! imaginai-je que m'intimait un Gentilhomme de Grand Chemin.

— Va-t'en au Diable, Maroufle, Coquin ! répliquai-je de mon meilleur *Contralto*.

Mais cela n'allait pas : l'Organe restait celui d'une Fille.

— Monsieur, vous n'êtes qu'un Faquin et un Fripon ! dis-je d'une voix plus profonde.

C'était mieux, ne fût-ce que d'une once. Soit donc : une fois de plus !

— Le Diable m'emporte si tu n'es pas un Fils de Putain, Maraud ! dis-je avec encore plus d'Assurance et (du moins l'espérais-je) la Tessiture virile d'un joli Ténor.

Sans être la Perfection, c'était assez juste. Jamais je ne chanterais la Basse, mais, avec un peu de Chance, je pourrais passer pour un Castrat.

J'épinglai ma Lettre à l'oreiller, saisis mes poèmes et les répartis sur moi entre diverses cachettes, dis Adieu à ma Chambre bien-aimée et redescendis pour me faufiler jusqu'aux Écuries.

J'étais dans l'escalier de service lorsque l'horloge sonna huit

coups; de là, par un couloir secret, je gagnai la Bibliothèque, en remerciant mon Ange Gardien de ce que Mme Locke et les autres
serviteurs fussent en bas, à la Cuisine, où ils préparaient le Petit
Déjeuner. Je traversai la Bibliothèque et, au passage, avant d'atteindre les portes-fenêtres donnant sur le parc, jetai un dernier
regard sur la missive détestée. J'avoue avoir, un instant, envisagé
de la brûler, mais préférai en définitive la Ruse et le Détour pour
me venger de Lord Bellars; puis je consommai mon Évasion.

Je courus sur l'herbe veloutée jusqu'aux Écuries; mes pieds,
naturellement petits, glissaient dans les bottes trop grandes; mes
talons s'enfonçaient dans le sol humide. Même en ces mélancoliques
Circonstances, je ne pouvais manquer de remarquer la Beauté de la
Campagne du Wiltshire ni l'odeur sucrée de l'herbe, sous la légère
pluie qui tombait.

O Belinda, j'ai beaucoup voyagé dans des Pays Lointains; j'ai
traversé l'Atlantique, tant Nord que Sud, et la Mer des Caraïbes; mais
je ne connais rien d'aussi beau que notre Angleterre. Nulle part les
arbres ne sont aussi étroitement embrassés par la mousse; nulle part
les feuillages ne sont aussi verts et fournis, les pelouses d'un plus bel
émeraude, les roses aussi roses, les haies aussi odorantes. Même les
vaches Anglaises paissant sous les frondaisons ruisselantes de pluie
sont plus belles que leurs Sœurs d'autres Nationalités ! Chaque fois
que les Vicissitudes de notre Monde sublunaire me plongent dans la
Mélancolie, j'arrête mon Esprit sur l'Image d'un Paysage Anglais et
retrouve aussitôt Paix et Contentement. D'autres peuvent soupirer
après de longues Traversées Marines ou pour la Sublimité des Alpes.
Oh ! moi-même, en mon temps, j'ai sottement raffolé du Charme des
Océans et des vaisseaux à voiles, et gravi maintes montagnes, admiré
les nuages tant d'en bas que d'en haut. Mais, finalement, rien
n'est plus parfait dans la Nature qu'un Paysage Anglais. L'on n'y
trouve ni grossières Excroissances ni Erreurs barbares, ni trop de
Platitude non plus que d'Altitude. Rien qu'une parfaite Harmonie de
courbes serpentines. Quand jamais il m'arrive d'être, si peu soit-il,
attristée par les Folies de l'Espèce, je festoie mes yeux du Souvenir de
ce vert humide et profond et me sens bénie de Dieu.

Pourtant, courant à travers la pelouse vers les écuries, j'eus un
élancement d'Indécision. (Dites-moi, s'il vous plaît, pourquoi une
Demeure n'est jamais si belle que quand on la quitte ?) La nuit précédente, qui me semblait maintenant vieille d'une Éternité, le Poète
m'avait tout offert : Maison, Terres, Richesses, indéfectible Dévotion.
Peut-être fallait-il ravaler mon Orgueil, oublier ma Décision impé-
tueuse de fuir seule et, au lieu de cela, partir avec lui ? Je ne doutais
pas qu'il tiendrait ses Promesses. Un Homme de cette Tournure n'était
pas parfaitement libre de choisir ses Dames, et j'imaginais qu'il me

serait aisément loisible de régenter son Bon Vouloir, de l'enjôler pour l'amener à se séparer de sa Fortune, et de jouer les Glorieuses pour ce Faune difforme.

Mais, oh ! mon estomac se soulevait à cette Pensée ! J'en savais assez maintenant sur la douce Passion d'Amour pour ne pouvoir faire autrement que de rejeter les détestables Étreintes d'un Monstre. Lord Bellars m'avait traitée scélératement et se révélait aussi fieffé Maquereau que le donnait à entendre Lady Bellars; et cependant, moi-même, j'avais ressenti une Affection ardente pour lui, même si ce n'avait été que pour la voir s'évaporer lorsque j'avais découvert sa Perfidie. En bref, j'avais connu l'Amour, à la Différence de lui, et l'Amour, comme disent les Poètes, est semblable à une Flamme. Tout ce qui subit son Épreuve en sort inévitablement changé. Il est parfaitement possible à l'Amour d'être sincère, même s'il n'est pas partagé. L'on peut connaître ensuite Peine et Humiliation, mais l'on ne peut défaire l'Amour dès lors que l'on a été sa Proie, et moins encore les Changements opérés par son Pouvoir. Ainsi donc, ne pouvait-il plus être question pour moi de m'aventurer désormais à aller vivre à Twickenham en compagnie de M. Pope. Seule, une Ame étroite et vulgaire eût pu avoir cette Hypocrisie. Et mon Ame, nullement étroite par nature, s'était encore épanouie sous les Effets de l'Amour.

Belinda, il est vrai que le Monde n'est point fait à l'Avantage des Femmes, et qu'elles doivent souvent sacrifier leurs Beaux Principes afin d'assurer le Pain à leur propre bouche et à celle de leurs Enfants; mais jamais je ne fus faite de Façon à pouvoir feindre d'aimer un Homme détestable dans l'Espoir du Gain, et mon Expérience est que je n'en ai pas moins prospéré.

Parfois, je l'avoue volontiers, mes yeux ont lancé des œillades mensongères, mon Sein s'est arraché des Soupirs (que personne n'eût pu entendre sans en être ému), bien qu'ils ne reflétassent pas entièrement mon Sentiment; parfois aussi, j'ai nonchalamment laissé choir un mouchoir de mon corsage, afin de marquer un Point dans la Discussion, qu'elle fût philosophique ou pécuniaire. Mais je jure n'avoir jamais feint l'Amour pour quelqu'un qui ne le méritât pas, ni jamais utilisé le noble Pouvoir de l'Amour pour obtenir des vêtements aux riches dentelles ou des bijoux. Sinon, je pourrais certes être plus riche que je ne le suis aujourd'hui. A la Vérité, je le suis assez pour tous mes Besoins. Et de quel Usage est la Richesse, si les Moyens de l'acquérir nous conduisent à nous haïr nous-mêmes ? La Fortune n'est rien d'autre que l'huile qui permet aux rouages du Monde de tourner.

Ainsi raisonnais-je alors, tout de même qu'aujourd'hui; et le Destin dut assurément approuver mon Équipée, car il fit en sorte que le Palefrenier et les Valets d'Écurie fussent occupés dans les prés à faire travailler deux Étalons Arabes de prix, que Lord Bellars souhaitait faire courir à Newmarket l'année suivante, et que je fusse à même de seller mon cher Coursier, Lustre, et de consommer mon Évasion sans que personne en sût rien.

Ah, que j'aimais ce Cheval ! Il était le premier que je possédasse et jamais je n'oublierai sa somptueuse robe bai-brun, son poil soyeux, son étoile en tête et son adorable balzane à main gauche, comme s'il avait trébuché dans un seau de peinture blanche. (Balzane une, Cheval de Fortune; balzane deux, Cheval de Gueux; balzane trois, Cheval de Roi; balzane quatre, Cheval à abattre.) Il était rapide, lui aussi, bien que pour rien au monde je ne l'eusse mis à courir, permettant ainsi à toutes Sortes de Viles Canailles de faire leurs Mises sur sa chair. Non, pour moi, un Cheval est plus qu'un Prétexte à parier. Un Cheval a la Légèreté du Vent; il est la Grâce en Personne. Bref, pour moi, les Raisons pour lesquelles les Anciens identifiaient le Cheval à la Poésie étaient déjà des plus claires. De plus, l'une des grandes choses que j'avais apprises, assise aux pieds de ma Mère Adoptive, était l'extrême Sensibilité de nos Amis quadrupèdes. En sorte que je ne manquais jamais de converser raisonnablement avec Lustre, en l'informant de l'Objet de notre Randonnée, et il me servait toujours au mieux pour ce Motif, puisque je l'honorais comme une Créature de Raison.

Car, note-le bien, Belinda : le Doyen Swift (sur les Inclinations personnelles duquel j'aurai fort à dire plus loin) avait entièrement Raison, dans ses *Voyages de Gulliver*, à propos des Chevaux. Comparés à leur Conduite ordonnée et rationnelle, ce sont les Humains qui apparaissent, au vrai, comme les Yahous. Qui peut montrer plus de Compassion pour les Épreuves et les Tribulations de l'Amour qu'un Cheval dans sa Loyauté (hormis un Chien) ? Et qui peut prêter l'oreille avec plus d'Affection aux Malheurs de son Maître ou de sa Maîtresse qu'une Créature appartenant à l'une ou l'autre de ces deux nobles races que, dans notre Démesure et notre Outrecuidance, nous osons qualifier d'*inférieures* ? Pour ma part, je professe que c'est de nous, plutôt, que l'on devrait parler comme de Sous-chevaux et de Sous-chiens.

Quelle Félicité céleste, que de galoper à travers des prairies Anglaises, par un matin de juin, et en parlant à son Cheval ! Quelle Cure parfaite pour soigner les Vapeurs ! Jamais je n'ai monté Lustre sans Exultation; jamais je n'ai galopé sur son dos, le Vent aux oreilles, sans un Sentiment de Liberté si complet que toute Mélancolie en était bannie. Pourtant, ce jour-là, au Souvenir soudain qu'il s'agissait non pas d'un galop matinal comme d'habitude, mais en vérité de ma dernière matinée en des lieux si chers à mon cœur, mes larmes se mirent à couler comme si elles n'allaient plus jamais s'arrêter !

Je n'avais que peu battu la Campagne dans mes jeunes années; toutefois, je savais que, si je pouvais trouver mon chemin jusqu'à la Route de Bath, je serais en mesure de la suivre sans grand mal jusqu'à Londres. Certes, je redoutais les Bandits de Grand Chemin qui infestaient les Routes menant à cette dernière Ville, et je n'ignorais pas non plus qu'ils croissaient en Nombre au fur et à mesure que l'on se rapprochait de la Métropole; mais je me forçais à me rassurer quelque peu du fait de mon Déguisement masculin. Peut-être, aisni que j'en fis la Remarque à Lustre, était-ce là Sécurité mensongère. Mais il n'est plus grande Délivrance que de se sentir libérée de la Peur du Viol, que, sauf en s'habillant en Homme, aucune Femme ne peut oublier à aucun instant de sa Vie. Et puis, quelle grande Joie, de dépouiller paniers et jupons pour passer la culotte. Et il y a une Liberté provenant du Déguisement que nul ne connaît sous l'Aspect naturel.

— Peux-tu imaginer cela, Lustre ? demandai-je à mon Cheval, en séchant mes larmes. Peux-tu concevoir la Liberté qu'il y a, à se retrouver soudain déguisée en Garçon ?

Un hennissement me signifia sa Sympathie. Assurément, il existait entre nous plus qu'un Lien verbal. Je m'efforçai donc de recourir à une Métaphore empruntée à l'Univers Equin, afin de me faire entièrement comprendre de Lustre.

— Là ! dis-je. C'est comme si, toi, tu t'essayais à jouer les Juments poulinières.

Lustre hennit de nouveau, mais en secouant la tête : il était clair que mon Explication n'était guère de son Goût.

— Comprends-tu maintenant ? insistai-je.

Il hennit plus fort, toujours secouant la tête. Je restai un moment perplexe, pendant que nous allions, puis perçus tout à coup le Sens de son Déplaisir : pour lui, être une Jument n'était pas du tout pareil, et la Créature de Raison qu'il était en avait parfaitement Conscience (ce qui n'eût pas été le Cas pour un Homme engagé dans le même Dialogue). Le costume de Garçon conférait des Privilèges qu'aucune Femme au Monde ne posséderait jamais : et d'abord, celui d'être laissée en paix (sauf par les Voleurs, qui faisaient leur Proie des deux Sexes, presque indifféremment); deuxièmement, le très appréciable Privilège de pouvoir dîner où l'on veut sans passer pour une Fille de Mauvaise Vie; troisièmement, le Privilège de se mouvoir en liberté dans le Monde, sans les Contraintes du corset, des jupes, du panier et autres carcans semblables. Car j'en étais venue à cette Théorie que les Femmes n'auraient jamais la Libre Propriété de leur Ame, tant qu'elles ne pourraient pas courir le Monde libérées d'au tant d'Encombrements que possible. La robe à paniers, raisonnais-je, était un Instrument d'Esclavage. Certes, je pouvais frémir d'Horreur à la Pensée des Amazones qui s'amputaient d'un Sein; mais comment n'eussé-je pas compris leurs Raisons ?

— Lustre, tu es mon seul Amour, dis-je en l'éperonnant et le lançant au galop vers la Grand-route. Tu es mon Illumination, mon Amant, mon unique Ami !

Et l'Étalon hennit sa Réponse, que j'interprétai comme étant : « Oui ! Oui ! Oui ! »

Chapitre IX

Qui contient une édifiante Enquête Philosophique sur les différentes Philosophies du Troisième Comte de Shaftesbury et de M. Bernard de Mandeville, en même temps qu'un Récit du sincère Dilemme où est enfermée notre Héroïne, touchant le Rôle de la Femme en général en ce vaste Monde; ensuite de quoi nous la suivons dans une Foire de Village, & assistons aux Mésaventures qu'elle y rencontre, à ses Débuts de Duelliste, & enfin & surtout, au très surprenant Salut qu'elle doit à un non moins étonnant Sauveur.

JE CHEVAUCHAI toute la matinée sans Mésaventure, fis halte à midi pour abreuver Lustre (et acheter du pain et du fromage à un Marché villageois), puis repris mon chemin pendant presque tout l'après-midi.

Sur le trajet, je vis au passage maint Spectacle intéressant : Vieillards jouant aux quilles sur la place du Village, Diligence roulant à grande vitesse et grand fracas sur la Grand-route, et secouant ses Passagers, très probablement au Péril de leur Vie, dans sa course brutale, Jeunes Garçons pêchant au bord d'une berge verdoyante; malheureuses Filles, toutes jeunes, Pensionnaires d'un Asile Public, lavant des vêtements à la brosse dans l'eau de la même rivière.

Je garde le Souvenir vivace du Moutonnement des collines basses sous l'Immensité du Ciel, de la pierre tiède et dorée des Villages, des champs de blé et d'orge d'hiver, des moutons paissant sur les coteaux crayeux, et des vaches noires et blanches se gorgeant d'herbe grasse et humide.

L'étonnant était que le simple fait d'être vêtue en Homme, de posséder une Monture aristocratique et une Épée d'Aspect farouche (bien que j'ignorasse tout de son Maniement), pût protéger de la plupart des Malencontres. Au vrai, ce premier jour, peut-être un Sentiment de Fausse Sécurité endormait-il ma Méfiance, en raison de l'extrême Bonne Fortune qui me valait de ne pas être arrêtée dans ma Fuite.

Je pouvais réfléchir aux Beautés du Paysage et à mon Triste Sort, autant que considérer l'Incertitude de mon Avenir et discourir avec Lustre des Philosophies contradictoires du Troisième Comte de Shaftesbury (qui démontrait la Perfection de l'Univers et le Caractère Inné de la Vertu en l'Homme) et de M. Bernard de Mandeville qui, en revanche, soutenait que l'Amour-propre est l'unique Moteur de l'Humanité. Bien que mon Cœur inclinât à suivre le Raisonnement de Shaftesbury, mon Esprit était plus porté à préférer celui de Mandeville. Néanmoins, j'en venais à penser que ni l'une ni l'autre de ces Recherches des Ressorts Majeurs des Actions Humaines ne semblaient embrasser le Comportement des Hommes à l'égard des Femmes; toutes deux se limitaient apparemment à celui des Hommes entre eux. N'y avait-il pas là une Bizarrerie ? L'Humanité ne comprend-elle pas aussi la Gent Féminine ? Les Philosophes le prétendaient, et cependant même les plus bienveillants d'entre eux, ceux qui étaient les Champions les plus bruyants de l'Universalité de la Charité et de l'Amour Chrétiens, paraissaient méconnaître totalement les Passions comme les Intérêts d'une Moitié de l'Espèce Humaine.

Comment alors choisir une Philosophie sur quoi modeler ma périlleuse Destinée, quand tous les Philosophes se refusaient à inclure la Femme dans leurs Spéculations sur la Raison, la Nature et la Vérité ? Car, s'il existait bien (comme j'en étais sincèrement convaincue) un Etre Suprême d'une Infinie Sagesse, et si (comme telle était aussi ma sincère Conviction) cet Etre Suprême avait, de tous les Systèmes possibles, choisi, pour le créer, le meilleur, pourquoi donc ne pas admettre en Postulat que ce Monde dans lequel je me trouvais était le Meilleur des Mondes possibles ?

Or, clairement, tel n'était pas le Cas pour ce qui concernait les Femmes, à moins que, comme le soutenait M. Pope, il n'existât une Justice secrète derrière ce Voile d'apparente Injustice. Si, au vrai, toutes les Créatures appartiennent à un seul Grand Tout Organique, lequel, à son tour, ressortit à l'Esprit Universel et, en conséquence, à Dieu, alors nos Différences apparentes ne sont qu'Harmonies inconnues de nous. Shaftesbury ne disait-il pas que « l'Humanité entière est, en quelque Sorte, un seul Grand Etre, divisé en diverses Parties » ? Dans ce cas, Lord Bellars et M. Pope, et même la Maîtresse Londonienne de Lord Bellars, ne pouvaient être que des Parties d'un seul Grand Tout Organique, comblé des Bienfaits de l'Esprit Universel. Mais fi ! Il était impossible que Dieu approuvât pareil Manège. La Vérole emporte le Troisième Comte de Shaftesbury et son méchant Optimisme !

Qu'en pensait Lustre ? S'accommodait-il de sa Place dans la Grande Chaîne de la Création ? Était-il convaincu d'appartenir au meilleur de tous les Mondes possibles ? Quand il tournait sa noble tête pour me regarder, les yeux dans les yeux, il semblait me dire qu'il était heureux de sa Place tant que j'étais sa Maîtresse, mais qu'il s'en faudrait qu'il le fût si un Voleur de Chevaux ou un Brigand venait à le dérober.

Frémissant à cette seule Pensée, je lui jetai les bras autour du col. Je l'aimais trop ! Ah ! quelle Tendresse nous pouvons éprouver pour nos Frères Muets, les Animaux ! L'Idée de perdre Lustre (ou, au vrai, de le voir malmené d'aucune Façon) me causait plus de Douleur que la Pensée de ma propre Mort.

Soudain, tandis que je m'abandonnais à ces sombres Songeries, mes yeux, ces globes lumineux qui n'avaient cessé jusqu'ici de se repaître des Beautés de la Campagne, débordèrent de larmes, lesquelles tendirent bientôt un humide Rideau transparent entre le Monde et moi, prêtant au Paysage entier l'Aspect d'une féerique grotte sous-marine. Et, à mesure que les pleurs se mettaient à couler, un Chagrin en réveillait un autre. La Pensée de perdre Lustre me conduisit à celle de la Trahison que j'avais subie et qui réveilla à son tour le Souvenir de ma Mère Adoptive, quittée sans même un baiser d'Adieu. Ah ! que j'étais malheureuse, oui. Je me pris à sangloter tout haut, et peut-être me fussé-je affalée, les bras autour de l'encolure de Lustre, au bord moussu de quelque rivière (où j'eusse fort bien pu me jeter pour finir, telle Ophélie), si la Peur d'être découverte et de voir ma qualité de Femme trahie par tant de larmes ne m'en avait dissuadée. Me retrempant donc une Volonté (sinon une Ame) de fer, je séchai mes joues et mes yeux, me mordis la lèvre de Honte pour ma Mélancolie, bannis toute Idée de Suicide et, remontant en selle, repris ma route.

— Mais il est une chose dont je suis absolument sûre, fis-je observer à Lustre, après avoir dominé pour de bon mes sanglots et mes pleurs. Rien de ce qui *est* n'est, assurément, *juste* ni *bien*.

Et attrapez, M. Pope ! Oh ! j'étais bien heureuse d'être débarrassée de lui et de son Hypocrisie ! Quand je serais devenue un Grand Poète (ce qui ne manquerait pas d'arriver, quelque Mal qu'il pût penser des Femmes Poètes), je n'emploierais pas ma Muse à travestir la Vérité, moi. Car, pour parler comme Horace : *Scribendi recte sapere est et Principium et Fons* — ou, en langue vulgaire : « Du bon Écrit, source et fontaine sont Sagesse. » Je fis pieusement Serment à Lustre comme à moi-même de ne jamais m'écarter de cette Maxime dans mes futurs Écrits.

Il y avait joli temps que l'heure du Dîner pour le Beau Monde, et presque du Souper pour les Gens de la Campagne, était passée — bref, le soleil était presque couché —, quand je fis mon Entrée dans une Bourgade rustique pleine d'Animation; et, tant mon estomac vide que la Fatigue de ma bien-aimée Monture m'en convainquant, je décidai de faire halte et entrepris de trouver une Auberge.

Mais une Foire était en cours dans le Bourg, et les divers Attroupements de Gens menant tapage qui emplissaient les rues de leurs Turbulences me persuadèrent que ce n'était peut-être pas l'endroit le plus sûr où passer la nuit. Néanmoins, je m'attardai quelque temps à la Foire, assez heureuse de la Liberté où j'étais de jouir du Spectacle du Vaste Monde sous mon costume masculin. Mais c'était une méchante Foire et, au vrai, ses Merveilles éveillaient en moi plus de Tristesse que de Gaieté. Outre un vacarme incessant et insupportable de mauvaises trompettes, le fracas des tambours et la bousculade et le coudoiement constant de la Multitude, l'air empestait la couenne de porc flambée et grillée dont on tirait des fritons pour le Régal de la Canaille, qui s'en gavait comme d'une Manne.

Bien entendu, il y avait là des Danseurs de Corde, avec et sans balancier, cabriolant haut au-dessus des têtes de la Populace. Un Italien d'allure fort drôle, en fine chemise de Hollande à fraise, haut-de-chausses rouge et longs bas roses, caracolait sur la corde en poussant une brouette rouge, avec deux Enfants et un chien dedans; et comme si cela n'avait pas suffi, il y ajoutait un canard en équilibre sur sa tête. Mais les Enfants dans la brouette avaient l'air terrifié; ils se cramponnaient au petit chien blanc, plus de Peur que par Amusement. Et la Foule riait gras et rauque et jetait des prunes et des noix à la tête du Danseur de Corde pour distraire son Attention, comme dans l'Espoir de le voir tomber plutôt que d'aller jusqu'au bout du Divertissement.

Les Spectateurs furent bientôt distraits de ces Bouffonneries par une Funambule, nommée Lady Mary (bien que je ne puisse dire s'il s'agissait en effet de la fameuse Danseuse de Corde de ce nom, ou seulement d'une grossière Imitatrice de Campagne). En tout cas, elle se distinguait plus par le fait qu'elle ne portait pas de jupons que par ses tours à la corde; car elle n'était vêtue, au lieu de robe, que d'un haut-de-chausses long et bouffant à ruchés et galons d'or, comme on en voit dans les Pantalonnades Italiennes, en se dispensant de dessous et de paniers, mais non, cependant, de corselet, qu'elle arborait sans l'addition d'un mouchoir, de manches ni d'une pointe ou d'un fichu, en sorte que sa Gorge débordait au-dessus du corselet et ballait en quelque sorte au Vent et aux yeux de tous.

La Foule perdit toute Raison à son Apparition; les Hommes lançaient des Remarques licencieuses sur sa Nudité; les Femmes la réprouvaient à voix haute, la traitaient de Putain, de Catin, mais ne pouvaient détacher leurs Regards de sa Gorge.

Lady Mary gambada en l'air au-dessus des têtes; elle paraissait esquiver les Insultes par son Agilité et sa Grâce, et souriait tout à fait comme si elle avait percé le masque de la Morale Mensongère de ces Gens. Il y avait dans son Courage quelque chose qui me plaisait, une Sorte de Moquerie des Affectations du Monde. Bien que je ne fusse pas plus capable de me dévêtir pour danser à demi nue sur une corde que de m'envoler à tire-d'aile jusqu'en Chine, je sentais bien qu'elle raillait son Public autant que celui-ci se moquait d'elle, mais dans cet Assaut d'Esprit, c'était elle la Gagnante. Il y avait de l'Art dans ses cabrioles, après tout, même si c'était peut-être une Sorte d'Art infé-rieure comparée à la Noblesse de la Tragédie ou à l'Élévation de l'Épopée; et quelque chose dans ses Traits semblait dire que nous sommes tous, en un Sens, des Danseurs de Corde, cabriolant pendant un peu de temps entre le Berceau et le Cercueil, pour mieux choir, à la Fin, dans la Tombe.

Je me détournai de ce Spectacle, gagnée de nouveau par la Mélancolie, et guidai Lustre à travers la Foule, à la recherche d'un Marchand de Pâtés ou de quelque autre Pourvoyeur de Victuailles. Les gens, cependant, se pressaient vers d'autres Bateleurs et, bon gré mal gré, nous fûmes emportés, mon Cheval et moi, jusqu'à une tente qui promettait aux badauds « Une Grande Collection d'Étranges et Merveilleuses Raretés, toutes Vivantes, et provenant des Quatre Coins du Monde ». Le Propriétaire de la tente, un certain M. Doggett, Acteur célèbre en son temps, avait renoncé à sa Vocation afin de s'enrichir sur le dos de la Racaille qui hantait les diverses Foires de ces Campagnes. Personnage rengorgé de soi, il avait soif d'applaudis-sements comme les Gens de Théâtre et faim d'Argent comme un Marchand — et je passe sur sa belle Ame de roquet affamé fouillant les détritus en quête de Dîner.

— Oyez ! Oyez ! criait-il à la foule, en repoussant sur sa nuque un tricorne graisseux, tirant sur la queue de sa perruque à catogan et fronçant sa face rougeaude pour intimider les Membres de l'Assistance qu'il ne parvenait pas à tenter avec sa Marchandise monstrueuse. De votre vie, vous ne reverrez pareil Spectacle ! déclamait-il. Eh quoi ? Seriez-vous timides ? Etes-vous des Femmelettes ? Ou auriez-vous Peur de perdre les Esprits ?

La Foule demeurait muette, clouée sur place par la Brutalité de son Boniment. J'étais décidée à pousser Lustre plus avant, pour éviter cette Parade de Monstres; mais, juste au moment où je commençais à reculer, l'Homme me fixa de son terrible regard et dit :

— Le Jeune Gentilhomme ne veut-il pas montrer l'Exemple ? Ou bien a-t-il Peur, lui aussi ?

Ainsi défiée, j'étais forcée de répliquer, et, de ma voix la plus profonde (espérais-je), je répondis :

— Mon cheval a soif, Maroufle. Je ne peux tarder ici.

Sur quoi Doggett descend de son estrade, saisit Lustre par la bride, loue sa Beauté avec un Regard concupiscent et déclare :

— J'abreuverai votre Cheval, mon Jeune Ami. Venez, entrez voir mon Spectacle, sans liard débourser !

Et, en moins de temps qu'il n'en faut pour le dire, il entraîne Lustre dans un enclos situé derrière l'estrade, tend la bride à son Valet et reprend sa place devant la Foule grouillante.

— Allons, mon Jeune Ami ! répète-t-il à mon Intention. Ouvrez le chemin, voulez-vous ?

J'étais encore Fille bien trop docile (sous mon Déguisement garçonnier) pour défier une grande et grosse Brute me commandant sur ce Ton, et je suivis donc M. Doggett sous sa grande tente à Monstres, toute la Foule sur les talons. Que dis-je ! la Cohue m'engloutit dans sa Hâte de voir ces « Caprices de la Nature ».

Dans l'air fétide qui stagnait sous la toile tendue, Doggett fit admirer ses Merveilles. Il nous montra une Femme à trois Seins, avec sa Petite Fille dotée des mêmes Avantages (bien qu'il fût très difficile de dire s'ils étaient en chair ou en cire, Doggett ne permettant pas que l'on s'approchât d'assez près pour s'en apercevoir). Il exhiba aussi un Enfant monstrueux, tétant le Sein d'une autre Femme et dont le pauvre crâne, qui semblait tout enflé et violet, était énorme. Ensuite, il présenta un Homme de Race Noire, minuscule, récemment ramené des Indes Occidentales et qu'il annonçait comme « la Merveille de notre Ere ». Ce petit Prince Noir ne mesurait pas plus de trois pieds de haut, tout en offrant la forme et le visage d'un Etre Adulte — le tout d'une Délicatesse stupéfiante en toutes Proportions. Il y avait encore deux Créatures désignées comme « des Monstres des Forêts des Indes Orientales », et qui me parurent ressembler plutôt à deux Frères Jumeaux, sur le corps desquels on aurait collé du faux poil, tandis que, sur la tête, on fixait des bois de cerf; et aussi un ouistiti qui dansait le Branle; et deux chiens, répondant aux noms de Swami Saltimbanque et de Swami Jappeur, tous deux coiffés du turban et assis sur un petit trône, et, à entendre Doggett, capables de prédire l'Avenir par leurs jappements (lesquels passaient forcément par le Truchement dudit Doggett) Et puis, des Jumeaux

Hongrois, tenant l'un à l'autre par le dos et qui conversaient entre eux en Haut ou Bas-Flamand, en Hongrois, en Français ou en Anglais, au gré de l'Assistance. Et un autre Hongrois, jeune et qui, en guise de cuisses et de jambes, avait des Seins de Femme, sur lesquels il était réputé pouvoir marcher (bien que je n'aie rien vu de tel, pendant le temps que je regardai). Et un Jeune Garçon, qui pouvait peindre des Tableaux avec les pieds durant qu'il jouait du violon avec les mains; une Fille, née, elle, sans bras ni jambes, et qui, nonobstant, enfilait une aiguillée de fil et cousait avec les dents, le petit Prince Noir tenant pour elle le tissu. Et, enfin, encore un Jeune Garçon au corps entièrement couvert de soies de sanglier.

Il y avait là de quoi contenter ma Curiosité des Bizarreries jusqu'à la Fin de mes Jours ! Les Gens qui s'écrasaient me paraissaient bien plus monstrueux que ces Merveilles rares; car qu'est-ce donc qui peut déterminer la Canaille à s'étonner de Créatures plus infortunées qu'elle, si ce n'est l'Exultation méchante de l'Amour-propre ? Quelle Fascination, quel Divertissement, quelle Surprise peut-on trouver à tel Spectacle ? Le Plaisir de se féliciter d'être né par Bonheur avec deux bras, deux jambes et le nombre requis de doigts ?...

Absorbée dans ces Pensées, je tâchais de me frayer un chemin pour sortir de la tente et recouvrer mon Cheval, lorsqu'une jeune Villageoise, grasse et rougeaude, qui me précédait, se retourna vers moi en s'écriant :

— Ah ! tu veux me pincer les fesses, pourceau ?

Et me frappa en plein de son panier de prunes.

J'en restai tout abasourdie. Bien évidemment, je n'avais rien fait. Je ne m'étais même pas aperçue de sa Présence avant qu'elle assenât le coup. Mais son Accusation alerta son Compagnon, gros Rustre brutal qui, se tournant aussi vers moi, reprit la Calomnie à son compte :

— Ah, tu veux lui pincer les fesses ? Je m'en vas te pincer la tête, moué, que t'en pisseras par le nez ta cervelle de cochon !

Que faire ? Offrir des Excuses pour un Crime que je n'avais pas commis, ou affronter le Rustaud pour un Tort imaginaire ? Je m'empressai de choisir la première voie.

— Mille Pardons, Madame, dis-je, m'efforçant une fois de plus à ma voix la plus grave.

— Mille Pardons ton cul, ouais ! railla le Défenseur de la Belle. Vous n'avez qu'une Idée, vous aut' Beaux Messieurs : serrer nos Filles dans les coins et ni vu ni connu, pas pris pas puni. Eh ben, je vas te montrer, moué ! La Peste soit de ton Arrogance ! Morbleu, je t'la ferai ravaler avec ton sang, ou le Cornu m'emporte !

- Monsieur, répliquai-je, vous vous méprenez sur moi. Je n'ai que le plus grand des Respects pour l'Honneur de votre Dame.

Je n'aurais pu inventer pis. Alentour, la Canaille était de plus en plus échauffée par la bière et l'excitation de la Foire; elle ne souhaitait rien tant qu'une Bagarre, si injuste qu'en fût la Cause. Toutes mes belles Excuses ne furent qu'huile sur le feu et renforcèrent la Détermination de mon Adversaire de se battre.

— En garde ! cria-t-il d'une voix tonitruante. On va bien le voir, où il se tient, l'Honneur de ma Dame, et sur-le-champ !

J'avais pour moi l'Épée de Daniel, mais ne savais guère qu'en faire. Ah ! que n'avais-je appris l'Escrime à l'égal de l'Équitation et de la Danse. La Foule se refermait sur nous, clamant ses Encouragements et déjà engageant les Paris sur l'un ou l'autre Champion.

— C'est un Mignon et un Giton, je gage ! dit un Homme, tout près et à mon Propos, de toute Évidence.

Ah ! J'étais dans la pire des Traverses. Devais-je révéler ma Qualité de Femme et renoncer à mon Déguisement pour le reste de mon long voyage ? Ou bien relever le Gant, quitte à me faire envoyer à terre, voire peut-être percer de part en part, de la main de ce gros ours mal léché ?

Le Monstre aux mille têtes de la Canaille ne cessait de grossir, la clameur de la Multitude assemblée sous la tente attirant les Gens des autres coins de la Foire. Les Bateleurs avaient cessé leurs cabrioles et leurs contorsions et se pressaient à présent en Spectateurs. Les Équilibristes et les Voltigeurs, les Jongleurs et les Danseurs de Corde, et jusqu'au Bouffon et Compère avaient cédé à l'Attrait; tous, ils étaient là, se faufilant dans la Cohue et, avec de gros clins d'œil et de grasses œillades, mimant et imitant l'épaisse Villageoise qui se rengorgeait et se donnait des Airs, toute fière à la Pensée que l'on pût se battre en Duel pour ses Beaux Yeux.

— Maquereau et Capon qui plus est ! Le Diable soit de toi ! s'écrie son gros soupirant. Rends-moi Raison en Homme d'Honneur, ou je te coupe les oreilles !

Je réfléchis rapidement, l'Esprit subitement clair comme cristal, dans ma Panique. Je me souvins que, bien que le Duel fût, au vrai, illégal (même si les Rigueurs de la Loi étaient rarement appliquées), il n'en avait pas moins ses Règles, que rien ne pouvait contremander

Un Gentilhomme avait droit à un Témoin et à la Présence de son Chirurgien, ainsi qu'au choix du lieu du Duel.

— Monsieur, répondis-je donc, je vous rencontrerai dans une heure, hors des vieux murs de cette Ville, et fasse le Ciel que l'Homme d'Honneur, en vous, ne se satisfasse pas de tirer Avantage d'un Gentilhomme privé de Témoin et de Chirurgien pour l'assister.

— Voyez-moué ce Suffisant ! Au Diable tes Chirurgiens et tes

Témoins, Poltron ! riposta mon vaillant Adversaire. Rends-moi Raison, et ici même !

Priant le Seigneur ou l'Etre Suprême de m'accorder Aide et Courage, je tirai mon Épée à poignée d'Argent et m'apprêtai à comparaître, dans l'instant qui suivrait, devant Dieu Tout-puissant entouré du Chœur de ses Anges. Je me signai. Jamais je n'avais cru avec autant de Ferveur à l'Autre Monde.

Pendant ce qui me parut une Éternité, je demeurai, l'Épée haute, face à la mine menaçante de mon Adversaire. Seuls, le refrénaient pour le moment certains membres de la Racaille, désireux de faire place libre au centre, de façon que l'on pût mieux voir le Combat et mieux prendre les Paris.

J'attendais la Fin, pour moi, de ce Meilleur des Mondes, lorsque, juste à la seconde où mon Farouche Antagoniste s'apprêtait à dégainer à son tour, l'épaisse Atmosphère de la tente résonna soudain du Tonnerre d'un Cheval lancé au galop, accompagné de la terrifiante Trompette de ses Hennissements — et surgit à mes yeux Lustre en personne, le Domestique de Doggett, Voleur infortuné, cramponné à sa crinière ! Semant la Panique, mon Étalon bien-aimé pénétra à l'intérieur du champ libre, se cabra, se débarrassa de son Cavalier du même coup, hennit de nouveau, tel Pégase fendant les Espaces Célestes, encensa trois fois comme pour m'inviter à sauter en selle et, après m'avoir laissé tout juste le temps de mettre le pied à l'étrier, repartit au galop, rapide comme le Vent, emportant sur son dos sa Maîtresse, mal remise de ses Émotions, mais pleine de gratitude.

Tant à l'intérieur qu'à l'extérieur de la tente, la Multitude restait ébahie, bouche bée. De toutes les Merveilles de la Nature que ces Gens avaient pu voir en ce jour mémorable, Lustre était assurément la plus stupéfiante.

Nous traversâmes le Bourg dans le fracas d'un galop à nous rompre le cou, franchîmes les portes et nous enfonçâmes à travers prés. C'était Pleine Lune et l'Astre venait de se lever. Devant nous, la route déroulait son ruban violet et son Invite luisante, mais gardait le Secret de sa Destination.

Chapitre X

---

*Quelques Mots sur la Gratitude, à l'Adresse des Sages;
une Folle Poursuite à Cheval; les Entretiens de notre
Héroïne avec deux Créatures des Bois, porteuses de
Sagesse; & une Prophétie des plus surprenantes.*

Nous galopâmes un certain temps, que je mis à profit pour tenter de reprendre haleine et de déterminer le cours de mes prochaines Actions. Du fond du Cœur, je remerciais Lustre de son étonnant Secours, rendais Grâce au Tout-Puissant de Son Aide Salutaire, exprimais ma Reconnaissance à l'Homme de la Lune, à mes Bonnes Etoiles et aux Sorts eux-mêmes, pour m'avoir ainsi préservée d'un Trépas prématuré. (Car j'ai remarqué que, si les Mortels sont singulièrement enclins à implorer l'Aide du Tout-Puissant lorsqu'ils sont en Difficulté, ils sont aussi tout prêts à oublier de Le remercier, dès lors que les voilà délivrés, et telle a toujours été ma Philosophie, vis-à-vis de Dieu comme des Humains, que mieux vaut prévenir une fois que guérir cent fois.)

Tout à notre galop, Vent derrière, et au Désordre extrême de mes Pensées quant aux Evénements survenus à la Foire, je n'entendis pas tout de suite un bruit de sabots de Cheval qui se rapprochait, ni ne compris d'abord que l'on nous suivait.

Mais, bientôt, une étrange Sensation de Malaise me força à me retourner pour découvrir qui ? Doggett en Personne, galopant lui aussi à notre Poursuite tel le Diable en Fureur ! Il faisait tournoyer dans l'air un filet, comme pour m'attraper, et tenait en travers de l'épaule un mousquet à fusil, avec un canon long d'une aune et demie, du modèle dont eût pu se servir un vieux Gentilhomme Campagnard pour tirer des oiseaux.

J'avais beau éperonner Lustre qui, de lui-même, galopait aussi vite que le lui permettait la Fatigue de ses jambes, Doggett, hélas ! ne cessait de gagner du terrain. Comme il n'était plus très loin, il cria :

— Que voulez-vous pour prix de ce Cheval ?

— Rien ! répliquai-je. Jamais je ne me séparerai de lui !

Tel était donc le Jeu de Doggett : posséder Lustre pour l'exhiber comme une sorte de Caprice de la Nature, lui aussi, parmi son Etalage d'autres Laideurs et Grotesqueries !

— Non, jamais ! répétai-je comme un Serment.

Et, cette Résolution me donnant le Regain de Force qui me manquait encore, j'enlevai Lustre par-dessus une clôture, me retrouvai dans une prairie voisine et entraînai Doggett dans une joyeuse course par-dessus échaliers et ruisseaux, jusqu'à ce que nous ayons atteint une rivière au courant rapide, au bord de laquelle le Cheval de mon Poursuivant broncha et se déroba, alors que Lustre, intrépidement, s'élançait à gué.

Pour le moment, nous étions débarrassés d'eux : je voyais sur l'autre rive Doggett et sa Monture défaite tourner les talons. J'espérais sincèrement ne plus les revoir. Mais, en perdant notre Poursuivant, nous avions également perdu notre chemin. Epuisé par ses Efforts extraordinaires pour me sauver, Lustre avait besoin de Sommeil et d'eau. Pour moi, un peu de Repos m'était nécessaire. Impossible de trouver une Auberge en ces lieux sauvages, et, si nous dormions à la belle étoile, le redoutable Doggett était capable de nous rejoindre.

Je mis pied à terre, baisai Lustre sur sa bienheureuse étoile, laissai courir mes lèvres dans le creux de son front et le ramenai au bord des eaux rapides de la rivière, où tous deux, au Clair de Lune, nous nous abreuvâmes.

J'étais encore agenouillée sur la berge, buvant à la coupe de mes mains pendant que Lustre lapait joyeusement l'eau vive tout près, lorsque, brusquement, j'avisai l'étrange Silhouette d'une Femme coiffée d'un chapeau de castor à haute calotte, et qui, courbée en deux, semblait détaler le long de la rivière, suivie en silence par un chat Persan dont le pelage soyeux luisait sous la Lune. Dans une main, la Femme tenait une baguette de sureau avec laquelle, de temps à autre, elle frappait l'eau courante, en murmurant de curieuses Syllabes que j'eus tout d'abord le plus grand mal à interpréter.

— Atoum, Nout, Geb ! disait-elle. Isis, entends ma Supplique ! O Mer à l'Amertume sans Fin ! Moi, ta Prêtresse, j'en appelle à Toi !

La Silhouette et la Tournure de cette Personne ressemblaient si

80

étonnamment aux Images de Sorcières que j'avais vues, que je commençai par être effrayée et tâchai de me dissimuler. Mais elle m'aperçut tout à coup et parut, au vrai, encore plus apeurée de ma Présence que moi de la sienne.

— Ce n'est pas ce que vous croyez ! s'écria-t-elle à mon Adresse. Je cherche seulement des crapauds pour faire une soupe.

Des crapauds pour une soupe ? pensai-je. Quoi de plus étrange, en vérité ? Mais, comme elle s'approchait, je vis bien au Clair de Lune qu'elle avait un bon visage, bien qu'elle sourît nerveusement, comme pour cacher quelque chose. Elle avait le teint haut en couleur d'une Femme de la Campagne de cinquante ans environ, et son visage plein de Santé était extraordinairement exempt de toute trace de rides. Ses yeux étaient d'un bleu lumineux et comme rieur, et, de plus, ceux de son chat Persan était de la même eau de pierre précieuse.

Elle s'inclina cérémonieusement, et je ne pus que l'imiter, tant était douce et presque fragile sa Manière. Au vrai, il eût semblé grossier de ne pas lui rendre son Salut.

Son dos, selon toute Apparence, était resté courbé de quelque Maladie d'Enfance; mais, lorsqu'elle le redressait du mieux qu'elle pouvait, son corps n'était point tant déplaisant. Le chat s'était réfugié d'un saut dans ses bras, et elle le caressa tout en me parlant.

— Qu'est-ce donc qui amène un Jeune et Beau Gentilhomme comme vous dans les Parages de ces Bois ? demanda-t-elle, non sans un léger Tremblement de la lèvre supérieure, malgré un Air d'Assurance.

— O, Madame, répondis-je, un Méchant Homme cherchait à me voler mon Cheval. Il prétendait désirer l'acheter; mais Vol ou Achat, l'un vaut l'autre à mes yeux. Jamais je ne me séparerai de lui, jamais ! Il est tout ce qui me reste au Monde.

Les yeux bleus inspiraient une telle Confiance que ces Paroles m'avaient échappé et que leur Flot précipité avait emprunté la voix de Fille dont la Nature m'avait dotée. Sur quoi, ma bonne Campagnarde, m'examinant de pied en cap d'un Regard soulagé, s'exclama gaiement :

— Une jeune Fille ? Eh ! je vois cela, oui : une Jeune Fille qui s'est déguisée sous les vêtements de son Frère !

Son rire tintait, s'égrenant comme un carillon éolien un jour de grand Vent.

— Vous n'êtes pas fatiguée ? Vous n'avez pas faim ? reprit-elle, d'un ton quasi maternel.

Deux fois, je fis oui de la tête. Alors, un bras autour de mes épaules, elle dit :

— N'allez pas croire que vous soyez la première Pucelle à revêtir le costume de Gentilhomme pour vous protéger de la Méchanceté de ce Monde. Depuis qu'Adam et Eve ont été boutés hors d'Eden, nombreuses sont celles qui ont fait comme vous. Venez, mon Enfant, nous trouverons Provende pour votre Cheval, Nourriture pour vous et Lit où reposer vos pauvres os fatigués. Demain, tout paraîtra plus clair et plus gai.

Ce disant, elle m'entraînait déjà à travers Bois.

Nous parvînmes à une petite Chaumine, toute couverte de rosiers grimpants. Le chemin menant à la porte d'entrée était bordé de pieds-d'alouette et de lis. Comme je répugnais à abandonner Lustre, même pour un moment, la bonne Paysanne le laissa à l'attache devant la Chaumine, en sorte que je pusse garder l'œil sur lui par la fenêtre basse. Il ne tarda pas à courber le col et la tête et à s'endormir, avant même que nous ayons pu lui apporter son avoine.

A l'intérieur de la Chaumière, tout était Simplicité et chaude Rusticité. L'âtre ouvert était large, et la bouilloire pour le thé y chantait, à côté d'une solide soupe dans une marmite en fer sans couvercle. Le Mobilier était fruste et de chêne, avec des coussins recouverts de grosse laine filée et tissée à la Maison et un tapis rustique, tissé de même et jeté sur le sol en terre battue.

La Bonne Femme (elle s'appelait, à son Dire, Isobel White) vivait en Compagnie d'une autre Créature à peu près de son Age et se nommant Joan Griffith. Mais autant Mère White avait les joues roses et le teint vif, les cheveux tirant sur le blanc et les yeux bleus et gais, autant Mère Griffith était de peau boucanée comme la Nuit même et avait les yeux plus noirs que charbon, la voix sépulcrale à côté des sons flûtés de l'autre, la charpente et la corpulence fortes, comparées à l'Aspect menu de sa Compagne. Une ample Gorge et de grosses lèvres achevaient de faire d'elle une Personne considérable.

Mais mes yeux s'attachèrent surtout à la breloque qui pendait à son cou épais. Il s'agissait d'une petite Dague d'Argent, réplique exacte, en Miniature, de celle qu'aurait pu porter à la hanche un Prince d'Asie. Elle étincelait et scintillait à chaque Respiration que prenait Mère Griffith. Cela dit, elle m'accueillit chaleureusement, s'offrit à ranger mon manteau, mon chapeau et ma perruque de cavalier, m'aida même à retirer mes bottes.

Lorsque je défis ma longue chevelure rousse, toutes deux se récrièrent aussitôt devant sa Beauté. Heureuse de retrouver pour un temps ma véritable Identité, je secouai la tête, menton haut, pour m'ébouriffer. Mais je ne pus m'empêcher de remarquer l'Attention aiguë avec laquelle Mère White me dévisageait, comme se demandant si nous ne nous étions pas déjà rencontrées.

Devant un Repas frugal, se composant d'un bouillon de queue de bœuf, épaissi de farine d'avoine et parfumé au thym et à la sauge, je contai mes Aventures à la Foire, l'Intervention miraculeuse et salu-

82

taire de Lustre et la Façon dont j'avais échappé de justesse aux mains avides de M. Doggett.

— C'est grand-chance que la Racaille ne vous ait pas jugée comme Sorcière, dit Mère Griffith de sa voix tonitruante. Car c'est Croyance, parmi les Ignorants et les Faibles d'Entendement de nos Campagnes, que toute Personne du Sexe qui est en Communion parfaite avec un Animal ne peut être qu'une Sorcière, tout comme l'Animal est par force son Démon Familier. Il faut que vos Astres soient singulièrement propices, pour vous avoir épargné l'Epreuve par le Feu, par laquelle, moi-même, j'ai dû passer deux fois.

Elle avait dit cela du ton le plus désinvolte du Monde, mais j'étais profondément bouleversée, car jamais encore je n'avais rencontré Personne que l'on eût jugée pour Sorcellerie, bien que, certes, j'eusse entendu parler de tels Cas. Au vrai, j'avais même lu d'horribles Récits de Créatures brûlées vives ou pendues, jadis, et je n'ignorais pas que ce Genre de Coutumes n'avait pas entièrement disparu, quelles que fussent les Divergences d'Opinions sur le Sujet entre Gens de bonne Education de nos Temps Modernes.

Bon nombre de Personnes Eclairées sont aujourd'hui convaincues que, même si, de Façon générale, telles choses que la Sorcellerie, le Commerce et les Rapports avec les Esprits Malins et autres Phénomènes semblables existent peut-être, il n'en reste pas moins qu'elles se refusent à accorder tout Crédit à aucun *Exemple* particulier de cet Ordre. Au vrai, un peu partout, chaque fois qu'une Vieille Femme était réputée Sorcière l'on découvrait, après plus ample Examen, qu'il s'agissait d'une misérable Créature, radoteuse et dérangée d'Esprit, et moins malveillante que pauvre et infirme. Et, certes, oui, j'avais entendu bien des Histoires de Vieilles Femmes de cette sorte pendues, brûlées sur le bûcher ou enfermées à la Maison de Force, sur le Témoignage d'un Enfant simple d'Esprit affirmant qu'on lui avait fait vomir des épingles, ou d'une Souillon de Laiterie déclarant que le regard de la Vieille Femme avait fait tourner le lait, ou encore d'une Putain de la Ville, atteinte de la chaude-pisse et accusant la Malheureuse de l'avoir fait avorter, par la simple Imposition de la main, d'un Enfant dont elle-même souhaitait sans nul doute la Mort Mais rien de la Sorte n'étant arrivé dans notre Paroisse, j'avais Tendance à ne prêter qu'à demi Foi à ces Histoires. Se pouvait-il que de telles Cruautés existassent encore à une Epoque qui était l'Incarnation même de la Raison et du Sens Commun ? J'y croyais sans y croire D'aussi horribles Coutumes et d'aussi noires Superstitions appartenaient, j'en étais sûre, à des Ages déjà lointains.

— Joan, expliqua Mère White à sa Compagne Fanny était déguisée en Homme, ce qui lui a épargné l'Accusation de Sorcellerie

— Elle peut s'en estimer heureuse, répondit Mère Griffith en puisant dans la marmite un Supplément de soupe pour nous et pour elle. Cet Enfant est né sous un Signe de Chance.

— Rien n'est plus certain, dit Mère White, en me dévisageant de nouveau comme si elle avait cherché à percer un Mystère.

Je ne sais pourquoi son Regard m'effrayait, et je me hâtai donc de glisser dans la Conversation le fait que j'ignorais tout de la Date précise de ma Naissance, puisque j'étais Orpheline.

— Orpheline ? s'étonna Mère White. Et alors, où t'a-t-on élevée ?

— A Lymeworth, la Résidence Campagnarde de Lord Bellars, répondis-je en tout Naïveté.

Mais le Regard qu'échangèrent les deux Vieilles Femmes à l'Annonce de cette Nouvelle était sans conteste lourd de Sens.

— Voyons, fit Mère Griffith, comme pour distraire l'Esprit de son Amie d'une Pensée douloureuse inconnue de moi. Voyons que je te prophétise l'Avenir.

Elle était, me déclara-t-elle, Maîtresse dans l'Art de la Divination et dans la Lecture de la Boule de Cristal, mais s'abstenait depuis quelque temps de toutes Prédictions, ou presque, de peur de réveiller les Accusations de Sorcellerie qui l'avaient menacée de si près.

— La Sorcellerie existe-t-elle vraiment ? demandai-je dans le sincère Désir d'être éclairée.

— Ah ! Fanny, dit Mère White, c'est là un Sujet si compliqué qu'il n'est pas au Monde deux personnes douées de Raison capables d'en disputer et de tomber d'accord.

— Rien n'est plus faux ! la contredit Mère Griffith, du ton d'un vieux Mari bourru désapprouvant le Discours de sa Femme. Il n'y a qu'une Explication de la Sorcellerie, et c'est qu'elle ne représente rien d'autre que l'Inimitié et la Peur que les Hommes portent aux Femmes.

— Ce n'est pas aussi simple, Joan, rétorqua Mère White, ses yeux bleus lançant des éclairs. C'est Affaire de vieilles Croyances persistant en dépit des Enseignements de l'Eglise... Car n'est-il pas dit dans l'Exode : « Tu ne laisseras pas en vie la Magicienne », et dans le Lévitique : « Celui qui s'adressera aux Spectres et aux Devins, je le retrancherai du Milieu de son Peuple » ?

— Là n'est pas du tout la Question, Isobel, riposta Joan avec Vivacité, sa voix s'enfiévrant, ses Traits prenant une Expression de Gravité passionnée. Beaucoup d'Innocentes ont été brûlées et pendues dans l'Europe entière, et même dans notre Aimable Angleterre, parce qu'elles possédaient l'Art d'accoucher les Femmes et de guérir par les plantes, ou simplement parce qu'on les détestait et que l'on désirait leur voler leurs Terres.

— C'est juste, concéda Isobel. Mais Fanny voudrait savoir si la

Sorcellerie existe ou non, et ce n'est pas ton Emportement qui l'éclairera le moins du Monde.

Il y avait presque de la Drôlerie à les voir se disputer entre elles. Je n'avais rien vu de tel depuis le jour où j'avais assisté à une Querelle entre l'Intendante de Lymeworth, Mme Locke, et son Majordome de Mari. Ils étaient mariés depuis vingt-cinq ans et se menaient une Guerre Domestique perpétuelle, au grand Amusement des autres Serviteurs.

— Ma chère Fanny, reprit Isobel, permets que je t'exprime mon Opinion de la Sorcellerie. Ensuite, Joan te donnera la sienne. Je suis convaincue que, dans les Temps Anciens, dans l'Albion Païenne d'antan, les Femmes n'étaient pas, à la Différence d'aujourd'hui, subordonnées en tout point à l'Homme. Elles étaient plutôt Reines et Prêtresses, chargées de la Fructification des Moissons et Récoltes et de la Multiplication des Troupeaux. Elles étaient Maîtresses des Rites Sacrés...

— Le terme même de *Witch* dans notre Langue, l'interrompit Joan, vient du vieux Mot de nos Ancêtres : *Wicca*, lequel signifie uniquement « Femme pleine de Sagesse ».

Isobel avait l'Air furieux.

— As-tu bientôt fini, Joan ? dit-elle. Voudrais-tu bien tenir ta Langue, maintenant, et me laisser la Parole ?

— Bien, bien, marmonna Joan, la Mine plus qu'un peu vexée.

— Lors donc, poursuivit Isobel, du jour où le Christianisme pénétra dans ces Iles, il revint à l'Eglise de piétiner les Religions Anciennes. Mais certaines de ces Femmes de Sapience refusèrent de renoncer à leur Science, à leurs Enchantements et à leurs Charmes, ainsi qu'à leur Faculté de guérir, toutes Choses qu'elles avaient apprises sur les genoux de leur Mère.

— Et ce n'était que de la Magie Blanche ! s'exclama Joan. Rien du tout qui portât Tort. Ce sont les Prêtres qui, dans leur Peur, ont enseigné aux Gens ignares de nos Campagnes à nous redouter...

— Tiendras-tu ta Langue, oui ou non ? s'impatienta Isobel.

— C'est bon, c'est bon, dit Joan.

— Et c'est ainsi, reprit Isobel, que ces Femmes de Sapience furent souvent dénoncées, torturées, mises à Mort. Mais, si leur Sagesse était vraie, elles la pratiquaient en secret...

— Comme nous, dit Joan en souriant.

— Silence ! cria Isobel.

— Vous... vous êtes des Sorcières ? balbutiai-je, soudain prise d'Effroi devant ces deux Vieilles Dames si pleines de Bonté

— Mais naturellement, ma Mignonne, dit Joan.

— O mon Dieu ! voilà que tu as tout gâché ! soupira Isobel en se cachant le visage dans les mains.

— Fanny ne nous trahira pas, n'est-ce pas, ma Jolie ? dit Joan en se tournant vers moi, les yeux plus menaçants que suppliants. En vérité, à ta place, je crois bien que j'aurais Peur, à cause des Représailles.

— Je donne ma parole que je n'en ferai rien, dis-je. Je le jure par tout ce qu'il y a de sacré...

Je fus incapable d'en dire plus long et restai muette. Une soudaine Panique m'avait saisie. Peut-être ces deux Femmes ne croyaient-elles pas du tout en Dieu et croyaient-elles seulement au Diable. Peut-être étaient-elles liguées avec lui, se servaient-elles de son Pouvoir pour voler dans les airs sur un balai, pour aller à des Sabbats au cours desquels, souillées par lui, elles lui baisaient le cul, profanaient l'Hostie et même tenaient la Croix à l'envers ! O j'étais véritablement terrifiée, maintenant ! Qui sait si le Démon en Personne n'allait pas jaillir de Terre d'un moment à l'autre, tout cornu, le Feu lui sortant de la bouche, la queue dans la culotte, les yeux comme des escarboucles, les crocs comme ceux d'un loup, les griffes comme celles de l'ours, et les narines soufflant l'odeur du soufre.

— Allons, Fanny, dit Isobel, en levant vers moi ses yeux de cristal bleu et me fixant de son Regard. Sûrement, tu ne crois pas à toutes ces Histoires ?

— Quelles Histoires ? demandai-je, car je n'avais pas dit un Mot.

— Celles auxquelles tu penses en ce moment, répondit-elle calmement.

— Percevriez-vous même mes Pensées ? m'écriai-je, effrayée.

— Ma chère Fanny, dit-elle en me prenant la main (laquelle était glacée d'Effroi), ce n'est pas ce que tu crois. Une Femme de Sapience *peut*, certes, entendre les Pensées, mais non parce qu'elle est Mauvaise Femme, non parce que le Diable lui en donne le Pouvoir. Non, c'est uniquement parce qu'elle y a exercé son Esprit grâce à une Concentration extrême, à la Méditation dans la Solitude et à bien d'autres Rigueurs mentales.

— Ainsi, vous pouvez percer mes Pensées ? dis-je.

— Pas toujours, dit Isobel. Mais il en est *certaines* que j'entends aussi fort que si elles étaient parlées tout haut. Car ce sont Pensées criantes, en vérité. Le fait est que la Peur est toujours facile à lire ou à entendre. La Peur est plus criante qu'aucune autre Pensée, mais c'est aussi qu'elle est la plus sotte de toutes.

Je la regardais avec Stupéfaction, ne sachant si je devais la croire un Génie ou l'abhorrer comme une Sorcière.

— Fanny, ma chère Enfant, tu es une Fille bien trop intelligente

86

pour accorder Créance à des Choses peut-être avouées sous la Torture et la Terreur par de pauvres Créatures soumises à la Question par de haineux Inquisiteurs. Les Sœurs en Sapience n'ont certes jamais conjuré le Diable, non plus qu'utilisé leur balai autrement que pour balayer le sol. Elles ont étudié pour parvenir à la Sagesse, guérir les Malades, préserver les antiques Médications par les plantes, acquérir un Pouvoir sur leur propre corps et leur propre Esprit, mettre au Monde les Enfants et assurer Récoltes et Moissons. Tout le reste n'est que Récits malins d'Hommes méchants, qu'effrayaient la Sagesse des Femmes, la Science des Femmes, et donc le Pouvoir des Femmes.

— Alors, il n'y a jamais eu de Messe Noire ni de Sabbat où l'on ait mangé des Enfants ? demandai-je, encore tremblante.

— Peut-être y en a-t-il eu, répondit Joan. Mais celles qui y ont pris part n'étaient que de Pauvres Ames dérangées, condamnées à imiter les Choses dont les accusaient les Tribunaux de l'Inquisition. Elles n'étaient pas des Sœurs en Sapience. Et, c'est bien triste à dire, elles n'étaient pas non plus Femmes de Sagesse.

Je ne dis plus rien, m'efforçant de comprendre toutes ces Explications. Je doutais encore que ma Raison pût suffire à les saisir dans leur Totalité.

Joan débarrassa les écuelles à soupe et Isobel apporta un magnifique poudingue piqué de groseilles et de raisins secs :

— Sorcellerie, dit-elle en montrant de la main le poudingue.

Ce Mot rompit le Sortilège du Silence, et nous éclatâmes toutes trois d'un grand rire.

Pendant un moment, nous nous amusâmes de Jeux d'Esprit; sur quoi, enfin, quand nous eûmes achevé le poudingue et retrouvé Joie et Gaieté, Joan alla jusqu'à un grand coffre de marin, logé sous le lit que partageaient les deux Femmes, et des entrailles duquel elle tira un étrange Objet, de la Taille et de la Forme d'une boule de jeu de quilles, et tout enveloppé de velours noir, d'un noir aussi profond qu'un Ciel nocturne sans Lune. Joan déplia soigneusement le tissu et révéla un globe de cristal luisant, dont les Profondeurs semblaient habitées de Scintillements mystérieux : Planètes, Etoiles, Univers... ?

Isobel se leva et souffla toutes les chandelles sauf une. Joan s'assit derrière la table, scrutant le Cœur de l'étonnant cristal. Ce faisant, elle devint de plus en plus pensive et mélancolique, se balançant d'avant en arrière sur son siège, marmonnant pour elle-même, les paupières étroitement closes. Puis, d'une voix haut perchée, elle se mit à psalmodier d'étranges Syllabes.

Moi aussi, je plongeai mon Regard dans la boule, cherchant dans le Mystère de ses Profondeurs les Clés de mon Avenir. J'imaginais y voir des Mers et des Continents tournoyants, mais peut-être étaient-ce simplement Fantaisies de mon Esprit qui m'abusaient. Je crus y voir également le beau visage de Lord Bellars, puis la laide figure de Doggett, puis les traits d'une Petite Fille aux cheveux de cuivre, et encore ceux d'une Vieille Putain hideuse — mais j'écartai toutes ces Visions comme autant d'Illusions et de Fantasmes, refusant d'y voir de véritables Prophéties.

Finalement, Joan se mit à parler. Elle s'exprimait en vers et d'une voix qui ne ressemblait pas à la sienne. Plus aiguë et plus perçante. Ses yeux étaient pareils à deux braises brûlantes et tout son corps un peu épais oscillait et se balançait comme un lustre à un plafond près de s'effondrer. Je ne perdais rien de ses Paroles, comme si ma Vie en avait dépendu. Peut-être était-ce le Cas.

Voici ce qu'elle dit :

> *Ton Vrai Père tu ne l'as pas connu.*
> *Fille naîtra de toi, qui passera les Mers.*
> *Riche tu seras, et de Cœur accru.*
> *Grand Renom te viendra sans que le Cœur s'éclaire.*
> *De ton jeune Sein croîtra l'Amérique.*
> *Tes jeunes Yeux seront ta propre Trahison.*
> *Sang changeras en Neige séraphique.*
> *Ta Force d'Ame aura de Lucifer Raison.*

Chapitre XI

Des Prophéties & des Plantes Curatives; de la Sorcelle-
rie & de la Magie; du Courage & d'une Jarretière de
soie rouge.

APRÈS que cette Prophétie eut été prononcée, nous restâmes assises toutes trois dans la pièce obscure, à la lueur hésitante d'une unique chandelle, continuant à scruter les Profondeurs de la boule de cristal, sans prononcer un Mot. Une pluie régulière se mit à battre le tambour sur le toit; un vent aigre s'engouffrait par la cheminée, faisant danser follement les flammes par moments, pour les mieux fouetter haut ensuite. Dehors, Lustre se cabra, hennit sauvagement, montra sa tête derrière le carreau, les yeux lançant des éclairs, puis se calma, soudain silencieux.

— Je vais le conduire à l'Abri sous l'auvent, dit enfin Isobel.

Je demeurai donc seule quelques instants avec Joan, ma Voyante. Je lui demandai :

— Que signifie la Prophétie ?

— Elle signifie, répondit-elle d'une voix revenue à son Etat Normal, tout ce que tu veux lui faire dire. Le Créateur de ta Destinée, c'est toi... ne l'oublie jamais.

— Mais que présage la Prophétie ? insistai-je. Comment change-rai-je le Sang en Neige Séraphique ? Comment ferai-je Echec au Diable ?

Je ne pouvais m'empêcher de frissonner à ce Nom. Joan me regarda avec une extrême Solennité et répondit :

— En vérité, ma Fille, je ne le sais point. Je puis seulement te dire que, lorsque je consulte la Boule, un Pouvoir plus fort que moi-même s'empare de mes Esprits et, souvent, je ne puis me rappeler exactement ensuite ce que j'ai dit. Ma voix devient aussi aiguë et perçante que le Vent hurlant, mon gosier sec comme brindille, tandis que mes yeux brûlent dans mes orbites comme brandons, et que mon Esprit semble déborder comme lait qui bout. Pourtant, les gens me disent que mes Prophéties se réalisent souvent. Mais, moi, je ne puis m'en vanter, puisque je ne me les rappelle pas.

— Mais vous dites qu'elles se réalisent ? demandai-je.

— Ce sont les autres qui le disent, répondit Joan. Maintes fois, la Détentrice du Pouvoir est la dernière Ame sur Terre à y accorder Foi. Quand je reprends Possession de moi-même, comme en ce moment, je jure que je ne puis me ressouvenir d'aucune Prophétie.

— Mais moi je m'en souviens, protestai-je. Je ne l'oublierai jamais.

— Voilà qui est bien, ma Fille, dit Joan. Laisse les Paroles s'infiltrer dans ton Cerveau et te donner le Pouvoir d'affronter ta Vie avec Courage. Le Courage est le seul Talisman qui vaille la Peine. Si je pouvais inventer un Philtre pour ranimer le Courage dans les Cœurs, je serais la Vieille Dame la plus riche de toute l'Angleterre. Mais, hélas ! chacune de nous doit distiller cette Potion dans l'Alambic de son propre Cœur. Il n'est pas d'autre Moyen. Si mes Prophéties peuvent tant soit peu raviver la flamme, je suis comblée.

— Assurément, c'est là Magie puissante, dis-je, tandis que la Prophétie imprimait sa Brûlure silencieuse dans mon Esprit. Je vous en prie, dites-moi : quels autres Enchantements connaissez-vous ?

Au même instant, Isobel rentra, quittant la pluie sous laquelle elle s'était occupée de Lustre et, entendant ma dernière Question, se hâta de répondre (comme si, au vrai, elle n'était jamais sortie de la pièce).

— Nous connaissons, dit-elle, des Herbes qui restituent les Biens volés en bonne place, et des Herbes qui réduisent la Fièvre et calment les Nerfs...

— Nous connaissons des Herbes qui font venir des Plaies sur le corps des Mendiants, pour inciter la Compassion... et des Herbes pour améliorer le teint..., ajouta Joan.

— Et des Herbes pour provoquer un Sommeil profond comme la Mort, reprit Isobel, et d'autres pour guérir les Verrues.

— Nous connaissons aussi des Herbes pour traiter la Flatuosité, dit Joan, ou pour causer l'Avortement... ou ramener ensemble deux Amants...

— Nous connaissons l'usage de Poisons, poursuivit Isobel, une ombre de Malignité dans la voix. Herbe de Saint-Christophe. Pomme de Merveille, Ellébore, Laurier Cerise, Epurge, Rose de Noël, Fleur de Coucou...

— Et n'oublie pas la Ciguë ni la Belladone, dit Joan.

— Et vous n'utilisez toutes ces Herbes que pour le Bien, jamais pour le Mal ? demandai-je.

— Ma Foi, *presque* toujours, ma chère Enfant, répondit Isobel.

— Oui, dit Joan de son côté, *presque* tout le temps. Mais, naturellement, il est des moments difficiles dans la Vie, qui appellent Bonne Mesure...

— Et puis, assurément, dit Isobel, mieux vaut avoir un peu de Sapience particulière à portée de la main...

— Il est fort déplaisant d'être mal préparée et entièrement à la Merci du Sort, dit Joan.

— Hélas ! renchérit Isobel. Il est déjà bien assez dur d'être née Femme, dans cette Vallée de Larmes, sans qu'il soit défendu de recourir à quelque Sorcellerie pour rendre cette Condition supportable. Je suis certaine que Fanny sera de cet Avis, n'est-ce pas, cher Enfant ?

— Oui, oui, répondis-je, troublée au plus haut point et sentant renaître en moi un Malaise. Oui, oui, certes. De fait.

Isobel me regarda de ses yeux bleus pétillants, et dit :

— Lustre va bien. Il s'est enquis de toi quand je l'ai attaché sous l'auvent... Je lui ai expliqué que tu avais eu très Peur, mais que tu es une Fille intrépide et que tu apprendras le Courage plus vite que beaucoup... Il a eu l'Air satisfait. Je te promets que l'abominable M. Doggett ne parviendra pas à retrouver votre trace jusqu'ici. Allons, Fanny, préparons à coucher pour une Fille qui a grand Sommeil...

Cependant que les deux Femmes sortaient courtepointe et édredon et me dressaient un lit devant l'âtre, je songeai à toutes les Choses étonnantes que j'avais entendues ce soir-là, à l'étrange Prophétie, à la Connaissance des Herbes qu'ont les Sorcières, aux Dons surnaturels d'Isobel de lire dans les Pensées et de converser avec les Animaux... Que pouvaient-elles faire d'autre encore, ces deux Femmes extraordinaires ? Lever la Tempête ? Voler à travers les airs ?

— Ah, Fanny, ma chère, dit Isobel en entourant mes épaules de son bras chaleureux, tu t'inquiètes trop. Tu n'as pas de Souci à te faire. Ton visage est le Miroir de tes Craintes.

— C'est que... pouvez-vous faire naître des Tempêtes et voler dans les airs ? demandai-je.

— Peut-être, répondit Isobel, d'un ton taquin. Et peut-être pas.

— Rien que de petits Orages, répondit Joan. Sans éclairs.

— Et voleter un peu, ajouta Isobel.

Mais impossible de dire si elles se gaussaient ou non de moi.

— Tiens, Fanny, prends ceci, reprit Isobel en soulevant sa longue jupe et en faisant glisser une jarretière de soie rouge le long de sa cuisse mince. Tu n'as pas besoin d'autre Talisman pour cette nuit. Porte cette jarretière; elle te gardera de tout Mal.

J'examinai attentivement le ruban de soie rouge légèrement fanée, avec sa rosette rose et son flot carmin et satiné. Je palpai la soie du bout des doigts. Tissée dans le ruban, il y avait une Devise, presque effacée par le temps : *Mon cœur est ferme, Point ne varierai, J'aime mon Choix, Rien n'y changerai.*

— Mets-la, mon Enfant, et cesse de t'inquiéter.

— Bonne nuit, mon Agneau, dit Joan en me baisant le front

— Bonne nuit, répétai-je, plus intriguée que jamais.

Mais je ne manquai pas de glisser la jarretière sur ma cuisse en me déshabillant pour me mettre au lit.

Le chat Persan d'Isobel se faufila sans bruit jusqu'à moi et vint se nicher dans la chaleur du creux entre mes genoux et mon ventre. Les tisons luisaient doucement dans l'âtre et la fourrure du chat semblait chargée de cette sorte de Feu subtil découvert dans l'ambre par sir Thomas Browne, et qu'il a dénommé « Electricité ». Joan et Isobel se retournèrent en soupirant sur leur couche. Puis l'une d'elles — Joan, me sembla-t-il — se mit à ronfler puissamment. Je me sentais en Sécurité, comme protégée par deux Mères et, pour une Orpheline, c'était un Sentiment fort plaisant. Bientôt, les vastes bras de Morphée se tendirent pour briser ma chute, et je m'endormis.

Je dormis du Sommeil sans Rêve des Bienheureuses. Le matin venu, je fus réveillée par des bruits de pots de fer heurtés et de seaux d'eau rapportés d'un puits. Joan et Isobel préparaient un magnifique Petit Déjeuner, composé de pain de froment blanc, de petits pains sucrés, d'oranges de Lisbonne et de lait d'ânesse tout chaud et bourru. Hormis l'humble breuvage, c'était là un menu généreux pour deux simples Paysannes; mais j'étais si accoutumée aux Miracles, dans cette Maison des Merveilles, que je ne demandai même pas où les oranges de Lisbonne pouvaient bien pousser dans ces Bois broussailleux.

A table, Joan et Isobel s'enquirent de ma Destination et de mes Espérances.

— Mon seul Espoir est de chercher Fortune à Londres, répondis-je.

Après quoi je contai toute la Triste Histoire de la Séduction et de la Trahison de Lord Bellars, de l'Hypocrisie de M. Pope et du Vil Usage que Daniel avait tenté de faire de moi, ainsi que de l'Envie et de la Jalousie de Mary.

Elles écoutèrent avec une profonde Attention. Les yeux bleus d'Isobel oublièrent leur Gaieté pour flamber de Colère tandis que je parlais et, à un moment, au Nom de Lord Bellars, je crus l'entendre prononcer une Malédiction à mi-voix. Mais elle se ressaisit, comme par une suprême Effort de Volonté, et, quand j'eus fini, elle me dit :

— Très souvent, ce sont les Êtres les plus forts et les plus beaux qui doivent supporter les fardeaux les plus lourds, car, en plus de leur propre faix, il leur faut endosser l'Envie des autres. Mais n'aie crainte, Fanny, tu y gagneras en Force.

— Quoi qu'il en soit, si tu désires être vengée de ce Maquereau de Lord Bellars, dit Joan (à la voir, on eût cru le Malin en Personne), je pense connaître un Moyen...

Isobel la regarda fixement, lut son Intention dans la Méchanceté de son Regard et dit :

— Non, je ne le permettrai pas.

— De quelle Permission s'agit-il ? demandai-je.

— D'utiliser la Figurine de Cire et les Epingles rougies à blanc, répondit Isobel. C'est pure Sottise. Laisse ce Soin au Ciel : « La Vengeance est Mienne, dit le Seigneur. » Bellars et sa Maîtresse de Londres trouveront leur Châtiment assez tôt et de leurs propres mains.

— Vous pouvez vraiment faire une Figurine de Cire ? demandai-je.

— Joan le peut, dit Isobel.

— Certes, oui, dit Joan, pleine d'Orgueil. Et d'une parfaite Ressemblance, de plus.

— Et cela fait-il Tort à la Personne dont vous volez la Semblance ?

— Certains le prétendent, répliqua Joan. Il est sûr que, *toi*, tu t'en sentirais beaucoup mieux, si lui ne s'en trouvait guère moins bien.

— Je ne le tolérerai pas, répéta Isobel. Ce serait mal avisé en pareil Cas.

— Nous pourrions soumettre la Question à l'Assemblée, dit Joan, et demander un Vote.

— Vous faites partie d'une Assemblée ? demandai-je.

— C'est le nom de Fantaisie que l'on donne à certain Cercle de Couture de Vieilles Dames, répondit Isobel en lançant un Regard farouche à Joan, comme pour la faire taire. Cela ennuierait extrêmement notre Fanny.

— Bien au contraire, Isobel, ma chère, Fanny aura grand Besoin de ce genre de Connaissance, si elle doit vraiment chercher fortune en ce Monde cruel.

— Je ne prendrai pas le Risque d'attirer sur une Jeune Innocente l'Accusation de Sorcellerie, riposta vivement Isobel.

Elle quitta la table et y reposa violemment sa chope de lait, pour bien marquer son Déplaisir.

— C'est à *Fanny* qu'il faut demander si elle veut y assister, dit Joan. En toute Justice, c'est à elle de décider.

— Assister à quoi et décider quoi ? questionnai-je, en proie à la plus grande Confusion.

— Alors, tu es d'accord ? insista Joan à l'intention d'Isobel.

— Tu joues avec le Feu, dit sévèrement Isobel. Cette Aimable Plaisanterie pourrait coûter la Vie à Fanny... L'Ordalie de l'eau, l'Epreuve du Sang...

— Tu es toujours à te tourmenter ! dit Joan. Tu as appris à te tourner les Sangs sur les genoux de ta Mère.

— Cela vaut mieux que ce que, *toi*, tu as appris dans le Giron de la tienne, répliqua Isobel. Je refuse qu'il arrive du Mal à Fanny.

— Et moi de même, dit Joan. En vérité, moi aussi j'ai un grand Faible pour cette Fille. Mais je soutiens qu'elle manque d'Expérience. Quel meilleur Viatique pouvons-nous lui donner à emporter à Londres que la Sapience du Monde ?

— La Sapience, mais non la Sorcellerie, dit Isobel.

— Très souvent, les deux ne font qu'une, riposta Joan. Et toi, Fanny, que préfères-tu ? Te joindre à nous pour l'Assemblée, cette nuit même ? Ou repartir droit pour Londres ?

Je tremblais. Mon Sort était véritablement entre mes mains. Que voulais-je ? Assister à un Spectacle qu'il est donné à peu de Mortels de voir, au risque du plus sévère des Châtiments; ou jouer les Poltronnes et refuser ?

Las ! Belinda, mon Destin a toujours été, chaque fois que l'on me donnait le choix entre l'Audace et la Sécurité, de choisir l'Audace. *Mon cœur est ferme. Point ne varierai*, telle est peut-être la devise de ma Jarretière, mais je crains fort qu'elle ne se rapporte à la Fermeté de mon Ame dans la quête de l'Aventure, et non à la Fermeté de mon Corps dans la quête d'un Havre. Ainsi donc j'acquiesçai de la tête en réponse à l'Interrogation de Joan, et j'affermis mon Ame, prête à endurer les Traitements que le Sort me réservait.

Chapitre XII

Où l'on trouvera quelques Informations essentielles touchant la Nature de Sujets tels qu'Ébats, Sabbats, Vols dans les Airs en chevauchant un balai, & autres, sur lesquels toute Jeune Femme de Qualité & d'Esprit se doit d'avoir des Lumières; & où l'on assistera aussi à une Scène des plus horribles ayant pour Théâtre les Pierres Levées de Stonehenge, Lieu où l'on ne saurait trop déconseiller à nos Lectrices et Lecteurs de s'aventurer le soir, surtout seuls.

CET APRES-MIDI-LA, nous nous préparâmes en vue de l'Assemblée hebdomadaire. Il était convenu que, après cette Réunion, Isobel et Joan me mettraient sur le chemin de Londres (dont je m'étais fort écartée en échappant à M. Doggett) et que nous nous séparerions — non sans que, cependant, Isobel m'eût révélé certain Mystère dont je serais, m'affirmait-elle, à la fois étonnée et ravie. En Conséquence, je devais revêtir mes habits de voyage (ceux de Daniel, plus exactement) et Lustre devait être, de son côté, pansé, nourri, pour affronter le long trajet. Tandis que nous nous affairions à ces Préparatifs, et que Joan et Isobel mettaient `la dernière main à certains Philtres et Onguents en prévision de l'Assemblée, je fus à même de poser quelques-unes des mille Questions qui n'avaient cessé de me bouillonner dans la tête tout le jour. Je désirais tout savoir des Herbes, de la Divination, et connaître la vérité sur les Histoires que me contait ma Nourrice dans mon Enfance, et d'après lesquelles une Sorcière n'a qu'à enjamber son balai en prononçant certains Mots pour prendre son Vol dans les airs.

Sur quoi, Joan enfourcha un manche à balai et dit :

— Cheval et Chabraque, Cheval et va ! Cheval et Pellatis, ho, ho !

Mais elle ne décolla pas d'un pouce du sol.

— Alors, vous ne pouvez pas voler dans les airs ? demandai-je.

— Vois toi-même, répondit Isobel en riant.

— N'avez-vous donc pas d'Onguents à voler ?

— Ah ! Fanny, dit Isobel, certaines Dames de notre Assemblée font Grand Cas d'un Onguent contenant un Extrait de Capuche de Moine et de Belladone; elles prétendent que cela leur permet de voler. Moi je dis que cela crée un Désordre des Sens, qui leur donne à *croire* qu'elles volent. Je préférerais de beaucoup boire de bon vin de Bordeaux.

— Il n'est pas de sujet plus entaché de Sottise que les Idées qui hantent l'Esprit du Commun sur la Sorcellerie, dit Joan. Et, en vérité, Nombre de Sorcières elles-mêmes croient à ces Absurdités. Elles se rallient à l'Antique Religion, dans l'espoir d'apprendre à voler ou à jeter des Sorts sur leurs Voisins, et le Sens de la Vraie Dévotion s'y perd.

— Mais n'adorent-elles pas le Diable ? demandai-je, pensant à ce que l'on m'avait raconté.

— Le Diable de l'une est le Mari Bien-aimé de l'autre, dit Isobel avec un sourire malicieux. Ce que les Chasseurs de Sorcières appelaient l'Esprit Malin, le Prince des Ténèbres, n'est peut-être qu'une autre Façon de nommer Dieu.

— Donc, vous croyez en Jésus-Christ ?

— Non, dit Joan.

— C'est-à-dire que si, dit Isobel. Mais je crois aussi en un Dieu plus grand.

— Un Dieu Femelle, dit Joan, dont le Nom est bien trop sacré pour qu'on le prononce. Celle qui a créé le Monde et qui existe partout, en toute Chose Vivante. Celle qui est à la fois Femelle et Mâle, qui a des Cornes sur la Tête et un Ventre qui donne le Jour à de Jeunes...

— Chut, dit Isobel.

— Mais c'est Hérésie ! m'écriai-je.

Isobel me regarda sévèrement :

— Ne sois pas si prompte à user de ce Mot, de peur que l'on ne le retourne contre toi. Ce qui est Passion de Dieu pour une Ame ne saurait être jugé par nulle autre.

Je tins ma Langue. Se pouvait-il que le Grand Dieu qui créa le Monde fût Femelle ? Ou ces deux Vieilles Femmes avaient-elles perdu l'Esprit ?

— Et quelle Herbe employez-vous pour ramener deux Amants l'un à l'autre ? demandai-je, m'empressant de changer de Sujet,

— Le Carvi, répondit Joan.

— Avec le Baume de Citron, ajouta Isobel.

— Mais il faut les utiliser en les conjuguant avec certaines Formules Magiques.

— Lesquelles ? demandai-je.

— Fanny, mon Enfant, dit Isobel, on ne peut tout apprendre de la Sorcellerie en un seul après-midi. Viens, il faut nous préparer pour l'Ebat.

— L'Ebat, m'expliqua Isobel (tandis que nous chevauchions toutes deux Lustre parmi le vallonnement des collines, où les haies dressaient leurs velours vert sombre sur l'émeraude lumineux et mouillé des prairies, où les peupliers formaient mur contre le Vent et où les chaumières à toits de pierre sommeillaient dans le creux des vaux). L'Ebat est notre Assemblée hebdomadaire,

— Qu'il ne faut pas confondre avec le Sabbat, dit Joan, qui allait tout près de nous sur un âne du nom de Bottom. Le Sabbat ne se tient que quatre fois par an : à la Chandeleur, le jour de la Sainte-Croix, le 3 mai, à la Saint-Pierre-aux-Liens et la veille de la Toussaint.

— Les deux Sabbats les plus importants étant ceux de la Sainte-Croix et de la Toussaint, précisa Isobel. Et, au Sabbat, beaucoup d'Assemblées viennent. L'Ebat n'est qu'une petite Réunion... pour traiter les Affaires Courantes de la semaine,

— Mais où allons-nous en ce moment ? demandai-je, comme nous traversions un vallon herbeux où paissait un fort troupeau de moutons, sous la pluie fine.

— Nous nous rendons au Grand Cercle de Pierres où se tient l'Assemblée, répondit Isobel. Et maintenant, silence ! Nous parlons plus qu'il n'est sage, dans ces vallons ouverts.

— Mais qui nous entendrait ? demandai-je. Les moutons ?

— Même les moutons ont des Oreilles, répliqua Isobel.

Le Comté de Wiltshire était, en ce temps-là comme il l'est resté aujourd'hui, Belinda, une vaste étendue de vallons crayeux dont les croupes se déployaient en hautes plaines et vaux, fertiles et charmants, sur lesquels on pacageait de grands troupeaux de moutons. D'aimables rivières dessinaient leur course gracieuse dans les vallées verdoyantes, où de grasses prairies et de riches pâturages bordaient leurs rives. D'innombrables et riants Bourgs, Villages et Demeures parsemaient ces vallées; mais, sur les plaines hautes, la Campagne semblait sauvage et inhabitée — séjour idéal pour les Sorcières, les Fées et toutes Espèces de Gnomes, d'Elfes et de Gobelins.

Je connaissais bien évidemment la Tradition Orale des Campagnes, selon laquelle le « Petit Peuple », les Fées au manteau vert et les Sorcières avaient Coutume de se retrouver sur les Cairns ou dans les Cercles de Pierres; mais j'avais toujours tenu cela pour Fantaisies et Superstitions paysannes.

Grâce à mes fabuleuses Lectures dans la belle Bibliothèque de Lord Bellars, j'avais Connaissance de la Dispute qui laissait si perplexes les Savants Amateurs d'Antiquités d'Angleterre, devant les étranges Pierres Levées, remontant à la Nuit des Temps, de la haute plaine de Stonehenge. Certains alléguaient qu'il s'agissait d'un Temple Païen ou Idolâtre; d'autres que c'était un Autel ou un Lieu de Sacrifices, d'autres encore, un Monument aux Morts, un Trophée de Victoire. Il en était pour soutenir que c'était Œuvre Romaine; d'autres, Britannique, d'autres aussi, Saxonne, Danoise, Druidique. et certains même, reculant plus loin, Phénicienne.

Mais je n'avais jamais vu ce Lieu de Merveilles, surtout à l'heure précise où le Soleil Couchant s'enfonçait derrière l'horizon, enflammant tout le Ciel. Spectacle bien fait pour éblouir l'Esprit et le Cœur d'une Oiselle de dix-sept ans !

Les Pierres semblaient être au moins deux fois hautes comme un Homme de grande taille (au vrai, je fus surprise de ne pas les voir de plus grande Dimension encore); et elles s'alignaient sur quatre rangées formant Quinconce, d'aucunes solitaires, d'autres surmontées de grands linteaux de pierre taillée, si grossière et si rude que l'on eût dit que le Diable lui-même les avait fait jaillir des Entrailles de la Terre. Et, à mesure que le Globe enflammé du Soleil sombrait derrière elles, je pus voir, se faufilant parmi leurs formidables Formes qu'estompait déjà le soir, d'autres Ombres, chargées de pots de terre, de cornes d'onguents, de paniers de victuailles et de simples, et qui, suivies de leurs chiens, chats, crapauds et autres animaux domestiques, n'étaient autres que de vraies Sorcières — du moins finissais-je par le croire.

C'étaient des Femmes d'Ages divers, habillées de vêtements à capuchon, assez pareils à ceux dont s'étaient accoutrées Joan et Isobel avant de se mettre en chemin. Il y en avait en manteau noir, quelques-unes en vert, et le capuchon qui leur couvrait la tête était en peau d'agneau noir. Elles tenaient de grands bâtons dont beaucoup étaient à pommeau et parfois incrustés de pierres fines, serties dans du cuivre subtilement ouvragé autour de ce pommeau. Les Sorcières les plus âgées portaient presque toutes de grandes poches de fourrure, pendues à la taille et gonflées d'un contenu mystérieux. Je me les figurais enfermant toute une Kermesse de Magie, ou des Ménageries entières de petits Démons Familiers, voire de Diablotins et de Diables.

Au-dessus du Cercle des Arches de pierre grise, et dont l'antiquité, plus vieille que le temps, datait d'Ancêtres inconnus, le Ciel était ensanglanté par le Soleil Couchant; de grandes houles de nuées le traversaient, tels des Galions de Pirates entrant dans un Port des Tropiques, où les Grands Chefs Sorciers aborigènes n'attendaient que l'instant de sacrifier l'Equipage à des Dieux voraces (du moins l'imaginais-je alors, n'ayant jamais vu de près ni Pirate, ni Galion, ni Port des Tropiques).

Je tremblais, autant de Peur que de froid. Les Sorcières s'avancèrent, prirent place en formant un petit cercle au pied de la formidable Pierre d'Autel, au sein du cercle plus vaste des Arches. Il y en avait de très vieilles, et aussi de très belles et très jeunes. Douze Femmes en tout, accompagnées d'Animaux Familiers de toute Espèce, qui trottaient derrière elles et se blottissaient dans les plis de leurs vêtements lorsqu'elles étaient assises par terre.

Mais voici qu'apparaissait maintenant un Personnage enveloppé dans un grand manteau bleu sombre, bordé de fourrures de renard, la tête ornée de cornes et le visage couvert d'un masque effrayant – le masque même du Courroux.

J'étreignis la main d'Isobel et demandai :

– Qui est-ce ? On croirait le Diable en Personne !

– Chut ! fit Isobel. C'est le Chef, le Grand Maître de notre Assemblée. Assieds-toi là et ne bouge plus.

Le terrible Homme Masqué s'installa sur une pierre tombée, et une belle Jeune Fille rousse vint prendre place à sa droite.

– C'est la Pucelle de l'Assemblée, me chuchota Isobel. Elle est aussi la Représentante, au plus haut degré, de la Déesse.

Au vrai, je n'y comprenais goutte, mais mon Regard ne pouvait se détacher du visage de la Jeune Fille. Elle était à peine plus âgée que moi; ses yeux verts semblaient vous percer et sa peau était d'une finesse et d'une pâleur saisissantes. Elle portait un manteau vert foncé, paré de peau d'agneau, et des chaussures de cuir roux, pointues et dans lesquelles étaient découpées d'étranges Croix; elle avait aussi des gants, que l'on eût dit en peau de chat. Mais le plus étonnant était l'ornement qui pendait à son cou et qui était fait de deux défenses de sanglier, jointes en leur centre courbe par une lanière de cuir, de façon à ressembler à deux croissants de Lune dansant dos à dos, ou à deux faucilles en forme d'arme double. Sur les genoux elle tenait un Livre, dans lequel elle écrivait sur l'Ordre du Grand Maître.

Quant à ce dernier, sa vue inspirait vraiment la terreur sans que je pusse dire si c'était dû à son masque ou à sa Personne même. Le masque était de bois laqué, d'un laque bleu tirant sur le pourpre, assez de la couleur d'une prune. Les deux cornes qui lui sortaient du crâne semblaient vouloir percer le Ciel; en guise de chevelure ou par-dessus celle-ci une calotte de laine d'agneau, étroitement tressée, lui recouvrait la tête. De même, son menton, ou plus exactement celui du masque, arborait ce qui semblait être une barbiche de bouc. La bouche faisait peur : montrant des cailloux noirs en place de dents, elle s'entrouvrait tout juste pour donner des Ordres. Les yeux luisaient d'une flamme rouge, tels des joyaux de feu. Aux pieds, il avait, comme la Jeune Fille, des chaussures de cuir roux, pointues, mais fourchues au bout ; j'avais vu les pareilles sur de vieilles gravures dans la Bibliothèque de Lord Bellars. La pointe était si longue que c'était miracle qu'il pût marcher. Il tenait à la main un long bâton également fourchu, dont il frappa le sol pour signaler que l'Assemblée était ouverte.

— Qu'il soit fait Rapport des Faits de la semaine, déclara la Jeune Fille en son nom.

Il s'ensuivit le Récit, de la bouche de chacune, de toutes les Actions de la semaine, que la Pucelle inscrivait dûment dans son Livre.

Je ne t'accablerai pas, Belinda, de la Relation circonstanciée de toutes les Conversations qui eurent lieu à cet Ebat. Disons seulement que, tout le temps que les Sorcières firent part de leurs Travaux de la semaine précédente et de leurs Tâches durant celle qui venait, et qu'elles se consultèrent avec le Chef et la Pucelle sur les plantes et les recettes qu'elles avaient essayées, les nouvelles Recrues qu'elles entendaient proposer, les Maux qui résistaient aux Remèdes habituels, je pris grand Soin de dissimuler ma tête derrière l'épaule d'Isobel, en priant que je n'attirasse pas sur moi l'Œil terrible du Grand Maître. Que n'eussé-je donné pour passer inaperçue durant tout l'Ebat ! Mais le Sort en jugea autrement ; car, soudain, le Grand Maître, tournant son masque redoutable vers Isobel et moi, frappa violemment le sol de son bâton et, d'une voix qui se répercutait étrangement en Echos, demanda :

— Pourquoi se trouve-t-il un Homme parmi nous ?

C'était la première fois que l'on entendait sa voix, et tout mon corps en frissonna. Car elle n'avait ni la Puissance grave de l'Organe masculin, ni la douceur de la Féminité. Elle mélangeait bizarrement les deux.

— Ce n'est pas un Homme, protesta hardiment Isobel. C'est une Femme, déguisée pour rebuter la Méchanceté du Monde, dans l'Aventure qu'elle court sur la route de Londres.

— Est-ce une nouvelle Convertie ? s'enquit la Pucelle.

— Oui ! répliqua Joan promptement.

— Eh bien ! alors, poursuivons, dit la Pucelle.

Et le groupe revint à l'Enumération de ses Activités, me laissant si ébranlée que mon Cœur en battait furieusement, tel un animal sans Défense pris aux mâchoires de fer d'un piège.

Les Affaires de la semaine passées en Revue, et la Pucelle ayant dûment consigné dans son Livre toutes les Recettes nouvelles, ainsi que les Adhésions probables de Nouvelles Venues déçues par le Christianisme, et que certaines Méthodes inédites de Divination, une fois de plus le Grand Maître frappa la terre de son bâton, puis, le pointant sur moi, tonna :

— Que le Nouveau Membre de notre Assemblée s'avance !

Je jetai un Regard suppliant à Isobel. Entre-temps, la Lune, claire et brillante, s'était levée sur les hautes pierres noires, et le visage du Grand Maître luisait d'un Eclat bleu et maléfique, dans la Clarté tombant de l'Astre.

— Va, m'ordonna Isobel.

Je me levai, les genoux gourds du froid de la terre, et m'avançai lentement dans le Cercle, pour m'arrêter devant le Chef.

— Es-tu née Femme ? demanda-t-il.

— Oui, répondis-je.

— Es-tu prête à jurer de défendre la Grande Déesse — Celle dont le Nom est trop Sacré pour qu'on le prononce — et ce, dans toutes Ses Œuvres, grandes et petites, ainsi que d'œuvrer toi-même sous Son Commandement Divin pour le Bien de tous, mais plus particulièrement en Faveur des Membres opprimés de ton Sexe et de ceux qui sont moins fortunés et moins bien armés que toi ?

— Oui, dis-je, avant même de bien savoir quelle Parole allait sortir de mes lèvres.

Sur quoi, je me pris aussitôt à trembler pitoyablement, tant je redoutais d'avoir renié le Sauveur et d'être condamnée sur-le-champ à aller en Enfer.

— La Jeune Fille a-t-elle un Familier Divinatoire ?

Je regardai le Grand Maître avec des yeux ébahis.

— Oui ! répondit pour moi Joan, du dernier rang du cercle.

— Où est-il ? demanda la voix, tandis que le masque interrogeait mon visage effaré.

Joan conduisit Lustre au centre du cercle.

— Obéit-il à tes Commandements ?

— Oui, répondis-je. (C'était la Vérité.)

— Perce sa chair et la tienne.

Joan me tendit la petite Dague d'Argent qui pendait à une chaîne autour de son cou :

— Une goutte de Sang suffira, me glissa-t-elle à l'oreille.

Avec autant de Précaution et de Douceur que possible, j'approchai la lame de la magnifique fesse droite de Lustre et tranchai vivement la peau, à l'endroit le plus charnu et le moins sensible; puis j'enfonçai la pointe dans mon index gauche

— Presse les entailles l'une sur l'autre, ordonna la voix

J'obéis et appuyai fermement mon doigt sur la hanche de Lustre, tandis que l'Assemblée entonnait en Chœur :

Par lui j'ai Don Divinatoire,
O Déesse ! par lui mien devient ton Vouloir.

Lustre se tenait très-tranquille et attentif. L'entaille de la Dague ne semblait pas l'avoir affecté; mon doigt me picotait, mais je ne souffrais pas plus que l'Animal.

— Asseyez-vous ! ordonna le Grand Maître.

Sur quoi, Isobel s'avança à son tour et se joignit à Joan pour nous raccompagner, Lustre et moi, jusqu'au dernier rang du cercle. Nous nous assîmes par terre, dominées par la Stature de Lustre.

Était-ce tout ? Ni Messe Noire, ni baiser au cul du Diable, ni folle Bacchanale à travers Bois, en quête d'Extases Charnelles et de Transports des Sens ? J'en étais tout étonnée. Suffisait-il vraiment d'un Serment de Loyauté à la Grande Déesse et à mon Cheval ? Si telle était la Sorcellerie, elle n'avait rien de sinistre, apparemment. Il ne manquait pas de Noms pour l'Etre Suprême; et que je n'eusse jamais entendu proclamer qu'Il est Femelle n'entraînait nullement l'Impossibilité d'un Dieu Femme. La Divinité est-elle Monopole d'un Sexe ? Je ne doutais pas que les Paroles du Grand Maître pussent s'accorder avec une Vérité ou une autre, que je n'avais peut-être pas encore rencontrée.

Pour l'instant, le Grand Maître conférait avec la Pucelle. Ils chuchotèrent longtemps, et cela faisait un murmure pareil au bruissement de feuilles qui se frôlent par une nuit d'Eté. A la fin, la voix de la Pucelle s'éleva :

— Quelqu'une de vous a-t-elle en tête un Sort réclamant l'Assistance de toute l'Assemblée ?

Ses yeux parcoururent le cercle des visages. Plusieurs des Sorcières firent mine de parler, mais se ravisèrent. Puis l'une, toute jeune, avec un visage en forme de Cœur, la Gorge pleine et ronde, des cheveux châtain foncé et un ventre évidemment lourd d'un Enfant, prit hardiment la Parole :

— Je voudrais aveugler mon Maître, dit-elle. Car, après m'avoir séduite, il m'a jetée dehors quand j'étais enceinte de ses Œuvres. Je voudrais aveugler ses yeux, pour que son Caprice ne puisse plus jamais s'exercer sur une autre Fille ni lui faire ce qu'il m'a fait.

Le Grand Maître conféra avec la Pucelle, frappa le sol de son bâton, puis demanda à celle qui venait de parler :

— Voudrais-tu prendre dans tes propres mains la Vengeance de la Déesse, Sœur Alice ? (Tel était le nom de l'Intéressée.)

— La Déesse m'approuverait répondit Alice.

— Si la Volonté de la Déesse est que cet Homme soit frappé de Cécité, Elle frappera Elle-même, dit le Grand Maître.

— Mais rien ne refrène le Pouvoir de l'Infâme, dit Sœur Alice Il peut faire du Mal à d'autres Innocentes.

— Es-tu en Bonne Santé ? demanda le Grand Maître. As-tu un Foyer où porter, mettre au Monde et soigner ton Enfant ?

Sœur Alice fit oui de la tête et ajouta :

— Sœur Louisa m'a prise chez elle comme Servante et nous a mis par Testament, l'Enfant et moi, à l'Abri du Besoin.

— Et ton ancien Maître, qu'est-il devenu ?

— Il n'avait qu'un Fils et il l'a perdu à la suite d'un Duel Imbécile. Maintenant, il est tout abattu de Mélancolie.

— Les Voies de la Déesse sont étranges, dit le Grand Maître. Souvent, elles sont plus subtiles que les nôtres, mais plus terribles.

— J'ai une Requête, dit subitement Joan, d'une voix forte et de la place qu'elle occupait à côté de moi et en Pendant à Isobel, au dernier rang du cercle. Notre jeune Nouvelle Venue voudrait une Preuve des Pouvoirs de la Déesse. Elle aussi a été séduite et abusée. Mais dans son Cas, il n'y a pas de Compensation. Elle est seule, sans Amis hormis nous. Je propose que nous fassions une Figurine et que nous jetions un Sort sur son Séducteur, en guise de premier cadeau à une nouvelle Convertie.

— Oui, oui ! cria à l'Unisson l'Assemblée.

— Quel Sort suggères-tu ? demanda le Grand Maître.

— La Poupée de Cire et les Épingles chauffées à blanc, répondit Joan.

— Et quelle partie de sa Personne voudrais-tu flétrir ?

Joan réfléchit un moment, puis eut un rire méchant.

— Celle qui a flétri Fanny.

Toute l'Assemblée se mit alors à ricaner, à caqueter et à échanger des Remarques obscènes.

— Silence ! cria le Grand Maître. Et si une autre partie de son corps venait à être frappée par Malchance, et qu'il ne puisse plus marcher ? Justice serait-elle faite ?

Joan haussa les épaules :

— Tel est le Risque que nous courons, dit-elle.

— Que l'Assemblée vote, décida le Grand Maître.

La Pucelle désigna du doigt chacune des Sorcières tour à tour, en notant les réponses dans son Livre.

— Pour ! dit la première Sorcière, vieille Gargouille qui arborait un couvre-œil noir, et dont le capuchon laissait échapper des mèches de cheveux blancs et encadrait un visage pareil à une Carte de la Lune.

— Pour ! déclara la suivante, qui était jeune et blonde et avait

103

pour Animal Familier un chien blanc à longs poils, langue rose et truffe noire.

— Pour ! dit la troisième, qui se fit connaître comme étant Sœur Louisa (et qui était donc, supposai-je, la Bienfaitrice de la jeune Sorcière grosse de l'Enfant de son Séducteur).

— Pour ! dit justement cette dernière, Sœur Alice. Plutôt deux fois qu'une !

La Pucelle fit ainsi le tour du Cercle éclairé par l'Astre nocturne, et toutes les Sorcières se déclarèrent « Pour », sauf Isobel.

Quand son tour vint, elle répondit :

— J'associe mon Vote à celui de Fanny. Quel que soit son Vœu, je le soutiendrai, car il est dit que le Passé ne peut être changé; seul, l'Avenir peut l'être.

Le Grand Maître se tourna donc vers moi :

— Quel est ton Désir, Fanny ?

Mes Sens étaient en plein Tumulte et mon Cœur continuait à battre fort, de Frayeur. Je ne savais que répondre.

— Quel est ton Désir ? répéta la bouche terrifiante du masque, répercutant sa Question en Echos.

— Restera-t-il invalide jusqu'à la Fin de ses Jours ? demandai-je. Boitera-t-il peut-être ?

Nouveaux ricanements des Sorcières. J'entendis l'une d'elles, non loin de moi, dire :

— Cette Fille est folle.

L'instant suivant, le Grand Maître répondit :

— Sœur, nous ne pouvons prédire en toute Certitude les Effets de nos Sorts. Peut-être perdra-t-il seulement l'Usage de son Membre Intime, ou peut-être beaucoup plus. C'est tout ce que je peux te dire.

Je méditai longuement. Mon Esprit troublé mettait en Balance la Beauté de Lord Bellars, ses jambes longues et droites, le doux poil qui frisait sur sa Poitrine musclée, ses Charmes Virils. Il en avait usé de moi en Scélérat, mais je me rappelais encore combien je l'avais aimé. L'Amour ne reste-t-il pas l'Amour, même trahi ?

Bien avant même cette folle Scène d'Amour (et d'Amour trahi) il y avait eu — ma Mémoire en était pleine — les jours de mon Enfance où Lord Bellars avait commencé à m'apprendre à monter à Cheval — non pas en Amazone, comme une Fille, mais avec une vraie selle, comme un Homme. Je me rappelais comme il adorait la Chasse à Courre, comme il sautait par-dessus les clôtures les plus hautes, sur son Etalon Arabe, High Flyer, et comme il m'avait fait cadeau de Lustre, Fils de High Flyer et de Molly Longlegs, sa plus belle Jument de Sang; comme il était revenu spécialement de Londres à sa Campagne, pour me faire présent de mon bien-aimé Lustre, la Veille du Noël de ma quatorzième année. Même en cet instant, je le revoyais en Souvenir franchir échaliers et haies, les joues toutes rouges de la morsure de l'air, sa redingote au Vent, ses bottes luisant au Soleil.

— Non, dis-je, je ne désire pas jeter de Sort.

Un hoquet d'Horreur parcourut le Cercle. Certaines Sorcières glapirent en se gaussant de ma Sottise.

— Non ! repris-je avec chaleur. Je ne le veux point. Je ne tirerai point Vengeance de mes propres mains. La Déesse en fera selon Sa Volonté.

— Ainsi en soit-il fait, dit le Grand Maître. Que les Danses commencent.

Les Sorcières se levèrent (certaines continuant à se moquer de moi) et rejetèrent capuchons fourrés, bâtons magiques et gibecières velues. Beaucoup d'entre elles avaient des cornes d'onguents, des peaux d'animaux pleines de pommades malodorantes dont elles s'enduisaient à présent mutuellement les jambes, les aisselles. les Seins. Sœur Alice, la Sorcière grosse d'un Enfant, m'offrit un peu de sa Provision, en me disant :

— Je prie que tu n'aies pas à regretter ta Tendresse de Cœur, Fanny.

— Que dois-je faire de cet onguent ?

— Imite-moi, me conseilla-t-elle.

Et elle s'en enduisit toutes les Parties Intimes du corps en ajoutant :

— Cela te rendra toute légère pour la Danse.

Posant par terre ma cape et mon chapeau de castor, je pris un peu d'onguent sur mes doigts, introduisis la main dans ma culotte et l'imitai, en oignant les mêmes endroits qu'elle. Cela me picota entre les jambes, comme si tout un essaim de menues abeilles y avaient planté leur dard.

Puis le Grand Maître s'avança solennellement au centre de notre Cercle, porta un pipeau grossier aux lèvres de son Masque, et se mit à jouer l'Air le plus curieux (mais aussi le plus doux) qui eût jamais pénétré mes oreilles. Là-dessus, la Pucelle nous donna les mains, élargissant le cercle, et la Danse commença.

Elle débuta lentement, notre Ronde se mouvant d'abord dans un Sens, puis dans l'autre; mais bientôt le Rythme s'accéléra et s'enhardit, et, au vrai, l'on eût dit qu'il chassait toutes les Pensées mélancoliques, pour engendrer les Imaginations les plus folles et les plus extravagantes de l'Esprit, pour soulever l'Espoir et pour bannir toute Crainte. Les Sorcières tiraient dans une Direction, puis dans l'autre. Tout en dansant, elles se tenaient solidement par la main. J'avais l'Impression de voir des Formes et des Couleurs dans l'air – les Couleurs les plus vives, les Formes les plus torturées que mes yeux eussent jamais contemplées. A un moment donné, notre Ronde parut tournoyer dans une Sorte de sombre Cheminée, et les antiques Pierres Levées semblèrent être à la fois au-dessus comme au-dessous de nous. L'instant d'après, j'eus la Vision que les Pierres mêmes se mettaient à vivre et oscillaient sur le Ciel, que le Ciel lui-même fourmillait d'autres Sorcières chevauchant de Sombres Nuées. Je croyais voir des Animaux danser à l'orée de ma Vision — non pas des Animaux Familiers, mais des Monstres de Légende : Licornes, Griffons, Basilics. Puis, plus étrange encore : j'eus la Sensation de m'unir soudain à la Terre, aux Pierres, aux collines crayeuses, aux plateaux herbeux ; je sentais mon Cœur battre avec celui des Sorcières, comme si nous n'avions été qu'une seule Femme, une seule Force, un seul Cœur palpitant.

Ensuite, survint la Chose la plus mystérieuse du Monde. Je me sentis, ou plus exactement je sentis cette partie de mon Etre qui est l'Essence de moi-même, mon Ame, s'envoler de mon Corps et planer au-dessus du Grand Cercle des Pierres et des Tumulus, comme si j'avais été un oiseau, au lieu d'une Femme. Je voyais sous moi danser mes Compagnes, à croire que j'avais les ailes d'un rossignol ou d'une colombe. Leurs têtes m'apparaissaient comme un collier de chevelure, leurs pieds comme des flèches de cuir. Je semblais flotter, monter très haut, redescendre et plonger à travers les airs. La Danse des Sorcières, sous moi, rapetissait de plus en plus, tandis que je montais de plus en plus haut dans l'Ether. Et puis, juste comme j'imaginais que je ne reviendrais plus sur Terre, je tombai parmi un Flamboiement de Lumière blanche, entourée de ces mêmes Couleurs éclatantes — des rouges, des verts, des bleus, des jaunes — que j'avais déjà vues, mais qui étaient cette fois comme déchiquetées, pareilles aux zigzags de la foudre dans un dessin d'Enfant, ou carrées et anguleuses comme le dallage de marbre d'un Portique Italien, ou, au vrai, comme un échiquier.

En un clin d'œil, je me retrouvai dans la Ronde, tournant et tournoyant, donnant la main aux Sorcières tandis qu'elles formaient un cercle plus petit à l'intérieur du plus grand, dansant de plus en plus près du Grand Maître qui continuait à jouer de son merveilleux pipeau.

Et voilà que la Pucelle ôtait de ses épaules son manteau bleu de nuit et que les autres Sorcières enlevaient leurs vêtements de dessous, un à un ; de telle sorte que, pendant que le Grand Maître continuait à jouer et quelques-unes des Sorcières à tournoyer sur place, d'autres entreprenaient de le dévêtir. Soudain, sa nudité fut révélée et — à peine pouvais-je en croire mes yeux — c'était une Femme !

Quand apparut la Gorge, les Sorcières psalmodièrent : « Elle est ressuscitée ! » Et quant parut le sombre Buisson triangulaire, elles entonnèrent : « Elle est née ! »

Peut-être suis-je devenue folle, pensai-je; peut-être cet onguent a-t-il semé le Chaos dans mes Sens; mais, en dépit de mon Egarement, en dépit du Délire de la Danse, aujourd'hui encore je proteste hautement que le Grand Maître était une Femme. Elle tournoyait maintenant sur elle-même, portant toujours le Masque effrayant. Les Sorcières s'avancèrent pour oindre son corps d'un onguent. Elle tendit le pipeau à la Pucelle; elle reçut en retour, de la main de cette Représentante de la Déesse, le curieux collier de défenses de sanglier en forme de double croissant. Et la Pucelle chanta : « Voici la Déesse; Elle est née; Elle est Une ! »

Les Sorcières étaient à présent prises de Frénésie; mais, au vrai, mes Esprits étaient la proie d'une telle Confusion que mon propre Jugement n'était pas au mieux de sa Clarté. Néanmoins, je me souviens qu'Isobel m'entraîna à l'écart et me chuchota qu'il était temps pour moi d'enfourcher Lustre et de me rendre bien au-delà du fossé qui entourait les Grandes Pierres Levées, car je n'avais point encore été officiellement baptisée ni initiée au Culte et je n'avais pas le Droit d'assister à une certaine partie des Rites. Mais, ajouta-t-elle, elle viendrait en Personne me chercher dès que ladite Cérémonie serait terminée. A la suite de quoi, une Grande Fête commencerait, qui durerait jusqu'à l'aube et au premier chant du coq. Je n'avais pas de raison de me sentir écartée : au tout prochain Sabbat, je recevrais la pleine Initiation, si tel était mon Vœu, et mes Sœurs Sorcières n'auraient plus aucun Secret pour moi.

Je remis donc ma cape et mon chapeau, montai Lustre et partis dans les Ténèbres pour franchir la limite du Cercle de Pierres. Je chevauchai jusqu'à l'un des Tumulus, passé le formidable Monument. Malgré ma Connaissance du Culte de la Femme professé par les Sorcières, pour le reste du Monde j'avais toujours l'Air d'un Garçon. Je frissonnais un peu de froid et, au vrai, de Peur, dans le noir. Les Pierres continuaient à osciller et à tournoyer sur le Ciel, car mes Sens restaient quelque peu enflammés par l'onguent magique. On eût dit un Rêve terrifiant, duquel je ne parvenais pas à m'éveiller.

J'attendis ainsi en selle, à l'écart de la Cérémonie mystérieuse, incapable de voir les Sorcières, même sous l'Aspect d'Ombres dansant dans l'Obscurité, et, au vrai, invisible moi-même, à cause du talus en pente qui entoure le Monument Mystique. Brusquement, je perçus le Tonnerre de sabots de Chevaux et j'entendis des voix d'Hommes s'interpellant, et, comme jaillis du Clair de Lune dans la Grande Avenue, je vis un Parti de Canailles galoper droit vers le centre du Cercle des Sorcières.

Ce qui s'ensuivit, Belinda, je tremble de me le rappeler. Mais la Vérité, ma chère Enfant, est Déesse plus sévère que la Morale ou que l'Innocence, et ce que je devais apprendre sur la Nature Humaine, cette nuit-là, eût fait, du Troisième Comte de Shaftesbury, un Prophète plus sinistre encore que le Duc de La Rochefoucauld.

Des coups de feu retentirent. Des cris à vous glacer le sang s'élevèrent jusqu'au Ciel. Il y eut des pleurs et des plaintes pitoyables, et de lamentables cris implorant Merci. De ma place, je ne voyais rien; mais de ces sons atroces, je déduisais que l'on torturait ou assassinait les Sorcières.

Oublieuse de ma propre Sécurité, j'éperonnai Lustre et revins au galop vers le Cercle. Mais, à peine en étions-nous à mi-chemin, que mon Cheval se cabra et refusa d'avancer; au vrai, il resta pétrifié sur place comme une Statue coulée dans le bronze. Cependant, j'avais maintenant une Vue plus complète de la Mêlée (grâce à une brèche dans le Cercle des Pierres) et j'eusse mieux aimé être aveuglée dans l'instant que d'assister au Spectacle qui s'offrait à mes yeux.

Ils n'étaient pas plus de cinq Pendards, guidés par un Garçon de dix ans qui bavait et tremblait comme un Simple d'Esprit et ne cessait de crier d'une voix aiguë : « Vile Sorcière ! Elle m'a jeté un Sort ! » en montrant d'un doigt crochu chacune de mes Sœurs.

Au centre du cercle, deux Hommes maintenaient sur le sol glacé la belle Pucelle de l'Assemblée, tandis que leurs Compagnons la violaient tour à tour, avec toute la Brutalité dont ils étaient capables, et moins, semblait-il, pour la Sorte de Plaisir qu'une Bête déraisonnable peut prendre à un Acte de Passion imposé de la sorte, que pour faire Montre de leur Sauvagerie devant leurs Frères en Barbarie. Elle fut violentée peut-être dix ou douze fois; et alors qu'elle avait commencé par se débattre et gémir, au bout d'un moment elle parut gésir sans Mouvement, les yeux obstinément tournés vers le Ciel, les lèvres mumurant : « Pitié, Déesse Miséricordieuse ! Pitié ! » Sur quoi, la Brute qui la tourmentait de son Organe rouge et tout gonflé, s'enflammant à tant de Piété, retira sa hideuse Trique du pauvre Connelet martyrisé (et qui ruisselait maintenant de sang noir), pour l'enfoncer violemment dans la bouche de la Pucelle en criant : « Cela t'apprendra à prier les Démons ! » Et il plongea si loin son Membre dans le gosier de la Malheureuse qu'elle en devint pourpre et s'étrangla, près de rendre l'Ame, eût-on dit. Après quoi, le Monstre céda la place aux autres qui, un par un, violèrent cette jeune bouche, jusqu'à ce qu'elle saignât aussi atrocement que les tendres Lèvres Inférieures. Et, alors que je pensais avoir vu le pire et ne pouvais supporter de regarder encore, un des plus laids de ces Coquins, une Fripouille au nez en forme de fraise et aux petits yeux porcins, tirant une lame courbe d'un fourreau, et sourd aux cris piteux de la Pucelle et aux Supplications des autres Sorcières, fit deux entailles en forme de Croix dans le front de la victime mordant si profond dans la chair que le sang ruissela et rougit tout le visage et que la pauvre Fille perdit Connaissance et bientôt expira, dans les bras mêmes de son Tortionnaire.

— Voilà ce qu'il en est d'avoir le Cœur trop tendre ! s'écria Sœur Alice d'un ton accusateur, en se tournant vers le Grand Maître, qui tentait de dissimuler sa Nudité derrière elle et Joan.

Mal en avait pris à Alice d'attirer l'Attention sur sa Personne par ce cri; car le Monstre au nez en fraise reporta sur elle son horrible Concupiscence, la traîna jusqu'au centre du cercle, la jeta à terre, lui arracha ses vêtements et, en dépit de ses clameurs protestant qu'elle était grosse d'un Enfant (ce que, certes, tout le monde pouvait voir), la força férocement et ignoblement, puis, cela fait, l'offrit à ses Compagnons. Trois d'entre ceux-ci s'abstinrent, à cause du gros ventre de la Fille; mais le quatrième Scélérat, furieusement laid, avec sa bedaine plus grosse encore que celle d'Alice, sa barbe d'un roux de feu, et les pustules qui lui sortaient des joues, releva en quelque sorte le Défi et la viola par en haut et par en bas, et non content de la Conquête de deux Orifices, la contraignit à s'agenouiller en pleurs et à relever le cul en l'air, puis força aussi cette Entrée, jusqu'à ce que le sang coulât et que la fille criât Merci. Ensuite, on la remit debout de force et la poussa jusqu'à la Grande Pierre d'Autel, où on la renversa. Et, tandis que l'Homme à la barbe rousse étouffait ses cris d'une main, la Brute à la face porcine la violenta à son tour, puis, s'étant retiré, saisit son horrible cimeterre et, au lieu de son Membre, l'enfonça dans le Tabernacle d'Amour, comme si, au vrai, sabre et Membre n'avaient été qu'une seule et même Arme d'Horreur. Alice parut perdre Connaissance sous la terrible Douleur. Le sang jaillit sur la pierre noire et vint former une flaque sombre au pied de l'Autel. Les Sœurs suppliaient la Déesse d'avoir Pitié; mais leurs Prières étaient en vain, car, brandissant de nouveau sa lame courbe, le Gros Porc frappait douze fois au moins Sœur Alice à son malheureux ventre, assassinant certainement l'Enfant qu'elle portait et la laissant elle-même ensanglantée et inerte, comme une carcasse pendant à un croc de Boucher.

C'était trop. Mes Entrailles se révoltèrent. Si je n'avais eu l'estomac vide depuis des heures, j'eusse vomi. Ah ! comme j'aurais voulu crier : « Prenez-moi à leur place ! » et m'élancer au galop au centre du cercle, pour sauver du moins Isobel et Joan de la Fureur de ces Canailles. Mais je restais clouée sur place, les lèvres muettes, le corps changé en Statue. Plus morte que vive, immobile, j'assistai au Viol de chacune de mes Amies tour à tour, et à leur Mort sanglante, abominable. J'étais incapable d'un Geste, d'un Mouvement pour assurer leur Salut ou le mien. Mes membres étaient de glace; je pouvais tout juste prier que l'on me découvrît moi aussi et m'égorgeât, afin que je n'emportasse pas le Souvenir de ce Massacre jusqu'à la Fin de mes Jours sur cette Terre. Mais, en même temps, je mentirais si je disais que je ne souhaitais pas vivre. Et pour Prix de ce lâche Désir de vivre, alors que mes Amies avaient succombé (et de Façon si atroce !), je redoutais d'avoir à porter durant toute mon Existence la Croix d'un Remords que rien ne pourrait alléger – ni vin, ni bonne Compagnie, ni Richesse, ni Renommée.

Pétrifiée, j'étais donc la proie de ce curieux mélange d'Horreur et de Remords, lorsque, brusquement, Lustre s'élança au galop, presque comme s'il avait entendu ma Prière, avant tout, de survivre. Rapide et fidèle, il m'emporta loin des Formidables Pierres, à travers la plaine et vers Haradon Hill. Et comme j'allais, cramponnée à son encolure et semblable à une Marionnette, je croisai un autre Parti, d'élégants Jeunes Hommes cette fois, galopant vers les Pierres Levées, comme s'ils avaient eu vent d'une belle Soirée de Bal Costumé et n'avaient pu supporter la Pensée de manquer l'Occasion.

— Venez ! Joignez-vous à la Fête ! me cria l'un d'eux, me prenant pour l'Homme que je semblais être.

Mais, agrippée à Lustre, je poursuivis sans ralentir, me demandant quelle Raison l'on pouvait bien avoir de vivre ici-bas, sachant désormais ce que je venais d'apprendre sur les Réalités de ce Vaste Monde.

Chapitre XIII

Où le Destin, la Poésie & les Rapports entre les Sexes fourniront Matière à Dialogue, & où il sera Question d'un autre Commerce, de Nature plus sensuelle (si bien qu'il est conseillé aux Lectrices et Lecteurs pudiques de sauter ces Pages), qu'eut notre Héroïne avec Mlle Polly Mudge, Femme de Chambre, ainsi qu'avec la Personne de M. Ned Tunewell, Rimailleur, & même avec la sienne propre, le tout au célèbre Relais de Poste à la double Enseigne de La Cloche Muette & de La Belle Andouille.

Je finis par atteindre une Auberge, laquelle avait double Enseigne : « A la Cloche Muette & A la Belle Andouille ». Et, dans l'Hébètement où m'avait laissée mon Aventure sur la haute plaine de Stonehenge, ainsi que dans ma Certitude que les Astres ne me réservaient plus rien de bon ni de bien pour m'inciter à suivre le Chemin de la Vie, il m'apparut que le premier Nom, au moins, de cette Auberge convenait parfaitement à mon Etat d'Esprit; car, franchement, à ce Stade, j'eusse préféré être sourde, muette et aveugle et garder le Mutisme jusqu'à la fin de mes Jours, comme une pauvre Bête n'ayant pas reçu le Don de la Parole, au plus bas de la longue Chaîne de la Création.

A cheval, je pénétrai dans la cour, m'enquis auprès de l'Aubergiste s'il y avait une chambre libre et, sur la réponse que je pourrais en partager une avec un Compagnon de Qualité, j'acceptai aussitôt, n'aspirant qu'à me laisser tomber tout habillée sur un lit, pour sombrer dans un Sommeil de Mort, et souhaitant presque ne plus me réveiller.

J'ébouriffai tendrement la crinière de Lustre, avant qu'un Garçon d'Ecurie l'emmenât. Puis, priant que l'on me montât à souper dans ma chambre, je gravis pesamment l'escalier. La pièce était assez plaisante; un feu était déjà préparé dans l'âtre, et de l'eau fraîche dans une cuvette attendait mes mains sales. Un lit à courtines en perse fleurie se dressait contre le mur, face à la cheminée.

J'étais à peine installée depuis deux minutes qu'une jeune et jolie Servante entra, dans un grand Mouvement d'étoffe, tenant à deux mains ses cottes et son tablier pour montrer coquettement ses chevilles, et me lançant des Regards comme si j'avais été l'Homme que je semblais être.

— Or çà, Monsieur, je vais vous apporter votre Dîner présentement, me dit-elle. Le gigot est terminé, mais que diriez-vous d'un beau chapon rôti et d'un peu de soupe d'orge ?

Je répondis que ce serait certes parfait, mais que, avant de sortir, je la priais d'avoir la Bonté de m'éclairer sur le Genre d'Homme avec qui je partagerais ma chambre.

Elle réfléchit un instant, battit de ses charmants cils noirs, exhala un soupir qui fit valoir sa Gorge généreuse, et dit :

— Oh, Monsieur, ce devrait être Monsieur Ned Tunewell, Monsieur; un poète connu, que c'est, Monsieur; je parle de Monsieur Tunewell, Monsieur. Que oui, Monsieur, car la dernière fois qu'il est passé par ici en allant à Londres, il a composé exprès pour moi un Poème, Monsieur, et un fort joli Poème, faut dire, Monsieur. Vraiment très joli, oui, je le garantis.

— Peux-tu me le réciter, la Fille ?

— Eh bien, Monsieur, je vais essayer, Monsieur.

Et se rengorgeant, de façon à prendre ce qu'elle croyait être l'Attitude convenable pour accueillir la Muse de la Poésie, elle débita, d'une voix d'Enfant disant sa leçon :

— « Ah, Polly, n'attends pas demain »... Polly, c'est moi, Monsieur... « Ah, Polly, n'attends pas demain, Si le Plaisir est sous ta main; Par Miracle pourrions-nous de nos jours Le Terme retarder avec le Cours, Que Beauté bientôt se flétrit Et Jeunesse vite s'enfuit; Et lorsque toutes deux demeureraient, Hélas, Amour plus tard ne durerait... »

Ici, la Fille broncha; l'Inspiration lui faussa Compagnie, à tire-d'aile comme l'Amour dans le Poème.

— J'ai grand-peur de ne plus me souvenir comme il faut du reste, Monsieur.

— Essaie donc, lui dis-je. Ne serait-ce pas quelque chose comme : « Car plus volage encore que le Temps, Amour se fait Gloire d'être inconstant » ?

112

— Hé, mais c'est cela même, Monsieur ! Comment le saviez-vous, Monsieur ?

Et, sans attendre la réponse, elle poursuivit, du même ton d'Enfant :

— « Les Dieux, voués aux Durées immobiles, Ont l'Amour et la Haine versatiles; Telle est, Polly, la vraie Raison De notre commune Passion »... Excusez-moi, Monsieur, je crains d'avoir oublié la suite...

— Eh, quoi ! dis-je, feignant l'Horreur. Un Poète prend la Peine de composer pour toi des Vers et tu oses te permettre de les oublier ! Voyez-moi l'Ingrate !

— Je vous prie de m'en croire très marrie, Monsieur, dit-elle en toute Humilité.

— Est-ce que par hasard ces Vers n'iraient pas ainsi ?

Et je récitai :

> Gardons-nous tous deux d'enquérir
> Dans le Passé de nos Désirs;
> Combien de Bergers tu charmais,
> Et moi, de Nymphes j'enchantais.
> Laisse aux Astres le Soin d'écrire
> Ce que sera notre Avenir;
> Car, s'il nous est Bonheur d'Amour promis,
> C'est du seul Présent qu'il doit prendre Avis.

— Mais c'est cela, Monsieur ! s'écria-t-elle de nouveau. C'est cela même tout craché. Comment l'avez-vous deviné ?

— C'est que, dis-je, votre Ned Tunewell est à la Vérité Poète très notoire.

— J'y compte bien, Monsieur, rétorqua-t-elle d'un Ton dépité, puisque lui-même me l'a dit. Et je suis sûre qu'il est Homme de trop de Qualité pour conter Fariboles.

— La prochaine fois qu'il voudra te faire des Avances, dis-je, demande-lui son Opinion d'Edmund Waller, s'il te plaît, ma Fille.

— Mais, Monsieur, dit-elle, rougissant violemment, je ne suis pas une Guenipe, croyez-m'en.

— Non, dis-je, je suis certain que tu n'es qu'une bonne et saine Fille de la Campagne, mais, je t'en prie, fais-moi en tout Cas cette Faveur de lui demander ce qu'il pense d'Edmund Waller et, ensuite, s'il trouve que le Nom de Phyllis te va bien.

La Pauvre ne savait plus où elle en était.

— Et pourquoi cela, Monsieur ? Qu'ai-je à faire de ce Monsieur Dallow, Tallow, ou qu'a-t-il à faire de moi ?

— Ton Monsieur Tunewell le saura, et je te promets qu'il en sera tout à ton Avantage d'en user ainsi.

113

— Ah ! Monsieur, je ne comprends non plus goutte à ce que vous dites, c'est sûr.

— Cela viendra, Phyllis, cela viendra, dis-je. Et maintenant, j'aimerais bien tâter de ce fameux chapon rôti, s'il te plaît.

— Certainement, Monsieur... tout de suite, Monsieur. Mais mon nom est Polly, Monsieur.

Et elle sortit, l'Air à la fois désorienté et offensé, voire me croyant peut-être un peu folle, car elle prit le temps de me lancer un Regard intrigué avant de refermer la porte.

De fait, un peu folle, ne l'étais-je pas ? Moi-même, je me le demandais. Comment les Horreurs auxquelles j'avais assisté ne m'auraient-elles pas laissé de Marque ? Le plus profond Sentiment de Détresse, de Chagrin et d'Indignation accablait mes Pensées. Sous mes Plaisanteries à Mlle Polly et sous le Jeu des Citations poétiques (Poésie m'étant depuis toujours Seconde Nature), se cachait un poids qui pesait sur mon Cœur sans je pusse l'alléger.

Quel porc, que ce Tunewell ! Citer un Poème de Waller à une Jeune Campagnarde ignorante et changer le Nom de la Muse, de Phyllis en Polly, en sorte qu'elle pût se l'imaginer écrit pour elle et pour ses Charmes et qu'elle ouvrît sans nul doute et sur-le-champ son lit au Fripon ! Moi-même, je m'étais laissé prendre à la Trahison, et il était de mon Devoir de secourir cette Fille; mais je me demandais si je pourrais préserver mon Esprit et mon Ame de l'Amertume, après l'atroce Spectacle que m'avait offert le Monde sur la haute plaine de Stonehenge, et comment, au vrai, je pourrais bien me défendre de succomber toute sous les plus noires Humeurs de Mélancolie. Certes, Aristote dit bien : *Nullum magnum Ingenium sine Mixtura Dementiae* — soit, en langage commun : « Il n'est Grand Esprit à quoi ne se mélange Grain de Folie ». Mais était-ce *là* le Prix que je devrais payer pour mon Education de Poète : perdre la Raison et vitupérer le Monde comme une pauvre Démente ? Je rêvais d'être Horace et non Juvénal, Portia et non Lady Macbeth ! Le Prince Hal et non le Prince Hamlet ! Rosalinde et non Ophélie ! Pas plus qu'elle ne m'attirait, la Folie n'était de mon goût. Harmonie, Equilibre, Ordre — telles étaient les Vertus que j'admirais.

Oh ! mon Esprit se débattait dans la plus extrême Confusion. Tous les Hommes étaient-ils des Brutes et des Fourbes ? Le Bien et le Bon n'existaient-ils donc nulle part sous le Soleil, la Lune et les Etoiles ? Les Sorcières avaient-elles Raison d'adorer la Grande Déesse au lieu de Jésus-Christ ? Mais, si oui, et si la Déesse était véritablement Puissante à ce point, pourquoi permettait-elle que Ses Elues périssent si horriblement ? Pis encore, il me fallait réfléchir au Changement qu'apportait à ma Nature le port du costume masculin. J'avais parlé avec Hauteur à Polly la Femme de Chambre, je l'avais regardée rougir

et me faire Révérence et perdre Contenance, tout comme moi, auparavant, devant Lord Bellars. Je l'avais traitée comme une pauvre petite
Ignorante, j'avais pris des Airs condescendants devant sa Méconnais-
sance de la Poésie, et tout cela parce que je portais culotte et perruque,
et elle, tablier et jupon ! Quelle Différence pouvaient faire de simples
vêtements ! Oui, j'avais lu Edmund Waller et savais que son Poème
A Phyllis (que ce goujat de Tunewell s'attribuait) avait été publié
au moins quatre-vingt-dix années plus tôt; mais était-ce Raison pour
montrer du Dédain ? J'avais passé les Tendres Années de l'Enfance
dans un Château doté d'une Bibliothèque; Polly, non. J'avais une
excellente Mémoire de la Poésie; Polly, non. Mais était-ce Justice de
la mépriser, quand nous étions toutes deux Sœurs, également abusées
par le Monde des Hommes ? Pourquoi fallait-il que le port de la
culotte et de la perruque me conférassent soudain Droit de commander à tort et à travers à de Malheureuses Filles, contrairement à mon
Habitude ?

Je m'étais à peine posé la Question que, soudain, dans un éclair
aveuglant, la Lumière se fit dans mon Esprit pour me donner la
Réponse. On eût dit que la Déesse Elle-même me montrait la Voie,
pour me tirer du noir Tunnel de la Perplexité.

Lorsque, dans l'Epanouissement de la Société Humaine, un
Groupe, un Sexe, une Classe se voit donner le Pas sur les autres, tous
les Membres dudit Groupe deviennent, pensai-je, en quelque sorte
corrompus par ce Pouvoir dépourvu de Raison. La plupart, certes,
n'en violeront ni n'assassineront pas pour autant; seules, les Brutes en
agiront ainsi. Mais même les Gens de Bien témoigneront d'un peu de
Dédain à l'occasion, et même les Femmes fortes et accomplies se
montreront un peu soumises et sottes dans leurs Coquetteries. Ainsi
les Sexes justifieront-ils réciproquement les Mythes qu'ils entre-
tiennent vis-à-vis l'un de l'autre, et même ceux qui désirent échapper
au Pouvoir de ces Conventions imbéciles se prendront à agir selon
ce que leur dicte leur culotte ou leur jupon.

Portant corselet, pièce d'estomac et paniers, je suis encline à
coqueter outrageusement, à tapoter et secouer ma chevelure, à faire
valoir ma gorge, à rire à part moi de la Façon dont les Hommes
plongent leur Regard dans la Vallée Secrète, entre les beaux Globes
blancs de mes Seins, dès qu'ils s'imaginent que je ne les vois pas. Mais
portant culotte, je ne suis que Hauteur et Insolence; j'arpente le
Monde avec Autorité — presque comme si mes bottes de Cavalier
entraient pour une plus grande Part dans la Composition de mon
Caractère que mon Ame immortelle. Ainsi, dans une Société où les
Femmes sont généralement méprisées, se trouvera-t-il une Minorité
d'Hommes pour adorer le Viol, la Torture et le Meurtre, et se sentir
libres de saigner à Mort les Sorcières, de les égorger de Sang-froid,

elles et leurs bébés (je frissonnai au Souvenir de ce que j'avais vu); et le seul Remède contre ces Excès de Haine est une plus grande Justice entre Hommes et Femmes, autour de l'âtre et au lit; car si l'Homme a pouvoir de régner sur la Femme dans la Vie Quotidienne, alors il n'est nullement surprenant qu'une Poignée de Brutes puisse massacrer des Femmes sur une haute plaine. Aucun des deux Sexes ne doit avoir Domination sur l'autre ! Au lieu de cela, ils doivent s'accorder l'un l'autre, comme serrure et clé, toutes deux indispensables, toutes deux forgées avec la même Précision, et bien huilées.

C'était Matière à Poème idéale, songeai-je. Mon premier Grand Poème Philosophique ! Il s'intitulerait *la Lockiade,* et j'y dénoncerais la Folie de l'Epoque, la Folie de l'Humanité, la Nécessité d'un Bouleversement de notre Société Humaine, et je lancerais un Appel en Faveur de l'Egalité des Sexes ! Car, si je croyais vraiment en une Humanité foncièrement Bonne (bien que corrompue par l'Ignorance, l'Aveuglement et une Domination erronée de l'Homme sur la Femme), alors, sûrement, ma Tendresse pour l'Espèce en son entier ne pouvait que me pousser à lutter pour l'aider à se perfectionner. Et qu'était la Poésie, sinon un Moyen d'exalter par la Rime la Race Humaine, pour la conduire à la Perfection ? Qu'était le Poète, sinon une Créature Humaine inspirée en sorte de permettre à ses Frères et Sœurs de s'élever le plus haut possible vers l'Esprit Divin ?

Tout chaude du Feu de la Muse, je m'assis pour écrire. Hélas ! je n'avais ni Plume ni Encre.

Je courus jusqu'à l'âtre, découvrir sous les flammes une brindille humide qui avait à peine flambé avant de s'éteindre, et m'en saisis en guise d'Instrument d'Ecriture. Manquait le Papier; mais la nappe de fil m'en servirait.

Je m'assis sur-le-champ et commençai. *La Lockiade,* écrivis-je, m'appliquant à mes Lettres charbonneuses sur la toile de Hollande. Puis, d'une Calligraphie tourmentée, et qu'interrompaient souvent la Grossièreté de mon Matériel et ses Trébuchements sur les fils de lin, je traçai, d'une main ô combien émue ces quatre premiers vers :

> *Ah ! noire Destinée que l'Esclavage de la Femme :*
> *Que de Misère naît de ses Médiocrités sans Ame !*
> *Je Chante — et ces Vers à Clio je les dédie,*
> *Car, Muse, elle connaît une Eternelle Vie...*

Noble début — mais sur quoi la brindille se rompit ! Le Mal n'était pas grand, car, juste à ce moment, l'on frappa à la porte. Tel un Magicien de Foire, je retournai la nappe sens dessus dessous, dissimulai mon charbon à écrire dans le haut de ma botte et criai :
« Entrez ! »

116

C'était Polly, portant mon chapon rôti.

— S'il vous plaît, Monsieur, me dit-elle.

— Grand Merci à toi, Polly, dis-je.

— Merci à *vous*, Monsieur, repartit-elle en me coulant un Regard assassin.

Là-dessus, la voilà qui me fourre un coin de serviette en lin dans le devant de ma chemise, prenant grand Soin de m'exposer juste sous le nez sa belle Gorge dodue, et m'emplissant les narines d'une vigoureuse odeur d'Essence de rose et d'honnête Sueur féminine, recouvrant l'une et l'autre le fumet de mon chapon rôti — à tel point que, si par malheur j'avais été l'Homme que je semblais être, assurément la voluptueuse Alliance de ses parfums et leur Griserie m'eussent entraînée à violer sur-le-champ Polly.

Au lieu de quoi, je m'apprêtai à faire Violence au chapon.

— Assieds-toi, la Fille, dis-je, et tiens-moi Conversation pendant que je soupe.

— Oh ! Monsieur, protesta-t-elle en battant des cils. Sûrement je n'oserais. Le Maître me jetterait dehors.

Il faut savoir que notre Polly n'avait rien d'une de ces Frêles Créatures qui évoquent à l'Esprit un Squelette d'Anatomiste et qui, au lit, font que l'on tient dans ses bras un manche à balai plutôt qu'une femme. Non, elle était au contraire si pulpeuse et pleine de Suc qu'elle paraissait prête à rompre l'étroit carcan du corselet, exactement comme la chair de mon exquis chapon, les fils qui la bridaient. Un instant, je faillis me prendre vraiment pour un Homme, sensible à ses Charmes. Tout juste si je pus me retenir de plonger une main avide dans son appétissant décolleté.

— Vous sentez-vous bien, Monsieur ? s'enquit-elle en se penchant sur moi avec Sollicitude (car peut-être mon visage reflétait-il mon étrange Sentiment). Voulez-vous que je vous découpe votre chapon ?

— Oui, la Fille, s'il te plaît. Le Voyage a été très fatigant et je n'ai guère la force de trancher moi-même.

Elle se courba donc sur moi pour attaquer du couteau la chair succulente. Et moi, incapable de me contenir plus longtemps, je collai ma bouche sur la Tendre Vallée, entre les deux collines blanches de sa Gorge, et y dardai vivement la Langue.

— Ah ! Monsieur, s'écria-t-elle, alarmée.

— Mille Pardons ! m'écriai-je à mon tour, me jetant à genoux et baisant le bord de son vêtement. Oui, mille Pardons ! Mais j'ai perdu ce jour même ma Mère Chérie et le Chagrin m'a tourné l'Esprit.

— Monsieur, rétorqua-t-elle, sachez, je vous prie, que je ne suis pas Fille de Mauvaise Vie !

Mais, au vrai, je sentis bien qu'elle s'attendrissait quelque peu à ma Fable de Chagrin — laquelle, en fait, n'était pourtant pas si éloignée de la Vérité.

Ai-je besoin de dire, Belinda, que j'étais moi-même stupéfaite de ma Conduite. Et cependant, mystérieusement, je ne pouvais m'arrêter. Il se peut que ce fût le chagrin qui me poussât à séduire une Fille, quand, moi-même, j'en étais une. Ou qui sait s'il n'y avait là quelque chose de plus étrange encore ? Qui sait si ce n'était pas la misérable Influence du Dieu des Sorcières (que d'aucuns appellent Diable), ou quelque Effet prolongé de l'onguent qui m'avait donné des ailes, ou une Sorte de Folie qui me fût venue des Horreurs auxquelles j'avais assisté ? A moins que ce ne fût, pour ma Muse, le moyen de m'apprendre à éprouver les Passions tant de l'Homme que de la Femme. Ou encore, peut-être, l'œuvre malicieuse de cette Grande Déesse en laquelle je ne croyais qu'à demi.

En tout cas, je me jetai aux pieds de Polly, baisai le bas de son vêtement, puis ses chevilles; puis, comme elle m'opposait peu de Résistance, ses genoux; et puis encore, ses soupirs semblant m'y inviter, ses cuisses, et enfin, puisqu'elle s'asseyait sur une chaise en ouvrant lesdites cuisses (sans cesser de protester *Non ! Non ! Non !* exactement du Ton qu'elle eût dit *Oui ! Oui ! Oui !*), la douce et tendre Fente rouge rubis du Sexe lui-même, exposé à ma vue — car la Fille ne portait rien du tout sous la chemise et le jupon.

Ah ! pauvre chapon : il gisait, abandonné et fumant sur la table (sous laquelle gisait aussi, cachée, mon Epopée à peine commencée), tandis que j'inclinais mes lèvres sur la tendre Fente de Polly pour y jouer des Arpèges avec ma Langue (toute surprise d'elle-même !). Je goûtai la Saveur salée de la Mer — assez comparable à celle d'exquises petites huîtres arrachées au Ventre des Abîmes.

— O Monsieur, ô ! O ! O ! faisait Polly, pendant que ma Langue dardait sa pointe dedans, dehors, et que je m'enflammais autant à ses Paroles qu'à son adorable Craquette de pur rubis. Comme, à ce stade, j'avais la tête nichée sous ses jupons, je ne pouvais caresser les mamelons jumeaux de sa Gorge. Je m'en consolais en cajolant à Loisir ses cuisses laiteuses, tandis que, sous la Sorte de tente que me faisaient ses jupons, j'oubliais le Spectacle des Horreurs de ce Monde.

Comme il fait doux et chaud sous des cottes ! Quel Refuge contre les Choses effrayantes d'ici-bas ! Et quel grand Bonheur d'être né Homme et d'avoir sous la main un Asile tel que cet Univers clos et chaud celé sous les cerceaux d'une robe à paniers !

Un bruit de bottes sur le plancher à l'extérieur de la chambre me rendit mes esprits.

— Ah ! s'écria Polly. On vient !

Mais, avant que j'aie pu me relever d'un bond et qu'elle-même ait pu sauter de sa chaise, la porte s'ouvre et nous voilà compromises !

C'est M. Tunewell en Personne ! — grand et solide Gaillard aux joues rougeaudes de Paysan Allemand, aux Manières et à l'Allure d'un blond Guerrier Viking. Loin d'être fâché, M. Tunewell se montre assez transporté d'Amusement et apparemment échauffé par le délicieux Régal offert à ses yeux. Au lieu de nous arrêter, il nous dit : « Continuez, je vous en prie », et ferme aussitôt la porte à clé ; puis, s'installant confortablement dans un fauteuil et à table, il arrache impudemment une cuisse de mon chapon abandonné, pose ses jambes bottées sur la table et attend la Continuation du Spectacle, comme s'il avait affaire à deux acteurs Ambulants mandés pour servir le Bon Plaisir du Roi.

— Continuez, mes chers Amis, répète-t-il, cette fois la bouche pleine de chapon. Je me joindrai à vous dans un instant.

Et il se renverse sur son siège pour déguster son Souper, tandis que nous reprenons nos Jeux Amoureux.

Polly, pour sa part, paraît plus embrasée que décontenancée par cette Présence ; car, les Sens encore plus émoustillés, elle tend la main vers les boutons de ma braguette, prête à les défaire — chose que je ne saurais permettre ! J'écarte donc cette main.

— Quoi ! Pudique ? s'écrie-t-elle.

— Hélas, dis-je (plus sincèrement qu'elle ne s'en doute). Las ! ma Douce, Homme je ne suis qu'à Moitié. Ce que je ne puis, ma Langue doit s'en acquitter !

— Ventrebleu ! Et Poète, par-dessus le marché ! dit M. Tunewell en riant de tout Cœur. Soit, je prendrai le Relais, mon garçon, maintenant que vous avez commencé ce que vous ne pouvez achever !

Sur quoi nous échangeons nos places ; moi, à table avec le chapon ; Ned Tunewell s'apprêtant à plonger entre les jambes de Polly sa farouche Arbalète dardée et perçant presque sa braguette.

Il empoigne son Membre, rouge comme fer en forge, d'une Main (laquelle, soit dit en passant, est toute glissante de graisse de chapon), paraît en vérité l'admirer ; puis écartant vigoureusement la pourpre des Lèvres Inférieures de Polly, il le plante dans la charmante Fente jusqu'à la Noix. Polly en exhale un profond soupir, plus de Plaisir que de Peine, et paraît même l'aider en poussant les hanches en avant.

Quant à moi, je ronge ma cuisse de chapon, avec plus de Concupiscence que de Faim ; car, faute de plonger la main dans ma culotte ou de révéler mon propre Sexe, quel Soulagement trouver, hormis celui de ma bouche goulue ?

Je les regarde, tout en mâchant énergiquement, l'un qui boute, l'autre qui se trémousse, d'abord sur un Rythme régulier, puis comme si la Fin du Monde était pour l'instant suivant, et que ce fût leur dernière Chance de s'accoupler avant l'Eternité.

— Oh, je me meurs ! s'écrie Polly.

— Moi aussi, moi aussi ! dit Tunewell en Echo.

Puis de donner l'Estocade finale, qui non seulement arrache à Polly un long Sanglot d'Extase, mais fait basculer la chaise sur laquelle elle est renversée; le tout accompagné d'un grand fracas lorsque les deux Amants s'écroulent sur le plancher. Sur le coup, ils restent un instant étourdis et apeurés; mais la Terreur ne tarde pas à le céder à l'Esbaudissement et aux francs Eclats de rire. Je me joins à leur Gaieté et m'enhardis bientôt à leur offrir les restes du chapon pour restaurer leurs Forces, sans nul doute épuisées.

Tu t'étonneras peut-être, Belinda, de ne pas me voir passer sur tous ces Détails au nom de la Pudeur; car assurément, il n'y a pas là Matière idéale à l'Edification d'une Fille par les Soins de sa Mère. Pour moi, je dis au contraire que, même si la Matière est immodeste, elle n'en concerne pas moins la Vérité; et la Vérité n'est jamais malvenue, qu'elle soit transmise de Parent à Enfant ou d'Enfant à Parent. Car véritablement, tout Enfant a le Droit de bien connaître ses Parents afin de mieux entreprendre de connaître la Nature Humaine; et la Nature Humaine est Chose étrange, inconséquente et pleine d'Errements. Quelle meilleure Leçon une Mère peut-elle donner à son Enfant que de lui apprendre que la Nature Humaine regorge de Complexités et de Contradictions ? Si la Pudeur s'interpose dans le cours de cette Instruction, alors c'est qu'elle n'est sûrement pas Amie de la Vérité, quand celle-ci est pourtant, avec la Justice, tout l'objet de notre Quête sur le Chemin de la Vie.

Les Amis, on peut les trouver, mais aussi les perdre. Les Parents (et même les Enfants) peuvent périr avant que nous ayons reçu d'eux pleine Mesure de Tendresse et d'Instruction. La Richesse ne nous abrite pas des Cauchemars ni des Humeurs Mélancoliques. Les Beaux Atours sont impuissants à prévenir le Déclin des Corps. Mais la Vérité nous est toujours Réconfort — même si elle est mélancolique. Au vrai, de même que j'étais tout étonnée de me trouver mêlée aux Jeux de l'Amour si tôt après le Meurtre détestable de mes Bonnes Amies, de même, très-chers Lectrices et Lecteurs, comme ma très-chère Fille vous ne manquerez pas non plus d'être surpris. Mais peut-être viendra-t-il un temps, dans votre propre vie, où vous commettrez un Acte étrange et inexplicable — lequel t'inspirera, Belinda, contre toute habitude, Mépris pour toi-même et Remords. En ce cas, je prie que tu penses à ta Pauvre Mère, te souvenant qu'elle en fit autant — si cela peut t'être de quelque Consolation. Pour cette seule et unique Raison je contreviens aux Lois de la Pudeur; car c'est véritable Réconfort, que de savoir qu'une Mère ou un Père ont souffert déjà les mêmes

Tourments, et n'en ont pas moins, malgré cela, survécu et triomphé...

Mais :

— Venez ! dit Ned Tunewell. Mettons-nous tous trois au lit !

Là-dessus, le voilà qui souffle toutes les bougies sauf une (sur la table de chevet), se déshabille en ne gardant que sa chemise, et, empoignant Polly d'une main et les vestiges du chapon de l'autre, bondit littéralement dans le lit. Je les suis, sans toutefois dépouiller mes Vêtements.

— Eh quoi ? Timide ? s'exclame Tunewell.

— Las ! dis-je, j'aime mieux regarder que jouer.

— Ah, çà ! Impuissant ? crie Tunewell.

— Hélas ! que n'en est-il point autrement ? dis-je, courbant la tête.

— N'importe ! dit Tunewell. Il n'est point Homme né de la Femme qui n'ait souffert de ce même Manque de Fermeté, de temps à autre ! Messire Poète, je vous prie, prêtez-moi Main et Bouche; le Vit se couche, Mais Langue toujours fait Mouche !

A cet exemple du Bel Esprit de Tunewell, Polly gloussa très joliment de rire. Ned Tunewell, quant à lui, prit ce rire comme une Invite de plus à plonger, Flamberge au Vent, entre les cuisses de la Belle. Je regardais, plus fascinée que je n'aimerais à m'en souvenir aujourd'hui, si je n'avais fait Serment de Vérité.

— Quoi donc ? Paresseux ? me cria Tunewell. Je vous en prie, Monsieur le Poète, un peu d'Aide ! Voyez-vous ces tétons de corail ? De grâce, taquinez-les de la Langue ! Et ces lèvres pareilles à des cerises mûres ? S'il vous plaît, faites-en Festin !

Et de manière à me faire place, il recula d'une ruade, tel un Etalon qui prend son Elan, d'une main soutenant les reins de Polly, de façon que son gros Maître-des-Cérémonies empourpré restât bien ancré à son charmant port d'attache, et de l'autre, me rabattant la tête sur les Seins de la Fille.

Comment compter les innombrables Baisers pris, reçus, donnés ? Au vrai, l'on eût dit que nous étions tous trois devenus une Grande Bête Mythologique à douze membres, trois bouches, six yeux, et triple Langue dardée. Tandis que Tunewell, avec sa Canne de Grand Chambellan, menait grand Train dans la Chambre d'Amour, j'apprenais plus d'Usages de la Langue qu'une bonne Cuisinière des fonds de soupe. Car si Monsieur Rabelais appelle le Membre Intime « Dispensateur des Plaisirs » (entre cent autres Termes), de même peut-on sûrement en dire autant, sans risque d'erreur, de la Langue. Quelle Merveille est cet Organe malléable ! Il lèche, goûte, humecte, lisse, lubrifie; il met au Garde-à-vous tétons et Martin-bâtons, et exprime la Succulence de Chapons et Viretons aussi bien. Le Membre Intime est un Spécialiste; la Langue, véritablement. est un Valet-toutes-mains !

Tout ceci advint, Belinda, sur un lit à baldaquin assez léger, à cadre métallique, courtines de perse et fleurons de cuivre poli. Comme les rideaux avaient été hâtivement clos avant d'y enfermer nos Jeux Amoureux, un Spectateur extérieur (s'il y en avait eu un; ce qui, je l'espère en priant, n'était pas le Cas) eût vu l'étoffe agitée de houle, une jambe ou un bras par-ci par-là jaillir dans un entrebâillement, et entendu également toute une Gamme de Cris d'Amour, tels que « O ! je meurs ! » ou « Ah ! je n'en puis endurer plus ! J'explose ! » et pour finir, de simples grognements, vagissements et soupirs, plus propres à des Animaux qu'à des Créatures de Raison.

Mais étions-nous, en ces Instants, Créatures de Raison ? J'en doute fort. Il y a, dans l'Ame de l'Homme et de la Femme, des Recoins que la Philosophie ne peut ni explorer ni expliquer, que la Religion ne peut raisonner (tout en pouvant, peut-être, pardonner). Pendant bien des années, je n'ai eu que profond Mépris de moi pour ce que j'avais fait sous ce baldaquin branlant, en Compagnie de deux aimables Inconnus; mais aujourd'hui, avec la Perspective que donne le Passage des Ans, je comprends que c'était sans nul doute le Chagrin pur et simple qui me conduisit entre les jambes voluptueuses de Mademoiselle Polly. La Douleur est Maîtresse aussi sévère que capricieuse. J'oserai dire qu'il se fait plus de Fornication, et à corps va, dans le sillage des Chars Funèbres que dans celui des Carrosses de Noces. Car, si la Joie exalte le Cœur, elle ne nous incite pas toujours aux Plaisirs de Vénus; tandis que le Chagrin, en accablant l'Esprit, provoque la montée des Humeurs des Régions Inférieures du corps, lesquelles Humeurs se doivent de trouver quelque part un Exutoire, et le Lit, chère Belinda, se révèle souvent le lieu le plus commode.

Au cours de cette nuit-là, notre Polly s'enfuit. Peut-être la Crainte de Représailles des mains de l'Aubergiste la chassa-t-elle de notre couche, à moins que ce ne fût une autre Raison, secrète. Toujours est-il que je m'éveillai au petit matin à côté de mon Géant blond et velu, avec son visage de Viking et son Membre pareil à un gouvernail de Drakkar; tant et si bien que je remerciai le Ciel de m'avoir incitée à ne point ôter ma culotte, car, sans nul doute, s'il avait connu mon véritable Sexe, il m'eût forcée dans le même Mouvement.

Ah, le Remords que j'ai connu alors était aussi palpable qu'une Blessure ! J'étais là, ayant à peine passé ma dix-septième année, bannie de mon Foyer, ayant vu quelques heures auparavant mes Bonnes Amies cruellement assassinées, et voici que je m'éveillais dans le même lit qu'un Inconnu ! Je ne souhaitais rien tant que d'être à la Maison, avec ma chère Mère Adoptive, Lady Bellars. Mais la Maison, hélas, était bien loin, et perdue pour moi à jamais en Raison de mon Inconduite folle avec Lord Bellars. Je me maudissais du Fond du Cœur pour ma Morale relâchée. Si je n'avais pas été si prompte à succomber à Lord Bellars, mes Sens n'eussent pas été aussi facilement enflammés par Polly. Oh ! ma Perte était maintenant assurée ! Séduite, souillée, j'étais bonne tout au plus pour l'Etat de Putain. Ah ! la Débauche de Haine pour moi-même qui fit aussitôt suite à cette première Orgie ! Au Rythme des ronflements *staccato* de Tunewell, je m'insultai sans fin, me marmonnant tout bas les Mots les plus abominables.

Ces marmonnements firent, c'était bien ma chance, que Tunewell s'éveilla.

— Qu'est-ce donc, mon Garçon ? demanda-t-il (de Façon assez joviale pour quelqu'un qui vient d'être si impoliment tiré d'un profond Sommeil).

— O, je suis bourrelée de Remords, M. Tunewell, dis-je. Bourrelée, oui, affreusement torturée de Dégoût de moi-même !

— Comment cela, l'Ami ? dit-il. Quoi ! L'on regrette ce Brin de Gibier femelle ? Je t'assure, l'Ami, que notre Polly est Fille au Cœur généreux. Vierge, elle ? Oh ! que non pas, je le garantis.

Je gémis d'Accablement, tant le Sens de mes Paroles avait été profondément mal compris. Et je n'avais non plus (sans révéler mon Sexe) nul Moyen de remédier à ce Malentendu.

— Les Femmes, poursuivit Tunewell, ne sont qu'Enfants, hormis la taille. Elle n'ont aucune Imagination morale, je te l'assure. Pour une Fille comme Polly — qui, je n'en doute pas, passera le reste de ses Jours mariée à quelque Rustaud —, une nuit dans la Compagnie de deux Beaux Esprits de la Ville aussi raffinés que nous sera Jeu dont elle se souviendra tout le long de sa longue Vie d'Ennui. Où est la Vertu dans la Continence, mon Garçon ? L'on ne fait qu'un Passage ici-bas, cela est certain. Et c'est un Don que de savoir être heureux. Rares sont les Mortels qui s'en doutent, je te le garantis. La Tombe nous guette bien assez tôt.

— Mais, dis-je, retrouvant mes Esprits, avons-nous le Droit de proclamer notre Domination sur le Beau Sexe ?

— Domination ? Mais, mon Gars, c'est *lui* qui nous gouverne. Qu'y pouvons-nous, si notre Sang s'émeut de la Façon dont ces créatures nous promènent leurs Seins sous le nez ? Ah, mon cher Ami, notre Polly ne demandait certes qu'à être notre Jouet. N'y pensez donc pas une seconde de plus.

Et là-dessus, il se retourne et se rendort.

C'était l'heure où le rose monte aux joues de l'aurore et, incapable de trouver le Sommeil, je me pourpensais de rassembler mes quelques Possessions pour quitter aussitôt l'Auberge, quand tout à

123

coup je me souvins de mon Poème, écrit la veille sur la nappe et hâtivement dissimulé sous le chapon avant l'infâme Débauche.

Je descendis du lit pour le quérir, marchai sur la pointe des pieds pour ne pas réveiller de nouveau Tunewell, retournai vivement la nappe — hélas ! pour découvrir que mes Mots avaient bavé sur tout le linge ! Des parcelles de charbon de bois demeuraient encore attachées ici et là, à la place du Grandiose Début de mon Epopée ! Que ce fût dû à la Soudaineté avec laquelle j'avais rabattu la nappe, ou au fait que la pièce de lin avait frotté à mon insu la table, au cours de notre Orgie, il était impossible de le dire. Mais, ô mon Cœur fut bien près d'éclater de Remords ! Il faut que ce me soit Leçon, pensai-je. Vénus avait chassé Apollon ! Juste Châtiment de ma Mauvaiseté ! Jamais je ne pourrais être un grand Poète Epique — rien qu'une Sensualiste indigne, une Rouée, la Sorte même de Créature que j'abhorrais le plus dans l'autre Sexe. Et les Vers juvéniles que j'avais emportés sur moi de Lymeworth ? Partis, eux aussi ! Perdus, soit à la Foire, soit à l'Assemblée des Sorcières, je ne savais où. O cela augurait mal de ma Carrière de Barde !

Le Cœur lourd, je descendis à l'écurie pour y prendre mon bien-aimé Cheval. Jy trouvai un jeune Simple d'Esprit d'une douzaine d'années, assis et curant ses dents jaunes avec un brin de paille. Il bavait un peu et ses yeux semblaient loucher, cependant qu'il fredonnait les premières Mesures d'une vieille Ballade Populaire.

— Holà, mon Gars ! le hélai-je. Selle mon Cheval, s'il te plaît !

— Votre cheval ? dit-il, sortant de sa Songerie. Lequel ?

— Un Etalon bai. Son nom est Lustre. Et vite, dépêchons, car je ne puis tarder ici tout le jour !

Le Jeune Garçon se leva — jamais je ne vis corps se mouvoir si lentement — épousseta sa culotte, me lorgna de ses yeux bigles bordés de rose, et répondit :

— Ce serait-il pas l'Etalon bai avec l'Etoile sur le front ?

— Certes oui. Et à la balzane blanche, aussi.

— Ça serait-il point à la main-arrière gauche, Monsieur ?

— Exactement, mon Gars. Allons, pourquoi restes-tu planté, la bouche ouverte ?

— Monsieur, j'ai Grand Peur qu'une autre Personne n'ait sorti ce Cheval durant la nuit.

— Quoi ?

— Si fait, Monsieur. Cette Personne a juré que c'était sur votre Ordre qu'elle venait quérir le Cheval.

— Et tu le lui as donné sans rien me demander ?

— Bien vot' Pardon, Monsieur; j'ai envoyé la Fille de Cuisine cogner à la porte de votre chambre, Monsieur, mais il n'y a pas eu de Réponse. Rien que des bruits affreux à l'intérieur, Monsieur; des cris, et des geignements et des halètements comme si qu'y avait des chiens, Monsieur.

Je pâlis à ce Rappel de notre Débauche nocturne. Le Jeune Gars poursuivit :

— Faites Excuse, Monsieur, mais cette Personne semblait être Homme de Qualité, Monsieur. Il m'a donné une pièce d'Or et dit qu'il était un Acteur célèbre. Il a ajouté qu'il était votre Associé, Monsieur. S'il vous plaît, Monsieur, êtes-vous un Acteur, Monsieur ? Car moi, mon Rêve, Monsieur, serait de monter à Londres pour voir un vrai Grand Théâtre. Je voudrais tellement pouvoir être un Acteur, Monsieur. C'est tout mon Désir au Monde.

— Espèce d'imbécile ! m'écriai-je. Tu as donné mon Cheval à un Voleur !

Le Garçon rentra la tête dans les épaules, de Peur.

— S'il vous plaît, Monsieur, ne dites rien à l'Aubergiste, Monsieur. Pour sûr qu'il m'enverrait à l'Asile. J'ai une pauvre Mère malade, Monsieur, et cinq Sœurs à la Maison, dont une a un Bébé mal portant. Je ne suis qu'un Apprenti, Monsieur, et ma Vie n'est que Misère.

Le Malheureux me suppliait, et j'étais si touchée par son Rêve pathétique d'être Acteur dans une Pièce de Théâtre (quand ses seuls Avantages dans la Vie étaient des yeux louchons et une bouche baveuse) que je ne pus trouver la Force de le blâmer. Au vrai, j'étais plus dégoûtée de moi-même que de ce Garçon.

Ainsi donc, Doggett était venu reprendre Lustre ! Comment m'avait-il suivie jusqu'ici ? L'avais-je eu sur mes traces tout le temps que j'avais passé avec les Sorcières ? Avait-il assisté à l'Assemblée sur la haute plaine de Stonehenge ? Et où avait-il emmené Lustre ?

— Dis-moi, Garçon, de quel Côté l'Homme est-il parti ?

— Vers Londres, Monsieur. J'en suis certain.

— As-tu un Cheval à louer ?

— Non, Monsieur, car un autre Gentilhomme qui l'accompagnait a pris le dernier de nos Chevaux de louage. Mais, Monsieur, dans moins d'une heure, la Diligence de Londres passera. Vous pouvez la prendre à votre Bon Plaisir, Monsieur.

Me maudissant pour ma Folie, j'arpentai l'écurie, m'efforçant de décider que faire. Sans Lustre, je n'avais vraiment plus d'Ami. Mon Cheval était mon Alter Ego, mon Animal Familier (à moins que les Sorcières ne fussent toutes folles), mon Sauveur, mon Carrosse, même — car quel est donc le Poète Latin qui dit : « Comes jucundus in Via pro Vehiculo est. » (Agréable Compagnon de route vaut bien Carrosse.) Et qu'était Lustre sinon un Agréable Compagnon ? Ah, je me retrouvais plus misérable que jamais !

— Très-bien, mon Gars, dis-je, revenant à l'endroit où le

malheureux petit Apprenti s'était rassis. Je prendrai la Diligence pour Londres.

Le Jeune Garçon leva les yeux vers moi, comme pour dire : « Emmenez-moi aussi, Monsieur, et je vous servirai fidèlement, jusqu'à la Mort. » Hélas ! c'était impossible, même si mon faible Cœur le souhaita un instant.

Et ce fut ainsi que j'en vins à faire route dans la Diligence de Londres (avec une Dame de Qualité, Mme Pothers, et sa femme de chambre, Sally, toutes deux buvant de fréquentes rasades à même un flacon d'Argent qui ne contenait, disait la Dame, que de l'Eau de la Reine de Hongrie; un Avocat bouffi, de Bath et du nom de Slocock, et son Domestique, un Noir de la Barbade, Joyeux Drille, s'appelant Paul), et ce, le Jour Fatidique que Lancelot Robinson et ses Joyeux Compagnons choisirent pour assaillir ladite Diligence et nous dépouiller de tout.

Mais une Rencontre aussi Illustre, aussi destinée à changer entièrement ma Philosophie de la Vie, réclame assurément un autre Chapitre.

Chapitre XIV

Où l'on fera Connaissance avec Lancelot Robinson & ses Joyeux Compagnons & où l'on verra notre Héroïne affronter le Destin dans toute sa Nudité.

Nous roulions grand Train, aussi cahotés qu'il vous plaira de l'imaginer, à travers une Campagne à demi noyée sous la Bruine Anglaise (en dépit de ce que les Baladins peuvent nous chanter des Beautés de notre mois de Juin), lorsque, tout soudain, un bruit de galop furieux retentit au-dehors, et le canon d'un pistolet à crosse de nacre paraît à la portière, braqué presque sous mon nez, tandis que nous parviennent des clameurs poussées par le Postillon et le Cocher (lequel ne tarde pas à voltiger dans les airs sous mes yeux, pour aller atterrir, cul par-dessus tête, dans un fossé le long de la route). Après quoi, la Diligence s'emballe à telle allure que nous sommes secoués comme des pommes dans un tonneau précipité sur une pente, que Mme Pothers hurle de Frayeur (Sally étant tout juste capable de porter à ses lèvres la précieuse Eau de la Reine de Hongrie) et que l'Avocat Slocock jure Vengeance en des Termes que, seul, un Homme de Loi peut comprendre — jusqu'à ce que, enfin, la portière s'ouvre violemment et qu'un fort joli Gaillard, aux cheveux roux aussi bouclés qu'une toison d'agneau, aux yeux aussi bridés et verts que ceux d'un chat et aux pommettes Tartares semblables à celles du Dieu Pan lui-même, bondisse à l'intérieur de la caisse et crie :

— Pas un Geste, ou je vous fais sauter la cervelle jusqu'à la Lune !

Et, claquant la portière derrière lui, il pointe son pistolet sur

127

chaque Passager tour à tour, fouille dans son gilet brodé et en tire un sac plié, fait d'une rude étoffe domestique, qu'il secoue et ouvre, puis nous fourre un à un sous le nez, en disant d'une voix autoritaire :

— Les bijoux et autres Choses précieuses d'abord ! Puis les vêtements ! Et promptement !

— Faut-il vraiment nous dévêtir ? se récrie Mme Pothers, terrifiée.

— Oui-da, répondit le Bandit de Grand Chemin aux yeux verts.

— C'est Crime Capital, passible de Pendaison, pieds et poings enchaînés, dit l'Avocat Slocock (l'Homme le plus laid et le plus gonflé de soi sur qui j'aie jamais posé les yeux).

— Et moi je te pendrai au chêne le plus proche, si je t'entends encore ouvrir la bouche ! dit le bandit, en soulageant l'Avocat de son pistolet de poche, puis en le dépouillant de montre, bagues, tabatière, Épée à poignée d'Argent, pourpoint à boutons d'Argent, gilet de même, ainsi que perruque et chapeau de castor, et même linge — le tout aussi vivement que l'on cueille un fruit mûr sur l'arbre. L'instant d'après, Slocock se retrouve assis, frissonnant, vêtu de la seule peau dans laquelle il est né, et croisant les jambes pour s'assurer que son malheureux Robinet (car on ne saurait certes user d'aucun Terme noble pour désigner son Équipement masculin) est à l'Abri tant des Regards que des Assauts. Ensuite, c'est le tour, tout aussi expéditivement, de son Domestique noir, à cela près que le Joyeux Gaillard ne fait nul Effort pour dissimuler son corps d'ébène luisant — au contraire, il semble s'amuser follement de sa nudité et, tenant à pleine main son gros Maître des Cérémonies tout noir, il le pointe sur Mme Pothers, qui gémit, horrifiée :

— O Ciel ! Un Homme nu ! Un Sauvage nu ! O Ciel ! crie-t-elle, se cachant la tête dans sa jupe, tandis que Sally, la Femme de Chambre, ne peut pas s'empêcher de s'ébahir de ce grand Noir bâti comme un bahut, et ne quitte pas des yeux une seconde ce Membre Viril fabuleux.

— Gros Benêt ! crie de son côté Slocock à son Domestique. Au lieu de rester assis à jouer de ta Mandore, qu'attends-tu pour tuer ce Coquin ?

— Monsieur, réplique Paul, en vérité il est de Bon Sens de savoir qu'il n'est entre Nature et Sagesse jamais de Désaccord; ou, dans le Latin de Juvénal : *Nunquam aliud Natura, aliud Sapientia dixit.* Et comme je ne puis douter, Monsieur, que la Nature m'indique que me voici aussi nu qu'au Jour de ma Naissance, la Sagesse est donc d'en déduire qu'autant vaut jouer de ma Mandore que de tenter de jeter à terre cet estimable Gentilhomme de Grand Chemin.

— Fripon ! Canaille ! Je te renverrai à la Jungle de Malheur où tes misérables Ancêtres t'engendrèrent !

Avec un gai sourire, Paul rétorque :

— O non, Monsieur, tout sauf cela ! Quel Sort affreux !

Ce qu'entendant, le Bandit lui assène une claque sur son dos musclé et dit :

— Que voilà un Joyeux Gaillard, et Latiniste distingué, de surcroît ! Ma foi, avec ta Permission, puis-je t'inviter à te joindre à notre Bande de Drôles, si jamais tu as Besoin un jour d'un nouvel et lucratif Emploi ?

— J'y penserai, répond Paul, avec un fin sourire, digne de son Avocat de Maître.

Mais déjà le Bandit s'occupe de Mme Pothers, qui glapit et lance des ruades, comme si elle s'attendait vraiment à être violentée sur-le-champ. Et s'envolent son manteau, sa montre, ses bagues, ses boucles d'oreilles, ses souliers à boucles d'Argent, son corset à dentelle d'Or, sa pièce d'estomac brodée d'Or et même son corps de jupe à paniers (bien que l'Usage que pût en faire le Bandit passât ma Compréhension).

— Cela ne suffit pas ! Otez tout ! s'écrie le Bandit.

Sur quoi la pauvre Dame de geindre :

— Épargnez-moi ! Épargnez-moi ! Je suis Vierge comme au Jour de ma Naissance !

Ce qui ne peut que faire ricaner sa Femme de Chambre, cependant qu'elle aussi ôte ses vêtements (sans qu'on l'en ait priée) tout en disant :

— Quant à moi, Monsieur, ça n'est pas mon Pucelage qui gênera ; pourquoi ne pas me prendre ici même, dans cette Diligence, et laisser en Paix ma pauvre Maîtresse ?

— Tudieu ! Qu'est-ce qui te fait croire que j'aie Envie de vous prendre, ta Maîtresse ou toi, avec ou sans Pucelage ! Triste Garce ! T'imagines-tu que ton misérable Connet soit en Or ? Crois-tu qu'un Receleur en voudrait ? Ou que je pourrais le fendre et en frapper Monnaie ? Garde-le, et va-t'en au Diable ! C'est ton Argent et ton Or que je veux.

Puis, se tournant vers moi, il me commande :

— Et toi, déshabille-toi !

O, Moment Fatal ! Mon Cheval parti, mes Amies assassinées et maintenant moi-même dépouillée de ma seule Sauvegarde contre les Maux de ce Monde : mon Déguisement !

C'est souvent en de pareils Moments que, notre propre Vie étant en Péril, nous obéissons purement et simplement à ce que nous appelons chez les Créatures Inférieures qui se situent au bas de la Grande Chaîne de la Création : Instinct. Bref, Belinda, je me dévêts.

Adieu le manteau écarlate et le chapeau de Castor noir ! Adieu l'excellente perruque de Cavalier empruntée à mon vil Frère Adoptif ! Adieu bottes, culotte, bas, Épée à poignée d'Argent, redingote verte, et même cravate et linge !

A chaque Article de Toilette que j'ôte, les Yeux de mes Compagnons de Voyage s'écarquillent.

— Dieu me bénisse... c'est une Fille ! dit l'Avocat Slocock, en me regardant avec des yeux de bouc en rut. Par ma Foi, que n'ai-je Droit de Perquisition en ce Sanctuaire !

Et de rire, enchanté de ce pauvre Mot d'Esprit. Paul, le Nègre, clappe des lèvres comme s'il se préparait à savourer un grandiose et délicat Festin, tandis que son fabuleux Membre Viril redresse la tête, telle l'aiguille d'une boussole montrant le Nord. Quant à Sally, la Femme de Chambre, elle contemple mes Seins comme si elle voulait se les approprier. Et Mme Pothers bégaie et marmonne :

— O je suis mortifiée ! O en venir à chose pareille ! O ! O ! O !
A quoi le Bandit réplique :
— Hé, là ! Ravalez vos maudits Crachotis !...

Lorsque je me retrouvai enfin entièrement nue, hormis ma Jarretière, et assise pudiquement (autant qu'une Nudité peut l'être dans une Diligence bringuebalant sur la Grand-route, à toute Vitesse), Lancelot me regarda droit dans les yeux en disant :

— J'aurais dû me douter que c'était une Fille.

Puis, fixant du regard ma Jarretière rouge, il reprit, avec un clin d'œil :

— Je n'ai nul besoin de cela pour être ensorcelé !

Au vrai, cette Remarque me terrifia encore plus que ma Nudité frissonnante. Savait-il qu'il s'agissait d'une Jarretière magique, et m'avait-il reconnue pour Sorcière, ou était-ce simple Plaisanterie ?

— Jarretière écarlate et Hérisson de la même couleur ! dit Paul, les yeux rivés à mon Bosquet de Vénus (si je puis l'appeler ainsi). Du Diable si Jason n'eût pas mis à la voile pour aller conquérir cette Toison. Elle vaut bien l'autre, qui était d'Or ! Ça, tâtons un peu...

Mais avant que Paul ait pu tendre la main pour caresser mon pauvre petit Moustachu dévoilé, le Bandit intervint :

— Pas de ça ! Entends-tu ? Pas de Piégeurs de Connets dans cette Diligence ! C'est Toison d'Or qu'il me faut, et non pas Chasseurs de Toisons. Bas les pattes, entends-tu, sinon je te fais voler ton Capitaine Cook jusqu'au Ciel. Je n'ai que faire ici de Pendards qui n'ont que Connet en tête et ne rêvent que de Criquon-criquette, qu'ils soient blancs ou noirs.

— Je vous en demande Pardon, Monsieur, dit Paul, tout rabattu par ce cinglant Discours. C'était simple Façon d'admirer le Plumage de la Jeune Dame, tout en pensant qu'il est bien rare, en vérité, que les plumes de la queue soient à ce point de même couleur que celles de la tête, et que, comme dit le Bon Horace : *Mutum est Pictura*

130

Poema — ou, pour ceux qui ignorent le Latin : « Un Tableau est Poème muet » — car le précieux Connelet de cette Dame est-il autre Chose qu'un Tableau, lequel, même s'il nous est défendu d'y toucher, n'en est pas moins un Délice pour les yeux ?

— Ah ! que voilà un Excellent Gaillard ! dit le Bandit. Par Jupin, ton Esprit me plaît !

— Son Esprit, rétorqua l'avocat Slocock, sera réduit de Moitié le jour où j'aurai le Bonheur de voir son misérable crâne fendu en deux par la Hache du Bourreau.

— Voyons, Monsieur mon Maître, dit Paul, où pensez-vous, je vous prie, pouvoir trouver hache en votre présente Condition ?

— Silence ! cria le Bandit.

Puis, passant aussitôt la tête par la portière, il lança un Ordre à ses Compères et, sur-le-champ, la Diligence commença de ralentir. Sur quoi, appliquant son pistolet sur la tempe de l'Avocat, il reprit :

— Dehors ! ou je t'envoie droit en Enfer; car je n'ai encore jamais rencontré Avocat susceptible de monter au Ciel.

Ensuite, ouvrant la portière de la Diligence, il poussa le plus joliment du Monde Maître Slocock, l'envoyant rouler sur la route, et, braquant son arme sur le front de Paul, ajouta :

— Es-tu avec ou contre moi, Horatio ?

— Messire, en un Mot : *avec.*

— Fort bien, alors, dit le Bandit. Mais je ne veux ni Mutinerie ni Insubordination, ni Chasse au Connet.

Et retournant son pistolet sur Mme Pothers et sa Femme de Chambre, Sally :

— Dehors, vous deux !

— O Monsieur, épargnez-moi ! Je ferai la Cuisine pour Votre Troupe. Et la Couture. Mon pauvre Père chéri était lui-même Bandit de Grand Chemin et a été déporté dans les Plantations.

— Mensonge et Stratagème ! dit Paul au Bandit. Ces Garces ont plus d'un Tour dans leur Sac.

— Tu t'imagines peut-être que je ne connais pas mon Affaire ? répliqua le Bandit. Mille pardons, ma Chère, ajouta-t-il à l'Intention de Sally.

Et, sans autre Forme de Procès, il la poussa par la portière, tandis que Mme Pothers criait par-derrière :

— O l'ingrate Fille ! La Traîtresse ! Jamais je ne te reprendrai auprès de moi !

Mais, dans l'instant qui suivit, le Bandit la jeta aussi dehors, et les deux Femmes ne tardèrent pas à se retrouver dans les bras l'une de l'autre au fond du fossé, leurs Liens renoués par un Sort commun.

Enfin, braquant sur moi son pistolet, il me demanda :

— Es-tu avec moi ?

— Monsieur, répondis-je, j'ignore tout du Banditisme de Grand Chemin.

— Tout comme moi autrefois. Mais tu m'as l'Air d'apprendre vite.

— Monsieur, je suis une Fille respectueuse de la Loi.

— Et qu'est-ce que la Loi, sinon un méchant Brouillamini d'Injustice pour les Pauvres et de Justice pour les Riches ? Il n'y a rien là à respecter. C'est une Amusette pour les Nantis, les Premiers-nés, les Voleurs gonflés de leur Légalité et qui volent le Monde à grand Renfort d'Ordonnances et de Règlements, au lieu de Pistolets. Allons, tu ne vas pas me faire croire que tu aimes la Loi ?

— Je ne sais pas, Monsieur, rétorquai-je, mais je veux être une Honnête Femme.

— Hé ! si tu étais une Honnête Femme, serais-tu ici, déguisée en Homme et portant Jarretière rouge ! Voyons, la Fille, tu n'as pas le Choix en l'Occurrence. Tu viens avec nous.

Et il fit signe à ses Compères de presser les Chevaux. En un clin d'œil, nous nous retrouvâmes roulant de nouveau plein Train, la Diligence bringuebalant sur la Grand-route comme si elle allait craquer dans toutes ses jointures, et moi priant silencieusement la Grande Déesse des Sorcières d'avoir Pitié de moi. Bientôt, nous quittâmes la Grand-route pour nous enfoncer dans un fourré, où le véhicule s'arrêta avec une secousse. Le pistolet sur ma tempe, Lancelot me dit :

— Bon, et maintenant je ne vais pas me laisser embarboter, embobeliner ni empoisonner par une Fille — même si elle est une Beauté. Donc, je te somme de faire Serment. Et si tu ne jures pas par l'Esprit de Robin des Bois, je te fais sauter la cervelle jusqu'à la Lune... à condition que tu aies quelque chose dans le crâne.

— Je jure, dis-je, oubliant ma Pondération habituelle. (Robin des Bois, Grande Déesse ou Jésus-Christ — peu m'importait, du moment que je restais en Vie !)

— Minute ! Je ne t'ai point encore dit ce qu'il fallait jurer, que je sache ?

Alors, en toute Solennité, comme s'il avait été dans une Eglise, il récita ceci :

Par l'Esprit de Robin des Bois je jure
De ne jamais voler que pour le Bien.
Que je meure si cette foi j'abjure :
D'aimer Justice Vraie plus que l'Or et les Biens

Là-dessus, appuyant sur le canon froid de son Arme sur le fin épiderme de mon front, il m'ordonne de répéter le Serment — ce à quoi je m'empresse de complaire — et puis donne le même ordre à Paul (qui en fait autant que moi), cependant que nous nous tenons tous deux assis, claquant des dents, nus comme la paume de nos mains.

Le Serment prêté, le Bandit rendit à Paul ses vêtements, mais, chose curieuse, ne me restitua pas les miens, à part le manteau écarlate, me laissant dessous nue comme au Jour de ma Naissance. Bientôt, cependant, j'allais découvrir les Voies secrètes de sa Folie; car il m'entraîna hors du fourré, sur la Grand-route, m'ôta de nouveau mon manteau, en dépit de mes Protestations grelottantes, m'ordonna de m'allonger dans le fossé du bord et d'agiter les bras en signe d'extrême Détresse, pendant qu'il se hâtait lui-même de se cacher dans les buissons proches, en appelant Paul et ses Compères pour qu'ils se joignissent à lui.

Avant qu'il fût longtemps — bien que cela me parût interminable, nue que j'étais — une autre Diligence arriva à grand fracas. Le Postillon arrête son regard sur ma Nudité tremblante, immobilise son attelage pour m'offrir Bonne Assistance Chrétienne — et voit aussitôt bondir sur lui le Bandit et ses Joyeux Compagnons, au nombre desquels il y a maintenant Paul le Noir, ou Horatio, comme l'appelle Lancelot. En presque moins de temps qu'il n'en avait fallu pour réciter le Serment de Robin des Bois, Lancelot, Horatio et la Bande soulagent les Voyageurs fatigués, le Postillon et son Aide de tout ce qu'ils possèdent, y compris les Chevaux de l'Attelage; après quoi, me tirant de ma triste Condition, ils m'enveloppent une fois de plus dans mon manteau écarlate et s'enfoncent au galop dans les Bois sans perdre une seconde, afin d'y partager le Butin. Pas un coup de feu n'a été tiré. C'est que Lancelot (comme je l'apprends alors) met le plus grand Orgueil à épargner la Vie de ses Victimes.

— Il est vrai, dit-il, que le Châtiment réservé au Vol comme au Meurtre est la Pendaison; pourtant je suis un véritable Chrétien, même si la Loi est sans Foi. Ces Messieurs de la Loi ne valent pas mieux que nous autres, Gentilshommes de Grand Chemin. A dire vrai, ils sont pires encore. Car nous avons Honneur et Loyauté, qui leur manquent. Ce sont Putains qui se louent à quiconque les paie, tandis que nous ne sommes à vendre à personne; et si nous copions peut-être les Manières du Beau Monde dans nos vêtements et nos colifichets, nous n'en sommes pas moins fiers d'être du Bas Monde dans notre Moralité. Car, après tout, qu'est-ce qu'un Gentilhomme, sinon un Voleur ? Voleur d'Amour, Voleur de l'Héritage de son Epouse, Voleur de la Paix de ses Enfants, de la Vertu de ses Servantes, de l'Honneur et de la Virilité de ses Serviteurs ? Tandis que nous, qui admettons librement notre qualité de Voleurs, nous ne sommes en vérité que de simples Détrousseurs de Babioles. Eux, ils volent Amour, Honneur et

Vie; nous, rien d'autre que Bricoles. Nous ne faisons qu'élaguer les Superfluités de l'Humanité.

Là-dessus, il m'offrit de choisir la première dans le Butin. Il y avait là un large Etalage de tabatières, de boîtes à mouches, de poignées d'Epée, de porte-montres en Or, de mouchoirs de batiste, de boucles d'oreilles, de bagues (tant de Fiançailles que de Veuvage), de corsages de brocart, de tabliers à dentelle d'Or, d'habits à boutons en Or, de perruques à nœuds, de perruques longues — tous les Accoutrements du Monde de l'Elégance que toute Diligence de Londres pouvait aimablement dispenser.

Je contemplai ce Déploiement étincelant de fanfreluches et de colifichets et déclarai tout net :

— Non. Je ne veux rien de cela.

— Voilà une fille selon mon Cœur ! dit Lancelot, non sans Ironie. Mais, je t'en prie, sers-toi du moins suffisamment pour vêtir ta pauvre Personne frissonnante; car le Spectacle d'une Femme nue m'est détestable.

— Ah ! Messire Lancelot, dit Paul. Sur cette Voie je ne puis vous suivre, car c'est là Spectacle que j'aime plus encore que celui de mon Ile Natale vue d'un Vaisseau qui prend le large. Comme dit Lucrèce à propos des Choses touchées par la Grâce des Muses : *Musaeo contingere cuncta Lepore*, il m'apparaît que le corps de cette Jeune Femme est touchée par ladite Grâce, telle une Statue de Déesse taillée dans le marbre de Paros; et je me prosterne devant lui, comme je le ferais devant une représentation de Vénus elle-même.

A quoi Lancelot, fronçant les sourcils, répliqua :

— Et je suppose que, moi-même, tu ne me trouves pas assez beau pour être digne de pareil Hommage ?

— C'est que, Messire, rétorqua Paul, vous êtes un Homme.

— Justement, Horatio, justement, dit Lancelot, une étincelle d'Amusement dans les yeux. Tes chers amis, les Grecs de l'Antiquité, étaient aussi des Hommes.

Et, ce disant, il passa un bras autour des vigoureuses épaules du Noir.

— Pardonnez-moi, Messire, mais ce sont les *Romains* de jadis que j'admire surtout, riposta Paul.

Il ajouta, se dégageant de la caresse de Lancelot :

— *De Gustibus non est disputandum...* ce qui, j'imagine, va sans appeler Traduction pour les Personnes présentes ?

Chapitre XV

Qui est une brève Indication des Possibilités offertes par la Manière de Rabelais; & où notre Héroïne reçoit son Nom, tandis que Lancelot Robinson entame le Récit de sa Stupéfiante Vie.

A LA TOMBÉE de cette première nuit, nous avions pillé non moins de trois Diligences (en plus de celle à laquelle Paul et moi avions été arrachés) et, en chacun des Cas, la Méthode de Lancelot avait été la même — à savoir que je servais de Leurre, grelottant dans ma peau pour éveiller la Pitié (ou la Concupiscence) du Postillon et de son Aide, mais que, sitôt Désir ou Charité allumés en eux, Lancelot, Horatio-Paul et la Joyeuse Bande des Douze assaillaient le véhicule, pistolet ou gourdin au poing, laissaient les Voyageurs entièrement nus, volaient les Chevaux et, même, fendaient à l'occasion un crâne, tout en prenant soin de ne jamais tuer.

Le soir me trouva, en vérité, en piteux Etat. Certes, ce fut miracle si je n'attrapai pas la Mort ce premier jour, car il plut par intermittence tout le temps de nos Aventures Larronnières. Au vrai, j'aurais pensé que tant de Bonne Volonté à risquer ma Santé même et mes membres eussent dû me rendre chère au Cœur de Lancelot (ou du moins l'inciter à me faire Confiance comme à une fidèle Alliée). Mais non. Car, le Travail du jour achevé et le moment venu de battre Retraite dans notre Repaire de Brigands, Lancelot donna l'Ordre de me bander les yeux, de façon que je ne pusse voir où nous chevauchions — bien que le crépuscule fût avancé et que, pour ma part, je connusse fort mal cette Campagne. Ce fut l'Insulte suprême,

135

venant après tout ce que j'avais enduré, et je crains, Belinda, de ne pas l'avoir acceptée avec la Grâce qui sied à une Dame.

— Scélérat ! criai-je à Lancelot, tandis qu'il prêtait lui-même la main pour me mettre le bandeau.

— Mon bon vieux Père disait souvent : « Ne te fie jamais à une Femme, quand bien même elle serait morte », répondit-il en riant.

— Infâme Canaille ! criai-je encore.

— Je salue bien Votre Drôlesserie, riposta-t-il sur ce Ton de Moquerie que j'en étais venue à détester.

— Drôlesse ne suis, pas plus que Friponne, dis-je. Et je vous prie de m'appeler par mon Vrai Nom : Madame Frances... Fanny, si vous y tenez.

— Madame Fanny, dit-il alors pour m'obliger, mais toujours du même Ton ironique. Sais-tu bien ce que signifie ce Mot en bonne Langue Anglaise vulgaire ?

— Evidemment, répondis-je avec Hauteur.

— Vraiment ? Et quoi donc ?

Nous chevauchâmes en silence, car j'en ignorais véritablement tout, dans l'Innocence où j'étais alors des viles Coquineries.

— Eh bien, Madame Fanny ? insista Lancelot.

— Je ne sais, avouai-je.

— C'est Bréviaire d'Amour, dit Lancelot. C'est le Divin Monosyllabe, le Précieux Pudicule, le Gai *Cunnus* (en Latin, s'entend, comme ne manquerait pas de dire l'Ami Horatio), « l'Autre Chose », ainsi que disent les Français. C'est aussi la Tantine, le Treille de Vénus, la Chambrette, le Bain de Naissance, la Belle Chose, le Pire-Meilleur (selon le Poète Donne), le Petit Poisson ou l'Agnelet (selon que l'on est Mangeur de Viande ou non), le Puits sans Fond, la Tonnelle des Béatitudes, la Dame Brune. Et c'est encore l'Oeil-de-Bœuf du Comte de Rochester, et le Cercle de Shakespeare (le petit *o* comparé au sien, tout de formidable bois majuscule). La Venelle à Manchot, et aussi le Confessionnal; la Figue, la Craque, le Berceau, le Pot à Crème, le Nid du Coucou, le Connillon, ou encore l'Allée de Cupidon. C'est aussi la Partie du Corps la Plus Chérie (du moins pour M. Shakespeare, de Stratford); et certains l'ont appelé le Pont d'Avignon, la Boîte à Malice, le Trou de Souris, la Mare aux Canards, l'Oracle Muet, et même la Gousse ! C'est le Doux Et Caetera, l'Eternelle Blessure, l'Œil qui Pleure quand il Rit, la Gargouille, le Violon, la Calembredaine, l'Attrape-Aiguillette, la Forteresse, la Fontaine d'Amour, la Drôlette, le Sillon, le Gouffre, et, bien entendu, le Jardin d'Eden. C'est le Trempe-Mouillette, le Nid à Pinson, la Grotte le Buisson d'Eglantine (du moins à ce qu'il en semble à M. Carew), et aussi le Havre et la Battue Jolie. C'est la Maison de la Colline, le

136

Portail d'Ivoire, et même la Gratelle ! C'est l'Echelle de Jacob le Pot de Miel, la Chausse à Douille, et le Joyau des Joyaux ! C'est une Minette, une Mirepoix et une Marmite. C'est un Bol à Mousse, une Lampe d'Amour, une Petite Sœur, le Verrou des Verrous, le Carnet à Surprises, la Marie-Jeanne, la Part du Roi, le Seau à Lait, la Tirelire, le Piège à Taupe, et même le Trou-Madame. C'est la Source Moussue, la Bouche sans Merci, le Pot de Moutarde, le Tournebroche, le Chas de l'Aiguille, l'Œil Infernal (pour M. Geoffrey Chaucer), et les Lèvres Infernales ! Le Nid, la Niche, le Tricorne, l'Omnivore, la Moule, le Palais des Plaisirs, le Ru Particulier, et également l'Essuie-Plume (pour les Versificateurs, s'entend). C'est tout à la fois une Nef de Plaisance, un Abricot, le Portique du Jardin des Félicités (d'après M. Herrick), le Lutrin, le Sachet, le Chaton. C'est le Trou Royal, la Grippette, le Singleton. Mais c'est aussi l'Anneau, la Rose et l'Ecureuil. C'est une Selle à Chevaucher, un Bosquet à Cachette, un Fourreau, et un Séminaire d'Amour. C'est une Pantoufle, une Galante, une Bergeronnette, une Boîte à Pandore, un Loget. Par Jupiter, c'est le Pôle Sud, la Gourmande, la Grenade, le Carquois de Cupidon, le Sucrier et le Temple de Vénus ! C'est aussi la Mésange à Moustache et la Boîte à Outils, mais aussi le Trésor d'Amour. C'est encore l'Antipode, le Croquemort. C'est la Vigne, la Sacristie. C'est le Vivier, le Guichet et aussi l'Atelier. C'est le Yoni des Indes Orientales et le Fruit de la Passion des Indes Occidentales. Mais, pour ma Part, je n'en ai jamais trouvé l'Emploi, et j'aime encore mieux un Garçon ou un Mouton !

Je demeurai muette, confondue par ce Monologue. Quel collier de Mots merveilleux ! En moi le Poète était charmé, même si la Femme était cruellement insultée.

— Qu'il en soit ce que l'on voudra, poursuivit-il, mais il faut que je te trouve un Nom tout neuf, autre que Madame Fanny, car c'est mon Habitude de rebaptiser mes Elèves selon leurs Qualités. Ainsi donc, Paul le Noir sera Horatio, d'abord à cause de ses prodigieuses Connaissances Latines, et secondement, parce que je le prie de bien vouloir jouer les Horatio auprès du Sombre Prince Hamlet que je suis, et conter mon Histoire quand je m'en serai allé au Gibet de Tyburn. J'ai de même donné Nom à tous les Membres de ma Bande, comme tu le verras bientôt. Mais toi, Madame, je te baptise Fanny Troussecottes pour ce que Dame Fortune ne t'a, en vérité, apporté jusqu'ici que Passants et Passages fangeux, et que je te vois partie pour voler Cottes au Vent de l'Aventure. Et tu porteras en outre pour Nom Patronymique : Jones.

— Et pourquoi Jones ? m'étonnai-je.

— Parce que c'est un Nom des plus communs, qui t'enseignera Modestie.

– Et pourquoi, s'il vous plaît, devrais-je être modeste ?

– Parce que tu tires déjà bien trop Vanité de ta Beauté.

Sur quoi, éperonnant la Monture que nous partagions, il s'élança au galop sous la lourde pluie battante qui se mêlait aux larmes sur mes joues, mais que je ne pouvais voir sous le bandeau.

Nous chevauchâmes ainsi Nombre de jours, ne faisant halte que pour abreuver les chevaux, assouvir les Besoins de la Nature et manger un morceau de pain. Mais, comme je restais aveuglée la plupart du temps, j'en savais moins encore sur notre trajet qu'un Animal muni d'œillères. Privée de Sommeil, de Conversation et de toute Information quant à notre Destination, j'étais la plus misérable des Femmes. A la fatigue, à la pluie sans merci, à la Méchante Humeur qui me venait des Rudoiements de Lancelot, s'ajoutaient les Accès de Fièvre. Je craignais fort de laisser ma Vie aux Mauvais Traitements de Lancelot, et, peu à peu, se formait dans mon Cœur un amer Ressentiment à son égard.

O, certes, il avait l'Esprit de Repartie et la Science aussi bien pendus que la Langue, mais j'avais Peur qu'il n'eût dit la Vérité en déclarant qu'il n'avait que faire des Femmes, et Peur qu'il ne se servît de moi comme de Leurre tant que ma Constitution le permettrait et que je n'aurais pas rendu l'Ame, puis qu'il n'enlevât une autre Innocente sans Méfiance pour l'utiliser à même Fin.

Si je n'ai fourni, des Brigandages que nous accomplîmes lors de ma première Rencontre avec Lancelot et ses Joyeux Compagnons, qu'un Récit fort lâche et inexact, c'est que je n'étais nullement en Etat d'observer étroitement les Choses, surtout préoccupée que j'étais du grand froid et de l'extrême Inconfort qui me tourmentaient, et concentrant toutes mes Facultés sur la seule Volonté de demeurer en Vie. Tu te demanderas, chère Belinda, pourquoi je ne cherchai pas à m'enfuir ni ne protestai pas plus vivement contre ces Mauvais Traitements. Je te répondrai que c'était, pour une Part, la faute de mon Impuissance, mais que, d'un autre Côté, j'étais aussi fascinée qu'offensée à l'extrême par ce beau Gaillard à cheveux rouges. Il me semblait l'avoir connu dans une autre Vie, en quelque Sorte, ou reconnaître en lui un Frère. Et, s'il faut dire la Vérité, son Refus de tomber à genoux devant moi en délirant sur ma Beauté, comme en étaient accoutumés tous les autres Hommes que j'avais rencontrés, ne me mettait pas peu au Défi !

Finalement, notre caravane de Chevaux et de Cavaliers fit halte. Lancelot m'aida à mettre pied à terre, défit le bandeau qui m'aveuglait, et ce que je distinguai dans les Ténèbres m'apparut comme un plaisant Cottage à pans de bois et à toit de chaume, de Style Tudor, que jouxtait une vaste grange. Quant à savoir où nous étions – si c'était le Wiltshire, le Hampshire, voire le Dorset —, impossible de le dire. A la Vérité, j'étais bien plus soucieuse de mes Accès de Fièvre et de l'Incommodité où j'étais, que d'observer le Paysage. J'avais toujours été une Fille en assez bonne Santé, et comme tous les Gens sains de corps, je prenais cet Etat pour allant de soi. Mais voilà que, pour la première fois, j'en venais à apprendre que la Santé est un Don précieux du Tout-Puissant.

Lancelot me porta jusqu'au Cottage, dont les pièces étaient basses de plafond, selon le Style Tudor, mais ne manquaient pas de Gaieté. Le mobilier était simple, mais pratique, à la Manière Rustique; les planchers étaient faits de larges lattes de Chêne. Toutefois, le plus étonnant était que le Cottage ressemblait à un vaste Entrepôt de Marchandises; à vrai dire, c'était une sorte de Resserre ou de Remise pour Objets volés, car je présumai que telle était l'Origine de chacune de ces Choses. Partout, sur chaque table, chaque commode, chaque manteau de cheminée, ce n'était qu'Amoncellement, Pile sur Pile. Il y avait là des gobelets d'Argent et d'Etain, de grands plateaux de Vermeil, des sucriers et des théières en Argent (ces dernières avec ou sans réchaud). Des boîtes à thé et des aiguières en Argent, des moules, des écrins à cuillers, des encriers et des coupes de l'Amitié de ce même métal. Et, en Argent aussi, des surtouts de table, des chandeliers, des bougeoirs et des tabatières, des pots à crème, des corbeilles à gâteaux, des pichets ciselés, des chopes, des coupes, des appliques, des chocolatières, des gourdes, et un vaste Assortiment de boîtes à tabac à priser, dont l'une retint mon Regard parce qu'elle portait les Armes de la Corporation des Tisserands : *Tisse la Vérité avec le Fil de l'Honnêteté*, disait la Devise (et l'on eût dit un Commentaire satirique sur la Compagnie des Objets volés en laquelle se trouvait cette boîte).

Mais l'Argenterie domestique ne constituait pas tout ce Butin. On voyait également des pendules de toutes Descriptions, des porte-montres en Or, des chaînes d'Or, des joyaux de toute espèce, ainsi qu'un Etalage stupéfiant de perruques posées sur leur support, comme dans une Boutique. Il y en avait d'Apparat, de Soldat, à marteau, à la Ramillies, à queue, à bourse. Il y avait aussi des vêtements de toutes Catégories, richement ornés de dentelles : costumes masculins brodés d'Or et d'Argent, corsages et tabliers de Femmes, doublets et jupons, éventails, chapeaux, manchons.

Lancelot me déposa sur un lit rustique, me recouvrit aussitôt d'un couvre-pied en duvet, puis s'en fut à grands pas, en marmonnant des Promesses de thé, lesquelles, par suite de mon extrême faiblesse, je fus bien incapable d'approuver ou d'écarter.

Il revint peu après avec un pot d'Argent sur un réchaud filigrané et un service à thé en porcelaine de Chine — le tout manifestement volé. Mais ma Faiblesse s'était encore accrue et j'avais à peine la Force de soulever la tête pour boire une gorgée, tant j'étais en proie à une Fièvre féroce et à des Accès de Tremblements et de Grelottements qui semblèrent semer la Frayeur dans son Cœur de pierre. Au vrai, je suis convaincue que ce fut ma Maladie qui commença à l'adoucir à mon égard, car il fit Montre d'Appréhension à la Pensée qu'elle pût m'emporter, et non seulement il me soigna de ses propres mains, mais il s'assit à mon chevet et me parla entre les Poussées de Fièvre, durant toute cette première nuit. C'est ainsi que j'appris à connaître sa Vie; car je crois véritablement que, n'eût été mon Etat de Faiblesse, la Dureté de son Cœur eût peut-être voulu qu'il ne me révélât pas son Histoire. Et quelle Aventure ! Même à travers ma Fièvre et ces Tremblements, j'en venais à comprendre comment son Ame avait pu se former, voire se déformer.

— Je suis né, me dit-il, la troisième année du Règne de Guillaume et de Mary, durant la Canicule d'Août, sous le Signe du Lion... mais du Diable si je crois à une parcelle de ce paquet de Mensonges que l'on appelle Astrologie. Ma Mère était une Papiste compassée, mon Père, un Roué de la Restauration vieillissant, mais qui se refusait à accorder que l'Age des Beaux Esprits fût bien passé, et qui s'entêtait à faire du Siège, menaçant Ruine, de la Famille, dans le Comté d'Oxford — un vieux tas de pierres Gothiques connu sous le Nom de Wilderknoll — une petite Réplique de la Cour de Charles II, avec d'antiques Courtisans caducs gribouillant d'exécrables Vers et des Belles sur le Retour jouant jusqu'à l'Ecœurement les Jeunes Maîtresses irrésistibles. J'étais le plus jeune Fils de sept Enfants et je fus Rebelle dès la Naissance — Trait que la Rigidité de ma Mère ne fit qu'exaspérer. Il était clair que j'hériterais tout au plus des Prétentions de mon Père, car mes Frères — le Diable les emporte ! — étaient d'une Bonne Santé désespérante; je conçus donc très tôt la Fantaisie de m'enfuir pour courir les Mers et, à peine âgé de plus de treize ans, je m'évadai en effet avec un Comédien Ambulant rencontré à une Foire de Campagne, fis avec lui le Voyage de Londres, me liai comme Apprenti à un Chirurgien de la Marine et fis voile sur un Navire des Indes Occidentales, à destination de la Jamaïque, pensais-je — jusqu'au moment où il fit Relâche sur la Côte Ouest de l'Afrique pour y prendre Livraison d'une Cargaison de ces êtres Humains à peau noire dénommés Esclaves...

Fermant mes paupières fiévreuses, je me laissai porter par les Visions et les Images qu'évoquait le Récit de Lancelot. La Maladie aidant, je semblais voguer au Caprice de ses Imaginations, comme si je les avais moi-même rêvées. Quoi d'étonnant si j'avais aussitôt ressenti une Fraternité de Cœur avec ce Bandit. Hé quoi ! n'était-il pas Orphelin lui aussi — d'Ame, sinon aux yeux de la Loi — et ses

Aventures ne l'avaient-elles pas entraîné plus loin encore que moi de la Demeure Natale ?

— Ah ! poursuivit-il, être Apprenti auprès d'un Chirurgien sur un Vaisseau Négrier, à treize ans, c'est connaître, alors que les Eaux de la Naissance ont à peine séché derrière tes oreilles, la Mesure pleine de la Dégradation du Cœur Humain. Comme tant d'autres Jeunes Garçons férus de la Mer, mais enchaînés à un Foyer détesté, à un Père dont ils supportent mal le Frein, à une Mère contre laquelle ils maugréent tout bas, j'avais lu le *Nouveau Voyage autour du Monde* de Dampier et rêvé de voguer délicieusement d'une Plantation de la Jamaïque jusqu'à Campêche, puis de franchir l'Isthme avec des Boucaniers, de revenir sur la Virginie, de passer le Cap Horn, de traverser l'Océan Pacifique jusqu'aux Philippines et, de là, gagner les Indes Orientales, Pays de Richesses incroyables, de Joyaux et d'Epices et d'Enfants étranges aux yeux en amande, à la peau brune, à la tête enturbannée et à la Poitrine dénudée (car déjà, à ce tendre Age de treize ans, j'avais renié la Gent féminine, après avoir été cruellement méprisé par mon premier Grand Amour dans mon Comté natal ! Et c'était une Chance, il faut bien le dire, pour un Garçon voué à la Mer durant sept ans !).

— Tu as donc aimé une Femme au moins une fois ? demandai-je à Lancelot, renaissant à la Vie tout soudain (car la Logique était que, s'il avait aimé une fois, il pouvait recommencer).

— Je n'ai que faire des Femmes ! rétorqua-t-il sèchement.

Mais la Promptitude même de sa Protestation me fit douter de ses Paroles et, tandis qu'il évoquait le Négrier et ses Voyages, je me pris à rêver que j'étais son Grand Amour dérivant sous les Cieux Exotiques des Mers Tropicales. Dans l'Ignorance de quoi, inconscient des Fantaisies qui bouillonnaient dans mon Esprit enfiévré, Lancelot continua donc son Récit.

— Imagine alors mon Etonnement, dit-il, lorsque, après avoir lu et relu les Pages de Dampier sur les Merveilles des Voyages sur Mer, je me retrouvai à bord d'un Navire Négrier — dont le Nom (terrible Ironie !) était *La Grâce-de-Dieu* — avec une Cargaison d'Africains agonisants, enchaînés les uns aux autres dans la Puanteur de la cale, battus presque à Mort par des Hommes indignes d'être leurs Maîtres (tant ils étaient incapables d'être Maîtres d'eux-mêmes), et forcé de mon Côté à descendre chaque jour dans cette cale pour dispenser une Nourriture gâtée et des Médicaments sans Effet à des Hommes qui n'avaient besoin que d'Air, d'Espace et de la Vue de leur Terre Natale; qui étaient incapables de parler ma Langue, tout comme moi la leur; mais qui, dans leur Humanité entassée, noire, nue, grelottante, vomissante, me semblaient infiniment supérieurs à ces Anglais qui jouaient les Seigneurs. Non, ma Jolie, je ne t'accablerai pas du Récit horrible du Commerce des Esclaves, malade comme tu es. Cela fait partie de ces Contes dont nous avons beau savoir qu'ils sont vrais, tout notre Etre n'en a pas moins la plus grande Peine à croire que des Hommes semblables à nous puissent, jusqu'à ce jour même, se livrer à ce Négoce.

— Ah ! Lancelot, c'est vrai, c'est vrai, soupirai-je, bien que, en fait, je ne susse rien ou presque, à l'époque, du commerce du « Bois d'Ebène ».

— Mes Talents chirurgicaux étaient à peu près inutiles sur ce Négrier, reprit-il. J'avais appris la Pose des Ventouses et la Saignée, ainsi que l'Usage des Poudres Cordiales, des Dulcifiants du Sang et autres Remèdes. De même, je connaissais l'Emploi du Quinquina contre les Fièvres Tierces ou Quartes, de l'Esprit Volatil de Vipère contre tout Evanouissement, Sueurs et Abattements, de la Poudre de Crapaud Brûlé contre la Petite Vérole, autant que de la Poudre de Fiente d'Oie contre la Jaunisse. En outre, je savais me servir de la Lancette, du Forceps et de la Scie, aussi bien, pour ne pas dire mieux, que n'importe lequel de vos Mires et Chirurgiens en costume de Velours noir et en Perruque, et qui avec leur Voiture à quatre Chevaux, vous comptent en Guinées leur Visite et leurs vaines Médications.

— Vaines ? demandai-je, inondée de Sueur. Et pourquoi ? (O que ce Mot prenait pour moi Valeur de Sombre Présage pour mon propre Sort !)

— Que oui, vaines, répéta Lancelot. Car note-le bien, Madame Fanny, la plupart de ces Remèdes sont sans aucun Effet, que ce soit sur un Négrier nauséabond ou ailleurs. Et, comme dit l'Ami Voltaire, le Physicien se contente d'amuser le Patient cependant que la Nature le guérit !

— O ma Déesse ! m'écriai-je.

— Las ! dit Lancelot. C'est pourtant la Vérité : la plupart des Maladies guérissent en dépit de tous les Efforts des Médecins pour tuer le Patient, et il en est qui empirent, quoi que fassent leurs Remèdes funestes — moyennant quoi la Terre généreuse cache leurs Erreurs pour finir, et les Survivants payent la Note ou vont en Prison.

Ces derniers Mots pénétrèrent jusque dans mon Délire et, me mettant brusquement sur mon séant dans le lit, je fixai Lancelot de mes yeux brûlants :

— Je vous prie, Sire Lancelot, qu'en est-il de moi ? Vais-je périr, moi aussi, et la Terre ensevelira-t-elle vos Erreurs ?

— Que nenni, Fanny, répondit-il avec une Douceur peu coutumière. J'userai de tout mon Art pour te guérir, je le jure.

Ce disant, il cria à Horatio d'apporter encore du thé et des compresses brûlantes, et il m'administra en outre de la Poudre Séchée de Baies d'Eglantier, que je dus manger avec des Limons entiers des Indes Occidentales. Ces fruits me mordirent vivement la Langue, mais Lancelot m'assura que, de tous les Remèdes dont il avait eu Connaissance et Expérience dans ses Voyages, il n'en était pas de plus souverain contre le Refroidissement et la Fièvre que ce simple Limon des Indes Occidentales. De plus, il me jura que, malgré tout le Mépris des Apothicaires, Physiciens et Chirurgiens, le Limon serait tenu un jour pour la Panacée suprême sur Terre comme sur Mer, car des Equipages entiers avaient péri à bord de Navires, que l'on eût pu sauver grâce à ce simple fruit, au lieu de leur appliquer les Ventouses, de les saigner, de les purger et de les couvrir de Sangsues.

Sur le moment, je ne le crus guère et pensai seulement qu'il voulait me tranquilliser pour que je pusse mourir en Paix. Oh ! je l'insultai âprement, comme l'Enfant fiévreux qui dit de Méchantes Paroles à la plus Aimante des Mères. Tandis que la Fièvre montait, je délirai, divaguai, hantée par des Visions de fabuleux Navires aux voiles de Pourpre Royale et aux Mâts d'Or. Lancelot, cependant, baignait d'eau de lavande mon corps fiévreux, sans manifester une Ombre de Lubricité à mon égard — tandis que, je m'en souviens, le Noir Horatio restait planté tout près, dévoré de Concupiscence, mais retenu toutefois par son nouveau Maître de la moindre Tentative de poser ne fût-ce que le petit doigt sur moi.

— Les Années où je fus mêlé au Trafic des Esclaves m'apprirent à révérer le Peuple Noir, et ce Respect vit toujours en moi, poursuivit Lancelot tout en me bassinant tendrement. Car je crois vraiment que si nous autres, Anglais, nous étions traités comme nous traitons la Race Noire, nous ne serions que des Bêtes rampant sur le sol, alors que ladite Race nourrit en elle une Sorte d'Optimisme, un Amour du Rire et de la Vie, que nous ferions bien d'imiter. Mais nous y reviendrons... Durant les jours que je fus sur Mer, le Destin voulut que je tombasse amoureux d'un Joli Garçon du nom de Martin Faulk, de deux ans mon Aîné, et issu de Famille aussi humble que la mienne était de Bonne Lignée. Oh ! je l'ai aimé plus que je n'aimai jamais mes Frères. Je copiai sa Façon de s'habiller, de marcher, de parler (tant et si bien que, s'il m'arrive de transgresser le Langage cultivé de mes Origines pour tomber dans celui des Enfants du Ruisseau de Londres, c'est uniquement pour l'Amour de celui qui fut mon premier Amant !). Martin était né à Newgate, d'une Mère Tire-laine et d'un Père Guichetier — lequel servait de Géniteur à la Moitié de la Prison et avait procréé plus ou moins la troupe entière de Marmots braillards qui hantaient l'abominable Geôle. La Mère de Martin devait être envoyée dans les Plantations après sa Gésine; elle y échappa par je ne sais quel Stratagème, y soustrayant Martin avec elle, pour reprendre son Existence Criminelle et élever l'Enfant dans l'Art de la Profession, avant même qu'il eût quitté les langes ou qu'il eût le Cul sec. Lorsque, à la fin, la Mère fut appréhendée et tristement pendue (trop vieille alors pour se prévaloir des Services du Grand Géniteur de Newgate), le petit Martin s'enfuit à bord d'un Navire, assez comme moi-même; et c'est ainsi que le Destin nous fit nous rencontrer sur ce détestable Négrier et nous jeta aux bras l'un de l'autre, pour nous aider à supporter les Horreurs de cette première Traversée de l'Océan Atlantique...

Il se tut un instant. Ma Fièvre commençait à tomber et j'avais l'impression de sortir d'un mauvais Rêve. Qu'avait donc dit Lancelot de l'Amour qu'il avait eu autrefois pour une Femme ? Et était-il encore capable d'en aimer une autre ?

— Dès lors, nous ne nous séparâmes plus, reprit-il. Martin m'enseigna tout ce qu'il est possible d'apprendre sur l'Amour entre Hommes... et cela fait un Catalogue de Pratiques Amoureuses qui t'enflammerait les oreilles, même sans la Fièvre que tu as. Mais il m'informa aussi de la Truanderie et de la Confrérie Larronne de Londres, et du Langage Secret des Voleurs entre eux — *Ane mort* pour un Butin que l'on ne peut écouler, *Ratière* pour Geôle, *Cueille-Bride* pour Bandit de Grand Chemin, *Lime-Cul* pour Voleur d'Echoppe, *Maraude* pour Rapine, *Cravate* pour Corde à Gibet, *Homme de Pêne* pour Voleur par Effraction, et *Sautoir* pour le Gibet.

— Le Gibet ? dis-je, le souffle coupé.

— Oui, la Belle, le Gibet, répéta-t-il. Notre Temps sur Mer achevé et notre Contrat expiré, certes oui, nous nous sommes lancés dans la Maraude à Londres, et royalement ! Nous étions de Fiers Gars, et sans nul doute nous en savions trop long pour devenir de vulgaires Tire-laine, ou Frères en Tire, comme on dit; et nous avons donc formé une véritable Armée de Jeunes Gars et raflé plus de Butin en une semaine que la plupart des Filous de Newgate en une vie entière de Maraude !

— Bravo, Lancelot ! m'écriai-je.

— Pas si vite, Fanny, répliqua-t-il. Car l'on nous a pris aussi, après qu'un de nos Compagnons nous eut livrés pour la Récompense — et l'on nous envoya au Gibet, et nous fûmes pendus.

— Pendus ? m'étonnai-je. Mais comment se fait-il que tu sois ici à me conter cette Aventure ?

— Ah, la Belle, c'est là le Nœud de mon Histoire. J'ai eu Chance de Pendu.

Chapitre XVI

Où l'on verra la Conclusion de l'Étonnante Histoire de Lancelot Robinson, avec la Preuve qu'un Homme peut être avisé en toutes Choses, tant Sublunaires que Divines, & pourtant n'être qu'un Niquedouille en Matière de Femmes.

A PEINE avait-il prononcé ces dernières Paroles que mon Corps fut dévasté par une Quinte de toux si pénible que je crus mon Ame sur le point de défaillir et de quitter son Enveloppe sur-le-champ. Mais tout en toussant, crachant et grelottant de Fièvre, je n'en gardais pas moins la plus vive Curiosité de connaître le Dénouement du Récit de Lancelot, si bien que, tel ce célèbre Sultan d'antan (qui refusait de faire mettre à mort sa Femme, tant elle était excellente Conteuse), je retins ensemble corps et Ame dans l'Espoir d'entendre cette Conclusion. Si cela faisait partie de sa Médecine personnelle, le Remède était certes extraordinaire, car la Quinte se calma et je le suppliai de m'apprendre ce qu'avait été sa Chance de Pendu; et, bien que mes yeux larmoyassent et que le souffle sifflât dans mes Bronches comme Vent d'Hiver dans une Cheminée mal ramonée, je me jurai de rester en Vie le temps qu'il faudrait pour entendre de sa bouche la Fin d'une Aventure aussi remarquable. Ah ! Belinda, j'étais déjà, je crains, plus qu'à demi amoureuse de Lancelot et de ses merveilleux Discours. A cette Saison de ma Vie, un doux Langage était capable de me charmer plus que la Sensualité, et mon Amour du Verbe était plus profond que mon Amour des Hommes !

— En vérité, poursuivit Lancelot, nous languîmes à Newgate le plus clair de cette Année-là, Martin et moi, et l'on me condamna même à la Peine de Force la plus dure, à cause de mon Refus de plaider coupable aussi bien que non coupable. Trois jours durant, je restai couché sur le dos, une plaque de fer sur la poitrine, et des poids mis dessus, au point que mes poumons n'étaient pas loin d'éclater, que mes yeux voyaient des gerbes d'Etoiles et que la Douleur fit place à la fin à un Engourdissement si prodigieux que j'eusse juré être mort, puis revenu à la Vie, du Grand Au-delà. Tel n'était pourtant pas le Cas, en fait, car, note-le bien, Fanny, je n'allais pas tarder à savoir à quoi ressemble ce Grand Au-delà — et c'était sans Comparaison.

— Je vous prie, qu'est-ce que cette Peine de Force si dure ? m'enquis-je, intriguée à l'extrême.

— C'est un Châtiment très cruel, parfois appelé Supplice de la Presse, et qui sert à forcer un Prisonnier à plaider coupable ou non coupable; et c'est une Barbarie, car, véritablement, à côté le Cheva-let n'est rien. Chaque jour, l'on augmente le poids; chaque jour l'on ne te donne que du pain d'orge et de l'eau, de Façon que tu ne puisses périr vite, comme tu le désirerais; et si tu persistes dans ton Obstination, on te laisse dans cette Condition jusqu'à une Mort horrible et lente.

— Est-ce ainsi que tu mourus pour ressusciter d'entre les Morts, Lancelot ? Raconte, je t'en supplie !

J'avais presque oublié combien j'étais malade, et je désirais m'asseoir dans le lit afin de mieux écouter; mais il me repoussa sur les oreillers — avec une infinie douceur, dois-je dire pour être juste.

— Nenni, la Belle, ce fut encore plus étonnant. Passé le troisième jour, je renonçai à mon misérable Entêtement et j'avouai, pensant que si je devais être pendu enchaîné en bon Bandit de Grand Che-min, autant valait aller à la Mort dans un Halo de Gloire et entrer dans la Légende pour la Postérité.

— La Légende pour la Postérité ? répétai-je.

— Hé, oui ! répondit gravement Lancelot. Nous plaidâmes donc coupables, Martin et moi, et, faisant Pacte d'Amour, nous jurâmes de mourir aussi noblement que moururent jamais Larrons, et de nous retrouver pour nous aimer à jamais dans le Grand Au-delà. Le jour de la Pendaison venu, nous ne fûmes pas transportés par la charrette habituelle, avec le Vulgaire des Coquins; nous louâmes un Carrosse doré, tiré par six Chevaux blancs, pour nous conduire à l'Arbre du Destin, et nous revêtîmes de splendides vêtements passementés d'Or — tout de soie blanche comme Neige et rebrodée d'Or — accompagnés de tricornes blancs galonnés d'Or et plumes au

Vent. Nos bottes étaient de cuir d'un blanc crémeux; notre culotte, de satin laiteux, et notre gilet, de soie coquille d'œuf; nos gants, de fin chevreau Français. Nous avions rimé des Discours pour notre Adieu au Monde, et nos Amis de la Maraude s'étaient assuré que, tout le long du chemin jusqu'à Holborn Hill, nous fussions suivis par des Pucelles en blanc, munies de grandes écharpes de soie flottantes et de paniers de fleurs et d'oranges. Des pétales de roses jonchèrent notre trajet jusqu'au Carrefour de Tyburn. O ce fut certes Spectacle grandiose !

Je fermai les yeux pour m'imaginer le beau Lancelot tout de blanc vêtu, roulant dans son Carrosse doré sur les pétales de Roses et saluant la Foule de la main, tel un Roi.

— Il était midi quand nous arrivâmes au Gibet, dit-il. Nous bûmes en toute Munificence un Cognac Vieux et priâmes nos Hommes d'en offrir à la Foule assoiffée. Les Pucelles jetaient aux gens des oranges et continuaient à éparpiller les pétales de roses, cependant que, Martin et moi, nous faisions Montre d'un beau Courage. Ah ! la Bestialité des Visages que je vis autour de nous en ces instants. Pauvres Hères, dont le seul Divertissement était d'assister à une Pendaison ! La Racaille braillarde et imbibée de Gin avait soif de notre sang, comme s'il avait dû préserver le leur ! Qu'est-ce qui pousse un Homme à aimer la Mort, Fanny ? Espère-t-il différer la sienne en contemplant celle des autres ? Ou dévorer la Mort en dévorant des yeux leur Exécution ? Je ne comprendrai jamais cela, dussé-je vivre mille ans. La Bête Humaine est plus bestiale qu'humaine, il est vrai...

Je ne répondis que par un soupir.

— Par Autorisation spéciale du Bourreau, continua-t-il (cher et dûment payée par nous, je te le garantis), Martin et moi, nous devions mourir ensemble sur la même Charrette. Si bien que, ayant dit nos petits Compliments et reçu, comme il sied, la Bénédiction d'un Prêtre ivre, nous montâmes sur le plateau de la Charrette, le plus gaillardement du Monde; nous nous baisâmes sur les Lèvres aux yeux de la Foule entière — Geste qui, je te le jure, les rendit furieux — (car jamais encore l'on n'avait vu deux Amants Mâles s'aimer publiquement, face à pareille Populace de Vils Coquins !) et puis l'Aide-Bourreau nous passa le Nœud autour du Cou, attacha l'autre extrémité de la Corde à la Poutre Maléfique et, cela fait, administra au Cheval un grand coup de son Fouet. Sur quoi la Charrette part d'un trait, et hop ! nous voilà hissés dans les airs par les oreilles !

— Juste Ciel ! m'écriai-je, car, cependant qu'il parlait, je croyais sentir la Corde autour de mon propre cou.

— Un pitoyable craquement de vertèbres m'annonça que Martin avait expié avec une Promptitude miséricordieuse. Mais moi, je me balançais dans d'atroces Douleurs, incapable de mourir, et pourtant incapable de vivre. Certains Gars de notre Bande s'avancèrent pour me tirer sur les jambes et me marteler la Poitrine, afin de me dépêcher; mais ma Souffrance ne faisait que croître et je continuais de refuser de mourir. La Foule se mit à brocarder et, tandis que mon Corps roidissait, mes tripes se vidaient, mon Arbalète se dressa, comme si, déjà, j'avais été cadavre; et cependant, je ne voulais toujours pas mourir. Et puis, juste comme je pensais ne plus pouvoir supporter la Douleur, les cris et les lazzis de la Foule furent noyés sous un atroce bourdonnement qui engloutit tout mon Etre, en même temps que j'avais la Sensation de me mouvoir dans le noir d'un tunnel, s'enfonçant tel un égout ou une grotte souterraine... Et soudain, la Douleur s'évanouit et je crus flotter dans un Espace ténébreux. Sur quoi, je me pourpensai : « Je suis mort. » Toutefois, ce n'était pas un Sentiment effrayant; bien plutôt, ce m'était Réconfort, en vérité, que d'avoir quitté la Vie; j'étais en proie à la Sensation la plus étrange que j'eusse jamais connue. Je flottais au-dessus des têtes de la Multitude. Je voyais les Pucelles aux oranges circuler dans la Foule, se faire pincer et palper par les Lourdauds ivres de Gin venus me regarder mourir. Je voyais les Vendeurs de Gin au visage vérolé, perruque de guingois, poches d'habit graisseuses et bourrées de piécettes de cuivre. Je voyais même les Tire-laine et les Coupeurs de Bourses se faufiler dans la Cohue comme je l'avais fait moi-même tant de fois, et je me disais que j'avais été bien meilleur Larron en mon temps, et que ces Ruffians étaient d'une Maladresse insigne, avec leurs doigts gourds et incertains. Je me croyais devenu oiseau; je voyais les Soldats plantés bien droit, la lance pointée vers le Ciel, le tricorne formant, vu de là-haut, un triangle presque parfait. Mais le plus étrange fut encore lorsque je regardai le Gibet : y pendait le pauvre Martin, le visage déjà noir et bleu de sang coagulé... et moi de même, sûrement, tout aussi mort que lui.

J'étouffai un cri. Lancelot, encouragé, continua :

– Combien de temps flottai-je ainsi ? Je ne saurais le dire. Je savais que le corps qui se balançait au Gibet était le mien, et pourtant, à proprement parler, je m'en *moquais*. C'était la plus bizarre des Impressions, que de me voir pendillant là, avec un Air de vrai cadavre, et d'en avoir Conscience tout au fond de moi, sans en éprouver aucune Tristesse ! La Belle, à vrai dire, je n'arrive même pas à décrire cela convenablement. J'étais si stupéfait de cet Etat de Choses que je résolus de tenter d'en informer un jeune Mirliflore, à qui l'on était en train de faire les poches. (Je connaissais le Larron à l'Œuvre : c'était une Vile Canaille, l'Homme même qui m'avait trahi !) Mais il ne servait à rien d'essayer d'avertir la Victime, dans la Condition où j'étais, car le Petit-Maître ne pouvait pas plus entendre mes chuchotements à son oreille que sentir ma main fantôme sur son épaule. En fait, je n'avais plus ni Substance ni voix. Je flottai donc au-dessus de la Racaille, telle une plume, observant tous les Méfaits commis dans la Foule, et m'amusant follement d'être mort — car, note-le bien, Fanny, cela ne ressemblait à rien de ce que j'aurais pu attendre. C'était une Paix et une Sérénité sans Douleur !

— Hélas ! soupirai-je. Quel Dommage de craindre la Mort, si elle doit être si douce ! (Et pourtant, je persistais à la redouter.)

— C'était jour gris et pluvieux, que celui qui vit mon Trépas, reprit Lancelot. Et ce que j'en dis t'aidera peut-être à comprendre l'Extraordinaire de ce qui suit. Moi-même, je ne comprends pas très bien... Soudain, ce fut comme si le Soleil m'avait explosé dans les yeux et qu'une énorme boule de feu, mais un Feu de Douceur, fût venue m'envelopper à la Manière d'un Brouillard de Lumière. La Racaille n'était plus là ; le corps de Martin pendait, le mien aussi ; et cette Lumière est venue m'entourer, et c'était une Aura Divine ; car, très clairement, elle me demanda si j'étais heureux de mon Existence et si j'étais prêt à mourir...

— S'il vous plaît, Lancelot, comment cette Aura vous a-t-elle demandé cela ? Avec des Mots ?

— Nenni, Fanny. La Question était aussi claire que la tienne, bien qu'elle ne fût pas formulée en Paroles. En vérité, la Belle, cela non plus, je ne peux l'expliquer comme il conviendrait. C'est bien la Chose la plus diabolique que j'aie jamais vue ou entendue. Es-tu prêt à me suivre ? me demanda cette Lumière ; et puis, tel le Maître des Cérémonies d'une fête campagnarde, Elle déroula devant mes yeux tout le Cortège détestable et maudit de ma Vie. Je revis Wilderknoll et mon abominable Père ! Et il y avait mes exécrables Frères et ma malheureuse Mère ! Et aussi ma cruelle Bien-aimée — le Diable ait son Ame ! Il y avait les méchants petits Tours que j'avais joués, Enfant, comme le jour où j'avais volé la tabatière de mon satané Père, pour la remplir de poivre pilé ! Et je vis les Canailles que j'avais rencontrées sur la route de Londres, et l'indigne Capitaine de *La Grâce-de-Dieu*, l'horrible Navire Négrier. Et puis Martin lui-même, qui me faisait signe de la main et me disait : « Ce n'est pas si mal d'être mort, mon Amant ; nous serons réunis pour toujours, mon Aimé... » Et il y avait même douze Esclaves Noirs, que l'on avait jetés vivants par-dessus bord parce qu'ils avaient la Petite Vérole, durant notre traversée d'Enfer. Oh ! j'avais plaidé auprès du Capitaine pour qu'on ne les lançât pas aux requins, mais il m'avait frotté les oreilles ; et voilà que maintenant ces Noirs étaient là, à mes côtés et me remerciaient (bien que, à vrai dire, je les eusse toujours connus incapables de parler l'Anglais). Ils me remerciaient dans une sorte de Langue Muette et me déclaraient que j'étais une Bonne Ame et que, s'ils avaient trépassé dans la Souffrance, ils s'étaient réveillés dans la Béatitude, et que désormais nous ne nous quitterions plus, de toute l'Eternité. Ah ! la Belle, quelle effroyable Chose, que de revoir étalée devant moi ma Vie entière, avec tous les Fripons, tous les Jolis Cœurs qui l'avaient traversée. Et cette Boule de Feu qui me demandait si j'étais prêt à accompagner Martin, et moi qui étais cruellement déchiré entre le Désir de répondre que oui et celui de retourner parmi les Humains pour leur faire Part de ce que je savais, leur dire que Dieu et les Anges guident en vérité nos pas, leur dire de ne pas opprimer leurs Frères pour les réduire en Esclavage, et leur montrer leur Cruauté et les Traitements Barbares qu'ils réservent à leurs Semblables. « C'est ta Mission, me dit la Boule de Feu, de répandre la Parole d'Amour, de guérir les Malades, de donner aux Pauvres et de reprendre l'Héritage de Robin des Bois... » Et moi, de m'empresser de répondre : « J'accepte la Tâche et je reviendrai sur Terre, malgré toute ma Haine pour ce Monde et ses Lois... » Sur quoi, je reçus l'Ordre de revenir ici-bas. Soudain, j'entendis de nouveau le bourdonnement et me sentis tiré, comme un foulard à travers une boutonnière, et hop ! me voici rentré dans mon corps et en proie à une Atroce Douleur cependant que le sang retrouve son cours normal, sans compter l'Horrible Souffrance dans le cou, puisque je pends toujours à l'Arbre Fatidique. Et Martin est là qui se balance, à côté de moi, mort — à cela près que, maintenant, je sais qu'il s'agit seulement de son corps, non de son Ame. Et là-dessus, mes Compagnons de Maraude, me croyant mort, m'allongent dans un cercueil et m'emportent en même temps que le cadavre de Martin, dans le Carrosse doré. Mais, à peine avons-nous descendu Holborn Hill que, sautant à bas de la voiture, je m'enfuis aussi vite que mes jambes peuvent me porter, aussitôt suivi de douze de mes Compagnons, hurlant à la Résurrection et au Messie, tandis que je leur crie de mon côté de boucler leur bec et de regagner le Carrosse, comme si de rien n'était, en attendant que je les envoie quérir, le moment venu...

— Et les avez-vous fait venir, Lancelot ? Dites, l'avez-vous fait ?

— Que oui, la Belle, que oui, mais pas avant de m'être établi dans la Forêt et d'avoir eu avec moi-même une longue Conversation sur ma Mort. Car mon Ame en était toute changée, oui-da, et j'en avais perdu toute Peur de la Camarde. La Malédiction de l'Homme, c'est cette Peur-là, Fanny; et si tu la perds, je te jure qu'il n'est rien dont tu ne sois capable. Considère-toi comme l'Instrument de Dieu, rien d'autre. Et Dieu pourvoira à tes Besoins et te protégera. Il te maintient sur Terre pour faire ce qu'Il a Besoin que tu accomplisses; et, le jour où Il te permet de partir, c'est que ta Tâche est achevée

- Lancelot, dis-je, as-tu jamais pensé que Dieu puisse être *Elle*, au lieu de *Il* ?

Il partit d'un éclat de rire si profond que j'eus Peur que son Ame ne s'envolât une fois de plus de son corps.

Chapitre XVII

Où prend Place une Conversation Philosophique des plus instructives sur la Nature de la Condition d'Orpheline ; suivie de la Présentation des Joyeux Compagnons, de la Révélation, par Lancelot, de ses futurs Projets, & de l'Étrange Histoire d'Horatio.

L'IRONIE de Lancelot m'attrista une fois de plus. Tout un temps, je l'avais pris pour une Ame Sœur, en dépit de ses premiers Rudoiements; mais, maintenant, j'étais horriblement déçue. Sa Façon de me moquer me rappelait à quel point j'étais loin de chez moi, et dans quel pitoyable Etat Physique, et quelle Orpheline le Sort avait fait de moi. Lord Bellars m'était apparu en premier lieu comme un Dieu, pour ne pas tarder à dévoiler ses pieds d'argile. Ensuite, M. Pope, le Grand Poète, avait semblé posséder une Sagesse plus qu'humaine; et puis ses Hautes Philosophies s'étaient révélées non pas Nourritures pour mon Ame, mais pièges vils pour mon corps. Après quoi, les Sorcières m'avaient donné l'Impression de montrer la Voie d'une Vérité plus élevée, vers un Etre Suprême de Compassion Féminine; et pourtant, en dépit de leurs Prières dévotes à la Puissante Déesse, on les avait cruellement assassinées. Enfin, Lancelot avait eu l'Air de tout savoir du Ciel et de la Terre, du Bien et du Mal, de la Vie et de la Mort; mais n'était-il pas aussi fol que les autres, pour ce qui était du Beau Sexe ? O comme je pleurais, me prenant en telle Pitié que les Démons de l'Enfer eux-même en eussent versé larmes charitables.

Mes pleurs arrêtèrent net le rire de Lancelot.

– Allons, allons, ma Belle, ne te pique point ainsi. Je ne voulais pas te blesser.

152

— Me blesser ! Me blesser ! dis-je. Vous ne voulez jamais blesser mais vous tuez !

Ce fut le tour de Lancelot de sombrer soudain dans la Mélancolie.

— Comment cela, ma Belle ?

— O comment m'expliquer clairement ? Je suis si seule !

Et de sangloter de tout mon Etre jusqu'à ce qu'il me prît dans ses bras pour tenter de me consoler.

— O Lancelot, je suis Orpheline ! Personne ne se soucie de moi. Mon propre Père Adoptif m'a violée ! Mon propre Frère Adoptif a failli en faire autant. J'ai été trahie par d'autres Hommes, et j'ai vu mes Amies les plus chères égorgées, et l'on m'a volé mon Cheval bien-aimé. Je n'ai personne, personne au Monde !

Je tremblais telle une Possédée, en pleurant dans ses bras.

— La Belle, nous sommes tous Orphelins, jusqu'à ce que nous comparaissions devant Dieu pour trouver en Lui notre Père Véritable. Ne sais-tu pas que, ici-bas, toute Ame ne peut que se sentir Orpheline ? Moi, je le sais... aussi sûr que je te tiens dans mes bras en ce moment. Mon Amant, Martin, le savait aussi, je te le jure. Et ces esclaves que nous avons jetés aux requins... Et même le Capitaine qui en avait donné l'Ordre. Même le *Roi* se sent tout Orphelin, je te l'assure !

— Est-il bien vrai que, toi aussi, tu te sentes Orphelin ?

— Vrai de vrai, ma Belle. Mes Père et Mère ne sont bons à rien... à peine sont-ils des Parents pour moi. Mon Amant n'est plus. Et cependant je sais qu'il m'attend quelque part — si bien que, en vérité, je suis mieux loti que toi, car je ne crois pas à la Mort comme Fin de Tout...

— Cela ne t'a pas empêché de rire de mon Dieu Femelle. Oui, tu as ri quand j'ai dit que l'Etre Suprême était peut-être Femme.

— Femelle ou Mâle, peu me chaut, ma Belle ! Je t'ai dit que l'on eût cru une Boule de Feu. Cela n'avait pas plus de Vit ni de Connet que la flamme dans l'âtre. L'Etre Suprême, ma Jolie, n'est que Feu Brûlant et Amour. C'est pourquoi, quand deux Etres s'aiment et que leur Corps se consume de Passion, alors leur vient la Connaissance de l'Etre Suprême. C'est pourquoi aussi l'Amour est pour nous le Chemin du Ciel, et non de l'Enfer — comme diraient tes Sacs-à-vin et tes Balourds de Prêtres. En vérité, Fanny, je me moque comme d'une nèfle du Sexe de l'Etre Suprême — seule, la Surprise m'a fait rire ainsi, je te le jure. Peut-être n'ai-je que faire de Femmes dans mon lit, mais je ne nie pas leur Ruse et leur Astuce, et elles ont souvent plus de cervelle que les Mâles de l'Espèce. Ta belle Personne, par Exemple, a tout ce qu'il faut pour faire une des plus grandes Larronnes qui puissent se balancer au Gibet de Tyburn. Une semaine me suffirait pour te transformer en Tire-laine à rendre jalouses toutes les Larronnes de Newgate. Qu'en dis-tu, la Belle ?

— Si je passe la nuit, Lancelot, fini pour moi le Vol, et fini de grelotter sur les grand-routes.

— Et que fais-tu de ton Serment de Robin des Bois ?

— C'est ton Serment, et non le mien, Lancelot.

— Tu as juré, ma Belle.

— En protestant, et sous la Menace du pistolet.

— Tu n'en as pas moins juré. Crois-tu pouvoir éviter ton Destin ? Penses-tu que l'Etre Suprême — Mâle ou Femelle, et pardon si je t'offense — t'a placée sur mon chemin, uniquement pour le Plaisir de quelques sots Caprices, Rodomontades et autres ? Non ! J'y vois un plus grand Dessein qui a voulu que tu tombes entre mes mains habiles, pour que je te modèle et t'enseigne mon Art. En vérité, tu as de la Chance. Il n'est guère de Filles à qui il soit donné d'étudier la Maraude avec Lancelot Robinson et de vouer leur Vie à Cause si noble. Et maintenant, rendors-toi, remets-toi et, quand tu t'éveilleras, en pleine Santé et fraîche comme l'œil, je prierai les Compagnons de venir défiler devant toi pour se présenter. Il y aura là John Calotte et Louis le Lutin, et Messire Popeline et Monsieur Tic, et Beau Monde, et un bel Assemblage d'autres Joyeux Compagnons.

— Est-ce vous qui leur avez donné tous ces noms, Lancelot ?

— Si fait, ma Belle, tout comme le tien. Et celui d'Horatio, bien entendu, ce Fin Morceau de Succulence Noire qui, en Vérité, regrette que je ne sois pas *toi*. Et maintenant, dors, ma Belle; moi, je vais me glisser dans le lit d'Horatio... s'il veut bien de moi... et rien n'est moins sûr. Souhaite-moi bonne chance !

— Bonne chance, donc, Lancelot ! soupirai-je en m'affalant sur mes oreillers, trop faible pour protester encore de mon Refus d'être une Voleuse et de risquer moi-même la Potence.

Mais la Vérité était que mon Sentiment pour Lancelot ne cessait de grandir, bien que, pour rien au Monde, je ne le lui eusse avoué, même pour tous les Thés de Chine, tous les limons des Indes Occidentales ou tout l'Or et l'Argent amoncelés dans son curieux Cottage.

— Bonne nuit, ma Belle, dit-il en sortant comme une ombre.

Quand je m'éveillai, le lendemain, le Soleil ruisselait par les fenêtres à meneaux. La Fièvre était presque tombée; la toux me tourmentait moins et, plantés au pied de mon lit telle une Vision droit sortie du Théâtre des Rêves, se tenaient treize Bandits de Grand Chemin dans toute leur Gloire, au garde-à-vous, et Lancelot à leur tête, qui me saluait.

— Bonjour, ma Belle ! dit-il.

Ah ! lui aussi, il avait revêtu ses plus beaux habits. Tous étaient d'une Elégance à aller se faire pendre le jour même !

— Je te présente John Calotte, dit Lancelot en me désignant de la main un gros petit Homme à barbe noire, en redingote écarlate et culotte jaune. Je l'appelle ainsi, parce que son Rossignol a du mal à se pousser du col.

— Fieffé Sot ! rétorqua John Calotte. Tu mens comme un Arracheur de dents.

Mais il ne s'en inclina pas moins en me souhaitant le Bonjour.

— Et voici Louis le Lutin, reprit Lancelot en me montrant un Grand Gaillard terrifiant, de près de six pieds de haut, le visage traversé d'une balafre presque aussi longue que l'Epée qu'il portait au Côté. Je lui donne ce Nom parce que c'est un Abominable Débauché, qui ne peut voir une Fille sans la lutiner.

— Canaille toi-même ! dit Louis le Lutin en riant et me saluant.

— Et celui-ci, c'est Messire Popeline, à cause de son Amour du Beau Linge, poursuivit Lancelot en me présentant un Personnage en gilet pourpre brodé de pâquerettes jaunes, culotte rouge et bas jaunes, et redingote de soie vert perroquet.

En outre, Messire Popeline portait un couvre-œil de soie pourpre, décoré d'un Oeil brodé, et un anneau de Pirate à l'oreille droite, et son visage était si grêlé qu'on eût pu le croire fait d'éponge plutôt que de chair. Il m'adressa aussi son salut.

— Et maintenant vient Monsieur Tic, reprit Lancelot en me montrant un autre Compagnon, dont les sourcils se haussaient et s'abaissaient à chaque battement de Cœur — ce qui lui donnait une Expression de Surprise continuelle, une Sorte d'Air de Gaieté un peu folle, comme celle que l'on peut voir sur les Traits des Pensionnaires de l'Asile de Bedlam.

— Enchanté, Mademoiselle Fanny, me dit Monsieur Tic en Français, tout en se courbant très bas, comme un Courtisan de l'Epoque de Charles II.

— Et voici Beau Monde, dit Lancelot m'indiquant un Homme coiffé d'une perruque longue parfaitement bouclée, qui eût été digne de Louis XIV. Son Nom de Beau Monde vient de ce qu'il préfère toujours le Panache au Bien-être et insiste pour s'habiller comme tu le vois même sur les Grands Chemins.

Beau Monde s'inclina encore plus bas que Monsieur Tic, et avec encore plus de Grâce. C'était un Homme de taille moyenne, très adonné au tabac à priser, qu'il tenait dans une petite boîte ronde, en émail rehaussé d'oiseaux et d'abeilles.

— A côté de lui, c'est la Grinche, parce qu'il est d'un Tempérament Exquis; puis Peau d'Ange, tant il a le visage vérolé, et Stentor, pour la Douceur de sa voix; et Gousier, qui refuse de boire une goutte, que ce soit de Gin ou de vin de Madère; et Sancho, à cause de sa Ressemblance Frappante avec l'Ecuyer de Don Quichotte;

ensuite, Sire Francis Bacon, pour son Horreur de la Viande; et Caveat, qui ne cesse de me dire « Prends Garde, prends Garde »; et enfin, naturellement, Horatio, mon Garçon chéri... bien que le Bougre m'ait jeté cul bas hors de son lit, la nuit dernière, pour la simple Raison que je ne te ressemble pas ! J'ai eu beau lui dire que mes cheveux sont de même couleur que les tiens, par ma Foi, il s'en est moqué comme d'une guigne !

Après que chacun des Joyeux Compagnons m'eut saluée à son tour, Horatio s'avança et me dit :

— Madame Fanny, vous me paraissez vous porter beaucoup mieux que la nuit dernière ?

— Grand Merci, dis-je. Cela est vrai.

— Excellent, reprit Horatio. Car, ainsi que dit Horace : « *Quaesitam Meritis sume Superbiam* », ou, en notre douce Langue Moderne : « Accepte le fier Honneur que te valent tes Mérites. » Et certes, que pourriez-vous mieux mériter que la Santé ? Puissent toutes Bénédictions de la déesse Hygie se rassembler sur votre tête !

— Assez de ton Jargon Latin, dit Lancelot, piqué, j'en avais peur, par l'Aiguillon de la Déesse de la Jalousie, si elle existe.

— Oui-da, oui-da, Messire, dit Horatio avec un Air moqueur.

O le beau Triangle Amoureux que nous formions déjà, en si peu de temps ! Et la Drôlerie aussi des Noms donnés par Lancelot à ses Disciples ! La Grinche était la Bonté même et ne grinchait jamais en rien. Peau d'Ange avait le visage encore plus grêlé que Messire Popeline. La voix de Stentor était aussi aiguë et menue que celle d'une souris. Gousier vitupérait sans fin les Maux de la Boisson. Et Sire Francis Bacon s'inscrivait violemment en Faux contre les Délices du Rosbif Anglais. Caveat, pour sa Part, se tourmentait constamment pour la Sécurité de Lancelot comme s'il avait été sa Mère. Quel bel Assemblage de Gaillards ! Quels qu'aient pu être leurs Noms, avant qu'ils eussent rejoint la Bande de Lancelot, leurs présents Surnoms leur convenaient si bien que je ne pouvais vraiment concevoir que ce ne fussent pas les vrais.

— Parfait, dit Lancelot, passons au Petit Déjeuner.

En un clin d'œil, Horatio et les Joyeux Compagnons sortirent en Cortège de ma chambre et s'affairèrent tout un moment dans la pièce voisine, puis revinrent en Procession, portant une longue table à tréteaux, dressée pour le Petit Déjeuner, qu'ils servirent dans une vaisselle et des gobelets d'or, si resplendissants que j'eusse dû être la Reine d'Angleterre pour en être digne.

C'était un solide Repas campagnard, servi dans des Ustensiles de Cour. Et la table était à peine en place. que deux des Compagnons ressortirent pour aller chercher des bancs. Bientôt, nous fûmes tous assis buvant force bière blonde à ma Santé retrouvée.

— A notre Fanny ! s'écria Lancelot. A la Fille la plus courageuse d'Angleterre !

— Bravo, bravo ! dit Stentor, de son filet de voix.

— Et la plus Belle aussi ! dit Horatio. Car, pour citer Virgile...

— Au Diable ton Virgile, dit Lancelot, et tais-toi !

— Oui, Votre Altesse, dit Horatio, moqueur.

— Et maintenant, Compagnons, poursuivit Lancelot, demain nous transporterons tout le Butin jusqu'à Londres, pour le charger à bord d'un Vaisseau, *L'Hannibal,* qui doit faire route pour le Port de Boston, puis pour celui de New York. C'est une Opération délicate, qui requiert la mise en caisse de notre Moisson, comme s'il s'agissait de tout autre Chose que du Fruit de nos Rapines.

— C'est-à-dire, Lancelot ? s'enquit Messire Popeline.

— Je vous le dirai le Moment venu.

— Je vous prie, Lancelot, pourquoi expédier cela par Mer aux Colonies, au lieu de le revendre à ses Propriétaires, comme font la plupart des Voleurs ? demandai-je.

— Parce que nous en tirons de Bonnes Espèces Sonnantes du Capitaine et que nous n'en entendons plus jamais parler. Je n'ai rien de commun avec la plupart de vos Coquins de Newgate, qui écoule-raient la Prise en vous filoutant, puis livreraient leurs Compagnons pour toucher la Récompense. Non, je ne vends pas mes Compagnons, moi; et si jamais l'un de vous venait à me trahir, il le regretterait jusqu'en Enfer, autant qu'en ce Monde. Entendez-vous ?

— Oui-da, Lancelot, répondit le Chœur des Hommes. Nous te jurons Fidélité.

— Mais tous ces vêtements et perruques ne seront-ils pas dé-modés à leur Arrivée aux Colonies ? dis-je.

— Ah ! ma Belle, ces damnés Colons ne connaissent rien à l'Elé-gance. Les Gravures de la Mode d'Hier les éblouissent autant que les toutes nouvelles... sinon plus ! *L'Hannibal* met à la voile pour Kingston, Charleston, New York et Boston. Abominables Trous d'Enfer, que ces Bourgades ! Ce sont Terres Vierges, que ce Nouveau Monde, et peuplées de Sauvages.

— Et quel Genre d'Homme est-il donc, votre Capitaine de *L'Hannibal,* pour prendre de tels Risques ? demandai-je.

— Des Risques ? Mais il est en Passe de faire sa Fortune avec cette Cargaison-ci ! En vérité, ma Belle, ses yeux s'illuminent à ma Vue. J'ai rencontré le Gaillard au temps que, moi-même, je voguais sur Mer, et il n'est pas mauvais Homme. Il n'a rien d'un Négrier; il fait Commerce de Produits du Vol, non pas de Chair Humaine.

— Et l'Argent, qu'en faites-vous ?

— Nous le distribuons aux Créatures les plus déshéritées que nous puissions trouver.

— Sans garder rien pour vous ?

— Comme tu le dis. Sauf juste de quoi vivre. Ce qu'il te faut comprendre, Fanny, c'est que les plus riches de nos Ruffians doivent leur Fortune à la Délation et non au Brigandage Honnête. Ce sont Traîtres, non pas Voleurs. Or, tu ne saurais trouver au Monde Occupation plus Honorable que le Vol. Songe que le Seigneur Lui-même ravit Adam à la Terre, puis à Adam, la Côte dont il fit Eve ! Et Jésus : ne vola-t-il pas en quelque sorte les Pains et les Poissons des Miracles ? Mais voler la montre en Or d'un Homme de Loi gonflé de soi et qui a belle Demeure, Carrosse à six Chevaux et Femme qui passe le Clair de ses Jours chez sa Couturière, n'est pas plus grave que d'arracher au passage une Pomme entre mille, sur l'Arbre. Qui s'en apercevra ? Une de cueillie, deux de repoussées ! Mais un Pauvre Malheureux, dont ce même Homme de Loi aura sans doute saigné le Frère à blanc, vivra, au lieu de périr !

— Parole ! ce que j'aime le mieux en notre Lancelot, dit Caveat, c'est sa Façon de discourir du Bel Art de Larronnerie. Ce Garçon parle d'Or; mais, ah ! la Crainte me tourmente qu'il ne se fasse prendre un jour sur les Grands Chemins, et pendre une fois de plus, malgré ses magnifiques Philosophies.

— C'est la Boisson qui est Mère de tous les Maux des Pauvres Gens, dit tristement Gousier. Si l'on pouvait les sevrer de leur Gin Nourricier, nous n'aurions, certes, point besoin de leur donner tout notre Argent.

— *Notre* Argent, *notre* Argent ? s'écria Lancelot. Il appartient à Dieu et nous ne faisons que le redistribuer ! Ne l'oublie jamais, Gousier.

— A Dieu, Lancelot ? demandai-je, tout Incrédulité (car, depuis toujours, ne m'avait-on répété que l'Argent est Invention du Diable ?).

— Oui-da, à Dieu ! Comme le Blé, le Gin, la Pomme, ainsi l'Argent. Ainsi l'Arbre sur lequel nous le cueillons, pour le faire passer de main en main.

— Mais l'Argent n'est-il pas Père de tous les Vices, Lancelot ?

— Que non pas, Fanny. Le Genre Humain est la Racine de tous les Vices et de tous les Maux. Donne-lui des Verroteries ou des Caques de Harengs pour en faire Commerce, et je te jure qu'il en ira de même : l'Esprit le plus élevé se traînera dans le Ruisseau pour l'Espoir du Gain. Prends John Locke, avec tous ses Beaux Discours sur le Bonheur de l'Homme s'il suit la Nature, et sur le Droit de chacun aux Fruits de son Labeur — oui, le bon Locke lui-même a placé de l'Argent dans la Compagnie Royale de l'Afrique et tiré Large Profit de la vente de l'Ebène Humain. Où le vois-tu, son Beau Contrat Social, pour les Noirs ? Où, la Recherche du Bonheur et du Plaisir, pour eux ? Le Contrat Social serait-il l'apanage du Blanc, du Propriétaire Terrien, du Nanti ? Moi, je dis : Fi ! Qui croit à Locke, doit englober dans sa Croyance Noirs autant que Blancs, Pauvres aussi bien que Riches ! N'ont-ils pas également Droit à la Vie, à la Santé du Corps, à la Liberté, aux Biens de ce Monde ? Je hais les Philosophes encore plus que les Hommes de Loi, les Prêtres et les Médicastres, parce que, au Nom du Tout-puissant Esprit et de sa Toute-puissante Table Rase — ou je ne sais qui ou quoi — ils *mentent* ! Tout Etre Humain n'a-t-il pas Droit à la nécessaire Recherche du Bonheur et du Plaisir ? Le Plaisir, nous l'apportons aux Pauvres comme aux Propriétaires Terriens, aux Marchands, à ces satanés Voleurs d'Hommes de Loi, aux Prêtres, ces Menteurs du Diable, sans parler de l'Abomination de Médecin qui réclame son Dû pour t'expédier *ad Patres*. Oui, en vérité, Fanny, nous faisons le Bien de Dieu !

— Bravo, bravo ! s'exclama Stentor, de sa voix de souris.

— Par ma Foi ! s'écria aussi Monsieur Tic, remuant sans discontinuer les sourcils. Qui oserait dire que Lancelot n'est pas le Poète des Brigands, le Shakespeare des Larrons ? Je me ferais pendre demain pour de si belles Paroles !

— Mais, Lancelot, dis-je, j'ai lu quelque part que ce sont les Souverains Africains *eux-mêmes* qui vendent les Noirs aux Anglais, sur le Rivage de la Côte d'Or ou à l'Embouchure des Fleuves Calabar et Niger...

— C'est vrai, ma Belle. Mais je pourrais te raconter bien d'autres Choses sur l'Afrique et ses Peuples, et te dire pourquoi l'Esclavage n'a rien de commun, pour ces Gens, avec ce qu'il est dans ce Nouveau Monde barbare. La Sauvagerie de ces Gens est encore mal connue. Sais-tu qu'un Esclave en Afrique est un Homme qui a été fait Prisonnier de Guerre, ou bien que des Etrangers ont acheté parce que sa famille était trop pauvre pour pouvoir le nourrir, et que, pourtant, dans son nouveau Village, il est traité comme un Esclave, oui, mais nullement comme une *Bête* ? Et beaucoup, je t'assure, sont bien considérés, adoptés dans la Famille, affranchis au bout d'un certain temps, en achetant leur Liberté à la Sueur de leur Front. Et même, il en est qui deviennent Roi de la Tribu. Est-ce que je mens, Horatio ?

— En vérité, répondit Horatio, j'en sais aussi peu sur l'Afrique que toi sur la Rome Antique; car je suis né la Barbade, chez un Maître qui ne se souciait que de l'Etude des Classiques; qui m'arracha très tôt à ma pauvre Mère pour m'interdire de parler toute autre

Langue que le Latin, le Français ou l'Anglais du Roi, et me garda dans sa Grande Demeure, où il prit soin de faire de moi un Erudit en Latin et le Précepteur de ses Enfants. A vrai dire, je ne suis pas si sûr de ne pas être son Fils, car ma Mère était noire comme l'ébène, et ma peau, ainsi que l'on peut le voir, est de la couleur du chocolat au lait. « *Sic visum Veneri*, dit Horace, *cui placet Impares Formas atque Animos sub Juga ahenea Saevo mittere cum Joco* : Ah, le cruel Décret de Vénus, qui prend Délices à imposer le même Joug à des Corps et à des Cœurs si peu faits pour s'apparier ! »

A ce Latin, Lancelot fronça les sourcils. Quant à moi, j'étais fascinée par l'étrange Education reçue par Horatio. Quoi d'étonnant, s'il faisait un aussi bizarre Alliage de Sauvage et de Civilisé ! Je brûlais d'entendre la suite de son Histoire et lui demandai avidement :

— Mais n'était-ce pas contraire aux Lois du Nouveau Monde, que d'enseigner aux Esclaves à lire et à écrire ? C'est du moins ce que j'ai lu.

— Mon Maître était un Homme singulier, Madame Fanny. Il croyait pouvoir fonder une Petite Rome, là-bas, dans sa Plantation Tropicale. Il avait acheté des Sculptures de marbre sans tête, qu'il avait rapportées d'un grand Tour de l'Italie. Certaines étaient fausses, j'en jurerais; mais il ne les en aimait pas moins. De Venise, il avait aussi ramené des Coffres de la Renaissance en bois doré, et des Chérubins de même Matière; et de Florence et de Sienne, des peintures d'Anges aux cheveux blonds et aux yeux bleus. Lorsqu'il se mit en tête de reconstruire sa Villa dans le Style Romain, il fit venir une Famille de Peintres Italiens, qui vécurent là, peignant, buvant et se livrant à leurs Jeux de Débauche sous son nez même. Par ma Foi, tout leur était permis... même s'ils se moquaient de lui derrière son dos. Tout ce que j'ai appris sur la Boisson et les Filles, je le dois à ces Ruffians de Toscans et, croyez-moi, ils en savaient long ! Mais, pour en revenir à mon Maître, eh bien ! il alla jusqu'à faire construire des Bains Romains et un Amphithéâtre; et il voulait même que ses Esclaves se livrassent des Combats de Gladiateurs. Oh ! Certes, c'était un Homme Etrange, que mon Maître; à demi fou, en vérité.

— Alors qu'il aille au Diable, et tais-toi ! l'interrompit Lancelot, peut-être dépité de voir un autre Bel Esprit se manifester parmi nous.

Mais je suppliai qu'il me laissât entendre la Suite du Récit, car ma Curiosité était encore plus piquée qu'auparavant.

— Pourquoi avez-vous quitté la Barbade pour l'Angleterre ? demandai-je.

— J'avais lu des Livres et des Gazettes d'Europe et je savais que la Condition des Noirs du Vieux Monde était très différente de celle des Noirs du Nouveau Monde. Je songeai à m'enfuir en France,

160

où, grâce à ma Connaissance des Classiques, et de la belle Langue Française que j'avais apprise chez mon Maître (sans parler d'une Teinture d'Italien, prise au Contact de mes canailles de Peintres), l'on m'eût tenu pour une Merveille, admis dans les Salons comme un Chien Savant, et où j'eusse été adoré par les Précieuses pour ma Couleur et mon Esprit. Je m'évadai donc et pris la Mer, mais sans, hélas ! arriver jusqu'en France.

— Qu'arriva-t-il, Horatio ? demandai-je.

— Oh ! c'est une longue et haletante Histoire, et comme dit Virgile : « *Ipsi sibi Somnia fingunt*. Il modèlent eux-mêmes leurs propres Rêves. » Ainsi fis-je : j'ai modelé mes propres Songes, façonné ma propre Destinée, et autre Fariboles Poétiques.

— Oh ! racontez, je vous en prie, Horatio, insistai-je.

— Mais je t'en prie aussi, épargne-nous ton maudit Latin, dit Lancelot. Car j'aime le Latin à peu près autant que faire l'Amour à un porc, quand j'ai un Beau Garçon Noir dans mon lit !

— Le Maître a parlé, dit Horatio avec toute l'Ironie du Monde. Je dois obéir.

— Je vous en supplie, racontez ! implorai-je.

— Eh bien ! donc, soit. Je m'embarquai clandestinement sur un Navire Français, qui avait fait Escale à la Barbade pour Carénage. Il s'appelait *L'Espérance* et avait Dieppe pour Port d'Attache — belle Ville, et moderne, à ce que l'on m'avait dit, pour avoir été reconstruite après la Guerre de la Ligue d'Augsbourg. Je pensais faire voile jusque-là, puis gagner facilement Paris, où l'on disait les Gens pleins de Tolérance pour les Noirs — plus que les satanés Anglais et les très-cruels Espagnols, par Jupiter ! Mais, hélas ! mes Plans furent contrariés non par les Hommes, mais par Dieu, car lorsque l'on me découvrit et que l'on vit la Marque des Esclaves sur mon épaule, le Capitaine jura de me ramener à mon Maître à la prochaine Traversée, et fit Serment que, entre-temps, je serais son Serviteur Personnel, Valet de Chambre, Homme à Tout Faire, et le reste. Rien de cela ne m'inquiétait beaucoup, toutefois, car je savais que les mois d'Hiver seraient bientôt sur nous (c'était déjà Septembre) et que bien peu de Navires faisaient plus d'une Traversée de l'Océan Atlantique *per Annum*, comme l'on dit en Latin...

Là-dessus, il lança un bref Regard vers Lancelot, qui faisait la grimace à chaque Mention de cette Langue. Puis, avec un sourire malicieux, il poursuivit :

— La Vérité est que les Traversées hivernales de l'Atlantique sont assurément très dures et que, seuls, les plus avides des Capitaines — ou les plus désespérés — s'aventurent sur les Mers durant ces Mois-là. Je me fiais donc à mon Charme Naturel pour me gagner les Faveurs du Capitaine, dans les semaines à venir et ne doutais pas de trouver un

Moyen de m'échapper, à notre Arrivée aux beaux Rivages de France Hélas ! il n'en fut rien; car notre Navire fit Naufrage au milieu d'un monstreux Ouragan, alors que nous étions encore en Haute Mer, et ceux de l'Equipage qui ne périrent pas noyés furent horriblement dévorés par les requins – l'eau en était rougie de sang, et les hurlements des Victimes... ah ! je les entends encore !...

– Je vous en prie, comment en avez-vous réchappé ? dis-je.

– Une fois de plus, ce fut le Savoir qui me sauva. Il y avait un sac de Vivres à bord du canot où l'on m'avait descendu avec le Capitaine...

– Comment, Horatio ? N'a-t-il pas sombré avec son Navire, comme le doit tout vrai Capitaine ?

A ces mots, Horatio fut pris d'une grande Gaieté.

– Ma très chère Enfant, répondit-il, il fut le premier à abandonner son Navire en Perdition, et sur le meilleur canot, de surcroît ! Ne va surtout pas croire les Contes Héroïques où le Capitaine coule avec son Navire. Je n'ai jamais vu cela, n'en ai jamais entendu parler, de tout le temps que j'ai passé sur Mer...

– Moi non plus, s'empressa d'ajouter vigoureusement Lancelot.

– Mais ce Capitaine, poursuivit Horatio, fut bientôt puni d'avoir déserté ses Hommes; car le plus grand requin que j'aie jamais vu (en Peinture ou en Mer) l'arracha bel et bien au canot et le coupa en deux ! On eût vraiment dit que le Diable lui-même s'était déguisé en poisson : en un instant, la Bête engloutit la Moitié inférieure, puis le torse et les bras. mais laissa la tête flotter comme une orange au gré des vagues. Après quoi, le Démon s'en fut, repu pour le coup tandis que, vautré de tout mon long au fond de la barque, je m'apprêtais à comparaître devant mon Créateur, certain que le Monstre reviendrait me chercher à mon tour. Mais, tandis que je gisais au fond de ce canot, ma main tâta par hasard dans les Ténèbres un sac d'oranges, déposé là à l'Intention des Marins naufragés et, me ressouvenant d'Histoires que j'avais lues sur des requins trompés par l'Immobilité et l'Absence totale de Mouvement des membres, je résolus de vider les oranges du sac et de m'y couler à leur place – ce que, non sans quelques Difficultés, j'exécutai. Sur quoi, l'abominable Bête revint, dans sa Frénésie vorace, heurta le canot de son méchant museau, plantant net ses dents dans le bois, de toutes ses énormes mâchoires, et détruisant presque l'embarcation, mais enfin s'éloignant et me laissant dans mon sac, cramponné à un bout de planche (un des bancs de nage du canot), tandis que la Mer, alentour, était constellée d'oranges, au beau milieu desquelles flottait l'Horreur d'une tête coupée – celle du Capitaine !... Combien de temps restai-je là à attendre, aussi coi que possible, bien entendu ? Je ne saurais le dire. Le requin rôdait dans les Parages, plein de Curiosité. Je voyais sa hideuse nageoire et craignais pour ma Vie. Je priais pêle-mêle Jupiter, l'Etre Suprême et les Dieux Africains de mes Ancêtres (dont j'ignorais même les Noms Sacrés). Je priais que la Mort vînt rapidement, si elle devait me prendre, et qu'il me fût donné de monter au Ciel, pour m'y mêler à Horace et Juvénal, Catulle et Petronius Arbiter — car, sûrement, de si Grands Ecrivains ne peuvent être qu'au Ciel, n'est-il pas vrai ?

— Bah ! fit Lancelot. Des chiens d'Italiens, tous sans exception !

— J'attendais donc dans mon sac, interminablement, aussi immobile que possible, tandis que le requin resserrait ses cercles, jouait avec les oranges, sans les dévorer, de plus en plus près, et rôdait autour de moi finalement... Et puis, juste comme je me préparais à mourir et à en finir pour toujours, l'Enorme Brute tourne l'aileron et s'en va !

« Par Jupiter ! jamais je ne comprendrai à quoi je dus mon Salut, mais ce ne pouvait être qu'à la Volonté de Dieu, comme ce fut à Lui que je dus d'être recueilli, peu après, par un Vaisseau Pirate appelé *La Bonne-Intention* et battant Pavillon Rouge (car, notez-le bien, c'est Mensonge que de prétendre que les Pirates arborent le Pavillon Noir à Tête de Mort et Tibias Croisés : ils ne le font que pour effrayer la Proie avant l'Abordage). Bref, je fus hissé à bord parmi les Boucaniers.

— Des Boucaniers ! m'écriai-je, la gorge serrée. (Rares étaient les Mots qui éveillaient autant de Terreur dans mon Cœur, hormis celui-là même de « Pirate ».)

— Bah ! fit Horatio. Je préfère mille Pirates à un seul Politique ! Car ce sont bien les Gens les plus amoureux de la Liberté que j'aie jamais rencontrés. Noir ou Blanc, peu importait, ils jugeaient l'Homme uniquement à sa Science, à son Habileté au Combat, à sa Bravoure. Beaucoup étaient des Ruffians sans Education, sortis des rues de Londres ou de la Prison de Newgate; ou des Apprentis en Fuite et des Hommes en Rupture de Contrat, fuyant le Nouveau Monde. Ma Science les surprenait; les Fables que je pouvais leur conter, le soir, pour passer les longues heures de mer, les amusaient, et ma Force Physique ne les impressionnait pas peu — elle était, je dois dire, fort grande aussi, malgré les années employées à parler le Latin avec mon étrange Maître (lequel, soit dit en passant, allait jusqu'à porter la Toge à l'intérieur de sa Plantation !).

« Nous capturâmes nombre de Navires durant le temps que je voguai avec ces Pirates; car, comme vous ne l'ignorez pas, ces Gens ont pour Devise : « Pas de Proie, pas de Monnoie », et tout Homme à bord doit accomplir sa Part, qu'il soit blanc ou noir, illettré ou lettré. Si je n'avais pas eu le Cerveau aussi musclé que le corps, j'eusse certainement passé par dessus bord cette fois encore. Mais je m'acquittais de ma bonne Part de Labeur et, de plus, je leur contais de belles Histoires à la Veillée, adaptées de mes chers Auteurs Latins — mais ce, dans l'Anglais le plus simple, comme il convenait à des Cœurs aussi frustes et sans aucune Science livresque.

— Bien, bien, abrège, pour l'Amour du Ciel ! s'impatienta Lancelot, de plus en plus jaloux de l'Art de Conteur d'Horatio.

Mais les visages des Joyeux Compagnons réclamaient trop ardemment la Suite. Et quant à moi, j'étais aussi fascinée qu'horrifiée par l'Évocation des Pirates.

— Ah ! les Beaux Jours que ce furent ! reprit Horatio, tout à son Enthousiasme. Nous avons repêché des pièces et des lingots d'Argent engloutis avec une demi-douzaine de Galions Espagnols, et capturé des Navires transportant des Cargaisons aussi diverses que les Joyeux Compagnons ici présents. Nous étions de véritables « Artistes des Mers », comme l'on dit. Notre Vaisseau était petit — un Sloop de vingt Tonneaux, voilà tout —, mais cela nous permettait d'autant mieux d'arriver comme le Vent et de filer de même, la Prise faite. Nous nous battions au Sabre d'Abordage et au fusil ou au pistolet à pierre. Certains étaient armés de piques pour trancher les gréements, les filets de Protection et même les bastingages de l'Ennemi; d'autres bombardaient la Proie de pots à feu — qui étaient de grossiers récipients en terre empestant le soufre — ou de grenades de notre Fabrication, bourrées de plombs à pistolet et de bouts de ferraille. D'autres encore avaient des tromblons et des espingoles, qui crachaient un horrible Mélange de pointes et de clous, de tessons de Verre ou de débris de Vaisselle, capables de transformer en un Éclair n'importe quel Visage humain en morceau de fromage Suisse. Après le premier Assaut, nous lancions les grappins comme autant d'hameçons, pour ferrer la Proie, tel le Pêcheur le poisson au bout de sa ligne. Puis, quelques Artistes des Mers enfonçaient des coins entre le gouvernail et l'étambot adverses de façon à rendre impossibles toute Manœuvre et toute Fuite. Oh ! nous étions lestes et prompts, mieux entraînés que les Hommes du Roi. Chacun de nous avait sa Tâche et l'exécutait — et sans barguigner, car le premier à bord de l'Ennemi touchait double Part de Butin. Et l'Abordage fait, c'était le corps à corps; chacun se démenait d'Estoc et de Taille, tirait à bout portant et puis se servait de la crosse pour défoncer les crânes. Nous formions un Equipage aguerri et endurci d'Hommes qui avaient survécu à la Prison, à la Misère et à bien des Traversées pestilentielles. Oh ! oui, nous étions durs, plus durs que tous les Marins du Roi qui pouvaient se présenter. La Lutte n'était jamais longue; et quand les autres s'étaient rendus, nous envahissions tous le Navire, cherchant d'abord le rhum ou le vin, puis explorant la Cargaison. Mais il arrivait que les Hommes s'enivrassent si vite que, dans leur Frénésie, ils massacraient les Marins prisonniers (surtout s'il s'agissait d Espagnols que nous détestions) — bien que, en général, notre Politique fût plutôt de leur offrir de se joindre à notre Société de Pirates et de signer les Articles de notre Foi, au lieu de jeter les Malheureux par-dessus bord ou de les suspendre aux vergues, en guise de cibles pour nous entraîner au mousquet. Mais il faut bien le dire : ivres de rhum, nos Gaillards n'avaient rien de Salomon rendant la Justice...

— Amen et bien dit ! s'exclama Gousier.
— Et une ou deux fois, la Prise fut canonnée à bout portant,

Mais Nombre des Membres de notre Compagnie n'approuvaient pas ce Genre de Carnage en gros, et tout ce qui était Chirurgien, Canonnier, Quartier-maître, Charpentier ou Voilier se voyait épargné et pressé d'entrer à notre Service.

— Quelle Sorte de Prises faisiez-vous ? m'enquis-je, fière d'employer le Langage des Pirates.

— Oh ! les Prises étaient aussi variées que les Floraisons luxuriantes des Tropiques, aussi belles que ma verte Barbade Natale ! Il y avait dans les Cargaisons des épices, de la soie, des parfums de l'Orient; et de l'indigo, de la cochenille, du bois de Campêche pour les teintures; des bois précieux, du sucre; du tabac, des peaux, et même de la laine douce de lama des Territoires Espagnols du Sud. Parfois, nous tombions sur des balles de Damas, de soie rayée, pour les Dames des Colonies; sur des pièces de fine toile de lin, ou de Velours ciselé; sur des caisses d'Armes, fusils de chasse, pistolets damasquinés d'Or et d'Argent; parfois aussi sur des tonneaux de vins fins, qui ne connaîtraient jamais d'autre Escale que nos ventres de Pirates; ou bien encore des Objets du Culte, Statues, Calices, Missels et autres.

« Nous vendions le Butin aux enchères, sur l'île de la Tortue. Les Putains et les Tavernes à Bière absorbaient presque tout le Profit des Hommes — et bien que plus d'une Catin s'en retournât riche en Europe, les poches bourrées de l'Or des Pirates, ces derniers étaient eux-mêmes des paniers percés, plutôt que des Thésauriseurs, et bien peu d'entre eux pouvaient faire montre d'autre Chose, en dépit de leur Bravoure, que de cicatrices et de moignons.

« Mais parfois nous capturions des Proies dont nous ne savions que faire : quel Usage trouver à une Cargaison de beaux Etalons Arabes ? Et où les caser ? Quelques Hommes cavalcadèrent follement sur les Ponts un moment en braillant comme des Fous; mais, quand l'un d'eux fut tombé et se fut rompu le Cou, nous abandonnâmes la Prise, laissant les Coursiers à leur Destin avec ce qui restait de l'Equipage adverse.

— Oh non ! m'écriai-je, mes yeux s'emplissant de larmes à la

Pensée du Triste Sort de ces nobles Chevaux et voyant déjà mon bien-aimé Lustre perdu en Mer.

— Hé quoi ! Fanny, pleures-tu plus aisément les Chevaux que les Humains ? dit Lancelot.

— Je les pleure également, répondis-je, tout en sachant que, au fond de mon Cœur, les Chevaux emportaient la Palme.

— Alors, écoute la Suite de mon Récit, dit Horatio. Car nous trouvâmes ensuite sur notre route un plein Navire de Criminels, tous Anglais et destinés à l'Esclavage à la Jamaïque. Certains d'entre eux nous supplièrent de les accepter à notre Bord, dans l'Idée que la Vie de Pirate valait mille fois mieux que celle d'Esclave sur une Plantation. Mais une telle Bagarre éclata dans leur Bande pour savoir qui serait pris ou laissé pour Compte, que nous dûmes les abandonner tous, leur indiquant quel Cap tenir pour atteindre la Baie de Montego, où nous ne doutions pas qu'ils pussent se cacher en liberté dans la Brousse. Si déplaisante que nous parût la Perspective, pour ces Hommes, de travailler dans les Chaînes et sous le Soleil des Tropiques, notre Navire était trop petit pour les embarquer tous, hélas !

« Mais le pire des Dilemmes se posa à moi, le jour où le Hasard nous fit rencontrer un Négrier venant de la Côte Guinéenne et à mi-Traversée de l'Atlantique. Quelle Belle Prise se profilait à l'horizon ! Mais, nous approchant, nous vîmes que tous les Apparaux et les Agrès étaient dans un Etat lamentable : Voiles masquées et coiffées, sans une seule qui fût selon le Vent. Nous montâmes à l'Abordage et découvrîmes alors une Cargaison d'Africains mutinés, échappés de leurs cales et qui avaient massacré tout l'Equipage; mais, comme aucun de ces Esclaves n'était Marin, ils dérivaient ainsi depuis des jours, incapables de regagner leur Patrie ou même d'accoster à un Rivage.

« Ah ! quel Maelström dans mon Cœur, à la Vue de cette Foule de Gens de ma Race, auxquels j'étais bien en peine d'adresser un Mot dans leur Langue Africaine ni d'exprimer ma Douleur d'aucune Façon. Tout mon Latin, mon Français, mon Anglais ne me servaient à rien ! Et ma peau était presque celle d'une autre Race, comparée à la leur, de l'Ebène le plus noir et le plus luisant; je ne savais si je devais les aimer comme des Frères, ou les mépriser comme des Sauvages ignorant tout de Catulle et de Virgile. Car l'Instruction que j'avais reçue avait vraiment fait de moi une sorte de Monstre de la Nature : ni Africain, ni Romain, non plus qu'Anglais de Naissance véritable. Oui, je vous supplie de me le dire : qu'étais-je ?

— Un Etre Humain ! s'écria Lancelot. La Peste emporte cette Obsession de ta Couleur !

— Ah ! votre Lancelot est un Ruffian sans Cœur ! rétorqua Horatio, s'adressant à nous tous. Il ne mesure pas la Torture que c'est pour un Noir de se sentir toujours comme un corbeau au milieu d'une nichée de cygnes, ou comme une orange dans un panier de pommes. Il croit aimer les Noirs — comment le pourrait-il, puisqu'il ne les comprend pas ? Amour sans Sympathie existe-t-il ? Et Charité sans Compréhension ?

— Va-t'en au Diable ! cria Lancelot. Je suis autant Orphelin que toi et que Madame Fanny ! Elle pleure toujours sur le Sort de ces satanées Minaudières de Femelles, et toi, tu larmoies sans arrêt à propos de ta maudite Couleur ; mais ne sommes-nous pas tous les mêmes ? Des Ames Humaines, rendues Orphelines par la Fatalité, en quête de Consolation, d'Amitié, de Dieu ?

— Oui-da, Lancelot, c'est là ce que nous sommes. Mais nos Quêtes sont différentes. Ma Couleur me tiendra à l'écart aussi long-temps que je vivrai, et il en sera de même pour le Sexe de Fanny...

— Au Paradis, ton Ame n'aura ni Couleur ni Sexe ! Ah ! le Diable vous emporte tous, vous et votre Myopie, vos Geignardises et vos Mignardises ! Ne voyez-vous donc pas que tout cela n'est qu'Amusettes, à la Lumière de l'Eternité ?

— Je vous en prie, Horatio, que fîtes-vous du Navire Négrier ? demandai-je aussi poliment que possible, pour éviter une nouvelle Tirade de Lancelot (car l'on a déjà vu qu'il avait lui-même la Langue bien pendue, et il était clair qu'il en voulait à Horatio de son Talent de maintenir l'Assitance en haleine).

— Nous l'avons pris à l'Abordage, ainsi que je disais ; et puis, voyant que nous n'avions pas de place pour les Esclaves sur notre Vaisseau, et ne voulant pas les vendre à l'Encan au Port, puisque le Négriage était absolument contraire à nos Lois, nous tentâmes de leur enseigner les Rudiments de la Navigation à Voile, leur donnâmes des Cartes de la Côte Guinéenne, les mîmes sur le cap de l'Afrique et les abandonnâmes à leur Destinée ! Ce qu'il advint d'eux, je ne le saurai jamais. Souvent, en Rêve, je vois ce Navire Fantôme avec ses Africains, voguant éternellement sur l'Océan des Tempêtes, inca-pable de regagner la Côte natale, tandis que son Equipage, ni libre ni esclave, n'en est pas moins prisonnier du Sort et des Mystères Inson-dables de la Mer ! Ah ! n'est-ce pas Vision à faire pleurer l'Homme le plus endurci ?

Cette fois, même Lancelot fut réduit au silence par l'Evocation de ces Marins Fantômes.

— Je naviguai avec les Pirates pendant plus de deux années, poursuivit Horatio. Cette Vie me semblait convenir à ma Nature et je ne voyais pas la Nécessité d'en changer. Mais notre Capitaine, Monsieur Thackaberry (connu aussi sous le nom de « Calicot Thack », à cause de son Habitude de porter pantalon de cette étoffe), s'était fait trop d'Ennemis durant son temps sur Mer, avait fait trop de

Prises et, qui plus est, s'était refusé à verser la Part de Butin qu'attendaient les Gouverneurs des Colonies — qu'il qualifiait de Lâches Ruffians, parce'que, tout en feignant la Haine des Pirates, ils n'en exigeaient pas moins leur Portion des Dépouilles. Tant et si bien que l'on avait mis sa tête à prix et expédié plus d'un Navire pour lui donner la Chasse. Car les Colonies avaient désormais Pouvoir Légal de juger sur place les Pirates, sans les envoyer pour cela en Angleterre; en sorte que le Gouverneur de la Caroline, que le Capitaine Thack avait particulièrement offensé, se mit en tête de le pourchasser comme un Renard et enrôla à cet effet, pour limier, un autre Pirate célèbre — sachant que, seul, un de ses Pairs pourrait capturer « Calicot Thack ». C'était un Homme terrible, du nom de Seabury, avec une barbe rousse jusqu'à la taille tressée et nouée de rubans de couleur. Il avait la Réputation d'un Coquin qui n'observait même pas le Code de la Piraterie, mais jouait la carte des Gouverneurs de Colonie et allait jusqu'à donner ses propres Hommes, si la Récompense était assez élevée. Il était de l'Espèce la plus vile, dépourvu de tout Honneur; il réussit à réunir un Equipage de Crapules sur un Brick léger, mais tenant bien la Mer — *La Revanche-du-Diable* — et nous donna la Chasse en Haute Mer, jusqu'au jour où il nous prit à l'Abordage et tua ou fit prisonniers tout notre Monde.

« Il en fit passer à la Planche tant redoutée, car en vérité il est le seul Barbare, à ma Connaissance, a avoir jamais recouru à ce Genre de Châtiment, contrairement à la Tradition des Pirates. Il livra « Calicot Thack » à Charlestown, où on le pendit, puis le laissa pourrir enchaîné sur le Gibet, tandis que le Gouverneur festoyait. Quant à mon Humble Personne, il la vendit pour une petite Fortune à un Homme de Loi Britannique, qui se trouvait être à Charlestown par hasard et qui projetait de m'employer comme Domestique, ainsi que de tirer parti de mon Erudition Latine pour enseigner ses Enfants. Ce Maître Slocock était déjà aussi aigre et avaricieux qu'il en avait l'Air quand vous l'avez rencontré dans la Diligence de Londres. C'était le genre d'Etre qui attend d'un Serviteur qu'il travaille comme dix. J'étais Précepteur, Valet, et parfois même Cuisinier et Cocher, durant les mois que je passai avec lui, et il me démangeait de retrouver ma Liberté, vous pouvez en être sûrs. A la vue de vos beaux visages farouches, j'ai su que j'avais retrouvé enfin de Vrais Pirates !

« Ah ! quelle ne fut pas ma Tristesse, quand on pendit mon bien-aimé Capitaine Thack ! Il était le plus exemplaire des Pirates qui aient jamais sillonné la Mer des Antilles. De la Barbade au Port de Boston, il était légendaire, et ce fut sa renommée qui le perdit, j'en ai Peur !

— Oh ! Horatio, ton Récit me fait trembler également pour le

Destin de Lancelot, dit Caveat. Car il est, lui aussi, trop célèbre pour son Bien.

— Et n'ai-je pas trompé la Mort une fois déjà ? s'écria Lancelot. Fasse le Ciel que j'aie la Chance de la tromper de nouveau et de prouver encore que je suis un Miracle ambulant !

— Ce Garçon s'abuse ! s'exclama Caveat. Il se prend pour Jésus-Christ !

— Non pas Jésus, riposta Lancelot, mais bien l'Esprit de Robin des Bois. Je suis celui qui ne peut mourir si vite, car, même mort, je ressusciterai !

— Si mon bien-aimé Capitaine Thack a pu périr, alors, toi aussi, tu le peux, protesta Horatio. Comme toi, il se croyait invulnérable et quasi Immortel. C'est la Malédiction commune aux Pirates et aux Bandits de Grand Chemin que, à force de tant oser, l'Audace est leur Pain Quotidien, et que, avant longtemps, quelqu'un leur en glisse une tranche empoisonnée !

Chapitre XVIII

Qui contient certains Jeux Amoureux & Coquins d'où il
ressortira bien vite que les Protestations de Lancelot sur
ses Préférences Sexuelles ne sont pas aussi inébranlables
qu'il voudrait bien nous le faire croire, pas plus que
celles de notre Ami Horatio ; à la suite de quoi, notre
Héroïne se trouve dans une Triste Situation, à laquelle
applaudiront les Prudes, mais que les Personnes de Sang
Chaud jugeront (presque) tragique ; après quoi, il nous
sera donné de méditer sur un Rêve Prophétique, &
commencera notre Voyage vers Londres.

IL T'EST permis de te demander, Belinda, comment j'ai pu concevoir un Sentiment si tendre pour Lancelot, Horatio et les Joyeux
Compagnons, en si peu de temps passé dans leur Société ; je te répondrai que, au vrai, je ne l'ai pas compris sur le moment, bien que je le
sache aujourd'hui. Dans le Grand Cortège qu'est la Vie, de temps en
temps le Hasard nous fait rencontrer certains Personnages qui nous
semblent plus proches de nous que notre propre Parenté, et qui pro-
mettent de guider notre Ame là où elle doit aller. Lancelot et Horatio
furent certainement de tels Guides et Maîtres pour moi. Ils étaient
peut-être des Criminels ; pourtant, ils paraissaient avoir surmonté les
Vicissitudes de ce Monde, chacun à sa Façon, et ne manquaient ni
d'Esprit ni d'Intelligence, même s'ils avaient choisi de les appliquer
à une Existence Scélérate. En outre, ayant perdu tout récemment
mes Bonnes Sorcières peu après mes Parents Adoptifs, et jusqu'à

mon Cheval bien-aimé, ensuite, quoi de surprenant si je trouvais en Lancelot et ses Joyeux Compagnons une Nouvelle Famille, pour laquelle j'éprouvai très vite un Attachement des plus remarquables. Ainsi, lorsque Lancelot nous informa de la Proximité de notre Départ pour Londres avec le Butin, mon Cœur ne fit-il qu'un Bond dans ma poitrine, tel un saumon à la Saison du Frai, et tout aussitôt je m'inquiétai autant pour la Personne de mon Ami que pour la mienne.

Nous étions quelque part dans les collines de Chiltern, dans le Buckinghamshire (Lancelot refusait de m'en dévoiler plus sur l'Emplacement de son Repaire, de peur, disait-il, que je ne vinsse à être arrêtée et soumise aux Supplices de la Question). Nous devions voyager par terre jusqu'à un petit cours d'eau appelé le Mill Brook — le Ru du Moulin — et, de là, remorquer le Butin par chaland et cheval de halage jusqu'à la Tamise, puis, de là encore le transborder sur un chaland plus grand et faire notre Entrée Triomphale à Londres par le Fleuve.

Nous devions nous déguiser en Malteurs et dissimuler le Butin dans des tonneaux sous un gros Chargement de malt. Lancelot avait un Complice, Malteur à Great Marlowe, qui devait nous procurer un chaland de bonnes Dimensions pour nous convoyer jusqu'à la Métropole. Ce n'était pas un Voyage facile et les Dangers ne manquaient pas; car les Barges, d'après Lancelot, devaient franchir Barrages et Pertuis par des Ecluses simples; et, souvent, Bateau, Chargement, Bateliers, tout chavirait et était naufragé. Mais c'était encore plus sûr que de risquer les Péages, où chaque Porte pouvait dissimuler un Traître, prêt à donner Lancelot pour la Récompense.

Toute la nuit, les Joyeux Compagnons s'affairèrent à mettre en caisses le Butin. Moi-même, je devais m'apprêter à reprendre mon Costume d'Homme pour le Trajet jusqu'à Londres, qui commencerait à la pointe du jour. J'étais presque remise de ma toux, presque redevenue moi-même.

Devais-je continuer à faire partie de la Bande et courir les routes avec les Joyeux Compagnons, dévaliser des Diligences, tendre finalement le col à la Corde ? Plus jamais, je me le jurais, je ne jouerais les Leurres ni ne grelotterais, nue dans un fossé, pour Lancelot; mais fallait-il suivre la Bande en vraie Larronne, ou lui échapper à Londres et poursuivre seule ma Fortune ? Dur Dilemme, car, je l'ai dit : j'en étais vraiment arrivée à éprouver un grand Faible pour Lancelot comme pour Horatio et les Joyeux Compagnons, et à les considérer presque comme des Frères. Ayant retrouvé des Amis, fallait-il les rejeter si vite en Échange des Déserts de la Solitude ? Et pourtant, n'était-il pas téméraire de risquer la Prison ou le Gibet, et ce, pour un peu d'Amitié avec un Ramassis aussi bigarré et bouffon de Ruffians ? Je me dis que je méditerais la Chose toute la nuit et prendrais la

Décision à l'aube. Il suffirait, le matin venu, de savoir à quoi m'en tenir.

Juste comme je préparais mon Costume pour le lendemain (car Lancelot m'avait restitué mon Equipement masculin, accru par ses Soins de magnifiques Pièces d'Accoutrement empruntées aux Rapines), la porte de ma chambre grinça et Lancelot en Personne parut. Il arpenta la pièce en marquant une certaine Hésitation, comme ne sachant où se poser ni, en fait, que dire. Puis il s'assit sur le bord du lit et entama un Discours des plus gauches, ce qui était assurément contraire à son Habitude.

— En vérité, ma Belle, j'espère que tu ne m'en voudras pas de t'avoir rudoyée pour commencer; car je le confesse : si je t'ai prise d'abord pour un Bagage Inutile, j'ai fini par découvrir que j'étais dans l'Erreur et par reconnaître en toi une Jeune Femme pleine de Qualités, une fille de Grand Savoir, de Grande Sensibilité, et en qui l'on peut avoir Confiance.

Il avait prononcé ces Paroles de l'air le plus embarrassé du Monde — lui qui ne trébuchait jamais sur le Choix de ses Mots — ce qui fit que, inspirée par cette Humilité nouvelle de sa Part, je lui étreignis chaleureusement la main en disant :

— Et moi aussi, j'ai beaucoup d'Affection pour vous, Lancelot. Je vous en prie, enterrons la Hache de Guerre, et que désormais il ne se passe rien que de Bon entre nous.

A peine avais-je saisi sa main qu'il la retira vivement, presque comme s'il avait touché une braise brûlante. Je fus surprise et effrayée par la Rapidité du Geste, et, au vrai, plus qu'offensée.

— Fanny, me dit-il, pardonne-moi, mais le Contact d'une Chair Féminine m'emplit de Crainte. Je suis incapable de te mentir. C'est la seule Terreur dont ne puissent me sauver ni ma Résurrection d'entre les Morts ni tous les Périls que j'ai endurés. Il suffit que je touche la peau d'une Femme pour que je tremble comme je ne l'ai jamais fait devant la Corde du Bourreau.

Cet étrange aveu fouetta l'Orgueil dans mon Sang. Je n'avais rien ressenti de pareil depuis les Fausses Protestations d'Eternel Amour de Lord Bellars. Et, reprenant dans ma main celle de Lancelot, je la portai lentement à mon Sein, ôtai l'épingle qui tenait mon Mouchoir et plaçai sa paume entre les deux Collines de ma Gorge.

— Là, dis-je, vous voyez qu'il n'y a pas de quoi avoir peur

De nouveau, il retira sa main; mais il me parut qu'elle s'était attardée un instant pour prendre Plaisir à la douce Chaleur entre les Globes jumeaux.

Encouragée par cette légère Hésitation (que véritablement pensai-je, j'avais moins imaginée que sentie), je saisis une troisième fois sa main - ah ! elle ne se refusa pas tout à fait - l'amenai sous mon jupon et la posai sur ma cuisse. Elle y demeura plus d'un instant, puis battit en Retraite, comme fuyant une Fournaise.

— Lancelot, dis-je, tout enhardie maintenant par la Force de la Vanité blessée, alliée à l'Espèce d'Abandon malin que ressent une Femme sachant qu'il lui faut jouer les Séductrices devant un Soupirant qui se dérobe. Lancelot, je vous en prie, aidez-moi à me déshabiller pour la nuit.

— Nenni, Fanny; ce n'est ni mon Goût ni mon Genre, je le jure. Si je révère les Dames pour leur Esprit, leur Volonté, leur Intelligence — et sois-en bien sûre, je reconnais au Sexe son Dû —, je n'ai encore jamais éprouvé de Désir pour une Personne de la Gent Féminine. Ne prends pas cela à Cœur, ma Belle. Si j'aimais les Femmes, je ferais de toi mon Epouse autant que ma Maîtresse...

— Si tu ne crains pas la Tentation, quel Mal y a-t-il donc à m'aider à me déshabiller, comme un Frère le ferait pour une Sœur ?

· — Que non, Fanny; je m'en vais de ce pas...

Mais je retins sa main pour l'empêcher de sortir.

— Rien que le corps de jupe... aidez-moi à le délacer. Je n'ai point de Femme de Chambre et ne puis dormir ainsi.

M'approchant de lui, je le priai de nouveau de me défaire, ce dont il s'acquitta avec une infinie Prudence, comme si le Toucher de ma peau avait pu le tuer. En même temps que je sentais sa Contrainte se relâcher, je m'emparai de ses deux mains et en recouvris mes Seins. Cette fois encore, il s'attarda plus longtemps qu'il n'était Besoin, presque tenté par la douce Brûlure de la Chair — et puis ses doigts s'envolèrent comme des oiseaux, et je me retrouvai là.

— Fanny, adieu, je m'en vais. Bonne nuit...

Je me jetai contre lui et pressai ma Gorge nue sur sa Poitrine. Son gilet rebrodé d'Argent m'égratignait les Seins, mais je persistai, et pourtant il ne s'enfuit pas.

— Allons, Lancelot, dis-je (avec plus de Malice peut-être que de Passion), puisqu'il n'en adviendra rien, mettez-moi au lit, je vous en prie.

— Non, Fanny, protesta-t-il.

Mais quand je l'entraînai par la main, il suivit. Je me déshabillai petit à petit : jupon, chemise, corps de jupe, je jetai tout à terre. Ma Jarretière rouge, je l'ôtai de ma cuisse pour la placer tendrement sous mes oreillers. Puis, je m'allongeai sur le lit et invitai Lancelot à s'asseoir près de moi et à laisser sa main courir sur mon corps, en en traçant chaque vallonnement, chaque Plaine.

— Je ne peux pas, ma Belle, vraiment je ne peux pas...

Je n'en saisis pas moins de nouveau sa main et la guidai, remontant du genou à la Cuisse, l'attardai entre mes jambes, puis sur mon Ventre et, de là, jusqu'aux Seins où je marquai un temps, lui demandant de goûter à ce qu'il venait de toucher.

— Non, Fanny, s'écria-t-il, pris de panique. Cela, non, jamais je ne le pourrai !

— Hé quoi ! dis-je, défiant ces yeux verts terrifiés, cette masse de cheveux frisés, du même roux que les miens, ces pommettes semblables à celles du Grand Dieu Pan lui-même. Hé quoi ! l'on n'a pas Peur de la Mort, mais l'on redoute ces Seins sans Défense ? L'on craint tant de Douceur, quand l'on est déjà tout Dureté ? '

Car c'était vrai : son Honorable Membre (comme l'on dit) redressait le nez à l'intérieur de sa culotte, gonflant sa Forme sous le brocart de soie. J'étais presque sur le point de m'enhardir à faufiler une main pour achever de convertir définitivement ce Joyeux Compagnon à l'Amour des Femmes, quand la porte s'ouvrit violemment — et qui surgit ? Horatio ! Il eut tôt fait de juger de la Situation et, hurlant : « Maudit Coquin ! » se jeta sur Lancelot, l'arrachant à mon corps et le projetant à terre à grand bruit.

Il s'ensuivit tant de Vociférations et une telle Empoignade, un tel Échange de Coups, que quiconque fût passé par là eût sûrement soupçonné de Meurtre en cours. Enveloppant ma Personne grelottante dans l'Édredon, je regardai la Mêlée de ces deux Hommes qui s'entre-déchiraient à cause de moi, se criaient des Blasphèmes, se tordaient les bras, presque à les démancher, et se martelaient de leurs poings. Comment ne réveillèrent-ils pas les autres Compagnons, je l'ignore — à moins que ceux-ci n'eussent l'Expérience des Propensions amoureuses de Lancelot.

— Abominable porc ! hurlait Horatio. Tu feins de haïr les Femmes pour ne t'en glisser que mieux et plus vite dans leur Lit ! Toi et ton Honneur de Robin des Bois ! Saltimbanque ! Charlatan !

— Et toi, Prince Noir de tous les Diables ! criait Lancelot, Qui a jamais dit que ton satané Cul soit si précieux que je n'aurai jamais le Droit d'y toucher ?

— C'est vrai, oui ! Et moi, je m'offrirai tes Pendeloques, et je les ferai cuire comme des boulettes de Viande dans ma Soupe, avant de manger toute crue ta Mentule de Voleur !

Là-dessus, Horatio se précipite de nouveau sur Lancelot, le cloue au Sol et le frappe à la tête et au cou, jusqu'à ce qu'un Flot de beau sang rouge lui coule du nez et qu'il semble, un moment, sur le point d'expirer. Puis, avant que j'aie pu en comprendre la Raison, le Cours de la Bataille change : c'est Lancelot qui est sur Horatio et l'immobilise par terre, et leur Étreinte ressemble diablement à celle d'Amants plutôt que de Pancratiastes. De mes propres yeux, je vois Lancelot écraser ses Hanches sur celles d'Horatio, et ce dernier résister d'abord, puis succomber; et Lancelot défaire sa culotte et darder son Membre enflammé entre les lèvres d'Horatio, lequel commence par refuser de

174

se prêter au Jeu, puis peu à peu consent, prend la Verge rougeoyante dans sa Bouche, comme s'il la trouvait vraiment à son Goût; et puis c'est l'Escrime des deux corps, tout un Duel, et les Soupirs, les Grognements, les Murmures : « Ah ! je meurs... »; et Lancelot, telle une somptueuse Fontaine comme on en voit sur les Gravures des jardins de Versailles, projetant un long ruban d'Ecume blanche haut dans les Airs (car son Vit a jailli des Lèvres d'Horatio), et puis rendant l'Ame, épuisé, sur le Sol, cependant que le Noir lui caresse amoureusement le dos, sa Fureur tombée...

Ils restèrent un grand moment étendus là, paraissant oublier même mon Existence; puis Lancelot rampa jusqu'à ce qu'il pût presser ses lèvres sur la culotte d'Horatio et taquiner son Instrument pour raidir de Désir sa formidable Noirceur; après quoi, l'encerclant de sa Bouche, il l'y retint jusqu'à ce que son Compagnon lâchât à son tour sa Décharge d'Ecume. Ensuite, les deux Hommes demeurèrent dans les bras l'un de l'autre, couverts de sueur et des Effusions gluantes de l'Amour, tandis que, enveloppée dans la Solitude de mon Edredon, je me berçais pour m'endormir, me sentant plus vieille et laide que Méduse même, et encore plus abandonnée qu'elle.

Dans mon Sommeil, je rêvai de Lymeworth. Je marchais dans la Grande Galerie, sous les Portraits encadrés des Ancêtres de Lord Bellars. Mes talons résonnaient sur le dallage froid. Je regardais les Portraits — pâles Dames du Règne d'Elizabeth, peintes par William Larkin et Nicholas Hilliard, ou élégants Courtisans, dus au pinceau de Sir Anthony Van Dyck et de Sir Peter Lely, et aussi Grandes Dames et Beaux Esprits immortalisés par Sir Godfrey Kneller. Mais voici que ces visages aux Traits et aux Couleurs familiers, que j'avais si souvent scrutés et dont s'étaient si souvent nourries les Songeries Eveillées de ma jeunesse, changeaient tout à coup ! Dans le Rêve, le Portrait de Lord Bellars lui-même trouvait place; et sur d'autres je voyais Isobel la Bonne Sorcière, et Lancelot en Personne, comme peint par la Brosse habile de Kneller. Et puis (était-ce possible ?) un visage trop bien connu, le mien, me contemplait du haut d'un cadre en bois doré massif, comme si j'avais été — Chose très étrange à dire ! — l'Ancêtre de moi-même. Et soudain ces Portraits semblaient parler : « Pardonne-moi, disait Lord Bellars. J'ignorais la Vérité sur ta Naissance. » Et Isobel, avec ses yeux étincelants : « Je suis toujours avec toi. » Et aussi Lancelot : « J'aime, mais j'ai Peur, ma Belle. Ce n'est pas ta Faute, c'est la mienne. » Et enfin ma propre Ressemblance, d'abord tout bas, au point que je ne distinguais pas les Mots; mais je finissais par lire le Mouvement des lèvres qui semblaient dire : « Je vous pardonne à tous »...

Je m'éveillai brusquement, intriguée à l'extrême par ces Visions, et cependant en Proie à une grande Sensation de Paix, comme en apportent les Rêves dans les moments de Trouble Cruel. J'avais beau réfléchir, je ne parvenais pas à débrouiller cet Echeveau d'Images; en même temps, je gardais la Certitude absolue que tout ne tarderait pas à aller bien.

Les deux Hommes avaient quitté ma chambre; le Soleil se levait et sa Boule de Feu orange clignait à travers les branches verdoyantes, de l'autre côté des carreaux sertis dans le plomb. La journée s'annonçait belle et lumineuse. Je me levai et me vêtis presque impatiemment, avec un Degré d'Espoir que je n'avais pas connu depuis bien des jours. Je ne m'en souvins pas moins de commencer par mettre ma Jarretière rouge, pour me porter Chance.

Le trajet par Voie d'eau jusqu'à Londres se révéla aussi effrayant que l'avait promis Lancelot. Mais, curieusement, le Fait est que le Péril, quand il est là, trouble moins l'Esprit que sa simple Menace envisagée dans la Paix de l'Ame. A vrai dire, une fois quitté notre Ru du Moulin et sitôt que nous descendîmes la Tamise, je fus si assiégée par le Spectacle des Paysages, pendant que les Hommes s'affairaient à la Navigation du Chaland, que toute mon Attention s'y riva.

Notre Voyage occupa bien des jours et des nuits à cause des nombreuses Écluses que nous dûmes franchir. Nous suivîmes le Fleuve, de Marlowe à Maidenhead, à Windsor et à Staines, et de là, par Walton-on-Thames et Hampton Court, jusqu'à Twickenham. Je n'avais jamais vu le Légendaire et Royal Hampton Court, ni même la Tamise dans sa Majestueuse Beauté, et mes yeux étonnés se délectaient du Charme de ses Rives, de la Glorieuse Splendeur des Architectures imposantes, des Demeures nobles ou bourgeoises, des Hameaux endormis, des Bourgs et Villages de Marché, sans compter la profusion de bateaux et de chalands qui ne cessait de croître à l'Approche de la grande Métropole.

Hampton Court est sis sur la Rive Septentrionale de la Tamise, très-près de l'eau, tout en restant à Distance des Risques d'Inondation et des Inclémences du Climat; et il est gracieusement doté d'adorables Jardins, descendant presque jusqu'au bord du fleuve. Cependant, plus encore que par l'Agréable Perspective du Palais, je crois bien que je fus enchantée par mes Rêveries de la Cour du Cruel Roi Henry VIII, suivant comme nous le Fil de l'Eau, mais sur de grandes Barges de Plaisance, aux Accents des Luths et des Chants de ses Ménestrels; et je m'imaginais en Dame vêtue d'un costume Tudor, en robe à fraise constellée de perles, élue par le Bon Plaisir du Souverain pour devenir sa Maîtresse et, au vrai, si bien-aimée de lui que, au contraire des autres Infortunées, j'échappais à la Hache et au Billot. Oui, moi qui avais dormi seule et abandonnée pendant que deux Hommes s'étreignaient et se mignotaient au pied de ma couche solitaire, dans mes Songes je charmais même Henry VIII.

En passant ensuite devant Twickenham, je fis une affreuse Grimace à ce que je crus être la Résidence de M. Alexander Pope, Poète et Goujat. J'eusse pu être là en cet instant même, en Position de Maîtresse, à me dorer aux Rayons de sa Gloire et m'amuser de sa Grotte des Fées. Mais il eût fallu endurer — car tel eût été le Marché — les Ignobles Etreintes de ce Crapaud. Non, mieux valait être ici avec le Beau Lancelot, lequel, au vrai, m'aimait, quoiqu'il refusât, hélas ! de me toucher.

Plus nous approchions de la grande Ville de Londres, plus vite et plus fort battait mon Cœur; et, certes, il était assez facile de voir que la Métropole n'était plus loin, car la Tamise devenait un Océan de Mâts et la Surface du Fleuve était presque entièrement couverte de chalands, de bachots, d'embarcations de toutes Dimensions, avec de vieux Tritons grisonnants aux rames, tandis que résonnaient partout les cris de : « A vos Avirons ! » et de : « Souquez ferme ! » accompagnés de telles Volées de Grossièretés de la part des Bateliers que je m'étonnais que mes oreilles ne devinssent pas cramoisies de Honte, de devoir entendre tant d'Indignités. Quiconque voulait louer une barge ou un chaland devait en passer par le Langage des Ruffians qui régnaient sur ces Eaux, et je surprenais au vol maintes Querelles d'Argent entre les Chalandiers et leurs « Pratiques » — je ne comptais pas les Occasions où il me fut donné de voir un Batelier qui, tout en hurlant : « Vieux Ladre ! Fils de Pute ! » tentait de faire basculer à l'eau son Client, qui refusait de lui graisser la Paume.

Ah ! mais quelle Ville que ce Londres ! Le Fleuve constituait apparemment l'Artère Principale de la Cité. Maint Citoyen cossu se prélassait à son Aise sur les coussins d'un bateau de Louage, cependant que les Bateliers au poil gris déployaient Force et Habileté dans le Transport, mais assaillaient les oreilles et tous les Sens des Blasphèmes qu'ils échangeaient avec leurs Confrères, voire parfois avec leur Proie. Il se tenait aussi des Pique-niques et des Parties de Plaisir sur le Fleuve, à bord de magnifiques chalands, avec Force Violonistes, Luthistes et Chanteurs roucoulants, tables et berceaux fleuris où l'on festoyait, et Belles Dames et Beaux Messieurs participant à ces Réjouissances exquises.

En passant devant Whitehall, mes yeux s'arrêtèrent sur ce qui semblait être un bel et noble Edifice; on eût dit un Château des Fées magiquement posé sur l'Eau.

— Dites-moi, je vous prie, demandai-je à Lancelot (qui portait son Déguisement de Malteur avec sa Gloriole coutumière), qu'est ceci ?

— C'est, Fanny mon Amour, ce que l'on nomme « la Folie ». Autrefois, au temps de Charles II, c'était Lieu noble et fréquenté par les Gentilshommes. De nos jours, c'est devenu Maison de Putes et Repaire de Dames Publiques buvant des Eaux-de-Vie (pour défendre, disent-elles, leur estomac contre l'Humidité et la Fraîcheur du Fleuve), en guettant la Venue de pauvres Diables avides de Connet à qui transmettre la Vérole. Par Bonheur, je ne suis pas de ceux-ci.

— Alors, comment en savez-vous si long, bien-aimé Lancelot ? l'interrogeai-je encore — car oh je commençais à me demander si ce Beau Monsieur ne protestait pas un peu trop — comme eût dit notre bon Shakespeare. (S'il détestait vraiment les Femmes autant qu'il le prétendait, pourquoi en faire aussi constamment tout un Plat ?)

Il me considéra d'un œil glacé :

— Parce que, répondit-il, j'y suis entré souvent pour mon Affaire. Pour y vider les Poches des Catins.

Je le regardai bien en face, avec ses cheveux couleur de carotte, ses yeux émeraude un peu bridés, dansants de Gaieté, ses pommettes hautes et retroussées de rire.

— Lancelot, lui dis-je, je vous aime, ne serait-ce que comme une Sœur.

— Et moi aussi, dit-il, je t'aime, Fanny.

Sur quoi, dans un Accès de sincère et tendre Affection, je tendis la main pour saisir la sienne; mais il retira celle-ci aussi vivement qu'à l'ordinaire. Je poussai un profond soupir.

— Ce n'est pas faute d'Amour, ajouta-t-il.

— Je n'en doute pas, répliquai-je. (Mais était-ce bien vrai ?)

Ah ! Belinda, toujours la Mémoire falsifie les Faits; et vouloir écrire l'Histoire de sa Vie est, en tout Cas, Entreprise périlleuse. L'on souhaite par-dessus tout d'être fidèle à la Vérité. Et cependant, connaissant l'Issue des Evénements, que l'on ignorait forcément lorsqu'ils survinrent d'abord, l'on tend à modeler le Récit selon l'œil du Poète plutôt que selon la Sévérité de l'Historien. Mais tenons-nous-en là pour l'Instant : j'aimais Lancelot comme il m'aimait; et pourtant nous ne pouvions nous toucher !

Nous étions presque parvenus au Cœur palpitant de la Ville, et la Circulation sur le Fleuve s'était encore épaissie. Lancelot me détaillait les principaux Centres d'Attraction de Londres la Merveilleuse. O mon Admiration n'eût pas été plus grande, eussé-je eu devant moi Ilion même ou Rome dans sa Gloire ! Nous laissâmes derrière nous Lambeth House sur une rive, pour voir aussitôt apparaître sur l'autre le Grand Escalier du Parlement et la Halle aux Laines. Poursuivant dans la Courbe du Fleuve, nous arrivâmes enfin au Nouveau Marché des Changes; puis vinrent Somerset House et le Quartier du Temple. Plus que jamais je me croyais au Pays des Fées ! La journée était estivale et éclatante; le Soleil se reflétait sur l'eau, allumant des Feux dans un Miroitement infini; et jamais je n'avais contemplé Edifices aussi gigantesques, ni Foules d'Humains aussi bruyantes que celles qui emplissaient barges et embarcations ou s'écrasaient sur les degrés des Embarcadères et les Quais.

— Oh ! je sens que je vais adorer Londres, criai-je à Lancelot, du ton dont on proclame un Amour nouveau-né.

Et, de fait, quelle Ville splendide ! Rien que d'en respirer l'air, je sentais monter en moi une Surexcitation que je n'avais jamais connue dans mon Wiltshire.

— Ah ! ma Belle, attends d'avoir vu la Racaille imbibée de Gin, les Mendiants, les Rues transformées en Egouts ouverts et le Courant boueux du Fleet qui se jette dans la Tamise.

— Le Fleet, dites-vous ?

— C'est le Cloaque des Cloaques, le Styx Infernal de Londres, Cours d'eau fétide et noir qui naît à Hampstead et s'en vient déverser ses Immondices dans le Fleuve, à Blackfriars. Nous y serons bientôt. Mais regarde là-bas, je te prie, le Dôme de Saint-Paul.

Hélàs ! il était dit que je ne régalerais pas de sitôt mes yeux du Spectacle de Saint-Paul, ni ne les écœurerais avec celui du Fleet; car Lancelot n'avait pas fini de parler, qu'une barge s'approcha sournoisement de notre bord et que, soudain, un Parti de Vils Pendards, déguisés en Bateliers, nous accosta en un clin d'œil, en clamant qu'ils voulaient le Sang de Lancelot Robinson !

Ils étaient une douzaine de Ruffians en tout, Gaillards à cheveux gris, en large culotte informe de Chalandiers, chemise puant la sueur et doublet à pans courts, leur citrouille chauve coiffée du long bonnet de laine de la Batellerie. Qui les envoyait ? Comment connaissaient-ils le Déguisement de Lancelot ? Je me blottis derrière un des tonneaux du Butin, craignant pour ma Vie. Ils avaient surgi si brusquement qu'aucun de nous n'était prêt à la Riposte. Horatio fut le premier à se reprendre et à passer à l'Action. En vrai Pirate, il bondit sur l'Ennemi, saisit un des Coquins, le terrassa et le foula furieusement aux pieds. Avec la crosse de son pistolet, il fendit le crâne d'un autre et en empoigna un troisième. Mais notre bien-aimé Lancelot se trouvait en Péril. C'était sa Personne que visaient les Canailles, avec le Butin. A leurs Yeux voraces, il était le Gigot, et nous, seulement la Sauce.

Bientôt, cependant, les autres Compagnons sortirent de leur Stupeur et s'élancèrent à leur tour sur les Ruffians. Il s'ensuivit une Mêlée où le malheureux Gousier fut le premier à succomber : une balle de mousquet l'atteignit et la Tamise fut sa tombe liquide. Puis le pauvre Beau Monde fut poignardé, tandis que Stentor était précipité contre la barge des Assaillants. Lancelot tint tête vaillamment pour un temps; vint néanmoins l'instant où il parut faiblir, malgré la Défense farouche d'Horatio.

— Fuis ! m'ordonna-t-il au plus fort de la Bataille. Sauve-toi ! Je t'enverrai chercher.

— Mais où fuir ? De quel côté ?

— Saute du bateau, ma Belle ! me cria-t-il encore. Mais, je t'en supplie, fuis !

A ce Commandement, je demeurai paralysée comme si mes pieds avaient été pris dans les Glaces de l'Arctique.

— Fuis ! répéta-t-il, contenant l'Assaut avec l'aide du bon Horatio.

Au même instant, John Calotte fit signe à une barque de passage, mit quelques pièces dans la main du Batelier, lui chuchota quelque chose à l'oreille, puis, me saisissant à bras-le-corps par la taille, me souleva au-dessus de l'eau et me tendit à l'Homme qu'il venait de soudoyer.

— Je ne veux pas vous quitter ! gémis-je tandis que le Batelier s'éloignait vivement à force d'avirons. Je t'aime ! O je t'aime !

Mais le Batelier avait reçu des Ordres et, en dépit de mes Supplications et Protestations, il souqua de plus belle. De grands cris me parvenaient du chaland de Lancelot. C'était maintenant Monsieur Tic qui, touché, saignait, puis peu après s'écoulait à la Renverse dans la Tamise, y laissant une écharpe de sang. Le suivirent Louis le Lutin et Sire Francis Bacon : jetés par-dessus bord, ils se hâtèrent de tenter de gagner à la nage la Rive. Comme mon embarcation s'éloignait de plus en plus, je vis encore Lancelot et Horatio, debout à l'avant du chaland, défendant le Butin et leur Vie — mais combien de temps encore feraient-ils Front ? Nulle personne sensée n'eût pu le conjecturer honnêtement.

— Dieu te garde ! Je t'aime ! criai-je à la Silhouette de Lancelot qui diminuait à proportion que mon Batelier souquait plus vite encore en direction de l'Escalier de Somerset (que nous avions dépassé bien peu de temps auparavant). Je pus voir deux autres barges, avec des Renforts frais pour l'Ennemi, se ranger le long du chaland de Lancelot et tenter de l'aborder. J'eus l'impression que mon Cœur se décrochait dans ma Poitrine et tombait dans le vide, comme une grosse pierre d'un Beffroi. Oh Lancelot allait être sûrement capturé, maintenant ! Je m'enfouis le visage dans les mains et pleurai; car, même si j'avais voulu regarder derrière moi, nous étions au vrai trop loin pour que je pusse juger des Vainqueurs de la Bataille, laquelle continuait à faire Rage entre Lancelot et les Traîtres, sur la Grand-Route Liquide de la Tamise.

Livre Deuxième

Chapitre I

Où notre Héroïne fait tout d'abord Connaissance Intime avec la Grande Ville de Londres, & de ce qui lui advient lors de son Arrivée Historique en cette cité.

PLONGÉE ainsi sans Préambule au cœur même de Londres, j'errai, perdue et désolée, passai devant Somerset House et remontai le Strand jusqu'à Covent Garden — bien que je connusse à peine ces Noms.

La Ville m'assaillait de ses Cris et de ses Odeurs. Les Rues étaient mal pavées et souillées d'Immondices de toute Sorte. Dans les ruisseaux qui couraient au Centre des Chaussées couvertes de gadoue, l'on pouvait voir des têtes de poisson, des pelures d'orange, des laissers Humains, voire des chats crevés ! Par là-dessus, l'air était aussi enfumé que je l'avais connu frais et limpide au-dessus du Fleuve; et l'on osait à peine lever la tête vers la Profusion d'Enseignes grinçantes, accrochées à des Potences de fer forgé, et qui se balançaient au Vent tels des Pendus, obstruant le peu de Lumière et d'Espace qu'il pouvait y avoir, surtout dans les Ruelles les plus étroites. Mais ces Enseignes étaient belles quand on parvenait à les observer. Celles des Marchands de Vin étaient richement peintes de grappes pourpres; celles des Perruquiers exhibaient leurs Articles les plus élégants, sagement alignés et comme présentés sur des Formes; quant à celles des Drapiers et Marchands de Nouveautés, elles déployaient les soies les plus riches. Les Boutiques elles-mêmes étaient d'une Magnificence si incomparable qu'elles ressemblaient bien plus à de Hautains Palais qu'à d'humbles Lieux de Commerce. Des Dames de Qualité sortaient de leur Chaise à Porteurs, saluées très bas par les Commis obséquieux qui se donnaient des Airs de Princes. Oui, même les Valets de Pied de Londres avaient plus de Lustre que nos Gentilshommes Campagnards !

Chaises, Cavaliers, Voitures de Louage se disputaient la place dans les Rues, et le pauvre Piéton se faufilait où il pouvait. « Holà ! Place ! » criaient les Porteurs de Chaise, convoyant leur Noble Passagère au-dessus des clameurs de la Cohue. « Serre-toi, chien aveugle ! » criaient de leur voix aiguë les Marchands Ambulants, tout en poussant leur brouette ou leur charretin croulant de fruits sous des nuées de mouches. « Attends que je te mette les tripes à l'air ! » grondaient d'autres, attelés à leur charrette et bousculant le Monde avec tant de Brutalité que l'on eût vraiment cru que leur Vœu le plus cher était de faucher les Passants.

Je pris le Haut du Pavé, craignant pour ma Vie ; mais, de temps à autre, une Brute survenait, brandissant une Epée à poignée d'Argent et braillant : « Ecarte-toi, Manant ! » et me forçait à céder le Pas. O avais-je donc encore l'Air si campagnard et mal dégrossi ? Oui, sans Doute. Je portais toujours l'Accoutrement Masculin de ma Fuite, en même temps que quelques manchettes et jabot fins, fruits de nos Rapines et Cadeaux de Lancelot ; mais mon chapeau était tombé dans la Tamise pendant que je m'échappais, et ma perruque de Cavalier était en si Triste Etat que le meilleur Barbier de toute l'Angleterre n'eût pu la sauver. Mes bottes étaient pleines de boue et d'éraflures ; ma culotte, souillée, et mon linge, sali.

J'avais quelques pièces de Monnaie en poche — dont le Reste des Guinées d'Or que m'avait données M. Pope et que m'avait restituées Lancelot avant le Voyage — ainsi que quelques montres en Or et qu'une Tabatière précieuse, prélevées sur la Réserve de Butin : « Prends cela, m'avait dit Lancelot. Qui sait si cela ne te sera pas utile, au Cas où nous viendrions à être séparés en chemin... » Paroles prophétiques s'il en était ! Le Destin me vouait-il à toujours perdre mes Amis et à demeurer dans la Désolation ? Sous quelle Malheureuse Etoile étais-je née, pour me retrouver chaque fois Orpheline ?

Les cris de la Rue ne cessaient de m'étonner ; je n'en avais jamais entendu en pareille Abondance. Ils me violentaient les oreilles à chaque tournant et il n'était pas toujours aisé de distinguer ce qu'ils annonçaient, car tout ce Discours de Londres était en réalité étrange et de Compréhension moins simple que le Bon Parler Commun du Wiltshire.

« Crabe ! Crabe ! Voilà du Crabe ! » criait un Poissonnier en brandissant une de ses bêtes polypodes, comme pour menacer de ce Grouillement de pattes les jeunes Pucelles de Passage. De fait, les Filles s'enfuyaient, terrifiées, à cette seule vue. « Chaudrons, Marmites,

Coquemars à braser ! » croassait un Etameur en poussant sa charrette tintinnabulante de vieilles ferrailles de cuisine. « Qui veut mon plat de Belles Anguilles ! » chantait une robuste Femme de la Campagne, les joues rouges de veines éclatées naguère par Grand Froid, mais gardant tout leur écarlate, sous les perles de sueur qui sourdaient de tous les pores de ce visage, en cette journée d'Eté. Elle portait en Equilibre sur la tête un grand panier plat d'anguilles remuantes et l'on eût dit une Méduse rustique. « A six pence la livre mes Jolies Cerises ! » proclamait une ronde et charmante Caillette, qui minaudait en montrant ses fruits rouges à deux Jeunes Gaillards, lesquels avaient plus Envie de tâter d'elle que de son succulent produit. « Satins, Taffetas, Velours usagés ! » graillait la voix cassée d'un vieux Chiffonnier, derrière sa brouettée de mousselines crasseuses et de linge en lambeaux, et, de plus, la tête ployant sous une colonne de vieux chapeaux graisseux — non moins d'une demi-douzaine ! « Les Beaux Limons, les Belles Oranges ! » psalmodiait une jeune Marchande d'Oranges (elle gardait une bouteille de Gin dans la poche de son tablier, à laquelle elle buvait au goulot quand elle croyait que l'on ne la voyait pas). « Ach'tez d' la Gaieté avec ma Chanson Nouvelle ! » clamait le Colporteur de Ballades, une liasse de feuillets dans sa Main sale. Et aussi : « N'oubliez pas les Pauvres Prisonniers ! » qui était la Lamentation pitoyable d'un Misérable Hère secouant un pot de terre où tintaient de menues pièces de Monnaie. Cette voix plaintive réveilla en moi la Pensée du triste Sort de Lancelot : car, sûrement, à l'heure qu'il était, il devait être mort ou en Prison. Sur quoi les larmes se mirent à ruisseler sur mes joues salies et à piquer de leur Amertume les commissures de mes lèvres.

Ah ! que de Cruauté en ce Londres. Ici, c'était un pauvre Petit Ramoneur auquel, sous mes yeux, son Maître frottait les oreilles à cause d'une innocente Plaisanterie. Et là, un Mendiant aveugle qu'un Homme de Qualité gratifiait de coups de pied au ventre, préférant douter de l'Affliction du Malheureux que lui manifester si peu de Charité Chrétienne que ce fût.

— Par ma foi, le Rustre a meilleure Vue que moi ! criait le Petit-maître tout gonflé de sa Morgue, dans son habit de satin rouge brodé d'Argent.

Et de frapper le Mendiant de son soulier pointu, puis de s'engouffrer là-dessus chez un Chocolatier pour y rejoindre des Compères.

Le grand Courant d'Humanité qui s'écoulait sans Relâche dans les Rues se composait en majeure partie de Pauvres et de Déshérités. Car, pour une Belle et Noble Dame, pour un Valet de Pied en Livrée, aussi richement vêtu qu'un Potentat Oriental, l'on comptait une douzaine de Gueux nécessiteux lampant le Gin, d'Enfants estropiés mendiant quelque sou, et de Filles Publiques se pavanant au coin des

Rues et étalant à tous les Regards leur Gorge mal lavée. Au vrai, je n'oublierai jamais ces visages grêlés sous le fard et qui semblaient me moquer, tandis que je suivais la longue, étroite et très ancienne Rue menant à Covent Garden, où, certes, mon Accoutrement de Gentil-homme Campagnard semblait faire de moi la Proie idéale pour toutes les Catins et Drôlesses du Lieu.

— N'as-tu pas Envie de tâter de mon Gigot ? me chuchota une Drôlesse, roulant des yeux lubriques dans son visage peint.

Hélas ! elle était plus horrible que séduisante. Elle avait bar-bouillé sa Complexion (si l'on peut dire) de blanc de céruse, par-dessus quoi ses Joues étaient passées au carmin; sa Bouche était une Blessure écarlate et elle s'était efforcée de cacher ses Marques de Vé-role sous tant de coups de pinceau de Formes et de Dimensions di-verses qu'elle ressemblait plus à un Poudingue aux Fruits qu'à une Créature Humaine.

Je reculai d'Effroi devant cette Apparition.

— Eh quoi ! le Petit a Peur ? railla-t-elle.

Et de pousser du coude une Congénère — autre Fantôme aussi horrible, à demi caché sous les fards et les emplâtres — en l'incitant à essayer à son tour de me tenter, puisqu'elle y avait échoué.

— Ne veux-tu pas d'un Gentil Nid pour ton Oisillon ? cria bien haut cette seconde Fille. Où préfères-tu que je grimpe à ton Mât de Cocagne ? Où peut-être cherches-tu une Jolie Chérie qui apprenne à siffler à ton jeune Merle ? Une Petite Couturière pour enfiler ton Ai-guille ?

Je baissai le nez vers le pavage inégal et fétide et me hâtai aussi vite que mes jambes pouvaient me porter.

— Il a Peur, il a Peur ! raillaient les deux Filles dans mon dos.

— On devrait le traîner à la Maison et le violer ! poursuivit la première Rossalinda.

— Une vrai Nuit de Noce que ce serait ! renchérit l'autre Rossa-bella.

Une volée de rires caquetants résonna dans la Venelle. Sans m'accorder le temps de réfléchir, je détalai jusqu'au coin de Rue sui-vant, sans cesser de penser à ce qu'eût été ma Tristesse, si j'avais été vraiment un Jeune Gars de la Campagne, de m'entendre brocarder de la Sorte par ces Affreuses Apparitions. Au vrai, cela m'eût détourné à jamais de l'Amour des Dames.

Parvenu en courant à l'angle de la Rue proche, j'y trouvai deux charmants Chanteurs de Ballades, vêtus en Jeunes Mariés de Village, donnant à Cœur Joie de la voix. L'Air était si joli et si nouveau pour moi, que je fis halte pour écouter; c'était un Baume pour mes oreilles blessées que cette douce Musique, et je pensai que Londres ne pou-vait pas être si mauvaise Ville après tout, puisque l'on y voyait des

Chanteurs aussi exquis exercer leur Métier dans ses Rues, et des Auditeurs si attentifs qu'ils en demeuraient comme transis par le Divin Pouvoir des Sons.

Ces Chanteurs étaient Garçon et Fille, guère plus âgés que moi. Elle, Tendre Pucelle aux cheveux de lin et aux yeux les plus bleus et les plus angéliques du Monde; lui, ténébreux comme la Nuit, mais le teint olive respirant la Santé, et le front d'une telle Innocence que Nonnes et Vieilles Filles Impénitentes en eussent jeté coiffes, bonnets et Vœux de Chasteté aux Orties pour tomber follement amoureuses. Le Jeune Couple chantait le Printemps et les branches bourgeonnantes, les oiseaux, les fleurs des Champs et le Jeune Amour. Et, au vrai, ils ressemblaient si bien à leur Chanson que, plus qu'une simple Ballade, elle en devenait l'Histoire même de leur Amour.

La Foule me bousculait et me pressait de tous côtés, et le grand Courant d'Humanité ne cessait de s'écouler autour de notre Cercle Enchanté. Mais, à l'intérieur du Cercle, les Gens se taisaient, immobiles, respectueux, métamorphosés et adoucis par la Mélodie.

Combien de temps restâmes-nous ainsi ? Je l'ignore. Pour ma part, je serais demeurée aussi longtemps qu'auraient chanté ces deux gracieuses voix, si une noire nuée d'Orage n'avait masqué la Face Dorée du Soleil et qu'une brusque averse d'Eté ne se fût abattue sur nous. L'Assistance s'enfuit en tous sens, tandis que le Ciel ouvrait ses vannes et que les gargouilles se mettaient à déverser des Torrents, projetant leurs eaux sans égard pour le Haut du Pavé. Des Dames crottées retroussaient leurs jupes et couraient s'abriter dans les Boutiques avoisinantes. Les Elégants, anxieux de ne pas mouiller leur perruque ni de tacher leurs Brocarts, en faisaient autant. Toute Galanterie était oubliée dans la Ruée vers les Abris; je vis même un Goujat rafler le parapluie huilé d'une Couturière, tout en lui administrant une tape sur le derrière par-dessus les jupes et lui criant insolemment : « Mille Mercis, Madame ! » — puis il se sauva. Quant à ma piteuse Personne !... Mes vêtements souillés étaient presque traversés par la Force de l'Averse, et je me précipitai dans une Boulangerie pour me mettre à Couvert.

Ah ! la magnifique Boutique ! Les rayons joliment dorés, les petits pains qui me clignaient de l'œil de tous leurs cristaux de sucre, les pains et les gâteaux succulents — tout cela me faisait venir l'eau à la bouche et me rappelait combien j'avais négligé mon pauvre estomac creux. Ce fut seulement lorsque je fouillai dans ma poche en quête d'une Guinée pour acheter un sac de petits pains au sucre, que je découvris qu'elle était vide ! Envolées Guinées, montres et tabatière ! Ma poche avait-elle été visitée pendant que j'étais sous le Charme des Chanteurs ? Sans nul doute, car j'étais alors si innocente des Façons Londoniennes que j'étais loin de savoir que Chanteurs de Ballades et Tire-laine faisaient souvent Alliance.

Une Dame fort ragote, de cinquante ans au moins, et qui avait choisi le même Abri, vit ma Détresse, me dévora des yeux, jugea de mon Triste Sort et, me tendant un petit pain qu'elle venait de s'acheter, me dit :

— Voulez-vous de mon petit pain, Joli Garçon ?

J'hésitai, dévisageant la Dame. Elle portait un manteau de velours grenat, malgré la chaleur de la saison, et une fontange surmontait sa chevelure teinte au Henné, laquelle retombait en boucles sur un front labouré de rides. Elle me fit un sourire charmeur, comme pour apaiser mes Craintes devant le petit pain offert; mais deux sillons de Dureté — ou, plus précisément, deux ravines — entre les sourcils lui donnaient une Expression d'Oiseau Rapace qui me mit sur mes Gardes. Les yeux eux-mêmes étaient froids : ils calculaient ce que je valais, et le Résultat de l'Examen était piètre.

— Mon Joli, dit-elle encore, je vous en prie, acceptez ceci comme un Présent Chrétien. Il semble qu'un Vil Ruffian vous ait vidé les Poches. Mangez, s'il vous plaît. Vous me ferez très-grande Joie.

En moi, l'estomac le disputait au Jugement et, hélas ! le premier l'emporta.

— Merci de votre Bonté, Madame, répondis-je. Mais j'aimerais vous rembourser lorsque j'aurai recouvré ma Fortune.

Elle rit de grand Cœur :

— Alors payez-moi en m'escortant jusque chez moi, quand l'averse sera finie. Cela remboursera très gracieusement la Dette.

La nuée étant bientôt passée, elle réitéra son Invitation, me priant de prendre son bras dodu. Dans le Sentiment de ne pouvoir refuser (après tout, j'avais mangé son petit pain), je fis comme elle disait.

Elle me conduisit donc à une Maison de Park Place, dans le Quartier de St. James', si élégamment et bellement meublée que je me crus chez une Grande Dame très fortunée. Je vois encore le large Escalier (assez spacieux pour accommoder deux Personnes de front — et vraie Rareté, en fait, dans les Maisons de Ville du Début du siècle), tout lambrissé de chêne et avec un papier de tenture des plus nouveaux, imitant un Damas à fleurs.

Elle me déclara s'appeler Mme Coxtart, ajoutant qu'elle était veuve, nantie de Moyens et de plusieurs Filles; de plus, dit-elle, elle serait ravie si je voulais bien me joindre à elles toutes pour le Thé, qui constituait la grande Distraction de leurs journées.

Je n'y vis rien à redire, jusqu'au moment où je me trouvai devant lesdites Filles — ou du moins devant trois d'entre elles — car elles se ressemblaient si peu que l'on avait peine à les croire Sœurs

Druscilla était très brune, avec la plus blanche des peaux. Evelina me parut être Créole ou Octavonne. Et Kate (Kate tout bêtement) était blonde et laiteuse comme une vraie Suédoise.

Nous prîmes place pour le Thé, servi par un Majordome et une Servante Mulâtresse, et présenté dans une porcelaine de Chine jaune Canari des plus somptueuses.

Mme Coxtart tenait le Dé de la Conversation, parlait de Bals, de Réceptions, du Bel Equipage qu'elle venait de commander, de la Domesticité qu'elle ajouterait bientôt à sa Maison — comme si, en vérité, elle avait voulu m'impressionner par sa Fortune et son Etat. Voyait-elle en moi un Prétendant en puissance pour ses Filles ? Tout cela me semblait fort curieux, car il y avait quelque chose d'un peu faux dans son Bavardage. J'avais du mal à voir en elle une Dame de Qualité, malgré toute sa Jactance; et, au vrai, ses Filles gloussaient derrière leur éventail de la Façon la plus irrespectueuse, et se contentaient de dire « S'il vous plaît » et « Merci », tandis que passaient tasses de thé de Bohé, Sucrier, Gâteaux, petits pains et prunes confites. En outre, je ne pouvais empêcher mes yeux de remarquer que toutes trois me regardaient d'un Air effronté (tout comme leur Mère) et coquetaient sans la moindre Pudeur, coulant des Regards par-dessus leur éventail peint (de Scènes scandaleusement licencieuses), offrant presque leur Gorge en passant les gâteaux, et pouffant et se lançant entre elles des Regards lourds de Sens — bref, se conduisant plus en Ribaudes qu'en Dames.

Druscilla, il m'en souvient, termina le moindre gâteau, le moindre petit pain au sucre laissés sur les plats. Ce que voyant, Evelina qui, tout ce temps, avait boudé sa Sœur d'un Air agacé (peut-être eût-elle voulu nettoyer les miettes elle-même), se mit en Devoir à son tour de manger à la cuiller le reste du sucre, comme par Dépit. Kate, de son côté, dépêcha les Vestiges de beurre à pleins doigts, cependant que Mme Coxtart remuait vigoureusement les feuilles de thé avec une fourchette, en réclamant à grand bruit un supplément d'eau chaude à l'Office, puis embrochait allégrement de la pointe de son couteau la dernière prune confite. Ce ne pouvait être des Dames. La Maison et les Domestiques semblaient plaider en leur Faveur, mais leurs Manières (si l'on pouvait dire) les décriaient.

Le Thé réduit à l'état de Souvenir, et comme le Majordome desservait, Mme Coxtart fit, à la Dérobée, Signe à ses Filles; sur quoi, toutes se levèrent en Chœur, et avec des Mines de sainte nitouche, hochèrent la Tête en montrant l'Escalier.

— Notre Beau Gentilhomme veut-il s'associer à notre petit Somme de l'Après-midi ? me dit Mme Coxtart.

Druscilla affichait un sourire particulièrement immodeste, et Evelina désignait l'escalier d'un Mouvement d'éventail, tandis que

Kate soulevait sa jupe bien au-dessus des chevilles, en découvrant une paire de jambes fort joliment tournées dans leur bas de soie rouge et, dans le même Temps, me décochait ouvertement une Œillade.

— Je vous remercie de votre Bonté, répondis-je, mais je dois prendre Congé.

— Et où irez-vous sans Argent, mon Garçon ? Allons, mieux vaut faire comme nous disons.

— Non, Madame, dis-je. Mais, encore une fois, mille Mercis.

— Pas si vite, mon Garçon, répliqua-t-elle.

Et sur ce, elle me saisit fermement par le bras droit, pendant que le Majordome (réapparu entre-temps) prend le Commandement du gauche ; et me voici, mi-traînée, mi-soulevée et portée dans l'escalier, les trois Filles ouvrant le chemin avec des Gestes aussi suggestifs que précédemment.

Toujours portée, j'entrai quasi de Force dans une grande Chambre à coucher, tendue de Damas rouge, et où brûlait un beau feu dans l'âtre, derrière un écran de fer forgé orné de Nymphes nues en Bas-relief. Non loin, un lit de chêne sculpté, large de non moins de sept pieds et haut de dix, se dressait, tout tendu de Damas rouge aussi, avec lambrequin à houppes d'Or et d'Argent.

On me jeta brutalement sur cette couche. J'étouffais à demi sous les baisers de la Brune Druscilla, qui défaisait en même temps son corselet, puis présentait tour à tour à ma bouche entrouverte ses petits Seins retroussés aux mamelons dardés. Cependant, Mme Coxtart et ses autres Filles se livraient à des Danses Lascives tout en se dévêtant — je croyais voir des Ménades. Mme Coxtart lança loin corps de jupe, jupe et même linge, révélant un corps considérable, que l'on eût dit fait de Seins tombant presque jusqu'au nombril, d'un ventre aussi flasque que celui d'une vieille épagneule qui a mis bas deux fois l'an, et de jambes si couvertes de veines éclatées qu'elles ressemblaient à s'y tromper à des Enseignes de Barbier. Kate, enfin, avec sa chevelure blonde et sa peau d'ivoire, faisait penser à une Statue sculptée dans le marbre le plus pâle, alors qu'Evelina, toute miel et bouclettes couleur de mélasse, semblait une Vision sortie droit d'un Livre de Voyages Imaginaires dans un Archipel inconnu, sous les Tropiques.

Le Majordome restait debout devant la porte, comme pour la garder ; mais il s'était aussi posté là pour ne rien perdre du Jeu, et il était clair qu'il entendait bien ne pas être privé de son Divertissement de l'Après-Midi.

Quant à Mme Coxtart, à Evelina et à Kate, après avoir bondi sur le lit, elles se mirent en Devoir de me déshabiller sans Ménagement, tandis que Druscilla continuait à me taquiner les lèvres de ses Seins effrontés. Les yeux du Majordome s'écarquillèrent et une de ses mains plongea vivement à l'intérieur de sa culotte.

C'était ma Perte assurée, sitôt que l'on découvrirait mon Déguisement ! De quel Opprobre ne serais-je pas couverte quand on s'apercevrait (ce qui ne pouvait tarder) que je n'étais qu'une Fille, incapable de satisfaire tant d'Appétits des Sens ?

Lentement, maintenant, l'on me retirait mes bottes, me caressait les jambes, me tétait mes orteils moites de sueur — ce qui, étrangement, me faisait courir une vague de Feu dans les veines. Ensuite, l'on m'ôta ma Culotte, mais d'abord sans toucher au linge; et, tandis que Mme Coxtart s'installait carrément, de Façon à me chevaucher de ses grosses jambes et à présenter sa détestable Personne à ce qui ne pouvait être, dans son Esprit, qu'un Brandon d'Amour enflammé, Druscilla achevait d'enlever l'ultime Barrière entre l'Idée qu'elle nourrissait de ma Virilité et la Réalité de ma Féminité — autrement dit : mon linge. Ce qu'ayant fait, elle poussa un Grand Cri, comme quelqu'un qui prend un Voleur sur le fait :

— Par Dieu, la Garce ! C'est une Poulette !

Du coup, toutes, elles arrêtèrent leurs Girations; Mme Coxtart se souleva à demi; même le Majordome s'approcha pour mieux regarder cette Fabuleuse Merveille : une jeune Personne du Beau Sexe dans un Accoutrement du Sexe Fort.

— Voyez la Cachottière ! murmura enfin Mme Coxtart.

Toutefois elle ne semblait nullement décontenancée par cette Découverte de mon Sexe. Car elle restait penchée sur moi, ses gros genoux sur le Lit, d'une main caressant ses bouts de Seins brunâtres, de l'autre dégageant ma Gorge. Il y eut maints « Oh ! » et « Ah ! » admiratifs, cependant que les quatre Dames et leur unique Compagnon mâle m'exposaient dans toute ma Nudité, dénouaient mes cheveux, envoyaient au Diable mes Vêtements et accordaient leur Attention (tous les cinq !) aux diverses Parties de mon Anatomie. (Soit dit en passant, Belinda, peut-être te demanderas-tu ce qu'il était advenu de ma Jarretière de Sorcière, si distinctive. Elle était restée sur ma jambe, mais, dans leur Lubricité Rapace, mes quatre Séductrices et leur Coséducteur n'y prirent pas Garde).

Mme Coxtart usurpa sur Druscilla le Monopole de mon Premier Orifice, m'enfournant ses énormes tétons dans la bouche et, de fait, manquant de m'étouffer avec ces monstrueux Promontoires de chairs pendantes. En même temps, les Trois Grâces (car c'est sous cette Forme que je commençais à les voir), rendaient particulièrement Hommage à mes cuisses et à mon Ventre, la principale Attraction gisant naturellement dans l'Entre-deux. Kate tomba à genoux et me taquina le Connet de la Langue, trouvant sans peine le point le plus inflammable. Druscilla me caressa les cuisses, tandis qu'Evelina s'employait à me mignoter la Gorge, tantôt me pinçotant les mamelons de ses doigts délicats, tantôt les humectant de sa Langue chaude et experte. Quant au Majordome, il me suçait les orteils, comme si, en vérité, n'étant qu'un Serviteur, il se fût méfié de viser plus haut.

Jamais tous mes Sens n'avaient été en Feu à ce Degré ! Mes Nymphes étaient aussi versées dans l'Art de propager l'Incendie qu'une Armée d'Envahisseurs. Mais pourraient-elles l'éteindre ? Mon Cœur palpitait dans ma Poitrine, j'avais le souffle court et haletant, et mes cuisses auraient voulu se refermer sur la tête dont la Langue faisait naître en elles une telle Frénésie.

Me voyant tout près du Sommet de l'Extase, Mme Coxtart détourna ses Attentions de ma bouche pour extraire de dessous les oreillers un curieux Objet d'Ivoire en forme de Membre Viril (mais, au vrai, de douze pouces de long et aussi gros qu'un poing serré !). Il était tout sculpté d'étranges Silhouettes enlacées, Hommes et Femmes en Miniature s'adonnant aux Pratiques les plus Lascives; et, véritablement, sa Dimension m'emplit autant d'Effroi que de Concupiscence — car je craignais qu'il ne me fût destiné.

Pendant que le Majordome et deux des Grâces me tenaient fermement les cuisses écartées et que Druscilla jouait avec mes Seins, Mme Coxtart se plaça à côté de moi sur ses formidables genoux, sépara les Lèvres écarlates de mon Tendre Connelet et, d'un coup, enfonça la Bagatelle d'ivoire sculpté tout entière dans ma Pudicité, y enfouissant l'Objet Démoniaque jusqu'à sa Diabolique Garde ! O je poussai un Grand Cri de Douleur et de Plaisir à la fois, et les Larmes coulèrent aux coins de mes yeux. Druscilla les lécha (promenant de fait sa Langue sur mes paupières, mes lèvres, le bout de mes Seins, et jusqu'à mon nombril), tandis que Mme Coxtart, ricanant comme Satan en Personne et faisant claquer ses lèvres de Luxure et de Malice, fourgonnait sans Trêve mon doux Connet de sa Verge d'Ivoire, jusqu'au moment où, brûlante de Souffrance et de Volupté, je lançai une Plainte Aiguë, en même temps que mon Sexe se contractait tel un Cœur battant dont les Pulsations expireraient dans un Excès de Plaisir. Pour finir, je me laissai sombrer dans ce Flot embrasé que la Nature a conçu tout exprès pour permettre aux Sens de se ressaisir.

Mais Mme Coxtart ne s'en tint pas là. O que non pas ! Il lui fallut derechef réitérer l'Entreprise. Et de taquiner de la Langue mon Point le plus Sensible; et de me reprendre deux fois encore, puis une troisième, jusqu'à ce que je me sentisse si faible de Plaisir (et que mon Connet fût si endolori) que j'en fusse réduite à gémir comme un Enfant dans ses bras. Chose qui lui plut fort, à la Vérité; car, entièrement satisfaite de ma Parfaite Soumission, elle passa au Contentement de ses propres Appétits, intimant au Majordome d'avoir à servir l'Ampleur monumentale de son Orifice Inférieur, cependant que ses « Filles » (en réalité, je ne leur accordais plus guère cette

Qualité) s'occupaient particulièrement de ses tétons et de leur mamelon, ainsi que de ses lèvres bulbeuses et peintes.

Le Majordome était nanti d'une Pièce d'Artillerie — c'étaient véritablement les seuls Mots qui convinssent — point trop longue, mais extrêmement trapue et grosse; et certes, ce devait être là une vieille Accointance, car Mme Coxtart l'appelait d'un Petit Nom Familier (« Courtepine » ou même « Maître Courtaud ») et semblait en avoir fort usé par le Passé. Elle attira le Majordome au-dessus d'elle sur le lit, pressant ses Formes fluettes sur sa propre Opulence, et manœuvrant ce corps de-ci de-là pour son Plaisir égoïste, tandis que le lit tanguait comme un Radeau sur une Mer démontée et que les Nymphes, interrompant leur Assistance (de fait, Mme Coxtart était bien trop perdue au fond de ses Extases pour s'en apercevoir maintenant), se mettaient à mimer les Grognements et Girations comiques de la Dame, comme des Bouffons de Foire. O que de Cruauté dans leurs Singeries ! Mais il faut bien dire que leur « Mère » offrait Prétexte irrésistible à Satire. Ses yeux s'exorbitaient à l'approche de la Petite Mort; ses cuisses tremblaient; sa Bouche bavait; puis elle cria : « O Sainte Mère de Dieu ! »

Lorsqu'elle eut tiré Satisfaction du Majordome, elle lui commanda de décamper d'elle, et le dépêcha promptement à l'Office, tandis que Druscilla, Kate et Evelina pleuraient toutes trois Famine.

— Ce n'est pas juste ! Pas juste ! Vous lui avez pris toute sa Semence, sans nous en laisser une Goutte !

— C'est Grand Dommage, mes Filles, répliqua Mme Coxtart sarcastiquement. Mais c'est moi la Maîtresse céans, et j'ai mes Privilèges. Tenez, arrangez-vous de ce Jouet entre vous !

Là-dessus, lançant la grande Verge d'Ivoire à Druscilla et rassemblant ses Atours tombés ici et là, elle sortit de la Chambre en dandinant sa Nudité Absolue et referma la porte à clef derrière elle. Pour ma part, j'étais si épuisée, à ce Stade, que j'étais presque incapable de bouger.

— Pas juste ! maugréa encore Druscilla, en tournant et retournant la Verge d'Ivoire dans sa main. (Quel curieux Jouet c'était là ! Les Sculptures étaient placées en sorte d'exercer Pression aux Endroits Critiques, autant que d'enflammer l'Œil; mais Druscilla ne semblait nullement séduite par l'Objet.) Je préfère, reprit-elle, un Exquis Couillon Picardant à ce méchant Instrument tout froid.

— Oh ! tais-toi donc, Dru, dit Kate. Tu sais parfaitement que Mère Coxtart ne partage jamais son Bien-aimé Courtaud. Elle aimerait encore mieux lui couper le Brandif.

— Il a déjà l'air étêté ! dit Evelina avec un méchant rire. Enfer et Damnation ! Voilà que mon Hérisson me démange. Qui veut s'en occuper ?

— Pas moi, répondit Druscilla.

— Ni moi, dit Kate.

— Gratte-toi toi-même, Paresseuse ! dit Dru. Fais comme tout le Monde.

— Et la Nouvelle ? dit Kate à voix basse.

— Je n'y risquerais pas mon petit Arpent, chuchota Druscilla. Elle a l'Air complètement éreintée. Qui plus est, Mère Coxtart te fouetterait... du moins tant qu'elle n'aura pas vendu le Pucelage de la Belle.

— Le Pucelage ! se récria Kate. A supposer qu'elle en ait encore un, il ne doit plus en rester grand-chose à présent. La Vieille Bique est folle. Elle s'enrage si bien à vouloir soumettre les Nouvelles que à tant faire, elle y perd un gros Profit.

— Elle s'en moque, dit Dru. Elle sait qu'elle peut toujours user du Sang de Pigeon et de l'Eponge, comme elle l'a fait pour toi et moi. Tout ce qu'elle veut, c'est leur embraser les Sangs... pour les mettre en Train.

— En tout Cas, elle n'aura pas de Mal pour celle-ci, dit Evelina. C'est une vraie Trousse-Cottes.

— Comme toutes les Rousses, dit Kate. Les Blondes ont le sang plus froid.

— Peuh ! fit Dru. Sornettes et Crotte en Broche !

— S'il te plaît, viens, Dru, occupe-toi de moi ! Je l'ai bien fait pour toi, la nuit dernière, dit Evelina.

— Oui-da, et même que tu m'as demandé une Guinée, Catin Bouseuse, va !

— C'est la Force de l'Habitude, répliqua Evelina. Si c'est gratuit, je n'en tire aucun Plaisir.

— Quelle Teigneuse ! dit Druscilla. Toujours la Langue prête à une nouvelle Insolence ! Eh bien, moi, cette fois, je refuse de te gratter là où cela te démange. J'ai mieux à faire de mes doigts. Tiens... essaie plutôt cela !

J'avais feint de dormir pendant cette étonnante Conversation et gardé les yeux clos ; mais je ne pus résister à l'Envie de les entrouvrir, pour voir quel Objet Druscilla allait jeter à Evelina. C'était un autre Jouet bizarre ; trois Oeufs d'Ivoire reliés par un Cordonnet de Soie rouge.

— Attrape ! dit Druscilla. Fourre-le dans ta Fente ; faute de mieux cela l'aveuglera !

Sur quoi, Evelina, sans perdre une Seconde, de s'allonger à côté de moi sur le lit, de retrousser jupe et jupon, d'écarter ses cuisses de Miel et d'enfoncer les Oeufs d'Ivoire — un, deux, trois — dans son Connet accommodant. Le Cordonnet de Soie rouge pend de charmante Façon parmi les frisons couleur de Mélasse.

— Et maintenant, Dru, je fais quoi ? demande-t-elle.

— Tiens bon le Cordonnet, répond Dru. Puis tire et laisse remonter; mais surtout, fais Attention à bien garder tes cuisses de Pute très-serrées; sans quoi, tout va ressortir.

De ma place, les yeux mi-ouverts, je pouvais voir Evelina tirer sur la soie et presser les Cuisses l'une contre l'autre, tout en geignant et soupirant d'Extase. Elle avait la bouche ouverte et le bout de ses Seins, tout dur, pointait vers le Ciel; son Buisson de frisettes tanguait de côté et d'autre cependant qu'elle tirait et serrait, serrait et tirait... A la fin, le Spasme de la Petite-Mort parut la gagner et, sur un Cri Perçant, elle cessa de se mouvoir et demeura inerte.

— Tu le laveras avant de me le rendre, je te prie ! lui cria Druscilla.

Kate éclata de rire à ces Paroles, tandis qu'Evelina se contentait de répondre par un Grognement.

L'instant suivant, j'entendis la porte de communication avec la Chambre voisine s'ouvrir, et Dru et Kate se retirer. Evelina et moi, nous restâmes seules, exténuées de Passion Sensuelle, chacune prétendant ignorer l'Existence de l'autre sur le grand lit de chêne, chacune prétendant dormir, jusqu'au Moment où nous n'eûmes plus Besoin de simuler, car le Sommeil nous engloutit comme la Houle de l'Océan, et nous voguâmes bientôt de Conserve sur ses Flots.

Chapitre II

Où l'on trouvera quelques Réserves touchant l'Auteur de ce célèbre Ouvrage que sont les Mémoires d'une Femme de Plaisir, *ou* Fanny Hill, *en même temps que le Récit Véridique & Complet de notre Héroïne concernant ce qui arriva réellement lors de son Initiation dans le Bordel de Mère Coxtart, de sa première Visite à un Marchand de Nouveautés, & d'un Message Singulièrement Étonnant de l'Esprit de Robin des Bois.*

AINSI se passa ma première journée au célèbre Bordel de Mère Coxtart.

Je crains fort que le Monde ne se fasse une Idée entièrement différente de mon Histoire, à lire le Livre scandaleux de M. John Cleland, *Les Mémoires d'une Femme de Plaisir*. Pour l'écrire, il me vola le Récit de ma Vie et jusqu'à mon Petit Nom. Mais étant Homme, et d'Entendement fort Excentrique ainsi que de Talent fort contestable, il ne put s'empêcher de tomber dans l'Outrance de Sentiment, en me donnant une Enfance Campagnarde humble et inculte (avec des Parents commodément emportés par la Petite Vérole), et en prétendant que je rencontrai Mère Coxtart (qu'il appelle Brown, la confondant avec une autre Vénérable Abbesse de Vénus) chez une Placeuse où je serais supposément allée quémander une Position de Femme de Chambre.

L'Infâme M. Cleland, qui n'avait d'autre Objet que de payer ses nombreuses Dettes en écrivant un Livre Accrocheur et ne comprenait pas grand-chose aux Pensées et à la Sensibilité du Beau Sexe, tira de

196

ma Vie une Fable Sucrée jusqu'à l'Écœurement (aussi garnie de Scènes Licencieuses qu'un Poudingue de Fruits au Brandy) sur une Pauvre Jeune Campagnarde qui vient à la Grand-ville, se prostitue par le plus grand des hasards, mais n'en reste pas moins fidèle au fond du Cœur (sinon d'un Organe placé plus bas) à son Bien-aimé Charles, et finalement se reconvertit à l'Honnêteté pour conclure ses Jours « dans le Giron de la Vertu », selon le Style très-Singulier et Suranné de M. Cleland.

Que le Livre en question soit l'Œuvre d'un Homme Crédule et non d'une Femme Avisée, apparaît clairement dans l'excessive Attention que M. Cleland accorde à la Description de l'Organe Viril, pour lequel il a plus de Noms que n'en a Lancelot Robinson pour l'Organe Féminin correspondant ! Seul, un Homme (et médiocrement Doué, de plus) s'étendrait si interminablement sur la Dimension et l'Endurance de tous ces Rossignols, Dardillons et Berloques; car les Femmes ont mieux à faire de leur Raison et de leur Esprit.

Quoi qu'il en soit, j'aurai bientôt l'Occasion de conter en quelles Circonstances je fis la Connaissance de M. Cleland et comment cet Ignoble Personnage en vint à me voler mon Histoire. Pour l'heure, qu'il suffise de dire que pas un Brin de ses *Mémoires* de Fanny Hill n'est vrai, sauf le Petit Nom de l'Héroïne, le fait tout nu qu'elle ait été entraînée pour un temps à mener Vie de Prostituée, ainsi que certains Traits (mais non pas tous, tant s'en faut !) de l'Aspect Physique de sa « Fanny ».

Les cheveux de son Héroïne, il les décrit comme ayant « le Lustre blond ardent de l'acajou » — ce qui, je suppose, n'est pas trop loin de la Cible (bien que ma chevelure tire beaucoup plus sur le roux que sur le brun). Mais « les yeux noirs » jamais ne furent miens, ni mon menton creusé d'une fossette et grêlé comme il le prétend; non plus que je n'ai jamais été Amoureuse d'aucun Homme portant le Nom de Charles.

Tous les faits les plus Curieux et les plus attachants de mon Existence — mes Voyages avec les Joyeux Compagnons, mon Initiation à l'Art de la Sorcellerie, mon Enfance Studieuse et Érudite à Lymeworth, mon Amour des Auteurs Latins et Anglais, mes Méditations perplexes sur la Philosophie — tout cela, il a jugé bon de l'ignorer (car un Homme ne comprendra jamais qu'une Femme puisse être Catin quelque temps et néanmoins aimer le Latin !). Au lieu de cela, il a fait de moi une Parfaite Sotte.

Par Jupiter ! Je lui en veux de ce Pâle Portrait d'après lequel le Monde *croit* me connaître. Innocente des Façons Perverses de Londres, certes je l'étais peut-être lorsque le fis sa Connaissance, mais je n'étais assurément pas une Sotte ni une Mijaurée.

Hélas ! Belinda, la plupart des Hommes ne voient en nous que

197

des Incarnations de la Vertu ou des Parangons du Vice; que des Bas Bleus ou des Catins peintes et ignares; que des Guenipes ou des Entêtées du Célibat; que des Épouses ou des Folles de leur Corps; que de Bonnes Veuves ou de Méchantes Sorcières. Mais allez leur dire, comme moi, que la Femme est Alliance de Doux et d'Amer, qu'elle est à la fois Raison et Esprits Animaux, Vivacité d'Entendement et Futilité — autant vous cogner la tête contre un Mur de pierre dure ! Avec eux, c'est tout l'un, tout l'autre. Soyez intelligente, s'il vous chante, mais alors renoncez à toute Réputation de Beauté et de Sensualité, aussi bien qu'à tous Plaisirs de la Chair. Ou bien accordez-vous Plaisirs et Amours et, dans L'esprit des Hommes, vous resterez à jamais une Putain sans Esprit !

(Soit dit en passant, il n'en va pas tout à fait ainsi en France, où il ne manque pas de Femmes de Beauté et d'Esprit et où, souvent, les plus grandes Courtisanes ont eu Renom de Science autant que de Libertinage. Mais, ici, dans notre Aimable Angleterre, où les Hommes, j'en ai peur, ne sont ni chair ni poisson, c'est Denrée rare).

Toutefois, poursuivons.

Je me retrouvai donc Prisonnière dans ce Bordel du West End — Prisonnière de ma Pauvreté et de l'œil vigilant de Mère Coxtart (sans compter celui des Filles et aussi du Majordome). De Druscilla, de Kate et de la belle Evelina, l'on a déjà eu un Avant-goût. Il y avait en plus sept autres Filles, bien que quatre d'entre elles fussent absentes, parties pour une Réjouissance Privée dans le Buckinghamshire, et que je ne dusse faire leur Connaissance que plus tard. Les trois qui restaient, je les rencontrai le lendemain. C'étaient Molly, Roxana et Nell. Molly, très-dodue et blonde, le nez retroussé et de bonnes joues rouges de Fille de Laiterie. Roxana, pâle et très-brune, et semblant tousser éternellement dans son Mouchoir. Nell, d'une Maigreur d'Échassier et point très-jolie, mais réputée connaître des Tours Diaboliques au lit; et donc, néanmoins, très-recherchée.

Le premier Matin, je m'éveillai à côté d'Evelina. Elle était languide et ravissante; avec sa peau de Miel, elle évoquait, ainsi que je l'ai dit, des Iles Tropicales. Pour faire Connaissance, je m'enhardis jusqu'à m'enquérir de son Lieu de Naissance.

— La Martinique, ma Chérie, répliqua-t-elle, en se retournant, tout ensommeillée, dans le lit. Et j'ai maintes fois failli attraper la Mort à Londres. Le Climat d'ici est *féroce*. (Elle frissonna comme pour mieux souligner ce Dire.) Et qu'en est-il de ta Jolie Personne, ma Caillette ?

— Je suis du Wiltshire.

— Et où est cela ?

— C'est un Pays à l'Ouest d'ici, je crois bien; mais, comme c'est ma première Visite à Londres et que mon Trajet jusqu'à cette Ville fut fort curieux et détourné, je ne saurais dire au juste...

— Ah, fit Evelina, manifestement excédée de ma Géographie et, d'Évidence, n'ayant aucune Envie d'en apprendre plus long sur mes Voyages.

— Et qu'est-ce qui t'a amenée ici, de ce Côté des Mers ?

— Un Homme, bien sûr, répondit-elle. Un Misérable Anglais qui m'avait promis une belle Carrière au Théâtre, un Carrosse à six Chevaux, et tout ce que pouvait désirer mon Cœur. Il a eu tôt fait de m'abandonner.

— Et qu'est-il advenu de ta Carrière de Comédienne ?

— Peuh ! fit-elle. Les Directeurs commencent par engager leur Maîtresse, et les Rôles pour une Fille de Couleur sont plutôt rares. Une goutte de Sang Noir dans les veines fait d'Aimables Maîtresses, mais des Comédiennes affamées. La plupart des Filles comme moi jouent une ou deux fois, dans l'Espoir de prendre au Piège un Duc qui les entretienne et de quitter la Scène. Ce n'est pas une Vie pour une Femme de Qualité.

— Et celle que tu mènes ?

— Elle n'est pas si mauvaise, dès lors que tu apprends à être plus Maligne que la Vieille Bique. C'est une Rusée. Elle fera tout pour te prendre ton Argent sous Prétexte de Vêtements et de Nourriture, avant que tu voies un Traître Sou. Il faut avoir des yeux de faucon pour la surveiller. Elle tient un petit Registre dans lequel, *dit-elle*, tes Gains et tes Débours sont comptés. Ha ! Avant qu'elle te donne de l'Argent, tu auras le temps de mourir de Faim en Enfer. Le tout est de te faire payer de la main à la main par le Client... ou de cajoler tes Soupirants pour qu'ils te mettent des robes sur le dos et des bijoux autour du Cou. Et puis, tu peux aussi leur soustraire un peu d'Argent de Poche. Et certaines Filles ont des Galants qui leur font Cadeau d'Actions de la Compagnie des Mers du Sud, ou de Billets sur la Banque d'Angleterre, ou d'Effets de la Compagnie des Indes Orientales. C'est bel et bien, mais, pour ma Part, j'ai un Coquin qui prétend m'installer chez moi. Je serai bientôt hors d'ici et entretenue, Dieu soit loué !

J'écoutai très attentivement tous ces Bons Conseils, me demandant si Evelina avait vraiment un Galant fidèle ou si elle ne rêvait pas seulement.

— Ah ! et encore une Chose, Chérie : garde-toi bien d'être enceinte, car la Vieille Bique ne manquerait pas de te jeter dehors, au Bon Cœur de la Paroisse. Elle essaiera sans nul doute de vendre ton Pucelage, que tu l'aies encore ou non; car, puisque tu es encore Inconnue, elle peut te faire passer pour Pucelle. Elle te donnera une Eponge de Mer avec du Sang de Pigeon, et te montrera comment placer cela au fond de ton Intimité. Tu saignes, le Client croit qu'il

199

a eu une Vierge et Mère Coxtart perçoit Double Tarif. N'est-ce pas comique ? Les Hommes qui viennent ici sont tous des Lumières : Auteurs Dramatiques, Poètes, Ecrivailleurs de toute Plume... Et pourtant, jamais ils ne suspectent les Fausses Vierges de Mère Coxtart. Elle te fera jouer les Pucelles une bonne demi-douzaine de fois, pour autant d'Amateurs.

« Note bien de garder l'Eponge (ou d'en acheter une autre chez l'Apothicaire), puis de la tremper dans le Vinaigre et de la loger bien au fond de ton Puits d'Amour avant d'aller au lit avec un Homme — cela t'évitera de tomber enceinte. A propos, comment t'appelles-tu, Chérie ?

— Fanny, dis-je, encore sous le coup de tout ce qu'elle venait de me révéler.

— Souviens-toi bien de ce que je te dis, Fanny Chérie ; un jour, cela te sauvera la Vie.

Au même Instant, nous entendîmes la clé tourner dans la serrure, et Mère Coxtart en Personne apparut, vêtue de ses Atours Matinaux et suivie d'une Femme de Chambre. Celle-ci portait une cruche d'eau et une cuvette, qu'elle plaça sur la table de toilette. Puis, s'agenouillant à côté du lit, elle tira de dessous le sommier le pot de chambre, alla à la fenêtre, vida allégrement le Contenu odoriférant dans la Rue (au Cri de « Gare ! »), replaça l'Objet sous le lit, et passa à la Préparation d'un feu dans l'âtre. Mère Coxtart semblait, elle aussi, avoir bon pied bon œil après la Débauche de la nuit. Rien n'était plus étonnant que la Façon dont elle s'était sanglée pour donner à croire qu'elle avait des Formes. Cette Femme était un Chef-d'Oeuvre de Contention, à grand Renfort de Buscs et de lacets !

— Et comment vont mes Beautés ? demanda-t-elle, s'approchant du lit et penchant sur nous son Regard d'Oiseau de Proie. Allons, debout, paresseuses Poulettes ! Le Petit Déjeuner attend au Salon et je vais avoir Besoin de la Nouvelle... Quel est ton Nom, ma Fille ?

— Fanny, Madame.

— J'aurai besoin de Fanny pour une Visite au Marchand de Nouveautés et à la Couturière. Allons, hors du lit maintenant !

Pendant qu'Evelina prenait son tour au pot de chambre et à la table de toilette, je dus me présenter, debout et nue comme au Jour de ma Naissance, au Milieu de la Chambre à coucher, et rester là toute frissonnante, comme on peut l'imaginer, pour permettre à Mère Coxtart d'examiner soigneusement mon corps et de prendre mes Mesures à l'aide d'un ruban qu'elle tira de son tablier. Il faisait si froid dans la Chambre (en dépit du feu tout juste allumé) que le bout de mes Seins se dressait et que ma peau semblait aussi ratatinée et hérissée que celle d'un poulet plumé ; et, de fait, on eût dit que Mère Coxtart me soumettait à cet Examen tout autant pour sa

Délectation Paillarde (et pour parachever ma Soumission) que pour prendre vraiment mes Mesures (car la Couturière eût fort bien pu s'en acquitter). Elle me pinça les tétins, me planta un Doigt dans le nombril, plongea même deux doigts dans mon Intimité (pour vérifier ma Virginité, *dit-elle*; mais, après les Jeux Amoureux de la nuit, quelle Résistance pouvait-elle espérer rencontrer ?). Je n'avais pas soulagé ma Vessie depuis la veille et, lorsqu'elle me planta brutalement deux doigts dans mon Connet, je craignis de faire pipi sur le plancher, ce qui eût porté au Comble mon Humiliation. Non sans grande Peine, je me retins, me mordant la lèvre inférieure jusqu'au sang.

— Je gage que la Fille n'attend pas d'Enfant, déclara froidement Mère Coxtart.

— O non, m'écriai-je, de Peur maintenant d'être jetée à la Rue.

Mais sa rude Question fit courir follement la Poste à mon Esprit, car il était tout juste possible, bien qu'improuvable, que j'eusse conçu un Enfant de Lord Bellars. « La Déesse me préserve ! » murmurai-je très-bas.

— Que dis-tu ? demanda Mère Coxtart.

— Sans vous, je serais encore Pucelle, mentis-je (avec un tel Aplomb que j'en fus moi-même étonnée).

Mère Coxtart m'observa d'un Air intrigué.

— Je n'ai pas vu de sang sur le drap, hier soir, dit-elle. Allons, Fanny, il ne sert à rien de mentir, car je ne te découvrirai que trop tôt.

— Oui, Madame, dis-je, réfléchissant très-vite. Mais depuis ma plus Tendre Enfance je monte à Cheval à califourchon, comme un Homme. Au vrai, mon Etalon Bien-aimé, Lustre, m'a été volé dans une Auberge de Campagne, alors que je me rendais à Londres...

— La belle Fable ! dit Mère Coxtart d'un ton sec. Pressons, les Filles, je vous attends au Salon; faites vite.

Et elle sortit de la Chambre dans un grand Mouvement d'étoffe, telle la Reine de France, suivie de la Femme de Chambre.

La Servante avait rassemblé mes vêtements éparpillés la veille et les avait entassés sur un siège. Ne trouvant plus soudain ma Jarretière rouge Porte-Bonheur, je fouillai la pile, mais elle n'était nulle part ! Prise de Panique, éperdue, je courus jusqu'au lit et tâtai sous la courtepointe. Mes doigts palpaient désespérément. Ouf ! je la sentis au bout du lit, où je l'avais sans doute repoussée durant la nuit qui avait suivi notre Orgie. Non sans un grand soupir de Soulagement, je la fis glisser de nouveau sur ma cuisse.

Entre-temps, Evelina avait achevé sa toilette, et revêtu un déshabillé de somptueuse soie jaune, tissé de Manière à imiter la dentelle, avec des rubans roses fermant le corps de jupe. Elle avait des rubans de même couleur dans les cheveux et, au vrai, elle avait un tel Air d'Innocence que l'on avait du mal à croire qu'elle avait partagé les

Transports de la Chair dont j'avais été Témoin !

— Que dois-je mettre ? lui demandai-je en enveloppant ma Nudité frissonnante dans la courtepointe, tant pour sa Chaleur que pour dissimuler ma Jarretière rouge.

— Tiens, attrape, Chérie ! me cria-t-elle en me lançant un corps de jupe et une jupe de soie verte. Et presse-toi, ou la Vieille Bique sera vexée !

Sur quoi elle quitta la Chambre à son tour et je l'entendis descendre l'escalier.

Seule pour la première fois, je courus droit au pot de chambre (où Evelina avait déjà laissé le Souvenir fumant de ses Charmes) et soulageai ma vessie de sa Charge. Puis je me lavai vivement le visage et les mains dans l'eau sale de la table de toilette, et entrepris de revêtir la jupe de soie verte (laquelle, on peut en être sûr, n'était ni très bien ajustée ni de la première Fraîcheur).

Pendant que je m'habillais, mes Pensées galopaient. J'essayais de me rappeler quand j'avais vu fleurir le Mois pour la dernière fois; mais mon Esprit n'était que Confusion. Depuis combien de temps avais-je quitté Lymeworth ? La Profusion des Evénements avait été telle et si déroutante que j'avais toutes les Peines du Monde à me ressouvenir des Dates. Combien de jours avais-je passés avec les Sorcières ? Et de semaines avec Lancelot ? Avais-je eu Droit à ma Visite Protocolaire Mensuelle tout juste une semaine avant le Retour de Lord Bellars au Château, ou bien plus tôt ? Je croyais me rappeler que cela s'était produit une semaine avant son Arrivée; j'entendais encore ma Sœur Adoptive Mary me demander si « le Capitaine en Habit Rouge était là » et Lady Bellars lui représenter que c'étaient Manière Vile et Preuve de Manque d'Education que de parler ainsi des Afflictions Domestiques de la Femme. J'avais beau essayer de compter les semaines sur mes doigts, j'y perdais mon Latin, faute de connaître la date. Je résolus d'en avoir le Cœur net sans perdre un Instant. La Peur d'être Grosse me faisait trembler sur mes jambes pendant que je m'habillais. Je me sentais faiblir; mon front se couvrait de sueur; le Froid de la Mort envahissait mes doigts (et je faillis me faire mourir de Peur moi-même en laçant mon corps de jupe, tant mes mains étaient glacées). J'étais déjà en Grande Peine de pourvoir à mes propres Besoins — que serait-ce avec un Enfant !

Cela ne se peut, pensais-je. C'est impossible. Mais tout en me disant ces Mots, je n'ignorais pas qu'ils étaient peut-être illusoires.

Affublée de soie verte, chaussée de vert aussi (et de mules bien trop grandes), mes cheveux roux me retombant en flot dans le dos, je descendis l'escalier en courant pour rejoindre Mère Coxtart et ses « Filles » à leur Petit Déjeuner.

Evelina, Druscilla, Kate et Molly et Nell étaient là, ainsi que

202

Roxana et sa toux — et la Vieille Coxtart en Personne, qui présidait comme une Mère Poule. Elles mangeaient du fromage avec des tranches de pain grillées et, pour breuvage, buvaient du chocolat. En m'attablant, je me demandai si Mère Coxtart tenait le compte des morceaux de pain et des tasses de chocolat et les défalquait des Gains de chacune à la fin du mois. C'était vraisemblable, car la Vieille Abbesse Vicieuse n'avait apparemment rien d'une Ame Charitable. Je ne comprenais pas qu'elle ait pu s'endurcir à ce Point. Etait-ce l'Apreté de son Existence, ou la Misère, la Nécessité, l'Excès de Gin, aussi bien que le Manque d'Education et de bons Usages ? Car, au fond de moi-même, je continuais à croire, même après tout ce dont j'avais été Témoin, que l'Ame Humaine est essentiellement Bonne et que, seule, la corrompt la Méchanceté de ce Monde.

La Conversation à table était des plus banales. Je remarquai combien éteintes étaient mes Compagnes en la Présence de Mme Coxtart — presque comme si elles l'avaient crainte. Elles bavardaient très volontiers, laissées à elles-mêmes; mais sous cet Œil aux Aguets elles restaient sur la Réserve. Quant à Roxana et à Nell, elles avaient manifestement l'Air malade — atteintes de Consomption peut-être. Il était alarmant de voir comme, toutes, elles paraissaient souffreteuses à la Grande Lumière du Jour.

— Et maintenant, mes Filles, dit Mère Coxtart en se frottant les mains, j'ai là une petite liste d'Occupations pour vous toutes...

Là-dessus, elle nous débita une Série de Noms écrits sur un bout de papier crasseux, nous attribuant à chacune un Galant, parfois deux. Je crus reconnaître parmi ces Noms ceux de Personnages parmi les plus distingués du Monde des Lettres, mais je doutais qu'ils fréquentassent un tel Lieu; j'en conclus donc que je me trompais sûrement : ce devaient être des Frères Cadets ou d'Obscurs Cousins.

— Et quant à Madame Fanny, poursuivit Mère Coxtart, j'ai pour elle un Rendez-vous tout à l'heure. Mais, d'abord, nous devons l'équiper comme il sied à une Dame de sa Beauté. Mangez, je vous prie. Il va nous falloir aller.

J'avalai vite mon chocolat et une tranche de pain grillée; mais, au vrai, j'étais bien trop angoissée pour pouvoir manger de Bon Cœur. Entre mon Tourment de me trouver peut-être enceinte et mon Inquiétude, dans l'Ignorance où j'étais du Sort de Lancelot, sans parler de mon Appréhension des Projets que nourrissait pour moi Mère Coxtart, toute Tranquillité s'était enfuie de moi.

Bientôt, ma nouvelle Patronne me fit lever de table et m'entraîna vivement dehors, où attendait une Chaise à Porteurs.

La Vieille Rusée, bien trop pingre pour demander deux Chaises, après m'avoir dit que j'étais assez mince pour partager celle-ci avec elle, sauta carrément pour s'installer la première, puis, relevant paniers et jupes pour me faire Place, me dit :

— Viens, ma Chérie, prends tes Aises.

Mais j'étais bien en Peine de complaire à l'Invitation et, ne sachant où poser mon Derrière (pour ne rien dire des jupes), je me serrai, mi à croupetons, mi-debout, pendant que nous allions, cahin-caha, à travers la Foule grouillante des Rues.

Notre Destination était le Marché Royal des Changes où, me promettait la Coxtart, nous trouverions le plus étonnant Etalage de Fanfreluches et de Colifichets seyant à ma Nouvelle Vie. Pour moi, je fus bien contente lorsque la Chaise me déposa, tant j'avais eu Peur d'être broyée, étouffée, secouée à en périr.

Les Porteurs nous laissèrent devant un merveilleux Passage Voûté, en pierre dorée, plein de Boutiques de toute Espèce. C'était une Cour Intérieure pavée, nouvellement bâtie après le Grand Incendie de 1666 qui avait suivi la Grande Peste, et s'y pressait toute une Foule de Voyageurs, de Badauds, de Boutiquiers, de Marchands; de Servantes en quête d'une Place; de Ruffians cherchant des Victimes bonnes à enlever et à expédier dans les Plantations d'Amérique; d'Espagnols à la moustache saupoudrée de tabac à priser; de Hollandais en bonnet; de Juifs aux Cheveux longs; de Porteurs, de Colporteurs, de Vendeuses d'Oranges et de Chiffonniers; il y avait également des Irlandais bavards, des Ecossais taciturnes, des Appren-tis qui flânaient, des Couturières qui coquetaient, des Valets insolents, des Maris en Mal de Maîtresse, des Epouses en Souffrance d'Amant. Des petits Avis offrant des Emplois vacants étaient placardés sur les colonnes, où ils battaient un peu des ailes, tels des papillons de nuit agonisants. Les Gens — ceux qui les regardaient — les consultaient d'un œil indifférent. L'on venait d'abord là pour le Plaisir de traîner et de bavarder, de badiner et de commérer, et non pas à la Recherche d'une Honnête Journée de Travail.

Nous nous hâtâmes de pénétrer dans une Boutique de Nouveau-tés, où la Profusion et la Beauté des étoffes étaient un Eblouissement. Bien que le Marchand de Nouveautés de Lady Bellars eût coutume de nous rendre Visite à Lymeworth avec ses pièces de soie, de satin et des Mousselines les plus fines, jamais, à la Vérité, je n'avais vu rien de comparable au Choix que présentait une Boutique Lon-donienne.

Notre Boutiquier, sorte de Géant dont la Maigreur faisait Pitié, tant il semblait tout en Angles, nous accueillit en s'inclinant prodi-gieusement bas et en marchant à Reculons. Puis, tout en nous offrant le Thé, il dépêcha ses Commis, les pressant d'aller prendre sur les plus hautes étagères rouleaux et pièces des toutes dernières étoffes.

— Et que Madame désire-t-elle aujourd'hui ? s'enquit-il entre temps avec la plus extrême Déférence. (S'il connaissait le Métier de Mère Coxtart, ses Manières n'en laissaient rien voir du tout.)

— Il me faut équiper cette Belle Jeune Dame — ma Nièce, tout juste arrivée de sa Campagne — pour la Saison en Ville, répondit Mère Coxtart.

En public, le Ton devenait hautain et raffiné. La veille, dans la Chambre à coucher, et le matin même, son Discours avait eu moins d'Elégance.

— Ah ! Madame, s'empressa le Marchand. Permettez-moi de vous montrer nos plus récentes Nouveautés. Nous avons des Soies de Tabis des Mohairs, des Damas à Fleurs, des Popelines, des Crêpes, des Peluches, des Pou-de-soie, des Chalons, des Serges... sans parler des Ravissantes Etoffes des Indes que nous venons de recevoir : Surahs, Casimirs, Taftâs, Sirsakars, Chintz, Moreens, Pelengs...

Puis, ayant d'abord ordonné à un Commis d'apporter une étoffe d'un jaune moutarde riche et vif, il l'étala devant Mère Coxtart, se courba en deux et dit :

— Ceci, Madame, est une Soie fort amusante. Grands Dieux ! quelle Belle Robe cela ferait...

— Pas pour une Beauté rousse, je le crains, rétorqua la Coxtart dans son Style Elégant. Le jaune moutarde donne à ma très-chère Nièce le Teint plutôt malade. Mieux vaut le vert ou le bleu. Et le rose, assurément, fait ressortir son adorable Pâleur, alors qu'une lustrine à fleurs pourrait lui aller fort bien, si elle est assez claire.

— Ah ! Madame, j'ai juste ce qu'il vous faut, dit le Marchand.

Et, frappant dans ses mains pour appeler un autre Commis, il l'expédie tout en haut d'une échelle pour y prendre une pièce de soie plus bleue que l'Azur. A peine le Commis hors d'haleine a-t-il dégringolé l'échelle, chargé de la céleste soie, que le Marchand la déploie vivement sur son bras et m'en fait, sur les épaules, un Drapé du plus séduisant Effet.

— Admirez, Madame, cette Vision Enchanteresse !

— Cela peut aller, cela peut aller, dit la Coxtart sans grand Enthousiasme et se préparant, de toute Evidence, à marchander le Prix.

L'Opération se répéta durant deux heures au moins, cependant que d'innombrables pièces et rouleaux de magnifiques soies quittaient leurs étagères et que le Marchand multipliait les Courbettes de son long corps maigre, se confondait en Platitudes et en Servilités devant Mère Coxtart, et que je servais surtout de Mannequin inerte, tandis que l'on drapait sur mes Formes toute sorte d'étoffes, comme si j'avais été une Chose, sans Esprit ni Volonté qui lui appartinssent en propre. Et, fatiguée, maussade, je regardais à travers la Vitrine le Passage bouillonnant de Monde sous ses Voûtes, quand soudain, à mon très-grand Etonnement, j'aperçus un Mendiant en loques qui, de l'autre Côté, ne me quittait pas des yeux et dont le visage était tout déformé par une Grimace d'Attention, comme s'il avait tenté de décider s'il me connaissait ou non.

L'Homme était vieux, pitoyablement vêtu de guenilles et portait barbe grise. Je détournai les yeux, soudain effrayée par son Apparence, et reportant mon Regard sur le lamé d'Argent scintillant que l'on tendait au même moment sur ma Gorge.

— Par tous les Dieux, Madame ! dit le Marchand à ma « Tante ». Que n'ai-je dix mille Aunes de ce Tissu ! Hélas ! tout ce qui m'en reste, vous le voyez ici et je doute de pouvoir m'en procurer une Aune de plus. Considérez, je vous prie, comme resplendit la chevelure de votre Nièce sur ce Miroitement Argenté. L'on croirait véritablement le premier Rayonnement de la Lune baignant un Crépuscule.

— Quinze Shillings l'Aune, dit la Coxtart d'une voix de Glace (à tel Point que je crus le Marchand tout près de se trouver mal).

— Doux Zéphyrs, éventez-moi ! se récria le Bonhomme. Eh quoi ! si je m'en séparais à ce Prix-là, les Tisserands eux-mêmes porteraient les Armes contre moi. Nenni, Madame ! Quatre Guinées l'Aune... je ne saurais descendre plus bas. Toutefois pour votre Grâce, pour la Noble Cliente que vous êtes, je rabattrai d'un Shilling ou deux.

— Deux Guinées, rétorqua la Coxtart. C'est un Résidu de la Saison d'Hiver. Dieu seul sait ce que nous réserve la Mode de l'An prochain !

— Madame, sûrement vous vous moquez ! Le Lamé d'Argent reste toujours à la Mode.

— Deux Guinées, répèta sévèrement la Coxtart.

— Trois !

— Deux et demie.

— Conclu ! dit le Marchand. Mais vous me jurez sur vos yeux que vous n'en soufflerez Mot à Ame qui vive; car, pas plus tard qu'hier, cette chère Lady Farthingswood m'en a donné quatre Guinées. Vous êtes Femme de Tête, Madame.

Les Comptes faits, le Marchand et ses deux Commis obséquieux nous accompagnèrent de leurs plates Courbettes et de leurs Claquements de Talons innombrables, et ce, jusque dans la Rue, où ils s'offrirent à nous procurer une Chaise à Porteurs ou une Voiture de Location – ils nous eussent proposé la Lune même, sur un Signe de tête de notre part.

— Nenni, dit la Coxtart. Mieux vaut que nous marchions, car tout notre Argent est passé dans votre Boutique.

Ce qui, en fait, était assez loin de la Vérité, car la Coxtart n'achetait jamais Rubis sur l'Ongle si elle pouvait obtenir Crédit.

Mais ses Paroles eurent l'Effet escompté sur notre Ami le Boutiquier.

— Vous n'en regretterez pas un Sol, dit-il.

— Peuh ! se contenta de faire la Coxtart tout en m'entraînant.

Ainsi en alla-t-il de notre Visite à la Boutique de Nouveautés. Ensuite, ce fut le tour d'une Couturière, puis d'un Cordonnier, d'une Boutique de Colifichets (car il fallait que j'eusse mon Eventail peint et ma Tabatière), d'une Marchande de Modes et, pour finir, d'un Parfumeur, du nom de Charles Lillie, qui nous vendit des Savonnettes Chimiques, de l'Essence de Bois de Rose et de l'Essence de Rose, ainsi qu'une Préparation dite « Eau sans Pareille », et de l'Eau de Jasmin et de l'Eau de Cordoue. Mère Coxtart insista également pour prendre de la Liqueur Rouge de Bavière, destinée à raviver l'Eclat des joues, et de la Pommade Rosat pour me teinter les lèvres. Malgré mes Protestations, je dus aussi choisir un extraordinaire Assortiment de Mouches, en Forme, les unes, d'Etoile, d'autres, de Croissant de Lune ou encore de fleur, voire de chien ou de chat.

Mais, tout le temps que nous allions de Boutique en Boutique (tantôt à pied, tantôt en Chaise), je ne cessais d'apercevoir le Mendiant qui nous suivait, et mon Inquiétude ne faisait que croître. A peine semblions-nous le perdre, que nous le retrouvions, traînant derrière nous à un coin de Rue ou à demi caché par une charrette de Colporteur, mais sans qu'il fît aucun Doute qu'il fût sur notre Trace.

Finalement, chargée de nos Emplettes, nous nous apprêtâmes à chercher une Chaise pour le Retour; et, comme Mère Coxtart s'affairait à cet Effet, le Mendiant s'enhardit jusqu'à m'aborder.

— Vous êtes Madame Fanny ? chuchota-t-il d'une Voix rauque.

— Oui, répondis-je en Honnête Etourdie que j'étais.

Sur quoi, me fourrant dans la main un bout de papier crasseux, il s'en fut, courant presque.

— Au diable les Porteurs de Chaise et leur Impertinence ! s'écria la Coxtart qui revenait, évidemment furieuse de son Impuissance à trouver une de ces Commodités. Il va nous falloir louer une Voiture !

Ce disant, la Vieille Renarde s'éloigna quelque peu pour entreprendre un Cocher sur ses Prix. En sorte que je me retrouvai, un bref instant, libre de lire le Message du Mendiant sans être épiée. Il disait : *Chère Ame. Je suis en Vie à la Prison de Newgate. Hâte-toi de m'y rendre Visite. Robin des Bois.*

Mon Cœur se gonfla de Passion dans ma Poitrine. De fait, il battait si fort que j'avais peur que les Passants ne l'entendissent. J'enfouis le bout de papier dans mon corps de jupe, pour le serrer tout près de cet Organe, siège de mes Sentiments tumultueux.

— Allons, allons ! me dit impérieusement la Coxtart, montant pesamment en Voiture avec l'Aide du Cocher.

— J'arrive ! criai-je en retour, tout en poussant un profond soupir.

Mais, dans le même temps, mon Esprit était à Newgate. *Il vit !* me disais-je. *Louée soit la Déesse !* Et je touchai ma Gorge pour sentir le Craquement réconfortant du Papier sous la soie verte usée, tandis que la Voiture de Louage nous ramenait à mon Lieu de Captivité.

Chapitre III

Dans lequel notre Fanny rencontre une Grenouille se prenant pour un Roi, & perd sa Virginité pour la deuxième fois (ce que les Saint Thomas du Doute proclameront peut-être une Impossibilité, mais que Lecteurs et Lectrices éclairés sur les Perversités de ce Monde croiront volontiers).

MÈRE COXTART avait tiré des Plans pour moi, et pour le soir même – Plans qui excluaient toute Visite à Lancelot, tout en ne m'empêchant pas, assurément, de ruminer mon Souci principal, à savoir : attendais-je ou non un Enfant ?

A cet égard, je dois signaler que, même si je ne pouvais certes me confier à aucune de mes Compagnes à propos de mes Craintes (de peur qu'elles ne me trahissent), j'eus dans l'Après-midi une Preuve de mon Etat, sous l'Espèce d'un Exemplaire d'une Gazette, le *Daily Courant*, négligemment abandonné sur la table à thé du salon par une des Filles, et portant la date, de Sinistre Présage, du 28 Juillet 1724.

Comme la date de la Traîtrise de Lord Bellars était gravée au Fer Rouge dans ma Mémoire, telle la Marque Infamante dans l'épaule de l'Esclave – car pouvais-je oublier sa Lettre à sa Maîtresse de Londres, datée du 21 juin ? – et comme j'avais eu droit à ma dernière Visite Protocolaire Mensuelle une semaine auparavant, il ne faisait pas de Doute que j'étais de quinze jours en Retard !

Je m'efforçai de calmer mon Inquiétude en me racontant que ce Retard était inévitable, à cause de mes Terribles Aventures, de ma

209

Prodigieuse Fièvre, de mes Appréhensions pour l'Avenir et de toutes les autres Frayeurs que j'avais eues au cours des semaines précédentes. Mais il ne servait à rien de m'abuser, car toujours, jusqu'alors, mes Epoques s'étaient montrées d'une Régularité d'Horloge Suisse, aussi dignes de Confiance qu'une Vieille Servante Fidèle, et aussi ponctuelles que l'Heure du Thé à Lymeworth !

Pourtant, peut-être me trompais-je. Si seulement j'avais pu rester assez longtemps auprès de mes Amies, les pauvres Sorcières assassinées, pour apprendre les Recettes de leurs décoctions d'Herbes ! Elles, sûrement, connaissaient un Moyen de prévenir la Naissance d'un Enfant non désiré — une Infusion vivement avalée qui eût détaché l'Homonculus tant redouté du Sein de la Mère, sans aucun Risque pour elle !

O j'étais folle de Rage ! Dans mon Esprit et dans mon Ame, l'Incrédulité quant à mon Etat le disputait à la Fureur contre Lord Bellars — contre tous les Hommes, au vrai, qui ont Droit aux joies de l'Amour sans avoir à supporter le Faix des Responsabilités.

Mais je n'eus pas Loisir de méditer longtemps sur ma Condition, car Mère Coxtart m'avait demandé de m'habiller et de me préparer, en Prévision de mon premier Rendez-vous Galant de la soirée. Kate avait reçu l'Ordre de veiller à ces Préparatifs. Et cette Blonde Demoiselle (dont la Pâleur et le corps adorable m'avaient tant étonnée, la veille) me rejoignit sur-le-champ dans la Chambre à coucher, les bras chargés de toutes sortes de vêtements nuptiaux, ainsi que de divers autres articles nécessaires à mon Accoutrement.

— Allons, Madame Fanny, dit-elle en jetant sur le lit une brassée de nippes. Tu vas jouer les Jeunes Epousées, ce soir; car le Galant qui a acheté ton faux Pucelage est engoué de Chair Fraîche — le Fol ! — et ne préfère rien tant, entre toutes les couleurs, qu'un beau rouge sang bien vif sur du satin blanc.

Sur ce, la voilà qui m'aide à me laver et me peindre le visage, puis me fournit l'Eponge et le Sang de Pigeon de ma Virginité supposée, et me montre même comment m'accroupir ainsi que dans un Lieu d'Aisances, pour enfoncer cela dans mon Connet. Ensuite, elle me vêt toute de Blanc Virginal — Corselet, Pièce d'Estomac de satin candide tissé de fil d'Argent étincelant, Robe de satin immaculé comme neige vierge, Souliers (de satin aussi) et Bas de soie blanche à baguette d'Argent. Même le Tablier était blanc, brodé d'Or et d'Argent. Et sur ma tête elle mit un Bonnet de Vieille Dentelle française, qui me donnait l'Air parfaitement Enfantin.

— Bon, mais, dit Kate en complétant ma toilette, ôte cette Jarretière rouge; elle ne saurait aller. Si tu veux mon opinion, une telle Horreur sied mieux à une Sorcière qu'à une Jeune Epousée. C'est du bleu qu'il te faut.

210

— C'est impossible ! m'écriai-je, vraiment alarmée cette fois (car, Lustre perdu, mes Chères Sorcières disparues de ce Monde, Lancelot en Prison et même le noir Horatio évaporé de ma Vie, quelle Magie me restait-il, à part ma Jarretière rouge ?).

— Jamais cela ne fera l'Affaire ! s'entêta Kate en me l'arrachant.

— O Gentille Kate, je t'en supplie ! dis-je, traînant à terre mes blancs genoux voilés de soie. S'il te plaît, rends-moi cette Jarretière ! Je ne la porterai pas, je la garderai dans ma chaussure, je te le jure.

— Très bien, dit Kate, s'adoucissant. Mais tu mettras la bleue que voici, et l'autre restera au fond de ton soulier, ou le Diable sait ce qu'il t'en coûtera avec la Coxtart. Et surtout n'oublie pas : joue les Mariées Pucelles ! Maîtrise tes Ardeurs; tiens ton Rôle de Demoiselle Rétive, lente à échauffer, lente à vaincre. C'est le Viol que recherchent ces Libertins, et nullement la Carte du Tendre; oui, c'est ta Résistance qu'ils achètent à notre Abbesse. Rien ne les enflamme plus qu'une bonne Poursuite autour du lit et que du beau linge de dessous, bien blanc, taché de Sang de Pigeon !

Et, sur ces Admonestations, Kate s'en fut, fermant à clé la porte de la Chambre derrière elle.

Assise sur le bord du lit, j'attendis, me demandant quelle Sorte d'Homme pouvait bien se faire un Jeu de prendre leur Pucelage aux Filles — et quelle Espèce de Fol s'amusait à croire cette Vieille Renarde de Coxtart, quand elle protestait de l'Authenticité de ma Virginité.

Je n'allais pas tarder à le découvrir lorsque, la porte s'étant ouverte, un Personnage, petit, fluet, aux jambes arquées et à la face grêlée, vêtu en vrai Petit-maître, avec de grandes boucles à ses souliers et un gilet vert Emeraude agrémenté de grenouilles Argentées, pénétra... que dis-je ! bondit, plutôt, dans la Chambre.

— Je me présente, dit-il. Theophilus Cibber, Fils de Colley, notre Renommé Comédien. Et parmi toutes les Vierges Infortunées qu'entraîne dans sa Ronde notre Globe, c'est toi que je daigne prendre avec ton Pucelage !

O j'avais entendu parler de Colley Cibber, le Comédien, et de son Maître débauché de Fils, Theophilus (lequel commençait justement alors sa Fameuse Carrière d'Acteur au Théâtre de Drury Lane); mais je ne m'attendais guère qu'un Bouffon si notoire devînt mon premier Galant au Bordel de Mère Coxtart. Même dans le Wiltshire, l'on n'ignorait pas que le Jeune Cibber souffrait grandement de la Célébrité de son Père, des Débordements du même avec les Femmes de Mauvaise Vie et dans les Tripots, ainsi que de ses autres Inconduites, et qu'il cherchait à surpasser lui-même ces Excès. Bien que Theo parût à son meilleur dans les Rôles de Bouffons et de Ruffians, il aspirait à jouer Hamlet, Othello, le Roi Lear. Il s'était déjà fait un petit Nom par son Incarnation d'un Personnage subalterne du *Henry IV* de M. Shakespeare et de *L'Alchimiste* de M. Ben Jonson; mais il désirait aborder les Rôles des Grands Princes de la Tragédie, et non se contenter des Sots et des Comiques. Que ce Grotesque Maniéré se prît pour un autre Betterton était la Fable (et la Risée) Publique de la Ville. Hélas ! il arrive souvent, dans la Vie comme dans les Arts, que les Bouffons rêvent d'être des Princes de Tragédie (pendant que ces derniers n'aimeraient rien tant que de faire les Bouffons).

— « Madame, voudrez-vous de moi dans votre Giron ? » me dit-il, citant Hamlet.

— « Nenni, mon Seigneur », rétorquai-je (en parfaite Ophélie), m'empressant aussitôt de me réfugier derrière une colonne du lit, pour mieux enflammer sa Passion.

— O-ho ! fit Ciber. « Pensez-vous que j'aie Pastorales en tête ? »

— « Je ne pense rien, mon Seigneur », dis-je pudiquement.

— O-ho ! fit-il encore. Voilà d'excellent Jeu ! Une Catin citant Shakespeare ! Viens çà, Petite Epousée, que j'allonge mon corps entre tes cuisses de Pucelle.

— « Mon Seigneur est d'Humeur plaisante », répliquai-je, sautant du lit et courant pour esquiver une Embrassade prématurée.

— Excellent Jeu ! s'écria de nouveau Cibber, se jetant à mes pieds et me saisissant solidement aux chevilles, puis apposant ses Lèvres à mes bas de soie blanche. Cette fois, je te tiens, ma Petite Femme !

Et de darder aussitôt une main de Vif-argent sous mes jupes.

Mais, plus prompte et lui portant vivement un coup de genou au nez, je lui échappai encore — du moins pour l'instant.

— « O je meurs, Horatio ! » s'écria-t-il, citant toujours Hamlet tout en tenant son nez rougi.

— « Bonne Nuit, Doux Seigneur, dis-je de mon côté. Et que, de leurs Chants, des Vols d'Anges bercent votre Sommeil ! »

Là-dessus, se relevant, il s'élance et me donne follement la Chasse, tandis que je bondis sur le lit, puis de l'autre Côté, lui menant gaiement le Train, ici, là, sautant, en haut, en bas, virevoltant, tantôt me cachant derrière les rideaux du baldaquin, tantôt l'esquivant à la course, de mes pieds légers. La Chambre est assez vaste pour se prêter à une bonne et vivifiante Poursuite, et les rideaux de Damas rouge du lit forment une piquante Cachette pour une fausse Jeune Mariée, toute de blanc vêtue. Et, de même, l'écran de cheminée, avec ses Nymphes Nues, peut servir en quelque Sorte de Bouclier d'Achille. Au vrai, je m'amuse autant que lui du Jeu, car mon Intention est de le fatiguer tant, qu'il n'aura plus la Force de s'en prendre à mon faux Pucelage. Chaque fois que je parais près de succomber à ses Efforts bouffons, je lui glisse entre les mains, d'un pas aussi agile que si je dansais la Gigue.

— « O Maîtresse mienne, où courez-vous ainsi ? » récite-t-il, haletant et passant, dans sa Fatigue, du Prince à l'Histrion.

Je constate, à mon extrême Satisfaction, que je commence à l'épuiser. Allongé maintenant sur le sol, il murmure des Couplets d'Amour de M. Shakespeare et a tout l'Air d'être près de rendre l'Ame dans l'instant.

— « Lors, viens ça me baiser, dans la Grâce de tes vingt ans, marmonne-t-il, Car Jeunesse, Hélas ! est Chose Fugitive. »

Et puis défaille et tombe en Pâmoison, tous les Membres soudain lourds comme la Mort.

Je m'arrête tout net, le considère, perplexe, recule pour mieux voir s'il a bel et bien expiré et, dans le Sentiment d'être la Reine de la Vengeance Victorieuse, je grimpe sur le lit, défais les cordons et houppes d'Argent des rideaux du Baldaquin et m'apprête à traiter en véritable Captif le Galant.

Je rampe jusqu'à lui avec mes liens d'Argent, mais, ô, juste comme, m'étant mise à genoux, je m'apprête à lui entraver les chevilles, le Rusé Coquin sort de son feint Sommeil Eternel, bondit sur moi et me cloue au sol !

— Ah ! Traître, crié-je.

— Ma Petite Femme, cette fois je te tiens ! s'écrie-t-il de son Côté.

Et, me soulevant dans ses bras grêles, il me porte jusqu'au lit, où il se met en Devoir, avec infiniment de Soin et de Sollicitude, de m'attacher par les quatre Membres aux colonnes du lit, à l'aide des liens d'Argent que je lui destinais !

Me voici donc prise à mes propres Rets, bras et jambes écartelés sur la couche en sorte d'empêcher toute Résistance, chevilles et poignets s'écorchant aux cordons argentés. Son triomphe semble l'inciter à jouer de nouveau les Princes de Tragédie ; mais, à présent, c'est Othello, et non plus Hamlet, qu'il déclame, bien qu'il soit encore plus loin du Maure de Venise que du Prince Hamlet ou du prince Hal de *Falstaff*.

— « Que meure la Lumière, deux fois qu'elle meure ! » s'exclame Theo, me troussant jupes et tablier jusque par-dessus la tête (à tel Point que, en fait, je me trouve plongée dans les Ténèbres).

Ensuite, il s'enhardit jusqu'à attenter sans autre Préambule à ma Pudicité. Que faire, si ce n'est, ligotée comme je le suis, me soumettre ? Toutefois, je n'ai pas de bâillon et, s'il peut jouer les Othello (tout pâle et grêlé qu'il est) assurément je peux être Desdémone.

— « Ah ! je meurs de Mort Innocente ! » crié-je (de dessous mes jupes), cependant que le Membre Intime de Theo fait sentir sa Présence au bord de mon point totalement non profané Autel d'Amour.

— Excellent ! s'exclame-t-il une troisième fois. Continue à citer des Vers, ma Douce Desdémone, car rien ne m'embrase plus le Sang que Shakespeare !

A ces Mots, je me tais, pour le dépiter, et, lui, il se laisse tomber sur moi de tout son Poids, en emprisonnant dans ses jambes arquées les miennes, et se met à vociférer :

– « C'est Aberration même de la Lune ! / Rapprochée de la Terre plus que de Coutume, / Elle plonge en Déraison les Humains ! »

Maintenant, il est proprement logé dedans moi et se démène, entrant et sortant à la Manière d'une mèche à bougie qu'une zélée Ménagère s'affaire à tremper dans la cire d'abeille fondue. Et pourtant, je jure qu'il est une Présence si chétive que j'en suis plus chatouillée que remuée dans mes Veines.

Mais qu'importe ! Du Sang, nous en avons à Profusion dans le Morceau d'Eponge de Mer dissimulé dans le Temple d'Amour. De fait, le Brûlant Désir de Theo ne tarde pas à libérer l'Effusion de l'Eponge (en même temps que d'autres Sécrétions, de nature plus pâle); et, à la Vue de la Magie de ce Rouge Vif sur la Blancheur du Linge, il s'enflamme encore plus et s'écrie :

– « O trois fois Sanglante Vision ! »

(On eût dit un Dément échappé de l'Asile de Bedlam et qui, dans sa Folie, se fût pris pour Othello.)

Mais qu'est-ce là ? Il me semble entendre des Applaudissements, des cris d'Encouragement et des Plaisanteries déshonnêtes. Et voilà que le lustre du plafond commence à osciller (comme si toute la Maison était ébranlée par un Ouragan). Et l'Oscillation se précipite — on croirait que tout l'Appareil va s'écraser sur le sol — et de ma Position d'Esclave écartelée, j'aperçois plusieurs paires d'yeux exorbités me contemplant par une fenestrelle en forme de croissant, ouverte dans le plafond à caissons !

– Superbe Fille, notre Nouvelle, n'est-il pas vrai ? (Je reconnais la voix étouffée de la Coxtart.)

– Oui-da, dit une Voix mâle.

– Que oui, que oui ! renchérit une autre.

Combien de Coquins paient-ils pour assister à ma Représentation ? Je me le demande. Mais la Vérité est que Theo est encore plus scandalisé que moi. Car le voici qui se dresse sur le Lit des Félicités (mais non point de la *mienne*, je le certifie), et brandit son Epée (quand, auparavant, il ne brandissait qu'une Dague), et jure Vengeance.

– Putain ! Traîtresse ! Et vous, Ruffians ! hurle-t-il. Ah ! l'on veut se rire de Theo dans ses Oeuvres Galantes ? Eh bien ! je vous verrai rôtir en Enfer !

Et il sort en Tempête de la Chambre, l'Epée au poing, pour exercer sa Vengeance aux jambes torses sur la Coxtart et ses Coquins de Payants.

Pour moi, aussi amusée par ce nouveau Tour des Evénements que je l'étais peu par les Jeux Amoureux de Theo, je reste sur le lit,

214

paralysée dans mon Impuissance et me laissant aller à ma Gaieté, tandis que le plafond tremble de toute Espèce de bruits sourds et fracassants et que résonnent de Hauts Cris au-dessus de ma tête.

Pendant ce temps, mon Esprit suit son Cours, tel un Mouvement d'Horlogerie Suisse. Comment avorter ? Comment ne pas garder ce Rejeton détesté, fruit de Lord Bellars ? Comment échapper à mon Esclavage en ce Bordel, pour courir jusqu'à Lancelot dans sa prison de Newgate ? Quel Plan dresser pour changer mon Sort misérable de fausse Epousée dont on vend le sang versé et le retourner à mon avantage ? Peut-être en persuadant Theo (ou quelque autre Comédien) de m'essayer à la Scène ?

J'agite ces Pensées, ligotée sur le lit, quand Kate vient à ma Rescousse. Entre-temps, le Tintamarre au-dessus de ma tête a commencé à se calmer, et je ne peux qu'en conjecturer que la Coxtart s'est arrangée pour rétablir la Paix et mettre fin à l'Echauffourée.

— Ohé ! Madame Fanny ! s'écrie Kate. Notre Abbesse est enchantée de votre Performance. Elle dit que tu fais une excellente Vierge et elle compte bien te garder comme Pucelle de la Maison aussi longtemps qu'il y aura des Gobeurs pour payer ton Dépucelage. Attends, que je te détache.

— Mais le bruit ne courra-t-il pas très vite que j'aurai perdu maintes et maintes fois ma Virginité ?

— Certes, la rumeur se répandra tantôt qu'il y a une Nouvelle dans notre maison. Mais les Hommes sont des Sots. Notre Abbesse n'en doute pas plus que nous. Elle te teindra les cheveux, si besoin est, ou elle s'arrangera pour que tu exerces tes Charmes sur de Galants Etrangers, Italiens, Espagnols, et autres, que l'on attrape plus aisément que les Anglais nés.

— S'il te plaît, Douce Kate, combien leur prend-elle pour le Droit de regarder par cet Orifice ?

— Pour cela ? Deux Guinées. Et pour une Ancienne, cinq. Dix pour une Nouvelle qu'elle fait passer pour Pucelle. A la Vérité, elle fait un Prix Spécial moins élevé quand on prend son Plaisir en Armure; mais aucun de ces Coquins n'aime à avoir le Rossignolet encagé; ils le préfèrent en Liberté.

— En Armure ? Qu'est-ce là, je te prie ?

— Fanny, ma Petite, tu es sûre de te retrouver vérolée ou enceinte en un clin d'œil, si tu n'apprends pas ces Choses. Hé, quoi ! Personne ne t'a donc rien dit des Armures ?

— Evelina m'a expliqué que je devais me servir d'une Eponge de Mer et de Vinaigre.

— O mais cela ne sert à rien contre la Vérole, bien que Certains racontent que cela préserve de la Fertilité. Personnellement, j'ai mes Doutes.

— Que faire ? m'écriai-je. Et que m'arrivera-t-il si j'attrape la Vérole ou un Enfant ?

— Il n'y a là rien qui ne se puisse défaire... en y mettant le Prix, naturellement. Pour l'Enfant, veux-je dire. Pour la Vérole, c'est une tout autre Histoire. N'as-tu donc jamais vu les Prospectus de Mme Skynner, que l'on distribue dans Peter Street ?

— Non, qu'est-ce là ?

— Je crois bien en avoir un ici.

Et, ayant achevé de me délier, elle va jusqu'à l'Ecritoire, d'où elle sort un papier froissé vantant les Articles, « communément appelés Instruments de Sûreté », fabriqués par une certaine Mme Skynner, et dont l'Excellence est attestée par ces Vers :

> *Pour vous garder de la Vergogne et de la Peur,*
> *Adeptes de Vénus, venez chez nous sur l'Heure;*
> *Jamais n'y trouverez la moindre Forfaiture;*
> *Préservation de Soi fait Loi de par Nature.*

— Kate, dis-je, il faut que je rende Visite à cette Madame Skynner.

— En tout Cas, quoi que tu fasses, ma Poulette, ne dis pas à la Vieille Bique que c'est moi qui t'ai fourni l'Adresse. Elle préfère vendre ses propres Fourreaux et Vésicules, qu'elle te fait payer double, même s'ils sont de si Pauvre Qualité qu'ils ont toute Chance d'éclater à la Minute même où le Galant les enfile.

— Veux-tu m'emmener chez la Skynner ? demandai-je. Dès demain ?

Kate me regarde d'un Air scrutateur. Dans mon Regard, il y a une vraie Supplication, une Expression pitoyable de Désespoir.

— Très bien, dit-elle. A condition que nous puissions échapper à la Vieille Bique. Mais je compterai sur toi pour me retourner la Faveur un jour ou l'autre, ne l'oublie pas.

Chapitre IV

Où nous suivons Fanny dans la Boutique de Mme Skyn-
ner, pour y être initiés à certains Mystères familiers aux
seules Sages-Femmes à travers les Siècles ; & où, ensuite,
nous descendons aux Enfers de Londres, c'est-à-dire : la
Prison de Newgate.

FRANCHEMENT, Kate n'était pas une Mauvaise Fille, bien que la Vie de Bordel l'eût endurcie. Elle n'avait que vingt ans et en avait passé six dans la Société de Mère Coxtart. Tout ivoirine et pâle qu'elle semblait, elle était avertie des Méchancetés de ce Monde et beaucoup plus résistante qu'il ne paraissait.

Elle considérait la Coxtart comme son Ennemie, non comme une Protectrice ; mais une Ennemie qu'il fallait flatter, cajoler et duper. Quant aux autres Filles, elle ne les tenait pas pour de Vraies Amies et voyait plutôt en elles de Alliées du Moment, à se concilier quand elles pouvaient offrir Aide et Assistance, et à éviter comme la Peste dans le Cas contraire. En cette demi-douzaine d'années, elle avait vu mourir le double de Filles : de Consomption, de la Vérole ou de mauvais Gin ; et vu aussi la Coxtart les faire ensevelir dans de simples Boîtes de Sapin, avec aussi peu de Cérémonie que si elle avait noyé une portée de chatons. Kate était bien résolue à ne pas suivre le même Chemin ; mais il restait assez de Bonté Naturelle dans son Cœur endurci pour qu'elle prît Pitié de mon Infortune et me conduisît à l'Etablissement de Mᵐᵉ Skynner.

Nous nous faufilâmes dehors aux petites heures du matin, pendant que la Coxtart était au lit avec son Majordome (le fier Possesseur de « Maître Courtaud »). et nous traversâmes les Rues fétides de la Ville avant que les Elégants fussent sortis. Nous ne vîmes que Chiffonniers et Apprentis, à pareille heure, et que Fournisseurs livrant des Provisions (ou réclamant leur Dû) aux Demeures riches du West End, ainsi que de Braves Ramoneurs se rendant à leur sombre et dangereuse Tâche.

Kate avait un Amant qu'elle devait rencontrer dans Peter Street (c'était sans nul doute la Vraie Raison de sa Générosité de me conduire chez la Skynner), mais se refusait à parler beaucoup de lui. A vrai dire, elle semblait hésiter entre le Désir de se fier à moi comme à une Amie Sincère et la Crainte d'une Trahison possible de ma part. Elle consentit uniquement à me révéler que son Amant était un riche Commerçant, mais, hélas ! marié, et qu'il promettait de trouver un Moyen de la faire sortir du Bordel pour l'installer dans sa Boutique à elle.

Elle m'indiqua le chemin de l'Etablissement de la Skynner, m'enjoignit de la rejoindre promptement à onze heures tapantes à l'horloge de Golden Square, me déconseilla sévèrement de la trahir — car, si la Coxtart apprenait que nous avions pris la Clé des Rues sans l'Ombre d'une Autorisation, il lui en cuirait, et à moi aussi par Voie de Conséquence — puis courut retrouver son mystérieux Commerçant.

Je me rendis donc seule à l'Etablissement de la Skynner, lequel était sis au-dessus d'une Taverne, le Soleil Levant. On y arrivait par l'escalier le plus étroit et le plus contourné du Monde. Je tirai le Cordon de la sonnette et j'attendis, le Cœur battant. Je serrais dans ma poche les quelques Shillings que j'avais mendiés à Kate, avec la Promesse de les lui rendre en double dans les quinze Jours qui venaient ; mais j'étais vraiment à la Merci du Sort, car il se pouvait que des Mois passassent avant que la Coxtart jugeât que je lui avais remboursé ma Garde-robe et ma Pension. En outre, je devais aussi remplir les Devoirs Sacrés de l'Amitié vis-à-vis de Lancelot : aller le voir le plus vite possible à la Prison de Newgate et lui apporter le peu d'Aide et de Secours que mes chétives Ressources pouvaient lui assurer.

Je sonnai de nouveau. Pas un bruit à l'intérieur. Je commençais à m'abandonner au Désespoir de jamais trouver un Remède contre cet Enfant non Désiré et, un instant, l'Idée de mettre peut-être fin à mes Tribulations en me précipitant dans la Tamise me traversa, comme un Eclair le Ciel d'une nuit d'Eté.

A ce moment précis, je perçus un Remuement à l'Intérieur, un Bruit de pantoufles en tapisserie que traînent les pieds d'une Personne très vieille ou infirme, et la porte s'ouvrit presque aussitôt.

Devant moi se tenait une Matrone, très-âgée et voûtée, dont la peau était de teinte cadavérique, les yeux, gros et exorbités comme ceux d'une grenouille, et l'haleine aussi atrocement fétide que le souffle montant de Latrines. Elle était en chemise et bonnet de nuit et semblait remarquablement mécontente de me voir à sa porte.

— Revenez à midi, croassa-t-elle. Je n'ouvre pas boutique en pleine nuit.

Sur ces Mots, elle s'apprêtait à me claquer la porte au nez, lorsque, prise de Panique, j'eus un Geste que je n'avais encore jamais fait : je plantai fermement le pied entre le battant et le chambranle, et la suppliai de tout Cœur de me recevoir.

— S'il vous plaît, Madame, je suis nouvellement arrivée à Londres, et j'ai Besoin de vos Services. Je vous en prie, prenez Pitié d'une Jeune Campagnarde, Orpheline et sans Amis...

Elle me regarda froidement, mit en Balance mes Shillings et son sommeil, et répondit, avec cette Sorte de Râle qui lui râpait la gorge :

— C'est bon, entrez. Vrai, j'ai le Cœur trop tendre pour refuser.

Mais ses gros yeux globuleux luisaient de l'Espoir du Gain plutôt que de Bonté.

Dans l'Obscurité rébarbative de la Boutique, je discernai des vitrines pleines d'une Profusion d'Articles divers, tout couverts de poussière et dans le plus grand Désordre : Parfums, Savonnettes, Savons, Poudre de riz ou à priser, Pommades, Crèmes, Baume pour les Lèvres, et même Cire à cacheter et Taffetas Gommé noir pour Dames. Mais toutes ces Marchandises semblaient vétustes et hors d'Usage, comme si, en Vérité, elles avaient été, non pas en Vente, mais seulement en Montre, pour donner le Change au Visiteur de Hasard sur le véritable Commerce de la Skynner.

— Asseyez-vous donc, me dit-elle de sa Voix de râpe, en me désignant un trépied et tout en prenant place elle-même dans un vaste fauteuil. Et expliquez-moi ce que vous souhaitez.

Ma Langue se dessécha dans ma bouche, ma gorge s'enfla d'une boule de la taille d'un œuf de poule, et je restai sans Voix.

— Parlez, me dit-elle. Auriez-vous donné votre Langue au Chat ?

Mais je demeurais incapable d'articuler une Syllabe. La Perspective de sauter dans la Tamise me paraissait plus facile et moins pénible que l'Aveu à Mme Skynner de la Raison de ma Visite.

— Mon Doux Cœur, croassa-t-elle en prenant Pitié de moi (car des gouttes de sueur luisaient maintenant sur mon front, telles des Perles de Douleur), les Filles de votre Age ne viennent jamais me voir que pour deux Raisons. Ou elles ont la Vérole, ou elles ont attrapé un Enfant. Est-ce là votre Cas ?

J'acquiesçai de la tête, à la Façon d'une Sourde-muette.

— Allons, Petite, quel est votre Nom ?

— Fanny, répondis-je (et aussitôt je regrettai de n'avoir pas pensé à mentir et à donner le Nom de Druscilla ou d'Arabella).

— Fanny, mon Petit Cœur, je peux vous vendre des Préservatifs contre la Vérole, et des Suppositoires d'Ellébore Noir et de Castoréum pour faire venir le Visiteur Mensuel et détacher l'Enfant de votre Sein. Voulez-vous l'un ou l'autre, ou les deux ?

Je me pris à pleurer de grosses larmes amères qui ruisselaient sur mes joues et jusqu'aux commissures de ma bouche.

— Les deux, dis-je entre deux sanglots en me considérant comme la plus infortunée des Créatures.

— Allons, Fanny, fit la Voix enrouée, il n'y a nulle Vergogne à cela. Connais-tu autre Manière pour nous de pâtir des Pièges des Hommes ? Nous payons l'Amour; eux, non. C'est la Loi de Nature, et pourtant il nous faut l'enfreindre pour survivre; car la Préservation de Soi n'est-elle pas également Loi Naturelle ?

Ce premier Indice de Sympathie me rendit toute ma voix et me fit rentrer en possession de mes Esprits.

— Je vous en prie, Madame Skynner, dites-moi ce que vous savez de la Préservation de Soi, car j'ai entendu tant d'Histoires différentes que je ne sais laquelle croire.

— Tout d'abord, ma Petite, il vous faut rejeter la Majeure Partie de ce que l'on vous raconte, car cela vous rendra aussi peu Service contre la Vérole ou la Grossesse que les Remèdes de ces Créatures Barbares de Hongrie qui accrochent des Excréments de Lièvre et des Peaux de Mule au-dessus de leur Lit pour s'assurer d'être stériles. J'en sais qui vous préconiseraient les Infusions de Saule ou la Teinture de Plomb, ou encore l'Application d'Alun sur les Parties Intimes, ou bien l'Huile d'Ether, voire la Menthe ou le Crocus introduits après l'Acte. Tout cela en vain. Comme est vaine une Boule d'Or logée au Creux de votre Intimité (bien que certaines Libertines d'Italie affirment le contraire). Pas plus qu'il n'est vrai, quoi qu'en pensent les Espagnols, que le Coït Passionné prévient la Fertilité et que l'Excès de Volupté châtie si bien le Sein qu'il refuse de porter Fruit.

— Et l'Eponge de Mer imbibée de Vinaigre ?

— Il y a pire. Pourtant, le Jus de Limon aura plus d'Effet. Et d'autres ne jurent que par le Bouchon de Cire d'Abeille placé sur l'Entrée de l'Utérus. Mais rien ne fera mieux que mes Artifices de Sûreté. Combien en prendrez-vous ?

— Combien coûtent-ils ?

— Combien possédez-vous, ma Jolie ? dit-elle en se levant.

— Pas grand-chose : quelques Shillings.

— Et, pour si peu, vous vous attendez à emporter mes Suppositoires Noirs et mes Préservatifs ? Hors d'ici, Effrontée ! Je perds mon Temps !

La Colère obscurcissait de nouveau son Visage Satanique. M'empoignant par les épaules, elle s'apprêta à me jeter dehors. Je tombai à genoux, la suppliai d'avoir Merci. Je tendis le peu d'Argent que j'avais ; sur quoi, avec la Suprême Répugnance de l'Avare, elle alla jusqu'à un cabinet fermé à clé, y prit deux petits paquets, qu'elle glissa dans ma paume moite de sueur.

— Il y a là deux Préservatifs, et trois Suppositoires d'Ellébore Noir. Vous introduirez un de ces derniers dans l'Orifice d'Amour toutes les six heures. Vous attendrez un jour ou deux, et vous verrez que le sang ne tardera pas à venir. Allez-vous-en ! Je vous ai déjà accordé plus de temps que je n'en ai à perdre !

Et, ouvrant sa porte, elle me poussa dehors et me claqua l'huis dans le dos.

Je dissimulai mes Trésors Interdits dans mes poches et descendis prestement l'escalier, si désorientée par cette Rencontre avec Mᵐᵉ Skynner que la tête me tournait et que je dus m'accrocher à la rampe pour ne pas tomber. J'avais vraiment le Sentiment d'être la première, dans toute l'Histoire du Monde, à recourir à l'Aide de ce Genre de Vieille Taupe, et d'être plus perverse que Satan en Personne, de mériter les Chaudières de l'Enfer plus même qu'une Empoisonneuse Volontaire, et d'être plus détestable qu'un Voleur sans Foi ni Loi qui s'attaque aux Pauvres et aux Vieilles Gens.

Il n'était que neuf heures et demie à l'Horloge de la Taverne en dessous, lorsque je me retrouvai dans la Rue ; et, pensant avoir le temps d'aller voir Lancelot à la Prison de Newgate, je résolus de chercher comment m'y rendre. La première Personne auprès de qui je me renseignai était un Boulanger occupé à livrer son pain avec une misérable charrette, et qui rit après m'avoir regardée.

— Etes-vous donc si pressée d'aller à Newgate, la Fille ? Le Vice et la Méchanceté de cette Ville vous y mèneront bien assez tôt !

Il ne m'en indiqua pas moins que j'en étais très loin à pied, qu'il me fallait traverser Londres et que le mieux était de louer les Services d'une Chaise et de Porteurs, ou d'un Cocher.

— Mais, Monsieur, je n'ai pas d'Argent et je dois absolument rendre Visite à mon Pauvre Frère, injustement jeté en Prison.

— Ma Fille, si vous n'avez pas d'Argent, vous ne pourrez pas grand-chose pour votre Frère.

— Il n'empêche ; il faut que je le voie.

Le Boulanger me dévisagea encore. Il hésitait. Il avait un visage amical et l'Air de quelqu'un qui a eu la Vie Dure en son temps et ne méprise pas ceux qui souffrent de même affliction.

— C'est bon, dit-il, je vous y conduirai. Mais, d'abord, vous devez m'aider à livrer ces pains à Soho Square.

Ce que je fis volontiers et même avec Gratitude ; et, au bout d'une demi-heure ou quelque, nous voilà en route pour Newgate par les Rues de Londres, dans la carriole bringuebalante. Nous traversons St. Giles, puis High Holborn et le Pont de Holborn; et enfin nous parvenons à Newgate Street, d'où je découvre la Cathédrale Saint-Paul resplendissant dans toute sa Gloire. Jamais, certes, je n'avais encore aperçu Eglise si immense !

La Clameur et le Fracas de la Rue Londonienne ne manquaient jamais de m'étonner à l'Extrême. Maintenant que le Monde s'éveillait et se levait, tout se peuplait de Gens et de bruits. Charrettes, Chaises, Voitures de Louage se disputaient le Passage avec les Carrosses dorés. Un Instant, je me réjouis et m'amusai du Spectacle d'un Barbier, se dépêchant avec ses boîtes à perruque; de Vendeuses de pommes avec leurs paniers de fruits; de Ramoneurs noirs de suie, avec leurs brosses noires aussi; et de séduisantes Marchandes de Modes balançant au Rythme de leur pas vif leurs Cartons à Chapeau.

Mon Boulanger me déposa à la porte de la Prison, où je le remerciai de tout Cœur, sans me demander une seule seconde comment je retournerais à Golden Square. Si impatiente étais-je de revoir Lancelot que c'était, pour l'heure, toute ma Pensée.

Quoi qu'il en soit, rien dans ma Vie ne m'avait préparée à la Prison de Newgate. Yeux, nez, oreilles étaient assaillis tous ensemble, et j'avais vraiment l'Impression de pénétrer dans l'Hadès même, plutôt qu'en un Lieu de cette Terre.

La porte passée, je fus aussitôt accueillie par le Guichetier, Personnage hideux d'une Corpulence sans égale, aux jambes si prises de goutte qu'il pouvait à peine marcher et se dandinait plutôt comme une oie. Il me reçut avec force Grimaces, Regards Libidineux et Attentions habituelles pour ma Gorge. Puis un Grand Cri s'éleva parmi les Prisonniers, sans nul Doute convaincus qu'une autre misérable Créature allait se joindre à leur Cohorte; peut-être avaient-ils Espoir du genre de Compagnie pour laquelle la Misère a une Tendresse proverbiale.

— S'il vous plaît, Messire, puis-je visiter Lancelot Robinson ? demandai-je au Guichetier.

— O-ho ! fit-il, sa grande bouche rouge toute baveuse et sa grosse figure rose aussi humide et charnue qu'un jambon cuit. C'est de ce pauvre Dément qui déclare être l'Esprit de Robin des Bois que vous parlez ? Sûr qu'il pendra, pour finir. Il a échappé au Gibet une fois, mais celle-ci sera la bonne.

— Messire, je suis sa Sœur et j'aimerais le voir.

— Et y comptez-vous sans acquitter le Droit de Visite ? dit le Guichetier.

— Messire, je n'ai même pas un demi-Sol à mon Crédit, répondis-je. Mais je jure que, si vous me laissez le voir pour cette fois, je reviendrai avec des Guinées pour vous... et je n'oublierai jamais cette Faveur.

— Voyez-moi l'Effrontée ! s'exclama-t-il. Alors acquittez-vous de la Faveur tout de suite.

Là-dessus, il me pousse contre le mur avec son énorme ventre et plonge une main crasseuse entre mes Seins. A l'Intérieur, les Prisonniers — ceux du moins qui peuvent assister au Spectacle en se tordant le Cou — commencent à faire des bruits obscènes et à encourager le misérable Guichetier, lequel, du coup, soulève mes jupes, défait sa braguette et s'apprête à me ravir sur-le-champ, contre la pierre humide et sale.

Que faire ? Lui donner un coup de pied dans son Intimité, au risque d'être jetée à la Rue sans même avoir pu échanger une Civilité avec Lancelot ? Cela semble peu sage. Je tente donc, de toutes mes Forces, de dissuader avec l'Eloquence plutôt que de persuader par la Violence.

— Gentil Guichetier, dis-je, si vous renoncez, je reviendrai avec de Bonne Monnaie sonnante et une Troupe de jolies Filles qui exécuteront vos Désirs. Nous vous ferons une Tonnelle de nos Corps et chacune de nous servira une Partie de votre belle Anatomie. De grâce, donc, cessez...

Mais, ainsi que l'ont observé bien des Sages, il est dans la Nature de la Concupiscence de s'impatienter et, au lieu de le dissuader, mes Paroles semblent l'enflammer encore plus. Il fouille dans sa culotte ouverte, en quête de son Organe — perdu, peut-être, parmi les replis de Chair — et tandis que vont croissant les Brocards et les Encouragements de la Canaille, je ne suis pas loin de me résigner à me voir violentée une fois de plus.

A ce moment précis, paraît un visage familier. Le Guichetier est empoigné aux épaules et arraché d'une Secousse aux Attentions Lubriques qu'il portait à ma Personne par nul autre que John Calotte, le Complice de Lancelot !

— Bas les pattes, Brute ! crie John Calotte, son gros corps trapu tremblant de Rage et sa barbe noire luisant diaboliquement.

Puis il fait un croc-en-jambe au Guichetier et l'envoie rouler en bas de l'escalier aux Applaudissements unanimes des Prisonniers. (Si vite ont-ils fait de changer d'Allégeance que, maintenant, ils acclament ma Délivrance, alors qu'ils encourageaient mon Viol. Telle est, j'en fais Foi, l'Eternelle Perfidie naturelle aux Foules.)

— Viens, me dit John Calotte, je te conduirai à Lancelot. Cela lui réjouira le Cœur de te voir. L'Ami est dans un Triste Etat.

Il me prend par la Main et m'entraîne à travers la Prison grouillante, cependant que le Guichetier nous poursuit de sa Malédiction en criant : « Que le Diable vous crève les Yeux ! » et que les Prisonniers s'esclaffent et se réjouissent. Je me sens proche de tomber en Syncope, à cause de la Puanteur même du Lieu et du Spectacle de Misère effrayant et stupéfiant que je vois à chaque tournant.

Dans chaque Renfoncement, dans chaque Encoignure, de Misérables Hères me mendient les piécettes que je n'ai pas — Femmes affamées donnant le Sein a des Bébés squelettiques, Hommes si affaiblis par la Famine qu'ils peuvent à peine tendre un bras quémandeur, sans compter ceux qui s'attaquent aux Mères pour leur voler leur lait en leur arrachant leur pauvre Enfant hurlant. Certains Prisonniers semblent souffrir de Consomption; d'autres ont le visage couvert de plaies et de bubons; d'autres encore gémissent de Dysenterie, soulageant leurs Entrailles de leurs Excréments infectés, dans des Latrines Publiques qui empuantissent tout l'Endroit d'une effroyable Odeur de Déjections.

Nous traversons la Salle Centrale, Partie la plus propre de toute la Prison, et uniquement réservée aux Prisonniers disposant d'Argent, m'apprend John Calotte — bien que, à mes yeux, elle ne paraisse guère mieux tenue que le Reste du Trou Diabolique. De là, nous descendons dans une Fosse, appelée « Salle Inférieure », septième Cercle de cet Enfer. Une Femme nue, de mon Age environ, y subit le Fouet à Neuf Queues et pleure lamentablement, tandis que la Racaille regarde avec une Joie obscène, comme s'il s'agissait d'un Spectacle Rare. Il y a aussi une vaste Pièce baptisée « le Vivier », où les Malheureux jetés en Prison pour Dettes sont gardés (uniquement distingués des Criminels par l'Absence de Fers à leurs Pieds); puis une autre Pièce, dite « Salle Haute », utilisée pour la Récréation, et enfin une Cave puante et sombre où l'on vend des Alcools et où une Multitude de Prisonniers ribotent joyeusement, enflammés par ce qui ne saurait être que du mauvais Gin (pour lequel, on peut en être sûr, ils paient fort cher). De Terrifiantes Rixes et Bagarres s'y déroulent, et John Calotte doit me couvrir de sa forte Personne pour me protéger de la Turbulence de la Canaille. Enfin, nous plongeons jusqu'aux Oubliettes, en passant devant la Salle de la Presse, où les Prisonniers qui refusent de plaider sont comprimés à l'aide de Poids de fer et hurlent horriblement sous la Torture. Et, contiguë à cette Fosse de Terreur, je découvre une Salle plus terrible encore où, jadis, le Bourreau ébouillantait les membres écartelés des Traîtres dans la Poix, le Goudron et l'Huile. Ce n'est plus l'Usage, et j'en rends Grâce à la Déesse, car si l'Odeur des chairs cuites et du Goudron venait à s'ajouter à celle des Déjections, cela ferait un Mélange dix fois plus nauséeux que celui qui me soulève soudain les Entrailles et m'incite à me féliciter de ne pas avoir pris de Petit Déjeuner.

Dans le tout dernier Cul-de-basse-fosse, pitoyablement enchaîné dans une sorte de caveau où il ne peut se tenir debout, les fers les plus lourds aux jambes, vêtu des guenilles les plus immondes, est assis notre Lancelot, son beau corps plié en deux, de Douleur, dirait-on.

John Calotte soudoie le Gardien en lui glissant un Shilling, pour qu'il nous laisse seuls un moment avec Lancelot. Tendrement, mon

Cœur se brisant de Souffrance de le voir dans une Condition si éloignée de son ancienne Gloire, je m'assieds près de ses pieds nus, les prends dans mes mains, les frictionne pour les réchauffer, malgré les rats qui détalent alentour et la vermine grouillante. Jamais, jusqu'alors, la vermine ne m'avait laissée indifférente; mais le Sort piteux de Lancelot me prend le Cœur entier et fait que j'en oublie le Décor abominable.

Pendant quelques instants, il s'aperçoit à peine de ma Présence.

— Ils l'ont mené durement, dit John Calotte, car ils craignent son Influence sur les Prisonniers, à cause de la Façon Miraculeuse dont il a échappé à la Mort la dernière Fois, et si l'on permet à ceux de mon Espèce de se promener à leur Guise, on a veillé à ce que les Prisonniers s'approprient bien ses vêtements par Droit de Bienvenue, et à ce qu'on lui applique le Règlement dans toute sa Rigueur.

— Le Droit de Bienvenue ? demandé-je. Qu'est-ce que cela, je vous prie ?

— C'est le Tribut que les Condamnés attendent de tout nouveau Prisonnier. O Madame Fanny, il y a mille petits Droits à payer, en Prison : aux autres Prisonniers; au Guichetier; au Cuisinier qui prépare la Viande de Charité (dont la plupart des Condamnés ne se festoient jamais l'œil et encore moins la luette); aux Nettoyeurs, même si la Geôle entière est immonde, comme on peut le voir, et n'a connu ni le balai ni le faubert en vingt ans; et jusqu'au Bourreau qui, jadis, ébouillantait tout le jour dans la Poix les membres des Traîtres et, aujourd'hui, dépêche l'Elite de ces Pauvres Diables au Gibet de Tyburn. Il est des Prisonniers Innocents qui se voient libérer par le Tribunal de l'Old Bailey, pour être mieux rejetés en Prison parce qu'ils n'ont pu payer les Redevances !

— Combien en coûterait-il pour obtenir que Lancelot soit libéré de la Règle ?

— Plus que tu ne possèdes, je le crains, mon Tendre Cœur. Car ils ne manqueront pas de faire de lui un Exemple, de lui briser l'Ame, en quelque Sorte, sur la Roue, puisqu'ils n'ont pas réussi à lui briser le corps.

— Et où sont les autres ? demandé-je. Les Joyeux Compagnons ?

— Paul le Noir (Dieu bénisse son Cœur de Pirate !) s'est échappé, emmenant avec lui son Latin. Où ? Nous n'en savons rien. Monsieur Tic, lui, a été tué sur la Tamise, Dieu ait son Ame. Et de même le pauvre Gousier et le doux Monsieur Stentor. Louis le Lutin et Sire Francis Bacon ont pu s'esquiver aussi, et j'attends en ce moment de leurs Nouvelles. Messire Popeline et Beau Monde sont ici, bien que le premier soit gravement atteint du Mal des Prisons. Quant aux autres, je ne sais rien d'eux. Dieu les bénisse tous !

— Qui vous a livrés ? demandé-je. Qui est le Traître ?

A ce mot, Lancelot reprend Vie et la Fureur illumine son malheureux Visage, tel un Feu d'Artifice, la nuit la plus noire.

– Le Misérable Capitaine de *L'Hannibal* m'a trahi, et a raflé le Butin et le Prix mis sur ma tête, par-dessus le marché ! Et moi qui avais vraiment Foi en lui et qui jurais qu'il n'avait jamais fait Commerce de Chair Humaine. Hélas ! pauvre Fol que je suis...

Puis il s'affaisse de nouveau en gémissant. Ce que voyant, John Calotte me chuchote à l'oreille :

– Je n'ai jamais vu notre Bien-aimé Lancelot si accablé. Je t'en prie, Madame Fanny, peux-tu mendier ou emprunter les Guinées qu'il faut pour le libérer de la Règle ? Car on a l'Intention de le faire souffrir plus que le Commun des Condamnés et j'ai Peur pour la Santé de son Esprit.

– J'essaierai, mon bon John Calotte, mon Bon Ami.

Au vrai, je ne savais comment je pourrais secourir Lancelot, alors que je ne pouvais me secourir moi-même.

A cet instant, Lancelot se redresse de nouveau, lève des yeux égarés, pleins d'un Eclat Sauvage et s'écrie :

– Pourquoi m'as-tu abandonné ?

Il n'est même pas évident qu'il m'ait reconnue, mais la Douleur d'avoir été trahi qu'exprime son Visage hanté est indubitable. Et, à mon tour, je suis prise de Crainte pour la Raison de Lancelot, et je comprends l'Inquiétude du bon John.

– Ils ont vendu mon Ame pour trente Pièces d'Argent ! délire Lancelot.

Et il s'affale encore, gémissant comme une Femme en Travail.

– Je t'en prie, va, me dit John Calotte, et tâche de ne pas désespérer. Quand il est entièrement lui-même, il dit qu'il n'aime Personne au Monde plus que toi. Pour l'heure, son Esprit bat la Campagne et il a perdu sa Langue d'Or, sa Foi en Dieu et en Robin des Bois; car la Trahison du Capitaine de *L'Hannibal* lui a été très dure. L'Amitié est tout pour Lancelot, et l'Honneur entre Voleurs était son seul Credo; maintenant, la Corporation des Larrons lui apparaît sous un Jour aussi cru que le Monde Grouillant des Hommes de Loi, des Hommes d'Etat et autres Honorables Ruffians. Il en fut toujours de même avec Lancelot : tantôt ivre de ses Imaginations et de ses Discours, comme s'il était pris de Rhum, et l'instant d'après abattu, tel un Pensionnaire divaguant de Bedlam. Va, Madame Fanny. Dis-moi seulement où te trouver...

Je lui donnai l'Adresse de la Maison de la Coxtart dans le West End, en priant Dieu que le bon John ignorât que c'était un Bordel. Puis, lui jetant les bras autour du cou, je le baisai sur les joues, me penchai ensuite sur Lancelot et déposai aussi un baiser sur son front glacé, et m'enfuis enfin des Profondeurs de cette Prison, telle Perséphone s'échappant de l'Hadès pour chercher Refuge sur le Sein de sa Mère Déméter à la Saison du Renouveau.

Mais, certes, la Coxtart n'avait rien de Déméter (non plus que moi, peut-être, de Perséphone). Je n'en fis pas moins Vœu de trouver le Moyen de sauver Lancelot, dussé-je être dix mille fois déflorée ! O j'étudierais tous les Stratagèmes possibles pour tromper la Vieille Renarde de Coxtart et lui extorquer les Guinées gagnées à la Sueur de mon pauvre, mais honnête Dos; et si j'étais destinée à être pour un temps Fille de Mauvaise Vie, du moins serait-ce au Tendre Nom de la Fidélité à Lancelot et (osais-je le dire ?) de l'Amour.

Chapitre V

Fuite éperdue de Fanny à travers Londres ; Luttes Intestines au Sein d'un certain Corps Constitué, suivies d'une bien étrange Révolution, que les Whigs approuveront, mais qui suscitera la Grogne des Tories ; à la suite de quoi notre Héroïne apprendra quelques Importants Préceptes qui, nous l'espérons, lui serviront toute sa Vie durant ; ce qui ne l'empêchera pas d'être entraînée à un Acte du plus grand Désespoir, Source, pour elle, d'Angoisses & de Souffrances Indicibles.

JE M'ENFUIS donc dans les Rues de Londres, comme si Pluton même (ou la Terrible Moissonneuse en Personne) m'avait suivie. La plante de mes pieds sentait chaque pavé à travers la semelle usée de mes chaussures et la sueur ruisselait sur mon visage comme la pluie sur une vitre. C'était une journée claire et très chaude ; le Soleil brillait de tous ses Feux. Mon corps de jupe était près d'éclater, tant je respirais fort et tant l'Effort de la Course m'épuisait. Peut-être, pensais-je, à force de galoper ainsi, perdrais-je l'Enfant ; car la Traîtrise de mon corps envers mon Esprit, en concevant une Progéniture au pire de tous les moments, restait toujours ancrée dans mes Pensées.

Dans Fleet Street, j'aperçus une horloge : elle indiquait déjà onze heures et demie ! J'avais manqué mon Rendez-vous avec Kate et, sans nul Doute, attiré sur moi son Inimitié pour la Vie ! Je courus encore plus fort, tout le long de Fleet Street, puis à travers le Temple Bar, orné des Effigies de Rois et de Reines dans sa Partie Basse, et de la tête abominablement putrescente d'un Traître, fichée sur une pique, tout en haut. Au milieu de ma Course, un Homme en haillons me proposa les Services d'une Lorgnette, moyennant un demi-Sol, pour me permettre de mieux voir les Traits macabres du Supplicié; je secouai ma propre tête, de Dégoût et de Déplaisir, en me demandant quelle Joie l'on peut bien prendre à se régaler les yeux d'une Relique aussi sinistre, et repris ma Fuite folle.

Les Rues étaient encombrées maintenant; j'avais parfois du Mal à me frayer passage. Des gens s'écartaient avec Etonnement devant l'Emportement de ma Course; mais, souvent, un Porteur de Chaise goguenard se faisait un Plaisir particulier de me serrer contre un Mur ou de me heurter le dos avec les bâtons de sa Chaise. A un tournant, je faillis renverser la charrette d'un Colporteur de Fruits et m'affolai tant de l'heure tardive que, de Lassitude même et de Désespoir, je m'égarai complètement dans des Ruelles ignobles, sans la moindre Idée du chemin qui me ramènerait au West End.

Mes vêtements puaient la Geôle; mes cheveux pendaient autour de mon visage comme ceux d'une Folle et, me voyant perdue, en Retard, sans nul Doute assurée des plus graves Ennuis du côté de Kate comme de la Coxtart, je me pris à pleurer de Pitié pour mon propre Sort.

Qu'avais-je espéré en allant voir Lancelot ? Son Aide, dans l'Affliction où j'étais ? Si oui, alors il était clair comme le cristal qu'il ne pouvait m'aider dans ma Condition présente. Il me faudrait puiser dans toutes les Réserves de Forces que j'avais pour assurer, *moi*, son Salut ! L'Amitié et l'Amour le requéraient; et j'avais beau ne pas me sentir égale à la Tâche, je serais bien obligée d'apprendre à être plus forte que je ne l'avais jamais été dans le Passé.

Je m'arrêtai et m'accotai à un mur pour reprendre haleine. J'épongeai mon front enfiévré et tamponnai mes yeux humides avec le bord souillé de ma jupe. A cet instant, résonna au-dessus de ma tête le cri de « Gare ! » et je m'écartai d'un bond, juste à temps pour éviter d'être inondée du déplaisant Contenu d'un pot de chambre ! Il n'en fallait pas plus à mon Humeur de Sombre Désespoir : la pure Absurdité de l'Incident tarit mes larmes à la Source et me fit rire de ce qui me tirait des pleurs une minute auparavant.

Très bien, donc, Madame Fanny, me dis-je en moi-même, puisque le Destin même a décrété de t'épargner le Contenu de ce pot de chambre, c'est évidemment Présage que tu survivras ! Que dis-je !... que tu prospéreras. Si Lancelot ne peut te sauver, c'est toi-même qui feras ton propre Salut, et le sien par-dessus le marché ! En avant, Fanny ! Hardi, Fanny Troussecottes-Jones !

Ainsi recommençai-je à courir. Où ? Je l'ignorais. Mais tout en courant, j'avais Confiance que je rencontrerais bien quelque Bonne Ame qui me guiderait vers le West End. En même temps, je me rappelais, pêle-mêle, comme, dit-on, à la seconde de la Mort, tout ce que j'avais perdu en quelques semaines : la Maison de mon Enfance à Lymeworth, ma Mère Adoptive, Lady Bellars, ma Foi en un Premier Amour (si cruellement trahie par Lord Bellars), et aussi le lâche Assassinat des Bonnes Sorcières, la Perte de Lustre, la Perte de mon Grand Poème Epique (encore à ses premiers Balbutiements), celle de mes Amis les Gais Compagnons et, pire que tout, de Lancelot — ou, oserais-je dire, de l'Esprit de Lancelot !

Mais alors, certains Traits de la Prophétie des Sorcières me revinrent en Mémoire, je ne sais comment. *Ton Vrai Père tu ne l'as pas connu...* Oui, c'était cela : *Fille naîtra de toi, qui passera les Mers. Riche tu seras, et de Cœur accru. Grand Renom te viendra sans que le Cœur s'éclaire...* Qu'est-ce que cela pouvait signifier ? Clairement, quel que fût le Sens, je ne devais pas me jeter dans la Tamise. Et la Mystérieuse Prophétie poursuivait : *De ton jeune Sein croîtra l'Amérique. Tes jeunes Yeux seront ta propre Trahison...* A tout le moins, ce Point précis s'était-il déjà concrétisé dans la Misérable Lettre de Lord Bellars ! *Sang changeras en Neige séraphique...* O combien énigmatique ! Et puis, le dernier Vers, qui se répercutait dans mes oreilles, comme prononcé par la voix puissante de Joan Griffith elle-même : *Ta Force d'Ame aura de Lucifer Raison !* Il y avait là de l'Espoir, beaucoup d'Espoir ! Je ne pourrais devenir forte que si je parvenais à me croire telle. Je ne pourrais prospérer que si j'étais capable de vaincre mes Terreurs. Et sauver Lancelot que si je trouvais le Courage de me sauver moi-même.

Quand je découvris enfin le chemin du Retour chez Mère Coxtart (après maints Faux Détours, et avec l'Aide bien intentionnée d'un pauvre Simple d'Esprit, qui prétendait connaître le trajet mais en savait encore moins que moi), la Maisonnée entière était dans l'Affolement de mon Absence. Mère Coxtart avait cruellement enfermé à la cave Kate, qui avait eu la tête assez brûlée pour me montrer le Chemin de la Liberté; quant au Majordome, elle avait menacé de le fouetter presque à Mort pour sa Négligence en me laissant fuir (bien que, au vrai, elle sût parfaitement qu'il était à ce moment-là au lit avec elle); et les autres Filles tremblaient aussi de Terreur devant son Courroux.

Tel fut le piteux Spectacle que je trouvai à mon Retour. Comme il était évident que nul Mensonge, nulle Démonstration de Soumission ne me vaudraient le moindre Merci de la Coxtart, je résolus de la prendre de front — de camper sur mon Honneur et ma Dignité plutôt que sur mes genoux.

— Eh bien ! misérable Impudente, s'exclama-t-elle. Où as-tu été traîner, que tu oses revenir ici, embaumant comme si tu t'étais roulée dans le ruisseau de Fleet Street, après toutes mes Bontés pour toi !

— Madame, répliquai-je, je ne sais de quelles Bontés vous parlez. J'ai travaillé dur et pour rien. J'ai été violée et déshonorée à seule Fin d'emplir vos poches. J'ai supporté l'Indignité de voir ma Disgrâce sournoisement contemplée par des Coquins qui vous achetaient ce Privilège. Et, bien que je ne me sois pas rebellée à cette Occasion, à présent je vous déclare que je suis une Femme Libre, et non une Esclave Guinéenne, et que j'aimerais mieux mourir de Faim dans les Rues que de vous permettre de me traiter comme un vulgaire roquet enchaîné à votre porte de Service.

Devant un tel Discours, les autres Filles eurent le souffle coupé et la Coxtart elle-même resta pétrifiée; car jamais encore une seule de ses Pensionnaires n'avait osé se dresser contre son Autorité. Au vrai, j'ignorais où je puisais ce Courage; l'on eût dit qu'un Esprit m'avait soudain possédée pour parler par ma bouche.

— Vile Effrontée ! dit la Coxtart, incapable de trouver d'autres Mots sur le moment. Comment oses-tu t'adresser à moi avec une telle Impertinence ?

— Madame, rétorquai-je, je n'entends manifester aucune Impertinence à votre Egard. Je tiens seulement à affirmer que je veux être traitée comme une Femme, non comme une Esclave ! Si je travaille dur pour vous, je veux qu'il m'en soit payé ma Part; si j'ai à sortir de cette Maison pour des Affaires ne regardant que moi, je ne veux pas être soumise à la Question comme une Criminelle. Au vrai, Madame, je ne réclame pour moi que les Droits appartenant, si l'on en croit la généralité des Grands Philosophes, à tous les Etres Humains également. Car ne sommes-nous pas tous, comme dit le Troisième Comte de Shaftesbury, « Créatures de Raison affamées de Générosité, de Gratitude et de Vertu, autant même que de Désir Ardent de vivre » ? Le Sens du Bien et du Mal ne sont-ils pas jumeaux, et aussi innés en nous que l'Affection Naturelle même ?

Ces Paroles plongèrent Mère Coxtart dans une Perplexité muette. Elle resta la bouche grande ouverte comme un piège à mouches. Cependant, elle ne tarda pas à se mettre à crachoter et à trembloter mieux qu'une bouilloire à eau laissée à feu vif et découvert.

— Honnie soit ton Outrecuidance, Catin ! Si tu as trouvé si beau Protecteur en ton Monsieur Chattebury, alors pourquoi ne t'entretient-il pas ?

Mais, d'Evidence, je l'avais combattue avec des Armes qui la surprenaient, et elle était aussi interloquée qu'enragée.

Pendant ce temps, les autres Filles, commençant à percevoir qu'un peu de Bien pouvait sortir pour elles aussi de l'Affaire, me prêtaient une oreille beaucoup plus attentive.

— Madame, repris-je, j'exige que chacune de nous soit payée

chaque fois qu'elle divertit un Galant; que nous soyons traitées comme des Créatures de Raison et non comme des Bêtes sans Esprit; que les Frais de notre entretien soient consignés dans un Livre de Comptes ouvert à toutes; et qu'il ne doive pas nous en coûter plus que vous n'avez payé vous-même pour les Provisions.

— Traînée ! hurla la Coxtart. Tu veux ma Ruïne ! Retourne à la Rue d'où tu viens ! Je ne tolérerai pas pareille Impertinence ! Je prends tous les Risques et paie le Propriétaire de cette Maison; je nourris vos Bouches Ingrates et vous vêts comme des Dames, que vous n'êtes pas ! Pourquoi supporterais-je cette Mutinerie ? Maudite sois-tu, Putain ! Hors d'ici !

Sur quoi, elle ouvrit dramatiquement la grand-porte et, plantée, les bras croisés, d'un bref Mouvement de sa tête aux cheveux teints au Henné, me signifia de sortir.

La Panique étreignait mon Cœur. Miséricorde du Ciel ! pensai-je; suis-je allée trop loin, ai-je outrepassé jusqu'au Point de Rupture les Limites de sa Patience ? Mais je n'osais montrer mon Indécision ni mon Trouble. Le menton haut, et mes jupes empuanties traînant dans mon sillage comme si j'avais été la Reine des Eaux Sales et des Pots de Chambre, je me préparais à partir, en toute Feinte Dignité.

Je me dirigeai vers la porte, tremblante au-dedans et calme au-dehors, marquai un temps pour adresser un Adieu aux autres Filles piquées dans leur stupeur devant mon Courage inusité, et dis :

— Gentilles Dames, merci de toutes les Bontés que vous avez eues pour moi. Je vous souhaite tout le Bien du Monde.

Puis je tourne les talons, franchis d'un pied délicat le seuil comme s'il s'agissait d'un panier d'œufs, et sors.

Mais à peine ai-je tourné le dos et est-il devenu clair que je pars pour de bon, qu'un Grand Cri s'élève derrière moi, à croire que toute une Troupe de Ménades vient de surprendre le Grand Dieu Pan en Personne !

A mon Etonnement, c'est la maigre silhouette de Nell qui s'élance la première à ma suite et se cramponne à ma jupe, en criant (tant à moi-même qu'à Mère Coxtart) :

— Si Fanny s'en va, je pars aussi !

Sur quoi, Roxana la Consomptive ajoute sa voix à la Clameur, imitée par Molly aux joues de pivoine. Toutes trois me retiennent sur le seuil, défiant la Coxtart pour la première fois de leur Existence Soumise.

La Coxtart est horrifiée, bouleversée, stupéfaite. Elle se tourne vers nous, les Quatre Rebelles, puis vers les autres — Druscilla aux cheveux de Nuit, Evelina la Créole — en se demandant sans nul Doute quand elles aussi vont se révolter contre Sa Monarchie de Droit Divin. Mais la Rusée Politique qu'elle est décide que mieux vaut composer pour l'instant, pendant que deux des Filles restent de son Camp plutôt que d'attendre la Mutinerie, pour ne pas dire la Révolution Sanglante, de toutes les Ames à sa Charge.

— Mesdames, Mesdames ! Mesdames ! dit-elle, avec une Douceur toute nouvelle. Je vous en prie, asseyons-nous et parlons plus calmement de tout cela. La Colère n'a jamais résolu les Maux de l'Humanité, et la Guerre est un Piètre Parti, à défaut de la Paix. Raisonnons donc entre nous, en vraies Philosophes.

Je pouvais à peine en croire mes oreilles ! Se pouvait-il que j'eusse gagné ? Mon Audace avait-elle accompli ce que la Soumission n'eût jamais obtenu ?

Lentement, dignement (et cachant mon immense Soulagement d'être acceptée de nouveau), je regagnai la Maison de Mère Coxtart, fermant la porte derrière moi, tandis que mes Loyales Alliées, Roxana, Nell et Molly, suivaient à deux pas derrière, telles des Dames de Compagnie.

Ce fut ainsi que j'appris mon premier Grand Précepte pour la Conduite de la Diplomatie. Je n'avais voulu que couvrir ma propre Faute d'être rentrée si tard et, dans ma Témérité, j'avais parlé comme l'Ame même de Lancelot Robinson — dont j'avais retenu les Idées d'Equité et de Camaraderie, à la faveur de mes Randonnées avec les Joyeux Compagnons. J'avais été très loin de me douter que la Coxtart en viendrait à proposer vraiment un Contre-projet, en vertu de quoi chaque Fille aurait Part aux Profits de la Maison selon son Ancienneté et son Zèle ! Maintenant, je voyais bien que ma Détermination avait effrayé la Coxtart, surtout lorsqu'elle n'avait que trop clairement compris la Menace d'un Départ en Masse des plus précieuses de ses Filles. Soudain, la Poudre aux Yeux que j'avais jetée à Profusion pour échapper au Blâme m'avait changée finalement en Héroïne de toute la Maisonnée. Cela ne manquait pas de Piquant ! Peut-être fallait-il y voir une Leçon. Car, lorsque je m'étais tourmentée et torturée d'Indécision, tremblant d'être mise à la porte, nul Bien n'en était sorti — hormis plus de Tracas et de Souci encore; mais quand je feignais le Courage qui me manquait en Réalité, la Coxtart elle-même capitulait et les autres Filles me proclamaient leur Reine !

Toutes, sauf Kate, à la Vérité. Pour sa part, elle s'était retrouvée sous clé à la cave par ma Faute, et elle nourrissait maintenant une Amère Inimitié à mon égard. Je tentai de la raisonner, de lui dire que, dorénavant, elle aussi aurait Part à tout ce qu'elle gagnerait; mais elle était aigrie par la Rancœur de ces Ames qui ont du Mal à faire confiance, puis qui se livrent un peu, et qui, déçues, se prennent à détester pour de Bon l'Humanité entière.

L'Amitié fleurissait difficilement en Kate. Cette Plante Rare avait déployé en elle ses premières et frêles Racines; lorsque mon Insouciance les avaient si méchamment tranchées, l'Aversion avait pris la Place.

· — Je savais bien que je n'aurais jamais dû me fier à toi, me dit-elle acidement, lorsque nous nous retrouvâmes seules.

— Mais, Kate, j'ai fait l'Impossible pour être à Golden Square à onze heures; las ! je n'ai pas pu.

— Qu'est-ce qui t'en a empêchée, alors ?

— Je n'ose le dire.

— Immonde Truie, marmonna-t-elle. Ce ne serait-il pas que tu aurais rencontré le Scélérat qui t'a mise enceinte ? Tu peux compter que je le dirai à la Coxtart !

— Eh bien ! dis-le-lui; pourtant, je te jure que c'est un Mensonge. Tu n'as donc pas d'Esprit ? Ne comprends-tu pas que toi aussi tu profiteras du nouveau Système ?

(Car, bien que Kate fût restée verrouillée à la cave durant ma Grande Mutinerie contre la Coxtart, les autres lui avaient rapporté l'Incident, le relatant même avec autant d'Enjolivures qu'en ajoute un Habile Comédien aux Mots du Pauvre Poète dont la Plume grinçante avait conçu d'abord ses Vers Tonitruants dans un Galetas traversé de courants d'air.)

— Qu'a-t-on à faire de telles Folies ? dit-elle, pleine de Dédain. J'ai appris à survivre et à prospérer avant ton Arrivée ici, *Madame* Fanny. Tu te prends pour le Sauveur de ces Filles — ces Catins geignardes qui se retrouvent Esclaves parce qu'elles sont tout juste capables de *rêver* de Liberté ! Depuis six ans, j'épargne les Shillings, dans la Solide Intention d'avoir ma Boutique *à moi*, grâce à mon Labeur *à moi* et à l'Homme que j'aime. Peuh ! Je me moque comme d'une Figue de tes Belles Paroles à la Coxtart et de toutes tes Balivernes Philosophiques. Tu n'as jamais connu la Vie Dure, toi, Gourgandine que tu es !

Ainsi appris-je (car Kate continua à me détester passionnément, en dépit de tous mes Efforts pour faire Amende Honorable) que la Gratitude est, pour certains Mortels, la moins bienvenue des Emotions; que nombreuses sont les Femmes qui, ayant le Sentiment d'avoir supporté tout le Poids de la Condition Féminine, voudraient voir leurs Sœurs aussi Infortunées qu'elles; que non seulement la Misère aime la Compagnie, mais que ceux qui se comptent parmi les Misérables éprouvent une Haine absolue pour ceux qui voudraient les attirer parmi les Heureux; et bien d'autres Leçons de même Nature, trop nombreuses pour les détailler ici, sans retarder intolérablement le Cours de notre Récit.

A dater de ce jour, je me mis au Travail comme une belle Diablesse, tant pour acheter le Moyen de libérer de la Règle Lancelot, que parce que, ayant gagné ma Part de mes propres Gains (si petite fût-elle, je le reconnais), j'étais plus impatiente que jamais de jouer les Fausses Vierges — ou n'importe quel autre Rôle Pervers conçu par la Coxtart à mon Intention — du moment qu'il rapporterait le plus de Guinées possible.

Des multiples fois où l'on me prit mon Pucelage; des Grandes Figures de l'Epoque qui rendirent Visite à ce Bordel (à seule fin d'en faire autant à mon petit Arpent des Félicités), et de leurs Curieuses Prédilections et Pratiques entre les Draps, je devrai parler dans un Chapitre à part. Ce sera Chose Utile, je présume, pour toute Femme qui, à quelque Période d'une Existence Infortunée, en est réduite à gagner son Pain et son Toit à l'aide de son Corps — et quelle est la Femme vivante qui ne se voit pas contrainte, un jour ou l'autre, à ce Triste Sort ?

Car, même les Epouses — et surtout celles des Grands Hommes — sont-elles autre Chose que des Putains, qui troquent leur Entretien (même lorsqu'il inclut Carrosse doré et riches vêtements brodés) contre le Lit ? Et n'est-il pas jusqu'à nos Poètes et Philosophes pour démontrer qu'une Femme qui sait vendre habilement son Pucelage fera un meilleur Mariage que celle qui le dilapide n'importe comment — Témoin la Pamela Andrews de M. Richardson, cette Sucrée, qui prend au Piège son Seigneur, Lord B., en se cramponnant à son Pucelage jusqu'au Soir de ses Noces, et reçoit de ce fait, en Échange, les plus beaux Avantages Matériels.

Belinda, tu es en Droit de te demander peut-être si moi, dont l'Ame a toujours été encline à la Délibération et au Débat Philosophique, j'ai agité pour moi-même la Question du Métier de Putain comme Gagne-Pain. Certes, oui. Mais le jour où je me retrouvai dans le Bordel de Mère Coxtart, la Fonction de cette Maison n'apparut pas clairement à mon Innocence Campagnarde. Ensuite, j'y fus retenue de Force, sous verrous et clés. Et pour finir, me sachant enceinte et sachant aussi le Grand Besoin que Lancelot avait maintenant de moi, j'y demeurai pour en tirer Rapport, et ce, de la seule Façon qui semblât se présenter à moi. Mais, au contraire de la rusée Pamela, j'étais une Honnête Putain, et non une Hypocrite ! Je faisais librement Commerce de mon corps, non de mon Esprit. Tandis que les Epouses des Grands Hommes, ou celles qui aspirent à le devenir, vendent leur Esprit et s'estiment bénies par-dessus le marché !

Oui, Belinda, j'ai préservé l'Indépendance de mon Esprit, même si je ne pouvais sauvegarder celle de mon corps. Et je tiens donc ma Putainerie pour plus honnête que l'Etat Ordinaire de Mariage, au sein duquel l'Epouse est vendue au Mari en échange de Terres qui s'ajouteront à l'Avoir du Père, et bénéficie d'une Existence Dorée grâce au Loyer de sa Chair dans cette Boutique Marchande qu'est le Lit Matrimonial.

Mais il me faut passer à un Sujet bien plus déplaisant encore que le précédent, un Sujet qui fait trembler ma Plume et ruisseler de larmes mes yeux — d'autant plus que ces Pages te sont destinées, ma chère Belinda. Ah ! pourquoi m'être juré d'être honnête avant tout ? Que n'écris-je une Fable pour aider de Belles Oisives à passer le temps, ou une Farce pour quelque Scène Londonienne ! Car je dois maintenant raconter ce que je fis, le soir qui suivit ma Mutinerie contre la Coxtart et ma Discussion avec Kate, au cours de laquelle je m'efforçai de gagner son Pardon. Je m'enfermai à clé dans les lieux d'Aisances du sous-sol (« la Sellette », comme l'appelait la Coxtart) et, d'une main tremblante, j'enfonçai le Suppositoire (d'un Noir Infernal) dans l'Orifice récalcitrant de mon Pertuis d'Amour.

Ce n'était pas Chose aisée. Je saignai même profusément de mon Troisième œil et pleurai également des deux autres, qui n'avaient que trop Conscience de l'Importance de mon Acte. C'était presque un Meurtre, à mon Sens. Je pense qu'il n'est pas une Femme au Monde capable de tuer son propre Enfant, Chair de sa Chair, sans une Peine et un Remords terribles; et pourtant, mon Désespoir était si grand que j'étais sûre de ne pas pouvoir porter le mien : la Coxtart me jetterait à la Rue si elle venait à connaître mon Etat; et non seulement je ne manquerais pas de mourir de Faim, mais Lancelot aussi, en même temps qu'il en perdrait l'Esprit.

Comment t'expliquer cela aujourd'hui, Belinda ? Comment t'expliquer que, toi qui m'es plus chère que tout au Monde, qui es pour moi l'Etre Humain le plus précieux sur notre tournoyante Planète, tu fus un jour l'Objet de ma Colère Meurtrière ? Las ! Désespoir plutôt que Colère ! Et pourtant, il ne s'agissait pas, au vrai, de toi-même ! Car, dans les toutes premières semaines de son Nouvel Etat, avant qu'elle ait senti en elle les premiers Frémissements de la Vie, une Mère, surtout si elle n'a encore jamais porté d'Enfant, ne peut se représenter en Esprit ce que son corps est merveilleusement capable de concevoir jusque dans le moindre de ses Atomes et dans la Course du sang dans ses veines.

Donc, j'insérai l'horrible Chose Noire dans mon Sein, et saignai, et attendis; et une demi-heure n'était pas passée que j'étais tenaillée par une Douleur si atroce que je dus m'enfoncer dans la bouche tout le bord de ma jupe pour m'empêcher de hurler. Pliée en deux, je pressais à deux Mains mes Organes Vitaux. Mes jambes se mirent à trembler; la sueur, à me couler sur le front. Je m'enfonçai les ongles dans les paumes jusqu'au sang, tout en adressant des Prières muettes à la Grande Déesse, à Notre-Seigneur Jésus-Christ, à toutes les Déités qui avaient une Chance d'entendre mes Supplications — quand c'eût été le Maudit en Personne ! — pour qu'ils m'accordent la Fin de ce Tourment.

La Souffrance était un vaste Océan Rouge où je me débattais, tel un Marin naufragé. Elle était mon Ciel, ma Terre, mon Elément Originel. J'étais près de l'Evanouissement, près d'expirer là, dans la puanteur de ces Lieux d'Aisance, parmi ces odeurs fétides et cette Humidité qui évoquaient l'Antichambre de l'Enfer, lorsque, tout à coup, mon Ventre entier se noua en une Horrible Convulsion, et l'affreuse Chose Noire (ou ce qui en restait) ressortit.

Je perdis le Suppositoire et une bonne Quantité de sang mais sans perdre pour autant l'Enfant ! Et cela, tu le sais, puisque c'est *toi* l'Enfant, qui tint bon de toute sa propre Volonté, avant même de trouver une main à quoi s'accrocher ou d'avoir un Esprit doué de Raison. Mais, moi-même, sur le moment, j'ignorais si, oui ou non, j'avais rejeté l'Homonculus. Je savais seulement que jamais de ma Vie je ne pourrais endurer la Répétition d'une telle Angoisse, et je lançai les deux atroces Choses Noires restantes dans le trou de ces lieux malodorants, sans autre Pensée que de laisser Libre Cours à ma Rage d'avoir dû subir la Malédiction d'une Douleur aussi insoutenable.

Durant les jours qui suivirent, je débattis en moi-même si j'étais toujours enceinte. Tous mes Vœux disaient que non; ma Raison soutenait que si; et, au vrai, je n'eus aucune Certitude avant quatre bons mois plus tard, où il fut indéniable que mon Ventre avait commencé à s'arrondir.

Mais il me faut revenir à ces abominables latrines pour retrouver au bout de ma Plume la Malheureuse Fille de dix-sept ans, toute secouée et pleurant, qui ôte le loquet de la porte et, d'un pas chancelant, les cuisses ensanglantées, son linge rougi aussi de sang, se traîne jusqu'à ce lit de Bordel qui lui est étranger, pour y sombrer dans le Sommeil et rêver du Foyer à tout jamais perdu, cependant que fermente dans ses Pensées l'Incapacité où elle se trouve de vérifier — soit par la Logique, soit par la plus folle Clairvoyance — si elle donnera le Jour à un Enfant dans neuf mois, ou non. Mais elle soupçonne la Vérité, et cela la terrifie.

Dans ma Chambre, je me lavai le mieux possible dans la cuvette de ma table de toilette, en regrettant franchement un vrai bain, mais sans oser appeler à l'Aide la Femme de Chambre, à pareille heure. Je dépouillai mes vêtements empuantis par Newgate ainsi que mon linge plein de sang (que je me jurai d'incinérer dans l'âtre, le lendemain matin) et me glissai dans mon lit. Et il est vrai que je rêvai un moment de Lymeworth dans mon Sommeil; mais ce n'était pas mon Lymeworth familier; c'était une Demeure inconnue, pleine de caves humides où l'on appliquait la Torture, tandis que des rats détalaient près des pieds nus et sanglants des Victimes. Un homme tout de noir vêtu et portant cagoule remuait, dans un chaudron de Poix et de Goudron bouillants, les membres des Traîtres, et je me penchai sur l'effroyable Mixture, mais pour n'y voir, ô Horreur ! qu'une tête tranchée remonter du fond... et, las ! c'était celle de Lancelot, dont les lèvres bougeaient pour s'écrier : « L'Honneur existe-t-il parmi les Bandits ? Non pas ! Fi de l'Espèce Humaine ! Tous, ils vendront ton Ame pour trente Pièces d'Argent ! Prends Garde au Capitaine de *L'Hannibal* ! Prends Garde au Capitaine de ton Ame ! » Sur quoi, la tête disparaissait dans l'atroce Bouillon... et je m'éveillai soudain en criant. Mes membres frissonnaient; une sueur glacée perlait sur mon front. Les draps étaient trempés comme au sortir de l'eau. Si mes Rêves devaient être aussi terribles, le mieux était de ne pas dormir du tout, pensai-je. J'allumai donc une bougie à mon chevet et m'assis dans le lit, les genoux contre le ventre, tel un Enfant.

Mon Esprit vagabonda jusqu'aux Evénements de la veille, avec leurs Visions Infernales des Mœurs Londoniennes, dont venait de se nourrir mon Rêve de Mort. Je songeai à Lancelot dans son cachot, à Mme Skynner, à la Colère de Kate, au Triomphe de ma Révolte, et puis à ma Misère Abjecte peu après. Dans mon Cœur, la Rage chassait le Chagrin. Comment mon corps pouvait-il se rebeller ainsi contre mon Esprit ? Je commençais tout juste à apprendre la Vie; tous mes Espoirs d'être Maîtresse de mon Destin allaient-ils m'être retirés si tôt par ce Petit Intrus dans mon Ventre ?

Mais, à peine avais-je senti naître cette Colère, que je fus tenaillée par le plus cruel des Remords. Je plaignais la pauvre petite Créature encore informe d'être l'Objet de tant de Haine avant même d'être née. Quel Monstre j'étais ! N'avais-je donc pas de Pitié pour les Faibles et les Petits ? D'autre Part, il était vrai que je ressentais dans toute sa Force l'Impression d'une Invasion. Cet enfant faisait son Entrée contre mon entière Volonté, comme si j'avais été un Château, un Fort, et qu'un Imposteur, sous un Déguisement ami, avait pénétré jusqu'au Centre de moi, pour ne réclamer rien de moins que ma Vie !

Hélas, Belinda, peut-être me pardonneras-tu ces Pensées le jour où, à ton tour, tu porteras un Enfant; car nul Etat n'est aussi voisin de la Folie, d'un côté, et de la Divinité, de l'autre, que l'Attente d'un Enfant. D'abord, vient la Peur de la Mort, que nulle femme en gésine ne peut être sûre d'éviter; ensuite, la Peur de la Douleur; et enfin, la Terreur de se révéler Mère sans Amour, souhaitant la Mort de son Enfant chaque fois qu'il crie, au lieu de prendre en Pitié le prodigieux Besoin qu'il a d'elle.

Mais, avec chaque mois où l'Enfant grossit dans le ventre de la Mère, grandit et forcit en elle la Certitude que son propre Destin est étroitement mêlé à celui de son Petit. Dès lors, elle va se définir, du moins pour une Part, comme la Mère de ce Bébé. S'il meurt, elle sera la Mère d'un Enfant Mort; s'il vit, ses sourires et ses larmes seront aussi les siens. Si on le lui arrache, elle n'en restera pas moins changée à tout jamais, sur Terre et au Ciel. Elle s'est doublée, puis divisée : jamais plus elle ne sera entière.

Chapitre VI

Qui contient un Bref Portrait du Célèbre Doyen de Dublin, Jonathan Swift, Auteur, Misanthrope & Amateur de Chevaux hors du Commun; ainsi que Quelques Préceptes Philosophiques et Moraux déduits par notre Héroïne de sa curieuse Amitié avec lui.

L'ATTENTE d'un Enfant, pour une Femme sans Dot ni Mari, et privée, au vrai, de tous Rapports d'Affection, suscite en elle, par-dessus tout, une immense Capacité de s'acharner au Travail.

Les Dames Enceintes qui se languissent à la Campagne, tandis que leur Epoux s'adonne à la Putain et au Jeu en Ville, sont peut-être enclines à la Malédiction de tous les Maux propres au corps Féminin; mais celles qui doivent travailler pour gagner le pain de leur bouche sont, au vrai, bien trop affairées pour souffrir de Pâmoisons ou d'Humeurs Noires, de Léthargie ou de Migraines, de Sciatique ou de Nausées. L'Oisiveté est elle-même Mère de Mélancolie; mais un bon Travail bien dur guérit toutes ces Maladies mieux que le plus dispendieux des Médecins.

Et mon Travail était dur — dur pour le corps et encore plus pour l'Esprit; car ce n'est pas Facilité que d'être mise au lit avec des Messieurs pour lesquels l'on n'éprouve rien que Phobie et Répulsion. Imagine-toi Jeune Fille, encore amoureuse de l'Amour, et forcée de folâtrer entre deux draps avec des Vieillards Cadavériques, des Acteurs aux jambes torses, des Libraires grêlés de Petite Vérole, et de Jeunes Apprentis Marchands aux joues adolescentes encore couvertes de pustules.

Sur tous ces détestables Coquins, je ne m'attarderai pourtant pas; j'ai déjà brossé un large Tableau de mon Initiation tant du fait de la Coxtart elle-même, de celui de Theophilus Cibber. Je me consacrerai maintenant à la Description des autres Galants dont je fis la Connaissance dans ce Bordel — et notamment des plus Illustres. Car, de même que les Honnêtes Femmes, en ce bas Monde, tirent tous les Honneurs des Hommes (Maris ou Amants) qui les font vivre, de même les Putains prennent-elles Valeur à la Célébrité de leurs Adorateurs. Car nulle Femme n'est jamais censée faire son Chemin dans le Monde grâce à ses propres Mérites : elle sera toujours jugée selon les Hommes qui l'aiment.

Au vrai, les Femmes savent très bien que, à la Vérité, elles prospèrent souvent *en dépit* de leurs Hommes, plutôt qu'à cause d'eux. Et pourtant, le Monde nous jugera toujours à l'Inverse; et les Plaisantins iront sempiternellement répétant que nous devons à nos Amants le peu d'Avancement qui nous revient.

Fut-ce le Cas pour moi avec mes Illustres Amants ? Je dirai plutôt, en toute Modestie, que ce furent eux qui gagnèrent à moi, car j'avais commencé à apprendre (tant on m'avait rudement imposé l'Etat de Femme en ma dix-septième année) que les Hommes viennent au Bordel autant pour y trouver Compréhension et Compassion que pour y assouvir leurs Désirs Charnels, et qu'une Putain qui accorde Attention à leur seul corps (à l'Exclusion de l'Esprit) ne fera jamais Florès bien longtemps dans son Commerce.

Certes, il y a des Prostituées qui ne font Commerce que de la Chair, mais ce sont celles dont on se lasse vite, qui sont tôt Vérolées, tôt Mortes. Les Filles de Joie qui durent, en dépit des Périls de la Profession, sont celles qui secourent aussi bien l'Ame que le corps des Hommes. En Vérité, nous sommes une Forme de Clergé.

Quand je parle ainsi, j'ai dans l'Idée par-dessus tout le Doyen Swift, si célèbre plus tard comme l'Auteur des *Voyages dans Plusieurs Nations Lointaines de ce Monde*, de « Samuel Gulliver », et si voué à l'Infamie en Angleterre, tout en étant révéré dans sa Patrie Irlandaise pour avoir écrit *Les Lettres du Drapier*.

Il se trouvait secrètement en Angleterre pour peu de temps pendant le premier Été que je passai au Bordel. Ce Secret était certes de la plus Extrême Importance, car, si la Couronne avait appris que le « Drapier » haïssable, qui avait tant fait pour enflammer la Colère des Patriotes Irlandais, séjournait sur le Sol Anglais, sa tête eût été menacée, et il eût peut-être souffert le même Sort que mon Bienaimé Lancelot.

Le Doyen Swift était un curieux Personnage — l'Homme le plus Intelligent que j'aie jamais rencontré, à part Lancelot — et, je le crains, fort Incompris. De même que j'avais révéré M. Pope pour son

Œuvre Poétique, avant de le rencontrer, puis avais été déçue par l'Homme lui-même, ainsi en alla-t-il tout à l'Inverse pour le Doyen Swift : mon Admiration grandit, d'abord de la Connaissance que j'eus de lui, et ensuite de par la Splendeur même de son Oeuvre. Naturellement, lorsque je le rencontrai, je n'avais pas lu (non plus que le Monde entier) ses Illustres *Voyages*; je n'en fus pas moins charmée par l'Homme et y gagnai fort dans la Compréhension de son Caractère Enigmatique lorsque je finis par lire cet Ouvrage, deux années plus tard.

Il était plutôt petit, avait environ cinquante ans et des yeux qui constituaient sûrement son Trait le plus Frappant : d'un bleu étincelant, presque perçants et tant soit peu protubérants, comme s'il avait eu un Goitre à un moment de sa Vie, ou que l'Injustice de ce Monde (contre laquelle il avait certes toutes Raisons d'enrager autant que Lancelot) les eût exorbités. Lorsqu'il était d'Humeur Douce, son Regard avait la Couleur Azurée des Mers du Sud; mais quand la Colère lançait des Eclairs par ses Orbites, il pouvait être parfaitement terrifiant.

C'était un Grand Joueur de Cartes (il m'enseigna l'Hombre, le Piquet et le Whist), un Grand Donneur de Petits Cadeaux (bien qu'il pût à peine en faire la Dépense), et un Grand Prodigue de ses Charités. Pour quelqu'un qui avait la Réputation d'un Misanthrope et d'un Malcontent, il était souvent gai et de la Meilleure Compagnie; mais je crois qu'il souffrait grandement d'Etourdissements et de quelques Troubles de l'Ouïe — ce qu'il supportait toutefois avec le Stoïcisme d'un Romain de jadis.

Nous avions plusieurs Passions en Commun, en particulier l'Amour des Chevaux et la Conviction qu'un Bon Cheval vaut mieux que le Meilleur des Hommes. Pareillement, nous étions tous deux hantés par le même Manque d'un Père; car « Presto » (comme il se faisait appeler parmi les Dames) était né des mois après l'Infortunée Disparition de son Père, et se considérait toujours comme une Sorte d'Orphelin (ce qui expliquait peut-être la Sensibilité Exaspérée de sa Nature, une certaine Qualité d'Ecorché Vif, pour ainsi dire, grâce à quoi toutes les Piques du Monde le blessaient plus qu'un Homme Ordinaire).

Ses Passions étaient nombreuses et contradictoires à l'extrême. Il haïssait toute Espèce de Fanatisme, tous les Projeteurs qui voudraient améliorer le Monde par leurs Systèmes, tous les Critiques qui s'agglutinent autour des Grands Auteurs.

— Un Critique, me déclara-t-il un jour, est un Individu qui, incapable de bien écrire lui-même, passe en Conséquence ses Jours et ses Nuits à édicter des Lois pour ceux qui en sont capables.

De même, il détestait les Ecclésiastiques, bien qu'il en fût un lui-même, car, disait-il : « La Religion n'est-elle pas un Manteau, et la Conscience, une Culotte, lesquels, tout en mettant à couvert la Lubricité autant que la Méchanceté, se peuvent baisser ou ôter pour les servir toutes deux ? »

Il adorait La Rochefoucauld plus que tout autre Auteur, d'avoir si bien démontré que l'Homme n'est pas la Créature de Raison qu'il prétend être, mais est criblé de Passions, de Désirs et de Vanités contradictoires. Et pourtant, il avouait que, lui-même, il écrivait des Satires afin de « vexer le Monde plus que de le divertir » et de « ramener l'Humanité au Bon Sens avant qu'il soit trop tard et que tout Espoir de Raison soit à jamais perdu ».

— Si vous désespérez de la Raison, pourquoi alors, cher Presto, écrire afin de ramener le Monde au Bon Sens ? lui ai-je demandé plus d'une fois.

— Parce que je suis un Fol, Fanny, répondait-il.

Mais, comme tout Homme qui reconnaît volontiers sa Folie, il fallait le compter parmi les plus intelligents.

Et cependant, il y avait quelque chose d'indomptable et de contraire dans son Caractère; car il prétendait toujours qu'il avait rêvé de faire son Chemin à la Cour, mais qu'il avait lui-même obscurci son Soleil en insultant tous ceux qui auraient pu l'aider.

— Si seulement j'avais assoupli ma Langue et ma Plume, peut-être me fussé-je élevé comme il est de coutume, disait-il, la Rime lui venant aux lèvres aussi facilement que la toux à celles du Consomptif.

Mais à vrai dire, il était aussi incapable de refréner sa Plume que le rossignol son gosier. Son Génie était de fustiger le Monde, et il lui en coûta très-cher. Il ne pouvait s'empêcher de flageller les Critiques qui avaient le Pouvoir de l'aider à s'élever, non plus que les Courtisans ou que les Dames d'Honneur, qui avaient l'Oreille des Grands. Tous, il les qualifiait de Putains et de Parasites, puis était amèrement blessé quand ils cherchaient Vengeance en Retour. De Passion, il en débordait; mais de Tact, il en était totalement dépourvu. Il brillait comme un Soleil, mais il lui manquait le Don de la Diplomatie. Il haïssait le Mensonge et le maniait si mal qu'il se tourmentait sans cesse de la Pensée que sa Stella, à Dublin, pût venir à apprendre notre Liaison et lui en voulût de cela. Il ne l'avait pas épousée, disait-il, en dépit des Rumeurs contraires, parce que le Mariage détruit le Meilleur de la Femme et fait d'elle une Mégère. D'ailleurs, ajoutait-il, le Monde comptait déjà bien trop de Marmots mal aimés; mieux valait pratiquer la Continence que de fabriquer, à Grand Renfort de Mignoteries, un Malheureux de plus en ce Triste Monde.

— Car, à bien considérer les Misères de l'Existence Humaine, disait-il encore, en quoi un Enfant devrait-il avoir aucune Obligation envers ses Parents parce qu'ils lui ont donné le Jour ? La Vie n'est pas plus un Bienfait en soi, qu'elle ne l'est dans l'Intention des Parents Naturels du Rejeton, qui employaient à tout autre Chose leurs Pensées dans leurs Rencontres Amoureuses.

J'étais bien heureuse, au vrai, qu'il ne fût pas encore apparent que j'étais enceinte; car s'il l'avait su, il m'eût méprisée comme une « Yahoo » – Mot curieux qu'il appliquait à tous les Mortels s'abandonnant aux Bas Appétits de la Chair. Il aimait que les Femmes fussent jeunes, avec des Airs de Petite Fille, et minces et Virginales, comme de Jeunes Epousées encore Intactes. Les Petites Filles de douze ans, aux Seins encore verts, représentaient le Corps Féminin qu'il préférait. Aussi, lorsque la Coxtart l'amena dans ma Chambre pour la première fois, m'ordonna-t-elle de lui déclarer que je n'avais même pas mes dix-sept ans, et d'avoir à porter robe blanche d'Epousée, en même temps que de ne pas me sentir blessée ni insultée s'il ne touchait nullement ma chair.

Au lieu de cela, il parlait, tout en régalant de moi son Regard bleu étincelant, et discourait de Philosophie, de Littérature, de Politique, de Religion; et, une fois, ayant acquis la Certitude que j'avais de l'Affection pour lui et ne le prenais pas pour un Etre Bizarre, il proposa que nous allions passer ensemble, à la Campagne, un curieux après-midi, à gambader parmi les Poulains, les Juments et les Etalons du parc d'un de ses Amis.

Nous louâmes une barge pour remonter le Fleuve, par un splendide après-midi d'Eté, débarquâmes à Maidenhead, où nous attendait une Voiture à un Cheval appartenant à l'Ami du Doyen, pour être véhiculés jusqu'à un magnifique Domaine appelé Dumswood, dont le Propriétaire, disait-on, possédait quelques-uns des plus beaux Chevaux de Course d'Angleterre.

Peut-être à Dessein, l'Ami du Doyen avait été appelé hors de chez lui. Seuls, les Valets d'Ecurie, Entraîneurs et autres Serviteurs étaient en Service; ainsi pûmes-nous, presque sans être dérangés, pique-niquer sur l'Herbe en regardant Juments et Poulains folâtrer sur le Velours des Prés.

– Observez le Cheval, me dit Swift. Observez la Légèreté de son Allure, comparée à celle, traînante, de l'Homme. Car ce dernier est une Créature qui ne s'est résolue que récemment à marcher sur ses pattes de derrière, alors que le Cheval vole des quatre sabots avec une Grâce si incomparable que les Anciens eux-mêmes l'identifiaient à la Poésie !

Ah ! A ces Mots du Doyen, je sus sans le moindre Doute que nous étions Amis par l'Ame : n'avais-je pas eu souvent la même Pensée, touchant le Cheval et la Poésie, le Cheval et l'Homme ?

– Car, notez-le bien, Fanny, poursuivit Swift, depuis les temps les plus reculés, Homme et Cheval ont tissé entre eux des Liens

Mystiques. La Jument a été confondue avec la Déesse de la Terre, Perséphone; l'Etalon, avec le Dieu du Soleil, Apollon. Depuis les temps les plus antiques, les Guerriers se sont fait enterrer avec leur Destrier; même dans la Grèce d'Homère, les Courses de Chevaux faisaient partie des Jeux Funèbres. Les Farouches Mongols et les Féroces Tatars buvaient le *Koumys*, ou lait de Jument fermenté, pour exciter des Visions dans leur Esprit; et les Celtes célébraient un Mariage sacré entre leur Roi et une Jument, pour assurer la Fertilité des Récoltes et des Hommes. Dans les Comtés lointains et Païens de l'Irlande, j'ai entendu parler, même de nos Jours, d'Hommes s'accouplant avec des Juments blanches comme neige, afin de favoriser les Cultures et d'écarter la Famine... mais les Irlandais sont Race Barbare, capable de toutes les Indécences.

Au même Instant, une Jument gris pommelé s'approcha par Curiosité du lieu de notre Pique-nique, leva la Queue et satisfit à l'un des Besoins les plus Fondamentaux de la Nature. Le Doyen en fut tout enthousiasmé :

— Observez, Fanny ! reprit-il. Même les laissers d'un Cheval sont pépites d'Or, comparés aux excréments bruns et putrides de l'Homme ! Voyez leur grande Beauté, dorés qu'ils sont comme Miel ! La Raison n'en est-elle pas que le Cheval se nourrit uniquement de l'Herbe et du Foin les plus Purs, tandis que nous, qui prétendons être Race de Raison, mangeons principalement des chairs mortes et en Voie de Décomposition. Tu reconnaîtras la Créature à ses Déjections !

— Mais, dis-je, cher Presto, le Cheval n'a pas de Langage Rationnel, tandis que nous pouvons converser par les Mots et enrichir ainsi notre Raison...

Mais je disais cela pour le seul Amour de la Discussion; car n'avais-je pas moi-même conversé très raisonnablement avec Lustre, mon propre Cheval ? Quel grand Dommage de ne pouvoir le présenter au Doyen !

— Bah, dit ce dernier, nous n'usons du Langage que pour obscurcir la Vérité, comme si nous étions tous Gens de Loi ! Et pourtant le hennissement de la Jument pour son Poulain est un Langage bien plus Pur... si seulement nous pouvions le comprendre !

Je mis toute mon Attention à écouter les hennissements des Juments, tâchant d'y entendre le Langage de Raison que, m'assurait M. Swift, je devais y trouver. Hélas ! je n'entendis rien que cris de naseaux. Peut-être faut-il vivre avec un Cheval pour le comprendre; car si, sans nul Doute, je comprenais Lustre, il n'en était pas de même pour ces Etrangers. Le Doyen, semblait-il, avait l'Ouïe plus fine : dans les bruits de l'Animal, il entendait des Philosophies et des Poésies qu'aucune autre Oreille Mortelle ne pouvait surprendre « Houyhnhnm » - tel était le Nom qu'il donnait aux Chevaux, en le prononçant à la Façon du Cri de l'Animal. Et « Yahoo » était, ainsi que je l'ai dit, sa Façon d'appeler la Gent Humaine, laquelle est fort loin d'être aussi gente et humaine qu'elle le dit.

Durant une heure ou plus, il discourut ainsi sur le Cheval. Il m'en expliqua l'Histoire en Angleterre : comment les lourds Animaux de nos Ancêtres furent croisés avec des Arabes pour produire le Noble Pur-Sang, le plus magnifique Cheval qu'ait jamais connu le Monde. Il me vanta la gracile Beauté de celui-ci, la Sauvagerie du Pur Arabe, la Puissance des Espèces de Trait, le Charme des Poneys du Connemara, des Shetland et du Pays de Galles, le Regard émouvant des Juments, les naseaux palpitants des Etalons — l'on eût presque dit un Amant tout éperdu des Charmes de sa Bien-Aimée. Il détailla à Loisir son Mépris de l'Humanité, qui a fait d'une Créature tellement plus Noble qu'elle une Bête de Somme, et me parla des Tribus Bédouines qui élèvent leurs Chevaux sous leur propre tente, dorment et mangent avec eux et les gardent comme des Tendres Compagnons toute leur Vie durant.

Pour *L'École de Cavalerie* de La Guérinière, il n'avait que Dédain. Les Allures artificielles, les Pas que l'on force ces Nobles Créatures à apprendre, le dégoûtaient. *Galopade, Volte, Pirouette, Terre à Terre, Mezair, Pesade, Courbette, Croupade, Balotade, Capriole* et autres, autant d'Expressions de la Vanité Humaine imposées par Contraire au Doux Cheval. En fait, il détestait tout l'Art de l'Equitation.

— L'Homme a pris cette Splendide et Paisible Créature pour l'obliger aux Arts de la Guerre. Nul Cheval à l'Etat Naturel n'irait au Combat. C'est, par Nature, un Conciliateur. L'Homme est le seul à faire la Guerre à ses Semblables. Ah ! Fanny, quand je vois la Tristesse du Cheval sous le Harnais, mes yeux s'emplissent de larmes et je maudis la Race qui me réclame comme sien ! Des Oppresseurs, voilà ce que nous sommes tous : vains, orgueilleux, stupides, mais prétendant à la Raison ! Le Cheval est la Raison même. S'il est une Créature qui mérite de gouverner le Monde, c'est bien lui.

Au vrai, M. Swift était si bien emporté par ses Imaginations et ses Rêveries à propos des Chevaux, que je ne pus guère lui parler de Lustre ni des beaux Arabes importés par Lord Bellars; des nombreux Poulinages auxquels j'avais moi-même assisté, Enfant; de ce moment magnifique, Culmination de onze Mois de grande Attente, où le *Foal* sort, l'avant-main la première, puis les Naseaux, la Ganache, les Oreilles, le Garrot, les Flancs, et finalement l'Animal entier, dans sa membrane d'un bleu de Lune luisant, tandis que les Eaux Maternelles brillent encore sur sa robe de soie de Nouveau-né. Mes plus chers Souvenirs d'Enfance se rapportaient également aux Chevaux

Peut-être est-ce là pourquoi je ne soulevai pas d'Objection au Caprice suivant du Doyen.

Il allait maintenant tenter, me dit-il, l'Expérience d'une Fantaisie. Il allait me prier de me dévêtir entièrement sur l'herbe; après quoi il s'efforcerait d'inciter doucement un Etalon à copuler avec moi. Si transporté était-il de ce Plan, que pas un Instant il ne me consulta sur mon Bon Vouloir, mais tint seulement des Propos délirants sur le fait que ce serait la Preuve Finale de ses Théories; que, sur son Honneur, il ne me serait fait aucun Mal, et qu'il me devrait sa Vie entière, si seulement je me rendais à sa Prière.

C'était, certes, la Requête la plus curieuse dont on m'eût régalée dans ma brève Vie de Putain; mais il était de mon Devoir, après tout, de satisfaire les divers Appétits de mes Galants, si particuliers fussent-ils; et un certain Sentiment de Curiosité me poussait également. De fait, l'Etalon de son Choix ressemblait à tel point à Lustre — à part l'Absence de marques blanches — que, au vrai, j'eusse presque pu voir en lui un Amant !

J'ôtai tous mes Atours sur l'herbage ensoleillé, et m'allongeai sur le doux tapis vert, buvant par tous les pores la Lumière Estivale, tandis que le Doyen, les yeux brillants de Malice, s'en allait chercher l'Etalon. Il ordonna au Valet d'Ecurie d'enfermer toutes les Juments avec les *Foals* dans l'écurie, de Façon à ne pas exciter jusqu'à la Rage Furieuse le Désir de l'Etalon; puis il m'amena l'Alezan, dont la robe satinée luisait sous la Lumière.

Cet Alezan était doté d'un Membre à faire verdir d'Envie tout Joli Garçon; et, tandis que le Doyen lui parlait doucement à l'oreille dans le langage Hennissant des Chevaux et lui flattait le ventre et les testicules, ce Membre grandit jusqu'à atteindre une taille qui eût empli d'Effroi la plus lascive des vieilles Filles de Joie.

Le Doyen considérait cela avec une Admiration émerveillée, comme si, lui aussi, il avait été à demi amoureux de l'Etalon. Puis, quand il fut assuré que le Prodigieux Vit avait atteint son Apogée, il m'invita à me jucher sur son dos (de manière que, à nous deux, nous parvenions presque à la hauteur du Cheval), puis à le tenir par le cou, et à écarter mes Joues Inférieures autant que possible, probablement pour tenter l'Etalon.

L'Instant d'après, le Doyen se mit à caracoler en hennissant, avec moi qui me cramponnais toute nue à ses épaules. Il cajola l'Etalon dans le curieux Langage des Equidés, jouant lui-même les Chevaux, trottant dans l'herbe avec son Fardeau ! Mais l'Alezan eut beau nous contempler avec Curiosité, et même, à un moment, s'approcher pour observer de plus près notre étrange Bête à Deux Dos, il était clair comme cristal qu'il n'avait nulle Envie de copuler, pas plus avec moi qu'avec le Doyen !

Nous poursuivîmes « l'Expérience » durant près d'une demi-heure, jusqu'à ce que l'Etalon, las et ennuyé, s'éloignât d'un pas tranquille (son Membre réduit à sa dimension normale, ou peu s'en fallait), pour s'en aller paître dans un pré voisin. Avec un cri de Triomphe et le sourire rusé de l'Homme de Loi qui a gagné sa Cause, le Doyen s'exclama :

— Douce Fanny, pied à terre, maintenant !

A quoi j'obéis avec Joie; et tandis qu'il m'aidait à m'habiller, il tira de l'Affaire la Leçon de Morale qu'il put.

— Prenez bonne Note, Fanny, de ce qu'un Homme en Rut s'accouplera avec n'importe quel Trou qui se présentera à sa Vue ! Il s'appariera avec poules, moutons, et même melons mûrs, voire Femmes enceintes ou battant Pavillon Rouge. Mais un Cheval, et de Noble Origine, ne s'accouple avec la Jument que pour procréer, et encore, jamais en dehors de l'Epoque Propice de sa Compagne. C'est dire combien il est plus Raisonnable que l'Homme !

Comme nous reprenions le chemin de la Ville, une fois de plus par la Majestueuse Artère de la Tamise, Swift ne cessa de discourir des Différences entre l'Homme et le Cheval; et, au vrai, je devais bien convenir que sa curieuse Logique n'était pas sans Justesse. Si je semblais être au bord des Larmes en l'écoutant, c'était que je ne pouvais oublier Lustre et que je me tourmentais pour son Sort. Etait-il devenu Bête de Bât, condamné à mourir à la Tâche, à peine nourri et se languissant, faute de Discours de Raison ? Ou le montrait-on comme un Phénomène dans les Foires, en le forçant à sauter à travers des cerceaux de feu ou par-dessus des tonneaux enflammés, à moins qu'on ne le fît danser debout sur ses jambes de derrière tel un chien de Cirque ?

— Je n'ai pas de Tendresse pour la Démesure de l'Homme, disait cependant le Doyen, sans remarquer mes yeux gonflés de larmes. Sa Tare Tragique est de se prendre pour Créature de Raison, quand il est clair, d'après ses Actes, qu'il est plus aveuglé d'Ignorance que le plus Inférieur de tous les Insectes rampant sur Terre. Depuis toujours, je hais toutes les Nations, Professions, Communautés, ma chère Fanny, et garde mon Amour pour l'Individu. Ah ! attendez d'avoir lu mes *Voyages*. Ils sont Chose admirable et qui fera Merveille pour amender le Monde...

En cela résidait la Principale Contradiction du Doyen : qu'il soutenait que l'Humanité n'avait aucun Pouvoir de Raison et que, néanmoins, il persistait à vouloir améliorer le Monde et le ramener au Bon Sens. Il y avait en lui de l'Amant Dépité de l'Espèce Humaine, qui aime non pas d'Amour Avisé, mais trop bien, et qui, ayant vu cet Amour rejeté et piétiné dans la boue, en nourrit de l'Amertume. Par lui, j'ai appris que tout Misanthrope est un Etre qui n'aime que trop le Monde — un Innocent blessé, j'en ai peur.

Lorsqu'il me fut donné de lire ses *Voyages*, deux années plus tard, je fus, en vérité, stupéfaite. Ah ! combien j'aurais alors aimé discourir avec lui. Las ! je ne l'ai jamais revu.

Le Livre m'étonna par le Brillant de ses Inventions. Gulliver, cet Homme Ordinaire au milieu de toutes ces Créatures d'Imagination !... Et que de Gaieté ! J'accordais à Swift le plus grand Compliment d'un Auteur à un autre : j'aurais voulu que ce Livre fût mon Oeuvre ! Et pourtant, je savais déjà que les Livres — et tout spécialement les plus Grands — sont comparables aux rides des Visages : chacun se *fait* les siennes. Et l'on ne peut pas plus les imiter qu'espérer porter le Visage d'un autre Ecrivain. Les Livres que nous préférons sont pleins des mêmes Tours et Bizarreries que les Esprits qui leur ont donné Naissance.

Nul besoin de te dire, Belinda, que ces *Voyages* séduisirent aussitôt la Ville entière et devinrent la Fureur de tous les Salons, remplaçant l'Hombre et les Commérages parmi les Passions Dominantes des Dames. Je mourais d'envie d'écrire au Doyen une Lettre de Félicitations; mais, ayant appris que sa Stella était malade et à l'Article de la Mort, je n'osai, de Crainte que ma Lettre ne fût découverte et ne hâtât une Fin déjà prématurée.

Mais tu es en Droit de me demander, Belinda, si, ayant connu le Doyen Swift d'aussi Intime Façon, je n'ai pas ma petite Part à apporter aux furieuses Discussions déchaînées autour de ses Oeuvres, tant parmi ses Adorateurs que parmi ses Détracteurs. Dans son Propos, Gulliver était-il un Homme Sain d'Esprit, ou un Pauvre Dément ayant perdu ses Esprits à force de Naufrages ? Hélas, j'ai bien Peur que ce que l'on sait de la dernière et Tragique Maladie du Doyen Swift n'ait prévenu le Monde contre ses Livres. Du fond du Cœur, j'affirme pour ma part que son Gulliver a l'Esprit le plus sain qui soit; que lui seul, de toute l'Humanité, voit le Monde lucidement; et que, vraiment, lorsqu'il se retire dans une écurie pour y vivre comme les Chevaux, en refusant désormais le Commerce des Hommes, c'est qu'il a découvert les deux Grandes Tares Fatales de l'Espèce Humaine : la Puanteur du Mensonge et l'Odeur Putrescente de la Vanité. Il préférait régaler ses Sens du Bon Fumet de Propreté de la chair chevaline à souffrir les Effluves Putrides des Tromperies Humaines. Et qui saurait l'en blâmer, en vérité ? A vivre dans le Bordel de la Coxtart, souvent j'éprouvais le même Sentiment.

Chapitre VII

Où Fanny lie Connaissance avec deux Curieux Person-
nages, le Peintre William Hogarth & Messire John
Cleland; leurs Opinions Divergentes sur son Carac-
tère; leurs Prédilections, tant en Art que dans la Vie; &
les Mobiles qui ont poussé notre Héroïne à rédiger cette
Véridique & Complète Histoire de son Existence Exo-
tique & Aventureuse.

M. Hogarth fréquentait aussi le Bordel de Mère Coxtart, à la fois
pour satisfaire ses Appétits Charnels et emplir ses Carnets de croquis
des Filles.

Durant ce terrible Eté de 1724, où mon unique Souci était de
me procurer l'Argent qui permettrait de libérer Lancelot de la Règle
— et d'épargner un peu en Prévision de mes Couches —, je fis la
Connaissance d'innombrables Galants en dehors de l'Illustre M. Swift,
du jeune Peintre qu'était alors M. Hogarth, et de cet Ignoble Jouven-
ceau de Messire Cleland, lequel, plus tard, devait exploiter sans Pitié
ni Scrupule mon Histoire dans ses *Mémoires d'une Femme de Plaisir.*
C'est cependant de ces trois-là que je garde les Souvenirs les plus
vivaces; car j'avais beau être réduite à l'Humble Condition de Prostituée, mon Esprit gardait son Impatience de s'instruire et, grâce à de
tels Clients, je pouvais, avant toutes choses, enrichir mon Intellect
autant que mon Escarcelle.

M. Hogarth vint d'abord dans l'Intention d'acheter mon Faux
Pucelage (ayant appris par ses Confrères Amateurs de Filles qu'il y
avait en Ville une nouvelle et délicieuse Oiselle). Il était, toutefois

bien trop intelligent pour se laisser prendre à ma Pantomine de Vierge Déflorée; car, à la Différence de tant d'autres, il n'avait rien de l'Aristocrate Ecervelé, de l'Acteur Hâbleur ou du Poète Infatué de ses seuls Poèmes; c'était un Jeune Gaillard originaire de Smithfield, fort simple, et parvenu à l'Age Adulte dans les parages de Bartholomew Fair à Londres, où il avait réjoui ses yeux d'Enfant et d'Adolescent de toute Espèce de Saltimbanques, Pitres, Comédiens Ambulants, Acrobates, Danseurs de Corde, Charlatans, Jongleurs, Montreurs de Marionnettes, Tire-laine (et leurs Compères), Géants, Nains, Bouffons, Coquettes, Catins et Attrape-nigauds. Depuis ses plus Tendres Années, il connaissait l'Apre Vie de la Rue Londonienne, car tout le Quartier du Clos de Barthélemy et de Smithfield appartenait encore au très vieux Londres, celui que le Grand Incendie n'avait pas touché. C'était un Marché aux Bestiaux, où chaque lundi l'on amenait bœufs et moutons, et dont les Rues étroites et antiques étaient pleines de bouse et de crotte, de tripes, de chiots noyés, de chats crevés et de fanes de navets traînant çà et là.

Hogarth lui-même, sous son Air de Carlin revêche (il était court, trapu comme un petit bouledogue, avec des Traits écrasés), ne manquait ni de Ruse ni de Finesse. Fils d'un Maître d'Ecole d'Esprit dérangé, devenu Propriétaire d'un Café et qui avait été jeté en Prison pour Dettes, il était résolu à ne pas subir le dur Destin paternel. L'Auteur de ses Jours, disait-il, avait passé le Meilleur de sa Vie à peiner sur des Dictionnaires pour le compte de Libraires sans Merci, qui ne lui payaient pas plus sa Part honnête des Gains, lorsque le Livre se vendait, qu'ils ne manquaient de le blâmer si l'Ouvrage était mort-né. Il avait donc décidé, tout âgé de vingt-sept ans qu'il était lorsque nous fîmes Connaissance, de ne pas être une Victime à l'Image de son Malheureux Père; car il aspirait à de Grandes Choses, sachant qu'il tenait du Ciel le Don d'obtenir les Ressemblances les plus frappantes en deux coups de Plume ou de Brosse, et qu'il était habité également des Talents Littéraires que son Père avait si peu su exploiter.

Il eut tôt fait de dénoncer ma Simagrée de fausse Pucelle.

— Fanny, ma Fille, me dit-il, il est clair que tu as été Vierge cinquante fois, à supposer que tu l'aies jamais été.

— Je vous demande bien Pardon, Bonhomme, rétorquai-je, me redressant dans ma Feinte Dignité. Comment osez-vous moquer une Pauvre Petite Campagnarde qui offre le seul Joyau qu'elle ait ?

— Joyau mon Cul ! répliqua Will Hogarth. Ton Trésor de Pucelle n'est que Sang de Pigeon, et la Petite Paysanne connaît déjà quelques Manières de la Ville ! Mais je ne dirai rien à la Coxtart, si tu veux bien poser pour moi, avec et sans vêtements !

251

Ainsi devins-je le Modèle de Hogarth en même temps que, dans les Intervalles, sa Catin ; et, pendant qu'il me croquait, emplissant des Carnets entiers de mon visage, de ma Gorge, de ma croupe, de mes jambes et de mes mains, nous nous racontions mutuellement notre Jeunesse, nos Espoirs, nos Rêves. Et sa Plume griffait la Page tandis qu'il vitupérait rageusement le Mauvais Goût de la Métropole.

— Nul Lord Anglais qui se respecte, disait-il, n'achètera Peinture qui ne vienne de cette satanée Italie ! Car les Anglais dédaignent les Génies nés sur leur Sol. En Musique, il leur faut M. Haendel et autres Allemands ou Italiens baroques, qui nous chantent un Galimatias que nul Anglais de Naissance ne peut comprendre. Et en Peinture, ils font venir des Ruffians d'Italie, dépensent des Fortunes sur des Copies de Nymphes et de Dragons, ou alors rendent Hommage à des Saltimbanques comme William Kent, qui proclame que tous les Anglais sont dépourvus d'Habileté et d'Art, peint des Tableautins à la Mode Italienne, se targue d'être un Noble Citoyen de la Rome Antique, et dispose du Comte de Burlington pour lui lécher le Cul et payer ses Factures de vin de Porto ! Par Dieu, Fanny, je hais les Palladiens plus encore que les Charlatans d'Italie, car ils crachent sur notre Pur Génie Anglais, tout en courant après la Pire Médiocrité au Nom de la Noble Antiquité Romaine !

— Que feriez-vous à leur Place ? demandai-je, en me hâtant de reprendre la Pose après avoir gratté une démangeaison à ma croupe nue.

— Fanny, mon Amour, je montrerais le vaste Monde comme il est ! Je montrerais les Rues de Londres avec leurs chats crevés et leurs Enfants braillards. Je montrerais les Catins et les Baladins et les Comédiens Ambulants de la Foire de Southwark. Et les Danseurs de Corde perdant l'Equilibre et tombant. Et les Comédiennes se dévêtant dans une Grange. Je montrerais les Tavernes et les Bordels, les Miséreux ivres de Gin et les Bourgeois soûls de Bière. Je montrerais les Putains tout comme les Déesses Grecques, les Ruffians autant que les Héros, les Boulangers et les Brasseurs comme les Nobles Lords. Car qui d'entre nous a jamais pu voir Saint Georges ou son Dragon, que je sache ? Tandis que ce Monde que nous côtoyons, avec ses Rues grouillantes et leur Populace criarde, pourquoi le dédaigner ? C'est la Matière même de notre Vie Anglaise.

Tout en parlant, il croquait, comme à l'ordinaire, la Langue aussi vive que la Plume. Puis, en un clin d'œil, il se levait d'un bond et courait jusqu'à moi, étendue dans ma Nudité sur le Lit, et brandissait la Feuille de Papier.

— Vois, Fanny ! disait-il en me montrant l'Esquisse.

Et j'étais bien forcée d'éclater de rire, car il m'avait saisie à la seconde même où je me grattais la croupe et où mon Visage arborait une Expression railleuse, comme si j'avais mis en Doute tous ses Propos. La Ressemblance était si vraie que je riais follement de ma propre Sottise : tout ce temps, j'avais posé telle une Déesse, imaginant la Forme Idéale qui naîtrait sous la Plume de l'Artiste; et lui, il n'avait vu qu'une Paysanne se grattant l'Arrière-train tout en jetant un Regard moqueur sur le Monde !

— Est-ce ainsi que je vous apparais ? demandai-je.

— Parfois, me répondit-il, tu es une Demoiselle des Champs; d'autres fois, une Reine; mais, avec tes cheveux aussi flamboyants que ton Buisson Ardent, je pense à toi bien plus comme à un Grand Incendie Ravageur que comme à une Simple Femme. Oui, je vois en toi une Conflagration capable de consumer Londres tout entier, et moi avec.

Là-dessus, lâchant Plume et Papier, et baissant culotte, il se jetait sur moi et me faisait l'Amour avec autant de Vigueur que n'importe quel Gaillard.

Mais suffit. Pourquoi interrompre le Cours de ce Récit avec une brûlante Scène d'Amour de plus, comme si j'étais M. Cleland en Personne ? Las ! vais-je me morfondre à énumérer et décrire toutes les Sortes d'Oiseaux d'Amour divers qui se nichèrent entre mes jeunes Cuisses, cet Eté-là ? Qu'il soit assez de dire que les Goûts de M. Hogarth étaient simples. Nul Besoin, pour l'aiguillonner, d'Etalons et de Juments, ni de l'Excitation des Déguisements et Mascarades. Il aimait bien ses Dames paillardes à Souhait, dociles et bâties pour l'*Usage*. Il avait le Vit aussi vigoureux que la Plume et que la Langue.

Tous les Grands Artistes ne sont pas forcément Grands Orateurs et Grands Fornicateurs aussi bien. M. Hogarth était sans Conteste les trois. Peut-être le devait-il à la Brièveté de sa Stature : tous ses Esprits animaux étaient, en quelque Sorte, comprimés dans un Espace plus étroit.

Quelque huit années plus tard, alors que nous ne nous étions pas revus depuis bien longtemps, je passai par Hasard devant un Magasin d'Estampes exposant *La Carrière de la Prostituée* ou *Les Humeurs de Drury Lane*, de M. William Hogarth. Et, là, je pus voir l'Emploi qu'il avait fait de tous ses Croquis de moi !

Ces Gravures ne furent pas loin de me briser le Cœur, car elles étalaient le Destin qui eût pu être le mien et que, au vrai, j'avais évité de Justesse. D'abord, la Catin arrive à Londres, de sa Campagne, Innocente Proie pour l'Immonde Pourvoyeuse et le Maître Ravisseur de Vertus. Elle ignore ce qu'il adviendra d'elle, mais une oie à qui l'on tord le cou, au premier Plan de la Gravure, prouve que l'Artiste, dans sa Perspicacité ne le sait que trop La Malheureuse suit son

Chemin, par les Stades successifs de la Débauche : Fille entretenue par un riche Juif (qu'elle cocufie), puis Putain corrompue de Voleurs de Grand Chemin, ensuite broyant le Chanvre à la Maison de Force (sous ses beaux Atours de Putain qu'elle a gardés !), et enfin mourant de la Vérole dans un Galetas, tandis que son pauvre Enfant Orphelin, assis près de l'âtre, attend un maigre Souper. Sur la toute dernière Gravure, elle gît dans son lugubre cercueil, cependant que Prostituées et Ecclésiastiques, alentour, s'intéressent plus au faux Luxe de leurs Plaisirs qu'au Grave Enseignement de cette Mort. (Noire Censure d'un Clergé qui montre tant d'Indifférence pour le Mieux-être Spirituel de ses Ouailles !) Mais plus douloureux encore que toutes ces Leçons est le Sort de la Malheureuse elle-même. Car elle paie vraiment le Prix de la Luxure, tandis que ses Galants s'en tirent gratis; et sa Fin est celle d'une Pauvresse mourant de Vérole, tandis que Maîtres Ravisseurs de Vertu et Ecclésiastiques fleurissent en attendant d'exercer leur Méchanceté sur une nouvelle Innocente. Dans sa Sagacité, M. Hogarth savait que c'est la Femme, toujours, qui paie pour les Péchés de l'Espèce.

L'Artiste pensait-il, tout en me croquant, que telle serait ma Destinée ? Sans aucun Doute. Et il y eut de terribles moments où, moi-même, je le craignis. Pourtant, je ne lui en veux pas d'avoir utilisé des Aspects de ma Personne (une certaine Tristesse des yeux et du Regard de la Putain emprisonnée; la Rondeur d'un Sein gonflé; la Courbe gracile d'une cheville), car bien évidemment, sa Sympathie va à la Jeune Innocence que le Monde abuse, avant de la jeter au Grand Tas de Rebut de la Mort.

M. Cleland, en Revanche, n'est, dans mon Esprit, pas plus mon Ami que celui du Beau Sexe en général; car le Portrait qu'il brosse de sa Mijaurée putassière donne à penser au Monde que la Vie de Catin est Lit de Roses sans Epines. De la Vérole, de la Consomption, de la Malédiction de la Boisson, de la Mort en Couches ou sur un Grabat de Misère (et autres Ravages dans l'Existence de la Pauvre Prostituée), il ne trouve rien à dire. A lire son Livre, l'on croirait que ce Genre de Vie est aussi folichon que celui de l'Homme de Loi, du Magistrat ou même du Médicastre ! (Bien entendu, je cite ceux qui s'engraissent des Misères des Pauvres.)

Car note-le bien, Belinda : voilà deux Hommes que je rencontre à la même Epoque de ma Vie, et alors que l'un voit en moi la Marque de la Tragédie, l'autre me tient pour l'Incarnation de la Comédie et de la Gaieté de Cœur. Et lequel disait vrai ? La Vérité est-elle une et indivisible ? Notre Personnage ne se forme-t-il pas plus souvent dans les yeux de ceux qui nous regardent qu'au fond de notre Ame ? Car, s'il est exact que nous devons apprendre à nous connaître nous-mêmes — afin de survivre à la Méchanceté de ce Monde et aussi au Jugement de Dieu dans le Monde à venir —, souvent l'Image qu'à de nous le Public se compose bien plutôt des Folies et des Craintes de ceux qui nous aiment (ou nous haïssent) que de nos propres et véritables Dispositions. D'où il découle que, pour toute Femme, il ne saurait être d'Enseignement plus profond que d'apprendre à passer outre à l'Opinion que professe d'elle le Monde et de s'en remettre au seul Jugement qu'elle a d'elle-même; car s'il arrive que le Monde fasse Preuve de Justice en estimant le Caractère des Hommes (bien que, même là, trop souvent il se trompe), il n'en va jamais de même pour son Opinion du Caractère des Femmes. De fait, celles-ci sont censées « manquer totalement de Caractère », à en croire M. Pope, et voleter de Fantaisie en Caprice, tel le Papillon de fleur en fleur. Peut-être est-ce là ce qui explique la Démesure du Mâle à vouloir modeler la Femelle, dans ses Romans et ses Poèmes, comme la Créature même de ses Imaginations à lui; et peut-être le Poète Homme assure-t-il que les Femmes « manquent totalement de Caractère » en sorte de mieux justifier le Manque de Cœur et l'Irréflexion avec lesquels il les traite dans ses Vers.

Mais venons-en maintenant à M. Cleland, qui entra dans ma Vie peu après M. Hogarth. Au contraire du Peintre, qui était alors au seuil de sa Gloire, John Cleland n'était qu'un Adolescent finissant, aux joues encore hérissées des pustules de la Puberté, comme d'autant de petits Monuments à son Esprit de Luxure. Il n'y avait guère plus de deux années qu'il était sorti du Collège. Il entra dans ma Chambre en faisant la Roue et le Bravache et proclamant qu'il lui fallait un Pucelage tout frais par Jour pour le garder en Train (comme le Vampire a besoin de Sang). Il criait bien haut qu'il était Homme d'Expérience, Voyageur lassé des Escales de l'Amour, Roué revenu de tout, Libertin blasé — alors que, d'évidence, il n'avait pas dépassé mon Age. Au vrai, j'appris plus tard qu'il était même de deux années mon Cadet !

J'avais, une fois de plus, revêtu mon Accoutrement de Jeune Epousée (bien qu'il fût douteux que je pusse longtemps encore jouer les Vierges, tant ma Renommée courait déjà la Ville, et tant moi-même je finissais par trouver fastidieux ce Jeu), lorsqu'entra M. Cleland. Jamais je n'oublierai son Apparence lors de cette première Occasion. Il s'était vêtu en Petit-maître : Epée à poignée d'Argent, chapeau galonné, Grande Perruque, et gilet de velours brodé d'Argent, malgré la Chaleur Estivale. Tous ces Vêtements lui allaient fort mal, comme si, au vrai, ils avaient été empruntés ou loués. Son chapeau, en particulier, était trois fois trop grand - même avec la perruque en dessous — et lui glissait sur les yeux le plus comiquement du Monde.

— Ma Bien-aimée Petite Femme ! s'écria-t-il en franchissant le seuil.

J'eus grand mal à dissimuler un Bâillement à ces Mots. O j'étais lasse de mon Labeur, lasse de cette sotte Pantomime ! Où, au Nom de la Déesse, trouverais-je jamais assez de Zèle pour jouer une fois de plus l'absurde Comédie de la Virginité ? J'avais passé la Mesure de l'Ennui !

— Attrape-moi si tu le peux, mon Petit Epoux ! criai-je à mon tour, me pliant à la Formalité de la Chasse autour du Lit, avec un Manque d'Ardeur à peine voilé.

Le jeune M. Cleland me poursuivit dûment; pourtant il paraissait aussi peu pressé de m'attraper que moi d'être prise. Au vrai, il semblait avoir sincèrement plus Peur de moi que je ne feignais de le craindre, lui. Ce Simulacre de Chasse à Courre dura aussi longtemps que nous pûmes le soutenir — moi, bondissant autour du lit, lui, me serrant de près (tel un gros matou paresseux une souris agile); mais il était évident qu'il ne se sentait guère d'Humeur au Jeu.

— Attrape-moi si tu le peux ! criai-je encore.

Mais comment jouer les Pucelles Rétives, quand il avait encore moins envie de la Chose que moi-même ?

A la fin, il s'effondra par terre (dans tous ses beaux habits) et se mit à pleurer très piteusement.

— La Vérité, Madame Fanny, avoua-t-il, est que je suis moi-même Puceau !

Sur quoi, arrachant sa Grande Perruque ridicule, il révéla à ma Vue le doux visage d'un Garçon de quinze ans (encore tout parsemé de Boutons !) et des yeux effrayés où je lisais qu'il me regardait — moi ! — comme une Femme d'Expérience !

Alors, au lieu du Désir qui se refusait à naître, monta en moi une Pitié; et doucement, tendrement, j'entrepris de le déshabiller, dévoilant sa Poitrine rose et glabre, ses hanches menues, ses jambes maigres, ses pauvres orteils dans leur Nudité vulnérable.

Mais, demandera-t-on sûrement, quelle sorte d'Oiseau avait-il, lui qui a inventé plus de Noms fantaisistes, pour désigner cet Organe banal, qu'Adam pour les Animaux de la Création ? C'était une Chose entre les deux, ni plus grande ni plus petite que la Majorité des autres, et assez bien faite, mais sans la Rougeur enflammée dont il parle si constamment dans ses *Mémoires* ridicules. De fait, l'Objet avait une Mine de Papier Mâché, et était aussi blême que pâte à cuire. Il fallut toutes mes Cajoleries pour le rassurer et le faire se tenir debout dans ma Main — même alors, je craignis qu'il ne se pâmât dans l'Instant.

Mais je le roulai dans mes paumes, et puis entre mes lèvres, jusqu'à ce qu'il fût assez dur pour supporter d'être sucé; et quand il fut bien humecté de salive et assez ferme pour l'Usage, je troussai mes lingeries d'Épousée et m'assis dessus, le taquinant de Mouvements en Tire-Bouchon jusqu'à ce que M. Cleland défaillît de Plaisir et, au vrai, s'évanouît pour de bon.

Je jure que je le crus d'abord mort, tant il était froid et immobile. Je craignis de l'avoir tout à fait tué de Plaisir Voluptueux, et je ne savais si je devais en rire ou en pleurer. Tant de Rodomontades pour en arriver là, il y avait plutôt de quoi rire ! Il gisait sur le sol tel un poisson mort — que dis-je ! comme une miche de pain, car il ne bougeait ni pied ni patte. Peu à peu, cependant, il revint à lui. O il était fou de Gratitude à mon égard ! Il disait qu'il ne pourrait jamais me payer en retour pour ma Bonté, ma Sollicitude, ma Charité Chrétienne ! Je ris et le rassurai en lui disant qu'il lui faudrait payer à la Coxtart le Prix de *ma* Virginité — même si c'était *lui* qui s'était révélé la Jeune Épousée Pucelle. Ce qui parut réveiller dans son Esprit une Fantaisie Secrète, qu'il avait un peu Peur, m'avoua-t-il, de formuler.

— Je vous en prie, dites-le moi, Messire Cleland, insistai-je, car je suis ici pour faire vos Volontés.

— Je n'ose, répondit-il en gloussant comme une Écolière.

— Turlututu ! dis-je. Je ne vous moquerai point, je le jure.

— Vous le jurez vraiment ?

— Que le Diable m'emporte si je mens !

Sur quoi il me propose d'échanger présentement nos vêtements — ce sera lui l'Épousée et moi le Mari Conquérant — et de répéter le petit Jeu.

Ma propre Imagination en est toute chatouillée, tant mon Rôle habituel m'ennuie. Je me dévêts sur-le-champ et lui tends mon Accoutrement Virginal, cependant qu'il en fait autant pour m'offrir ses beaux habits de Petit-Maître. Il délace mon corps de jupe que, en deux minutes, je relace sur lui, lui faisant la taille fine, sans, hélas ! aucun Soupçon de Gorge. Nous lui en façonnons une à l'aide de mouchoirs de batiste roulés en boule, et il prend la Pose pour se mirer dans la glace, de l'air d'être ravi de tout ce que ses yeux contemplent. Je lui passe ensuite corselet et jupe, voile, chaussures et bas. Je lui offre même mes fards — ma Liqueur Rouge de Bavière pour les joues — et mes parfums aussi bien. L'Usage de tout cela l'enchante; il s'en montre moins perdu qu'un bichon que l'on met au bain. De fait, le Vêtement Féminin restaure en lui Confiance et Audace; il minaude et fait la Révérence avec plus d'Aplomb qu'il n'en avait pour jouer les Galants fanfarons.

Pour ma Part, je suis heureuse d'avoir revêtu son habit : porter

257

Tenue Virile m'emplit toujours d'un Sentiment de Liberté, voire d'Impudence. C'est mon tour de lui donner la chasse autour du lit, ravie de la Nouveauté de ce Changement de Statut. Je gronde que je vais l'attraper; il piaille que je n'y parviendrai point. Tantôt je cajole, tantôt je menace, tantôt je traque. Et lui, il proteste, plaide, fuit. A la fin, je le saisis et me jette sur lui de tout mon Poids.

— Je vous en prie, Messire, cessez ! glapit-il, *Falsetto*.

— Et moi je vous prie, Madame, rendez-vous ! tonitrué-je, *Basso*.

Puis je plante le genou entre ses Cuisses, et telle une Pucelle désespérée, il crie de sa voix la plus aiguë :

— S'il vous plaît, Messire ! Je n'ai d'autre Joyau que ma Vertu; si vous m'en dépouillez, je suis perdue !

Et le voilà en larmes, oui-da, pleurant de façon si convaincante que mon Cœur en est ému et que j'en oublie qu'il s'agit seulement d'un Jeu.

Après quelque temps de cette Pantomime, nous en venons à faire l'Amour pour de vrai; moi, jouant les Hommes, et lui, les Jeunes Filles. Au vrai, il est plus émoustillé par le Rôle de Vierge passive qu'il ne l'était par celui de Séducteur et de Roué; car, à cette Occasion, son Roitelet n'a Besoin de nul Encouragement. Mais quelle Drôlerie de le voir surgir tout redressé, dessous une jupe à paniers !

Par la suite, chaque fois que Messire Cleland vint au Bordel de la Coxtart. ce fut notre Jeu habituel que de mimer chacun le Sexe pour lequel nous n'étions pas nés. Son Rôle de Fille semblait lui rendre la Confiance qui lui manquait pour incarner son véritable Sexe; et, après nos Folles Parties de Lit, je parvenais à le persuader de me conter ses Rêves et ses Projets.

Il raffolait de l'Orient, rêvait constamment de Venise, de Constantinople, de Smyrne, de Bombay, et de voyager dans ces Régions Lointaines. Car il avait écouté nombre de Récits, lu nombre de Livres sur les Luxes de l'Orient, la Liberté dont jouissaient les Dames Turques sous leurs Voiles, la Perversité des Sérails, la Lascivité des Sultans et de leurs voluptueuses Concubines.

— Vous devez être fou, John, lui disais-je, d'aller imaginer que les Dames Turques sont plus libres que nos Anglaises.

— Mais c'est vrai, Fanny; car sous leurs Voiles, dit-on, même leur propre mari ne peut les reconnaître; et elles courent les Rues de Constantinople dans le plus parfait *Incognito*. Et voilà, Fanny, comment la Jalousie des Maris invente un Déguisement qui va à l'Encontre de son Objet ! Quelle leçon Solennelle sur la Vanité des Passions Humaines !

Certes, il m'était bien difficile de croire que la Condition des Dames Turques pût être moins triste que celle de leurs Sœurs Anglaises; mais peut-être était-ce vrai. Car nos Dames d'Angleterre vivent à la Merci de leur Epoux, de leur Père et de toutes les Langues Vipérines de la Ville. Elles aussi peuvent connaître la Liberté dans le Déguisement, ce qui explique certainement la grande Popularité des Bals Masqués à Londres. Peut-être les Esclaves de l'Orient jouissent-elles de plus de Liberté que nous, Femmes d'Albion, dont la Supériorité en ce Domaine n'est qu'*apparente*... En vérité, il y avait là un Paradoxe.

Mais quel était le Vœu Secret de notre Petit-Maître, en voyageant en Orient ? Rêvait-il d'imiter, sous le Costume, les Dames Turques ? Je l'ignore, car sa Confiance en moi n'allait pas jusqu'à me révéler ses Fantaisies cachées. Cependant, l'année n'était pas finie qu'il disparut entièrement de la Scène Londonienne pour voyager en Europe. J'ai entendu dire qu'on le vit réapparaître à Smyrne, nanti mystérieusement d'une Nomination Consulaire. Goûtait-il maintenant aux Voluptés secrètes de l'Orient ? J'aimais à l'imaginer, tant il était la Sorte d'Homme à s'engouer de jouer les Concubines, pour se faire violer dans ses Régions Postérieures par quelque Turc Barbare. Ni vraiment Homme ni proprement Femme, il n'était qu'un curieux Mélange des deux, un bizarre Personnage que l'on eût dit déchiré entre l'Orient et l'Occident, entre le Mâle et la Femelle. J'appris par la suite qu'il s'était envolé de Smyrne pour Bombay, où la Compagnie des Indes Orientales l'employa quelque temps. Puis il fut banni des Indes aussi, après je ne sais quelle Querelle ou Scandale, et il erra à travers l'Europe telle une Ame en Peine, jusqu'à son Retour au Pays Natal, où il fut tôt jeté en Prison pour Dettes.

C'est ainsi qu'il en vint à écrire ses détestables *Mémoires*; car ceux à qui la Muse ne sourit pas souvent sont poussés à écrire uniquement par Manque d'Argent, et non, comme le Doyen Swift, par le Noble Désir de ramener à la Raison l'Humanité. Le Livre de Messire Cleland enflamma. certes, la Ville et enrichit du même coup le Sieur Ralph Griffiths (il est de Notoriété Publique que ce Libraire s'appropria l'œuvre pour vingt Guinées et en tira, avec le temps, plus de dix mille Livres). Comme il arrive souvent en pareil Cas, le Libraire put s'installer en Vrai Gentilhomme, avec Carrosses et Chevaux et Maisonnée de Serviteurs, tandis que l'Auteur, pour sa Peine, faillit être claquemuré en Prison. Plus tard, il reçut Pension de Lord Granville, qui prit Pitié de lui; il n'en demeura pas moins un Besogneux de Grub Street, la Rue des Ecrivassiers, et, de toute sa Vie, il ne fut jamais à l'Abri du Besoin. En bref, le Libraire s'engraissa pendant que l'Auteur mourait de Faim, et roula Carrosse tandis que l'Ecrivain allait à pied. (Hélas ! il en est toujours ainsi quand Commerce et Muse se rencontrent — bien que Messire Cleland, pour m'avoir volé mon Nom pour l'Appât du Gain, ne méritât guère mieux !)

Quant à moi, ce Livre ne me valut qu'Embarras, tout le Monde croyant que c'était la Véridique Histoire de ma Vie, Exacte en tous ses Détails. Au vrai, Belinda, la Parole Imprimée jouit de plus de Crédit que la Vérité même. Et un Livre — serait-il venimeux ou injurieux — pèse plus dans la Balance de la Vie que le Serment le plus authentique prêté sur la plus grosse des Bibles. Après la Publication de celui-ci, je n'eus plus de Paix, dès lors que l'on présuma que c'était *moi* le Modèle de Fanny Hill. Toutes mes Protestations du Contraire ne servirent qu'à convaincre encore plus mes Ennemis que c'était aussi moi la Menteuse.

C'est là, d'ailleurs, l'une des Raisons qui m'ont poussée le plus fort à écrire de ma main l'Histoire Véridique et Complète de ma Vie et de mes Aventures; en sorte que, toi, ma Bien-Aimée Belinda, mais aussi ce Monde grossier, vous puissiez connaître la Vérité sur mon Existence et non peiner pour la chercher sous le Voile opaque et sordide du Mensonge. Car la Fable mielleuse de cette Fanny Hill affadie est aussi éloignée de ma Véritable Vie et de mes Philosophies que l'Histoire enrobée de sucre de Pamela peut l'être des vrais Rapports entre Maître et Servante. Pas plus la Comédie que la Tragédie n'ont été seules à régir mes Jours — bien plutôt un Mélange des deux. Tantôt je volais à la Crête des Vagues, tantôt je tombais dans le Creux. En fait, j'en suis venue à croire à cet Adage de M. de la Rochefoucauld, selon lequel il est Besoin de Vertus plus grandes pour endurer la Bonne Fortune que pour subir le Mauvais sort. Pendant que mon seul Souci était de survivre, de porter en Paix mon Enfant et de secourir mon très-cher Lancelot, j'étais bien trop occupée pour m'abandonner à de longs Accès de Mélancolie ou d'Humeurs Noires. Mais par la suite, quand mon Destin s'améliora, je fus à même de me pénétrer de la Vérité d'une autre Maxime de ce perspicace Duc Français, qui est que Violence à nous faite par les autres nous chagrine souvent moins que Violence infligée à nous-même de notre propre Fait. Mais nous y reviendrons.

Chapitre VIII

Où l'on rend Visite à M. Lancelot Robinson à la Prison de Newgate, pour y apprendre ce qu'il est advenu de lui cependant que notre Fanny était fort occupée ailleurs.

APRÈS ces quelques premières semaines au Bordel, j'avais, à force d'Industrie comme d'Epargne (par Economie, jamais je ne prenais mes Repas du matin et de midi à la table de la Coxtart) — j'avais, disais-je, gagné et mis de côté assez d'Argent pour libérer Lancelot de la Règle.

Il était évident désormais qu'une seconde Vie coulait dans mes Veines; car, si mon ventre restait toujours aussi plat, ma peau brillait d'un nouvel Eclat, mes yeux scintillaient comme les plus belles Etoiles, et tous les Galants qui me voyaient ne manquaient pas de faire remarquer que ma Beauté était de jour en jour plus éblouissante. D'ailleurs, je le vérifiais bien moi-même dans mon miroir.

Quelle chose étrange, pensais-je, que cet Enfant, non désiré et conçu dans la plus lâche des Trahisons, pût créer néanmoins tant de Beauté. Peut-être est-ce là le genre d'Observation commun à toute Femme qui a jamais respiré sur cette Terre; mais, pour moi, c'était tout nouveau, et tout inattendu. J'avais beau détester le Père, j'adorais l'Enfant.

Mais le détestais-je vraiment, ce Père ? Amour et Haine pour Lord Bellars se disputaient avec Rage mon Cœur. J'avais aimé cet Homme comme s'il avait été l'Auteur de mes Jours, et il m'avait trahi tel un Fieffé Coquin. Assurément, Belinda, l'on est toujours moins offensé par la seule Violence physique que par le Viol de notre Sensibilité la plus tendre et la Trahison faite à notre Foi. De temps en temps, il m'arrivait de rallumer dans mon Cœur la Tendresse que j'avais éprouvée autrefois pour Lord Bellars ; pourtant, le plus souvent, l'Amour se caillait en Haine et je n'étais plus que Rage contre lui et, en Réalité, contre tous les Hommes.

Il y avait des jours où, marchant dans les Rues de Londres pour y faire Emplette de quelque Article nécessaire à mon Commerce — mouches, fards, parfums et autres —, je me sentais prise d'une Fureur Blanche à l'égard de tous les Hommes que je croisais. Le Petit-Maître qui se pavanait avec sa tabatière et son Epée ; le Valet de pied qui singeait les Belles Manières du Maître dont il portait les Vêtements rejetés ; le fier Médicastre tout de noir habillé ; l'Officier des Gardes dans son rutilant Equipement ; le Marchand de Blanc qui mimait à son tour les Grandes Manières de l'Officier ; et jusqu'à l'humble Vidangeur ou Crocheteur d'Ordures, dont les Puanteurs assorties réveillaient les Souvenirs des latrines qu'ils nettoyaient — tous, ils avaient le Droit de bomber impérieusement le torse en regardant de haut même la Dame la plus compatissante et la plus instruite de tout le Pays. Et pourquoi ? Parce qu'elle, et non pas eux, devait porter le Gros Ventre qui assure à l'Espèce Humaine entière sa Survie !

Si les Hommes avaient à donner le Jour à des Enfants, pensais-je, c'en serait fini de toute la Race ! Car quel est celui d'entre ces Messieurs qui risquerait sa Vie pour un simple Enfançon ? Même l'Homme qui est prêt à la jouer en disputant quelque Point d'Honneur imbécile dans un Duel avec son Pareil, renâclerait à la seule Pensée de souffrir Douleur ou Mort pour un Pauvre Petit Tas de Chair rose, frissonnante et sans Défense, incapable de tenir debout et de parler pour lui rendre Hommage. Car la Malédiction du Sexe Fort est son Besoin constant d'Hommages — à son Intellect et à son Bel Esprit, à sa Vaillance et à ses petits Hauts Faits entre les Draps ; alors que le Sexe Faible, que l'on *dit* si vain, n'a de Vanité que de la seule Beauté superficielle. Encore cette Vanité-là — souvent, je le confesse, bien bruyante et fastidieuse — n'est qu'une Forme de l'Instinct de Conservation ; car la Femme sait que, dans un Monde où ses Sœurs et elle sont sans Pouvoir, la Beauté, comme la Sorcellerie, sont les seules Choses qui puissent leur en tenir lieu.

J'hésitais donc entre la Fureur contre les Hommes, leur Trahison et celle de mon corps, et la Délectation pure et irrationnelle devant cette autre Vie dont je sentais les Battements dans mon Sang. Souvent je me prenais à sourire sans Motif à cet Enfant dans mon Ventre, qui ne pouvait, lui, me voir sourire. Puis, tout soudain, le sourire se changeait en larmes de Colère, et je pleurais et enrageais de ne pouvoir défaire ce qui avait été fait. O je me sentais prise au Piège, prisonnière de l'Enfant, autant que bénie dans mes Entrailles ! Je l'adorais et le haïssais également tour a tour

Mais il était temps de retourner auprès de Lancelot, à Newgate. Bien que j'eusse fait parvenir de l'Argent au cours de toutes ces semaines, la Fièvre de mon Commerce m'avait empêchée de rendre Visite à l'abominable Geôle. De fait, l'Idée même me terrifiait; ma première et dernière Visite en date m'avait laissée hantée par des Rêves et des Visions d'Effroi, des jours durant.

Cette fois-ci, cependant, tout de suite je le trouvai dans un tout autre Esprit. Autant je l'avais vu naguère plongé dans la Mélancolie et l'Abattement, autant il était à présent de Belle Humeur optimiste. A vrai dire, il était presque redevenu le Lancelot d'autrefois : la Merveille aux yeux verts, rencontrée sur le Grand Chemin. Fini de languir en haillons dans un cul-de-basse-fosse ! On l'avait rendu à sa vraie Place, aux Etages Supérieurs, et il était vêtu le plus élégamment du Monde des habits et du linge que je lui avais envoyés (avec l'Argent que j'avais gagné sur le Dos !). En outre, il était entouré d'une Populace de Prisonniers qui attendaient de lui de Bons Mots, de la Philosophie et surtout l'Espoir d'améliorer leur Misérable Condition. (Tant il est vrai qu'un Homme affamé et malade, s'il lui reste l'Espoir, ne périt pas de sitôt. Car l'Espoir est pareil à l'épar flottant auquel se raccroche le Marin naufragé, et qui soutient quelque temps son Courage en maintenant son corps au-dessus de l'eau, quand il devrait être dessous.)

Lancelot était debout sur une table, dans la Grande Salle, avec tous ses Disciples guenilleux à ses pieds, et il haranguait de grande Manière la troupe des Larrons, pendant que son bon Ami John Calotte se tenait un peu à l'écart, la Mine inquiète, se demandant évidemment quel nouveau Dam notre Bien-aimé Compagnon était en train, de son propre fait, d'attirer sur lui-même.

J'allai d'abord droit au bon John, car Lancelot extravaguait du haut de sa Chaire improvisée et tout un mur d'Humanité puante, grommelante et braillarde me séparait de lui.

— Ah ! Madame Fanny, me dit John Calotte, bénie soyez-vous ! Car vous avez sauvé notre Ami du plus profond Désespoir. Et pourtant, de le voir divaguer ainsi, je crains qu'il ne soit en plus grand Danger encore. Il a rallié les Prisonniers à son Parti par ses Belles Harangues et aussi par son Art des Guérisons. Beaucoup, à vrai dire, sont convaincus qu'il est un Saint, à défaut de Jésus-Christ en Personne. Tant il a fait de Miracles en rendant leurs jambes et la Santé aux Malades, qu'ils croient maintenant tous ses Discours. Oui, j'ai plus Peur pour lui que jamais !

— Qu'est-ce donc que ce damné Code que l'on dénomme « Loi » ? criait Lancelot du haut de sa table. Rien qu'une Excuse un

Prétexte à tuer les Pauvres, tandis que les Riches sont libres de voler et d'aller et venir !

La Racaille applaudit à ces Beaux Sentiments, et Lancelot, encouragé par l'Adulation, s'enfiévra d'autant plus.

— Pourquoi faut-il que l'on passe la Corde au cou d'un Pauvre pour le vol d'un Cheval ou d'un mouton ? Pourquoi doit-il se balancer au Gibet parce qu'il a volé à un étal pour cinq Shillings de Colifichets; ou retranché du gousset d'un Petit-maître une montre, quand le Sot en a dix autres et a ravi lui-même l'Honneur de vos Filles ou les Fruits de la Terre qui boit la Sueur de vos Pères ? Pourquoi cette Sueur ne vaudrait-elle rien, lorsque la montre du Petit-maître vous vaut la Potence ? Pourquoi parler de Hors-la-loi et de Bandit de Grand Chemin quand un Pauvre Homme vole de quoi manger, et de Belles Manières quand c'est le Riche qui vole la Sueur du Pauvre ? N'est-ce pas Dieu lui-même qui dit : « Voyez les Lis des Champs... » et combien peu ils peinent et suent ? Et pourtant Dieu Lui-même pourvoit à leurs Besoins. Pourquoi n'en serait-il pas de même pour les Gueux ? Les Riches sont-ils donc les seuls Lis de Dieu ? Les Pauvres, la Boue et la Lie ?

Sur quoi la Racaille s'écria : « Amen ! » et « Béni soit notre Lancelot ! » — et autres Exclamations dans le même Ordre de Sentiments.

— Je redoute qu'il ne veuille prendre la tête d'une Révolution des Prisonniers, me chuchota le bon John. Et on le pendra sûrement pour cela.

— Et quant à vous qui êtes ici pour Dettes, reprit Lancelot, où est-il écrit dans le Saint Livre qu'un Etre Humain puisse en mettre un autre sous Clé et puis jeter celle-ci au Diable, pour quelques misérables Dettes ? Moi, je dis qu'il n'existe pas de Dettes ! Qu'il soit donné à chacun selon ses Besoins pour vivre, et qu'il ne soit pas Question de Créanciers ni d'Usuriers, ni de se saisir d'aucune Personne pour Délit de Dette ! Car nous sommes tous Débiteurs de Dieu — n'est-il pas vrai ? — et si Dieu peut pardonner les Pécheurs, pourquoi pas les Débiteurs également ?

Cris, Applaudissements et Bénédictions montèrent de nouveau des Rangs de la Racaille. Lancelot leva les bras pour remercier son Public enthousiaste, puis bondit de la table avec une Grâce féline et se fraya un Chemin dans la Cohue jusqu'à Calotte et moi. Sans un Mot, il me pressa contre lui, me donna l'Accolade, me caressa les cheveux. Puis, tout soudain, comme se rappelant à l'Ordre, il s'écarta, surpris de son Affection pour moi, qu'il tenta de dissimuler de nouveau sous son habituelle Fanfaronnade.

— Fanny, ma Belle, que je te regarde ! Hé çà ! que de beau Lin-

ge. La Fortune t'aurait-elle souri dans cette méchante Ville de Lon
dres ?

— Fortune si telle est votre Guise, rétorquai-je. Mais ce n'est
guère la mienne. Venez ci. Pouvons-nous nous entretenir en privé ?

En réponse à quoi, John Calotte nous conduisit à une chambre
solitaire, tolérablement meublée d'un lit et d'une table, résultat de
mes Largesses à Lancelot.

— D'où vient tant d'Elégance ? s'étonna-t-il de nouveau, tout en
considérant ma robe de ville en soie lavande, ornée de rubans de satin
vert pâle, ainsi que mes souliers, de soie lavande aussi, et aux patins
et semelles si fins qu'ils semblaient ne pas devoir tenir une heure, dans
la boue de Londres.

— De même Source que la vôtre, ripostai-je le plus hardiment du
Monde. Toutes deux gagnées par moi à la Sueur de mon Dos.

— Eh quoi ! Ma Mie Fanny serait-elle une vulgaire Catin ?

— Nenni, Lancelot. Peu commune, au contraire ! Car les Tours
que j'ai appris durant ces quelques dernières semaines, si je vous les
contais, vos boucles rousses en seraient toutes défrisées et vos orteils
s'en dresseraient vers le Ciel. Non, il n'est rien de commun dans ma
Catinerie !

— Fanny ! s'exclama Lancelot, la Mine consternée. Comment
une Fille de ta Qualité peut-elle descendre à si Basse Occupation ?

— Basse ? Basse ! Comment ? Dois-je en croire mes oreilles ? Est-
ce là Lancelot le Rebelle, le Poète de la Larronnerie, le Prédicateur de
la Vraie Parole du Christ ? Jésus lui-même ne pardonna-t-Il pas à
Marie-Madeleine ? Pardi, Lancelot, jamais je n'aurais pensé voir le
jour où vous en viendriez, vous, à parler le Langage hypocrite de nos
Whigs libéraux !

— Mais te prostituer, Fanny ! Vendre ton Ame pour quelques
beaux rubans !...

— Non pas mon Ame ! Rien que mon corps. Et non pas pour
moi, mais pour vous et les Joyeux Compagnons. O la belle Situation !
Je vous tire d'Affaire à mes Cuisses défendantes, et voilà tout le Re-
merciement que j'en ai !... Le Diable t'emporte, Lancelot, je t'abandonne à ton Destin !

Là-dessus, je trousse mes cottes et m'apprête à quitter la chambre.

— Je t'en prie, Douce Fanny, ne t'emporte pas ainsi !

— Je t'en prie, Doux Lancelot, je pourrais te retourner le Compliment.

— Mais pourquoi faire la Putain, Fanny ?

— Si c'est à toi entre tous que je dois l'expliquer, Lancelot,
alors c'est que, vraiment, je suis Maudite ! Crois-tu que Milord Ban-
dard m'allouerait une Pension uniquement pour mon Bel Esprit et

ma Tête Bien Faite ? Guère ! Je pourrais être aussi Grand Philosophe que Platon lui-même, je n'en mourrais pas moins de Faim si je devais gagner mon Entretien de la seule Façon que le peut une Femme. Oui, et toi aussi, tu mourrais de Faim ; et mon Enfant également !

— Ton *quoi* ? s'étonne Lancelot.

— J'attends un Enfant, Lancelot.

Il me regarde d'un œil fou, comme s'il allait me tuer pour Prix de ces Paroles.

— Serait-ce ce Porc Noir d'Horatio ? dit-il furieusement.

— Non, mille fois non ! Que le Malheureux Bâtard n'a-t-il pour Père un des Joyeux Compagnons ! Mais il est de mon propre Père Adoptif.

— Et où se trouve aujourd'hui ce Vil Coquin ?

— Je ne saurais le dire.

— Et qu'entends-tu faire ?

— Travailler de toutes mes Forces, et épargner pour l'Enfant. Que faire d'autre ?

— Rallier ma Rébellion, Fanny, avec les Joyeux Compagnons. J'ai fait mander ceux qui restent en Vie — même Horatio, si nous pouvons retrouver sa trace — et mon Intention est de lever la plus farouche Armée de Prisonniers que Londres aura jamais connue. Car nous voulons changer le Monde !

— Lancelot, tu as perdu la tête. On te pendra sûrement !

— Pendu, je le serai en tout Cas, que je lève ou non une Armée ; car j'étais déjà bon pour la Potence, et, cette fois, je suis accusé de Crimes *nouveaux* par le misérable Capitaine de l'abominable *Hannibal* ! La Mort ne me fait pas Peur, Fanny. Mais bien la Geôle et la Mélancolie. La Mort est une Grâce, ma Belle. La Mort me rendra Martin. Et d'ailleurs, je n'ai rien à perdre !

Je secoue tristement la tête.

— Fanny, ta nouvelle Vie t'a endurcie, reprend-il. Viens avec nous ! Nous serons la Bande de Bannis la plus joyeuse depuis Robin des Bois ; et nous élèverons ton Enfant dans la Forêt comme s'il était celui de tous nos Compagnons. Nous lui enseignerons la Larronnerie et la Vraie Philosophie. Il grandira comme un Sauvage, sans que les Mensonges de la Société viennent gauchir sa petite Ame.

— Et si c'est une Fille ?

— Sottises ! C'est un Garçon. Je le lis dans tes yeux.

— Lancelot, tu es fou ! Tu es bon pour les Petites-Maisons, ou peu s'en faut !

— Et j'en suis fier ! s'écrie-t-il. Car le Génie n'est-il pas Cousin de la Folie ? Penses-y, Fanny. Pense à tous les Enfants abandonnés sur des tas de fumier, dans toute cette Ville de Londres ! Ma Proposition n'est-elle pas meilleure ? Veux-tu que ton Fils meure sur la paille pendant que toi-même tu te déferas de Vérole et de Consomption, à cause de ton Vil Commerce ?

Ces Paroles firent monter les larmes à mes yeux, car je savais que ce n'était pas Vain Discours. Dans tout Londres et dans les champs autour de la Ville, on pouvait voir de Malheureux Enfançons jetés à la Décharge, abandonnés sur les landes et miaulant sous la froide pluie comme autant de chatons condamnés, en attendant qu'un Dieu de Merci leur fermât les yeux et les délivrât de leur brève Vie de Misère.

— Jamais cela n'arrivera à mon Enfant, protestai-je.

Mais, même ce disant, je doutais de la Vérité de mes Mots. Des Enfançons, il n'en manquait pas à Londres; c'était l'Argent pour les nourrir et les vêtir qui faisait Défaut; et, souvent, la Mère qui avait accouché dans la Douleur, au Risque de sa propre Vie, laissait son Bébé chéri mourir de Faim dans la Rue, sans autre Motif que la Dure Nécessité. Ainsi versait-elle doubles pleurs, tant pour elle-même et son Chagrin Stérile que pour l'Enfant et sa Triste Existence, si brève fût-elle.

Je ruminai ces Pensées Mélancoliques en sortant de Newgate et en prenant une Chaise pour regagner le Bordel de la Coxtart; car les sinistres Mises en Garde de Lancelot présageaient peut-être mon Destin. Mieux valait unir mon Sort à celui des Joyeux Compagnons que dépérir de la Vérole et laisser un petit Orphelin — ou pis : voir mon propre Enfant passer, Faute de Nourriture.

Pour l'heure, j'avais de l'Argent pour me déplacer en Chaise. Je pouvais garder — pour combien de temps ? — Tête Haute au-dessus de la Racaille. Mais qu'en adviendrait-il quand je porterais Gros Ventre, comme ce serait Inévitable dans un mois ou deux, et que je ne pourrais plus gagner mon Pain ? Ou si je venais à contracter une Fièvre Fatale pendant mes Couches ? Ou si encore, au vrai, je venais à mourir en laissant l'Enfant à la Coxtart ? Non, je refusais cette Pensée !

De la Hauteur et de l'Isolement de ma Chaise, j'abaissai les yeux sur la Rue Londonienne, pleine des Clameurs de sa Foule bigarrée : Marchandes d'Oranges en Haillons, Servantes, Enfants du Ruisseau et Ramoneurs. Rien ne me séparait de leur Destin que quelques mois de Labeur sur le Dos et que ma Beauté, don de la Déesse et qui, un jour, se fanerait. Même à l'Abri de la Chaise, il m'était difficile d'oublier qu'un Sort Terrible m'attendait dans ces Rues ! Je n'y avais échappé que de peu, et pas pour longtemps. La Roue de la Fortune pouvait tourner encore et me ramener à ma première Impuissance. L'un de mes Galants Jaloux pouvait me faire jeter en Prison; un Misérable Magistrat, dont la plus grande Joie était d'accuser les Catins de tous les Péchés des Hommes, pouvait m'envoyer à la Maison de Force de Bridewell. J'avais vu, de mes yeux, des Prostituées recevoir le Fouet à Newgate, et entendu parler de toutes celles qui broyaient le chanvre à Bridewell. Quel Bénéfice tirerais-je d'unir mon Destin à celui des Gens Respectables ? Qu'est-ce que cette Honorable Société avait jamais fait pour moi ? Ma Destinée était de rejoindre les Bannis: car tous mes beaux Atours ne faisaient que celer ma Jarretière rouge de Sorcière. Et, malgré ma Chaise de Louage, j'étais une Errante, un Pèlerin fatigué, une Vagabonde à Pied. Même mon Destrier Magique était perdu pour moi, désormais; ma seule Sorcellerie était dans ma Jarretière et ma longue Chevelure rousse. Oui, mieux valait rallier Lancelot que mourir tantôt de Faim à Londres !

Très bien, pensai-je, je retournerais au Bordel pour le moment. en attendant un nouveau Message de mon Robin des Bois.

Chapitre IX

Qui contient une Excursion des plus Édifiantes dans le Monde des Clubs Londoniens, au cours de laquelle notre Héroïne voyage jusqu'au Centre de la Terre, rencontre le Diable & lui trouve un Visage plus Familier qu'elle ne l'eût jamais imaginé.

PEUT-ÊTRE se souviendra-t-on que, lors de ma première Rencontre avec les Jolies Filles du Bordel de Mère Coxtart, j'indiquais que quatre de celles-ci étaient absentes lors de mon Arrivée, employées qu'elles étaient à des Réjouissances Privées. Ces Dames s'appelaient Melinda, Sophia, Rosamund et Bridget; et elles étaient, à bien des Egards, les plus talentueuses de tout l'Etablissement. Elles étaient spécialisées, si je puis dire, dans les Séances d'Ebats Privés, et étaient mieux payées, à ce que j'appris, que les autres. Mais leurs Activités restaient un Mystère pour moi, car elles allaient et venaient constamment et n'exerçaient pas leur Commerce à l'Intérieur du Bordel même.

J'étais impatiente de savoir dans quel Ordre d'Affaires Privées elles étaient engagées; quoi qu'il en fût, on le devinera aisément, ces Demoiselles n'étaient guère enclines à parler de leurs Agissements, dans la Crainte manifeste de ma Concurrence. Car le fait était que j'avais plus d'Attraits que la plupart d'entres elles — du moins à leurs yeux. Et bien que je susse moi-même, ayant été belle toute ma Vie, que la Beauté attire autant de Malheurs qu'elle n'accorde d'Avantages (le moindre de ces Malheurs étant l'Envie des autres Femmes), ces quatre Personnes, dépourvues de Grande Beauté et imaginant que c'était le seul Remède pour ce qui les dévorait, ne partageaient pas cette Sagesse.

269

De ces quatre Filles réservées aux Séances Extérieures, Melinda était la plus aimable et la moins méfiante à mon Egard. Elle était jolie, avec des cheveux brun clair, un visage gai (hélas ! marqué de Petite Vérole). L'on racontait qu'elle était de Naissance Aristocratique et avait été chassée de sa Famille, dans le Yorkshire, par un Mauvais Père, lequel ne lui avait jamais pardonné son Refus d'un Soupirant dépravé, trop vieux et détesté d'elle. Melinda elle-même avait tôt corroboré ces Dires, car elle n'avait rien de campagnard, à la Différence des autres, et montrait un Port de Princesse Dépossédée (bien que, en Réalité, son Père, loin d'être Roi, ne fût que Baronnet). Elle avait grandi à Gigglesden Hall, dans l'Ouest du Comté d'York, et parlait souvent avec Nostalgie des fenêtres à meneaux de cette Demeure, de ses nobles frontons, de sa magnifique Rosace à huit vitraux et de son jardin aux sombres arbres sculpturaux, projetant leurs ombres menaçantes sur le vert velouté des pelouses. A peine eûmes-nous fait Connaissance, qu'elle tint à m'apprendre qu'elle était non une vulgaire Catin, mais une Fiancée Exilée; qu'elle était accoutumée à un Faste de vêtements laissant loin derrière lui le Faux Luxe de nos oripeaux de Bordel; qu'elle trouvait les Manières de table de la Coxtart d'un Mauvais Goût extrême, et que sa Vie présente n'était qu'un pâle Reflet de son Ancienne Gloire.

— Souvent, je rêve que je suis morte et en Enfer, me disait-elle, en parlant de sa Vie de Bordel. Mon Enfance était un pur Paradis. A Gigglesden, l'on dînait dans la vaisselle d'Or et l'on servait le vin dans des verres de Venise couleur d'émeraude et d'améthyste, pareil à un coucher de Soleil sur la Mer Adriatique.

Comme pour souligner son Rêve de vivre toujours dans le Passé et non dans le Présent, elle parlait d'une Voix qui était plus celle d'un Enfant que d'une Femme; au vrai, malgré toute la somptueuse Rhétorique qu'elle déployait pour parler de la Maison Familiale perdue depuis si longtemps, il y avait d'autres Occasions où elle semblait tomber dans un Babil enfantin. J'eus tôt fait de gagner sa Confiance en refusant (à la différence des autres Filles), de railler ses Rêves de Grandeur évanouie et en devenant en fait la seule de la Maison avec laquelle elle pût se ressouvenir de sa Jeunesse. A la Vérité, je semblais partager son Obsession du Passé; et, donnant donnant, je lui troquais ses Souvenirs de Gigglesden contre les miens de Lymeworth. Nous formâmes bientôt une paire de solides Amies et j'en profitai pour prendre la Liberté de m'enquérir de la Nature des fameuses Fêtes Privées.

Il y avait, m'expliqua-t-elle, Nombre de Clubs à Londres dont les Réunions se tenaient pour la plupart dans des Cafés ou chez des Chocolatiers, par toute la Ville. Certains de ces Clubs étaient Littéraires, d'autres, Politiques, et d'autres encore, réservés aux Amateurs de fredaines, telle La Toison d'Or, dont chaque Membre prenait un nouveau

Nom : par Exemple, Sire Boutecon, ou Messire De Gueule et de Gousier. Il y avait aussi le célèbre Club des Saintes Nitouches, dont les Membres se déguisaient en Femmes et gloussaient derrière leurs éventails peints. Ils avaient un Couplet secret qui était la Preuve Vraie de leur Appartenance, et leur Enchantement était de se le réciter entre eux :

Dis-moi, mon doux Tendron,
Es-tu Fille ou Garçon ?

Quant au Club des Laids, ses Adhérents étaient censément dotés des Traits les plus affreux de toute l'Angleterre. Le Club des Menteurs comptait surtout, lui, des Hommes de Loi. Et le Club du Divan, des Hommes qui adoraient s'habiller à la Turque, fumer du tabac Turc, du Hachisch, et organisaient des Orgies à la Turque. Mais les Clubs auxquels Melinda avait affaire (comme les trois autres Filles) étaient ceux connus auparavant sous le Nom de « Clubs Infernaux », et tout ce qui les touchait était soumis au Secret et à la Discrétion Absolus; car, à peine trois ans plus tôt, un Edit du Roi avait été publié, qui frappait les Clubs blasphématoires de Londres; et, depuis lors, les « Clubs Infernaux » avaient tous changé de Nom et célébraient de la Façon la plus privée leurs « Rites Amorologiques », leurs « Orgies Corybantiques » et leurs « Rites de la Fertilité Tahitiens ». Ils ne tenaient plus leurs Assises à la célèbre Taverne de la Rose, non plus qu'aux Bains si scandaleusement fameux, ni même chez les Chocolatiers ou dans les Cafés; mais conspiraient pour trouver des Quartiers plus retirés, d'ordinaire à quelque petite Distance de la Métropole.

L'un d'eux, me dit Melinda, l'avait Initiée et inscrite parmi ses Membres, mais elle ne pouvait m'en dire plus, à moins que je ne fusse moi-même mise dans le Secret et tenue par Serment, à la suite de quoi je m'engagerais à respecter les Règles de ce Club pour la Vie. Etais-je prête à prêter un si lourd Serment ? me demanda-t-elle; car, si jamais je venais à le rompre, Satan lui-même réclamerait mon Ame.

— Est-ce donc qu'ils adorent le Diable, Melinda ? m'enquis-je.

— Oui-da, Fanny. Et, si tu romps tes Vœux de Secret, tu encours aussitôt le Châtiment du Bannissement en Enfer. Qui plus est, une fois Initiée, tu dois servir le Club à l'Exclusion de tous autres, et tu n'as plus le Droit de rencontrer aucun Galant dans ce Bordel.

— M'y emmènerais-tu ?

— L'oserais-tu, Fanny ? répondit-elle avec son phrasé enfantin. Je t'en prie, réfléchis bien; car il y a des jours où je voudrais n'avoir jamais connu ce Club Maudit.

Je songeai à mes Amies les Sorcières et à tout ce que j'avais appris par elles sur la Sorcellerie. Un Club de Petits-Maîtres Londoniens pouvait-il être plus terrifiant que le Spectacle auquel j'avais assisté sur la haute plaine de Stonehenge ? Las ! cela ne me semblait guère probable. En outre, ces Séances Privées rapportaient infiniment plus d'Argent que tous les Coquins de la Coxtart réunis. Puisque l'Enfant que je portais ne tarderais pas à manifester son Evidence, mieux valait faire Fortune pendant que je le pouvais !

– J'ose plutôt deux fois qu'une, répliquai-je le plus hardiment du Monde.

Etrangement, j'avais la Certitude que ce n'étaient là que Bille-versées et, maintenant que j'avais résolu de prendre la Fuite avec Lancelot, je me sentais libre d'en agir à ma Guise. Au vrai, je me sentais invincible.

Mère Coxtart ne mit nul Obstacle à nos Plans (elle les encouragea, puisqu'elle-même avait toute Chance de bénéficier de ma nouvelle Occupation). Elle fit tenir un Message au Fondateur du Mystérieux Club, annonçant qu'une « Néophyte » comptait bien se préparer à devenir « Prêtresse de Vesta »; et elle fixa mon Initiation à cette même semaine.

Le soir désigné venu, Melinda pénétra dans ma Chambre pour m'apporter mes « Vêtements Sacrés »; elle ferma la porte à clé derrière elle et m'apprit à me vêtir en « Nonne » de cet « Ordre Sacré ».

Elle avait amené deux habits, faits dans le tissu de laine blanche le plus beau et le plus fin. Ces amples robes (qui, en fait, dissimulaient nos Formes), nous devions les porter sans la moindre lingerie en dessous. Quant à nos bas de soie blancs, il fallait les rouler au-dessus du genou et les attacher à l'aide de jarretières rouges (dont je possédais déjà une); mais nous devions rester libres de tout corselet ou corps de jupe à buscs, ou linge de dessous d'aucune Sorte. Enfin, autour de la taille et à même la peau, nous devions porter une chaîne avec un Crucifix en fer inversé.

Nos coiffes étaient conçues pour ressembler à celle des Religieuses, mais avec l'Addition d'un masque de soie blanche, recouvrant presque la face entière; et nos cheveux étaient également tirés et dissimulés, en Sorte qu'il fût tout à fait impossible de déceler leur couleur. Par-dessus tout ce Costume, nous portions de grands Manteaux de velours noir à large capuchon, pour cacher nos habits religieux à la Curiosité des Passants.

A peine avions-nous revêtu ce Déguisement, qu'un Valet de Pied se présenta pour annoncer qu'une Voiture nous attendait en bas.

Le crépuscule était tombé sur la Rue Londonienne, lorsque nous montâmes dans le Carrosse attelé de quatre chevaux blancs. La portière n'offrait aucune Marque; nulles Armes ne dénonçaient à nos yeux le Propriétaire du Véhicule. Mais, à l'Intérieur, était notre Guide, un Homme Masqué, en Manteau de velours noir, tout comme le nôtre (et cachant, nous le découvrîmes plus tard, une robe de Moine, brune)

— Bonsoir, Mesdames, dit l'Homme en nous accueillant avec grande Solennité.

Et, l'instant d'après, nous voilà partis à travers les Rues, sans que notre Guide nous dît le moindre Mot de tout le temps.

Lorsque nous fûmes à Oxford Street, il sortit d'une poche deux mouchoirs de soie écarlate et, avec une vive Sollicitude, nous invita à nous bander les yeux nous-mêmes, l'une des Règles du Club étant que les Acolytes Féminins ignorassent tout du lieu de Réunion.

Je commençai alors à me méfier; car rien n'est plus déroutant que de bringuebaler en Carrosse sans connaître la Direction de son Voyage; à quoi s'ajoute un Sentiment d'Impuissance, dû au fait que l'on ne voit aucun Moyen de s'échapper, si l'on en est réduit à fuir. Je me souvenais de mon Trajet sous le bandeau, avec Lancelot, et mon Inquiétude s'en accrut. Mais je me remontrai que j'avais conclu le Marché de cette sorte d'Aventure et luttai donc pour apaiser mes Craintes.

Nous roulâmes quelque temps. Combien exactement ? Je ne saurais le dire, sans Doute à Cause des Effets du Bandeau sur mes Sens; mais, au bout d'un moment, je sentis parfaitement la chaussée pavée se changer en chemin de terre et le Carrosse ralentir, tout en se mettant à bringuebaler plus encore. Mes narines me disaient aussi que nous étions dans la Campagne; l'odeur douce du foin coupé les emplissait, et j'entendais les chants du soir des oiseaux s'appelant dans le crépuscule. Je tombai dans une Sorte de Rêverie, à Cause du Bercement du Carrosse et de ma Cécité. Je tentai d'imaginer ce que serait ma Vie après la Naissance de l'Enfant et ma Fuite dans la Forêt avec Lancelot et les Joyeux Compagnons. J'essayais de me représenter le visage et les Traits de la minuscule Vie que je portais si bien dissimulée en moi; mais, à la Vérité, je n'y parvenais pas. L'Enfant était aussi mystérieux pour moi que Dieu; il était une Présence qui déterminait tout mon Destin et qui me restait néanmoins invisible.

Nous avions dû rouler plus longtemps que je ne l'estimais, car il faisait nuit noire quand le Carrosse s'arrêta et que notre Guide nous invita à ôter nos bandeaux. Nous étions devant une Église en ruine, curieusement nichée dans le flanc d'un coteau et surplombée par des ifs à l'Air maléfique. La Pleine Lune s'accrochait à la cime de l'un d'eux, telle une tête fichée dans une Pique. La façade de l'Eglise était incrustée de pierres et de galets étranges, bizarrement assemblés pour former ce qui semblait être une Rune, laquelle paraissait plus Païenne que Chrétienne.

Nous descendîmes, et notre Guide nous indiqua d'un Signe de tête l'entrée de l'Édifice. Un frisson parcourut mes épaules, tant cette Construction me paraissait symboliser l'Image du Mal; mais j'étais allée trop loin pour céder à des Craintes oisives; j'étreignis donc la main de Melinda et nous nous dirigeâmes vers le portail.

— As-tu Peur, Fanny ? me demanda Melinda, sa voix enfantine tremblant malgré tous ses Efforts pour la dominer.

— Non, mentis-je autant qu'elle.

Derrière notre Guide, nous avançâmes dans un passage bas et voûté, aboutissant à un tunnel taillé à même la pierre — on y voyait encore la Marque des pics. Cela ressemblait à des grottes sombres et humides, illuminées çà et là par des cierges solitaires, fixés dans des appliques, elles-mêmes scellées dans les murs rustiques, et qui n'éclairaient que misérablement. Nos pas résonnaient sur la dalle humide et nous entendions en même temps le bruit continu d'une eau courante, ruisselant de surplombs pierreux. Parfois, nous trébuchions, mais notre Guide nous pressait d'avancer en disant : « Allons, Mesdames, il n'y a rien à craindre ici. »

Froide Consolation pour nous, car plus nous nous enfoncions dans les Entrailles de la Terre, plus grandissait notre Terreur. Il nous semblait passer devant de sombres petites alcôves découpées dans la roche et d'où s'échappaient des murmures bas de rires Masculins, mêlés à d'autres plus aigus, de Gaieté Féminine. A un tournant, je faillis mourir de Frayeur, car, sculpté là, au-dessus d'une arche et éclairé par une demi-douzaine de bougies, je voyais une Image du Diable ouvrant la Bouche la plus vorace du Monde, et, pendant à ses dents bestiales et pointues, un bas de Femme en soie blanche, comme si, en vérité, cet Esprit Malin venait de dévorer sa Proie.

Franchie cette arche, nous poursuivîmes peureusement, jusqu'à un Endroit où les murs étaient excavés en Forme de petites cellules, à l'intérieur desquelles je croyais entendre bouger. Mais ces cellules étaient si noires que je n'y pouvais distinguer que des Formes d'Ombres. Notre Progression nous conduisit ainsi à un pont jeté sur une Rivière ténébreuse; l'ayant traversée, nous tournâmes abruptement à gauche par le plus étroit des passages, illuminé par des bougies placées à l'intérieur de Têtes de Morts.

La flamme vacillait dans les orbites caves, de sorte que ces crânes vides semblaient animés d'un fantôme de Vie intérieure. L'instant d'après, des Paroles s'échappèrent de l'un deux, prononcées par une voix tonitruante : « Bienvenue, mes Sœurs ! » Suivit une Tempête de Rires Sataniques qui faillit me faire perdre pied, de Terreur.

Notre Guide nous entraîna plus profondément encore dans la colline, jusqu'à ce que je fusse certaine de n'en plus jamais ressortir et toute prête à faire de Tendres Adieux à mon Ame Immortelle. Je maudissais ma Turbulente Nature, mon Fol Esprit d'Aventure, mon Empressement à risquer ma Vie par Simple Curiosité. Juste comme j'allais crier : « Suffit ! » et tourner les talons pour fuir — quelles qu'en fussent les Conséquences – l'on nous introduisit dans une Grande Salle, ménagée dans les profondeurs de la colline et au centre de laquelle se dressait une Table de Banquet, brillamment éclairée par une énorme lampe à huile d'un dessin curieux, et autour de laquelle l'on voyait des Statues de Nymphes et de Vénus dénudées et de Satyres gambadants, le tout installé dans de petites niches sur tout le périmètre des murs.

Assis à cette Table de Banquet (mise, soit dit en passant, pour treize Convives, avec assiettes, plats d'étain et coupes en Forme de crâne), il y avait cinq « Moines », tous en robe brune et masqués comme nous (mais de velours brun), et cinq « Nonnes » vêtues exactement à notre Manière. Notre Guide nous conduisit aux places réservées pour nous; un Valet de Pied attendait nos manteaux. Lorsque nous eûmes pris siège, l'on nous servit tous de vin de Bordeaux, puis le « Moine » qui présidait en bout de table leva sa macabre coupe et but à ce Serment :

Dans ces sombres Caveaux d'une éternelle Nuit,
Nous, tes Fidèles Fils, Satan, jurons sur notre Vie,
Luttant contre une Foi de Mensonge et de Peur,
De vouer tous nos Jours au Joyeux Culte du Bonheur !

Ce que ses Frères saluèrent par des Vivats en levant leur coupe à leur tour. Pour moi, non sans avoir examiné avec Méfiance le Contenu de la mienne, je dus céder aux Invites pressantes à m'exécuter aussi.

Ensuite, on apporta les mets du Festin, et le Frère Président découvrit solennellement à l'Assemblée le Nom de chacun d'eux : d'abord l'on servit « la Tourte Saint-Esprit » (qui me parut être une Sorte de tourte aux rognons); puis vint « la Gigue du Diable » (simple gigot d'agneau, à mes yeux), que suivit « la Gorge de Vénus » (laquelle consistait en deux gélinottes dont on avait dressé les blancs, en les garnissant de cerises en guise de mamelons). A chacun de ces Noms, les Frères masqués reprenaient leurs Vivats, accompagnés de diverses Remarques fort lourdes et grossières, qui supporteraient mal que l'on les répétât (encore faudrait-il en premier que je me souvinsse d'elles, ce qui n'est nullement le Cas).

Pendant tout le Souper, la Beuverie se poursuivit, les Dames rivalisant d'Ivresse avec les Hommes. Si bien que mes Craintes finirent par s'apaiser; car ce Club placé sous le Signe du Diable me semblait tout au plus une Réunion de Roués blasés, à la Recherche de leurs Plaisirs habituels – vin, Femmes et Gloutonnerie – à la Réserve près de leur robe de bure et de ce lieu perdu dans les Entrailles de la Terre. Quelle Oie Sotte que cette Melinda, pensais-je, d'être ainsi terrifiée ! Si ces Plaisantins sans Esprit étaient capables d'évoquer le Diable, alors celui-ci ne valait sûrement pas mieux qu'un Petit-maître se pavanant sur le Mall ou bombant le torse au Café White ou à L'Arbre à Cacao, pour faire montre de son habit neuf venant d'un Faiseur Parisien, de son Valet Français et de sa Teinture de Francien.

Le Souper fini et la table desservie, le Frère Président se leva, coupe haute de nouveau, pour nous demander de jurer tous solennellement de ne jamais rapporter ce qui se serait passé sous ces Voûtes Infernales.

— Car quiconque romprait son Serment au Diable, dit-il, Satan lui-même viendrait le prendre pour le précipiter droit en Enfer !

L'Assemblée ne se fit pas prier pour jurer; après quoi, le Frère Président, très cérémonieusement, fit un Signe de tête à la Nonne assise à sa droite, l'aida à monter sur la table, à s'y allonger, lui remonta la robe pour lui en couvrir entièrement le visage, et la posséda aux yeux de tous.

— Au Nom de Satan, reçois l'Onction ! s'écria-t-il, comme son Désir atteignait le Point Crucial de l'Apogée.

Puis il retomba, dans un Flot de Passion, sur la Fiancée du Christ élue, tandis que les autres « Moines » levaient leur coupe en forme de crâne à ses Talents Amoureux.

Quel Divertissement stupide ! songeai-je. Quelle piètre Façon d'aimer ! Planter le Mai à une Putain vêtue en Nonne, là sur une table et devant ses Amis, est la Sorte de Jeu que l'on attendrait de Garçons de quatorze ans, non d'Hommes Faits. Mais la « Nonne » semblait goûter la Chose; et ce, encore plus lorsque le « Moine » suivant grimpa à son tour sur la table et lui donna également l'Onction « au Nom de Satan ». J'espérais bien que toutes les Femmes ne se verraient pas accorder le même Traitement; car il apparaissait maintenant qu'un troisième « Moine » entreprenait d'administrer la « Nonne ». Mais celui-ci, loin d'être aussi inepte que les premiers, s'assura de la baiser et mignoter tout un temps, d'abord — alors que ses Frères l'encourageaient avec des bruits obscènes, tels des Valets de Pied en Liberté.

Je restais clouée à mon siège, car il y avait quelque chose de bizarrement familier dans les Mouvements et les Gestes de ce « Moine ». A croire que je le connaissais, malgré son Déguisement, mais sans, au vrai, pouvoir le situer.

Lentement, cependant, il finit par appliquer sa Langue sur le Bas Orifice de la « Nonne », qui ne tarda pas à geindre et à se tordre de Volupté. Sur quoi, troussant sa robe de bure, il brandit une belle Mentule brune d'amples Proportions, la plongea d'un trait dans l'avide Connet, en s'écriant bien haut : « Au Nom de Satan, reçois l'Onction ! »

C'était la voix de Lord Bellars ! Le son me glaça et mon Cœur se mit à battre si fort que je craignis que tous les « Moines » ne l'entendissent. Sans Conteste possible, ce Phrasé vigoureux ne pouvait être que celui de Lord Bellars. Ses Traits, au Ciel ou en Enfer, j'eusse pu les oublier – sa voix, non, jamais ! De l'entendre, je sentais renaître la Passion, puis je me haïssais d'éprouver ce Sentiment pour quelqu'un qui avait usé de moi si vilement. Mon Cœur n'avait-il donc pas de Fierté ? (Mais est-il *un* Cœur qui en ait ? La Fierté est le Propre du Cerveau, non du Cœur; et ce dernier l'emportera toujours sur l'Esprit en toute Contestation.)

J'étais assise, comme transie, et je demeurai ainsi tout le temps que je regardai la fin de l'Abominable Cérémonie, chaque « Moine » montant à son tour sur la table, possédant la « Nonne » avec plus ou moins de Talent, puis descendant aux Applaudissements et Vivats de ses Frères. Je regardais, mais mes yeux ne voyaient rien. J'écoutais, mais n'entendais rien. Sous la voûte de mon crâne, ne résonnait, comme un Echo, que le Fantôme de la Voix de Lord Bellars, répercutant à l'Infini les Mots : « Au Nom de Satan, reçois l'Onction ! »

Je rêve, pensais-je – cauchemar, que ce Divertissement Stupide, cette Débauche Enfantine ! Jusqu'au bout, je demeurai immobile comme une Statue, terrifiée à l'Idée que Lord Bellars vînt à me reconnaître (mais comment l'eût-il pu, sous mon Déguisement ?) et que l'on me demandât de m'allonger, moi aussi, sur la table – après quoi je devrais me soumettre à ses merveilleux Talents d'Amant. Sûrement, alors, c'en serait fini de tout ! Mes Belles Résolutions de le haïr s'évanouiraient dans l'Ether, pour peu que sa main m'effleurât !

Ce ne devait pas être, Grâce soit rendue à la Déesse. Ces Beaux Maîtres n'étaient plus jeunes ni virils, et ils avaient mangé et bu à Satiété. Une seule Débauche était tout ce que la plupart d'entre eux désiraient. Encore presque tous n'étaient-ils pas à même de se montrer à la Hauteur de l'Occasion. Comme le dernier Beau livrait un Assaut fatigué à la « Nonne » toujours consentante, le Frère Président déclara :

Or donc nous voici tous par l'Ame Unis,
Car Frères nous sommes, du même Nid !

Là-dessus (et tout à fait comme s'il s'était agi de la plus ordinaire des soirées) les Dames se retirèrent, laissant les Gentilshommes à pisser, boire et fumer la pipe.

La « Nonne » dont le Connet avait servi de Vase Sacré pour l'étrange Cérémonie Fraternelle descendit de la table, aidée par ses Consœurs – ayant ma Foi, fort bien supporté l'Us et l'Abus – et, toutes, nous l'entraînâmes dehors.

– Comment était-ce ? lui chuchota une « Nonne » lorsque nous fûmes hors de Portée de l'oreille des « Moines ».

– Morne, comme à l'habitude, répondit-elle. A part le troisième. C'est une vieille meute fatiguée, je gage.

— Mais le troisième ?

— Ah ! soupira-t-elle au souvenir du Plaisir. C'est le seul Vivant de la Troupe. Les autres sont demi-morts.

Cette nouvelle n'était guère faite pour m'apaiser. Elle ne fit qu'enflammer plus encore ma Passion insensée. Comment pouvais-je encore désirer un Homme qui avait usé de moi si cruellement ? Cela passait la Raison, et pourtant, pourtant, c'était un Fait.

A ce moment, Melinda s'approcha de moi :

— As-tu très Peur, Fanny ? murmura-t-elle à mon oreille.

— Epouvantablement, répondis-je.

— Je crains le Diable, Fanny, reprit-elle.

— Moi aussi.

Et cependant, le Diable dont j'avais Peur était mon propre Père Adoptif. Tant son toucher que sa voix me réservaient de plus grandes Terreurs que l'Etreinte Ecailleuse du Malin lui-même. Au vrai, j'en venais à me demander si le Diable n'était pas plus une Chimère qu'une Réalité; car l'Homme lui-même est assez Satan, je ne le savais que trop. C'étaient des Mortels qui avaient assassiné mes Sorcières; et, moi-même, j'avais connu ma Perte du fait d'un Homme jeune, qui prétendait m'aimer comme sa Fille. Etait-il besoin du Diable, après cela ?

— Oui, moi aussi, j'ai Peur du Diable, répétai-je à Melinda en étreignant sa main.

Et elle me rendit chaleureusement mon étreinte, car c'était une véritable Amie, en dépit de sa Sottise.

Les « Nonnes » s'étaient à présent retirées dans leur Vestiaire — autre chambre creusée à même la pierre — où des vases de nuit les attendaient ainsi que des parfums de diverses sortes. D'aucunes se démasquèrent à seule fin de se rafraîchir; la plupart n'en firent rien. Certaines profitèrent des pots de chambre et des Eaux de Senteur, s'attouchant de celles-ci par-dessous la robe, comme dans l'Espoir de recevoir la prochaine « Onction ».

J'étais encore si ébranlée par la Présence inattendue de Lord Bellars à cette Réjouissance, que je n'avais guère Conscience du Bavardage de mes Compagnes; pourtant, de temps à autre, mes oreilles captaient un bout de Conversation entre deux « Nonnes », et certaines de leurs Paroles eurent soudain le Pouvoir de pénétrer ma Transe.

— Le connaissez-vous, Madame ? disait l'une des deux à l'autre.

— Si je le connais ! Oui-da, comme le Mendiant sa sébile. Nous sommes Amants depuis ces cinq dernières années.

— Et cela ne suscite aucune Jalousie dans votre Cœur, de le voir posséder une autre Femme ?

— Non, Madame. La Jalousie est le plus vil des Sentiments, qui ne convient qu'au Vulgaire. Les Cœurs Nobles ne connaissent pas la

Jalousie. Ça, mais nous nous contons mutuellement toutes nos Liaisons, lui et moi. Quel admirable Jeu !

Ces trois Mots réveillèrent un Echo dans mon Esprit. « Quel admirable Jeu ! » L'Expression même employée par Lord Bellars dans cette détestable Lettre à sa Maîtresse, pour y décrire la Façon dont il m'avait séduite ! Se pouvait-il que la voix que j'entendais appartînt à ma Rivale exécrée ?

— Madame, dis-je, en m'adressant à la « Nonne » qui venait de parler, n'est-ce pas à Lord Bellars que vous faisiez Allusion ?

— En Vérité, l'impertinente Catin que voilà ! répliqua la Dame. Vous savez pourtant que nous avons juré de ne prononcer aucun Nom Propre ici.

— Mille Pardons, Madame, dis-je. Mais sa voix ressemblait tant à celle de mon Amant que c'était plus fort que moi. Encore une fois, veuillez m'excuser.

— Comment ? Votre Amant ? Et qui, je vous prie de le dire, êtes-vous donc ?

— Madame, ripostai-je en souriant sous mon masque, je déclinerais très volontiers mon Nom; mais vous venez de me rappeler très justement que l'on ne doit point user de Noms Propres ici. Je n'oserais donc.

Et, sur cette Réplique, je lui tournai le dos pour me toucher les seins et les cuisses d'Essence de Rose, tout en riant sous cape. O certes, c'était un bien petit Triomphe, mais je n'en sortais pas moins Victorieuse ! Et je me promettais d'exercer une Vengeance infiniment plus cruelle contre cette Dame hautaine. La Vengeance est le plus indigne des Actes — cela, je le savais. A Dieu d'en décider et non aux Humains. Et pourtant, ma Haine pour cette Personne était si grande que je frémissais de Plaisir à la Pensée du Doute que j'avais semé dans son Esprit.

A ce moment-là, un Valet de Pied vint mander à l'Assemblée des Dames d'avoir à le suivre jusqu'à un Endroit appelé le Labyrinthe, où, nous expliqua-t-il, il nous faudrait nous disperser, chacune cherchant une cachette; et lorsque les « Moines » nous découvriraient ici ou là, il nous reviendrait de les faire joliment galoper jusqu'à ce que l'un d'eux nous attrapât. Ce labyrinthe était beaucoup moins bien éclairé que le reste des salles et abondait en impasses et en culs-de-sac, ainsi qu'en niches vides, et l'on y entendait partout l'eau goutter sur le froid de la pierre. Je frissonnai quelque peu de cette Humidité glacée; mais, bientôt, l'on entendit les « Moines » lancés à notre Poursuite, et il me fallait garder le pied léger, en dépit de l'Obscurité des voûtes et de l'Inégalité du sol.

Un gros « Moine » me pourchassa; j'eus tôt fait de l'esquiver en me dissimulant au fond d'une niche, où sa Corpulence extrême l'empêchait de me suivre. Peu après, j'entendis la voix d'un autre appelant dans le noir : « Je cherche une Sœur tendre et folâtre ! Me voici, Petite Sœur, je suis là ! » Mais je le dépassai vivement en courant et, lorsqu'il tendit les bras pour me saisir, je me dérobai. Cette fois, je me croyais sauve — hélas ! l'instant d'après, je me poquai dans un autre « Moine », et celui-ci me saisit solidement par la taille, me poussa dans une niche en dépit de mes cris, puis, tombant à genoux, m'emprisonna les jambes de ses bras vigoureux, plongea la tête sous ma robe et entreprit de se régaler de ce Pot de Miel que Dame Nature, dans son Etrange Sagesse, a placé entre les Cuisses du Beau Sexe. Il me faut dire que cette Manière de faire l'Amour entraîne presque toujours ma Défaite, si haïssable que soit le Galant qui s'y livre (car je puis fermer les yeux et oublier sa Personne). Dans le Cas présent, les Titillations humides étaient si exquises que je faillis me pâmer de Ravissement.

— Ah, que voilà Nonne bien consentante ! s'écria l'Homme, en sortant de dessous ma robe.

Sur quoi je repris mes Esprits en un éclair : c'était la voix même de Lord Bellars ! Tout soudain, j'avais la Sensation que l'on venait de vider un pot d'eau glacée sur ma Passion, et toute ma Lascivité fondante se changea en un Désir de Domination inflexible. Je me dégageai de l'Etreinte, tombai à Genoux et me mis à lui faire l'Amour de la même Façon, en Retour. Mais, juste comme le Spasme Crucial le guettait, je m'interrompis avec une Brusquerie délibérée et m'enfuis !

— Ah, cruelle Sœur ! s'exclama-t-il en se jetant à ma Poursuite.

Mais je ne dis rien, tant pour l'empêcher de reconnaître ma voix que pour mieux l'esquiver. Cela ne l'empêcha pas de me rattraper et de me baiser passionnément sur mes lèvres point trop rétives, tout en me demandant :

— Pourquoi être si cruelle, mon Amour ?

Je ne répondis pas, mais m'enfuis de nouveau, provoquant encore sa Poursuite toujours plus ardente. Cependant, je me cachai dans une niche et retins jusqu'à ma respiration pour qu'il ne me découvrît pas. Je l'entendis courir de-ci de-là, suppliant son « cruel Amour » de se faire connaître de lui. Sur quoi, une autre Dame répondit à son Appel et tomba dans ses bras avec un soupir des plus consentants.

— Veuillez m'excuser, Madame, lui dit-il, en évitant cette Etreinte et en me cherchant à tâtons le long des murs de pierre humides.

Ah ! c'était un agréable Renversement de Situation. Son Désir de moi était presque palpable.

— Où êtes-vous, mon Amour ? criait-il. Où êtes-vous, Bel Amour ? déclamait-il.

Mais, seul, l'Echo des voûtes et des tunnels lui faisait tant soit peu Réponse.

Tout à coup, jaillissant de ma cachette, je le rejoignis, lui donnai un léger Baiser, puis m'enfuis de nouveau. Cette fois, il me poursuivit sous les voûtes et je le fis courir allégrement tout autour du Labyrinthe (car, entre-temps, mes yeux s'étaient accoutumés à cette Obscurité Infernale). Au-delà du Labyrinthe, plus profondément encore dans les Entrailles de la Terre, coulait une Rivière, noire comme le Styx même, que l'on pouvait traverser sur une petite passerelle de bois. Je m'élançai; il me suivit sur l'autre Rive, où je me précipitai dans une petite grotte, riant toute seule de mon Triomphe, tant je m'imaginais en Sûreté, cachée dans les sombres replis de la minuscule caverne. J'y restai tapie quelques minutes, retenant mon souffle et priant la Déesse, dans sa Merci, de m'épargner la Tentation d'être découverte et prise par Lord Bellars.

Hélas ! mes Prières étaient vaines. A tâtons, il parvint à pénétrer dans la petive cave et entreprit d'en palper les parois ruisselantes, jusqu'à ce qu'il m'eût trouvée !

— Cette fois, je te tiens, ma Beauté ! s'écria-t-il, en me saisissant et me pressant contre lui avec tant de Passion que je craignais que ma robe même se fondît comme beurre.

Il m'étreignit comme si j'avais été la Vie et qu'il fût un Mourant. Jamais je n'avais senti un tel Désir, une telle Exigence.

Là-dessus, le voilà qui cherche à m'allonger par terre et à me faire l'Amour sur-le-champ. Mon Intellect se révolte; mais ô mon Cœur et mon corps ne sont que tros consentants ! Il sépare mes Cuisses à force de tendres Baisers, me caresse les Seins sous ma robe lâche de « Nonne » et bientôt fait de moi ce qu'il veut, balayant toute Résistance de ma part, sous le Flot de Passion le plus intense que j'aie jamais connu.

O l'on m'avait possédée et bilboquée chez Mère Coxtart, et je n'avais guère ressenti que doux Triomphe ou que Soumission basse et rancuneuse devant la Sottise des Mâles; mais, là, quelque chose d'Essentiel dans mon Ame était touché, et il me fallait maudire la Source de ce Sentiment, car quiconque pouvait m'arracher de tels Soupirs pouvait aussi bien me tirer des pleurs.

L'Acte fait, me voilà défaite, Orpheline ! Toute l'Estime de moi, toute la calme Maîtrise de mon Destin que je nourrissais depuis ces quelques dernières semaines sont envolés. Je me relève péniblement, bien qu'il essaie de me caresser encore et de me couvrir de Baisers de Gratitude.

— Jamais je n'ai connu aussi Tendre Connet que le tien, dit-il.

— Jamais ? dis-je en déguisant ma voix.

— Une fois seulement, et ce, dans un autre Comté, dit-il en jouant sur le Mot.

— Vraiment ? Et la Fille n'en est pas morte ?

— Seul, son Pucelage en mourut, répond-il. Mais j'espère que la Douce est encore en Vie, bien que, assurément, j'ignore où elle est.

— Messire, répliqué-je, je vous assure, moi, que je ne suis point Fille, et ne le suis plus depuis quelque temps déjà. Sur ce, permettez-moi de prendre Congé.

— Reste, je t'en prie.

— Je ne puis.

— Où puis-je te retrouver ? demande-t-il.

— Nulle part. Je suis un Fantôme, une simple Chimère. Je m'évapore à la Lumière du Jour.

— Je t'en supplie, plaide-t-il.

— Et maintenant, je vais me dissoudre dans l'Ether, dis-je.

— Je t'implore à deux genoux !

— Alors, faites mander Madame Troussecottes-Jones, aux Bons Soins de Mère Coxtart, dis-je, me jugeant folle de dévoiler ainsi mon Lieu de Résidence.

Et cependant, je me berçais de l'Idée des Douces Vengeances que je tirerais du Traître, de cet Amant, de ce Démon; et, tout en fuyant, je promettais à mon Ame souillée et à mon Orgueil puni d'avoir le Dessus avant longtemps et d'être un jour le Maître à Danser de cet Homme !

Chapitre X

Où il est Question d'Amour & de Concupiscence, de Pan & de Satan, de Nostalgie & de Fidélité, & d'autres Sujets aussi Élevés (ou bas) ; ainsi que des Aventures de notre Héroïne à la fameuse Auberge à l'Enseigne de Georges et le Vautour, et de la Façon dont (avec l'Aide des quelques Survivants des Joyeux Compagnons) elle résout le Dilemme de sa Destinée.

DANS le Carrosse qui nous ramenait au Bordel de la Coxtart, aux petites heures du matin, je somnolai sous mon bandeau, tâchant de réfléchir aux curieux Evénements de cette Nuit Fatidique. Certes, oui, je me trouvais folle d'avoir fourni à Bellars le Moyen de me débusquer ; car je savais que ma Passion pour lui n'avait fait que se rallumer et qu'il me faudrait vivre maintenant dans la Terreur qu'il ne me mandât près de lui. Mais les Paroles s'étaient envolées de mes lèvres contre ma Volonté. J'avais été incapable de me séparer de lui sans l'Espoir de le revoir.

Ah ! quelle chose vaine et stérile que la Passion. Lancelot, je l'aimais comme un Frère : mais Bellars, tel le Diable, m'avait volé mon Ame. A Lancelot je l'eusse donnée, mon Ame, pour le sauver de la Mort ; mais Bellars tenait mon corps ! Et qui est le Bel Esprit qui a dit : « Qui possède le corps d'une Femme possède son Ame » ? J'étais déchirée entre deux Amours : un Pan aux Cheveux d'Or et un Satan à la Peau Couleur d'Olive ! Je voulais l'un et l'autre — et tous deux à mes propres Conditions. Je ne pouvais renoncer à aucun des deux —

pas plus à la Passion que je connaissais avec Bellars, qu'à la Fidélité Fraternelle que j'éprouvais pour Lancelot. Toutes les Femmes sont-elles aussi déchirées ? L'Amour est-il une Bête (ou un Dieu) à Double Visage, incapables de jamais se trouver réunis en un seul ?

Que ferais-je quand Bellars me manderait, comme je savais qu'il n'y manquerait pas ? Que ferais-je de l'étrange Triomphe de l'avoir rendu Amoureux de moi, alors qu'il ignorait ma véritable Identité ? J'aurais voulu, par-dessus tout, désavouer mon corps, car je sentais bien qu'il m'avait trahie. Mais comment faire, maintenant que ce corps portait en lui le Fruit mûrissant d'une Vie, et qu'il réclamait plus que jamais l'Auteur de cette même Vie ?

Toutes ces Questions et bien d'autres m'assaillirent durant mon Retour aveugle chez la Coxtart. Je les tournais et retournais dans mon Esprit, telles des roues sans Commencement ni Fin, jusqu'à ce que, enfin lasse et désespérée, je me fusse résolue à trouver dans le Sommeil l'unique Remède à ma Perplexité. « Le Sommeil qui tisse l'écheveau emmêlé du Souci », comme dit M. Shakespeare. Je vais dormir, me promettais-je, et la Réponse me viendra en Rêve.

Mais, hélas ! aucun Songe ne me visita. Rentrée chez la Coxtart, je sombrai dans le sommeil sans Rêve de la Mort. Morphée ne m'envoya pas de Messager ; ne vint que le Néant, béni et stérile.

Je m'éveillai tard, au bruit persistant de coups frappés à la porte de ma Chambre. C'était Mère Coxtart en Personne, maintenant tout aussi obséquieuse à mon Egard qu'elle s'était montrée naguère arrogante (car, depuis que j'étais devenue une belle Source de Profit pour son Etablissement, elle ne savait que faire pour moi, eût-on dit, et ne cessait de multiplier les Platitudes, les Courbettes et les Salamalecs et d'aller au-devant de mes Désirs). Combien frivole est le Destin ! Et quelle Loterie est la Vie ! Deux mois plus tôt, elle me méprisait comme une Mendiante ; maintenant, elle rampait presque devant moi comme devant une Duchesse. Mais je connaissais trop ses Humeurs changeantes, pour me soucier plus de ces Cajoleries que de son premier Dédain.

— Madame Fanny, me dit-elle, pardonnez l'Incivilité de ce Réveil, mais j'ai des Lettres pour vous... ou plutôt, devrais-je dire, des Billets Doux.

Je ne pouvais supporter la Servilité de son Visage ; je lui ordonnai donc de glisser les Lettres sous la porte, puis je sortis du lit pour aller les chercher sur la pointe des pieds.

Et, de fait, il y en avait deux : l'une portant le Sceau, qui ne m'était que trop familier, de Bellars ; et l'autre, griffonnée sur une feuille de grand papier tellière salie et qui avait connu la boue des ruisseaux et ne portait aucun Sceau. A la Vue de ces deux Missives (et surtout de la première), mes mains se mirent à trembler comme les feuilles d'un vieux chêne à l'Automne. Je laissai de côté, pour plus tard, le Billet de Bellars, m'imaginant qu'il me causerait la plus Vive Inquiétude, et ouvris celui qui était éclaboussé de boue et portait une Ecriture désordonnée, tracée d'une main rapide :

Ma Très-Chère Fanny,

Robin des Bois me mande de t'informer que tout est prêt pour le plus Grand Triomphe de sa Carrière. Rends-toi aussitôt auprès d'Horatio, à la Taverne de Georges et du Vautour, Saint Michael's Alley, à Cornhill; il te mettra au courant de tout. Je t'en supplie, ne tarde pas. Horatio t'attend. Quels que soient mes Doutes persistants sur l'Entreprise, j'ai fait Serment d'agir selon les Vœux de Robin, tout comme toi. J'ai Confiance que ton Noble Cœur ne te permettra jamais de l'oublier. Dieu te bénisse.

Ton Ami Affectionné,
Calotte.

La Nouvelle qu'Horatio avait rejoint les Joyeux Compagnons et que Lancelot avait tout arrêté en Vue de sa Grande Rébellion, me causait moins d'Appréhension, bizarrement, que la Lettre de Bellars, que j'ouvrais à présent de mes mains glacées et tremblantes. Je lus :

Adorable Créature,

Je ne sais que dire : mon Esprit est dans un plus grand Tumulte que celui d'un Pensionnaire de Bedlam. Depuis notre Séparation dans ces Caves Infernales, hier soir, je n'ai pas fermé l'œil, ballotté que j'étais sur une Mer de Doutes et de Craintes, comme je n'en ai jamais connu. J'ai l'Impression que mon Cœur est un Bateau qui fait eau, tourmenté sur un Océan des Tempêtes; à la Pensée que je pourrais ne pas vous revoir, je ne vaux guère mieux que Crusoé sans son Vendredi. Une Nuée Effrayante semble être en Suspens au-dessus de mon Cœur, à la Perspective que nous puissions tous deux rester à jamais séparés. Je vous prie d'aller chercher au plus Profond de votre Ame tout ce que vous possédez d'Humanité et de Compassion, pour accorder à votre Humble Soupirant une seule nouvelle Audience. Si, alors, je ne puis vous convaincre que j'ai le Pouvoir de faire de vous la plus Heureuse des Femmes, je me retirerai de votre Vue pour l'Eternité. Envoyez-moi présentement votre Réponse afin de soulager l'Intolérable Torture qui afflige le Cœur de votre Très-Fidèle,

Bellars.

P.S. S'il vous répugne toujours de révéler votre Identité, je serai *trop heureux de vous rencontrer à une Mascarade. Mais il faut que je vous revoie ! Adieu.*

A cette Lecture, mon Esprit fut plongé dans un Tumulte aussi grand que celui décrit par Bellars. Quelle Réponse faire ? Le rencontrer sous un Déguisement et tenter de me venger de lui ? Ou bien la Vengeance fondrait-elle comme neige pour devenir Soumission, dès l'instant que mes yeux se poseraient sur lui ? En outre, si Bellars était si résolu à me voir, pourquoi ne m'approchait-il pas au Bordel même, en cherchant à louer mes Services comme ceux d'une Vulgaire Putain — bien que ce fût contraire aux Règles du Club des Feux Infernaux. Mais, alors même que je me posais la Question, j'en connaissais la Réponse : une Vulgaire Putain n'eût pas été à son Goût — lui qui rapportait le Détail de ses Liaisons à son Amante ! Non, il lui fallait de l'Intrigue, des Masques, des Mascarades; il lui fallait faire de moi un Objet assez rare pour confirmer ses Amours peu Banales; il lui fallait me posséder comme Dame ou comme Nonne, surtout pas comme Catin ! Car un Homme de la Qualité de Lord Bellars s'amuse des Simples Putains, mais les dédaigne; et il lui faut conquérir, à tout Prix, plus qu'un Connet : un Cœur.

Pourtant, je n'avais guère le temps de trop méditer ma Réponse à ce Dilemme, car j'étais tenue d'aller retrouver Horatio au Georges et le Vautour, pour m'informer exactement de la Rébellion de Lancelot. Je me hâtai donc de faire Réponse à Milord que je choisirais d'aller au Rendez-vous d'un Bal, sous le Costume d'une Nonne Espagnole — car nos Robes de Nonne du Club Infernal étaient interdites en tous autres lieux que ceux de nos Réunions Secrètes — et que lui, de son côté, devrait porter l'Accoutrement de Satan, à la prochaine Redoute Costumée qui se tiendrait au King's Theatre.

Ayant fait partir cette Réponse par le Canal de la Coxtart elle-même (qui se révélait tout prête à jouer les Intermédiaires pour moi), je me dépêchai de m'habiller, puis pris une Chaise pour me rendre au Georges et le Vautour..

Il faut dire que le Georges et le Vautour, de toutes les Tavernes Londoniennes, avait la Réputation la plus sinistre et passait pour être le Repaire de Fantômes, de Gobelins et de toutes Manières de Démons — Réputation que son Propriétaire à la Mine patibulaire non seulement se gardait de décourager, mais, en Réalité, favorisait, dans la Conviction qu'elle lui apportait une Clientèle accrue, bien que, à vrai dire, étrange. L'Auberge était connue pour servir de lieu de Rendez-vous aux Saltimbanques, aux Voleurs, aux Astrologues et aux Diseurs de Bonne Aventure.

Telle était la Sorte d'endroit où je devais rencontrer Horatio. Et certes, la Taverne se montra à la Hauteur de son Mauvais Renom, car, accrochée au-dessus du porche, pendait une enseigne en bois grinçante, sur laquelle était peinte l'Image d'un effroyable Vautour s'apprêtant à fondre sur sa Proie, et, dans la cour intérieure même, trônait la Ressemblance vivante de cet Oiseau — terrible Créature qui considérait tous les Arrivants de l'œil le plus aigu et froid du Monde.

Le Tavernier m'accueillit. C'était un Homme presque aussi terrifiant que son oiseau; même bec, mêmes yeux, même mine. L'on dit que les Hommes finissent par ressembler à leur chien fidèle; mais je puis attester qu'il en va de même pour la Ressemblance avec un Vautour, si tel est leur Animal Familier.

Dedans, la Taverne était sombre, bien qu'il fût à peine passé midi, car les fenêtres gardaient leurs volets clos contre les Regards trop curieux. Un feu brûlait dans l'âtre et, assis tout près, à une table d'angle de la Salle, se trouvait Horatio lui-même, flanqué de Francis Bacon et de Louis le Lutin. La peau d'Horatio luisait comme du chocolat noir à la lueur dansante des flammes, tandis que la balafre incurvée sur la joue de Louis semblait plus menaçante que jamais.

Sire Francis Bacon se leva pour me saluer avec ces mots : « Quelle Beauté éclatante tu deviens, Fanny ! » Puis Horatio m'étreignit avec sa Concupiscence habituelle. Ensuite, ce fut le tour de l'immense Louis aux Traits terrifiants.

— Je t'en prie, prends un Siège, ma Douce, dit Horatio, et sois la Bienvenue ! Buvons à cette Réunion inattendue !

Là-dessus, le Tavernier qui n'avait cessé de rôder autour de nous tout ce temps, s'en fut quérir un pichet de vin de Bordeaux, et nous trinquâmes tous avec la plus franche Bonne Humeur et une vraie Joie.

— Dieu me bénisse si tu n'es pas encore plus belle qu'avant, ma Fannette ! dit à son tour Horatio. Mais, au Nom Sacré de l'Amitié, je me garderai de céder aux Invites de la Nature... bien que telle ne soit jamais, je gage, la Voie de la Sagesse. Car n'est-ce pas Juvénal qui a dit : « *Nunquam aliud Natura, aliud Sapienta dixit* » ? Ou encore, pour les Larrons ignares que vous êtes, ajouta-t-il en regardant Bacon et Louis : « Jamais Nature ne dit une Chose et Sagesse une autre. »

— Qu'il est bon de te revoir, Horatio, répliquai-je, et d'entendre les Syllabes Latines rouler sur ta Langue ! Mais, s'il te plaît, quelles Nouvelles as-tu de Lancelot ?

— Il est aussi fou que jamais, répondit-il. Mais il caresse aujourd'hui un nouveau Projet, surpassant tous les autres en Audace... et, si je puis dire, en Stupidité...

— En Stupidité ? Que non pas ! se récria Bacon, toujours prêt à défendre l'Honneur de Lancelot. Mais en Bravoure, oui !

— En Bravoure stupide, dit Horatio. Car son Idée est d'entraîner les Prisonniers hors de Newgate et jusqu'aux Docks de Londres, voire jusqu'à Southampton ou à l'Ile de Wight, où il médite d'armer un Navire pour les emmener au Nouveau Monde. Et là, il espère édifier un Nouvel Eden dans ces Contrées Vierges : « une vraie Déocratie d'Ames Chrétiennes »... du moins est-ce ainsi qu'il l'appelle.

— Où trouvera-t-il ce Navire ? demandai-je. Et pourquoi le Nouveau Monde ? Je pensais que Lancelot détestait toute Allusion aux Colonies et tenait l'Amérique pour Terre de Sauvages.

— Et c'est bien ainsi qu'il en est, Fanny, oui, bien ainsi. Oserais-je, moi, avec ma peau qui vaut une Marque d'Infamie — même si le Fer Rouge ne m'a pas brûlé — poser le pied sur ce sol Barbare ? Eh quoi ! ici, en Angleterre, je peux bien mourir de Faim, je n'en suis pas moins libre. Mais, aux Colonies, je ne serais rien qu'un Esclave traqué !

— Et pourtant, tu n'es pas affranchi selon la Loi, fit observer Bacon.

— C'est la Vérité, mon bon Francis, dit Horatio. Seulement, en Britannie, nous ne sommes pas de vulgaires agneaux destinés au couteau, alors que, aux Colonies, cruel est le Destin qui attend l'Esclave Marron.

— Mais Lancelot entend faire voile vers le Port de Boston ou de Providence, dit Louis le Lutin, et non pas vers les Iles du Sucre, ni la Virginie ou les Carolines.

— Tu es aussi fou que Lancelot ! s'écria Horatio. Crois-tu que les Cagots Puritains sont moins brutaux envers les Noirs que les Planteurs mêmes ? Oui, certes, ils ne gardent pour leur Usage personnel que quelques Esclaves Domestiques; mais la Richesse de tous les Armateurs de la Nouvelle-Angleterre est fondée sur l'Esclavage. Le Port de Boston est tout visqueux de Rhum et de Sang ! Sais-tu ce que je vaux, en Nouvelle-Angleterre, Louis mon Ami ? Cent cinquante Gallons de Rhum, ni plus ni moins ! J'aurais plus de Chance si j'étais un *Cimmarone* à Cuba, ou dans un *Quilombo* du Brésil, que je n'en aurais comme Noir dans la pieuse Boston ou la bigote Providence !

— S'il vous plaît, Horatio, qu'est-ce qu'un *Cimmarone* ? Et un *Quilombo* ? On croirait des Choses à manger, dis-je, dans l'Espoir d'introduire un brin de Légèreté dans cette désolante Conversation.

— Les *Cimmarones* sont les Noirs proscrits qui vivent en Fugitifs dans toutes les Iles du Sucre, mais plus particulièrement à Cuba, où ils se sont retranchés derrière des Palissades qu'ils appellent *Palenques*, pour défendre leur Liberté contre les *Rancheadores* — les abominables Chasseurs d'Esclaves. Les *Quilombos* du Brésil sont à peu près la même chose : des Colonies de Fugitifs dissimulées dans la Brousse, d'où des Incursions sont lancées contre les Planteurs Blancs. De vrai, souvent ces Fugitifs ont eux-mêmes des Plantations et vivent en harmonie avec les Indiens, complotant le jour où ils pourront organiser une vaste Révolte et former leur propre Nation. Là, j'aurais une Chance de survivre; mais, dans les Colonies, je suis voué à prouver que je suis un Homme Libre, sous Peine d'être revendu comme Esclave. Et où prendrais-je les Preuves ? Je suis réclamé par un Maître à la Barbade et par un autre dans la Ville de Bath, en Angleterre !

— Mais Lancelot parle d'Installation au Massachusetts peut-être, ou dans la Vallée de l'Hudson du New York, dit Louis le Lutin. Il veut y bâtir une vraie Déocratie et y recueillir tous les Fugitifs qui se présenteront, qu'il s'agisse de Serviteurs en Rupture de Contrat, de Gens poursuivis pour Dettes, de Noirs ou d'Indiens.

— Il y a aussi des Esclaves dans la Colonie du New York, mon Amie. Que dis-je ! depuis le dernier Soulèvement des Esclaves, toute la Métropole de New York est si enflammée de Peur qu'aucun Noir ne peut sortir dans les Rues la nuit. Bah ! Lancelot prétend être un Saint Chrétien, mais il est loin de se douter de ce qu'il en est pour moi : je porte ma Destinée sur la Peau ! Là est toute la Différence entre lui et moi.

Je regardai gravement Horatio, sachant la Parenté entre son Sort et le mien. C'était seulement quand je courais le Monde « en Homme » que j'étais protégée du Viol. Le Sort d'une Femme n'était guère différent de celui d'un Noir. Encore pouvais-je porter culotte et perruque; mais lui, comment aurait-il pu déguiser sa peau ?

— Alors, vous ne partirez pas avec Lancelot ? demandai-je.

— Franchement, Fanny, je suis déchiré. J'aime ce Garçon — si fol qu'il soit — et j'aime notre Joyeuse Bande comme ma propre Famille. Mais où trouver Sécurité pour moi, en dehors des Pirates et des Fugitifs ? Et, même alors, je devrais défendre ma Liberté au jour le jour : elle ne tombe pas du Ciel comme la pluie !

— Lancelot ne pourrait-il mener la Vie des Pirates ? dis-je. Assurément, sur Mer, on est libre.

— C'est bien ce que j'ai proposé, dit Horatio. Mais il a cette Lubie d'édifier son Eden, sa « Déocratie » sacrée, comme il l'appelle, ici-bas. Il aspire à fonder ce Second Eden, cette Jérusalem Nouvelle, cette Utopie des Larrons ! Il ignore que l'Eden n'est rien qu'une Oasis au Cœur de l'Enfer et que celui-ci menace d'empiéter sur son Paradis, d'une heure à l'autre. Même l'Eden de la Bible était entouré par l'Hadès, et le Serpent y a pénétré bien assez tôt. En Vérité, l'Eden n'est que trop comparable à un Pucelage : Caprice Ephémère, Condition Temporaire entre toutes. « *Heu Pietas ! heu prisca Fides !* » comme dit le Grand Barde Virgile. Par quoi il entendait : « Hélas ! ô Bonté ! Hélas ! antique Honneur ! » Mais voilà bien le *Hic;* car, même dans l'Antiquité, l'Honneur n'existait pas, et jamais la Bonté ne fut si invincible que le Mal n'ait pu pénétrer jusqu'en son Cœur — ou, dirais-je, contemplant ma tant Belle Fanny, jusqu'en sa divine Pudicité, son Huis Sacré, sa Céleste Blessure !

— Blasphème ! protesta Bacon.

— Blasphème, que d'honorer l'Eden le plus proche de Dieu que nous connaissions sur cette Terre ? C'est-à-dire le Jardin de la Femme, le Berceau Fleuri des Béatitudes Terrestres ? demanda Horatio.

— Et peut-être Célestes aussi bien, renchérit le Lutin. Pour autant qu'on le sache, le Paradis même n'est qu'un Grandiose Connet au plus Haut des Cieux !... (Sur quoi il courba la tête, comme en Prière.) Délivrez-moi tôt, Seigneur ! ajouta-t-il avec un clin d'œil à mon Intention.

— Compagnons Ruffians, dis-je, cessez vos Infernales Badineries, et dites-moi plutôt comment se joindre à Lancelot dans sa Grande Rébellion.

— Fannette, ma Douce, répondit Horatio, tu es notre seul Espoir de lui faire entendre Raison. Si tu nous jures de t'allier à nous pour tenter de le convaincre de trouver son satané Eden à bord d'un Vaisseau Pirate, au lieu du diabolique sol de la Nouvelle-Angleterre, je risquerai ma Liberté pour vous suivre, moi aussi. Mais si tu ne viens pas, jamais je ne lèverai l'ancre avec Lancelot. J'ai dit, en deux Mots comme en cent.

— Et qu'est-ce qui te convainc que j'ai autant de Pouvoir sur Lancelot ? lui demandai-je, tremblante maintenant, car je savais qu'il fallait me décider, et très vite.

— Fannette, mon Amour, répliqua Horatio, ne vois-tu donc pas que Lancelot t'adore ? Il lutte au fond de son Cœur, déchiré entre les Amours Masculines et l'Amour de toi ; mais, assurément, il n'aime les Hommes que par Esprit de Luxure, tandis que tu occupes tout son Cœur.

— Est-ce vrai, Francis ? insistai-je. Et toi, le Lutin, dis-moi, est-ce la Vérité ?

Les deux Joyeux Compagnons acquiescèrent gravement du chef.

— Aussi vrai que l'Evangile, Madame Fanny, ajouta Francis.

Et Louis le Lutin :

— Aussi vrai que mon Désir de vous et que celui d'Horatio de vous aussi.

Je méditai un moment, tandis que les visages tendus des Joyeux Compagnons scrutaient le mien. Que faire ? C'était maintenant Septembre, et j'étais enceinte de trois mois. Par temps aimable, une Traversée de l'Atlantique prendrait peut-être deux mois ; mais, si nous attendions que l'Hiver fût sur nous, elle serait, certes, périlleuse et beaucoup plus longue. D'autre part, si je partais à présent avec Lancelot, je ne reverrais jamais Bellars. Et, ô mon Cœur se déchirait à cette Idée ! Pourtant, ma Nostalgie de Bellars n'était qu'Appétit de la Chair, et un tel Sentiment méritait-il que l'on édifiât sur lui une Destinée ? Certainement pas. La Fringale Charnelle ne peut que détruire la Demeure bâtie par l'Amitié et que désunir les Alliances les plus Sacrées. Que Bellars me cherche en vain à la prochaine Redoute Costumée ! pensais-je. Qu'il erre tristement parmi les Dominos et les Petits-maîtres, les Prêtresses du Soleil, les Papes et les Seigneurs Pantalon, les Diables et les Triboulets, les Reines de Mai et les Brigands Corses ! Qu'il chuchote à l'oreille de chaque Nonne qu'il verra, sans me trouver jamais ! Ainsi sera-t-il payé de toutes ses Traîtrises à mon Egard et de sa Trahison du Beau Sexe tout entier !...

— Très-bien, donc, répondis-je enfin. Je me joindrai à notre Robin des Bois et parcourrai les Mers.

— Bravo ! s'écria Horatio.

— Loué soit le Seigneur ! s'exclama le Lutin.

— Dieu merci ! dit Francis Bacon avec le plus profond soupir.

— Mais comment Lancelot compte-t-il faire une Réalité de sa Grande Rébellion ? m'enquis-je. Car je ne doute pas qu'il y ait Péril à ses Plans.

— En Vérité, le Péril est le Pain Quotidien de Lancelot, répondit le Lutin. Mais il a travaillé à se gagner la Fidélité de certains des Geôliers, et suborné le Guichetier avec l'Argent que tu lui envoyais. Ceux qu'il n'aura pu convertir à sa Cause, il pourra toujours les convaincre au Grand Parti de l'Argent ! En ce moment même, il est suivi par tant de Prisonniers pour Dettes et de Félons qu'il est aisément en Mesure de maîtriser les Gardes. A vrai dire, les Prisonniers pour Dettes adorent Lancelot, parce qu'il prêche qu'il ne devrait pas y avoir de Créanciers au Monde. Ils le suivraient jusqu'au bout de la Terre !

— Ou des Mers, dit Horatio.

— Mais n'ayez Crainte, Madame Fanny, dit Bacon. Car point n'est Besoin pour vous de le rejoindre à Newgate, au Cœur de la Rébellion. Calotte dépêchera un Carrosse pour vous conduire à notre Navire, où vous attendrez Lancelot et ses Hommes.

— Quand mettrons-nous à la voile ? demandai-je.

— La Décision n'est pas prise, non plus que nous n'avons déterminé en Réalité si nous partirons de Southampton ou de l'Ile de Wight, répondit Horatio. Mais tu ne tarderas pas à tout savoir. Tu dois être prête au Départ, d'un jour à l'autre, sur un Mot de Calotte.

— Et si je viens à accoucher en Mer ?

— Dieu Tout-Puissant ! Portes-tu un Enfant ? s'exclama Bacon.

— Lancelot ne vous a-t-il rien dit ? demandai-je.

— Lancelot a la tête si tournée de ses Projets de glorieuse Rébellion que c'est à peine s'il se souvient de manger un brin ou de fermer un œil la nuit, déclara Horatio. Mais que voilà une épouvantable Nouvelle ! Et qui, s'il te plaît, est le Père ? Je regrette que ce ne soit pas moi.

— Et moi aussi, mon bon Horatio, répliquai-je. Car j'ai été séduite par mon propre Père Adoptif, avant ma Rencontre avec les Joyeux Compagnons; et telle en est l'Issue. Je m'étais enfuie, ne rêvant pas même que je pusse être grosse, et ce ne fut que Prisonnière dans la Maison de la Coxtart que je l'ai découvert.

— Et tu es sûre que ce sont les Oeuvres de ton Père Adoptif ? demanda Horatio.

— Ce ne pourrait être de nul autre. J'étais Pucelle lorsqu'il me séduisit.

— Et il n'y a jamais eu d'autre Coquin ? insista Horatio, plus par Curiosité que par Réprobation.

Je me remémorai ma nuit à l'Auberge en compagnie de Tunewell, et mes Scènes Saphiques chez la Coxtart. Mais non : ces Jeux Amoureux ne pouvaient porter Fruit Humain. Bellars était le seul Homme qui eût percé ma Virginité avant que je susse que j'étais enceinte.

— Nul autre, répondis-je. Lorsque j'ai entamé ma Vie au Bordel, je savais déjà que j'attendais un Enfant.

— Dieu Tout-Puissant ! dit le Lutin. Lancelot t'accouchera lui-même, car il est instruit dans tous les Arts de Guérison.

— Et je ne doute pas qu'il y mettra quelque Interprétation Religieuse, de surcroît. Né d'une Vierge, par ma Foi ! dit Horatio d'un Ton moqueur. Encore un disciple pour sa Déocratie ! Pardi, ton Enfant sera une Preuve de plus à l'Appui de ses Théories !

— J'en ai Peur, dis-je. Mais un Enfant pourrait avoir pire Parrain que Lancelot.

— Dieu le veuille, mais ton Fils aura pour Parrains *tous* les Joyeux Compagnons ! dit Horatio avec Chaleur. Quel Enfant béni !

— Et si c'est une Fille ? dis-je alors en souriant. Sera-t-elle tout aussi bénie ?

Horatio, le Lutin et Francis me regardèrent d'un Air perplexe, comme si la Naissance d'une Fille avait été Miracle plus impossible que celle d'un Nouveau Jésus.

— Ce ne peut pas être une Fille, répliqua Horatio,

— Certes, non, dit le Lutin.

— Impossible, renchérit Francis.

— Et pourquoi cela ? dis-je.

— Parce que, si c'était une Fille, comment pourrions-nous la baptiser Lancelot Deux ?

— Il est vrai, rétorquai-je en souriant malicieusement (pour une Part, de leur Vanité Masculine et, pour l'autre, de pur Plaisir de me retrouver parmi les Joyeux Compagnons). Maintenant, je comprends votre Logique.

Chapitre XI

*Qui renferme un très curieux Échange de Lettres, grâce
à quoi notre Fanny en apprend plus long sur les Caprices
du Sort que ne lui en ont enseigné jusqu'alors ses Aventures; à la suite de quoi, elle est mandée par son seul &
unique Amour, comme les Lecteurs et Lectrices de ce
Chapitre Épistolaire et singulièrement Émouvant ne
manqueront pas de le voir sans tarder.*

J'ATTENDIS donc, comme je l'avais promis, le Mot de Calotte, me
demandant quand on me convoquerait pour rejoindre le Grand Embarquement de Lancelot, et tourmentée d'Anxiété pour le Destin de
celui-ci et de sa Rébellion Historique. Les Joyeux Compagnons
avaient eu beau refuser de m'en parler ou presque, il était assez clair
que la Révolte pouvait faire long feu et que Lancelot courait le Risque
de se balancer de nouveau au Gibet de Tyburn. Cette fois, la Poutre
Maudite pouvait fort bien dépêcher au plus vite son Ame, et plus
jamais on ne verrait à la Surface de ce Globe la Silhouette et le Visage
aimables de Lancelot.

Durant les jours qui suivirent ma Rencontre avec Horatio, le
Lutin et Francis Bacon, je fus d'une Nervosité de chatte, dans l'attente
de Lettres. Mes Compagnes vaquaient à leurs Affaires, sans rien
remarquer de mon Etat; mais Kate, avec l'Attention d'une Ennemie
pour tous mes Chagrins (sans oublier sa Jalousie de toutes mes Joies),
me surveillait de très-près. Elle remarqua que je guignais la Poste,
comme s'il se fût agi de l'Ange de l'Annonciation, et elle souriait
acidement pour elle-même quand une Lettre était apportée pour moi.

Au vrai, il en vint beaucoup, mais toutes de Bellars; pas une de

Calotte ni de Lancelot. De fait, Bellars m'envoyait plusieurs Billets par jour, tous plus pitoyables et suppliants les uns que les autres. Il me fallait tout mon Courage pour feindre de les ignorer, tant ils me touchaient au Vif. Mais Kate, pour sa part, n'avait toujours pas été mandée par son mystérieux Commerçant; elle en concevait donc la Crainte de me voir quitter le Bordel avant elle (alors que, véritablement, je m'y trouvais depuis si peu de temps, comparé à elle), et cette Appréhension aggravait encore son Envie.

Il lui arrivait souvent d'arracher une Lettre des mains de la Coxtart, et de me la monter à l'étage, puis d'attendre sournoisement à la porte, dans l'Espoir que je l'ouvrirais en sa Présence — ce que je ne faisais jamais. Mais sa Cautèle ne m'en chagrinait pas moins. Je me tourmentais de Peur qu'elle ne subtilisât la Fatidique Lettre et que je ne vinsse à manquer l'Embarquement de Lancelot. Non, elle était bien trop couarde pour jouer ce Genre de Vilain Tour. Elle préférait traîner et minauder sur mon Seuil, au lieu de manigancer le Destin. Bien qu'endurcie par la Vie de Bordel, elle n'avait pas le Courage de son Intimité et était plus encline à souhaiter que la Malchance me vînt, qu'à devenir elle-même l'Auteur de mon Mauvais Sort.

— Encore un Billet Doux, Fanny, me dit-elle ce jour-là, en me tendant une Lettre au Sceau de Lord Bellars.

— Quel curieux Courrier tu fais, Kate ! lui dis-je. A Dieu ne plaise, n'aurais-tu meilleur emploi de ton temps que de me remettre mes Lettres ?

— C'est le moindre Service que je puisse rendre à ma plus Chère Amie, répondit-elle par Raillerie.

Sur quoi, elle me tend la Lettre et s'en va dans un Tourbillon de jupes.

Je ferme à Clé la porte de ma Chambre et m'assois sur le Lit pour lire ceci :

Adorable Créature,

Après le Serment que j'ai fait d'attendre la prochaine Redoute Costumée au King's Theatre, ma Passion pour vous ne m'en commande pas moins de nourrir l'Espoir, peut-être vain, que vous entendrez ma Supplique et m'accorderez Audience auparavant. Mon Amour est comme une Nuée d'Orage sur le point d'éclater et je ne puis pas plus le contraindre que la Nature ne peut contenir une Inondation, dès lors que les Eaux ont commencé à monter. Je vous en prie, faites-moi mander tantôt que je peux vous rendre Visite, et vous apaiserez le Tourment qui afflige le Cœur de votre Très-dévoué,

Bellars.

Cette pathétique Missive à la main, je m'installai devant mon écritoire (qui, soit dit en passant, renfermait déjà un coffret plein de Messages pareillement suppliants) et rédigeai aussitôt ma Réponse :

Milord,

Ma parole ne peut se rompre, non plus que je ne puis me laisser émouvoir par des Supplications si mellifues soient-elles. Si Votre Seigneurie continue à me prier de briser ma Parole, je n'aurai d'autre Choix que de reculer encore dans l'Avenir notre prochaine Rencontre. Ne m'incitez pas à d'aussi sévères Expédients. Votre,

« *Sœur* » *Troussecottes-Jones.*

Je ris un peu à part moi en rédigeant cette cruelle Epître, pensant au Chemin que j'avais parcouru depuis le Jour où, à Lymeworth, j'avais lu en pleurant la Lettre de Lord Bellars à sa Maîtresse. Au vrai, j'avais découvert la Clé du Cœur de Lord Bellars : à savoir, la Sévérité. Ce que j'avais voulu gagner par la Bonté, la Confiance et l'Amour Innocent — son Cœur, en un mot — il fallait le gagner au contraire par le Dédain. Ah ! cruelle Ironie. Bellars méprisait l'Amour accordé librement, mais devenait fou comme un chien enragé quand l'Amour était dénié, parcimonieux, non pas même Amour, mais seule Coquetterie. Il était la Vivante Preuve des Maximes de La Rochefoucauld, lequel avait dit, à certaine Occasion, qu'il est plus difficile d'être fidèle à une Femme quand tout va bien que lorsqu'elle se montre cruelle. Tant que je demeurerais insensible, je serais assurée du Cœur de Bellars, car c'était la Poursuite elle-même qui l'échauffait, et non la Société d'un Cœur Aimant. Mais au Diable Bellars ! Le Temps que le Bal Costumé ait lieu, je serais déjà en Mer avec Lancelot, et Bellars soupirerait en vain pour sa Nonne Espagnole aux Tendres Cuisses !

Comme il seyait bien à sa Basse Nature d'interpréter mon Message si peu aimable comme une Manière de Mendier une Bourse ! Car sa Lettre suivante fut accompagnée d'un bracelet en Or, embelli de Diamants, et n'était qu'un Plaidoyer me priant de lui permettre d'être mon Protecteur aux Conditions que je voudrais bien fixer :

Reine de mon Cœur,

La Dureté de votre dernière Missive a lacéré mon Cœur jusqu'à la Source même de ses Battements. Sachez que je joins ici ce Petit Souvenir comme un Simple Gage de ma Flamme pour vous, et aussi comme un Modeste Signe de la Fortune qui pourrait devenir vôtre, si vous agréiez de me laisser prendre soin de vous comme il sied à votre

296

Glorieuse Splendeur dans les Arts de l'Amour. Cupidon lui-même abaisserait un Regard souriant, à vous voir ainsi parée dans la Belle Demeure que je ferais édifier pour vous à St. James'; et Vénus rirait et chanterait au Spectacle des Joyaux dont j'accablerais votre cou délicieux et encerclerais vos délicats poignets, et que je glisserais à vos doigts fuselés. Une Existence de Luxe et d'Aisance vous attend; il vous suffit de refréner votre Cruauté envers votre Très angoissé et tourmenté,

Bellars.

A quoi je répliquai de ma plus belle Plume :

Milord,

Croyez-vous que, parce que j'ai été réduite, comme tant d'autres Filles dans le Besoin, à gagner ma Vie comme Putain Occasionnelle, je sois totalement insensible aux Plaisirs de la Liberté et toute prête à y renoncer si aisément pour des Bijoux et de Belles Demeures ? Les Joyaux de Votre Seigneurie ne sont à mes yeux qu'autant de Menottes; la Belle Demeure de Votre Seigneurie, rien qu'une Prison; et les Paroles d'Amour de Votre Seigneurie, rien que Trahison. Vous vous méprenez, Milord, sur la Sorte de Femme que je suis, si vous pensez que l'on puisse m'acheter aussi facilement qu'un Ministre Whig. Je vous retourne par le même Courrier vos Présents en y joignant mon Avertissement le plus Strict d'avoir à ne plus mettre à l'Epreuve la Patience de votre Très-offensée et insultée,

« Sœur » Troussecottes-Jones.

O quel merveilleux Jeu ! Devenais-je aussi corrompue que Lord Bellars par le Plaisir que j'y prenais ? Avais-je entièrement perdu mon Innocence ? Oublié la Sagesse du Grand Maître de l'Assemblée, qui avait elle-même assuré que la Vengeance appartenait à la seule Déesse ? Mais la Volupté du Jeu était pour moi si irrésistible que je ne pouvais m'empêcher de m'y laisser entraîner. Au vrai, j'attendais impatiemment la Lettre que Bellars m'enverrait, au vu de sa Babiole renvoyée.

La Réponse arriva le lendemain et, naturellement, Kate la Fouine me l'apporta. C'était un paquet encore plus gros — fait qu'elle remarqua dûment en ricanant et en disant :

— Ma parole, ma Fanny a un Admirateur !

— Où prends-tu cette Idée ? lui demandai-je, en saisissant le paquet et m'empressant de fermer à clé ma porte.

La lettre était enroulée autour d'un petit coffret d'acajou, doublé de velours rouge et empli de Pierres sans monture qui étincelaient de toutes les couleurs de l'Arc-en-Ciel. J'eus le souffle coupé devant ce Déploiement de Rubis, d'Emeraudes, de Diamants et autres Gemmes ; car non seulement elles étaient précieuses et même sans Prix, mais, nichées au creux de ma paume, elles ressemblaient à des Présents des Fées, et non d'un Simple Mortel. J'eusse terriblement aimé les garder ; mais la Lettre qui les accompagnait me durcit l'Ame :

Bien-Aimée Créature, Gardienne de mon Cœur, et Très-Honorée Dame,

Je suis tout contrit. Mon Cœur se contracte et n'est plus qu'une boule toute frémissante de la Peur de vous avoir offensée. Le Ciel me garde de vouloir me méprendre sur votre Honneur et votre Pureté, et de vous inciter à croire que je ne vous estime pas plus qu'une Vulgaire Catin.

Peut-être le bracelet que je vous avais envoyé était-il trop orné pour la Pureté et la Simplicité de votre Goût et vous a-t-il, en Conséquence, offensée. Je vous en demande mille Pardons !

Je vous prie d'accepter ces Modestes Joyaux en Petit Gage de mon Chagrin de vous avoir insultée. Si vous voulez avoir la Bonté de rendre Visite à mon Joaillier, M. Crickle, au Marché Royal des Changes, il sertira pour vous ces Pierres, de la Façon de votre Choix, et le facturera au Compte de votre Très-dévoué, contrit et humble,

Bellars.

P.S. Je ne vous presserai plus, mais compterai les minutes jusqu'à notre Rencontre au King's Theatre. Adieu ! J'espère que mon Cœur ne se sera pas brisé en mille Eclats d'ici là !

Ainsi le Rustre s'imaginait que je n'appréciais pas son Goût en Matière de bracelets — le Sot ! Je courus à mon Ecritoire et rédigeai ceci :

Milord,

Ce n'est pas le Goût qui fait Défaut à votre Seigneurie en Matière de Bijoux, mais bien plutôt le Manque de Délicatesse dans la Compréhension du Cœur Féminin. J'eusse plus volontiers accepté six Graines de Grenade des mains du Roi des Enfers et risqué l'Emprison-

298

nement pour une demi-année plutôt que de prendre ces Bijoux, car ils ne sont que Manière d'acheter mon Renoncement à tout ce à quoi je tiens le plus au Monde, à savoir : ma Liberté. On ne gagne pas aussi légèrement mon Cœur.

Les seules Richesses n'ont jamais incité mon Ame à l'Amour. Songez à votre Conduite passée, et Purifiez votre Cœur. Alors peut-être apprendrai-je à aimer un Etre qui montre aussi peu d'Estime pour les Ames du Beau Sexe. Je retourne par ce Courrier les Bijoux de Votre Seigneurie, Votre.

« Sœur » Troussecottes-Jones.

Par tous les Dieux ! songeai-je en scellant le paquet, peut-être suis-je allée trop loin cette fois et n'entendrai-je plus jamais parler de lui. Mais je m'étais trop prise au Jeu pour m'arrêter maintenant. Telle une Joueuse Impénitente, je sentais grandir ma Fièvre à Mesure que l'Enjeu montait, et le Danger de perdre attisait des Passions inconnues de la Prudence et de la Sécurité.

Peut-être Bellars était-il Joueur lui aussi. car, le lendemain, je reçus ce surprenant Message :

Impératrice de mon Cœur,

J'ai scruté mon Ame pour comprendre la Signification de votre dernière lettre et, après moult Angoisse et Consternation, ai décidé que vous faites sans Doute Allusion, en un Sens, aux Liens que j'ai noués ces cinq dernières années avec certaine Dame de la Capitale, fort connue.

Sachez donc que, aussitôt après Réception de votre lettre, hier, j'ai mis le Point Final à mes Rapports avec cette Dame, en lui donnant à entendre que je ne pourrais plus jamais la revoir. Avant notre Rencontre au King's Theatre, je m'attacherai à Purifier mon Cœur, de Façon qu'il me soit donné, par la Grâce de Dieu, d'être digne de votre Rare et Divin Amour.

Quelle était ma Sottise, de rêver qu'un Cœur aussi Pur que le vôtre pût être gagné par de simples Bijoux ! Plutôt, je tâcherai de vous offrir le Joyau de ma Fidélité, à vous et à vous seule. Très-respectueusement, votre repentant,

Bellars.

Cette fois, c'était certes Vengeance habile ! La Dame avec laquelle Lord Bellars m'avait brisé le Cœur était désormais rejetée par lui ! Si me venger avait été toute mon Intention, je n'eusse pu rêver plus douce Revanche. C'était uniquement lorsque je jouais nonchalamment avec le Destin, au lieu de me tourmenter dans l'Angoisse à sa Pensée, qu'il déversait à mes pieds ses Trésors les plus étincelants. La Destinée n'était-elle qu'un Jeu où le Mérite était rarement récompensé, et le Vice capricieusement puni, s'il l'était jamais ? La Grande Déesse n'était-elle qu'une Espiègle Farceuse, plutôt qu'une Dispensatrice Solennelle de Justice ? Tout semblait indiquer que oui.

Quelle Leçon ! Jamais encore la Vie ne m'était apparue comme un Jeu de Hasard. O comme j'aspirais à une Amitié avec laquelle partager cette Sagesse ! Comme j'aurais voulu quelqu'un à qui faire cette curieuse Confidence ! Et je pensai alors aux Sorcières du Wiltshire. Isobel eût tout compris; Joan peut-être pas. Chère Isobel, songeai-je, la Paix soit avec vous ! Mais Isobel et les Sorcières n'étaient plus, et mes Compagnes du Bordel n'étaient pas d'assez véritables Amies pour mériter de m'entendre.

Mais, et la Lettre de Calotte ? Je m'impatientais dans l'Attente de son Message. Mon Jeu avec Bellars me divertissait pour l'heure, mais j'en savais assez long sur les Contradictions de sa Nature, désormais, pour que mon Cœur arrêtât définitivement de fuir avec Lancelot. Bellars était passionné dans la Poursuite, et pourtant je ne doutais pas qu'il s'ennuierait et se blaserait, du jour où il m'aurait sous sa Coupe. Et j'avais cruellement conscience d'être aimée par lui non pour moi-même, mais seulement pour la Mystérieuse Dame Masquée qui l'avait taquiné sans Merci dans les Grottes des Feux Infernaux. Qu'il vînt à découvrir que je n'étais bonnement que son Innocente Fille Adoptive, et toutes les Ardeurs de son Adoration s'enfuiraient comme nuées sur la Mer par grand Vent. Non, je ne pouvais courir le Risque de mettre ma Destinée entre les mains d'une Passion si volage. Il m'appartenait de choisir l'Amitié et de m'embarquer avec Lancelot. Sur ce Point, mon Esprit était fermement décidé.

Enfin, après ce qui me parut une interminable Attente, je reçus la Lettre tant désirée. Kate, mon avide Messagère, me l'apporta à ma Chambre; mais, en cette Occasion, j'étais si impatiente de la lire que je l'ouvris sans prendre Soin de m'enfermer à clé. La main tremblante, je lus, tandis qu'elle m'épiait dans un coin, surveillant, d'un œil affamé par l'envie, l'Ardeur avec laquelle mes yeux parcouraient le feuillet.

Ma bien-aimée Fanny,

Je ne prends le Risque de cette Missive que sur l'Assurance de Calotte que tu ne manqueras pas de la brûler, dès que tu en auras confié le Contenu à ta Mémoire.

Tout est prêt ici pour l'Embarquement pour l'Eden. Je me

suis assuré — sans pouvoir te dire comment — d'un Brick à deux mâts,
Le Hazard, *actuellement ancré au large de l'Ile de Wight. C'est un beau Navire, de trente tonneaux environ, au mât de misaine gréé en carré, et au grand mât gréé de voiles auriques, et portant foc et voiles d'étai. Il lèvera l'ancre avec un Equipage réduit à douze Hommes, sans compter le Capitaine, un Second, un Coq et un Charpentier.*

Le Capitaine n'est autre que moi-même, et le Second, Horatio, tandis que le Reste de l'Equipage peut aisément être puisé parmi nos Dignes Affidés, ici. J'enverrai Calotte te chercher à Cheval demain, pour te conduire à notre Point de Ralliement, que je ne peux encore révéler. Emmène aussi peu de Choses que possible, mais ne manque pas d'emporter tous Objets Précieux pouvant aisément être troqués; et habille-toi en Homme, comme tu l'étais pour notre Première Rencontre. Ne crains point; tu seras aussi bien traitée que si tu étais notre propre Fille, Sœur, Mère, Epouse.

J'ai le Cœur aussi lourd que la corde du Bourreau autour d'un Cou Innocent, quand je pense à la Façon dont j'ai usé de toi au début; mais, ayant fouillé mon Ame, je sais que tu es la seule Femme au Monde capable de partager mon Etrange Destinée. Il est des Hommes qui soupirent pour des Héritières bien dotées, et d'autres pour l'Assouvissement de leurs Appétits émoussés. Pour ma propre Part, je me suis tourné vers les Jolis Garçons, parce que jamais encore je n'avais rencontré de Femme dont le Bel Esprit et le Savoir pussent défier mon propre Entendement et m'induire à toucher à des Vérités inaccessibles jusqu'alors.

Je te redoutais non seulement pour ta Beauté, mais aussi pour ton Intelligence, car j'étais totalement inhabitué à trouver tant d'Esprit sous l'Enveloppe d'un si beau corps; et la Présence de deux Qualités aussi rares chez une même et seule Femme m'emplissait de l'Effroi de l'Inconnu. La plupart des Hommes ont peur de découvrir Savoir et Esprit chez les Femmes, car ils supposent qu'elles mettent tout leur Intellect au Service d'une Fin Unique : les prendre dans leurs Rets et faire d'eux des Esclaves à Vie. Mais j'ai découvert en toi une Qualité plus rare même que ta Beauté ou que ton Intelligence : ton exquise Douceur et ta Loyauté — Traits qui sont censés être étrangers à la Gent Féminine. Jamais je ne t'ai vue t'abaisser jusqu'à la Coquetterie, quand bien même elle t'eût mieux servi que ton Honnêteté Naturelle.

Sache donc que je t'aime de tout mon Cœur et que je requiers ta Sagesse et ton Esprit, aussi bien que ta Compagnie et ta Gaieté, pour l'Etablissement de ma Grande et Nouvelle Nation des Ames Libres. Les Femmes n'y auront pas moins d'Autorité que les Hommes; les Noirs y seront les Egaux des Blancs. Car, aux yeux de Dieu,

301

nous ne sommes que des Ames, et l'Ame n'a ni Sexe ni Couleur. En Vérité, nous édifierons une Jérusalem Nouvelle, un Second Eden, loin des Peurs qui agitent cette Ile du Diable, où la Liberté n'est qu'un Mot et où les Hommes sont jetés en Prison uniquement parce qu'ils cherchent à survivre, au lieu de périr de Faim. Viens avec moi, et je te prouverai non seulement que je suis capable de te témoigner un Amour Durable, mais que, ensemble, nous avons le Pouvoir de bâtir un Monde où ni le Sexe, ni la Misère, ni la Couleur ne peuvent faire Barrière au Parfait Bonheur ni à la Liberté Entière !

Mon Cœur vole vers toi, en attendant que je puisse te serrer à jamais sur ma Poitrine ! Ton Très-dévoué,

R. des B.

Je ne respirais plus en lisant cette Lettre, qui représentait le Pur Exaucement de tous mes plus Nobles Rêves d'Amour. Combien j'avais été sage de fixer le Choix de mon Cœur sur l'Elévation des Sentiments d'Amitié de Lancelot, plutôt que sur la Vile Concupiscence de Bellars ! Là était l'Amour, allié à de Sublimes Idéaux – un Amour qui ne cherchait pas à suborner les Ames à l'aide de Bijoux, ni à s'adonner aux Jeux trop voyants de la Coquetterie, un Amour qui visait à unir deux Ames au Pur Service d'une Grandiose Fin : la Liberté ! Où prendre le Courage de brûler une telle Lettre sur-le-champ ? Il me fallait la lire et relire, jusqu'à ce que j'en retinsse le Contenu par Cœur. Et je la cachai donc dans mon Sein, en me promettant de la brûler bientôt, mais seulement après en avoir savouré tous les Mots exaltants, non pas une seule, mais plusieurs fois.

Si absorbée étais-je dans ma lecture que j'en avais oublié complètement la Présence de Kate, toujours dissimulée dans son coin et m'observant de son œil envieux.

– Quelle Léttre ce doit être, Fanny ma Belle ! dit-elle en me ramenant à la Réalité dans un sursaut.

– Kate, tu mets trop ton nez dans mes Affaires, de préférence aux tiennes, ripostai-je.

– C'est *mon* Affaire et celle de la Coxtart aussi, si tu te mêles de t'envoler du Poulailler, Fanny. Vois-tu ce que je veux dire ?

– Et que devient ton Doux Ami, Kate ? Ne fera-t-il pas de toi une Honnête Femme, comme il te l'a promis ?

– Alors, voilà pour le coup qui ne te regarde pas, ce me semble ! rétorqua-t-elle, en virant à l'écarlate.

Soudain, je compris que j'avais eu Tort de toucher ce nerf à vif. Je me hâtai donc de chercher à faire Amende honorable, d'apaiser plutôt que de piquer l'Ennemie.

– Kate, puis-je t'aider de quelque façon à fuir ce lieu ? Car je suis prête à faire Serment Loyal d'Amitié de t'aider autant que je le peux...

— Et qui a besoin de ta sale Aide, Catin ! Mon Homme viendra me chercher. Je n'ai que faire de l'Amitié d'une Putain vérolée !

Sur quoi, elle se hâta de quitter ma Chambre.

— Kate, appelai-je. Il n'y a pas Ame vivante qui n'ait besoin d'Amitié de temps à autre !

Mais elle ne se retourna que pour ricaner, puis dégringola l'escalier. O elle était de celles qui prennent à Tort l'Amitié pour de la Pitié et sont incapables d'accepter aucune Aide, de peur de paraître faibles ! Les Failles de sa Nature, plus encore que les miennes, je le craignais, pouvaient faire ma Perte. Car tel est souvent le Cas, en ce Monde Imparfait, que les Forts sont renversés par les Faibles, que les plus Robustes sont abattus par l'Envie des plus Frêles, et que mainte Puissante Forteresse, que le canon ne pouvait entamer, a été défaite par les Humbles Termites, qui accomplissaient régulièrement et invisiblement leur œuvre de Destruction.

Je redoutais à présent l'Inimitié de Kate, autant que m'avait effrayée précédemment l'Appétit Satanique de Lord Bellars (et le Désir qu'il suscitait en Retour en moi). Mais je n'avais guère le temps de m'attarder à Kate et à sa Jalousie; car il me fallait présentement faire mes Préparatifs pour l'Arrivée de Calotte; et puis, j'avais aussi Besoin, derrière la porte fermée à clé de ma Chambre, de régaler encore mes yeux affamés de la magnifique Lettre de Lancelot, jusqu'à ce que j'en eusse gravé au fer le Fatidique Contenu dans mon Cœur.

Chapitre XII

D'un incident relevant plus de la tragédie que de la Comédie, et dont la Portée n'apparaîtra peut-être que de nombreuses Années plus tard, bien qu'il n'en change pas moins Profondément le Destin de notre Héroïne.

LE LENDEMAIN, je m'éveillai, tous Préparatifs achevés pour mon Départ avec Calotte. Mes Vêtements étaient disposés sur un Siège; mes quelques Objets précieux, ensevelis dans mes poches. Chapeau, perruque de Cavalier, bottes — tout y était.

Je bondis hors du lit et courus à la fenêtre : il faisait gris et pluvieux sur Londres, presque aussi froid en Septembre qu'à la Noël — bref, un jour d'Automne Londonien qui vous glace jusqu'à la Moelle des os.

Je restai à regarder la pluie former des petites rivières d'ordures dans la Rue en bas — Rivières qui charriaient toutes Espèces d'immondices, des pelures d'oranges aux excréments Humains, des petits chats noyés aux débris de verre. Me sachant enceinte, mes Sentiments pour les Animaux, déjà tout-puissants auparavant, étaient devenus intolérablement forts; si bien que, au Spectacle d'un chaton noyé ou d'un chien mourant de Faim, mon Cœur semblait chavirer dans ma Poitrine et mes yeux ruisselaient de larmes de Pitié pour toutes les Bêtes de ce monde. C'était donc le Cœur serré que je regardais les gouttières inonder de leurs cascades les Piétons imprévoyants, qui couraient en rasant les murs ou qui, si un Coudoiement les en écartait, se couvraient la tête du mieux qu'ils pouvaient avec un pan de leur manteau (car, en ce temps-là, nul Homme n'eût usé d'un parapluie huilé, de Peur de passer pour une Femmelette. Mieux valait être trempé !).

Quel misérable jour pour une Évasion à Cheval ! Mais, assurément, le Projet était trop grand pour se laisser arrêter par un Caprice du Climat. Je plongeai la main une fois de plus dans mon Sein pour en extraire la Lettre de Lancelot et la relire encore (car j'avais dormi en la gardant en Sécurité sous ma chemise). Las ! Plus de Lettre !

La Panique s'empara de mon Cœur. Je courus jusqu'au lit, fouillai sous les Oreillers, les couvertures, voire le matelas. Pas Trace de Lettre ! Je m'étais endormie, l'ayant toujours sur ma Personne, et la porte de ma Chambre fermée à clé; pourtant, elle était perdue ! Quelle main traîtresse l'avait dérobée ? Et quel Usage n'en ferait-on pas, peut-être, pour retenir ou dénoncer mon Lancelot ? O j'avais sous-estimé la Méchanceté de Kate ! Je l'avais crue trop lâche pour agir à mon Encontre; d'Évidence, je m'étais trompée. Pourquoi n'avais-je pas brûlé sur-le-champ la Missive, selon l'Ordre de Lancelot ? Le Désir de garder une simple Lettre d'Amour allait-il me priver de l'Amour lui-même ? O Cruelle Ironie !

Je cherchai la clé de ma Chambre (que je portais, ces derniers temps, à une chaîne et au cou). A mon Étonnement, la clé aussi s'était évanouie, et la porte était solidement verrouillée de l'Extérieur. Je la secouai violemment, mi-incrédule, mi-furieuse, car je me refusais encore à me fier à mes Sens, en ce Malencontre. Pouvait-on me retenir Prisonnière en un jour aussi fatidique ? Je martelai la porte de mes poings, avec une Rage farouche, tout en doutant que personne vînt jamais à ma Rescousse. Le Coup avait été trop bien perpétré pour que l'on y pût remédier en tambourinant des poings. Je courus aux fenêtres donnant sur la Rue, pensant m'échapper par là, à défaut de la porte. Mais les croisées étaient, je m'en souvenais maintenant — collées par la peinture ! Que de fois je ne m'étais pas dit d'en faire gratter les fermetures en remettant toujours au lendemain ! Et voilà que tous mes Efforts pour les forcer se révélaient vains !

Allons, Fanny, pensai-je, comment les misérables murs d'une Prison pourraient-ils te détenir, quand ton Esprit a arrêté d'unir ton Destin à celui de Lancelot ? Et, me contenant, je m'assis sur le lit pour réfléchir. Sois calme, conseillai-je à mon Cœur tumultueux. Sois serein, ordonnai-je à mon Esprit désordonné; la Panique n'a jamais triomphé d'une Prison; la Réflexion tranquille et lente y parviendra peut-être.

Mais mes Pensées se bousculaient. Je songeais au Brick de Lancelot, ancré au large de l'Ile de Wight, se balançant tous Pavillons dehors, en attendant de m'emporter vers mon Destin. Je songeais à la Prophétie des Sorcières : « Fille naîtra de toi, qui passera les Mers. » Elle semblait présager mon Évasion, malgré tous les Obstacles.

Je songeais aux Joyaux et aux Promesses de Bellars; à la tragique Mort d'Isobel et de Joan; et, pour finir, à la Confiance totale qu'avait Horatio que moi, et moi seule, pourrais convaincre Lancelot d'écarter de son Esprit l'Idée de se rendre aux Colonies, où notre Malheureux Ami serait constamment en Péril, en tant qu'Esclave Fugitif.

Quelle Triste Opinion Horatio aurait-il de moi, si je n'apparaissais pas comme promis ? Et Lancelot n'irait-il pas croire que je repoussais son Amour ? Pourquoi n'avais-je pas brûlé cette Lettre ? Était-ce Bellars que je voulais, et le Ver affamé de ce Désir rongeait-il mon Cœur ? Une Partie de moi se refusait-elle à s'en aller voguer sur les Mers, sans avoir posé les yeux sur cet Homme une fois de plus ? Étais-je toujours déchirée entre la Passion et l'Honneur, entre les Embrasements de la Chair et la Tendresse de l'Amitié ? Ou étais-je encore trop Innocente du Mal pour n'avoir pas eu la Prudence de me garder de la Jalousie de Kate ?

Telles étaient les Pensées qui bataillaient furieusement dans mon Esprit, cependant que, assise sur mon lit, je me demandais quand John Calotte viendrait me chercher et comment je pourrais lui faire connaître mon Emprisonnement, mon Amour pour Lancelot, mon Acceptation de fuir avec lui et de tenir Parole à tous les Joyeux Compagnons ?

Je me relevai et passai mon costume d'Homme, me refusant à croire que je ne trouverais pas un Moyen de sortir de cette Geôle ignoble et injuste. Mais, vêtue, je ne pus que contempler less gouttes de pluie qui se poursuivaient les unes les autres sur les vitres, tout en continuant à me demander quand se présenterait mon Bon Ami Calotte.

Il régnait un Calme et une Immobilité de Mort dans la Maison. Pas un Bruit, pas un Mouvement de la Coxtart ni des Filles. Étrange, oui, très-étrange, en Vérité. Où avaient-elles pu passer ? Quelle Ruse avait pu déployer Kate pour m'enfermer ainsi sans Espoir, car je ne doutais pas que ce ne fût elle la Coupable, l'Auteur de ce Plan Diabolique, le Serpent de ce Jardin Pourri du Mal.

Je me battis de nouveau avec la fenêtre; elle ne voulait pas bouger d'un pouce. Je courus jusqu'au cordon de sonnette et le tirai violemment à deux mains; il me resta entre les doigts. La Chambre entière avait été manigancée pour déjouer mes Plans ! O Vilenie ! O Confiance mal placée ! Je pressai mon nez contre la vitre rayée de pluie, résolue à demeurer là sans bouger en attendant l'Apparition de Calotte, puis à faire alors tant de Bruit qu'il ne manquerait pas de m'entendre, malgré le Vacarme des voix et le Fracas des voitures dans la Rue ruisselante d'eau. Entre-temps, je trouverais bien un Moyen de forcer la fenêtre, me jurai-je. Je montai donc la Garde là, toute prête au Grand Voyage, tandis que la pluie trempait les Piétons, fouettait Chaises, Charrettes et Carrosses, et que montait vers le ciel un Tintamarre qui aurait très bien pu être l'Écho même de ma Détresse.

Combien de temps attendis-je ? Les minutes, les heures perdaient tout Sens, cependant que je luttais avec la fenêtre, puis m'arrêtais pour souffler, puis recommençais, m'arrêtais de nouveau. Je surveillais les Passants dans la Rue, d'un œil scrutateur. Chaque fois que j'apercevais un Homme gros et court ou portant barbe noire, le Cœur me manquait. L'on m'eût dite en Proie à une Folle Passion; je me mourais de ne pas voir surgir la silhouette trapue de Calotte et son visage comique, comme si c'eût été lui mon Amant, au lieu de Lancelot.

La pluie se renforça, puis ralentit un peu, puis repartit de plus belle. L'Humidité pénétrait jusque dans ma Chambre, où aucun feu ne brûlait dans l'âtre, par cette misérable et glaciale journée. De froid, je me frictionnais les mains l'une contre l'autre, tout en pressant mon nez gelé contre la vitre. Maintes fois, près de pleurer sur mon Triste Sort, je me retins en me remontant sévèrement que perdre l'Espoir était la plus grande de toutes les Défaites et que, si je parvenais à garder ne fût-ce que la Foi en mon Salut Final, alors celui-ci surviendrait miraculeusement.

Enfin, je vis une silhouette courte et trapue, en surtout vert, se hâter dans la Rue, tenant en main une belle Jument Arabe, noire comme l'ébène. Cette sorte de Gnome marchait tête baissée et, son chapeau étant planté droit dessus, je ne pouvais distinguer ses Traits; mais, à l'Allure et à la Tournure, j'étais certaine qu'il s'agissait du Bon John. Donc la Rébellion était un Succès ! Car si Calotte avait quitté l'Enceinte de la Prison, peut-être pouvait-on présumer à coup sûr que Lancelot et les autres en avaient fait autant. En ce moment même, ils se hâtaient sans nul Doute vers notre Point de Ralliement. Mon Cœur bondit de Joie; j'aurais voulu crier : « Vive Calotte ! Vive Lancelot ! Vive Horatio ! » L'espace d'un instant, je faillis oublier que j'étais moi-même Prisonnière.

Calotte s'approcha de la Maison de la Coxtart, regarda derrière lui pour vérifier s'il n'était pas suivi. Le temps qu'il sonnât à la porte, je le perdis momentanément de Vue. Puis il recula pour attendre. Une Forme Féminine, sous un long manteau, sortit et lui parla. Elle devait guetter depuis longtemps, car, au lieu de le prier d'entrer, elle le rejoignit dans la Rue. O Trahison ! C'était Kate.

Tout d'abord, tous deux me présentèrent le dos; mais, peu à peu, ils se retournèrent et, cette fois, je pus voir le visage de Calotte. Comme il levait les yeux vers la Maison, je cognai furieusement des poings à la vitre. Las ! Il ne pouvait ni m'entendre ni me voir. Kate, cependant, lui parlait à l'oreille et, tout soudain, John prit un Air troublé, sa moustache sembla s'attrister et sa bouche se mit à trembler, comme s'il allait pleurer. Vivement, je m'élançai vers le lit, arrachai

307

les draps et entrepris de les nouer ensemble dans l'Espoir de m'en faire une sorte de corde pour m'évader. Comment n'y avais-je pas pensé plus tôt ? Je retournai en courant à la fenêtre, d'où je pus voir Calotte commencer à s'en aller lugubrement. Dans une Explosion de Rage contre Kate et d'Angoisse devant les larmes Mélancoliques du Bon John, je fis voler un carreau sous mon poing, m'entaillant du même coup le poignet, si sévèrement qu'un flot du sang le plus vif et le plus rouge jaillit.

– Calotte ! Calotte ! criai-je.

Mais il ne pouvait m'entendre. Du poing gauche, je brisai un autre carreau, sans cesser de crier en appelant John. En vain ! Et l'ouverture ainsi faite dans la fenêtre était trop étroite pour me permettre de m'y faufiler. O la Tempête de larmes et de Rage qui me secoua ! Sans me soucier du sang qui giclait ni de la Douleur qui me tenaillait les mains, je continuai de marteler la fenêtre de mes poings tout en appelant Calotte, qui, maintenant, s'éloignait de plus en plus.

Je courus à la table de chevet et me saisis d'un chandelier de cuivre, avec quoi je revins cogner les Vitres jusqu'à ce qu'elles fussent toutes brisées. Sur quoi, j'entrepris la Tâche, plus difficile encore, de fracasser le bois pour me ménager un passage. Mais comment assurer le drap, de façon qu'il ne tombât pas en me dépêchant au Ciel, du même coup ? J'avais compté sans ce Problème. Fallait-il oublier le drap, ramper dehors sur le rebord de la fenêtre, dans l'Espoir que Calotte m'apercevrait enfin ? Il y avait loin jusqu'au sol; pourtant, si je parvenais à me laisser glisser un peu le long du drap, peut-être ensuite pourrais-je sauter — bien que, de cette Hauteur, la Chute pût être, en Vérité, Fatale.

Au même instant, j'aperçus un crochet de levage, à deux bons pieds au-dessus de l'encadrement de la fenêtre. Si je pouvais grimper sur le rebord mouillé et fixer à ce crochet mon drap noué, peut-être réussirais-je à descendre un peu et à parvenir suffisamment près de la Rue pour assurer mon saut jusqu'en bas. Prudemment, priant la Déesse des Cieux, je posai le pied sur le rebord glissant. De ma main ensanglantée, j'étreignis le chambranle (en mettant toute ma Volonté à éviter de regarder au-dessous de moi); en même temps, ma main valide s'efforçait d'attacher le drap au crochet. La Manœuvre réclamait les deux mains; mais le rebord était lisse comme Verre et je n'osais lâcher prise. D'autre Part et après tout, qu'était la Mort, comparée à la Perte de Lancelot ? Je desserrai mon Étreinte sur le chambranle et tendis précautionneusement le bras pour atteindre le crochet, auquel je liai le drap. Puis, priant la Déesse que le métal supportât mon poids, je me cramponnai des deux mains à ma corde improvisée et me laissai glisser vers la Liberté !

O le drap remplit d'abord son Office, à cela près qu'il était beaucoup trop court et qu'il me restait un grand saut à faire. Mais quel autre Choix avais-je, pendillant aussi précairement en l'air ? Je pris mon Courage à pleines dents et me lâchai. Je tombai alors dans la Rue, en essayant de rouler pour amortir la chute. Mais j'atterris, hélas ! si lourdement sur un seul pied que je le meurtris atrocement. Un instant, la Douleur me paralysa totalement. Néanmoins, je ne tardai pas à me relever tant bien que mal et à boitiller dans la Direction qu'avait prise Calotte. Je me traînai à Force de Volonté et d'Opiniâtreté pures, car mon poignet saignait de plus en plus et mon pied enflait déjà dans ma botte, rendant la Souffrance presque intolérable. Comment je l'endurai tout en avançant en trébuchant sous la Pluie, je ne saurais le dire. Je me souviens seulement que je pensais à Lancelot qui m'attendait, à la Détresse d'Horatio lorsqu'il se croirait trahi, et à la Tristesse de mon Bon Ami John, si évidente sur son visage aimant.

Je devais délirer vraiment, car je ne me rappelle que mes cris de « Calotte ! Calotte ! » juste avant que, me prenant le pied dans un trou boueux, je donnasse par hasard du crâne contre un poteau.

Ce qui se passa ensuite, je l'ignore pareillement, car j'étais aussi sourde au Monde Extérieur que le poteau qui m'avait ébranlé la Cervelle. Je rêvai que j'étais à bord d'un beau Brick, ancré près de l'Ile de Wight, et que j'étais entièrement vêtue en Pirate : culotte faite de pièces de velours multicolores, redingote et gilet de velours aussi, et Formidable Sabre d'Abordage étincelant que je maniais contre l'Ennemi avec toute la Dextérité d'un Homme. Je grimpais au Gréement comme un Matelot Expérimenté, puis me logeais dans le Nid-de-Pie, très haut au-dessus des Flots, pour surveiller la Mer, scintillante des Mille Feux du Soleil, tandis que les Hommes sur le Pont, en bas, avaient tout l'Air de Figurines de plomb pour Enfants. Puis Lancelot était à côté de moi, me baisant le visage et le cou, me remerciant d'avoir eu Foi en lui et me promettant que, avant longtemps, nous trouverions un Havre de Sécurité pour notre Jérusalem Nouvelle. Dans ce Rêve, tout était Paix, Joie, Tranquillité. Mon Cœur était inondé de Lumière, et j'étais sûre que tout irait bien pour moi dans la Suite. C'était le genre de Songe que l'on a quand la Chance est au plus bas et que l'on désire se rassurer avec la Pensée que tout n'est pas perdu.

Mais, ô que de Désillusions créent nos Rêves ! Car, lorsque je m'éveillai, je me retrouvai dans mon lit familier, chez la Coxtart, avec l'abominable visage de celle-ci, et non les adorables Traits de Lancelot penchés sur moi. Et tout mon Univers m'apparut soudain aussi noir que l'Enfer. Je pleurai et gémis dans les bras de la Coxtart. Jamais Fille n'eut Garde-malade si étrange, ni Mère si bizarre !

— Allons, ma Fanny, me dit-elle. Pourquoi pleurer, quand tu tiens sous ton Charme un Bel Admirateur ? Eh quoi ! Lord Bellars lui-même est passé une douzaine de fois plutôt qu'une... et rien qu'en ces trois derniers jours ! Ma Parole, tu n'as guère de Raisons de pleurer, quand un Gentilhomme du Rang de Lord Bellars perd ainsi la tête d'Inquiétude pour ta Jolie Personne !

— Lancelot ! Lancelot ! criai-je au milieu des Tempêtes de larmes.

— Qui est ce Lancelot, je te prie ? Serait-ce le Petit Nom de Milord Bellars ? J'en doute, car l'on m'a dit que c'est Laurence. A moins que peut-être Lancelot ne soit le Surnom de Tendresse que tu lui donnes au Lit !

O que de larmes amères je versai, tant sur l'Incompréhension de la Coxtart devant mon Triste Sort que sur la Terrible Nouvelle que trois jours pleins avaient passé et qu'il était trop tard pour rejoindre l'Ile de Wight.

— Fanny, me dit la Coxtart, j'ai envers toi une Immense Dette de Gratitude pour tous tes Vaillants Efforts afin d'empêcher la Fuite de Kate. Car la Catin a pris la Poudre d'Escampette, et je ne doute pas que toute ta Bataille avec cette fenêtre n'ait été qu'une très-courageuse Tentative pour arrêter la Garce. Car vraiment, elle nous a toutes bernées. Elle nous a fait courir avec la Nouvelle d'une Grande Vente aux Enchères au Marché Royal des Changes, qui s'est révélée fausse. A mon Retour, j'ai trouvé la Garce envolée — avec toute ma Vaisselle d'Argent, qui plus est ! — et toi qui saignais dans la Rue, où tu étais tombée par Loyauté à mon Égard... Au fait, j'oubliais ! un Jeune Gaillard est passé, le soir même de ton Initiation de Nonne, en s'enquérant de toi... quelqu'un du Wiltshire... un Jeune Hobereau mal dégrossi qui se disait Héritier d'un Grand Domaine. Je lui eusse fermé la porte au nez, si Kate — cette Fille ! — n'avait insisté pour s'occuper de lui; et j'imagine que c'est en effet avec *lui* qu'elle s'est enfuie. Mais n'aie Crainte : nous verrons la Catin pendue, je gage. Ah ! quelle satisfaction j'aurai d'entendre craquer son cou, la Sotte, et de la voir se balancer à Tyburn.

Je me contentai de gémir et de me lamenter au Sujet de Lancelot et ne répondis pas. Mais les Visions se succédaient dans mon Esprit. Se pouvait-il que Daniel fût venu à ma Recherche, pour fixer ensuite son Choix sur Kate ? Non, me disais-je; la Coxtart devait être folle. Kate avait sans nul doute volé l'Argenterie, puis disparu; ou peut-être son mystérieux Commerçant était-il venu enfin la chercher. De toute façon, que m'importait le Sort de Kate, quand Lancelot n'était plus là !

Oublieuse de ma Détresse, la Coxtart poursuivait son Bavardage :

— Et sache encore ceci : pendant que tu dormais, Londres a vécu le plus grand Tumulte qu'il ait jamais connu depuis l'Entrée du Roi George dans sa Bonne Ville. Car une Mutinerie a éclaté à la Prison de Newgate; plus d'une vingtaine de Ruffians et d'une quarantaine de Prisonniers pour Dettes ont maîtrisé les Gardes et se sont enfuis à Cheval. On raconte qu'ils avaient des Complices à l'Extérieur de la Prison, qui leur ont fourni les Montures pour leur Évasion — des Chevaux volés, je gage. La Ville entière ne parle de rien d'autre, depuis trois jours !

Cette Nouvelle me rendit d'un coup tous mes Esprits.

— Et qu'est-il advenu des Mutins ? demandai-je la voix rauque de n'avoir parlé que pour délirer durant ces mêmes trois jours.

— Lis toi-même, répondit la Coxtart. Je dois avoir quelque part le *Daily Courant*.

Elle le chercha sur l'Écritoire, mais, ne le retrouvant pas, reprit :

— Non, non, il n'est pas ici, mais je te le remonterai du Salon.

Elle se hâtait déjà vers la Porte, lorsque je lui demandai :

— S'il vous plaît, Mère Coxtart, dites-moi : ai-je des os brisés ? Boiterai-je à jamais ?

— J'ai craint cela, moi aussi, répondit-elle, pour ma très-chère et bien-aimée Fanny. Mais ce n'était rien de plus qu'une Entorse à la Cheville, bien que ta jambe ait enflé au Point que nous avons dû fendre ta botte pour la retirer. Quelle Intelligence, d'avoir poursuivi cette Catin de Kate en te déguisant en Homme. Mais, n'aie Peur, je te dis que nous la verrons bientôt pendue. Certainement, Fanny, même si tu ne t'étais pas heurté le crâne et ébranlé la cervelle au point de voir les Anges, cette Entorse aurait suffi à t'arrêter... sans parler du sang qui ruisselait de ton poignet. Ma Parole, tu n'eusses pas mieux fait si tu avais voulu te suicider ! Bon, je vais te chercher du thé et le *Daily Courant*. Je parie que je te ramènerai aussi des lettres de ton Bel Admirateur.

Elle s'en fut, tout affairée, pleine d'Amour contrefait pour moi, maintenant qu'elle voyait une Source de Profit supplémentaire dans l'Engouement de Lord Bellars. Et je restai seule au lit, à me lamenter d'Angoisse. Je me rappelais mes Rêves de Paix et de Bonheur, et comme je les avais quittés pour m'éveiller à ce Cauchemar. Je maudissais mon Sort qui me faisait encore plus Orpheline. Serais-je donc toujours une Proscrite, condamnée à errer par le Monde, à la Recherche de ma Tribu Natale, et ne la retrouvant brièvement que pour être bannie de nouveau ? Mes Gémissements venaient plus de la Peine qui me déchirait le Cœur que de la Douleur dans mon pied et mon poignet. O que n'étais-je morte, puisque j'étais privée de Lancelot ! Je pleurais, trempant de mes larmes amères les draps.

La Coxtart revint bientôt, débordante de Gaieté et d'Animation, pour installer devant moi un plateau avec du thé et toute Espèce de petits pains au lait ou aux raisins, de grillettes, de beurre et de fromages.

— Allons, maintenant, ma Fanny, sèche tes larmes. Lord Bellars te fera bientôt Visite, dit la Vieille Renarde avec un sourire de chat qui torture un serin des Canaries.

Cette Nouvelle sema une autre Alarme dans mon Cœur. Plus que jamais, il ne fallait pas que Lord Bellars vît mon visage ! Car, certainement, s'il découvrait que j'étais sa Fille Adoptive, il aurait tôt fait de se lasser de moi.

— S'il vous plaît, Mère Coxtart, il convient d'écarter d'ici Lord Bellars jusqu'à ce que je sois remise. Je ne veux pas qu'il me voie dans cette Détresse. Hé quoi ! la Coquetterie et la seule Prudence ne dictent-elles pas qu'il ne me découvre jamais dans cet État ? Je lui ai déjà fait tenir Message d'attendre la prochaine Redoute Costumée au King's Theatre et de ne pas me revoir avant cela. Pensez-vous que j'aie gagné la Fidélité passionnée d'un Roué aussi notoire en lui ouvrant ma Porte à toute heure ? Nenni, Mère Coxtart; il paiera d'autant mieux mes Services qu'il sera forcé d'attendre.

— Que d'Habileté ! dit la Coxtart, les yeux luisants de Cupidité. Soit donc, je tiendrai le Loup à Distance. Mais note bien tout de même que tu as là des Lettres.

Sur quoi, elle ne me tend pas moins de quatre Missives au Sceau de Lord Bellars. Puis, tirant de son tablier un exemplaire quelque peu froissé et déchiré d'une Gazette, elle l'étale sous mes yeux et, avec maints Baisers et Caresses hypocrites (qui me soulèvent le Cœur), elle prend congé de moi. Je mets de côté les Lettres d'Amour, sans la moindre Hésitation, pour me jeter avidement sur le *Daily Courant,* avant même de toucher à mon Thé. Et j'y lis ces mots qui me transportent :

Londres, 24 Septembre.
L'on nous fait Part de ce qu'un Tumulte Majeur est survenu hier à la Prison de Newgate. Le Guichetier, voyant des Prisonniers entamer une Rixe, dépêcha des Gardes avec Mission de réclamer un Parti de Mousquetaires pour y mettre Bon Ordre; sur quoi, s'éleva ledit Tumulte, au cours duquel sept Hommes trouvèrent la Mort et un nombre égal de Soldats furent blessés; Circonstances qui n'empêchèrent pas, en outre, plus de quarante Prisonniers de s'évader à Cheval, sans nul Doute grâce à l'Aide de Complicités extérieures. Une Commission de Conseillers a été formée pour enquêter sur ce Désordre, et le Directeur de la Prison a reçu Instruction d'avoir à redoubler de vigilance à l'Avenir.

Ainsi la Rebellion n'avait pas échoué ! Toutefois, qui étaient les sept Hommes tués ! Lancelot en était-il ? Et les autres s'étaient-ils tous véritablement évadés jusqu'à l'Ile de Wight ? Sur ce Point, la Gazette gardait un Silence angoissant. N'y avait-il pas d'autre Rapport, pas d'autre Nouvelle ? Hélas, le Journal était infiniment plus prolixe sur le Sujet des Chiens Perdus, des Femmes Coupables et des Lotions pour le Visage. Car, dans cette même feuille, je lus :

Perdu, ce 24 Septembre 1724, entre Saint James' Square et la Vieille Cour du Palais, un Petit Chien, Croisement de Lévrier et de Chien de Berger, de Couleur brun-jaune. Il a été ramassé par un Individu de mauvaise Mine, Voleur de Chiens notoire, qui l'a entraîné, après lui avoir passé au cou une cordelette bleue, vers York Building. Il répond au Nom de Bugg et sait sauter par-dessus un Bâton. Quiconque le ramènera à la Porte à Côté de la Grande Maison de Dean's Yard, touchera une Récompense de Deux Schillings.

N.B. Il ne rapportera jamais un Sou Vaillant à ceux qui le retiennent, ses Marques Distinctives étant trop bien connues.

Manifestement, un Chien Perdu était digne d'un Rapport plus précis qu'une Mutinerie de Prison. Et de même, les Femmes en Fuite. Témoin ceci :

Attendu que Dame Eliza Penny (Épouse de Sir James Penny, de York Place dans le Comté de Surrey, Baronnet; et Fille de Feu Samuel Snellgrove, de Deptford dans le Comté de Kent, Charpentier de Navires), âgée de vingt-trois Ans ou environ, s'est enfuie de la Demeure de son Époux, sans aucune Raison, et s'emploie à le couvrir de Dettes en prenant à Crédit des Marchandises chez des Commerçants et autres; Ledit Époux, en Honnête Intention et afin que tous Commerçants et autres ne s'en laissent pas imposer : Fait ici connaître ladite Désertion du Domicile Conjugal, et publie qu'il ne paiera aucune Dette contractée par la Dame. Cet Avis est, en outre, destiné à prévenir tout un chacun de ne point lui faire Confiance; Et afin que Personne ne se laisse abuser par elle sous aucun Faux Nom à l'Avenir, que chacun soit ici avisé qu'elle est Femme de Petite Taille et qu'elle a les Cheveux châtains, les Yeux grand et gris, les Sourcils larges et le visage rond, la Complexion pâle, et une petite Cicatrice en forme de Croissant de Lune au Milieu du Front, ainsi que la Langue très-volubile et trompeuse.

Pauvre Nation Anglaise, qui a toujours accordé plus de Prix aux Chiens qu'aux Épouses ! Je ne doutai pas qu'Eliza Penny eût de bonnes Raisons de quitter son « dit Époux », et du Fond du Cœur, je lui souhaitais Bonne Chance. Et tout de même à Lancelot, bien que je ne susse pas s'il était mort ou vif. O maudite la Sotte Gazette, qui donnait plus de Place aux Avis d'Adjuvants de Beauté qu'aux Nouvelles d'une Mutinerie à la Prison de Newgate ! Car, moi-même, laissant errer mon Regard jusqu'au bas de la Page, en Dépit de ma Détresse et de mon Angoisse, ne permettais-je pas à mon œil de s'attarder sur les futiles Notices vantant des Adjuvants de Beauté, dont j'avais déjà employé un certain nombre :

La Fameuse Liqueur Rouge de Bavière, laquelle donne une si Délicieuse Carnation Rose aux Joues de celles qui sont Blanches ou Pâles, que l'on ne la peut distinguer d'une Complexion naturellement belle, pas plus qu'aucune Amie très-proche ne peut en percevoir l'Artifice. N'est en rien un Fard, ni ne peut causer le moindre Mal, mais est bonne, en plus d'un Cas, à ingérer. Elle rend le Visage délicieusement gracieux et beau; n'est point sujette à disparaître par frottement, à la Différence du Fard, et donc ne peut être décelée par les Amies les plus proches. C'est certainement le Produit Embellissant le Meilleur du Monde; Il n'est vendu qu'à la Boutique de Colifichets de M. Payn, à l'Enseigne de l'Ange et de la Couronne, au Cimetière Saint-Paul, près Cheapside, pour le Prix de 3 Shillings et 6 Pence le Flacon, avec Mode d'Emploi.

Maintenant que j'avais perdu Lancelot avec tous mes Rêves de Liberté, allais-je me vouer entièrement à une Existence de Catin peinte et fardée, et emplir ma vie, comme tant de Femmes, de ces Babioles ? Alors, mieux valait lire attentivement cette Gazette qui m'annonçait toute ma Carrière :

La Véritable Savonnette Chimique Royale pour la Beauté des Mains et de la Face, telle que l'a conçue l'Inventeur, sans Mercure ni rien de préjudiciable; largement expérimentée et hautement recommandée par tous ceux qui en usent, et ce afin de rendre la Peau si délicatement douce et lisse que ladite Savonnette ne se peut comparer à aucune Lotion ou Poudre, ni à aucun Cosmétique; et constituant en Vérité un Embellisseur réel de la Peau, en supprimant toutes Difformités, tels que Dartres, Herpès Tonsurant, Mortphée, Brûlures de Soleil, Teigne, Boutons, Marques ou Rougeurs de la Petite Vérole; et lui gardant une Extrême et Durable Blancheur. Elle a tôt fait de supprimer Rougeur et Rugosité des Mains, et est admirable pour se raser la Tête, n'assurant pas seulement un Fil Suprême au Rasoir, mais fortifiant de plus le Cerveau et les Nerfs, au Point de prévenir les Refroidissements; et a un Parfum agréable et plaisant. Elle est vendue depuis plus de vingt Années, à l'Angle de Pope's Head Alley, à Cornhill, tout contre le Marché Royal des Changes, et continue de l'être au même Endroit par M. Lambert, Gantier, ainsi qu'à la Boutique de Colifichets de Mme King, à Westminster Hamm. Prix : un Shilling pièce, avec Remise pour la Douzaine. Prendre garde aux Contrefaçons, lesquelles peuvent se révéler très préjudiciables.

Attention, certes, aux Contrefaçons ! La Liqueur Rouge de Bavière pouvait-elle guérir un Cœur Douloureux qui se dépérissait et lui rendre sa Vigueur Vermeille ? Une Savonnette Chimique Royale pouvait-elle effacer les Difformités de l'Ame ? Ah ! la Gazette n'avait pas de Réponse à cela. Mais que d'Annonces sur le Sujet des Parfums à Perruques !

L'Essence Royale pour les Cheveux de la Tête et les Perruques, qui est le plus délicat et charmant Parfum qui soit dans la Nature, et le plus apte du Monde à préserver les Cheveux; car elle conserve ceux des Perruques (plus longtemps que de Coutume), dans leur État bouclé, et empêche les Cheveux blonds de perdre leur Éclat ou de changer de Couleur; fait pousser dru les Cheveux du Crâne, renforce et affermit les Racines, et, très-efficacement, les empêche de tomber ou de fourcher à la Pointe; permet à la Poudre de tenir sur toute la Chevelure plus longtemps qu'elle ne le ferait possiblement par l'Emploi de tout autre Produit. Grâce à son Odeur et à sa Fragrance incomparables, elle revigore le Cerveau, ravive les Esprits, stimule la Mémoire et égaie le Cœur; ne donne jamais de Vapeurs aux Dames, et Caetera, étant particulièrement dénuée de (et généreusement plus délicieuse et plaisante que) Musc, Civette, et Caetera; et constitue, en Vérité, une Incomparable Quintessence pour la Poche, qui parfume les Mouchoirs, et Caetera, excellemment. Se trouve uniquement chez M. Renard, Boutique de Bimbeloterie à l'Enseigne des Élèves des Écoles de l'Hôpital du Christ, près Pope's Head Alley, contre le Marché Royal des Changes, à Cornhill; en Flacon Scellé, moyennant 2 Shillings et 6 Pence le Flacon, avec Mode d'Emploi.

O, M. Renard, certes j'avais Grand Besoin d'un peu de votre Art et de votre Astuce ! Car jamais mon cerveau n'avait autant manqué de Vigueur; ni ma Mémoire, de Stimulation; ni mes Esprits, de Vivacité; ni mon Cœur, de Gaieté. O qu'attendais-je donc pour courir aussitôt jusqu'à la Boutique de Bimbeloterie de M. Renard et pour me procurer son Essence Royale à activer les Esprits ? Qu'attendais-je pour couvrir mon Cœur souffrant de fards et de mouches; mon cerveau douloureux, de poudre parfumée à perruque; mon Ame attristée, de jupes et de paniers; ma Vaillance brisée, de passementeries d'Or et d'Argent ? Hélas ! Belinda, nous lisons les Gazettes en y cherchant les Nouvelles de la Vie et de la Mort, la Survie de nos Ames dans les Mondes à venir, les Retrouvailles avec nos Amours et nos Amants, et nous ne trouvons qu'Avis et Annonces vantant Babioles et Bimbelots, Adjuvants de Beauté et Parfums ! La Presse à Imprimer a peut-être un certain Pouvoir, mais elle est incapable de nous rendre les Amitiés perdues ni de cicatriser notre Cœur. Et quand nous cherchons dans les Nouvelles Réconfort et Consolation, on ne nous donne que Cosmétiques !

Mon thé était maintenant glacé, mes grillettes et mes petits pains froids comme cendre de la veille. Les repoussant, je froissai en boule la maudite Gazette et me repris à pleurer, comme s'il m'avait fallu déverser les larmes accumulées d'une Vie entière. O que mes pleurs amers n'étaient-ils les Flots salés m'emportant à bord du *Hazard* avec Lancelot ! Mais non, il était dit qu'il n'en serait rien. Le Sort tenait d'autres Tours en Réserve

Chapitre XIII

Qui contient une Comparaison particulièrement Édifiante entre la Vie & une Mascarade, ainsi que les Méditations de notre Héroïne sur la Maternité, & que le Curieux Marché qu'elle conclut avec le Diable, pour assurer la Bonne Venue au Monde de son Enfant.

QUAND vint la date de la Redoute Costumée du King's Theatre, j'avais presque recouvré mes Forces, bien que la Condition de mes Esprits ne fût guère meilleure qu'au jour de ma vaine Tentative d'Évasion. Néanmoins, je m'étais installée dans une Sorte de Résignation Fataliste à la Perte de Lancelot, et je savais qu'il me fallait désormais appliquer mes Pensées à pourvoir à la Naissance de mon Enfant, puisque, avant longtemps, mon État commencerait à être manifeste; il n'y avait pas une minute à perdre. Déjà, je pouvais observer un léger Épaississement de ma taille. O rien que le Monde pût remarquer — surtout lorsque je portais mon corps de jupe aussi étroitement lacé que le voulait alors la Mode. Mais c'était un Avertissement. Je ne pouvais plus m'attarder aux Regrets ni à l'Indécision. Je devais décider quel meilleur Parti tirer de ma Destinée.

Je me languissais, il est vrai, de la Perte de Lancelot et des Joyeux Compagnons; mais j'étais aussi dans la plus grande Détresse de la sotte Candeur avec laquelle je m'étais fiée à Kate. Car, dans les jours qui suivirent sa Fuite, je découvris qu'elle m'avait volé divers Articles — Menues Choses dans l'ensemble : un Éventail peint, une boîte à mouches, une paire de pantoufles de soie verte à talons rouges, ainsi que divers cosmétiques et rubans, et qu'un chapeau de paille

317

crème à rubans rose pâle. Je me maudissais de m'être si peu méfiée d'elle ; car, eussé-je été plus prudente et avisée, que je me fusse probablement trouvée à cette heure à bord du fin Brick *Le Hazard*, en compagnie de mon Bien-aimé Lancelot. Mais j'avais sous-estimé les Pouvoirs Jumeaux de l'Envie et de la Haine. Comme l'Envie n'était pas ma Passion Dominante, j'avais Peine à la comprendre entièrement chez les autres.

Certes, j'avais moi-même ressenti les Élancements de l'Envie (comme toue Ame Mortelle) ; mais, toujours, il m'avait semblé reconnaître que toutes les Destinées diverses de l'Espèce Humaine ont leurs Peines propres aussi bien que leurs Plaisirs particuliers ; même le plus Noble Seigneur, qui n'est jamais dans le Besoin d'Argent, peut être tourmenté par la Goutte ou ravagé par la Perte d'un Amour, et ressentir ses Souffrances aussi vivement que le Pauvre Mendiant imbibé de Gin. O Lancelot avait Raison ! Il y avait trop peu d'Égalité entre le Prisonnier pour Dettes et le Seigneur ; la Femme et l'Homme ; l'Homme Noir et l'Homme Blanc. Mais, à la Vérité, c'était Bénédiction de Dieu pour moi que, tout en voyant très clairement ces Iniquités, je n'en susse pas moins que toute Position a ses Misères singulières ; et ainsi ne m'imaginais-je pas que de changer de Place avec une autre Ame m'eût délivrée de toute Peine. Souvent, j'avais regretté de ne pas être née Homme ; il était transparent comme le cristal que le Lot de l'Homme est plus aisé que celui de la Femme. En même temps, j'avais le Sentiment d'un certain et magnifique Défi, d'avoir à faire mon Chemin étant née Femme, et, donc, malgré tous les Obstacles mis là par l'Homme pour me faire trébucher !

Mais Kate était acide, calculatrice, méchante, envieuse, avide et blessée au Cœur. Elle se figurait que, me prenant quelques Objets, elle allait améliorer son propre Sort. Peut-être son Commerçant d'Amant l'avait-il déçue, finalement, et essayait-elle d'adoucir son Chagrin en m'empêchant d'aller rejoindre mon Amour. Comment eût-elle pu se douter que c'était Lancelot le Proscrit que j'aspirais à revoir, alors que les Joyaux de Bellars avaient pour moi aussi peu de Valeur que des verroteries ?

Et cependant, avec le Souci d'un Enfant à naître, et sans Lancelot ni les Joyeux Compagnons, je ne pouvais désormais me permettre de mépriser les vils bijoux de Lord Bellars. Au contraire, il me fallait étudier les moyens de contraindre Milord à payer sa Dette à son propre Enfant, sans pour autant dévoiler mon véritable visage. C'était là un Dilemme — et quel !

Quand vint le jour du Bal Costumé, j'envoyai la Coxtart chez White, le Chocolatier, pour y acheter mon Billet d'Entrée, et lui donnai également mes Instructions pour me procurer l'Accoutrement de Nonne Espagnole le plus seyant que l'on pût trouver dans tout

Londres. Il est juste de dire que le Bordel avait une Collection de Costumes de Mascarade rivalisant avec celle de n'importe quelle Couturière ou Marchande de Modes de la Ville. Car c'était souvent le Désir des Hommes de prendre Plaisir à leur Catin sous quelque curieux Déguisement qui éveillât des Imaginations Voluptueuses dans leur Cervelle. Par conséquent, le costume que je cherchais se trouvait sûrement dans la Réserve de la Coxtart — et, certes, il serait séduisant ! Ah ! Belinda, c'est l'un des Paradoxes de l'Esprit de Luxure que la Pudeur délibérée de l'Habit Religieux suscite plus de Visions lascives que la Nudité la plus absolue.

La Coxtart m'assista dans mes Préparatifs, fit quérir un beau Carrosse doré attelé à quatre, avec Valets en Livrée, tant elle rêvait que ma Bonne Fortune par l'Entremise de Lord Bellars devînt aussi la sienne; et elle entendait me préparer au mieux, en Vue de ces Réjouissances. Chaise et Porte-flambeau ne pouvaient suffire; il fallait Carrosse doré ! Quel Contraste avec le premier jour où elle avait insisté pour que nous partagions la seule et même Chaise.

Ainsi donc un Carrosse doré me conduisit-il au King's Theatre, dans le quartier de Haymarket, où, Nonne, j'allais me mettre en Quête de Satan ! Mais ô je n'avais guère envisagé qu'il y eût tant de Satans ! Car près de la Moitié des Galants que je voyais se prenaient pour le Prince des Ténèbres en Personne. D'aucuns portaient culotte de velours feu avec queue assortie; d'autres étaient des Diables Noirs; d'autres encore étincelaient de satin blanc, tel le Lucifer avant la Chute, du Poète Milton. Jamais je n'aurais cru la Tribu de Satan si nombreuse, si je n'avais vu de mes yeux cette Mascarade.

Je me mêlai à la Foule des Reines des Fées, des Quakers, des Dominos et des Petits-maîtres, des Arlequins et des Colombines, des Ramoneurs et des Écossais. Il y avait de curieux Doubles Masques, autant que de Masques Simples. Telle Dame qui présentait un devant Élizabéthain pivotait, et voilà que le dos était à la Mode du Jour ! Telle autre, Courtisane Vénitienne à l'envers, devenait Pacha Turc à l'endroit. La Courtisane avait les cheveux roux Titien et pendant en longues boucles, tandis que le Pacha portait turban de Velours Écarlate, incrusté de Pierreries; et, de fait, l'Ensemble de la coiffure était si habilement disposé que les plis du turban servaient aussi de bandeau à la Dame Vénitienne : selon que ce Masque présentait un côté ou l'autre, il changeait de Sexe, de Nationalité, de Rang, de tout ! Quelle Leçon sur les Inconstances de la Fortune ! Qui de nous n'est Pacha, puis Courtisane; Dame Élizabéthaine, puis Moderne Belle; Ange et ensuite Démon; Nonne et Rouée ! La Roue de la Fortune tourne, les Dés du Sort sont jetés, et, loin d'être choisi comme pour une Mascarade, notre Costume est fait à notre Mesure par les Parques. Quoi d'étonnant si nous les représentons le fil à la main ? Elles cousent le Vêtement de notre Vie; elles nous équipent pour la Grande Redoute, puis nous lancent comme des toupies sur le Parquet du Monde, pour que nous y trouvions le Bon Cavalier — ou le Mauvais.

J'errai donc dans la Foule, en Quête de ce Satan qui, entre tous ses Pareils, devait être plus spécialement le mien. Je croisai diverses Bandes d'Amis, tous attifés de façon que chaque Groupe constituât un Ensemble : il y avait un Chef Indien entouré de ses Squaws, un autre Pacha Turc avec son Harem, un Capitaine des Gardes avec tous ses Hommes. Plusieurs Masques m'abordèrent, me saluant et me priant à danser; mais je déclinai l'Offre, ne pensant qu'à Lord Bellars, et l'Esprit attaché à ce que j'avais à mener à bien de son Côté, le Cœur fermé aux petites Intrigues frivoles, résolue à m'en tenir par-dessus tout aux Impératifs Pratiques que commandait l'Amour de mon Enfant.

D'abord, je crus que je ne retrouverais jamais Lord Bellars. Et puis, l'instant suivant, je sentis que l'on me touchait l'épaule, tandis qu'une voix chuchotait :

— Ma Sœur ? Sœur Troussecottes ? Je ne désire rien tant que ton corps et ton Ame.

A quoi je répliquai, bas et sur le ton de l'Ironie, en affectant la même voix cagote :

— Et ne les désirerais-tu pas, que tu ne serais pas mon Satan.

— Merveilleux ! dit-il en me prenant la main.

O ce Parler Biblique aiguillonnait d'autant plus son Désir qu'il était Satan, et moi, Nonne.

Derrière nos masques, nous dansâmes la Danse Immémoriale des Amants, qui prélude au Lit. Que nous dansions le Menuet ou le Rigodon, ou que nos pieds volassent pour une gigue ou pour quelque Volte Campagnarde, chaque Pas nous rapprochait de l'inévitable Rencontre entre deux Draps, chaque Note Mélodieuse nous emportait plus près de finir la Nuit au Lit.

— Vraiment, tu m'as fait languir, me dit Lord Bellars, en me conduisant dans les Figures solennelles d'un Menuet.

— Milord, je ne suis le hochet d'aucun Homme, rétorquai-je.

— Du moins cela est-il clair, ma Sœur.

Nous dansâmes encore quelques minutes, puis il reprit :

— Hélas ! si Bijoux ni Lettres d'Amour ne peuvent t'émouvoir, que faut-il pour que fonde la Glace de ton Cœur ?

— Monsieur, c'est Féauté parfaite que je cherche.

— Et comment, je te prie, prouver telle Féauté ? J'ai déjà abjuré un vieil Amour pour toi, ma Sœur, et serais même trop heureux de t'épouser, si ma Foi n'était déjà donnée. Quelle plus grande Preuve d'Amour puis-je offrir ?

320

Je frissonnai un peu à cette Allusion au Mariage, car, au même instant, tournoya dans mon Esprit Mélancolique l'Image de Lady Bellars, ma Chère Mère Adoptive, parmi sa Ménagerie de Lymeworth; mais je me hâtai de bannir très-sévèrement cette Vision. Comment osais-je parler de Féauté, quand j'avais trahi ma Douce Mère Adoptive ? Et pourtant, je devais tenir bon, pour l'Amour de mon Enfant, sinon de moi. Las ! sera-t-il toujours dit que le Sort de la Femme est d'excuser toutes les Trahisons Humaines, pour l'Amour de cette Descendance qu'elle porte près de son Cœur ? Chargées que nous sommes de la Redoutable Tâche d'entretenir la Flamme Vive de la Race, nous autres Femmes, n'apportons en Cadeau rien de moins que la Vie même. Sans nous, plus de Couronnements de Rois, plus de Ministres pour suborner et espionner le Monde. Sans nous, fini la Tragédie, la Comédie, l'Épopée, l'Histoire ! Sans nous, plus de Médicastres emperruqués et engoncés pour disputer des Maladies; plus d'Astronomes aux yeux pleins d'Étoiles pour se jeter les Constellations à la Figure; plus d'Astrologues cupides pour prédire le Sort moyennant Ducats et Guinées, plus de Soldats en marche, plus de Danseurs dansant, plus de Chanteurs s'époumonant, plus de Peintres jetant leur Cœur à nu sur la Toile, plus d'Acteurs ni d'Actrices arrachant des Clameurs à la Valetaille du Parterre. Nous sommes la Racine de tous les Triomphes de la Société Humaine, de tous les Désastres; la Racine de tout Savoir et de toute Ignorance, de toute Santé et de toute Maladie, de tout l'Art et de toute la Nature. Sans nous, la Danse de Vie tourne court et les Danseurs, masqués ou non, tombent morts sur place pour ne plus se relever.

Comment alors *ne pas* excuser ma propre Traîtrise envers Lady Bellars, maintenant que je portais cet Enfant dans mon Sein ? L'Appel de la Vie est plus fort que celui de l'Usage; le Cri de l'Enfançon couvre le Murmure de la Piété et le Chuchotement du Devoir Filial. Tout mon Souci ne pouvait donc être que pour Belinda en premier (même si, au vrai, je ne la connaissais pas plus en tant que Belinda que je ne la ressentais du tout en tant que Personne; elle n'était qu'une Sensation de Vulnérabilité autour du Cœur, le Désir de protéger à tout Prix quelqu'un qui m'eût été presque inconnu).

— Messire, dis-je à Lord Bellars, il vous appartient de prouver votre Amour de la plus curieuse des Façons. Et cependant, je crains de dévoiler comment, de Peur que, peut-être, vous ne riiez de moi.

— Ma Sœur, jamais rien n'en ferai. Car je suis si éperdu d'Amour pour toi que je suis prêt à te protéger à toutes Conditions que tu proposerais.

— Eh bien, donc, prêtez l'oreille à mon Dessein.

— Je suis tout Ouïe, dit-il (sans cesser de danser avec la Perfection d'un Maître à Danser, en dépit de mes Paroles).

— Je veux me voir offrir une Belle Maison, avec *une* Loyale Servante, sans plus, pour me servir...

— Ma Sœur, qu'à cela ne tienne; c'est la Simplicité même, et...

— Je vous prie, Lord Bellars, de m'écouter jusqu'au bout.

— Je tremble à chacun de tes Mots, mon très doux Amour.

— Vous ne me viendrez visiter qu'une fois la Semaine; et uniquement la Nuit que je dirai.

— Assurément, mon Amour; si...

— Écoutez-moi, Milord. Et toujours je resterai masquée de vous. Jusqu'au jour où je dirai que vous pouvez me démasquer... ce que, je vous en préviens, il se peut que je ne dise jamais.

— C'est Chose bien dure, mon Amour; toutefois, je puis jurer d'en faire selon ta Volonté.

— Et vous ne devrez jamais me questionner sur mon Passé, ni chercher à savoir d'où je viens, ni pourquoi, ni tenter de m'épier en aucune façon... Mais, cette unique Nuit de chaque Semaine, je ferai tout pour l'Amour de vous et vous complairai en tout — sauf que je n'ôterai pas le Masque, si fort que vous m'en priiez. Et si vous cherchez à m'y contraindre ou à me démasquer pendant mon Sommeil, je fais Serment de ne plus jamais vous revoir.

— Mon Amour, je crois pouvoir me soumettre à la Rigueur de ces Règles, car j'ai tant soupiré pour toi ces dernières journées que j'aime mieux ne te voir qu'une fois par Semaine que de risquer encore ton Courroux.

— Etes-vous sûr de pouvoir vous plier à tant de Dureté ? Car si je découvre jamais que vous m'épiez le moins du Monde, ou que vous veniez à révéler à aucun Membre de votre Famille, voire à quelqu'une de vos Connaissances, mon Existence, je ne manquerai pas de vous bannir de nouveau.

(O que de Sévérité dans la bouche d'une Fille au Cœur tendre ! Ah ! Fanny, me disais-je, il n'est jusqu'à toi-même que tu n'étonnes !)

— Je le jure, par Dieu et tous ses Anges, par les Clartés Divines de la Raison et le Pouvoir de l'Etre Suprême; par Jupiter et Cupidon, par Vénus et Apollon; par tout ce qui m'est cher et sacré !

— Très-bien, alors, dis-je, Marché Conclu. Et maintenant, le scellerons-nous par un Baiser ?

Lord Bellars me prit dans ses bras parmi le Tournoiement des Masques et me baisa sur les lèvres, en me murmurant à l'oreille :

— Je fais Serment, trois fois Serment. Et puisse le Grand Dieu, notre Maître à tous, me frapper de Mort, si jamais je romps ma Parole ou le Lien qui nous unit !

Nos lèvres se fondirent dans une Douceur qui effaçait toute Vision de Lady Bellars, des Joyeux Compagnons, et même de Lancelot. Et, le temps de ce Baiser, je fus bien forcée de me demander si j'agissais ainsi vraiment pour l'Enfant à naître, ou pour la misé-rable Soif et le funeste Désir qui me tenaient sous leur Joug, aussi sûrement que mon Sein retenait les premiers Frémissements de cet Enfant pour l'Amour duquel je venais de conclure un Pacte avec le Diable, en m'offrant Corps et Ame.

Livre Troisième

Chapitre I

*Comment il en alla de la Grossesse de notre Héroïne ;
avec une Brève Description de sa Fidèle Servante, Susannah, suivie de quelques Réflexions Philosophiques sur les
Diverses Phases de la Gestation ; après quoi, l'on verra
l'Auteur se lancer dans la Controverse (qui fit Rage
durant tout le Siècle) opposant Sages-femmes & Accoucheurs, & conclure ce Chapitre non sans soulagement.*

Lord Bellars tint Parole aussi scrupuleusement qu'il en avait juré. Il
me trouva une Belle Maison dans Hanover Square, acheta grassement
ma Liberté à la Coxtart, fournit mon Ménage de l'Argenterie, de la
Porcelaine et du Linge les plus splendides ; fit décorer mes murs
(avant que j'aie eu le temps de protester) par un Grimacier de Peintre
Italien dont mon Bon Ami Hogarth eût bien ri ; graver mes trumeaux
de Tête d'Aigles et de Guirlandes Dorées par James Moore et John
Gumley ; plaquer de noyer mes commodes et mes tables ; canner et
magnifiquement dorer mes chaises en bois de noyer ; et garnir moel-
leusement le siège de mes canapés, également en bois de noyer, de
velours de Gênes ciselé vert émeraude.

Il veilla à ce que mon cellier fût constamment approvisionné de
vin de Bordeaux et des Canaries, et mon garde-manger, d'élégantes
Provisions. A mon cou, il mit Profusion de Bijoux, et me bourra les
poches. Il payait les factures de ma Couturière, réglait mes Comptes
chez les Marchands de Thé et de Vin, presque avant qu'ils fussent
échus. Et, en Retour de toute cette Abondance, il ne me demandait

que de le recevoir une seule nuit par semaine, dissimulée à l'Indiscrétion de ses Yeux tant par les Ténèbres que par les curieux masques de soie par moi conçus expressément à cette Fin. Ils étaient finement ouvragés et de couleurs diverses, assorties à mes toilettes; certains étaient brodés d'Argent ou d'Or; d'autres, en Forme de papillon ou d'ailes d'oiseau. O ils donnaient à mon visage ouvert et confiant un Air sinistre (qui n'était peut-être pas sans accroître son Allure — à tout le moins pour un Roué comme Lord Bellars).

Si je pouvais déguiser mon visage, je ne pouvais masquer mon Ventre à mon patient Amant (car, Faute de se régaler de mes Traits, il fallait bien lui permettre, au moins, de se festoyer de mes Formes); et mon Ventre grossissait à l'Évidence. Mes Seins aussi, et le rose de leur bout avait pris la couleur du chocolat doux. Un pâle et mince ruban de chair ambrée, partant du Mont de Vénus, remontait jusque sous mon Nombril. Bref, il était clair que j'étais enceinte.

Mais Lord Bellars, comme la plupart des Hommes, n'était pas grand Mathématicien, touchant les Cycles Naturels du Beau Sexe (et quel que fût le Nombre d'Enfants qu'il eût engendrés — tant ès qualités de Roué que d'Époux — le Cours même de ces Choses lui semblait toujours aussi obscur que les Étranges Cieux des Musulmans et des Hébreux). Ainsi, lorsque je lui jurai sur plusieurs Bibles empilées que l'Enfant était bien le sien, son Ignorance de la Condition Féminine autant que sa Vanité Masculine innée le conduisirent à me faire Crédit (non sans un brin de Plaisanterie sur sa Crainte que quelque autre Galant ne l'eût peut-être devancé pour me faire cet Enfant).

Et pourtant, Belinda, ainsi que tu le sais, l'Enfant était certes le sien! (Et c'était toi!) Toutefois, la Conception avait eu lieu à Lymeworth et non à Londres; dans l'Eden de la Demeure de mon Enfance, non dans l'Hadès des Grottes des Feux Infernaux. Et je n'eusse jamais menti à aucun Homme sur un Sujet aussi Capital que sa Paternité. O je pouvais tricher un peu sur le Nombre de Mois: tout est permis en Amour comme à la Guerre. Le Fait n'en demeurait pas moins que, lui, et lui seul, était « l'Unique Auteur », comme eût dit notre Grand Barde William Shakespeare.

Comment, est-il permis de se demander, ai-je pu accueillir dans mon lit Lord Bellars tant de mois sans qu'il devinât jamais que j'étais Fanny, sa Petite Orpheline? Tout ce que je puis répondre, c'est que je pris les Précautions les plus attentives pour ne le recevoir qu'à la Lumière des bougies, pour ne le faire conduire à ma Chambre, à l'Étage, par ma Fidèle Servante, qu'après nuit close, et pour le réveiller toujours avant la pointe du jour, et le faire prestement reconduire. Quant à ma voix, je tentais de la changer, même au plus fort de la Passion. Mais, y eussé-je manqué, je crois qu'il eût eu le plus grand Mal à établir un Rapport entre l'Innocente séduite par lui à Lymeworth et la Putain pleine d'Expérience qui le distrayait à Londres.

Car la plupart des Hommes, comme je l'ai déjà dit, voient dans les Femmes des Anges ou des Démons; des Marie ou des Lilith, des Vierges ou des Prostituées; des Saintes ou des Pécheresses. Il échappe à leur Entendement qu'une seule et même Fille puisse être mi-Ange mi-Démon; Innocence d'abord et puis Incarnation de l'Expérience. Nous autres, Femmes, savons qu'Innocence et Expérience ne sont qu'États Fluctuants, et non Absolus, qu'elles dépendent autant de Circonstances Ephémères que des Fixités de la Morale; que la Vertu est, en Réalité, Luxe de Riches, tandis que le Péché n'est souvent, pour le Pauvre, que l'unique Moyen de Survie. Mais les Hommes ignorent cela, à moins d'être des Génies du Rang de M. Hogarth — et Lord Bellars, je l'accorde, n'avait rien d'un Génie.

Cependant, il n'avait rien non plus d'un Monstre; il n'était qu'un Roué gâté, dont l'Egoïsme n'avait jamais connu de Frein. Le Siècle lui avait accordé des Plaisirs sans Limites, avait favorisé son moindre Caprice, charnel ou pécuniaire; ainsi n'avait-il jamais appris la Maîtrise ni la Règle de soi, ni la Modération des Passions. Marié jeune avec une Héritière timide qui n'osait pas lever la voix devant lui, éduqué dans le Scandale, parmi Putains et Roués, comment eût-il pu pratiquer cette Humilité qui se manifeste par la Bonté ? Je suis ardemment convaincue que les Règles imposées par moi à sa Nature Impulsive faisaient plus de Bien à son Ame, au vrai, que l'Existence opiniâtrement vouée à la Recherche du Plaisir, par lui menée jusqu'au jour où il m'avait découverte dans les Grottes des Feux Infernaux.

Mes curieuses Règles de Secret prévenaient aussi l'Ennui — ce plus grand Ennemi des Amants — l'empêchant d'émousser la Pointe de la Passion. O si j'avais aimé Lord Bellars à visage découvert, il se fût lassé en deux mois ! Masquée, je pouvais être tout : Courtisane Française, Esclave de Harem Turc, Dame Vénitienne, Paysanne Provençale, Nonne Espagnole ou Catin Anglaise. A la Vérité, je le maintenais dans la Devinette, de semaine en semaine; ce qui piquait sa Passion, de même qu'un Cordial avant le Dîner excite l'Appétit le plus blasé.

Hélas ! il était vrai, ainsi que je l'appris, du jour où il me protégea, que Daniel et Kate étaient maintenant alliés dans leurs Mauvais Desseins, tel le Dragon à Deux Têtes des Vieilles Légendes. Quand Lord Bellars ne me faisait pas l'Amour, il soupirait sur le Triste Sort de son Fils; savoir : que Daniel fût tombé entre les Mains Calculatrices d'une Catin issue du Bordel de Mère Coxtart.

— A la Différence de ta Délicieuse Personne, me disait Laurence Bellars, cette Garce s'attache à la Ruine de notre Famille; elle ne s'arrêtera à rien pour déshonorer mon Fils et le mettre à genoux.

O de quel Cœur partagé j'entendais cet Aveu ! Car, si je pouvais admettre avoir connu Kate, je ne pouvais en faire autant pour Daniel; et, si je pouvais confirmer la Malignité de Kate, je ne pouvais rien dire de ce que je savais de la Nature de Daniel, sous peine de trahir en moi la Fanny du Passé. Mais quelle Ironie, que Kate eût pris dans ses Rets Daniel, la Nuit où je rencontrais son Père dans les Grottes des Feux Infernaux (à ce que j'avais pu glaner dans les Discours de la Coxtart).

— Je vous prie, Monsieur, demandai-je une nuit à Lord Bellars, en quoi est-il mal que votre Fils ait une Maîtresse, lorsque vous-même en avez une ? Ne suit-il pas vos Traces ?

Laurence Bellars eut un rire de Dérision :

— Si tu connaissais la Vilenie de mon Fils, tu ne dirais pas cela ! s'exclama-t-il. Comparée à cette Kate, tu es un Ange; et, comparé à Daniel, je suis la Vertu même, j'en ai Peur.

Je mourais d'Envie d'en savoir plus long sur ce qui se passait entre Kate et Daniel; mais je craignais, ce faisant, de me trahir et me sentais constamment, en tout Cas, au bord du Péril. Je tenais donc ma Langue, pour l'Amour de toi, ma Douce Belinda — et aussi de moi. Ce ne fut que bien des mois plus tard que je devais connaître la Conclusion de cette autre Histoire, de même que tu l'apprendras, le moment venu, avant la fin de ce Récit.

Dans mon Etablissement à Hanover Square, j'avais une Servante du Nom de Susannah, Mulâtresse des Indes Occidentales affranchie, à qui j'avais fait jurer le plus Extrême Secret sur ma véritable Identité. Elle avait ces dents dites « de la Chance » — entre les Incisives un Espace aussi vaste qu'elle avait le Cœur grand et généreux —, et sa Peau était de la couleur d'un café mélangé de crème double. Elle était à peine plus âgée que moi, mais d'une Sagesse qui surpassait ses Tendres Années; et elle jurait tout savoir des Nouveau-Nés. De fait, c'était la Raison pour laquelle je l'avais engagée. En outre, elle me tenait Constante Compagnie durant ma Retraite de Femme Enceinte et jouait tous les rôles : Amie, Confesseur, Confidente et Médecin.

Comment passai-je les mois d'Attente de ta Naissance, te demandes-tu, ma Belinda ? Lord Bellars n'occupait, je l'ai dit, qu'une seule de mes nuits par semaine, et j'avais, de mon Côté, mis un Fossé entre tous mes Galants du Bordel et moi. (Je n'avais d'ailleurs aucun Désir de les revoir — même ceux qui avaient été mes Amis — car j'en avais fini avec la Putainerie, et bon Débarras ! De quelque Eclat qu'elle semble briller aux yeux des Sottes qui se languissent d'Ennui au fond de leur Campagne et rêvent de la Vie de Londres, la Vérité de l'Existence d'une Putain suffit, en Réalité, pour tuer à jamais en elle l'Amour des Hommes !)

O j'étais heureuse de mes six jours de Chasteté ! Je lisais les Classiques et toute la Littérature du Jour. J'étudiais Homère, Virgile,

Horace, Boileau et La Rochefoucauld. Et, ô ma Belinda, comme j'écrivais ! Avec toi dans mon Ventre, on eût dit que c'était la Muse même qui m'habitait. Ma Plume volait sur les Pages, comme portée par les ailes des Anges ou, au vrai, comme si Pégase en Personne s'était saisi d'elle pour l'enlever au galop parmi les Etoiles.

J'écrivais des Tragédies en Vers et de Nobles Epopées, des Romans dans le Style Français et des Maximes modelées sur celles de La Rochefoucauld. Et des Satires, des Sonnets, des Odes et des Pastorales, des Eglogues, des Epîtres. Mais rien de cela n'atteignait jamais les Cimes de mon Ambition nourrie des Classiques et, pour finir, je livrais tous mes Essais au Feu. J'écrivais, jetais aux flammes, écrivais encore et brûlais de nouveau... Je passais trois nuits sans Sommeil à griffonner une Pastorale, pour la détruire ensuite. Et pourtant, ce n'était point Gaspillage de Mots, car chaque Poète en herbe, ai-je découvert, doit prodiguer mille Mots pour un seul qu'il retient, et aucun Mot n'est tout à fait perdu si, par tant de Prodigalité, l'on se pénètre du véritable Esprit et l'on apprend la vraie Façon de l'exprimer.

Sans nul Doute, Lord Bellars se demandait où passait son Argent; la Vérité était que la Majeure Partie de mes Guinées s'en allait en Achats de Livres, de Grand Papier Tellière, de Plumes et d'Encriers — tous Humbles Instruments du Métier d'Ecrivain. L'Odeur de l'Encre m'enchantait plus que celle des Parfums les plus dispendieux; le Toucher du Papier fin exaltait le bout de mes doigts plus que la soie des Indes la plus subtile. J'étais tout engouée de mon Art et de ses Outils; je me jurai d'écrire en ne m'arrêtant que le jour où, par Chance, je tiendrais un Poème méritant d'être gardé.

Il est des Gens pour prétendre que mettre au Monde des Enfants est tout le Feu et toute l'Inspiration des Femmes; que, en même temps que se remplit leur Sein, leur Tête se vide; que l'Acte de porter en soi une autre Vie tient Lieu de tous les Actes d'Imagination. Moi, je jure qu'il n'en est rien ! Au contraire, plus mon Sein s'emplissait, plus ma Tête foisonnait d'Idées. Plus grossissait mon Ventre, plus il en allait de même de la Progéniture de mon Esprit !

L'Attente d'un Enfant fait passer la Femme par autant de Changements d'Humeur que la Pâle Lune a de Phases; et, au Cours de chacune de ces Phases, je ne cessai pas d'écrire — même si, pour tout dire, ce n'était pas pour parler de la Femme ni de la Grossesse. Non, il n'était Question dans ces Ecrits que de Royaumes Imaginaires, de Bergers Grecs, de Guerriers Romains et de Pachas Persans. Qui, me demandais-je, pouvait bien jamais se soucier d'apprendre ce que c'est que de porter un Enfant ? Allons donc, personne ! M. Alexander Pope avait-il versifié sur ce Sujet ? Et le Doyen Swift ? Et M. Addison ou M. Steele ? M. Boileau ou M. de La Rochefoucauld ? Virgile ou Horace ? Nenni, mille fois nenni ! Eh bien ! alors, cet Acte même ne

331

saurait être Sujet approprié ni correct pour ma Plume; car si M. Pope ne l'avait pas trouvé convenable, et M. Addison de même, comment pouvait-ce être du tout Littérature ?

J'observais avec Fascination et Enchantement les diverses Phases de ma Grossesse (mais n'écrivais rien à ce Propos, afin de pouvoir dépenser mon Encre pour des Sujets Littéraires qui convinssent mieux). A cette Epoque de ma Vie, je n'ai jamais mis en Doute la Justesse d'un tel Jugement. Oubliée, ma grande Epopée sur le Lot de la Femme, commencée au Relais de la Cloche Muette et de la Belle Andouille et sacrifiée au Chant des Sirènes du Désir !

Quoi qu'il en soit, aujourd'hui je pose la Question : est-il rien de plus curieux et de plus étrange que ce Cycle de l'Attente d'un Enfant, que ces Phases de la Grossesse ? Il y a, par Exemple, la première de toutes : celle où l'on souhaite de se défaire de l'Enfant, parce que l'on ressent sa Présence comme un Empiètement au Centre même de soi. Puis la seconde, où l'on sent les premiers Frémissements délicats de la Vie dedans soi (comme si la Queue d'une Minuscule Fille des Ondes vous frôlait le Cœur et que tout l'Intérieur de l'Etre fût une douce Mer agitée de Vaguelettes caressantes). Ensuite vient la troisième Phase, où l'Enfant grossit — et l'on croirait vraiment un petit chiot frétillant qui vous chatouille et même vous léchote les Entrailles. Quant à la quatrième, il y devient de la taille d'un gros Melon, vous force à faire de l'eau quatre fois l'heure et, pour ne rien cacher, se réveille juste quand l'on se couche pour dormir, et s'endort juste quand l'on va marcher ou monter à Cheval ou partir en Voyage. Suit la cinquième, où l'Enfant se change en vrai Fardeau, plus lourd que plomb sous le Cœur et, néanmoins, malgré tout l'Encombrement de son Poids, plus chéri aussi (car, maintenant, il semble plus réel qu'imaginaire à la Mère, de sorte qu'elle en supporte d'autant mieux l'Inconfort de cette Pesanteur). Et après, la sixième : la Mère n'ose plus bouger, dans la Crainte de mourir en Couches; et ses Nuits sont peuplées de Cauchemars de Monstres, ses Jours, d'Imaginations des Horreurs de l'Enfantement. Puis la septième, quand la Grossesse est plus longue que le plus long jour de l'Eté, que la Mère oublie qu'elle a jamais été svelte et croit qu'elle ne le redeviendra jamais plus, et que le moindre pas lui est un Effort pour ne pas se laisser aller à faire de l'eau tout à coup, dans la Rue; quand le moindre Mouvement lui est douloureux, et toute Nuit, sans Sommeil (car elle a beau se tourner et retourner, l'Enfant refuse de trouver sa Place, donnant du pied aux poumons, et de sa petite tête osseuse aux Entrailles). Et la Phase d'immense Impatience et de grande Lassitude — la huitième — où la Mère croit que l'Enfant ne naîtra jamais (et quelle Joie ! car, alors, peut-être ne mourra-t-elle pas, se dit-elle, quitte à endurer une Grossesse éternelle !). Puis encore, la neuvième, où la Lune est pleine comme une Vessie de Vin pâle et fait miroiter les Flots des Reflets de sa Rotondité, et où la Mère redoute plus que jamais la Mort. Et, enfin, la dixième Phase, lorsque les Eaux s'échappent en torrent et que commencent les Douleurs, lentes d'abord, et puis tumultueuses; et que la Mère sait ne plus avoir d'autre Choix, désormais, que de donner le Jour ou d'exploser; car elle ne peut revenir en arrière, ne peut prendre un autre Chemin à travers la Forêt, un autre Chenal vers la Mer; comme l'Enfant, elle est projetée, la tête la première, dans la Danse de la Vie et de la Mort, tournant, tournoyant, gémissant, se tordant; et si elle doit vivre ou mourir, elle l'ignore, mais la Souffrance devient si terrible à la Fin que, au vrai, elle s'en moque bien !

O quel curieux cycle de Vie la Déesse n'a-t-elle pas inventé pour que la Race perpétue l'Espèce ! Si l'on ne compte pas les Souffrances qui sont le Lot de la Femelle, en Revanche elle a Droit aussi à des Joies infinies.

Qui d'autre qu'une Femme peut dire ce que signifie que de presser sa joue contre celle, rose et tendre, de son Enfant, et de sentir le Lait couler de son Sein au plus léger Toucher de la petite bouche, et jaillir en jets légers vers le ciel, comme pour aller rejoindre là-haut la Voie Lactée ? Qui d'autre qu'une femme connaît la Joie de régaler ses yeux du jeune Regard encore divaguant, de tenir les doigts minuscules, incapables de savoir ce qu'ils étreignent, de baiser les petits orteils qui ignorent la Marche et ne savent pas plus où ils vont que d'où ils viennent ? O combien, tout privé de Raison qu'il semble être au Philosophe Masculin, le Nouveau-né est la Raison même pour sa Mère, tant elle est assottée de ses Charmes ! Et qui d'autre qu'une Femme pourrait adorer une Créature qui crie et pleure, la nuit, quand elle devrait dormir; qui s'éveille, dévorée de Faim, mais refusera toute Nourriture tant qu'une assiette ne sera pas posée devant sa Mère et que celle-ci ne mangera pas; qui ne prend aucunement Part aux Civilités de la Conversation, mais se contente de sortir et rentrer la Langue, tel le plus stupide des chiots, et de baver, roter, rendre et déféquer à longueur de jour et de nuit ?

Comment, en Vérité, notre Race a-t-elle survécu, sinon grâce à l'Amour des Femmes pour leur Nouveau-né ? C'est Chose rebattue, peut-être, mais qui n'en tient pas moins du Miracle ! Car, en dépit des moments où l'on jetterait volontiers l'Enfançon dans le bac aux Ordures pour ne plus l'entendre crier, la Passion de protéger, de préserver, de sauvegarder est tellement plus forte que celle de détruire que la plupart des Petits Enfants n'ont rien à craindre de leur Mère.

Mon ardente Conviction est que, si les Hommes connaissaient autant de Souffrance du fait d'une Créature que la Mère en éprouve à la Naissance de son Enfant, ils détesteraient à jamais celui-ci. Mais il est à la Gloire et au Crédit de notre Sexe Faible que nous supportons la Douleur sans en garder longtemps Rancune et que, si nous en voulons à quelqu'un, c'est non pas à l'Enfant, mais à l'Homme qui le procréa (et ce, à cause de l'Injustice de notre Sort : car plus est lourd le Faix de nos Responsabilités, moins le Monde nous en tient Crédit).

Mais j'anticipe sur mon Histoire. Je parlerai donc brièvement de ma Grossesse et des curieux Evénements qui survinrent alors que, ma Belinda, tu faisais ton Entrée en ce Monde prodigue de Misères et avare de Joies. Cependant, il me faut commencer par en dire un peu plus long sur ma Servante, Susannah, qui partagea avec moi cette étrange Période; car, après Lord Bellars, mes Plumes d'Oie et mon Grand Papier Tellière, elle fût, au Cours de ces mois étonnants, l'Amie la plus inséparable et la plus chère.

J'ai dit qu'elle avait la peau brun clair, les Dents de la Chance, le Cœur généreux, la Langue loquace. Elle parlait l'Argot de ses Iles; mais de *laquelle* des Iles du Sucre venait-elle exactement ? Il était impossible de le savoir, car elle-même ne se rappelait presque rien de ce qui avait précédé le Naufrage qui, dans sa quatrième année, l'avait jetée à la Côte, minuscule Fillette café-au-lait, tout près des falaises crayeuses de Douvres. Elle se souvenait d'avoir été vendue à une Famille Anglaise, pour servir de Compagne de Jeux à la Fille Unique de la Maison; mais lorsque cette Famille entière avait aussi péri en Mer, elle seule en avait encore réchappé sur une épave flottante, pleurant pitoyablement en réclamant sa Maman Noire des Iles, après avoir vu sa Petite Maîtresse Blanche couler dans les Abîmes Amers.

Son Destin, par la Suite, avait été plus rude et plus ballotté que le mien. D'abord, un Gentilhomme la prit en Amitié, qui se révéla finalement Grand Amateur de Petites Filles (alors qu'elle n'avait que cinq ans, il la soumit à ses Divertissements Pervers). Lui échappant au bout du Compte, elle devint Apprentie chez une Couturière Quaker, de Nature cruelle (qui se servait d'elle comme d'une sorte de Pelote à Epingles Humaine et qui maudissait la couleur de sa peau comme une Œuvre du Diable). Elle s'enfuit de nouveau, cette fois jusqu'à Londres, où elle se joignit à une Horde d'Enfants des Rues, qui volaient des Montres et toute Espèce de Babioles en Or pour le célèbre M. Jonathan Wild. Mais, ayant vu une de ses petites Amies pendue à Tyburn (bien qu'elle n'eût que dix ans), elle dit adieu à l'Existence Criminelle, s'habilla en Garçon et devint Ramoneur.

Lorsqu'elle arriva chez moi, ses poumons, j'en ai peur, étaient restés aussi noirs que charbon et, souvent, elle était prise de quintes de toux qui me faisaient craindre pour son Ame même. Cela ne m'empêcha pas de l'engager comme ma Compagne la plus intime, car je ne sais quoi dans ses Manières me la fit aimer de Prime Abord. Elle était aimable sans Obséquiosité, prête à complaire sans Servilité, et elle voyait tout autant l'Humour de son Destin que ses Malheurs immérités. Elle m'avait juré d'autre Part que sa Maîtresse Quaker lui confiait ses Nouveau-Nés; j'espérais donc bien qu'elle ferait une bonne Nourrice Sèche pour mon futur Enfant.

Ainsi vécûmes-nous ensemble près de six mois : Susannah, moi-même, mon Ventre qui grossissait, mes Plumes et mon Papier, Mes Epopées (destinées au Feu), et Lord Bellars, qui ne venait que les Mercredis soir.

Le plus clair de ce temps, je le passai, je rougis de le dire, dans la Peur de l'Accouchement. Je dis que j'en rougis, parce que, de toutes les Peurs Imbéciles du Genre Humain, celle de l'Avenir est de loin la plus sotte. L'on ne peut se rendre Maître du Lendemain en le redoutant, même si l'on vit dans la Conviction contraire. Appréhension et Tourment sont en fait aussi impuissants à infléchir notre Destinée que les Prédictions d'une Diseuse de Bonne Aventure. Hélas ! cela ne nous empêche pas de nous complaire en eux.

Étant passionnée de Lecture par Nature, j'employais quelques-unes de mes heures inquiètes à dévorer des Ouvrages sur l'Art des Sages-Femmes, et ces Livres ne parlaient que des Terreurs de l'Enfantement. Je dois en particulier mentionner ici *L'Art de l'Accouchement et son Usage Amélioré*, avec ses Terribles Images de pauvres Enfantelets s'efforçant de sortir par l'anneau osseux du Passage Pelvien de leur Infortunée Mère; et aussi le Savant Traité d'un Français, le Docteur Moriceau, sur *Les Maladies des Femmes enceintes et en gésine*, traduit par le célèbre Docteur Hugh Chamberlen. Ces deux Ouvrages suffisaient à eux seuls à exciter toutes mes Craintes; car non seulement ils parlaient de Femmes dont les os étaient trop resserrés pour se prêter au Passage de l'Enfant, mais il y était aussi Question de Forceps et d'autres Instruments terrifiants; de Mères qui présentaient leur corps au Scalpel pour qu'on l'ouvrît sur l'Autel de l'Enfantement; de Travail durant des jours et des jours; d'Accoucheurs Savants qui ne connaissaient d'autre Remède que de sacrifier la Vie de la Mère à celle de l'Enfant; et de Sages-Femmes qui, désespérant de l'une et l'autre de ces Vies, avaient Ordre de baptiser l'Enfant *in Utero*, de Peur que sa Petite Ame n'allât droit aux Limbes, loin de la Présence de Dieu.

O de quelles Terreurs ne me nourrissais-je pas avec ces Lectures ! Et, pendant ce temps, une grande Dispute faisait Rage entre Lord Bellars et Susannah, ma Loyale Servante, sur la question de savoir qui devrait m'assister dans mes Couches.

Lord Bellars, pour sa Part, soutenait que, seules, les Campagnardes Ignares, en ces Temps Modernes, étaient assistées par des Sages-*femmes* et que même les Maîtresses du Roi de France faisaient appel à des Sages-*hommes*, ou Accoucheurs, pour les délivrer. Susannah, de son Côté, déclarait que plus de Femmes mouraient à Cause de l'Ignorance des Hommes tentant de les aider à enfanter que de la Peste même; que les Médicastres Mâles, pour l'Amour de la Pudeur, délivraient les Patientes, un drap attaché autour du cou et les mains tâtonnant aveuglément par-dessous, afin de ne pas voir le Pudendum de la Dame; et que, quand même se fût-on passé de drap, l'Ignorance Masculine des Parties Intimes de la Femme était si grande que tout Médecin Mâle était totalement inapte à la Noble Tâche d'assister le Beau Sexe dans les Douleurs de l'Enfantement.

Imagine alors, Belinda, ta Chère Mère, masquée de soie brodée et son Ventre gonflé commençant à se dessiner sournoisement sous la chemise, écoutant, à la Lueur vacillante des bougies, les Arguments contradictoires de ses deux Aspirants Bienfaiteurs. Pour en rendre dans sa Plénitude le Comique, mieux vaut que j'écrive ce bref Inter-mède sous forme de Dialogue de Théâtre.

LA GROSSESSE
DE LADY FANNY
Comédie
en neuf Actes,
telle qu'elle est jouée
au N° 17 Hanover Square

Et comme l'a écrite Mme *Troussecottes-Jones*

LONDRES
Imprimé pour G. Fenton, Libraire sur le Strand
MDCCXXIV
Prix : Un Shilling

DRAMATIS PERSONAE

HOMME

LORD BELLARS : *Roué Corrompu, ou Homme de Plaisir*

FEMMES

LADY FANNY : *Innocente Fille de la Campagne, devenue Catin (et qui ne serait que trop heureuse d'être la Première Femme Poète Lauréat d'Angleterre)*

SUSANNAH : *Mulâtresse de Grand Courage et d'Intelligence Innée, Servante de Lady Fanny.*

(ACTE I. SCENE I)

La Scène représente, dans la Demeure de Lady Fanny, *sa Chambre à Coucher, éclairée par des bougies.* Lord Bellars, Susannah, Lady Fanny.

LORD BELLARS. Par Jupiter, je ne permettrai pas que mon Unique Amour soit délivrée par une Sage-femme ignare ! Eh quoi ! La plupart d'entre elles ne sont au mieux que Sorcières que l'on devrait brûler sur le Bûcher au lieu de leur confier la vie de Personnes du Beau Sexe !

SUSANNAH. Je vous demande Pardon et sauf votre Respect, Milord, ce sont les Accoucheurs qui sont bons à pendre, pour toutes les Vies qu'ils ont sacrifiées à leur Stupidité et à leur Vanité.

LORD B. Qu'est-ce à dire, la Fille ?

S. Tout bonnement ceci, Milord : le Cuisinier prépare-t-il votre Dîner par-dessous la nappe de la table ? Le Maréchal-Ferrant ferre-t-il un Cheval par-dessous son tablier de cuir ? Et le laboureur sème-t-il dans le sillon en mettant les œillères de son Cheval ?

LORD B. Mais encore, la fille ? Epargne-moi les Métaphores.

S. Répondez-moi d'abord, Messire !

LORD B. Voyez l'Impertinente ! Mais la Réponse est non, bien sûr.

S. Or donc, pourquoi un Accoucheur aurait-il le Droit de délivrer sous un Drap ?

LORD B. Eh ! par Respect de la Pudeur, la Fille ! Devrait-il se régaler les yeux de la Propriété d'un autre Homme ?

S. Non, Messire; et mieux vaut mourir que courir le ...isque d'offenser la Pudeur ! Du moment que ce n'est qu'une Femme qui meurt ! Car, pardonnez à une Humble Servante, Milord, mais à qui appartient la Vie d'une Femme ? Qui en donnerait plus cher que de celle d'une Chèvre ou d'une Brebis, que leur Maître peut massacrer à Volonté ?

LORD B. Mais, Susannah, je n'ai pour ta Maîtresse que la plus Infinie Sollicitude ! Pour rien au Monde je ne voudrais la voir mourir... Périsse cette Pensée !

S. Et pourtant, vous allez la livrer aux Mains de Bouchers ! De vrai, Milord, vous faites Grande Injustice à votre Amour pour Sœur Troussecottes, si vous imaginez lui épargner les Douleurs en appelant un Accoucheur.

LORD B. Je manderai le plus grand Praticien de toute l'Angleterre, le Docteur Puette; je le ferai venir du fin fond de son Lanarkshire. Comment ! mais il est célèbre dans le Pays Entier; il a étudié la Médecine à Glasgow, et c'est le plus Excellent des Accoucheurs, et qui, dit-on, use d'Instruments d'Extraction secrets, pour épargner tant la Mère que l'Enfant. J'ai rencontré une fois à Londres cet Homme admirable, et l'ai trouvé de Commerce fort agréable, et très-doué pour la Flûte, le Pinceau et la Brosse. Par Jupiter ! cet Homme est à la fois un Artiste et un Musicien; il doit être tout aussi apte à délivrer Femme en Gésine.

S. Je gagerais qu'il ne joue jamais de la Flûte sous un drap, ni ne peint de la Sorte ses Portraits !

LORD B. Gentille Susannah, fie-toi à mon Amour pour Sœur Troussecottes pour conduire l'Affaire à heureuse Conclusion; et tiens-t'en à tes Domaines, qui sont la Cuisine et la Chambre...

S. Et moi, Messire, je vous prierai de ne pas sortir des vôtres, qui sont la Table de Jeu et les Courses de Chevaux, et de ne pas vous mêler des Mystères de la Mise au Monde et des Couches, pour lesquels les Femmes sont plus qualifiées.

Lord B. Hors d'ici, Insolente ! Ou je te vais frotter les oreilles pour ton Impertinence !

S. Je m'en vais, Messire; mais toutes les Menaces de l'Enfer ne pourront jamais rien contre ma Sollicitude pour ma Maîtresse...

Sur quoi Susannah fait une Révérence (laquelle me paraît plus effrontée que polie) et quitte la Chambre à Coucher, mettant ainsi Fin à la première Scène de notre Comédie.

Quel était mon propre Sentiment sur cette Dispute ? O j'étais à quia ! Lord Bellars jurait qu'il voulait les Meilleurs Soins pour moi, et que pouvait-on trouver de mieux que les Attentions dont étaient entourées Reines et Maîtresses Royales ? En même temps, je me souvenais de mes Amies les Sorcières, dont les Enseignements voulaient sur ce Point que les Femmes fussent meilleures Praticiennes de Médecine que les Hommes (qui cherchaient à leur dérober, pour l'Appât du Gain et leur propre Bénéfice, les Mystères de leur Art).

O certes, longue était la Liste des Reines mortes en Couches — non moins longue que celle des Maîtresses de Rois et, au vrai, des Nouveau-Nés de Sang Royal morts de même Façon. Pas un seul des Enfants de la Reine Anne n'avait eu le temps de faire valoir ses Droits au Trône; et l'on ne comptait pas les Nobles Dames défuntes des mains de Générations de Chambellans ou autres Charlatans et Mires (cependant que le Médecin, pour sa Peine, empochait sa centaine de Guinées, et que la Dame devait se contenter d'un Linceul !).

Pendant tout le Délai qui précéda l'Accouchement, je me tourmentai de Questions pour décider qui mander lorsque je perdrais les Eaux et que l'Enfant commencerait son laborieux Voyage sur notre Planète de Douleur. Susannah prétendait avoir Connaissance d'une Sage-femme de Renom exceptionnel, établie depuis peu à Londres, alors que Lord Bellars en tenait pour son Dr Puette, dont le Nom seul, au vrai, me semblait si comique que j'étais sûre d'être prise de rire dès l'instant qu'il viendrait m'assister. Poète et Auteur Dramatique en Herbe, j'avais déjà remarqué que le nom des Gens est souvent plus curieux et étrange dans la Réalité que celui des Personnages de Comédie. Quel Ecrivassier de Grub Street oserait nommer, au vrai, un Accoucheur « Docteur Puette » ? C'est là Nom sorti Droit d'une Comédie de M. Fielding, tout à fait du même Ordre que celui de

« Princesse Huncamunca », ou de « Reine Dollallolla », ou que celui des Demoiselles d'Honneur Cleora et Mustacha, amoureuses des Courtisans Noodle et Doodle !

Quoi qu'il en soit, je ne parvenais pas à décider, durant ces six derniers mois de ma Grossesse, si je devais charger Susannah d'appeler la Sage-femme dont elle parlait, ou accéder au Vœu de Lord Bellars que je fusse délivrée par le fameux Dr Puette.

L'Orgueil Masculin de Lord Bellars, joint à mon sot Désir de recourir au plus connu des Médecins Modernes, l'emportèrent à la Fin et j'acceptai le Dr Puette, bien que Susannah ne démordît pas de son Opposition jusqu'au bout.

Hélas ! que n'écoutai-je cette Fille !

Chapitre II

Où l'on trouvera de Meilleures Raisons que toutes celles avancées jusqu'ici en Faveur de l'Heureuse Délivrance des Femmes par une Personne de leur Propre Sexe ; ainsi que la Présentation d'une Nouvelle venue parmi les Dramatis Personae de notre Épopée Historico-comique, laquelle Nouvelle venue, si petite qu'elle soit, vaut plus d'Ennuis à l'Auteur de son Entrée en Scène qu'aucun autre Personnage de Dimensions plus Prodigieuses.

C'ÉTAIT le mois de Mars, et le Soleil était dans la Constellation du Bélier, quand ma Grossesse arriva, Dieu merci, à Terme. Il pleuvait sur Londres depuis près de trois semaines et le ciel était aussi lourd que mon Gros Ventre. O mon visage avait gardé tant de jeune Fraîcheur pendant tous ces mois que, certes, l'on eût dit que j'avais découvert la Fontaine de Jouvence; cela n'empêchait pas que, vers la Fin, j'eusse le Ventre, rond comme un Melon, d'une Femme qui attend des Jumeaux (et, au vrai, je craignais fort de donner le Jour à deux Enfants plutôt qu'à un).

Cependant, je n'avais reçu aucune Nouvelle de Lancelot ni des Joyeux Compagnons depuis six longs mois, et ne savais s'ils étaient morts ou vivants. J'en venais même à me demander s'ils n'avaient pas été un Rêve, tant mes Voyages avec eux semblaient lointains. Je me demandais aussi s'il y avait eu un temps où je m'étais trouvée sans

Gros Ventre, tant celui-ci paraissait faire Partie de moi au même Titre que ma chevelure rousse ou que mes yeux bruns.

Mon Ventre était devenu si énorme, en Vérité, qu'il m'était presque impossible de m'acquitter de mes Obligations hebdomadaires envers Lord Bellars, tant j'avais de Mal à l'étreindre par la taille, et encore plus à lui permettre de me faire l'Amour, sauf dans les Positions les plus bestiales — encore cela même fut-il incommode avec le temps. Néanmoins, il était maintenant si totalement amoureux de moi que je jure qu'il me venait voir pour l'Amour autant de mon Ame que de mon Corps, puisqu'il se plaignait rarement de mon Indisponibilité. O les Voies du Sort sont étranges, en Réalité; car j'avais, par le Moyen de mes Stratagèmes de masques et de Feintes et par les Limites que j'avais imposées à nos Rendez-vous, presque réformé sa Nature égoïste. De plus, Lord Bellars semblait attendre la Naissance de cet Enfant comme il ne l'avait jamais fait pour celles de ses Fils et Fille Légitimes. Il y voyait un Enfant de l'Amour, conçu plus par Passion que par Devoir, et donc l'aimait jusque dans mon Sein et était même plus anxieux que moi de ne point lui faire de Mal. Quelle Tendresse dans ses mains, plus nous approchions de la Conclusion de ma Grossesse ! Il montrait plus de Légèreté qu'un Homme qui eût marché sur un tapis d'œufs. Il caressait mon Corps — et surtout mon Ventre — comme s'il s'était agi d'un Objet infiniment fragile, contenant toutes les semences de son Passé et de son Avenir.

Pour ma propre Part, je m'apercevais que mon Désir de Lord Bellars — et, de fait, de quelque Homme que ce fût — décroissait avec l'Approche du Terme. Cet Enfant que je portais faisait que je me suffisais entièrement à moi-même, comme si j'avais été la Terre et le Ciel à la fois, et la Mer et le Continent; et j'avais de moins en moins Besoin de m'unir physiquement avec celui qui avait engendré d'abord en moi tant de Passions Charnelles. Au contraire, je ne souhaitais rien tant que de m'attarder au lit le matin, toute seule, pour rêver de l'Enfant à naître; ou bien de m'asseoir à mon secrétaire pour y écrire des Métaphores, dont je faisais ensuite Cadeau aux flammes; ou bien encore, le soir, de demeurer au coin de l'âtre avec Susannah, à contempler les Jeux constamment mouvants et bondissants des flammes, qui me rappelaient la Danse mystérieuse du Destin, la Vanité des Espoirs Humains et la Difficulté de percer la Signification de la Vie ou le Grand Dessein pour lequel la Déesse nous a tous placés sur Terre.

Porter cet Enfant me poussait, au vrai, encore plus à la Philosophie qu'auparavant — bien que j'y eusse toujours été encline. Car qu'est-il de plus mystérieux et de plus étrange que d'avoir été un même et seul Etre toute une Vie, et puis, soudain, de devenir deux ? D'être doublée, puis dédoublée; d'être une, puis deux, puis de nouveau une. Telle est la Destinée d'une seule Moitié de l'Espèce Humaine, et les Possibilités de l'expliquer à l'autre Moitié sont certes bien réduites. Hélas ! à peine si nous pouvons nous les expliquer à nous-même. Et cependant, je suis convaincue — même si le Monde peut nous en mépriser — que nous autres, Femmes, sommes vraiment bénies dans notre Capacité d'enfanter. Si périlleux que ce puisse être (et à quel Point, on le verra bientôt !) cela trempe l'Esprit tout autant que le Corps. Cela ressemble beaucoup au Franchissement d'un Mur de Flammes — à quoi très peu survivent, mais alors ils en sont d'autant plus forts pour toute la Vie.

Ce fut au cours de la troisième semaine de Mars que, les Cieux ayant tenu ouvertes leurs digues torrentielles durant presque tout le mois, mes propres Eaux se libérèrent et, toi, ma Belinda, tu entamas ton Voyage Tempêtueux ici-bas.

Je ne l'oublierai jamais : j'étais occupée à lire un Roman de Mme Haywood (peut-être *Idalia*, ou *Le Fatal Secret*) tout en songeant à part moi que j'aurais pu faire aussi bien qu'elle et que je devrais probablement m'y essayer, lorsque je découvris que ma chemise était mouillée sous moi, tout comme, en Vérité, le siège de mon fauteuil; ce qui était, pensai-je, le Signe avant-coureur du Début du Travail.

Je me hâtai de sonner Susannah et lui commandai d'en avertir Lord Bellars, aux appartements Londoniens duquel son Grand Accoucheur de Dr Puette devait arriver le jour même.

Après avoir dépêché Susannah, et tout en attendant que les Douleurs devinssent plus fortes et régulières, très-étrangement je pris place, il m'en souvient, à mon secrétaire et, sur-le-champ, entrepris un Roman à la Manière de Mme Haywood. J'étais pleine d'une telle Energie et d'un tel Feu Créateur qu'il semblait que je pusse achever un Livre entier le soir même. Je saisis donc Plume et Papier et commençai frénétiquement à écrire. Je me rappelais confusément que les Femmes, au Début du Travail, sont la proie, dit-on d'un vif Accès de Vigueur, qu'il en est qui mettent le point final à une tapisserie entière, d'autres qui cousent des robes de Baptême avec toutes Sortes de broderies compliquées, tandis que d'autres encore sont emportées par la Passion de balayer les planchers, de nettoyer les âtres, de mettre au four des douzaines de tourtes et des gigots de mouton !

Mais cette Vigueur n'est, au mieux, que Caprice éphémère, bien vite dominé par les Douleurs du Travail. Car, à peine avais-je arrêté le Nom de mes Amants Contrariés — Clotilda et Philidor — et rédigé une Epître Dédicatoire obséquieuse à Souhait (laissant en blanc le Nom du Noble Lord, quel qu'il fût, que je jugerais le plus digne de mes Flatteries, le Roman terminé); à peines, disais-je, en étais-je là, que les Souffrances devinrent en effet fortes, et que, laissant tomber ma Plume sur le Papier (où la tache d'Encre dessina bizarrement le Profil d'une étrange Créature Cornue), je me pris le Ventre à deux mains et priai la Déesse en Haut des Cieux d'épargner ma propre Vie comme celle de l'Enfant. Après quoi, je fus tout juste capable de marcher jusqu'à mon lit, de m'y allonger en chemise, de respirer aussi calmement que je le pouvais pour endurer les Douleurs, et d'attendre le Retour de Susannah.

O elles furent d'abord supportables, les Douleurs ! Mais, en une heure ou quelque, leur Violence s'accrut. Tout mon Ventre se soulevait, complètement noué, au Point que je grinçais des dents et fermais étroitement les paupières pour abolir le Monde Extérieur et entrer alors, tel un Explorateur d'un Pays Lointain, dans le Rouge Univers de la Souffrance. Parfois, j'oubliais ce qui m'entourait, bien que, en fait, les murs de la Chambre fussent couverts de nuages peints ainsi que de Chérubins et de Déesses reposant sur des Nuées roses, et que j'essayasse d'y fixer mon Regard pour me distraire de ma Détresse. Mais c'était impossible . j'étais entraînée au plus profond de moi-même par le Tumulte qui y sévissait, et ayant déjà toute la Peine du Monde à m'empêcher de geindre, je pouvais encore moins me concentrer sur ces peintures de Chérubins, qui étaient toute l'Idée qu'un Homme se fait du Paradis.

Le Temps perdit tout Sens; je ne vivais plus que pour les Intervalles de plus en plus brefs entre les Douleurs. Si bien que, lorsque le Dr Puette se présenta pour m'assister, je n'étais guère en Condition d'observer sa tournure ni son visage avec les yeux du Poète. Et pourtant, je me rappelle ses grandes mains lourdes — plus semblables à celles d'un Maréchal-Ferrant qu'à celles d'une Sage-femme, et plus faites pour tenir un sabot de Cheval que pour s'occuper du tendre crâne d'un Bébé.

Il avait ôté sa perruque et coiffé sa tête d'une sorte de turban de linge blanc, maintenu par des rubans blancs et argent. De même, il portait une grande robe lâche de calicot à fleurs, qui le faisait ressembler à une sorte de bizarre Pacha, les yeux flambant dans les Orbites et sa grande bouche contractée dans l'Expression même de la Détermination.

Il envoya Susannah chercher de l'eau très chaude, des draps propres, une chemise fraîche pour moi, puis se mit à me questionner sur le Début de mon Travail.

— Monsieur, lui dis-je entre deux Contractions, il était environ huit heures lorsque cela a commencé... mais je ne sais quelle heure il peut bien être maintenant.

— Le Bébé naîtra avant minuit, si tout va à mon Gré, dit-il en pressant sur mon Ventre houleux (augmentant encore ainsi la Peine).

— S'il vous plaît, quelle heure est-il à présent ? demandai-je, suffoquant presque sous les grandes vagues qui m'engloutissaient.

— Hé mais ! neuf heures et demie, ma Fille.

Mon Cœur bondit dans ma Poitrine, à la Pensée que ce grand Accoucheur détenait le Pouvoir Magique de si bien abréger le Travail. Ainsi forte de cette Promesse (comme d'un bouclier contre mon Tourment), je me jurai d'endurer toutes les Terreurs que pourrait m'envoyer la Déesse. O je portais toujours ma Jarretière Magique en de telles Occasions; et, bien qu'elle fût très-effrangée et élimée, j'osais espérer qu'elle me protégerait contre tout Mal.

Lord Bellars, me dit-on, attendait hors de ma Chambre l'Heureuse Conclusion de mes Couches. Susannah apporta l'eau très chaude et les Draps demandés. Elle attacha l'un de ces derniers autour du cou du Dr Puette, étendant l'autre bout au-dessus de moi, de façon que mon Saint Calice Privé fût dûment couvert (comme l'exigeait la Pudeur). Sur quoi, le Grand Médecin m'ordonna d'écarter les jambes et, de ses énormes mains, se mit à sonder le Centre le plus Secret de mon Etre, jusqu'à me couper le Souffle plus d'une fois et m'arracher presque des Hurlements de Douleur. Je n'en fis pourtant rien. Je me mordais les lèvres, retenais mon Souffle, fermais les yeux si fort que Nombre de larmes amères en étaient exprimées; mais gémir et hurler, non, je m'y refusais, si exigeant que fût la Souffrance. Au vrai, j'éprouvais une sorte de Fierté à être une Femme Guerrier, une Amazone de la Mythologie Antique, à endurer ainsi ma Détresse sans un Cri.

Le Dr Puette retira ses mains, en rendant Verdict que je m'ouvrais rapidement et que, avant très peu de temps, le Bébé paraîtrait. Après quoi, il sortit à grands pas de la Chambre pour faire Rapport à Lord Bellars dans l'antichambre, me laissant seule avec Susannah.

O nous pouvions les entendre parler et rire dehors, comme si la Naissance d'un Enfant n'avait pas plus compté pour eux qu'une soirée au Café; et la Vérité m'oblige à dire que cela me chagrinait profondément d'entendre leur gai Bavardage assorti de Plaisanteries que je ne pouvais partager, cependant que je peinais pour mettre au Monde la Nouvelle Génération.

— Madame Fanny, me chuchota Susannah à l'oreille, je voudrais avoir votre Permission d'aller quérir cette Sage-femme...

— Tout sera achevé avant peu, marmonnai-je entre deux Douleurs. Le Docteur Puette l'a dit.

— J'ai mes Doutes, répliqua Susannah.

Mais j'étais bien trop absorbée dans ma Souffrance pour lui répondre.

— Je ferai ce que je ferai, grommela Susannah entre haut et bas.

Là-dessus, elle sortit de la Chambre (très-discrètement, par une porte ouvrant uniquement sur un petit escalier dérobé) et me laissa à mes Peines.

Parvenue là, je décrirais volontiers les heures de Travail qui suivirent; mais un étrange brouillard les estompe, tels les nuages accrochés à la cime d'un mont. Si fort que j'essaie de me souvenir, je ne revois que des Images des plus brumeuses. Tu diras, Belinda, que c'est parce que tant d'années ont passé depuis ta Naissance. Il n'en est rien. Je jure que, alors que tu n'avais que cinq semaines, j'ai tenté en vain de me rappeler les Douleurs de l'Enfantement et, même à ce moment-là, n'y ai guère réussi. O je me souviens que les Contractions finirent par devenir effrayantes ! L'on eût dit que tant mon dos que mon Ventre allaient exploser de Souffrance. J'ai Souvenir que mes dents claquaient et que tout mon corps tremblait, que mes pieds devenaient froids comme glace; mais, sur ma Vie, je ne puis me remémorer la Douleur elle-même ni sa Durée.

Depuis, j'ai interrogé beaucoup de Femmes sur ce curieux Phénomène; il est aussi répandu que la Poussière de laquelle nous venons et à laquelle nous retournons. La Souffrance, dira-t-on, n'est jamais mémorable; mais je jure que je peux mieux me rappeler la Douleur que j'éprouvai au pied et aux mains lors de ma Tentative d'Evasion du Bordel de la Coxtart pour rejoindre le Navire de Lancelot, que les Douleurs de l'Enfantement. Au vrai, c'est presque à croire que je n'étais pas tout à fait présente à ta Naissance, Belinda, bien que je sois sans Conteste ta Mère Naturelle.

Quelle peut être la Cause de cette curieuse Singularité ? J'ai médité longuement et profondément sur la Question. Peut-être cela fait-il partie du Grandiose Dessein de la Nature pour la Continuation de la Race Humaine; car si les Femmes pouvaient se souvenir véritablement de toutes les Douleurs de l'Enfantement, elles feraient aussitôt Vœu de Chasteté, entreraient sur-le-champ au Couvent, et ne se mettraient plus jamais de leur Vie au Lit avec aucun Homme.

Il est possible que ce bizarre Oubli de ce qu'est une Naissance ait aussi bien une autre Signification, et que ce soit Façon de nous faire entendre que nous sommes moins Mères de nos Enfants que Dame Nature elle-même; que nous sommes seulement les Truchements de la Grande Déesse; que les Enfants viennent d'Elle et lui appartiennent, et que nous ne devons nous les approprier qu'avec Modération, car ils nous sont prêtés, non donnés.

Si toutes les Mères gardaient trop vive Souvenance de leurs Couches, elles seraient enclines à se cramponner à leur Enfant d'autant plus désespérément, quand vient pour elles le moment de le lâcher dans le Monde pour y chercher Fortune. Ainsi sommes-nous toutes Orphelines du Destin, que nous connaissions ou non nos Parents Naturels.

Combien d'heures souffris-je ? Je ne saurais le dire. Des Silhouettes indistinctes allaient et venaient dans l'Obscurité de la Chambre. Le visage anxieux de Susannah se penchait au-dessus du mien; ses douces mains épongeaient mon front fiévreux. Le Dr Puette entrait ou sortait majestueusement, plongeait les mains sous le drap, me palpait rudement, grognait des Mots inintelligibles et ressortait du même pas. Assise à mon chevet, Susannah tantôt me tenait la main, tantôt glissait un bras sous mon dos pour soulager la Souffrance; ou bien m'encourageait, ou encore marmonnait qu'elle n'accordait plus qu'une seule et unique heure au Médecin.

Alors qu'il était déjà passé Minuit (du moins à ce que j'en conclus de la Consternation du Praticien), Puette m'examina de nouveau, déclara que l'Enfant était obstiné et refusait de tourner la tête, puis se retira pour aller quérir ses Instruments Secrets.

Alors, commença pour de bon le Cauchemar; car, le voyant revenir avec ses volumineux Instruments cachés sous sa longue robe, je me mis à hurler, de Terreur qu'il ne s'agît des terribles Crochets d'Extraction qui entraîneraient la Mort de mon Enfant non encore né.

– Sottises, Jeune Femme ! répliqua Puette en réponse à mes Craintes. Cette Invention Secrète ne fera que soulager la Douleur et mettre au Monde le Bébé vivant.

Là-dessus, le voilà qui fourre de nouveau les mains sous le drap, m'ordonne de m'écarter toute grande (chose quasi impossible au milieu de mes Contractions tumultueuses) et, tout soudain, enfonce un Métal glacial au Cœur de mon Etre.

Je me sentis immédiatement pareille à une Prisonnière de l'Inquisition, ou à un Félon soumis à la Peine Forte et Dure; car, en même temps que la Douleur déferlait par vagues violentes, l'autre Force, celle du Métal froid, s'insinuait jusqu'au fond de mes Entrailles et fouillait, tordait; on eût dit qu'elle tâtonnait à la Recherche de la tête de l'Enfant, lequel, dans son Obstination, refusait de se tourner du bon Côté. Au vrai, Puette semblait avoir engagé le Combat avec le petit Etre encore à naître, furieux de ce qu'il ne se rendît pas à ses Instruments Secrets; car il grommelait et grognait entre haut et bas, tout en me sondant, et il maudissait le Bébé qui avait décidé de moquer sa Réputation et de faire apparaître comme Mensonge sa Prédiction qu'il serait né avant Minuit.

En dépit de mon abominable Angoisse, j'étais consciente de cette Bataille entre l'Enfançon (qui tenait à sa Vie) et l'Accoucheur (qui ne songeait qu'à sa Renommée).

O Puette n'était pas entièrement insensible à ma Souffrance ! Mais il paraissait vraiment souhaiter la Confirmation de son propre Succès, plutôt que l'Heureuse Conclusion de mon Accouchement. Et donc, il sonda, et grogna, et sonda, jusqu'à ce que, enfin, il retirât l'Instrument de Torture (Geste que je saluai d'un Soupir de Gratitude) pour l'escamoter de nouveau sous sa robe de calicot, essuyer de sa grande main son front résolu et déclarer :

— Je crains de ne pouvoir épargner plus longtemps l'Enfant.

Ces Mots atroces me rendirent l'Energie et la Détermination, quand je les croyais taries; soudain, je fus envahie de la Conviction que j'étais capable de supporter la Douleur toute une Eternité, plutôt que de sacrifier mon Enfant.

— Laissez-moi en Paix, murmurai-je. Et laissez la Nature suivre son Cours...

Puette me regarda de ses gros yeux exorbités.

— Ma Chère, dit-il, je sais ce qui convient le mieux. Permettez-moi, je vous prie, d'extraire le Bébé et d'épargner la Vie de la Mère. C'est, j'en ai Peur, la seule Issue.

O alors je me souvins de toutes mes Lectures et des horribles Dessins représentant les Forceps et les Petits Corps extraits par morceaux du Sein de la Mère; et je hurlai de toutes mes Forces au Savant Docteur :

— Laissez-moi tranquille ! Laissez faire la Nature !

— J'ai juré à Lord Bellars d'épargner votre Vie, ma Chère. Allons ! baptisons cette Ame Infortunée, et sauvons du moins votre Vie.

Sur quoi, à ma propre Stupéfaction, je sautai à bas de mon Lit d'Angoisse et donnai un grand coup de pied au Célèbre Docteur, en criant à pleins poumons :

— Je vous verrai rôtir en Enfer avant que de vous voir tuer mon Enfant !

Susannah faillit applaudir à la Vue de ce Surprenant Retournement de la Situation. Je ne sais comment, à nous deux, nous poussâmes l'Accoucheur éberlué hors de la Chambre, refermant la porte à clé derrière lui.

Cet Effort m'avait laissée sans Souffle et je m'affalai par terre, gémissant en Grande Peine et manquant de m'évanouir. Je restai là longtemps, sur le parquet, à me tordre de Souffrance, tandis que le Dr Puette et Lord Bellars martelaient la porte de leurs poings furieux et criaient qu'on leur ouvrît. Mais je n'eusse pas été plus capable de me lever pour ce faire que de voler jusqu'à l'Ile de Wight pour rejoindre Lancelot (que, dans mon Délire, j'imaginais m'attendant toujours là-bas).

Je gisais sur le parquet, écoutant les Battements des poings sur la porte, pareils à un Roulement de Tonnerre. Je ne savais plus où j'étais ni ce que j'y faisais; mais je me jurai, dans je ne sais quel recoin de mon Cœur, de ne pas permettre à mon Enfant de mourir avant d'être né — ou, si les Choses en arrivaient là, de mourir avec lui et de monter au Ciel, mon Enfantelet rose dans les bras.

O je dus sombrer dans le Délire, car j'eus de Folles Visions d'Anges et de Démons et de Tournesols géants montant jusqu'aux nuages et, même, je dis à Susannah (qui me le raconta ensuite) : « L'homme accoste aux Tournesols. » (Pour ce que cela voulait dire, je l'ignore toujours !)

A la fin, je me retrouvai dans mon lit (comment, ou portée là par qui ? Je l'ignore tout autant); et Susannah me chuchotait ces Paroles :

— Maîtresse, vous avez assez souffert. Vraiment, pour l'Amour de Dieu, permettez que j'aille quérir la Sage-femme...

Et sans attendre ma Réponse (mais étais-je même capable de répondre ?) elle s'en fut de nouveau par l'escalier dérobé inconnu de Lord Bellars.

Ensuite, je revois des yeux bleus penchés vers moi sous une guimpe blanche tirée bas sur le front, et j'entends une tendre voix me dire : « Mon Enfant, il est vrai que tu n'as déjà que trop souffert. » Puis Susannah et la Sage-femme dévoilent mon corps, exposant tout mon ventre bien en vue, et, avec la plus extrême Douceur, la Sage-femme pose ses mains délicates sur ma chair, palpant pour trouver la Position de l'Enfant.

Elle tâte tout mon Ventre palpitant, comme si elle avait le Pouvoir de découvrir sous la chair, de même que sur un Dessin d'Anatomie, les vraies Formes de l'Enfant. Les Douleurs sont toujours aussi tumultueuses; mais la Tendresse de cette Femme m'apporte un Regain d'Espoir. Peut-être pouvons-nous encore sauver l'Enfant. Quelle Chose curieuse ! me dis-je. Moi qui naguère voulais me défaire de ce petit Etre, voilà que je sens que je ferais n'importe quoi pour épargner ce Bourgeon de Vie. Comme il est étrange que, à partir du moment où nous sommes vraiment prises dans la Danse de Vie, nous en suivons les Pas avec toute la Diligence que l'on nous a enseignée. La Musique s'enfle; nos pieds et notre Cœur obéissent, et le Tourbillon nous entraîne au Centre du Bal.

— La tête du Petit, dit la Sage-femme, est empêchée à l'Intérieur du Passage Pelvien, et ce, trop haut, je le crains, pour que le Terrible Extracteur du Docteur Puette soit de la moindre Utilité. Las ! comme les Hommes peuvent préférer leurs Machines à la Vie même... Nos mains sont d'assez bons Instruments pour la plupart des Circonstances de l'Existence. S'il te plaît, écarte les jambes, ma Chère Enfant, j'aimerais beaucoup pouvoir palper la tête de l'Intérieur.

Dans mon Angoisse, je tâchai de lui obéir, mais j'étais si éperdue de mes Grelottements et de mes Tremblements que j'y avais toutes les Peines du Monde. Susannah et la Femme me soulevèrent donc les genoux et m'ouvrirent les jambes. Puis la Sage-femme me sonda d'une main légère, pressant de l'autre paume sur mon ventre.

— Je sens la tête, dit-elle. Elle est tournée d'un Côté, ce qui fait que, à chaque Contraction, elle vient heurter ton dos. Si je parviens à la faire tourner par un Massage habile, alors, vraiment, je réussirai à épargner les deux Vies.

Elle me laissa un moment, tandis que mes dents continuaient à s'entrechoquer presque au Rythme du Martèlement des poings sur la porte.

— Hors d'ici, Bouchers ! Assassins ! cria Susannah plus d'une fois sans pour autant faire cesser le Vacarme.

— Je m'en vais... et j'abandonne l'Ingrate à son Sort ! finit par glapir Puette, tout à fait enragé par notre Refus.

Mais Lord Bellars le supplia probablement de rester, car nous continuâmes à entendre quelque temps encore leur Tambourinage.

— Sa Mort ne me retombera pas sur la tête ! vociféra Puette, si fort que Dieu lui-même dut l'entendre.

A la fin, le Fracas prit Fin et Susannah chuchota : « Peut-être les Assassins sont-ils partis, cette fois... » Mais je me demandais si Bellars n'était pas toujours là, attendant le Verdict des Parques. En effet, de temps à autre, j'entendais un timide Grattement à la porte, comme d'un chaton demandant qu'on lui ouvrît, sans oser gratter trop fort de Peur qu'il n'y eût quelque énorme Chien le guettant de l'autre côté de l'huis.

La Sage-femme ne tarda pas à revenir, chargée de pots contenant Pommades, Herbes et toutes Potions de son Art.

— Je te demande de boire ceci contre la Douleur, dit-elle en me tendant une tasse d'un liquide inconnu.

C'était amer, mais je bus ; la Peur d'un Poison était moindre en moi, à ce Stade, que celle de la Douleur continuelle. J'ignorais depuis combien d'heures j'étais en Travail, bien que je pusse voir l'aube poindre dans le ciel de Londres ; et j'étais si lasse et si faible que n'importe quel Opiat eût été bienvenu.

Le Philtre agit avec une remarquable Rapidité ; et si, en Vérité, les Contractions ne s'arrêtèrent pas, je cessai de m'en affecter. Chose étrange : j'avais Conscience de souffrir, et mon Esprit planait au-dessus de mon corps souffrant sans se préoccuper de ce Tourment. En fait, on eût dit que j'étais deux Femmes à la fois : l'une, Fantôme ou Spectre, l'autre, chairs gémissantes. Le Spectre ressentait Confiance et Paix parfaites, tandis que la chair s'angoissait et implorait Merci. Et cependant, Merci était déjà accordée, au vrai ; car cette Division entre Fantôme et chair était, en soi, la Merci même. Je me savais engouffrée au plus profond de l'Enfantement mais, sur ma Vie, je m'en moquais !

La Sage-femme m'enduisit le Ventre de ses Onguents, sans oublier mes Parties Intimes. Après quoi, ses douces mains commencèrent une sorte de Danse Rythmique sur ma chair, destinée, m'expliqua-t-elle, à faire tourner la tête de l'Enfant pour qu'il pût sortir vivant de moi.

Je sentais ses mains glisser à la fois dedans et dehors; et pourtant, mon corps ne m'appartenait plus. Je commençai par me croire en Mer avec Lancelot; puis à Lymeworth, avec ma Mère Adoptive, me promenant dans les Jardins Topiaires, tels que je les avais connus, avant les « Améliorations » promises par les nouveaux Plans Modernes de M. Pope.

Des heures durent passer : lorsque je rouvris les yeux, le Soleil était haut sur les vitres, qui étincelaient comme si un Alchimiste les avait transmutées en Or. J'entendis la voix de la Sage-femme dire, comme résonnant sous les voûtes d'une Cathédrale : « Je crains de ne pouvoir tourner la tête de cette Manière. » Susannah se mit à pleurer. Quant à moi, j'étais toujours si loin qu'il m'était presque impossible de comprendre que c'était de ma propre Vie et de mon propre Enfant qu'elles parlaient toutes deux.

— Je vous en prie, essayez l'Ergot de Seigle, alors, supplia Susannah.

— Je crains que cela ne la fasse trop souffrir, répondit la Sage-femme. Elle est déjà à bout de Forces.

Puis elle me secoua pour me ramener sur Terre, et me demanda :

— Que choisis-tu, Fanny ? D'épargner à tout Prix l'Enfant, si pénible que ce soit ? J'aimerais connaître ce que tu souhaites.

— Les Tournesols, les Tournesols, délirai-je. (O j'étais partie bien trop loin pour répondre raisonnablement !)

— Je vous en conjure, essayez, insista Susannah. Je connais bien ma Maîtresse. Elle plaiderait en Faveur de la Vie, même entre les Dents de la Mort ! Elle préférera toujours voir triompher la Vie, malgré la Douleur !

— Hélas, soupira la Sage-Femme, j'ai peur que ce ne soit vrai. Et pourtant, j'ai mal jusqu'à l'Ame, de la voir souffrir ainsi.

Ensuite, elle m'administra un autre Cordial, mais plus amer que le premier, et qui, bientôt, chassa tous les Rêves et me ramena au Sein de ma Douleur hurlante. Je retrouvai les nœuds qui me tordaient le ventre, avec toute leur Violence tumultueuse — et telle que, à la fin, j'implorai Pitié à pleine voix, en jurant que j'aimais mieux mourir que de supporter cela plus longtemps.

— Par pitié, criais-je, prenez ma Vie, car elle ne vaut pas un Sol pour moi ! Mais épargnez l'Enfant, si jamais vous le pouvez...

Susannah et la Sage-femme chuchotèrent alors en se consultant posément, gravement.

— Je tenterai un dernier Expédient, dit la Sage-femme, bien que le Risque soit grand. Et le Risque que ce soit découvert l'est encore plus; car, si quiconque venait à l'apprendre et que notre Fanny survive vraiment, assurément nous serions toutes trois traitées de Sorcières.

— Le Poteau d'Infâmie et le Bûcher ne sont rien, comparés à cette Souffrance ! délirai-je.

La Sage-femme m'administra alors du Laudanum, à telle Dose que je devins tôt insensible non seulement à la Douleur, mais à la Planète que j'habitais.

— Bénie sois-tu ! dis-je, tandis que l'Opiat se saisissait de moi et que je voguais de nouveau avec Lancelot.

Ensuite, je me souviens du Luisant de rasoirs et d'un Fracas de pots de Fer; mais si étranger à la chair était mon Esprit que je me souciais peu des Brutalités que l'on exerçait sur mon corps. J'étais bercée par les vagues avec Lancelot et, dans le même temps, je sentais le Froid du Métal qui rasait les poils roux de mon Pubis, et le fil d'un rasoir pénétra ma peau. Le sang coulait comme les Courants de l'Océan; le rasoir tranchait plus profond, encore, encore... Mais j'étais si extérieure à mon corps que j'avais beau sentir la Peine Physique, cela m'était complètement égal; et beau voir le Sang, il ne m'appartenait pas plus que le sang de l'Agneau égorgé aux Joyeux Ripailleurs qui se repaissent de sa Chair.

Susannah retenait des Cris à la vue de l'Horrible Spectacle; mais j'avais atteint un Stade où la Résignation laissait loin derrière elle la Rage de Vivre. Quelques moments auparavant, j'étais prête encore à m'accrocher de tout mon Etre à la Vie; mais l'Opiat m'entraînait maintenant si loin des Passions de la Chair que même l'Appétit de vivre m'avait maintenant quittée.

Le sang coulait; les draps même en étaient rougis. Mes Entrailles béaient. Une main experte plongea pour y cueillir l'Enfant, au Milieu même des Viscères. Je délirais si follement que, au vrai, je pensai que c'était mon Cœur palpitant que l'on arrachait, et non mon Enfant.

Une Petite Créature ensanglantée, extirpée par ses pieds minuscules, puis tenue tête en bas et fessée jusqu'à ce qu'elle crie... Et moi, j'entends ce Cri vigoureux, et je pleure, je pleure !

— C'est une ravissante Petite Fille ! Bénie soit-elle ! dit la Sage-femme.

— A-t-elle bien cinq doigts à chaque main, et dix orteils ?

Ce furent les seuls Mots que purent rassembler mes Esprits.

— Que oui ! Que oui ! Et aussi les cheveux roux ! répondit la Sage-femme.

Là-dessus, elle enveloppa l'Enfantelet (encore barbouillé du Mélange de nos sangs) dans une couverture de laine et le posa près de ma tête lasse. Et je pus m'émerveiller du minuscule nez retroussé (encroûté du sang de mon ventre); des minuscules mains cherchant à tâtons quelles autres mains saisir pour s'y cramponner; de la minuscule bouche tétant à l'aveugle, Faute aussi de savoir quoi; et des minuscules pieds battant le Vide, dans l'Ignorance des chemins qu'ils fouleraient (et sur quels Continents encore à découvrir ? De quelles Nations encore à naître ?).

— Bienvenue, Petite Inconnue ! dis-je entre mes larmes. Oui, sois la Bienvenue.

Et puis, le flot amer de mes pleurs fut le plus fort; sa houle déferla comme poussée par une Grande Marée. O je sanglotai tant que mes larmes finirent par laver un peu du sang séché sur les joues de l'Enfant, dévoilant sa peau translucide, de la Couleur d'une aube d'Eté !

Mais qu'était-ce que tout ce Travail de Couture, là en-bas ? La Sage-femme brûlait à la flamme d'une bougie une aiguille de Tailleur, peut-être pour arrêter le Sang ou cautériser mes Plaies; et, avec la soie la plus fine et la plus blanche qui soit, elle me recousait le ventre.

Tout cela, je le voyais et l'éprouvais; et pourtant, le Laudanum engourdissait en moi la Douleur. A travers mes larmes, je régalais mes yeux du visage de ma Fille et continuai à pleurer devant cette Beauté Céleste. O le Miracle qu'est l'Enfant Nouveau-Né ! Arraché au Néant, à peine en Vie durant neuf mois, il n'en surgit pas moins au Jour doigts et orteils entièrement formés, lèvres tendres comme des pétales de rose, yeux aussi insondablement bleus (et aussi aveugles, ou peu s'en faut) que la Mer, et langue plus rose que l'Intérieur d'un coquillage — le tout gigotant et se tortillant tel un ver dans le sol détrempé d'un jardin printanier.

Près de trois décennies ont passé depuis que je te contemplai pour la première fois, ma Belinda; mais jamais je n'oublierai ce que je ressentis alors que mes yeux embués se faisaient fête de ton petit visage frais-éclos. Les Souffrances de la Gésine peuvent s'estomper (ah ! elles ne s'en font pas Faute) mais la Merveille de ce Miracle — le plus commun de tous — qu'est l'Apparition du Nouveau-Né est un Conte dit et redit sans Fin partout et tant que survivra la Gent Féminine !

Ensuite, je dormis. Morphée, qui atténue tant de coups dans notre Rude Existence, m'accueillit dans ses bras aimants et je m'abîmai dans le Sommeil.

Je ne sais combien de temps je dormis. Lorsque je m'éveillai, ce fut au plus Noir de la Nuit; une seule bougie brûlait dans la Chambre. Susannah veillait. Je me soulevai en gémissant, tant le ventre me faisait Mal; elle m'apporta aussitôt une Potion calmante.

— Est-ce du Laudanum ? demandai-je.

— Oui.

— Alors, attends un peu. J'aimerais revoir mon Enfant avant que tu effaces de nouveau le Monde pour moi.

— Je vais vous chercher la Sage-femme, dit Susannah. L'Enfant va bien et il est plein de Vigueur, n'ayez Crainte.

Elle se retira par la porte de l'Escalier dérobé et, peu de temps après, la Sage-femme entra, seule. Elle s'approcha du lit dans la lueur de l'unique bougie — petite Silhouette tout de blanc vêtue, avec une curieuse bosse dans le dos et une coiffe basse et blanche lui couvrant le front. Elle tenait dans les bras un Bébé rouge et tout ridé, langé de lin; et parvenue à mon Chevet, elle me présenta la Merveilleuse Créature. C'était un minuscule Bourgeon d'Etre Humain, aussi étroitement serré dans ses pétales qu'une rose hâtive de Juin. Deux paupières inclinaient leur courbe rosée sur les joues Couleur de dragée, et deux Ombres de cils commençaient à se dessiner. Les paupières étaient, au vrai, si transparentes que le minuscule réseau des Veines s'irisait de pourpre et de bleu, telles des Créatures des Profondeurs de l'Océan. Les yeux étaient hermétiquement clos sur le Monde. (O ils n'en verraient que trop tôt la Cruauté !) La bouche ressemblait à un de ces vermisseaux couleur de pivoine qui sortent du sol sous les pluies de Printemps. L'extrême bout du petit nez pétait aux Anges. Les doigts étaient faits sur le Modèle de ceux que l'on voit aux Chérubins dans les Vieux Livres.

Je m'émerveillais — ô certes oui ! — et cependant, bien que j'eusse vu de mes yeux une main cueillir l'Enfant dans mon propre Ventre, je n'étais pas entièrement certaine qu'il m'appartînt. Non que je craignisse que les Fées ne l'eussent changé — non, point du tout. J'étais sûre d'être bien ta Mère, Belinda; pourtant, mystérieusement, je ne me *sentais* pas ta Mère — rien qu'une sorte de Passage ménagé à ta Naissance.

Ce genre de Sentiment est commun dans les premières heures qui suivent l'Enfantement. On apprend à être Mère; on ne l'est pas de Façon innée. Nous autres, Créatures Humaines, ne cessons d'apprendre, et savons si peu ! Mais cela ne m'empêcha pas de t'aimer dès l'instant que je te vis — de t'aimer de l'Amour le plus pur, et non pour la simple Possession. De t'aimer pour ton étonnante Beauté : toutes les Beautés de la Race Humaine réunies en un seul Bébé !

La Sage-femme s'agenouilla près du lit, plaça l'Enfant dans mes bras qui attendaient, et courba la tête pour une Prière silencieuse; puis, relevant vers moi ses yeux d'un bleu étincelant, elle repoussa de son front la coiffe, et, Cieux tout-puissants !... gravée comme un Blason dans la chair, il y avait une Croix, taillée à même la peau torturée et encore bourgeonnante et pourpre comme une Blessure fraîche.

— Isobel ! m'écriai-je.

— Fanny, ma Tant-aimée, ma Fille ! dit-elle.

Chapitre III

Où surviennent des Événements si Surprenants que l'Auteur n'ose même pas y faire Allusion d'avance, de peur que la Muse de l'Épopée Historico-Comique en conçoive du Courroux & ne fuie immédiatement son Logis.

JE REGARDAI Isobel — la bosse de son dos, la Croix découpée dans son front, ses yeux pareils aux Pierres Précieuses les plus bleues — et je fus convaincue d'être encore perdue dans les Rêves, sous le puissant Effet du Laudanum.

— C'est impossible ! dis-je, avec l'Impression de délirer de nouveau. Vous étiez morte : je vous ai vue assassinée sur la Haute Plaine de Stonehenge !

— Je ne suis pas un Fantôme, mon Cœur, répondit Isobel, bien que j'aie failli en devenir un, il est vrai. J'ai été violée et mon sang a coulé... Tu peux voir que la Croix a été taillée dans le vif de mon front; et pourtant, oui, pourtant, j'ai survécu malgré les coups de Poignard.

— Comment cela se peut-il ? demandai-je, oubliant presque l'affreuse Douleur qui me taraudait le ventre et les points de suture qui me tiraillaient à chaque Respiration.

— La Déesse m'a épargnée à Dessein, ma Fanny, pour que je puisse vous épargner à votre tour, ton Enfant et toi. Les Voies du Ciel sont plus insondables que ce qu'en voient les Humains.

— Mais comment as-tu échappé à ce Carnage ? demandai-je, incrédule.

— Les Scélérats étaient si enivrés de Frénésie Sanglante que,

354

lorsque vint mon Tour, ils étaient presque à bout de Forces. Un Ruffian à faciès de goret me violenta et me traça cette horrible Croix sur le front; mais, quand il voulut me poignarder au Cœur, son bras était mal assuré : il ne blessa que la chair et manqua ce Centre de la Vie. Je n'en tombai pas moins en poussant la Plainte d'un Etre touché à Mort, et il en conclut qu'il avait dépêché mon Ame. Ensuite, je demeurai parfaitement coite, ainsi que j'avais appris à le faire au Cours de longues heures de Méditation, et j'ai feint le Sommeil de la Mort. J'ai réduit ma Respiration et presque arrêté les Battements de mon Cœur, jusqu'au Départ des Infâmes. Mes Blessures étaient de telle Nature que j'ai pu empêcher la Gangrène au Moyen d'Herbes que je connais... les mêmes qui me serviront à guérir ton Ventre. Toutefois, je n'ai pu sauver nos Amies les Sorcières, car elles étaient trop mal en Point; les Pierres Sacrées de Stonehenge ont bu leur sang. Même celui de ma Bien-aimée Joan... Qui sait si la Déesse n'a pas voulu ce Sacrifice ?

— Quelle est-elle, cette Déesse, Isobel ? Existe-t-elle en Vérité ?

— Ah ! Fanny, Fanny, comment peux-tu le demander, alors que tu es encore en Vie, et moi aussi, et que ce magnifique Bébé a vu le Jour ? Le Forceps du Docteur Puette — car tel était assurément son Instrument Secret — n'a été bon à rien. Si je n'avais pas ouvert ton Ventre gonflé, il eût sûrement éclaté, et ta Vie avec lui. L'opération que j'ai pratiquée est vieille comme l'Histoire du Monde, et aussi vénérable que la Grèce et la Rome Antiques. On en remonte la Trace jusqu'à l'Aube des Temps. Néanmoins, elle est interdite, comme Sorcellerie. Puisque les Maudits Accoucheurs ne l'ont jamais pratiquée sur Femme qui vive, ils décrètent qu'il est impossible d'épargner à la fois l'Enfant et la Mère ! Et pourtant, nous, Femmes de Sapience, connaissons cet Art depuis des siècles et en transmettons le Secret à nos Filles. La Vie de la Mère est sauvée dès lors que nous vainquons la Gangrène avec nos Herbes Spéciales. Ainsi t'ai-je administré Moisissures et Mousses, lesquelles, mélangées au Laudanum qui tue la Souffrance, empêcheront l'Infection de la Plaie. O tu auras des Cicatrices ! Mais que sont-elles au Regard du Don de la Vie ? Tu les porteras comme la Fière Marque du Pouvoir qui est tien, de transmettre l'Étincelle. Encore sera-t-elle dissimulée sous ton Corps de jupe... à la Différence de la mienne.

Ce disant, elle me montrait tristement du doigt sa Croix, rouge et comme furieuse, à l'Image des Scélérats qui l'avaient gravée. Ces Paroles avaient soulevé en moi une telle Tempête d'Émotions que je ne savais plus où j'en étais.

— Il faut que tu comprennes, ma Chère Fille, poursuivit Isobel, que nous sommes tous issus d'un Passé profondément enfoui. L'on parle de la Raison, des Clartés de l'Esprit et des tout-puissants Desseins de la Nature dans ce meilleur de tous les Mondes Possibles; mais, pour la Femme, ce Siècle dit de Lumières est aussi obscur que la plus sombre des Nuits — sans aucun Rapport avec les Temps Anciens où la Femme était adorée comme le Soleil, et non ravalée au Rang de Lune aux Pâleurs Embrumées. Nous commençons tout juste à renaître, à secouer la Poussière de la Tombe, à dégager notre visage de sa gangue. Le mien, comme celui de toute Femme, est à l'Image de la Face de la Déesse. Des Hommes y ont découpé la Croix en Symbole du Pouvoir Masculin, croyant parvenir ainsi à diminuer la Déesse; il faudrait pour cela plus que de simples Couteaux.

Je contemplais Isobel avec le plus grand Ébahissement. Ses yeux brillaient de la Flamme d'un Autre Monde et, tout en parlant, elle oscillait et se balançait comme je l'avais vue faire, il y avait tant de mois maintenant, par la malheureuse Joan.

— Nous sommes les Porteuses et les Donneuses de Vie, reprit-elle. Et *cela,* nul ne peut nous le prendre. L'on aura beau essayer de profaner ces Mystères, pour en faire notre Perte au lieu de notre Gloire, ceux-ci n'en resteront pas moins la Source de tout notre Pouvoir. La Joie que tu as ressentie dans l'instant où tu as contemplé ton Enfant n'est qu'une faible Idée de la Divinité que tu portes en toi. Elle marque aussi le vaste Pouvoir de la Déesse. Les Accoucheurs et tous leurs pareils peuvent bien tenter de te faire croire que Gésine et Enfantement ne sont que Douleur, et non Bénédiction, même dans la Souffrance tu as entrevu des Joies.

« La Croix, le Gibet, les Barreaux des Prisons sont autant de Symboles de la Folie Humaine. Les Hommes voudraient toujours faire passer le Pouvoir avant la Vie même. Mais le Symbole de la Femme est le cercle : Cercle Pelvien, d'où sort la tête de l'Enfant entre les Jambes de la Déesse, Cercles des Tétins, du Nombril, du Ventre Gravide. Et tel le Soleil, tout Irradiation, Cercles sans Commencement ni Fin; alors que les Érections, Croix de Saint-André, Crucifix, Potence, ne sont que Témoignages du Culte Masculin de la Mort...

Je serrai contre moi mon Enfant et levai les yeux vers Isobel, tout en m'efforçant de comprendre le Sens de ses Paroles. J'avais la tête farcie d'Images de la Vie et de la Mort. J'étais sûre d'être moi-même au bord d'une Grande Révélation qui, cependant, m'échappait.

— Ah ! Fanny, tu es lasse, dit Isobel. Je vais t'apporter ta Potion pour dormir et tes Remèdes. Toute cette Conversation peut attendre un autre jour.

Elle me prit l'Enfant et revint avec un Philtre de Sommeil, que je bus avidement, certaine désormais de m'éveiller en Vie, et curieusement soulagée par les Paroles d'Isobel. Ensuite, je dérivai au fil d'un étrange Sommeil Visionnaire où ce que je venais d'entendre ou que j'avais perçu au cours de ces dernières Heures se mêlait bizarrement.

Je rêvai que je portais une longue robe de soie, Cadeau de ma seule Mère Naturelle, et d'une grande Beauté, toute de soie rosée – ce qui ne m'empêchait pas d'y découper un trou béant pour y accommoder mon Ventre gonflé. Puis, j'étais prise d'un très cruel Remords, car les fils de la soie s'effilochaient et je me savais incapable de les retisser. Je pleurais des larmes inconsolables devant ma robe effilochée et effrangée, et Susannah, dont la peau était devenue blanche, et les cheveux, roux, me disait : « Tous les Vers à Soie de la Chine travaillent pour vous. » Dans le rêve, Susannah était ma Fille et, tandis que je la regardais, je voyais son Corps rapetisser encore et encore, jusqu'à devenir celui d'un Bébé. Je la berçais dans mes bras; elle tétait mon Sein et tout mon Etre débordait d'une Passion comme aucun Homme n'en avait jamais suscité en moi. En lui prouvant mon Amour, je m'aimais moi-même, car nos deux Essences étaient si étroitement mêlées qu'il était impossible de dire où commençait l'une et où finissait l'autre.

O que d'étranges Rêves donne le Laudanum ! Isobel était-elle vraiment en Vie, ou avais-je rêvé cela aussi ? Et un Enfant m'était-il né ? Le fait est que, en ce premier jour qui suivit ta Naissance, j'étais incapable de distinguer entre Rêve et Veille, non plus qu'entre Vie et Mort.

Une seule bougie brûlait dans la Chambre maintenue dans l'Obscurité. Une porte grinça sur ses gonds; des pas s'approchèrent de mon lit.

— Isobel ? demandai-je.

Pas de réponse.

— Isobel ? répétai-je.

Les pas se rapprochèrent encore. Je m'efforçai péniblement de me soulever sur les oreillers. Ce que faisant, je distinguai dans les Ténèbres le Visage stupéfait de Lord Bellars.

— Fanny ! s'écria-t-il en voyant, pour la première fois depuis Lymeworth, mes propres Traits démasqués.

Là-dessus, il tomba à genoux à mon chevet, en implorant Pardon.

— Si seulement j'avais su ! sanglotait-il. Ah ! si seulement j'avais su...

— Qu'eussiez-vous fait ? dit une autre voix dans le noir.

C'était Isobel, et sa Parole était empreinte d'une Amertume dont je n'avais jamais entendu la pareille – même dans sa bouche.

Lord Bellars leva soudain la tête.

— Isobel ? demanda-t-il sur le Ton de l'Incertitude.

— Oui, répondit-elle.

— O non !... Toi aussi ? Non ! s'écria-t-il. O mon Dieu ! qu'ai-je donc fait pour mériter un tel Sort ?

— Que n'as-tu *pas* fait ? répliqua amèrement Isobel. Satan lui-même veillera à ton Enfer, Laurence Bellars !

— Hé quoi ! vous vous connaissez donc ? demandai-je.

— Fanny... il faut que tu saches... voulut dire Lord Bellars.

Mais Isobel l'interrompit vivement.

— Plus tard, dit-elle. Elle a vécu de trop dures Épreuves, ces derniers jours.

Et saisissant Lord Bellars par le bras, elle l'attira dans un angle de la Chambre où il m'était impossible de bien voir ce qui se passait entre eux. Mais, des Exclamations de Surprise et de Douleur contenues qui échappaient à Lord Bellars pendant qu'Isobel lui chuchotait à l'oreille, je déduisais que le Sujet n'avait rien d'agréable pour lui. A la fin, après moult Protestations de Chagrin de sa Part, je l'entendis tomber de nouveau à genoux et s'écrier :

— Qu'ai-je donc fait pour mériter l'Amour de Femmes si bonnes, moi qui ne suis que Basse Vilenie ?

A la suite de quoi, des pas précipités semblèrent fuir la Chambre, puis dévaler l'Escalier; et, presque aussitôt, Isobel revint vers moi.

— Que lui avez-vous dit, demandai-je, pour qu'il se soit exclamé de la Sorte ?

— Tu le sauras en temps voulu, répondit-elle, lorsque tu seras entièrement remise de tes Peines. Pour le moment, il faut te rendormir. Nous parlerons quand tu iras mieux.

— Mais où va-t-il ? demandai-je encore.

— Expier ses Péchés, répliqua-t-elle. Nous n'avons que faire d'Hommes, ici. C'est Travail de Femmes. Dors, ma Fanny, dors.

Tous ces Événements très étranges survinrent entre Sommeil et Veille, sous le Puissant Effet du Laudanum et dans ce curieux Etat Crépusculaire qui suit l'Enfantement. N'eussé-je pas eu d'Opiat pour m'embrumer le cerveau, que j'eusse été sans Doute au moins à demi privée de Raison après de telles Affres. O Anges et Démons sont au chevet des Femmes en Gésine ! Même sans Isobel pour attiser ma Fureur, la Sévérité de la Douleur que j'avais éprouvée eût dû exciter ma Colère contre la Gent Masculine entière, qui n'emploie la Femme que comme Poulinière et lui dérobe non seulement la Vie, mais même la Joie de porter un Enfant. Car qui peut se glorifier de donner le Jour à une Fille, en un Monde où les Femmes ont si peu de Perspectives d'Avenir et sont si maltraitées ?

Je me souviens des pleurs que je versai sur ton petit corps, ma toute rose Belinda, en me jurant que ton Destin serait plus clément que le mien; que jamais tu ne serais séduite comme ta Mère; que tu recevrais la même Éducation qu'un Garçon; que tu apprendrais à monter à Cheval, à tirer l'Épée et à tenir un Pistolet; en Sorte que, si cruelles que fussent les Cartes que te réserverait le Sort. tu fusses à même de te défendre contre tout.

Je me rappelle comme je m'asseyais pour te bercer (alors que nous étions toutes deux encore dans la Somnolence qui suit une Naissance) en m'émerveillant de ton Visage, de tes mains de Chérubin, du bleu insondable de tes yeux de Nouveau-né, du rose d'aurore de ta peau fraîche éclose,

Comment, nous qui ne formions tout récemment qu'un seul Etre, étions-nous devenues deux ? Je ne cessais de m'en émerveiller, car je te sentais toujours là, sous mon Cœur, et je pleurais de cette Séparation qui présageait toutes celles de la Vie, avec la Mort pour finir.

C'était Grand Bonheur que d'avoir Isobel près de moi; car je me sentais moi-même presque Enfant. Quand je me lovais dans le Sommeil, je m'imaginais redevenue toute petite, un peu de bave argentée sourdant de la bouche, comme si un minuscule escargot avait traversé l'oreiller, et les menottes s'ouvrant et se refermant sur le Vide.

— Comment l'appellerons-nous ? demanda Isobel, prenant place à côté de mon lit et abaissant sur le Bébé des yeux pleins de l'Amour le plus tendre.

— Belinda, répondis-je, sans y penser (car j'aimais encore le Poème de *La Boucle Dérobée*, si je n'avais plus d'Amour pour son Auteur, M. Pope).

O je priais la Déesse que ma Belinda ne connût pas de plus grandes Tribulations que le Vol d'une mince boucle de cheveux, coupée lors d'une Partie de Cartes !

— La Déesse te souffle tes Mots, dit Isobel. Car Belinda signifie « La Serpentine », et le Serpent est Antique Symbole de Sagesse, et Symbole aussi de la Déesse.

— En êtes-vous vraiment sûre ? demandai-je. Je ne voudrais pas appeler ainsi ma Fille, si jamais c'était là Nom Satanique; car le Serpent n'est-il pas Synonyme de Diable ?

Elle me regarda le plus patiemment du Monde, mais ses yeux lançaient des Éclairs de Colère.

— Si je t'avais élevée, tu *saurais*, rétorqua-t-elle. Le Serpent était le Symbole de la Déesse et, quand ses Temples Sacrés furent jetés bas et que des Prêtres remplacèrent les Prêtresses d'antan, on le donna comme l'Image du Diable même. Il en va toujours ainsi : le Nouveau Culte désigne comme Diables les Dieux Anciens. Mais toute la Fable de l'Eden n'est que Mensonge ! Nomme-la donc bien Belinda; cela plaira à la Déesse.

A cet instant, la porte s'ouvrit et Susannah se précipita dans la Chambre, le visage plein de Frayeur..

— Vite ! Courez vous cacher, Madame Isobel ! C'est l'Accoucheur, le Docteur Puette et sa Cohorte... Ils parlent tout bas de Sorcellerie et insistent pour voir la Sage-femme. O je vous en supplie, courez vous cacher !

Isobel rabattit sa coiffe sur son front pour dissimuler l'horrible Croix; puis, se jetant à genoux, elle implora la Pitié de la Déesse et murmura d'autres Prières inaudibles pour moi.

— Isobel, dis-je, il y a tant de Questions que j'aimerais vous poser touchant Lord Bellars, la Déesse, toute votre Tradition...

Elle se hâta de m'embrasser tendrement, puis baisa l'Enfançon rose.

— Ces Retrouvailles sont plus que je n'osais espérer. O si je dois mourir sur l'heure, j'aurai accompli ma Part en te sauvant avec notre Belinda bénie ! Veille bien sur elle. Nos Chemins se croiseront de nouveau, si la Déesse le veut. Reçois ma Bénédiction pour vous deux et pour toutes vos Filles ! O bénie, bénie, bénie sois-tu !

Là-dessus, elle s'enfuit par l'Escalier dérobé.

— Isobel ! criai-je, navrée de la perdre encore, après l'avoir à peine retrouvée. Isobel !

Peu après, le Dr Puette fit irruption dans la Chambre, accompagné de deux Compères d'Allure plus jeune. Ils avaient la perruque de travers et le visage rouge d'Essoufflement et de Colère.

— Où est-elle, cette Sorcière qui ose se dire Sage-femme ? s'écria Puette.

— Il n'y a pas ici de Sorcière, ripostai-je, à moins que vous ne parliez de moi. Car j'ai mis l'Enfant au Monde toute seule, ajoutai-je le plus effrontément qu'il soit, mais les mains tremblantes en présentant le Bébé.

— Vous mentez ! s'exclama Puette sur un Ton accusateur. Il était impossible de délivrer cet Enfant vivant par la Voie de Nature ! Selon les Règles, vous devriez être morte. Je jure sur l'Esprit de Feu Hippocrate que l'on a fait appel à la Sorcellerie. Par Jupin, j'aimerais voir la Plaie; car je suis sûr qu'il y en a une !

— La Pudeur l'interdit ! protestai-je. A vos Risques et Périls, osez dévoiler mon corps, Messire !

Puette s'arrêta net. Il n'osait pas en venir là, de Peur d'être condamné par ses Pairs : car, si un Accoucheur ne pouvait soulever un drap pour examiner une Femme en Gésine sans transgresser les Bornes de la Pudeur, comment eût-il été assez présomptueux pour le faire, après qu'elle eut été délivrée d'aussi heureuse Façon — même par quelqu'un d'autre ?

— Cessez et renoncez, Messire, dit Susannah. Allez-vous-en, Assassin.

Puette resta planté, bouche bée, considérant les Sanctions possibles; puis, il jeta un Regard rapide autour de la Chambre et demanda où se trouvait Lord Bellars.

— Lord qui ? dit Susannah, sans me laisser le temps de répondre.

— Lord Bellars de Lymeworth, répondit Puette. Car l'on ne m'a point encore donné mon dû.

— Il n'y a pas de Bellars ici, dit Susannah, et il n'y en a jamais eu. Ma foi, j'ignore qui peut être cet Homme.

Je la regardai, tout étonnée : quelle Rusée, cette Fille !

— Je veux mon dû ! réclama de nouveau Puette.

— Votre dû pour quoi ? répliqua Susannah. Pour avoir à demi assassiné ma Maîtresse ? Elle a eu son Enfant sans aucune Aide, et vous voudriez que l'on vous payât pour cela ? Hors d'ici !

Puette éructait et crachotait; ses Suppôts marmonnaient de terribles Menaces.

— Où est cette Sorcière ? répéta Puette (comme incapable de trouver autre Chose à dire).

— Çà, mais vous avez perdu l'Esprit ! dit Susannah. Retournez chez les Fous, où l'on vous attend, et laissez cette Pauvre Femme prendre Soin en Paix de son Bébé.

— C'est de la Sorcellerie ! se récria encore Puette.

— Si fait, c'est Sorcellerie ! reprit en Écho l'un des Séides.

— Sorcellerie pure ! répéta l'autre Compère.

Sur quoi, Susannah empoigna le balai rangé à côté de l'âtre et, le brandissant comme une Arme, se précipita sur Puette et ses Confrères.

— Sorcellerie ? cria-t-elle. Si vous y croyez tant, à votre Sorcellerie, alors envolez-vous sur ce balai ! Triples Sots que vous êtes ! Bouchers ! Hors d'ici !

Et elle les chassa par la seule Fureur de ses Paroles, tout en fouettant l'air du manche de son balai. Puette et son Escorte s'enfuirent si vite que je fus bien forcée de rire, en Dépit de la Douleur qui m'en venait au Ventre et des Tiraillements de mes points de suture. Lorsqu'ils eurent disparu, je demandai à Susannah si Isobel l'avait éclairée sur les Motifs de la Retraite précipitée de Lord Bellars

— Elle n'en a pas dit un Mot, Maîtresse, et ne s'est occupée que de me montrer comment préparer vos Médicaments, presque comme si elle avait été sûre qu'il ne lui serait pas donné de demeurer ici bien longtemps. Quant au Départ de Milord, j'ignore pourquoi il s'est enfui; mais il m'a mis de Force des Guinées dans la main... du moins assez pour nous durer quelque temps.

— O Susannah, dis-je. Tiens-moi dans tes bras... j'ai si Peur !

Au vrai, je tremblais de tout mon corps et grelottais de toutes mes dents. Je serrais contre moi ma Belinda rose et endormie — et oublieuse des Malheurs de ce Monde — mais moi, qui me serrerait sur sa Poitrine pour me consoler ?

— Je serai votre Mère, Madame Fanny, dit Susannah, car je sais ce qu'il en est d'être Orpheline.

Et certes, il était vrai qu'elle m'avait dorlotée et sauvé la Vie, tant en faisant venir la Sage-femme à mon Insu qu'en chassant l'odieux Accoucheur. Maintenant, assise sur le lit, elle me berçait dans ses bras graciles.

— O Susannah, tu m'as sauvé la Vie ! dis-je, les larmes aux yeux.

— Chut ! Madame Fanny, je n'ai rien fait du tout. C'est Maîtresse Isobel qui a tout fait.

Nous continuâmes de nous bercer, Mère, Bébé et Tendre Servante, tandis que je me demandais quelles Nouvelles Épreuves nous enverrait le Sort, après les Surprenants Événements de ces derniers jours.

Susannah baisa mon front enfiévré et celui de Belinda.

— Je vous tiendrai lieu de Mère, Madame Fanny, répéta-t-elle. Et à Belinda aussi.

Sur quoi je me rendormis, ma petite Belinda dans les bras.

Chapitre IV

Où l'on fait la Connaissance de Prudence Feral, Nourrice Exceptionnelle & où l'Auteur offre un Résumé de l'Éternelle Controverse opposant les Tenants de la Nourrice à ceux de l'Allaitement Maternel; & y ajoute en Appendice quelques Opinions Personnelles, tirées de l'Expérience, laquelle est bien la meilleure Donneuse de Leçons.

DURANT les jours qui suivirent, je vécus entre Sommeil et Veille, m'efforçant de donner le Sein à mon Enfantelet, chaque fois que ses Cris perçaient les Ténèbres de mes Rêves et qu'il avait Faim. Jamais je n'oublierai, dussé-je vivre Centenaire, comment ta petite bouche, Belinda, se collait à mon Tétin, comme si rien d'autre n'avait existé sur cette Terre que lèvres et Sein, et que toute la Danse de Vie eût été seulement le Mouvement des lèvres d'un Enfant tétant à perdre Haleine !

O quel Étrange Destin nous a réservé la Déesse ! Réveillées en pleine nuit par le Cri perçant du Nouveau-né, que de Colère et de Ressentiment nous éprouvons à voir notre Repos ainsi interrompu ! Mais, dès que nous prenons l'Enfant rose dans nos bras – poids doux et chaud, fleurant légèrement la sueur et l'urine – et que nous abaissons les yeux sur son petit visage endormi, paupières closes sur les pétales de rose des joues, aussitôt notre Colère fond. Et quand, enfin, la Petite Créature attache sa minuscule bouche résolue au Sein qui attend, nous voilà entièrement gagnées; et Mère et Enfant redeviennent du même coup un seul Être, respirant au Rythme du Grand

Souffle de l'Univers, tétant la Douceur au Cœur même de la Vie, d'une bouche dont les Mouvements sont non appris, mais entièrement innés, et aussi forts que le Pouls même de la Nature.

Je me souviens des premiers jours somnolents où mes Seins ne donnaient que quelques larmes d'un Fluide transparent, et où l'Enfant dormait plus qu'il ne veillait et ne s'éveillait que pour s'épanouir comme un petit bourgeon et s'époumoner de Faim, tout son corps crispé d'Angoisse impatiente. Il collait à mon Sein comme une bernacle et tétait comme si son Salut en avait dépendu, jusqu'à ce que tout son petit Etre trouvât son Aise, que ses Membres se détendissent et qu'il finît par s'endormir, Tétin encore en bouche. Puis, d'un seul coup, la tête retombait lourdement de côté, les petites lèvres lâchaient le Bout de Sein, et tu sombrais dans le Sommeil, ma douce Belinda, au plus profond du Divin Oubli. Après trois jours, des fins ruisseaux de lait commencèrent à couler de mes Tétins, de telle sorte que je pouvais presser ceux-ci et voir les minces jets gicler, tels de minuscules rayons de Lune ou des fils de la Vierge soyeux, sécrétés par mon corps pour nourrir l'Enfant si récemment cueilli à l'Intérieur de moi. Je me rappelle comme le bout de mes Seins devenait douloureux au Fur et à Mesure qu'approchait l'heure de la tétée, et comme ton moindre Cri, ou même la seule tendre Pensée de toi, me gonflait les Seins à craquer, cependant que trois gouttelettes d'un blanc nacré sourdaient, pour se changer en ruisselet à chaque Tétin.

Tout soudain, le dixième jour après ta Naissance, mon lait devint amer et tu refusas de le prendre. Tu détournais ta petite tête de mon Sein en pleurant, le Visage déformé de Douleur et de Colère, si bien que cette même Poitrine qui te réconfortait jusqu'alors t'arrachait maintenant des pleurs inconsolables. Et combien moi-même j'ai versé de Larmes à cause de ce Malencontre, tandis que mes Seins se gonflaient à faire Mal et que mon lait coulait sur le drap ! O quel infortuné Retournement du Destin, pour quelqu'un qui avait déjà traversé tant d'Afflictions — car l'Enfant nouveau-né n'a d'autre Dialogue avec sa Mère que la tétée, à Défaut de Parole; et si on lui retire ce simple langage, quel Discours leur est-il laissé ? Il n'était point à la Mode du Temps, pour les Femmes de Noble Naissance, de nourrir elles-mêmes leur Bébé : donner le Sein était jugé parfaitement bas et bestial. Je n'en allai pas moins contre cette Mode et m'y essayai. Cependant, lorsque mon lait devint suret, Susannah m'avoua qu'Isobel l'avait avertie de cette Possibilité.

— Les Herbes Amères ont fait tourner votre lait, j'en ai peur, m'expliqua-t-elle. Ce n'est pas votre Faute. Isobel m'en avait prévenue, en me conseillant de trouver une Nourrice pour le Bébé. Mais vous désiriez tant le nourrir vous-même !... Ah ! Madame Fanny, ne pleurez pas ainsi.

Mais je pleurais toutes les larmes de mon corps. Le fait que le Bébé se détournait de mon Sein me semblait plus cruel que toutes les Pertes qui avaient accablé mon Existence. Tu étais, Belinda, ma seule Famille en ce Monde, et je ne souhaitais rien tant que de t'allaiter jusqu'à la Fin des Temps. Car quel Réconfort, de pouvoir nourrir de son lait son Enfant ! Les Hommes de Qualité peuvent discuter cela; les Grandes Dames peuvent dire que c'est chose vulgaire et uniquement bonne pour les Animaux; c'est pourtant une immense Satisfaction pour la Mère autant que pour l'Enfant. Car, de même que celui-ci en est soulagé du Chagrin et de la Faim, de même la Mère y trouve-t-elle sa Nourriture : l'une prend en donnant, et l'autre, en prenant, donne; et par ce Rapport, tous deux sont comblés. Nourrir sustente la Nourrice comme le Nourri.

Il n'empêche que les mêmes Herbes qui m'avaient sauvé la Vie emplirent d'Amertume mon lait Donneur de Vie. Il était donc essentiel de trouver une Nourrice, et sans perdre une minute. Il en coûta un jour et une nuit; et, pendant tout ce temps, je craignis que tu ne périsses de Faim. Vingt-quatre heures sont une Éternité pour une toute nouvelle Mère, lorsque son Enfant hurle cruellement.

Quelle Profusion de Fluide est le Corps de la Femme ! Lait, larmes, sang — voilà nos Éléments. Nous semblons baigner perpétuellement dans toutes Sortes d'Humeurs. O nous sommes faites d'Eaux, et, telles les Mers, nous foisonnons de Vie, sous toutes Formes et de toutes Couleurs.

La Nourrice arriva enfin, à mon Soulagement autant qu'à mon Regret. Mieux valait toutefois une Nourrice qu'un Bébé affamé. Et cette Femme se révéla Créature de Poids, aux énormes Seins pendants, au visage porcin avec de petits yeux, à peine fendus derrière des lunettes cerclées de Fer, et un Soupçon de moustache sous un nez en pied de marmite, ainsi que des lèvres aussi pourpres et humides que du foie de veau. Pour compléter le tableau, elle avait les cheveux brun-souris, la moustache de même Nuance; et une grosse loupe, brune aussi, lui décorait la joue droite. Malgré cet Aspect peu plaisant, nous fûmes, Susannah et moi, si reconnaissantes de son Arrivée (car le Bébé affamé fut nourri et cessa aussitôt de crier) que nous nous fussions jetées à ses genoux, de Gratitude, eût-elle ressemblé à Méduse en Personne et menacé de nous pétrifier.

Prudence ou Prue Feral — tel était son Nom — était la Sorte de Personne qui tenait Bonté et Amitié uniquement pour Prétextes à dominer ceux qui professent ces Qualités. Voyant donc à quel Point sa Venue nous soulageait, elle se mit aussitôt en Devoir de nous renvoyer chacune dans notre Coin Susannah et moi.

Fille d'un Vicaire de l'Église Anglicane, et se disant Veuve depuis peu d'un Marin perdu en Mer, elle déclarait avoir enterré son propre

Fils en bas âge, il y avait à peine trois jours ; et c'était pour cette Raison, et celle-là seule, qu'elle consentait, pour quelque temps, à prendre une Place de Nourrice. Sans nul Doute, elle espérait nous convaincre qu'elle était pourvue et à l'Aise et, n'ayant nul Besoin d'Argent, acceptait cet État par Pur Amour des Petits Enfants, à la Différence des Nourrices Mercenaires des Chansons et des Fables.

A peine fut-elle à Demeure dans notre Maison, que ce fut une Pluie de Règles pour le Bébé, et même pour Susannah et moi. Elle ne se nourrissait que de côtelettes de mouton, d'huîtres fraîches, de lait de chèvre frais, à l'entendre ; et elle exigea que l'on engageât une Cuisinière pour contenter son palais. J'accédai à toutes ses Conditions, tant j'étais anxieuse de voir survivre ma Belinda, et je comprenais que la Nourriture de la Nourrice était l'Augure de celle de l'Enfant. (Isobel m'avait prévenue que j'aurais peu de chances de porter un autre Enfant après pareille Épreuve ; j'étais donc plus que jamais déterminée à te garder en Vie, Belinda — bien que l'on ne comptât pas les Bébés nés à seule Fin, semblait-il, de mourir, en ces Temps Sinistres.)

Prue te prit complètement en main, t'installa dans sa propre chambre, ferma la porte à clé et nous interdit de te voir, sauf Dispense Spéciale. L'on eût dit une Audience du Pape à Rome ! Si Prue n'avait pas eu un Amour Immodéré pour la Table et n'avait été, au vrai, une Gloutonne, nous n'eussions jamais revu ton petit visage, tant elle accaparait ta Minuscule Personne. Mais, tout le jour et toute la nuit, elle se faufilait à pas sournois jusqu'à la Cuisine pour y quérir gâteaux et tasses de lait à son Usage personnel. Si bien que, lorsque son Estomac lui intimait de sortir de son Repaire, je pouvais m'y glisser et contempler ton Adorable Minois.

Les Nuits et les Jours de Prue semblaient se modeler exactement sur ceux d'un Enfant nouveau-né. Elle dormait et mangeait, buvait du lait chaud, se rendormait, et, tout ce temps-là, ne cessait de grossir. Il y avait de la Magie, peut-être, en ce que plus elle forcissait, plus l'Enfant l'imitait. Mais, au vrai, elle prenait plus grand Soin de se nourrir elle-même que d'alimenter l'Enfant. Elle vivait dans sa chambre enténébrée, rideaux fermés, draps et couvertures sentant le moisi et en Bataille sur le lit, et feu brûlant constamment dans l'âtre ; en Revanche, pas une seule bougie dans les appliques. La chambre ne tarda pas à empester l'urine et le lait caillé, cependant que Prue poursuivait son Existence somnolente, entre l'Office et sa chambre, et donnait le Sein, puis se remettait au lit.

Susannah et moi, nous demeurions le Regard rivé à la porte fermée à clé de son Antre, sans oser frapper, de peur de nous attirer le Courroux de Prue. La moindre Vétille paraissait la vexer ; et les Personnes susceptibles deviennent aisément des Tyrans Domestiques.

— Bah ! Votre lait n'était pas assez riche ! me disait-elle souvent, quand elle daignait me parler.

Comme toutes les Nourrices, il ne lui suffisait pas d'allaiter l'Enfant, il lui fallait en outre châtier la Mère ! Et, de même, elle critiquait ma Façon de m'habiller, me prédisait le Pire pour ma Santé dans l'Avenir et raillait mes Opinions sur le Gouvernement des Enfants en général. Car, à l'époque de ta Venue au Monde, Belinda, il se trouvait encore des Nourrices pour ne jurer que par le Maillot et les Bandelettes (comme c'est encore la Coutume dans la plus grande Partie de l'Europe), tandis que les Parents plus Éclairés commençaient à s'élever ouvertement contre cette ancienne Pratique. Si je n'étais pas intervenue, Prue t'eût emmaillotée et suspendue comme une Quille Hollandaise, en te laissant la tête ballante, sans Protection et hochant à chaque Secousse, tels ces petits Poussahs de Canton, alors qu'il fallait la maintenir, à Cause de la Faiblesse Naturelle d'un cou de Nouveau-né.

Le maillot, je l'interdis, puisque je croyais déjà, avant même que les Savants Docteurs commençassent à s'y opposer dans leurs Disputes, qu'un Enfant doit être libre de ses Mouvements. Comment en étais-je venue à cette Conclusion ? Je l'ignore. C'était mon Inclination naturelle, tout comme, aussitôt, mon vif Désir de t'allaiter moi-même. De nos jours, les Pamphlétaires jacassent de toutes ces Choses, mais le Règne de Georges Iᵉʳ était encore un Age de Ténèbres, en quelque Sorte, et nombreux étaient les Roués et les Hommes de Qualité qui ne permettaient guère à leur Épouse le Plaisir de nourrir leur Progéniture (car, alors, le Père n'eût pas eu Accès à sa Femme, de peur qu'elle ne redevînt enceinte et que son lait ne tarît). La Tendresse était Rareté chez les Parents, en ce temps-là, et bien des Nourrissons étaient envoyés dans des Régions beaucoup plus dangereuses et malsaines que celle où vivait la Famille. Le Père déclarait que c'était pour le Bon Air de la Campagne, quand c'était en fait pour sa Propre Aise, tant pour avoir Accès à son Épouse que pour n'être pas réveillé la Nuit par un Bébé hurlant (ou « Marmot », eût-il dit).

La cause de cette Froideur envers les Petits Enfants, je ne la connais pas; car les Mères elles-mêmes, ayant enfanté dans la Douleur, donnaient souvent joyeusement leur Accord à cette Coutume, et envoyaient leurs Rejetons à des « Nourrices Tueuses », bien connues pour leur Réputation de les laisser étouffer sous les Couvertures ou de les affamer. Peut-être était-ce pourquoi tant d'Enfants mouraient avant leur cinquième année et pourquoi les Parents répugnaient à trop s'attacher à eux, de Peur d'être souvent endeuillés. Peut-être ces Mères raisonnaient-elles que mieux valait envoyer l'Enfant très-loin, si c'était pour qu'il pérît de toute façon.

L'Aigreur de mes propres Rapports avec Mary, ma Sœur Adoptive, provenait en Réalité de cette Regrettable Pratique de l'Envoi des Enfants en Nourrice. A sa Naissance, on avait expédié Mary de la Sorte, puis tenue éloignée près de trois années. A son Retour, trouvant là Daniel et moi, qui usurpions sa Place, elle avait à la fois pleuré en réclamant sa Nourrice (qu'elle tenait maintenant pour sa Mère de Cœur) et enragé de se voir remplacée à la Maison. Au vrai, ainsi que Lady Bellars me le dit plus tard, c'était la Faute de Lord Bellars en Personne. Car, amèrement déçu que l'on lui présentât une fille comme Première-née, il la bannit en Nourrice à la Campagne, refusant de poser les yeux sur elle, jusqu'à ce que, comme il disait, elle eût atteint « l'Age de Raison ». Hélas, cet âge, elle ne l'atteignit jamais. Au contraire, cet Exil précoce emplit tant de bile son Cœur d'Enfant que, lorsqu'elle fut rendue à sa Famille, elle passa ses jours à imaginer les Épreuves qu'elle infligerait à sa Mère et à son Frère, et encore plus à moi.

Mary avait été emmaillotée; moi, pas. De ce fait, je ne voulais pas permettre que tu le fusses; mais ce fut seulement après d'incessantes Disputes que je parvins à empêcher Prue Feral de te ligoter comme un chapon troussé. Les premiers jours de son Service, elle entoura ton corps de bandelettes, ma Belinda, et serra tant qu'elle put — sans nul doute de Façon à t'empêcher de remuer et de la déranger. De même qu'elle n'inspecta pas souvent ton maillot, de Peur de souiller ses doigts délicats de tes excréments ou de ton urine d'Enfant. Cela me faisait enrager au Point que, pour un peu, j'eusse eu du Mal à supporter sa Présence un instant de plus dans notre Maison; mais Susannah m'empêchait de la réprimander, en me rappelant toute la Peine que nous avions eue à trouver une Nourrice en d'aussi Brefs Délais. (Car note bien, Belinda, que les Accoucheurs étaient aussi les Pourvoyeurs de Nourrices, à Londres, à l'Époque, et qu'aucun d'entre eux n'eût voulu traiter avec nous, dans cette Ville, après les Rapports du Dr Puette sur mes Couches.)

— Je ne permettrai pas que l'on emmaillote mon Enfant, déclarai-je finalement à Prue, incapable de contenir plus longtemps ma Fureur.

— Démaillotez-la vous-même, si vous voulez sa Mort ! répliqua-t-elle.

— Qu'entendez-vous par là ? dis-je, en la regardant avec Étonnement.

— Je ne veux pas que l'on m'accuse, si l'Enfant meurt de Froid, rétorqua-t-elle. Ce ne sera pas *ma* Faute.

— Et pourquoi mourrait-elle de Froid ?

Peuh ! fit-elle, avec une moue de ses grosses lèvres en foie de veau et en gonflant ses bajoues de Réprobation sévère. On voit bien que vous ne connaissez pas grand-chose aux Bébés !

Sur quoi, je me pris à douter de moi, car il était vrai que mon Expérience des Bébés était presque nulle. Je n'avais pour moi que mes Inclinations Naturelles, sans aucune Preuve. Las ! les Nourrices peuvent tyranniser les Jeunes Mères à Volonté, tant les Malheureuses doutent de tout — et quant aux Bébés, ils sont bien en Peine de faire connaître leur Opinion Personnelle.

Ma fille mourrait-elle de Froid sans maillot ? Mourrait-elle de Faim à cause de l'Amertume du lait de sa Mère ? Absorberait-elle la Disposition Acariâtre de sa Nourrice avec le lait de celle-ci ? Tiendrait-elle Prue Feral, au Lieu de moi, pour sa Mère Naturelle ? Autant de Choses, Belinda, qui me tourmentèrent fort, durant ces premières semaines qui suivirent ta Naissance. O les Astrologues et les Mages soutiennent que la Femme, à la Veille de ses Époques, est douée de Pouvoirs Surnaturels et capable d'évoquer à sa Guise les Esprits. Alors, combien plus puissante doit être la Magie d'une Jeune Mère ! Car, à la Vérité, l'Acte d'Enfantement est une Césure entre la Terre et le Ciel, un Abîme creusé entre le Sublunaire et le Divin, une Frontière Miroitante entre l'Homme et Dieu, entre la Femme et la Déesse.

— Démaillotez-la, commaidai-je en me redressant et me faisant aussi grande que possible. J'accepte la Pleine Responsabilité des Conséquences.

Prue Feral prit sa Mine de Vinaigre (comme à l'Ordinaire), mais n'en défit pas moins les bandelettes. Je pleurai à la Vue de tes petites jambes rougies par le lange contraignant, et de tes petits bras presque déformés par leur Emprisonnement injustifié. J'envoyai Mme Prue Pisse-vinaigre faire bouillir de l'eau pour la mélanger ensuite à de l'eau froide et te préparer un bain. Cela fait, je te baignai, de mes mains.

Tandis que Prue plissait ses grosses lèvres en foie de veau et son front, avec des gloussements de vieille poule en Colère, j'admirai la Perfection de ton petit corps : tes dix orteils, rosissant comme l'Intérieur d'un coquillage des Mers Tropicales; ta Fleur de Pudeur, Miniature si lisse et rose que l'on ne pouvait croire que, un jour, un jeune buisson la dissimulerait; l'Ombre, à peine une Indication, de tes Tétins, comme repliés sur eux-mêmes et dans le Refus de l'Idée qu'ils donneraient plus tard du lait; ta Poitrine, toute ronde comme le voulait ton Age, et ton délectable et minuscule petit Cul, invite aux Baisers Maternels.

La Tête de Prue, quand, justement, j'en déposai un *là* !

— Vous enverrez cette Petite droit en Enfer, à Force de la tripoter et de la baisoter ainsi ! me dit-elle.

Mais je sortais victorieuse de la Querelle de l'Emmaillotement — du moins pour l'heure. Je revêtis tes petites Formes d'une chemise lâche, en lin blanc, et te remis à ta Nourrice pour qu'elle te nourrît une fois de plus, de ses formidables Seins pendants. Et elle disparut donc avec toi dans ses Appartements, t'accaparant de nouveau derrière sa porte fermée à clé.

Pour ma Part, je m'assis à mon secrétaire, décidée à terminer mon fameux Roman à la Manière de Mme Haywood, commencé au Début de mes Couches, et qui, dans mon Esprit, nous fournirait peut-être huîtres, lait de chèvre et côtelettes de mouton, quand nous aurions épuisé l'Argent et les Bijoux de Lord Bellars et que les Créanciers commenceraient à cogner à la porte. O le Roman était Source d'Argent à l'Époque, sinon de Haute Réputation — la Critique d'alors étant unanime à proclamer la Suprématie de l'Épique sur la Vulgarité du Romanesque, et plaçant l'Épopée, avec la Tragédie, au seul Rang de Noblesse auquel le Génie dût aspirer ! Mais le Génie pouvait-il suffire à contenter l'Appétit de Prue Feral ? Guère ! En Conséquence, à ta Plume, et noircis du Papier !

J'ai dit que j'avais donné pour Nom à mes Amants Imaginaires Clotilda et Philidore, et rédigé une Épître Dédicatoire, pleine du plus flatteur Panégyrique — mais assez vague, en même temps, comme il convient en pareil Cas, pour s'adapter à tout Noble Seigneur ou toute Noble Dame que je pourrais choisir, le moment venu, pour patronner mon Oeuvre.

Mon premier Roman ! Ah ! quel en serait le Sujet ? Il y fallait des vaisseaux, toutes Voiles déployées, des Pirates; des Nababs; des Naufrages, des Tempêtes et des Orages; des Malheureux abandonnés sur des Iles Désertes; des Fortunes perdues et regagnées et, inversement, gagnées et perdues — le tout relaté dans des Lettres « Secrètes », ciselées dans la Préciosité, brûlantes de l'Amour et le plus Exquis, de la Jalousie la plus Dévorante, du Désespoir le plus Sombre ! Et cela paierait les Factures et ferait vivre Belinda, sa Nourrice et même la Douce Susannah. Car j'étais désormais Chef de Famille et n'avais pas le Droit de me lancer dans des Epopées sur le sort de la Femme, pour mon seul Plaisir. Au contraire, je devais m'incliner devant la Mode du Jour et écrire des Romans dans le Style Emphatique de Mme Haywood.

Ainsi commençai-je à dérouler un amusant Récit d'Amours Contrariées, y compris Vierges se pâmant, Roués taillés à l'Emporte-pièce, Capitaines de Vaisseau débordants de Luxure et Courtisans ruinés. L'Oeuvre avança sans Heurt tout un temps, car j'étais aussi habile de ma Plume que n'importe quel Ecrivaillon de Grub Street, qui servent leurs Romans, comme autant de tasses de chocolat doux et onctueux, à leurs Lecteurs avides. Certes, j'étais consciente de ce que le Roman en soi était considéré comme une sorte de pierre-à-feu à enflammer les Passions douteuses, chez les Dames périssant d'Ennui et qui eussent dû, au contraire, se préoccuper de leurs aiguilles et de leur Livre de Prières; mais je raisonnais en moi-même que le premier

Fruit de mes Ecrivasseries (sans compter tout l'Oeuvre Littéraire que j'avais confié au feu, alors que j'étais encore la Protégée de Lord Bellars), servirait du moins une Fin Méritoire. Si bas que se plaçât le Roman, comparé à l'Elévation de l'Epopée et à la Noblesse de la Tragédie, peut-être valait-il tout de même mieux pour l'Ame que la Prostitution.

Donc, j'écrivais, j'écrivais, pendant que Prudence élevait mon Enfant. Il m'était bien difficile de pénétrer dans ta chambre, Belinda, et encore plus de m'occuper moi-même de toi, même si, à la Vérité, je veillais d'un Oeil constant sur les Allées et Venues de Prue. Mais, tout en écrivant, j'étais saisie de Tristesse, de ne pouvoir prendre Soin de toi, et j'avais le Sentiment d'être une Mère Cruelle, laissant son Enfant aux mains d'une autre. Hélas ! c'était la Conséquence inévitable de mon Indépendance toute neuve. Je ne pouvais ni t'allaiter ni te soigner moi-même; mais je ne pouvais pas non plus compter sur Personne d'autre que moi pour gagner notre Pain et nous éviter l'Asile des Pauvres. J'ignorais où Lord Bellars avait fui, de même que, d'ailleurs, les Raisons de sa Fuite; et quant à Lancelot, assurément il était maintenant à des Mondes de nous ! Je n'avais d'autre Choix que de jouer les Hommes — mieux certes que n'importe quel d'entre eux — puisque je ne pouvais me reposer que sur moi-même.

Fatiguée comme je l'étais après ma Dure Épreuve, et le Ventre encore mal guéri, je ne m'en donnais pas moins à mon Travail. Je me contraignais à ne pas noircir moins de dix Feuillets de Grand Papier Tellière par jour et, tous les Samedis, je devenais ma propre Copiste pour transcrire au Net les Brouillons de la semaine. Ce fut durant ces Samedis redoutés que l'Angoisse se glissa en moi; car l'Esprit et la Plume peuvent galoper de Conserve, et fort allégrement, durant l'Élaboration de l'Oeuvre; mais, dès que l'on s'arrête pour recopier ses Propres Phrases, la Lenteur et l'Ennui mêmes de la Tâche vous font douter de tout. Pourquoi s'en aller parler de Philidor et de Clotilda, pensais-je, au lieu de Lancelot et de Fanny ? Nos Destins n'étaient-ils pas aussi contrariés que ceux de tous les Grands Amants que le Monde avait connus ? Et pourtant, il n'était pas dans la Manière du Jour d'écrire l'Histoire de ses propres Amours : c'eût été tenu pour Arrogance, voire Folie ou presque, que de présumer que les Événements se passant dans son Cœur pussent fournir Matière à Livre.

Madame Haywood écrivait des Romans à la Française. M. Defoe, l'Histoire Véridique de Criminels Fameux et de Naufrages Célèbres. Les Romanciers Français, eux, nous envoyaient, année après année, les Productions passionnées de leur Plume, lesquelles étaient tout aussi régulièrement dénoncées par notre Noble Critique Anglaise que dévorées par un Public Anglais affamé. Mais Personne n'avait la Hardiesse de conter ses propres Aventures Amoureuses, sauf pour les confier à l'Intimité d'un Journal Secret, que lirait une Descendance rougissante. Et pourtant, quelle Histoire, me disais-je, que l'Aventure de Lancelot et de Fanny ! A eux deux, ils valaient cent Philidor et Clotilda ! Ils étaient aussi délicats et raffinés dans leurs Amours Tourmentées que Pyrame et Thisbé, voire qu'Héloïse et Abélard.

Souvent, ainsi assise à mon secrétaire, je percevais des pleurs étouffés de Bébé. Alors, débordante de Sentiments Maternels, je courais jusqu'à la porte de Prue et heurtais timidement : « Ce n'est rien, Madame Fanny, me répondait-on Je vous en prie, ne vous en incommodez pas. » A contre-Cœur, je retournais à mes Écrivailleries, bien que, tout le temps, mes Oreilles se dressassent avec la Farouche Anxiété des Mères. Clotilda et Philidor n'avaient Droit qu'à une Moitié de mon Cœur; l'autre, avec mes Oreilles, t'appartenait, Belinda.

Ces oreilles, elles entendaient chaque petit Gémissement de ta Voix Enfantine, et chacun d'eux éveillait en moi de Terrifiantes Visions. Prudence t'emmaillotait-elle de nouveau, ou t'affamait-elle ? Quel qu'ait été le Nombre de fois où je me déplaçai jusqu'à sa porte pour m'enquérir et m'entendre répondre : « Ce n'est rien », toujours je revenais à l'Assaut. Je t'imaginais déchirée par des Bêtes Sauvages, ou réduite au Silence par de Mystérieuses Fièvres. J'imaginais tes yeux crevés par Accident ou tes tendres petits pieds utilisés pour tisonner le feu dans l'âtre. Il me suffisait de t'entendre geindre une seule fois pour me lever et courir jusqu'à ta chambre; mais toujours Prudence m'excluait avec ses : « Ce n'est rien, rien du tout. »

Les semaines passaient et j'écrivais, écrivais. Pendant que Philidor et Clotilda étaient capturés par des Pirates, se perdaient l'un l'autre et se retrouvaient, comme ils perdaient et retrouvaient Fortune, Enfants, Parents, toi tu poussais et, de Nouveau-né rougeaud et criard, tu te changeais en petit Enfant de trois mois aux Traits lisses et roses. Lorsque je parvenais à forcer l'Entrée Défendue, pour te contempler (d'Ordinaire lorsque Prue te baignait), je pouvais voir que ton visage avait pris de nouveaux Contours, que tu commençais à sourire, à roucouler et à imiter la Parole. O quand tu riais, comme tu gigotais, bras et jambes en l'air, de pur Ravissement, au point que tout ton corps enfantin semblait un seul éclat de rire ! Et cependant, par Intermittence, je me tourmentais des petits Cris plaintifs provenant de ta Chambre. Tant et si bien que, un jour, n'y pouvant plus tenir, je m'agenouillai devant le trou de la serrure et regardai.

Même aujourd'hui, mon Cœur bondit et mes yeux s'emplissent de larmes piquantes au Souvenir de ce que je vis alors : Prue t'avait troussée de nouveau comme un poulet dans les bandelettes interdites, pour te suspendre à une cheville plantée dans le mur, tandis qu'elle dévorait furieusement ses côtelettes de mouton et les arrosait de grandes rasades de lait de chèvre pur. Pendant qu'elle bavait et essuyait ses mains graisseuses à sa chemise, qui l'était tout autant, tu poussas un Cri chagrin. Sur quoi, je vis (ah ! de quels yeux incrédules et pourtant convaincus) Prue saisir la serviette en fil de lin étalée sur ses genoux et en gifler ton petit visage ! Comme tu laissais échapper une Plainte, elle frappa de nouveau.

Je me relevai et martelai la porte de mes poings.

— Ce n'est rien ! dit Prue, de sa voix la plus douce.

— Ouvrez immédiatement !

— Ce n'est rien du tout, répéta Prue.

— Ouvrez ou je brise cette porte ! criai-je, folle de Colère.

J'entendis des pas lents se traîner vers la porte, qui finit par s'ouvrir.

— Comment osez-vous frapper mon Enfant ? vociférai-je, dans ma Rage.

— Je n'ai jamais rien fait de tel, répondit Prue.

— Vous mentez ! Et vous l'avez emmailloté de nouveau, contre ma Volonté !

Prue me lança un Regard de Défi et répliqua :

— J'essaie seulement de sauver de l'Enfer votre Bébé; et voilà toute votre Gratitude !

Je courus jusqu'à toi, Belinda, te saisis dans mes bras, défis les bandelettes et baisai les Meurtrissures dont les coups de Prue avaient bleui ton visage, tout en te berçant sur mon Sein protecteur.

— Hors d'ici ! Hors de cette Maison, dans l'instant ! ordonnai-je.

— Pour que Belinda meure de Faim ? dit Prue. Où trouverez-vous une autre Nourrice, dans votre instant ?

— Hors de ma Maison ! répétai-je.

— Soit donc, dit Prue, toute Dignité. Je pars, et tant pis si la Petite meurt de Faim !

Elle fit Mine de s'affairer à rassembler ses vêtements et son linge et de tirer son coffre de Marin de dessous le lit. Et me voilà vraiment prise de Terreur — car il était vrai que je n'avais pas d'autre Nourrice pour t'allaiter, Belinda, et que j'étais moi-même incapable d'y suppléer.

— Je vous prie, restez, bégayai-je. Restez une semaine de plus; le temps que je vous trouve une Remplaçante. Mais cette porte demeurera entrouverte et le Bébé ne sera plus emmailloté, ou je vous frotte les oreilles !

— O Merci de votre Bonté, Maîtresse ! dit-elle, en essuyant sa moustache graisseuse de jus de mouton et en tombant à genoux de Gratitude.

Car, dès lors que je la renvoyais, elle devenait sur-le-champ obséquieuse et servile. O j'aurais dû me douter qu'une telle Attitude ne pouvait être que de Mauvais Augure !

Chapitre V

Où apparaît le Personnage d'une Cuisinière, assorti de Jugements Utiles sur la Nature des Enfants en Bas Age, le tout suivi des Efforts de notre Héroïne pour trouver une autre Nourrice & de tous les Cauchemars qu'entraîne la Condition de Mère.

TANDIS que, Susannah et moi, nous appliquions tous nos Efforts à la Recherche d'une nouvelle Nourrice, Prue tentait de me persuader que son Traitement de Belinda était destiné au seul Bien de l'Enfant : « Car ils naissent tous ployant sous le Faix du Péché Originel, m'expliquait-elle, et il nous faut l'extirper à coups de fouet, pour le Salut de leur Ame. »

Cette Sorte de Croyance m'horrifiait; j'avais lu les *Quelques Pensées sur l'Education* de M. Locke, et j'étais convaincue que tout Nouveau-né est une *Tabula Rasa*; n'est ni bon ni mauvais; est au contraire infiniment malléable et susceptible d'être modelé par l'Expérience. M. Locke est d'Opinion que l'Enfant, à sa Naissance, est dépourvu de Morale, d'Idées et de Jugement, et qu'il devient ce que les Parents impriment en lui. Moi-même, j'inclinais à une Vue plus mitigée des Choses et j'étais particulièrement séduite par ces Mots de Mᵐᵉ Aphra Behn, dans son *Oroonoko* : « Dieu crée toutes Choses Bonnes; l'Homme s'en mêle et elles deviennent Mauvaises. » Au vrai, pouvait-il être rien de meilleur qu'un Enfant Nouveau-né, avec la Pureté Intacte de sa peau et sa Nature Honnête ? Quand il a Faim, il pleure; quand il a Sommeil, il dort. Ce n'est qu'avec l'âge que naissent en lui Tromperie et Malice et qu'il en vient à masquer la Vérité de ses Sentiments, dans le Désir plus puissant de manœuvrer ses Semblables. O j'avais souvent observé les viles Métamorphoses qui l'emportent dans la Créature Humaine, au Fur et à Mesure qu'elle passe de l'Enfance à la Vieillesse ! Le corps se déforme en même temps que l'Esprit. Chaque Mensonge se grave dans le front comme une ride; chaque Acte de Ruse ou de Tricherie tord les Traits pour leur donner les Contours ravagés de l'Infamie vieillissante; et, souvent, le corps finit par avoir si Honte de ses Mensonges qu'il cherche à se déguiser et à se cacher sous la graisse. Ah ! trop, trop solide Chair, et tant souillée ! Le corps est la toile sur laquelle l'Ame peint ses propres Difformités. En mes jours de Prostitution, j'avais contemplé, avec un Dégoût et une Incrédulité étonnés, les corps en Ruine de certains de mes Galants : corpulents et goutteux, rouges d'Alcool et enflés de Gloutonnerie — et je me disais : « Même ce Baquet de Lard était naguère un Enfantelet au doux visage ! »

Le jour, j'abandonnais mon Roman pour me vouer à la recherche d'une Nouvelle Nourrice dont les Philosophies s'accorderaient mieux avec les miennes. La nuit, j'écrivais. Les Créanciers ne tarderaient plus à venir frapper à notre porte (déjà, je jugeais que Susannah commandait des côtelettes de mouton que nous ne pouvions plus guère nous offrir, et le Dr Puette ne cessait de nous menacer de la Prison pour Dettes, si nous ne lui payions pas le Dû pour mes Couches). Mon Roman n'était plus loin d'être achevé; pourtant, c'était Folie de présumer qu'aucun Libraire s'en irait payer à un Auteur inconnu et non éprouvé une œuvre inachevée. Londres était plein d'Ecrivassiers qui eussent été heureux d'une Guinée ou deux en Récompence d'un Manuscrit bien fourbi et de plusieurs centaines de pages. Les Galetas de Grub Street ne manquaient pas de Poètes affamés, dont beaucoup avaient un Nom plus connu que le mien. Avant longtemps, je n'aurais d'autre Choix que de recourir aux douteuses Bonnes Grâces de la Coxtart — mais comment savoir si elle voudrait encore de moi, avec mon ventre couturé et déformé ? Je songeai même à faire Appel à mes anciens Amants, comme Presto et Pug; mais ces deux-là avaient d'autres Dames de Cœur bien à eux et eussent plutôt mal accueilli mes Importunités gênantes. Cleland, pour sa Part, avait abandonné Londres pour l'Orient (où, sans nul Doute, sa Bouffonne de Vie le préparait à écrire sa Bouffonnerie de Livre sur moi). O j'allai jusqu'à penser à mendier à Théophilus Cibber un petit Emploi de Théâtre, ou bien à aller, Belinda dans les bras, implorer à deux genoux le Pardon de ma Mère Adoptive, Lady Bellars ! Mais comment retourner à Lymeworth avec un Enfant engendré par son propre Mari ?

Me vint-il jamais à l'Esprit, en Désespoir de Cause, de rechercher Daniel Bellars ? Non, mille fois non ! Plutôt mourir de Faim ! Certes, oui, quand j'avais quitté Lymeworth, j'étais loin de me douter que son Désir de moi pût être assez fort pour l'inciter à me suivre à la Trace. Mais, certainement, s'il s'était mis en Ménage avec Kate, c'était moins par Amour pour moi que par Vile Ambition de copier les Agissements de son Père. Même Lord Bellars s'était finalement refusé à le revoir, et j'ignorais où Daniel et Kate avaient fui, sans, d'ailleurs, avoir aucune Envie de le savoir.

Susannah avait pris en main nos Finances et mis en Gage, à un Taux très élevé, les divers Bijoux, Cadeaux de Lord Bellars. Combien en restait-il ? Je l'ignorais; mais fort peu, supposais-je, car Susannah parlait comme si nous avions été à la veille de la Banqueroute. Néanmoins, je me fiais à ma Loyale Servante pour trouver le Moyen de faire patienter nos Créanciers quelques semaines de plus, le temps de trouver une Nouvelle Nourrice et de terminer mon Roman, puisqu'il ne faisait pour moi aucun doute que mon Histoire de Clotilda et de Philidor fût assez divertissante pour me gagner autant de Lectrices et de Lecteurs qu'en avait Mme Haywood; et qui disait Lecteurs, disait côtelettes de mouton, lait de chèvres et huîtres !

Une année pleine avait passé depuis ma Fuite de Lymeworth pour Londres — et que d'Evénements étonnants en si peu de temps ! J'avais quitté Lymeworth, simple Fille de dix-sept ans, venant juste de perdre mon Pucelage, mais l'Esprit aussi innocent des mille et une Duperies du Vaste Monde que l'agneau qui vient de naître. En douze mois courts, j'avais rencontré des Sorcières, des Bandits de Grand Chemin, des Putains et des Hommes trempés aux Feux de l'Enfer, des Intrigues autant que des Extases. J'avais fait le Saut par-dessus le Gouffre qui sépare la Jeune Fille de la Mère. J'avais découvert la lourde et effrayante Responsabilité de dispenser les Soins et l'Amour Maternels, au Lieu d'en bénéficier soi-même. O il y avait des moments où j'aurais voulu, *moi,* être Belinda, couchée parmi les dentelles de sa robe enfantine, pleurant et bavant, riant et tétant et salivant tout en jouant avec ses petits doigts.

Chaque jour, j'envoyais Susannah au Marché Royal des Changes, pour y consulter, sur les Affiches des colonnes, les Noms de Jeunes Campagnardes en quête d'une Place. Je savais bien que ce n'était pas la meilleure Source (les Accoucheurs, je l'ai dit, avaient tous leurs Carnets et, moyennant Redevance, fournissaient en Nourrices les Jeunes Mères; mais ces mêmes Accoucheurs étaient maintenant ligués contre moi et je n'osais entrer en Rapport avec aucun d'entre eux, de crainte que Puette ne revînt à la Charge pour réclamer ses Honoraires).

Je commandai à Susannah de ramener à la Maison toute Jeune Campagnarde portant un Bébé sur le bras et susceptible d'être transformée en Nourrice pour Belinda. Si, raisonnais-je, une Mère de Jumeaux a du lait pour deux, alors, certainement, une Jeune Mère, bien nourrie, doit pouvoir donner la tétée à son Enfant et à celui d'une autre. Au vrai, nombre de Nourrices qui prennent avec elles à la campagne (loin de l'Œil aux Aguets des Parents) la Petite Ame qui leur est confiée, tiennent de véritables Elevages de Bébés, et vont jusqu'à garder trois ou quatre Nourrissons, voire plus, selon leurs Besoins — ou même selon la Cupidité de leur Mari.

Quelle Procession d'Infortunées me ramena Susannah ! A croire que Londres regorgeait de Filles affamées, leur Bébé décharné sur le bras. Chaque fois, cela me brisait le Cœur, d'avoir à les écarter. Mon plus vif regret était de ne pas disposer d'une Immense Fortune, grâce à quoi nourrir tous les enfants abandonnés et sans Foyer de Londres. Mais je devais me durcir le Cœur : à peine si je pouvais déjà nous nourrir tous, toi, ma Belinda, Susannah, la Nourrice, la Cuisinière et moi. Que dire alors des Jeunes Mères affamées de la Capitale !

Mais quelle Leçon pour moi, que de mesurer combien d'Etres périraient de Faim avant la Fin de l'année ! Et dire que j'avais vu, au Bordel de la Coxtart, tant de Riches Roués dépenser, pour une perruque ou un Faux Pucelage, de quoi nourrir une Famille de la Campagne pendant un an plein. Lancelot avait bien Raison de voler les Riches, si grave était l'Injustice que j'avais vue s'étaler sous mes yeux à Londres ! Jamais je ne renvoyais une de ces Filles sans lui offrir au moins une tasse de chocolat et quelque Provision, même si, assurément, cela diminuait nos Réserves et ne pouvait leur durer bien longtemps, je le savais : avant la Fin de l'Eté, la plupart d'entre elles languiraient dans un Bordel ou à l'Asile des Pauvres, à moins que ce ne fût à la Maison de Force ou même à Newgate. Sinon, elles seraient si bien noyées dans le Gin que même la Pensée de mourir de Faim avec leur Enfant leur apparaîtrait comme une Solution de Rêve.

Je n'interrogeais pas moins chacune d'elles sur sa Façon d'envisager le Gouvernement des Enfants en Bas Age. Etait-elle d'Accord avec Locke que le Nouveau-Né est une *Tabula Rasa;* qu'il n'est ni bon ni mauvais, mais qu'il est malléable ? Ou bien considérait-elle l'Enfant comme portant gravé en lui le Stigmate du Péché Originel (qu'il fallait chasser à coups de Verges) ? Croyait-elle, avec tant de Savants Astrologues, que tout Caractère est formé par la Position et la Conjonction des Planètes au moment de la Conception (ou même de la Naissance); ou bien croyait-elle, comme Mme Behn apparemment, que l'Enfant naît Bon et que c'est la Société qui le corrompt ? Je prenais soin de ne pas montrer mon Jeu ni de dévoiler mes propres Opinions; je questionnais à fond et habilement, feignant de bavarder oiseusement pour passer le temps et mettre la Fille à l'Aise. Toutefois, je jurerais que presque toutes devaient me croire complètement folle : qui dont, hormis ta sotte Mère fondue d'Amour, Belinda, se fût avisé de sonder une Nourrice pour découvrir ses Philosophies ? J'eusse certainement moins étonné ces Filles en leur demandant de me faire goûter leur lait !

Prue Feral surveillait attentivement la Marche des Événements, sachant qu'il lui faudrait bien partir — en Conséquence de quoi, elle faisait grand Etalage de Sollicitude pour toi, afin de m'amener à revenir sur ma Décision et à la garder à mon Service. Elle se faisait une Habitude de placer des Remarques, à Portée de mes oreilles, sur ta Nature angélique : « Là ! Madame Fanny, disait-elle, cet Enfant est un Parfait Petit Ange, je suis sûre ! » Mais en vain. Ma Résolution de la remplacer était inébranlable.

Lorsqu'elle s'aperçut de mon Impatience de trouver cette Remplaçante (car, jour et nuit, je passais mon temps à interroger des Filles avec leur Enfant au Sein, ou d'autres qui venaient juste de l'enterrer), elle sollicita la Permission de faire porter par Susannah une Lettre jusqu'aux Quais de Londres, où un Compagnon de Bord de son défunt Mari, qui avait promis de veiller sur elle, se préparait à partir pour les Colonies. Ne me méfiant pas de sa Requête et étant depuis toujours, par Nature, trop tendre, trop accommodante et sans Méfiance, j'accordai mon Autorisation. Il était vrai que Prue ne pouvait laisser là un Nourrisson pour porter elle-même sa Lettre, et je n'y voyais aucun Mal. Pour sa Part, Prue prétendait que l'Homme en Question avait de l'Argent pour elle, déposé entre ses mains par feu son Epoux, et qu'il lui fallait le récupérer avant que le Navire mît à la Voile. Bref, elle envoya Susannah sur les Quais pour y chercher ce Gaillard, et ne manqua pas de me rappeler que c'était parce que, bientôt, elle aurait perdu sa Place, qu'elle devait mettre tant de Zèle à retrouver l'Ami de son pauvre Mari trépassé pour lui mendier cet Argent. Bref, Prudence avait à tel Point le Génie de bourreler de Remords les autres que sa Mine pitoyable en me fournissant ces Explications faillit bien me convaincre de lui accorder l'Occasion de se racheter.

Susannah porta donc le Billet de Prue à bord d'un Navire de Commerce, *La Cassandra,* ancré dans la Tamise et qui emmenait une Cargaison aux Colonies. Mais j'étais moi-même si absorbée dans ma Tâche de trouver une Nourrice pour mon Petit Trésor que je ne prêtai guère Attention à tout ce Manège. Tout mon Souci était que Prue ne te remmaillotât pas pour sa Commodité personnelle, Belinda, puisqu'il était clair désormais que commençaient à se développer en toi une Volonté et un Esprit t'appartenant en propre, et que tu n'étais plus une Petite Chose aveugle et toute perdue cherchant à étreindre le Vide. Non, tu commençais à babiller comme un oiseau à l'aube, et à faire des Mines, et à sourire avec l'Air de me reconnaître. Ta tendre petite voix s'efforçait d'imiter la Parole, et tes mains, de saisir. Si je balançais un poupelin de chiffon au-dessus de ton visage, quand tu étais couchée dans ton berceau, tu gazouillais de Joie en ruant en l'air de toutes tes petites jambes. C'est dire combien je répugnais à permettre que l'on pût te traiter de Manière à corrompre peut-être la Gaieté de ta vraie Nature Enfantine et à changer en Chagrin ton Ravissement.

Mes Entrevues avec toutes ces Malheureuses de Londres ne me donnaient pas la Nourrice Idéale tant désirée. L'une me parlait à tort et à travers des Feux de l'Enfer et de Damnation (dans l'Espoir de me démontrer quelle Sévère Gouvernante elle ferait); l'autre me roulait des yeux blancs quand je m'enquérais de ses Philosophies. « Qui aime bien, châtie bien » — voilà tout ce que la plupart trouvaient à me répondre (quand je les invitais à discourir sur la Façon d'élever un Petit Enfant); car très rares étaient celles qui, Chose triste à dire, avaient accordé quelque Pensée à ce Sujet, et rien d'autre que cette Antique Maxime ne leur venait à l'Esprit sur le moment. (Bien que, au vrai, le fait de frapper les Petits Enfants par Amour de la Discipline commençât déjà à passer de Mode en Angleterre pour les Personnes de Qualité, même si la Chose restait fort en Pratique à l'Etranger ainsi que parmi le Menu Peuple.)

— Choisissez la Nourrice pour son lait, non pour ses Philosophies, me suppliait Susannah. Toutes les Philosophies du Ciel ne nourriront jamais un Bébé affamé.

Susannah incarnait l'Excellence même de l'Esprit Pratique; mais je persévérais dans mes Interrogatoires. A la fin, incapable de me contenter des Filles que j'avais vues, je me résolus à accompagner Susannah jusqu'au Marché Royal des Changes (et même jusqu'à une Agence de Placement, en cas de Besoin), pour étudier de mes propres yeux les Filles. Ce serait la première fois que je m'aventurerais au-delà de mon secrétaire, depuis mes Couches; mais mon ventre était assez bien guéri maintenant et, comme le temps était beau (nous étions en Juin), je jugeais qu'il ne pouvait m'en venir aucun Mal.

Je me risquai jusqu'à la Chambre de Prue pour embrasser ma Bien-aimée Petite Fille avant de sortir, puisque je ne m'étais jamais encore éloignée de plus de quelques chambres d'elle. Mon Cœur souffrait de la quitter, fût-ce pour une heure ou deux. O il existe un singulier Fil d'Amour et de Sollicitude qui relie la Mère à son Enfant; et, la première fois qu'elle déroule ce Fil de soie ténu, elle le sent pitoyablement tirer sur son Cœur, à croire qu'une main plonge en elle pour lui arracher les Entrailles. Ainsi la Nature protège-t-elle ses Petits.

Je me penchai donc sur ton berceau pour t'embrasser sur tes tendres jouettes, Belinda, et tu me souris, toute confiante. Il me parut très-dur de m'en aller loin de toi.

— Au vrai, j'ai le plus grand Mal à la quitter, dis-je.

— N'ayez crainte, vous la trouverez en rentrant, répliqua Prue avec un sourire exquis, pleine qu'elle était de l'Espoir que je ne la renverrais plus.

Et nous voilà parties pour le Marché Royal des Changes, Susannah et moi, dans nos plus beaux Atours, laissant Prue et la Cuisinière seules avec Belinda.

Or, cette Cuisinière était une Curieuse Personne, engagée à la Hâte pour satisfaire aux Exigences de Prue et convenant assez peu à notre humble Maisonnée. Elle était aussi grasse que grande, un peu sourde d'une oreille, et, bien qu'elle déclarât ne compter que quarante ans à son Crédit, elle approchait plus vraisemblablement de la soixantaine, avec l'équivalent du double d'années de Dégustations généreuses et de fonds de plats pourléchés accumulés autour de la taille.

Elle jurait avoir assisté dans ses Œuvres un Chef Français de Grande Maison, durant maintes années; et, de fait, elle se plaignait constamment que notre Chère fût infiniment trop simple pour son Haut Goût Français. Avant que la Traîtrise du Sort l'eût réduite à échouer chez nous, elle avait connu des Dîners de trente plats et de dix services au moins, avec de magnifiques tables décorées de pyramides de Confiseries et de Fruits, de Suprême de Joues et Bajoues de Pigeonneaux à la Sauce aux Huîtres, de Galantine de Tête de Veau avec des Homards entiers; de Potée de Caneton, d'Ecrevisses, de Langoustes et de Homards dressés sur la même table, tandis que la desserte s'enorgueillissait de Pâtés de Venaison, de Tourtes de Jambon de Westphalie et de Rôtis de Bœuf en Croûte. Elle parlait d'un Dîner en particulier où le seul Dessert consistait en Nids d'Oiseaux garnis de Gelées de Fruits transparentes à la Semblance d'Œufs, le tout recouvert d'un fin Glaçage de Sucre Filé; et, des Œufs, paraissaient jaillir des Poussins en Sucre Candi battant de leurs Ailes de Sucre Candi aussi ! En une autre Circonstance, racontait-elle, sa Maîtresse avait dressé la table à l'Apparence d'une aimable pelouse, sur laquelle des arbres ouvraient tout soudain leurs bourgeons, cependant que des ruisseaux faisaient craquer leur corselet de gel et bondissaient, et que des fleurs perçaient le tapis de verdure. O il n'était que trop clair que cette Femme ne se croyait digne que de la « Haute Cuisine », ainsi qu'elle disait. Si bien que, pour manifester son Déplaisir de nos Humbles Fourneaux, elle ne nettoyait pas les broches, ne flambait pas les volailles, servait les rôtis à moitié crus, ne récurait ni marmite ni casserole et s'assurait bien de se peigner au-dessus de la soupe aux pois. Elle répugnait également à se laver les mains, même en sortant des Lieux d'Aisances — car, raisonnait-elle, à quoi bon, quand elle allait se les salir de nouveau dans l'instant suivant ? Elle se plaignait amèrement de manquer d'une Souillon à l'Office, en prétendant qu'une Grande Cuisinière comme elle n'eût jamais dû se donner la Peine de Besognes Inférieures, comme d'apprêter les petits oiseaux;

par conséquent, elle les servait entiers, avec les plumes et les entrailles dont les avait dotés le Créateur, et sans rien d'autre qu'une sauce de conserve, à la tomate ou aux condiments. Et pour brocher sur le tout, elle nous reprochait l'Existence Solitaire de notre Maisonnée, se disant trop accoutumée de jouir de tous les Avantages que procure aux Serviteurs un Beau Train de Maison — et comment, demandait-elle, y avoir Droit, Faute d'Invités pour les dispenser ? (Car, comme aujourd'hui, Belinda, il était de Coutume que les Hôtes d'un Grand Dîner, en prenant Congé, graissassent la patte aux Serviteurs avec quelques Shillings, afin d'être sûrs de pouvoir retrouver chapeau et manteau. Ce qui faisait que Mme Wetton — c'était le Nom de cette Cuisinière — se tenait pour grandement offensée de ce que sa Paie en fût réduite de Moitié, par Rapport à ses Jours de Gloire Passés.)

Si je me suis laissée aller à parler ainsi de notre Cuisinière, c'est que, lorsque nous rentrâmes de Hanover Square, Susannah et moi, après maintes heures stériles passées au Marché Royal des Changes et dans une Agence de Placement proche, ce fut elle qui s'offrit à nos yeux, et que son premier Soin fut de nous informer avec zèle de la Chose suivante :

— I' sont venus pour vot' coffre de Marin, Madame Fanny, et i' m'ont fait toute Sorte de Tracas. S'i' faut que je soye Porteur ici, en plus que Majordome et que Souillon et que Cuisinière, j' n'en veux point, et j'aime mieux vous prévenir que pas une Cuisinière qui se respecte et qui a l'Habitude de la Cuisine à la Française comme moué, n' tiendra longtemps dans un Endroit aussi indigne...

— Je vous en prie, de quel coffre de Marin parlez-vous ? demandais-je, car, à ma Connaissance, je n'avais demandé le Transport d'aucun coffre de cette Espèce.

— Celui que l'Homme des Quais est venu prendre, Madame Fanny, pour le porter à bord du Navire. Il est passé juste avant que Dame Prudence sorte, et je vous dis, moué, que je ne veux pas servir de Porteur ici, pas sans mes Avantages, en tout Cas...

— Est-ce que je vous comprends mal ? dis-je, le sang galopant soudain dans mes veines et la sueur de la Fièvre me venant au front. Dame Prudence est sortie, dites-vous ? Mais qui s'occupe de Belinda ?

— Pour sûr que je n'en sais rien, Madame. Mais pour sûr aussi que ce n'est point moué qui dois faire la Servante d'Enfant en plus que Cuisinière et que Porteur et que Souillon...

Je ne l'écoutais déjà plus. Je me précipitai dans l'escalier menant à la chambre d'Enfant, Susannah sur les talons. Chère Déesse, pensai-je, ne m'abandonne pas à pareille heure !

Je m'élançai dans la chambre de Prue, l'Esprit plein de Visions d'Enfants mourant de Faim ou étouffés sous des oreillers. Jamais je n'oublierai la Scène de Désolation qui m'accueillit : le berceau était vide — même de ses draps et de ses oreillers — et la Pièce elle-même semblait avoir été pillée par des Voleurs. L'on avait renversé un candélabre; le feu était mort dans l'âtre; les tiroirs étaient restés ouverts; la porte de la grande armoire pendait à ses gonds, laissant voir un Désastre intérieur. Dans les angles, s'amoncelaient les Vestiges de la Gloutonnerie de Prue : os de poulet couverts de poussière, écailles d'huîtres jetées parmi les croûtes de pain moisies et un Assortiment de boutons perdus, de buscs brisés, de touffes de cheveux et de bourre poussiéreuse. L'Ultime Outrage était la chaise percée pleine, où flottaient deux énormes étrons, communiquant leur odeur fort particulière à tout cet Espace clos.

— Mon Dieu Seigneur ! dit Susannah, tombant à genoux et en Prières.

Pour ma Part, j'étais si interdite que je pouvais à peine me demander que faire. On eût dit que l'on m'avait plongé un couteau dans le ventre, juste à l'Endroit où j'avais porté Belinda. Je songeai à ma Cicatrice rouge et froncée, si laide et qui m'était pourtant si chère, et je me vis déjà traversant mon Existence Entière avec cette Marque difforme dans ma chair pour tout Souvenir Sinistre de mon Bébé perdu. O que d'Etranges Visions peuvent assaillir la Pensée abîmée dans le Chagrin !

— Belinda ! Belinda ! criai-je.

Je ne pouvais croire que j'eusse porté cet Enfant, que je lui eusse donné le Jour parmi tant de Souffrance, uniquement pour le perdre par la Folle Sottise d'une Nourrice !

— Voyez, Madame Fanny... il y a une Lettre, me dit Susannah.

Et c'était vrai : une Lettre gisait sur le manteau de la cheminée, écrite de la main tremblante et maladroite de Prue, et pleine de pâtés d'Encre. Elle ne contenait pas la moindre Salutation et commençait au beau Milieu d'un Chaos de griffures et de taches, comme c'est le Propre de ceux qui n'ont pas l'Art de la Calligraphie. En voici le Texte — il est resté gravé dans ma Mémoire comme la Marque d'Infamie dans l'épaule du malheureux Esclave :

Quand vous lirez ces Maux je serai en Haute Mer pour le Bien et le Salut de l'Enfant. Sa petite Amme n'aurait aucune Chance de Salut avec une Mère Draulesse, ni pas Emmayottée ni Punie comme il Faut pour ses Péchés. Qui l'aime bien châtie bien, je dis, et pas seulement moué mais d'autres. Libre à vous maintenant de griffouiller à louésir sans Bébé pour vous déranger. Dieu sauve votre Amme pécheresse s'Il le Juge Bon, mais ce qui m'étonnerait. Votre Himble Cervante Prudence Feral.

Chapitre VI

Où notre Héroïne & sa Fidèle Servante Susannah enta-
ment leur Apprentissage de la Mer et découvrent que la
Vie de Marin est loin d'être aisée ; ce qui leur apparaît
alors même que le Navire vient à peine de lever l'Ancre.

LE CIEL ait Pitié de nous ! dit Susannah. Courons dans l'instant jusqu'aux Quais ; il faut retrouver ce Marin à qui Dame Prue m'avait fait
porter ce Message. Elle doit sûrement embarquer elle-même sur *La
Cassandra*... O folle de moi, de n'avoir pas lu la Lettre avant de la remettre ! Tout est ma Faute, Madame Fanny. Seigneur Dieu, maudit
soit le jour de ma Naissance !

Et elle se mit à pleurer très-piteusement. De la voir s'abandonner
à son Chagrin m'empêcha d'en faire autant, bien que mon Cœur fût
lourd comme Plomb et que la Panique régnât en Maîtresse dans mon
Ame. Mais, souvent, quand nos Amis versent des larmes amères, il
nous faut ravaler durement les nôtres, même si nous avons encore
plus de Raisons de Pleurer.

— La Faute n'est pas tienne, mais mienne, répliquai-je, d'avoir
tant fait Confiance à la Philosophie d'une Nourrice.

Non, même dans mon Malheur et sous ce Coup Terrible, mon
Cœur ne pouvait se résoudre à blâmer Susannah, à cause de sa grande
Loyauté.

— Sans ta Sollicitude, dis-je, j'eusse certainement péri après la
Fuite d'Isobel. Je te dois ma Vie comme celle de Belinda. Viens !
Nous rattraperons Dame Prue, la Traîtresse, et nous sauverons l'En-
fant !

384

Je lui enjoignis de jeter quelques Effets pour nous deux dans un portemanteau. Je n'oubliai pas non plus mon Roman, mon Grand Papier Tellière ni mes Plumes. Et nous nous hâtâmes de partir.

— Qu'est-ce à dire ? Que mijote-t-on ? demanda Mme Wetton en nous voyant saisir nos manteaux et courir vers la porte.

— Cela ne vous regarde pas, répliqua Susannah. S'il vous plaît, mêlez-vous de vos casseroles, car nous aurons Besoin d'un Bon Souper à notre Retour.

— Je ne sais ce qui me retient de vous rendre mon tablier, dit la Cuisinière. A voir toutes les Manigances qui se passent dans cette Maison !... Il ne manque pas de Gens qui cherchent une Cuisinière de ma Stature, pour sûr, et qui paieraient mieux, sans parler des Avantages.

— Qu'à cela ne tienne ! rétorqua Susannah impudemment. Videz les Lieux avant notre Retour. Je gage que Madame Fanny n'aura pas de Mal à trouver mieux que vous.

— Peuh ! fit la Wetton. Ce jour n'est pas venu !

Pour ma part, je m'en moquais plutôt, tant, sous mes Airs dégagés, je n'étais que Frayeur et je tremblais pour la Sécurité de Belinda. Telle une Somnambule, j'accomplis les Gestes du Départ comme dans la Suprême Confiance du Retour de mon Enfant; et pourtant je me sentais aussi vide que je m'étais sentie pleine durant ma Grossesse. Si Belinda venait à mourir, ce serait comme si l'on m'amputait du bras droit ou que l'on m'arrachât de la Poitrine mon Cœur tout battant. O je frémissais à cette seule Pensée et un frisson me parcourait la tête, à croire que mes cheveux allaient se dresser ! Je savais trop que, sans Belinda, ma Vie n'aurait plus de Valeur pour moi; j'errerais jusqu'à la Fin de mes Jours sur cette Terre, tel un Fantôme qui revient hanter le Théâtre de sa Mort Violente, dans l'Incapacité qu'il est de concevoir son Trépas.

Nous venions de franchir le seuil de la Maison et nous nous préparions à mendier, emprunter ou voler une Chaise à Porteurs ou une Voiture de Louage pour nous conduire au Fleuve, quand je me souvins de ma Jarretière rouge, laissée sur ma coiffeuse. Il n'y avait pas un instant à perdre, et cependant je ne doutais pas que ma Jarretière fût aussi nécessaire à l'Heureux Dénouement de l'Aventure que toute autre pièce de vêtement ou n'importe quel Sentiment — car, contre toute Raison, je la soupçonnais de posséder des Pouvoirs Magiques. Sotte Croyance, peut-être, mais assez innocente en Regard de mon Triste Sort présent.

— Vite, Susannah ! Ma Jarretière ! dis-je.

Puis, pensant tout à coup que ce ne pouvait être une mauvaise Chose que d'avoir sous la main un ou deux Déguisements, je la priai de prendre aussi quelques-uns des masques de soie et des Costumes sous lesquels je recevais Lord Bellars durant ma Grossesse. Le Ciel seul savait quelles Aventures Tumultueuses nous réservait l'Avenir; il ne serait pas inutile de pouvoir recourir à une certaine Protection sous la Forme du Déguisement.

Susannah remonta en courant, traînant le portemanteau, et réapparut quelques instants plus tard avec le même Objet bourré à craquer. Par Chance, nous pûmes retenir une Sorte d'infernal Tapecul qui, moyennant un Shilling et six Pence, accepta de nous conduire à l'Escalier Privé. Mais notre Course devint un Purgatoire d'Encombrements et de Délais, car la Circulation de Londres était alors pire qu'elle n'est aujourd'hui, et le pavage des Rues, dans un État encore plus misérable et primitif. Tout juste si le Voyageur ne se fût pas cru dans un Village Hottentot plutôt que dans la Capitale de la plus Grande Nation de ce Globe ! A chaque minute, nous étions arrêtés par une terrible Congestion de Chaises à Porteurs, de Fourgons de Boucher, de Charrois de fumier Humain et autre, de Haquets de Brasseur, aussi bien que de vaches, de dindons, de porcs, de Piétons, de Colporteurs et de Cavaliers Solitaires. O je devenais folle de ces Retards !

Après ce qui parut une Éternité à mon Cœur Maternel lourd d'Angoisse, nous atteignîmes l'Escalier Privé, près de Whitehall, où nous louâmes une Paire de Rames pour continuer jusqu'aux Quais. Notre Impatience de parvenir à *La Cassandra* était telle que nous risquâmes le « Saut », comme on disait, du Pont de Londres (bien que, Susannah et moi, nous sussions parfaitement que pas une année ne passait sans qu'un Infortuné Batelet fût précipité et réduit en miettes contre les arches titubantes de l'Ouvrage). Mais mon Esprit avait d'autres Soucis que ma propre Sécurité et, même s'il n'était pas dans mes Habitudes de « sauter » le Pont — comme la plupart des gens, je débarquais à Upper Thames Street, puis rejoignais mon Batelier à Billingsgate —, en l'Occurrence je méprisai les Scrupules des autres et volai sur les eaux, droit dans le courant, cheveux au Vent et Cœur battant, cependant que Susannah se cramponnait à moi de Peur et se signait, quand elle osait me lâcher, en invoquant tous les Anges du Ciel. Moi-même, j'étais dans un État proche de la Folie. J'eus beau rire et claquer le Batelier dans le dos après que nous eûmes franchi sans Dam le Pont, ce n'était pas le Rire de la Gaieté ou de la Joie — bien plutôt de la Panique. Mon Humeur était comparable aux flots de la Tamise : étincelante de Soleil en Surface, mais charriant toute Espèce de Matières obscures et malodorantes par-dessous. Même Susannah ne pouvait percevoir tous mes Sentiments; car, dès le premier instant où m'était apparue la Désolation du berceau vide, je m'étais jetée dans une Frénésie qui masquait la Profondeur de mon Chagrin. J'étais déterminée à braver tous les Périls, tant que je n'aurais pas retrouvé mon Bébé, et je semblais déborder d'une Résolution comme je n'en avais encore jamais connu dans mon Existence.

Parvenues enfin aux Quais, nous fûmes toutes deux stupéfaites du Foisonnement d'Activité qui s'offrait à nos yeux. Jamais je n'avais vu pareille Armée de Mâts oscillant sur l'eau, à la Manière d'une étrange forêt dansant sous le Regard d'un Homme qui a bu un pot de bière de trop. Des Marchandes de Poisson rougeaudes, leur panier de marée sur la tête, leur vigoureuse pipe courte plantée entre des dents pourries, vendaient leur poissonnaille au bord de l'eau, tandis que, juchées sur de petits Esquifs, d'autres Femmes ramaient à Force dans le Sillage des grands Navires Marchands, pour vendre toute Sorte de Provisions, y compris du Rhum chaud au citron, sans nul Doute au double ou triple du Prix, aux Équipages penchés par-dessus bord.

Des bandes de Recruteurs écumaient les Rues, en quête des Malheureux Infortunés qu'ils pourraient persuader, avec l'Aide du gourdin, de se laisser traîner malgré eux à bord d'un Vaisseau de Guerre. Et des Putains, d'Espèce si piteuse que, par Comparaison, celles qui hantaient Saint James' Park avaient l'Air de Reines, rôdaient à la Pêche de Gaillards prêts à payer un Shilling, voire quelques demi-Sols, une brève Arbalestée au fond d'une Ruelle.

Nombreux étaient les grands Navires qui chargeaient Provisions et Lest pour de longues Traversées; et des fûts de vin roulaient sur les Quais, poussés par des Hommes aux puissantes épaules qui, dans le temps d'un clin d'œil, s'abreuvaient entre eux de plus d'Injures que l'on ne pouvait en entendre même parmi les Bateliers de la Tamise. Mais le Spectacle de loin le plus curieux qu'il m'eût été donné de contempler jusqu'alors fut celui d'une vache, mugissant d'Indignation chagrine, cependant qu'on la hissait au Moyen de cordes passées autour du ventre et de poulies fixées à un mât; puis qui, après avoir été balancée dans les airs, fut descendue dans une cale. Je ne connaissais pas Grand-chose aux Voyages en Mer — à part ce que Lancelot et Horatio m'avaient conté de leur propre Expérience — et l'Idée ne m'était guère venue à l'Esprit que l'on embarquât de cette Façon du bétail à bord de Navires. O penser à la malheureuse Génisse, née dans une claire prairie de Printemps, ses Jeunes Formes encore tout enveloppées de la membrane bleutée, sous laquelle le poil continue à luire des Eaux Maternelles ! Elle est là, debout sur ses pattes branlantes; elle n'aura qu'un Été pour gambader à Portée du pis de sa Mère, et juste le temps de grandir assez pour servir de Nourriture à de rudes et cruels Marins ! Et, ah ! penser aussi à l'Étonnement de la pauvre Créature, si jamais le Navire vient à faire Naufrage et qu'elle doive descendre en mugissant dans la Tombe Liquide, ou courir le Risque de tomber entre les dents féroces du Requin !... La Perte de Belinda avait certes exaspéré mes Esprits, les poussant jusqu'à la Lisière de la Folie.

Très-encombrées de notre pesant portemanteau, nous nous renseignâmes toutes deux sur *La Cassandra*, aucun Navire de ce Nom n'étant en Vue près des Quais — bien que Susannah m'affirmât l'y avoir bien reconnu à l'Ancre quelques jours plus tôt. Nombre des Marins que nous abordions refusaient presque de nous parler, sauf de Façon ordurière, car ils nous prenaient pour des Catins cherchant à les harponner, et nous avions toutes les Peines du Diable à leur ôter cette Illusion. A la Fin, nous trouvâmes un vieux Matelot qui semblait assez sobre et raisonnable et avait bon visage; et je lui demandai si *La Cassandra* était à quai ou non. A quoi il répondit par la Nouvelle suivante :

— Pour cela, oui, ma Belle al' y était. Même qu'al' a chargé les Vivre pour aller aux Colonies. Mais al' a levé l'Ancre pour Gravesend à l'aube, Dame oui ! avec la Cale pleine de lainages et de cotonnades et cent cinq Hommes d'Équipage à bord.

— A l'aube, dites-vous ?

— Dame oui, à l'aube, répéta-t-il.

Comme frappée par la Foudre, je me tournai vers Susannah :

— Alors, Prudence et le Bébé ne sauraient être sur ce Navire, puisqu'elles n'auraient pu appareiller avec lui à l'aube.

— Le Diable me crève les yeux, dit le Matelot, si je n'ai point vu une vieille Crapaude et son Nourrisson rôder par ici, n'y a pas même un demi-jour, en cherchant une barque ou une canote pour les mener à *La Cassandra*.

— C'était mon Bébé ! m'écriai-je, regardant l'Homme comme s'il avait été le Messie en Personne. Elle a enlevé mon Enfant !

— Eh, vous en aurez d'aut', la Belle, jeune comme vous êtes ! répliqua le Matelot, comme si cette Bonne Parole avait pu me consoler.

J'en croyais à peine mes oreilles : me jugeait-il capable d'abandonner aussi légèrement ma Fille pour le seul Espoir d'avoir d'autres Enfants ? N'avait-il donc jamais vu une Femme en Gésine, que la Chose pût lui sembler si banale et futile — comme d'acheter un pot de peinture et de le perdre dans une Voiture de Louage, ou encore de laisser une montre en Or aux mains d'un Tire-laine ?

— S'il vous plaît, Monsieur, cette Femme a-t-elle pu rejoindre *La Cassandra* par le Moyen d'un canot ? demanda Susannah.

— Oh ! pour cela, sûr comme je le dis; et même qu'al' avait pour elle la Marée, répondit l'Homme.

— Et pourrions-nous en faire autant ? persista Susannah.

— J'en doute, la Belle; car, sauf Erreur, la Vieille Crapaude a dû lever l'Ancre avant midi, et il est maintenant bien après cinq heures.

Ce qu'entendant, je tombai à genoux et me mis à pleurer pitoyablement. O je pouvais endurer la Perte de Lancelot et celle d'Isobel, celle aussi de mon Protecteur, Lord Bellars; mais perdre Belinda était le Coup Suprême, le Coup de Grâce dont on ne se relève plus, à jamais terrassée, que pour devenir un Fantôme Errant !

Me voyant pleurer de la Sorte, le vieux Matelot me prit en Pitié et, se levant de dessus le baril de Rhum qui lui servait de siège, il nous dit d'attendre sans bouger de là et commença à entreprendre les Marins qui se trouvaient sur le Quai, les questionnant — à quel Propos ? J'étais trop loin pour l'entendre — cependant que je continuais à verser les larmes de mon corps, d'abord sur le sol, puis dans les bras de la tendre Susannah, tout en me jurant de mettre le Point Final à ma Misérable Existence en me noyant dans la Tamise. si nous ne retrouvions pas Belinda.

Le Matelot revint, comme promis, avec la Nouvelle qu'un Brigantin, *La Bonne-Espérance*, devait mettre à la Voile, avec la prochaine Marée, pour les Colonies. Il avait supplié le Second de nous prendre à bord, nous dit-il; ce à quoi cet Officier avait opposé le Refus le plus formel; mais, si nous prenions sur nous de tenter de le convaincre, ajouta-t-il avec un gros clin d'œil lubrique, peut-être aurions-nous plus de Chance. De plus, un Brigantin étant un Voilier beaucoup plus rapide qu'un Navire Marchand, nous devions pouvoir rattraper très-vite *La Cassandra*, si ce Plan réussissait, soit en Haute Mer, soit même, pourquoi pas ? au large de Deal, si des Vents contraires l'y retenaient, ce qui était Circonstance assez fréquente.

Mon Ignorance de la Voile était telle, alors, que j'étais incapable de distinguer un Navire de Commerce d'un Sloop, d'une Goélette ou d'un Brigantin; pas plus que je ne voyais de Différence entre Vents Contraires et Favorables. Cette Nouvelle ne m'en rendit pas moins Espoir et Courage, au Point que, remerciant profusément le Matelot pour sa Peine, je saisis Susannah par la main et l'entraînai vers *La Bonne-Espérance* et son Second.

L'Homme était un Bourru, rude, grêlé de Petite Vérole, avec une jambe de bois. Il nous regarda toutes deux de pied en cap, comme s'il n'avait su que trop ce que cachaient nos jupes et qu'il n'en eût rien à faire. Derrière lui, je pouvais apercevoir *La Bonne-Espérance*, à Flot et à l'Ancre. Avec ses deux mâts, elle semblait beaucoup plus petite que les Navires Marchands et leurs trois mâts, mais assez capable de tenir la Mer, à mes yeux inexpérimentés.

— S'il vous plaît, Monsieur, attaqua Susannah sans m'en laisser le temps, le Petit Enfant Bien-aimé de ma Maîtresse a été enlevé à bord de *La Cassandra*. Il nous faut absolument rattraper celle-ci. Je vous en prie, Monsieur, ayez Pitié de deux Faibles Femmes, permettez-nous de partir avec vous... (Susannah, qui savait se montrer brusque, quand l'Occasion l'exigeait, gardait aussi à sa Disposition les Discours les plus charmeurs et doucereux, au Besoin. Nul Doute qu'une Vie d'Esclave Mulâtresse crée ce Genre de Virtuosité face à l'Adversité. O j'enviais à Susannah son Astuce, puisque, sûrement, elle lui devait d'être encore vivante !)

— Vous pouvez crever et aller en Enfer ! répliqua le Marin hargneux, en crachant un jet de salive couleur de tabac. Je ne veux pas de Femmes à mon Bord pour semer le Trouble parmi la Graine de Mutins que j'embarque. Qui dit Femmes sur un Navire, dit Rixes dans le Gaillard d'avant et Manigances sur les Ponts, sans compter toute Manière de Malices et de Méfaits dans l'Entrepont.

Là-dessus, Susannah allonge la Mine et prend un Air si lamentable que même un Bourreau prêt à lui passer la Corde en verserait des larmes.

— Ne fais pas cette Grimace, la Belle, reprend le Second, ce que voyant. Tu ne connais pas ta Chance, de ne pas avoir à faire une Longue Traversée des Mers. Çà donc, as-tu jamais croqué un biscuit pour le trouver plein d'asticots, ou mangé de la viande si pourrie qu'il faut se pincer le nez pour arriver à la mâcher ? Non; et l'on voit bien que tu n'as jamais dû t'envelopper dans un vieux bout de Voile pour te garder des rats, ni te faire tremper jusqu'à la moelle par la Tempête. Hé quoi ! qu'est-ce que deux jolis Brins de Filles comme vous ont à faire de cela ? La Vie en Mer est dure, mes Belles. Mieux vaut pour vous rester à Londres et y chercher Fortune.

Cette fois, Susannah se jette encore à genoux et se remet à pleurer.

— S'il vous plaît, Monsieur, dit-elle entre ses sanglots, nous irons jusqu'à nous vêtir en Hommes, et nous nous tiendrons à l'Écart de l'Équipage; mais il faut que vous ayez Pitié, car ma Maîtresse a le Cœur brisé d'avoir perdu son Bébé. Si vous refusez de nous prendre avec vous, elle périra sûrement de Chagrin !

Très-discrètement, Susannah saisit l'Occasion de sa Position à genoux pour glisser la main dans le portemanteau et en extraire un collier de Diamants étincelants, Cadeau de Lord Bellars durant ma Grossesse (et que je revois non sans Stupéfaction, tant je le croyais depuis longtemps parti pour payer nos Créanciers !). Puis, se relevant, elle dépose le Bijou dans la paume toute prête du Second, dont les yeux s'écarquillent aussitôt de Cupidité, bien qu'il feigne d'abord l'Indifférence.

Quant à moi, dans mon Incrédulité de l'Habileté de Susannah à garder cet Ornement telle une poire pour la Soif, en quelque Sorte, j'étais incapable de prononcer une Parole ! Ah ! si la Gestion de nos Affaires m'avait été laissée, sans nul Doute pas un seul bijou ne nous fût resté pour barguigner afin de retrouver Belinda.

J'observai donc la Scène avec un Étonnement admiratif; car, bientôt, malgré les Refus brutaux du Second et ses Allégations prétendant que le Collier avait été volé, en même temps que ses Protestations catégoriques que, n'étant ni Charpentiers, ni Chirurgiens, ni Voiliers, ni Musiciens, nous n'étions bonnes à rien sur un Navire, la Fortune tourna si bien pour nous que le Bonhomme accepta de nous embarquer sur *La Bonne-Espérance*, déguisées en Hommes.

— Mais attention : pas de Malices dans l'Entrepont ! dit-il. Sinon, à la Baille toutes les deux ! Est-ce bien entendu ?

Faut-il dire que nous jurâmes solennellement d'être aussi sages que Nonnes au Couvent, puis le suppliâmes de nous remettre un peu de linge et des braies pour notre Déguisement. Ensuite, nous nous hâtâmes de trouver un porche ou une Ruelle où nous faufiler dans nos guenilles, à l'Abri des Regards. (Nous eûmes le Bonheur de découvrir un Entrepôt ouvert, gardé seulement par un vieux Surveillant à demi aveugle, et où, derrière des fûts de vin, nous pûmes nous métamorphoser en Marins). Cela fait, nous nous dépêchâmes de revenir auprès du Second de *La Bonne-Espérance*, de Crainte qu'il n'eût changé d'Idée en notre Absence et ne partît sans nous.

— N'avons-nous pas l'Air de vrais Marins ? minauda Susannah, en faisant la Révérence à notre Sauveur mercenaire.

Notre Allure était si étrange que même notre Bourru ne put retenir un sourire; car, certes, ces frusques mises au Rebut par lui avaient sur nous meilleure Allure qu'elles n'avaient jamais eue sur lui. Mais il s'empressa de remordre à sa Hargne et recommença de nous avertir :

— Les Gens de Mer sont Race superstitieuse, mes Jolies; pour peu qu'ils apprennent qu'il y a des Femmes à bord, ils n'en finiront pas de parler de Périls de Malchance et de Malédiction sur la Traversée; et je passe sous Silence les Rixes qui éclateront à Cause de vous. Bref, j'aime mieux vous prévenir que j'ai en tête de vous cacher dans ma Cabine, et que, si vous vous avisez de mettre le pied dans le Gaillard d'Avant sans mon Autorisation, je vous ligoterai ensemble comme de vulgaires Coupe-jarret et vous jetterai à la Saumure, vous entendez ?

Nous promîmes alors de nouveau d'être sages comme pierres et Susannah répéta que, si, comme nous l'espérions, nous rattrapions *La Cassandra* retenue par l'Attente de Vents Favorables au large de Deal, il n'aurait plus à craindre d'Ennuis de notre Fait. A genoux toutes deux, nous l'assurâmes de notre Éternelle Gratitude.

Le Second de *La Bonne-Espérance* (son Nom, soit dit en passant, était M. Cocklyn) nous fit donc monter en Hâte à bord avec notre lourd portemanteau, en déclarant qu'il voulait nous avoir au Secret et en Sûreté dans sa Cabine, avant que l'Équipage eût Loisir de nous examiner de plus près (et peut-être de découvrir que nous étions des Femmes).

Je fus très-surprise de la Petitesse de *La Bonne Espérance*. Quand Lancelot et Horatio m'avait raconté leurs Dramatiques et Magnifiques Aventures en Mer, j'avais eu des Visions de Formidables Galions, leurs grandes Voiles gonflées par le Vent, leurs Cabines meublées et décorées comme des Palais de Pirates, leurs Cales bourrées de Ducats, de Doublons, de Crusados, de Couronnes, de Shillings et de Guinées, de Louis d'Or Français et de Mohurs des Indes Orientales. Las ! La Réalité de ces Navires était bien différente. Le Brigantin *La Bonne-Espérance* ne mesurait que soixante pieds de long sur moins de vingt pieds de large. Son Gaillard d'Avant servait aussi de Cambuse. Il y avait une « Grande » Cabine pour le Capitaine (au vrai, elle tenait plus d'une Cabane que d'une Cabine); une autre, plus petite, derrière, pour le Second, et une troisième, encore plus réduite, et toujours derrière, pour le Garçon de Bord, le Chirurgien et son Assistant. La plupart des Marins n'avaient pas embarqué, que déjà le Navire était encombré de Gens et que l'on se demandait comment l'on trouverait la Place d'y loger même son maigre Équipage.

Le Second nous installa, Susannah et moi, dans sa Cabine, nous allouant deux étroites couchettes dont, nous ne tardâmes pas à le découvrir, les paillasses grouillaient de vermine, tandis que le plancher était une véritable Salle de Bal pour des Assemblées de rats audacieux. Le Navire entier rendait une Odeur des plus détestables, d'eau de Cale croupie mêlée à un fumet de fromage putrescent. Au vrai, si je n'avais pas été à la Recherche de mon Bien-aimé Enfant, j'eusse dit adieu sur-le-champ à ces Abominables Lieux, tant la Puanteur était pire encore que celle de Newgate — laquelle Prison faisait comparativement Figure de Palais (quant à l'Espace, sinon vraiment à l'Odeur).

Était-ce ainsi que l'on avait découvert le Nouveau Monde — avec de tels Baquets ? Et les Boucaniers, ces Gaillards vaillants, terrifiants et paillards, droits sortis des Pages d'Esquemeling, couraient-ils aussi les Mers sur de pareils Seillons ? Alors, c'est qu'ils étaient cent fois plus braves encore que je ne l'avais imaginé ! Car, rien que de vivre à bord d'une Prison aussi puante que ce Brigantin requérait du Courage. Mais que dire de William Dampier, de Bartholomew Sharp, de Lionel Wafer, de Basil Ringrose — tous ces Chroniqueurs avisés de la Grande Ronde de la Piraterie ? Avaient-ils également navigué sur de vieux Radeaux comme celui-ci ?

M. Cocklyn avait dû lire mon Dégoût sur mon visage en nous installant, Susannah et moi. En tout Cas, il se lança dans un Panégyrique de *La Bonne-Espérance*, destiné à nous faire apprécier notre Heureuse Fortune.

— Du Diable ! dit il. Que le Cornu et son Train me mettent en miettes si ce n'est pas le meilleur Brigantin qui ait jamais couru les Sept Mers ! Noms d'un Zéphyr, il a été construit il y a à peine quatre ans et gréé à la dernière Mode – voiles carrées au Mât de Misaine et auriques au Grand Mât, ce qui lui permet de naviguer au plus près par tous les Temps, mieux qu'un Brick gréé à Voiles Carrées, qu'une Flûte ou que n'importe quel Navire Marchand par Temps Favorable ou non. Et quant au Confort, mes Colombes, il y a bien des Navires où l'Équipage dort dans des hamacs et non dans de bonnes et solides couchettes, et où les Rations sont infiniment plus maigres. Nous avons du porc salé tous les jours – et non des pois un jour sur deux – ainsi que du fromage du Cheshire, et du Rhum à Volonté et à la Ronde.

— Beau Bateau, ma foi, dit Susannah. (O elle pouvait être l'Ame même de la Diplomatie quand la Circonstance le requérait ! Car elle avait eu tôt fait de sentir que Cocklyn adorait son Navire comme sa propre Mère, et que de l'insulter eût été une Atteinte à son Honneur et eût peut-être compromis nos Recherches.)

— Oui, oui, beau Bateau, certes, dis-je, prenant Exemple sur Susannah. Parole ! le Gréement est bien le plus boulinier que j'aie jamais vu... et moderne aussi !

A ces Mots, le visage de Cocklyn s'illumina de Plaisir, bien qu'il n'eût pu manquer de voir que je singeais seulement ses Paroles. Ah ! La Rochefoucauld a bien raison de dire que, lorsque nous nous plaignons de la Flatterie, c'est Manière de regretter qu'elle ne soit pas assez habile; car elle est le Lubrifiant Universel; elle graisse les Rouages du Commerce et de l'Industrie, suscite la Bonne Volonté tant parmi la Pompe des Cours Royales que dans le Foyer le plus humble; et elle facilite même le Chemin de la Gloire au Peintraillon comme à l'Écrivaillon (bien que tous deux se prétendent au-dessus de cela).

— Comme vous dites, mes Colombes, comme vous dites ! C'est un beau Navire, très-beau, oui. Çà ! si vous êtes bien sages, qui sait si je ne vous apprendrai pas un peu à naviguer et à vous rendre utiles à bord; car vous prenez la Mer sur le meilleur Brigantin de tout l'Océan Atlantique, et vous ne regretterez jamais d'y avoir embarqué !

En quelques courtes minutes, Coklyn, après avoir claironné les Misères des Voyages en Mer, en était venu à louer son très-cher Brigantin. C'eût été comique, si la Vie de Belinda n'en avait dépendu.

Après qu'il eut pris Congé de nous, nous nous installâmes aussi confortablement que possible dans l'abominable Cabine; puis nous échangeâmes un Regard Lourd de Pressentiment, nous demandant ce que le Sort pouvait encore nous réserver.

— Nous n'avons plus qu'à prier, dit Susannah, tombant à genoux sur le plancher.

Susannah (peut-être ai-je négligé de le dire) était remarquable par sa Conviction d'être une des rares Mortelles ici-bas à avoir Accès Direct à l'Oreille de Dieu, et par sa Certitude que ses Prières étaient entendues, quand d'autres restaient tout simplement ignorées. Les Vicissitudes de sa Jeunesse lui avaient inculqué une curieuse Notion de Dieu, découlant en Partie de sa Maîtresse Quaker et de son Maître Dépravé (l'Amateur de Petites Filles), ainsi que des Jeunes Voleurs et Ramoneurs avec lesquels elle avait fait mille Cabrioles avant notre Rencontre. Elle croyait profondément au Diable qu'elle pensait voir à l'Oeuvre chaque fois qu'une casserole débordait, qu'un Catarrhe s'éternisait ou qu'une Guinée se perdait; mais elle avait également une profonde Foi en Dieu, dont elle était persuadée qu'Il prêtait une Oreille plus attentive à la Voix des Noirs qu'à celle des Blancs, en Raison des Souffrances plus grandes endurées par les premiers. De même, elle avait dans l'Idée qu'elle devait intercéder auprès du Ciel en mon Nom; car l'on ne m'entendrait point Là-Haut sans sa Prière, et il était de son Devoir de sauver mon Ame tout comme de prendre Soin de mon corps. Elle concevait son Rôle de Servante au Sens le plus Spirituel du Terme et était résolue à secourir mon Ame Immortelle comme à veiller à mes Besoins physiques les plus élémentaires. Ainsi chargée de la Lourde Responsabilité de mon Salut autant que du sien, elle s'était presque usé les genoux à prier, depuis son Entrée à mon Service.

Pendant que Susannah marmonnait ses Prières à deux genoux, je ployai aussi les miens pour implorer à mon tour le Ciel, et plus spécialement la Grande Déesse, sur la Sainteté de laquelle Isobel et les autres Sorcières avaient tant insisté. O jamais je ne dirais rien à Susannah de l'Assemblée des Sorcières, me promettais-je, de crainte qu'elle ne me prît pour une Adoratrice de ce même Diable qu'elle redoutait; comment lui expliquer que la Sorcellerie n'est point ce qu'il semble et que, au vrai, c'est une Croyance qu'elle eût approuvée, si seulement elle en avait connu l'Essence comme moi ?

Je murmurai à l'Adresse du Ciel le Genre de Mots qu'une Tendre Mère chuchote, agenouillée près du berceau de son Enfant, tout en contemplant le Petit Ange issu de son corps et maintenant endormi, avec ses cils d'Or frémissants sur ses joues empourprées de Sommeil, et ses douces lèvres roses closes sur des gencives édentées. Je priai donc : « Puisse-tu braver les Dangers de l'Enfance, ma Chérie, ma Fille, mon Oisillon, mon Phénix, et, au Sortir de tes Tendres Années, prendre ton Essor et revêtir les Chairs Somptueuses de la Féminité, croissant ainsi, de Bébé informe, jusqu'à la Perfection de la Femme qui glisse avec Assurance à travers ce Monde de Périls; oui, puisses-tu, après avoir évité les Ravages de la Maladie, les mille et une Calamités de l'Enfance, émerger miraculeusement intacte, la tête haute, dans tout le Rayonnement de ta Beauté Achevée, pour avancer d'un pas allègre et souple sur les Chemins de ta Destinée, et découvrir enfin ta Véritable Mission, celle pour laquelle la Déesse t'a placée sur cette Terre, et la remplir avec Joie et Vigueur... Telle est la Prière de ta Mère. »

Ce que murmurant ardemment dans mon For Intérieur, je me prosternai et versai un Océan de larmes, capable de nous porter sur ses Flots à la Recherche de Belinda, laquelle semblait maintenant aussi lointaine que le Pays d'Eldorado ou que la Fontaine d'Éternelle Jouvence, et, en même temps, infiniment plus précieuse.

Chapitre VII

Où l'on vivra une Tempête en Mer, Scène que feraient
peut-être mieux de sauter les Personnes à l'Estomac
Délicat; & où fait son Entrée dans notre Histoire le
Célèbre Capitaine Whitehead.

COMME, Susannah et moi, nous demeurâmes virtuellement Prisonnières dans la Cabine pendant le temps que l'on mit à la Voile, je ne
pus observer l'Activité sur le Pont, tandis que *La Bonne-Espérance*
dérapait l'Ancre (ou la levait, ou je ne sais quoi en Langage Marin)
pour traverser la Tamise jusqu'à Gravesend et, de là, poursuivre vers
Deal. Néanmoins, à en juger par les Grincements des Charpentes de
la Coque et les Cris qui venaient sans Relâche d'en-haut, sans parler
du Tonnerre des Piétinements et des Courses au-dessus de notre tête,
il semblait évident que nous prissions le Large.

Presque toute la soirée, nous restâmes seules, tandis que le
Second s'acquittait de ses Tâches sur le Pont. En ce temps-là, il était
de Coutume, pour les Navires, d'être guidés par un Pilote jusqu'en
Haute Mer, et pour les Capitaines arrogants de monter à bord ensuite,
ces Manœuvres de Routine achevées. Quand, exactement, le Capitaine
Whitehead aborda-t-il ? Je serais en Peine de le savoir, en Raison de
notre Emprisonnement. Je puis seulement dire que je ne vis rien du
tout de la Mer ni du Ciel, avant que M. Cocklyn vînt nous chercher à
l'aube. Car, épuisées par les Epreuves et les Agitations de la journée,
nous nous étions endormies toutes les deux et nous restâmes mortes
à ce Monde (pour ma Part, je rêvais que j'étais de Retour à Lymeworth avec Belinda) tout ce temps. Nous en étions là, lorsque le

Second, d'une solide secousse, me ramena à la Réalité et me rappela la Misère de ma Triste Condition.

— Venez çà, les Filles, dit Cocklyn. Je vais vous conduire sur le Pont; car nous sommes ancrés au large de North Foreland par neuf brasses d'eau, et c'est fort beau Spectacle à l'aube.

Nous fûmes prestement tirées de nos couchettes et menées sur le Pont dans le Doux Eclat du petit matin, et nos yeux émerveillés embrassèrent le Scintillement de la Mer, teintée de rose — Splendeur qui est le Présent de la Nature aux Marins, en Retour de la Dureté de leur Existence.

Autour de nous, il y avait beaucoup de Navires à l'Ancre. Je remarquai *Le John & Martha* (« Belle Galère armée de vingt Bouches à Feu », commenta Cocklyn); *La Delicia* (« Brigantin de Misère, pas Moitié aussi marin que *La Bonne-Espérance* »); le Sloop *L'Enfance*, en Provenance de New Providence (« Port Pirate bien connu »); et tant d'autres grands Vaisseaux aux noms curieux, tels que *Le Paradoxe*, *Le Pélican*, *L'Aventure-Célibataire* et *Le Joyeux-Noël*. Mais pas trace de *La Cassandra*, nulle Part, même avec la Longue-vue que Cocklyn nous offrit.

— Peu importe, mes Colombes, nous dit-il. Nous pouvons encore la rattraper avant d'être sortis de la Manche.

A la Longue-vue, je voyais les Matelots des Navires voisins courir pour grimper aux Haubans et aux Mâts, comme autant de singes nu-pieds. Tous les Détails du Voyage sur Mer m'étonnaient, mais j'étais surtout surprise par l'Allure de Gueux des Matelots et par les Efforts épuisants réclamés par leur Tâche. Je n'avais guère imaginé que la Voile pût transformer les Hommes en singes, et je me figurais qu'une Femme agile eût pu s'en tirer aussi bien que n'importe quel Marin — que dis-je ! mieux.

Je ne fis pas Part de ces Pensées à Cocklyn. Au Lieu de cela, je tentai de distraire mon Esprit du Souci constant du Sort de Belinda, en demandant au Second de nous en dire un peu plus sur l'Armement des Navires; car certains avaient deux Mâts; d'autres, trois; d'autres encore, seulement un; et je ne doutais pas de la grande Importance de ces Différences.

— Ça, pour compter, ça compte, les Filles, dit Cocklyn, ravi d'être invité à discourir sur les Navires (son Sujet de Conversation favori en ce Bas Monde Aqueux). Le Navire à un Mât que vous voyez là — *L'Enfance* — est un Sloop, fort apprécié des Pirates et des Contrebandiers, car il montre vite au Vent; gréé à Voiles auriques, à part la Grand-voile carrée, il fera jusqu'à douze Nœuds par Bon Vent. Mais, avec tant de Toile, c'est une Vraie Garce dans la Tempête; souventes fois, j'ai vu les Matelots galoper pour scier le Mât avant que le Vent les verse à la Tasse. Avec un Sloop par Mer démontée, autant se souhaiter Bonne Nuit en se baisant le cul, sauf vot' Pardon, Mesdames. Cet autre-là, *La Delicia,* est un Brigantin comme le nôtre; bien que, pour moi, ce ne soit qu'un Vieux Baquet ne méritant même pas le Nom de Brigantin. Il a deux Mâts, tous deux gréés de Voiles Carrées. ce qui marche assez bien au Grand Largue, mais ne sert presque à rien au Vent. Notre *Bonne-Espérance* est gréée de Voiles auriques pour le Grand Mât et de Voiles carrées pour le Mât de Misaine... ce qui la rend plus...

— Boulinière ? demanda Susannah, qui connaissait un peu l'Argot de Marine, à Cause des Tribulations de son Enfance, et qui, de toute Façon, était aussi bon perroquet que moi.

— Exact, la Fille ! dit Cocklyn, aux Anges. Et celui-ci, là-bas... (Il montrait du doigt un Trois-mâts, *Le Rôdeur*)... est l'un des plus gros Navires Marchands qui vogue. Il fait les Antilles. Il jauge sept cents Tonneaux, avec un Franc Tillac de cent soixante pieds de long et de près de trente-six pieds de large. Il peut porter trois cents Hommes d'Equipage et cinquante-quatre canons — bien qu'il en porte rarement plus de vingt-cinq, afin de garder de préférence la Place pour la Cargaison. Il a la Poupe dorée à l'Or fin, avec une superbe Lisse de Couronnement peinte, et il est gréé de Voiles carrées à tous les Mâts, Mât de Misaine, Grand Mât et Mât d'Artimon — ce qui fait qu'il n'est pas des plus rapides, sauf par Grand Largue; mais pour la Place et la Puissance de Feu, il est imbattable, bien que, quant à moi, je préfère mener un Brigantin, par n'importe quel Temps.

— Scie-t-on vraiment le Mât, quand il y a Péril de Naufrage ? dis-je.

— Pour sûr, ma Colombe; rien de tel pour maintenir le Navire dans ses lignes d'Eau, que de désencombrer le Pont dans la Tempête.

— Mais, s'il vous plaît, comment regagne-t-on le Port, sans Voiles ?

— Lentement, répondit le Second en riant. Très lentement, mes Belles !

Je tentai d'imaginer *La Bonne-Espérance* privée de ses Mâts. Comment revenir à Londres ? En flottant seulement sur l'eau, en attendant d'être secouru par la Grâce d'un autre Navire ? Terrifiante Perspective ! Mais, de toute Evidence, Cocklyn n'aimait guère à s'y attarder, car il n'eut rien de plus pressé que de glisser sur la Question, pour continuer de nous décrire diverses Sortes de Gréement en nommant les Voiles, du Contre-cacatois de Misaine à la Voile de Fortune. de la Baïonnette de Clinfoc à la Voile de Brigantine. Pareillement, il me désigna les différentes Parties du Navire, du Beaupré à l'Arc-boutant de Martingale et à la Lisse de Couronnement. Mais j'avais l'Impression qu'il me faudrait des années avant de tout bien retenir, tant cela représentait de Mots, et des plus étranges. Cocklyn nous fit remarquer la Différence entre une Flûte et un Navire Marchand

« La Flûte est un Deux-mâts de Conception Hollandaise, à Voile carrée et doté d'un bel Espace pour la Cargaison, à cause de son Cul plat, grand comme celui d'une Putain d'Amsterdam ! » Et de même la Différence entre un Senau et un Brigantin à Voiles carrées : « Le Senau, il est gréé de Voiles auriques, de l'Avant à l'Arrière, ce qui lui donne de la Vitesse par Vent Grand Largue. » Il nous montra même, à la Longue-vue, un beau Vaisseau de Guerre, de trois cent soixante Tonneaux et de vingt-six Bouches à Feu, lequel, dit-il, pouvait battre n'importe quel Navire Pirate dans la Mer des Caraïbes (bien qu'un Navire de Ligne portât en général soixante canons pour le moins). Mais mes Pensées revenaient sans Cesse à Belinda durant cette Conversation, et je ne parvenais pas à appliquer mon Attention à tout ce Galimatias Marin, même si notre Vie en dépendait.

— J'espère que tu te rappelleras bien tout ceci, dis-je à Susannah, car cela dépasse mon Entendement.

— Sottise, la Fille, rétorqua Cocklyn. Tu deviendras Fin Matelot; c'est Affaire de jours, retiens bien ce que je te dis.

Sur quoi, il nous ordonna de regagner notre Cabine, car il allait y avoir changement de Quart et il ne voulait pas que notre Présence sur le Pont soulevât des Questions.

Pendant tout ce temps à bord, Cocklyn n'avait fait montre d'aucune Concupiscence à notre Egard, bien que nous fussions ses Compagnes de Table et de Cabine à la fois. Je soupçonnais qu'une telle Situation était trop belle pour durer : pourquoi nous eût-il admises sur ce Navire, sinon pour lui servir de Catins personnelles; et n'allait-il pas bientôt vouloir récolter ce qu'il tenait pour son Dû ? Nous étions restées sauves jusqu'alors, pensais-je, à Cause des mille et une Tâches des débuts d'une Traversée; mais nous ne devrions nous soumettre que trop tôt aux Avances Amoureuses de ce Grêlé à jambe de bois. J'en frémissais d'avance.

Avant qu'il fût longtemps, nous levâmes l'Ancre une fois de plus et fîmes Voile en Direction de la Rade de Deal, où nous ne nous attardâmes pas en Raison d'un Vent d'Est (nous expliqua par la suite Cocklyn) qui nous porta promptement de l'autre Côté de l'Ile de Wight et sur les Flots agités et furieux de la Manche. Il me tardait de monter sur le Pont pour vérifier si *La Cassandra* n'était pas en Vue; mais Cocklyn jura qu'il m'appellerait dès qu'elle serait signalée et que, de plus, il s'assurerait que je fusse transbordée, si c'était possible; il me jura sur une Bible qu'il n'avait vu d'elle ni Proue ni Poupe et qu'il estimait que le Vent Favorable l'avait poussée sur la Route des Açores, lui donnant au moins un jour d'avance sur nous. Pourtant, en Dépit de son Avantage de Départ, peut-être la rattraperions-nous en Mer, ajouta-t-il, car notre Route était presque la même, c'est-à-dire : cap au Sud, sur les Açores, puis à travers l'Atlantique jusqu'aux

Bahamas, et, de là, cap sur la Côte des Colonies, de Charleston à New York, et de New Providence à Boston. Je ne lui faisais pas Confiance Absolue pour nous appeler, si *La Cassandra* était signalée; pas plus que je n'avais aucun Moyen de savoir s'il ne me mentait pas; néanmoins que faire d'autre que de rester à Proximité de ma couchette, en priant pour la Délivrance de Belinda ? Cocklyn n'avait cessé de protester qu'il nous ligoterait ensemble comme des Malfaiteurs et nous noierait toutes deux si nous venions à désobéir à ses Ordres.

— Dieu, dit calmement Susannah, veille sur les Fous et les Enfants. Belinda ne périra point. Cela je peux vous le promettre, puisque les Anges me l'ont promis à moi.

Je la regardai avec Désespoir, désirant la croire de tout mon Cœur et espérant que je ne me trompais pas abominablement. Susannah ne cessait d'entendre les voix des Anges et des Démons — et puisque j'y étais moi-même sourde, j'étais bien obligée de l'utiliser comme une Sorte de Messagère entre l'Etre Suprême et moi.

En voguant sur la Manche, le Navire tanguait et roulait extrêmement, et le peu d'Agrément de notre Table, allié aux Mouvements du Brigantin, me rendit des plus malades. Je n'avais encore jamais eu le Mal de Mer (n'ayant encore jamais navigué); mais, au vrai, l'Expérience était si déplaisante que je fis Vœu de n'absorber que le Strict Nécessaire pour survivre pendant tout le Restant du Voyage. Le Désordre de mon estomac, joint à la regrettable Découverte que certains Visiteurs Minuscules étaient venus s'installer dans ma longue chevelure rousse (sans solliciter la moindre Permission), accrurent ma Misère à l'Extrême. Quand Cocklyn reparut dans la Cabine pour nous informer que nous avions déjà fait Bonne Route (et pour nous donner ouvertement à entendre qu'il désirait maintenant son Dû en Nature, en retour de sa Magnanimité en nous prenant à bord), j'eus toutes les Peines du Monde à m'empêcher de vomir sur sa Détestable Personne.

— J'ai fort Envie de monter à vot' Bord, mes Belles, nous dit-il, comme si ces Mots avaient été l'Apogée du Bel Esprit. Mais vu l'Etat de vot' Ligne de Flottaison, je crois que je ferais mieux de garder mes Voiles pour un Vent meilleur, bien que mon Beaupré soit aussi solide qu'un autre, ho ! ho !

Susannah, qui avait le pied très-marin et beaucoup plus d'Endurance que moi, jugea que peut-être valait-il mieux qu'elle apaisât l'Esprit de Luxure du Second et l'empêchât de m'importuner. Car les Jeux Amoureux ne représentaient pas un Péché à ses yeux, s'il y allait de sa Vie. Elle s'offrit donc fort gracieusement à Cocklyn, qui était sur le Point d'accepter avec Entrain ses Cajoleries (en évoquant tout bas les Roueries que permettait sa jambe de bois), quand le Vent tourna si bien à la Bourrasque que nous fûmes tous les trois projetés à l'autre bout de la Cabine, au Milieu d'une Glissade générale de tous nos Biens. Même les rats se réfugièrent dans leurs trous sous la Violence de la Tempête.

— Ah ! ce n'est rien qu'une grosse Brise, dit Cocklyn en mettant la main sur Susannah qui avait roulé comme lui par terre.

— Une Brise ? Une Brise ? me récriai-je, dans ma Détresse. Si ce n'est pas un Ouragan, c'est que j'ignore le Sens de ce mot !

La Charpente du Navire grinçait de Façon effrayante ; le plancher semblait se gonfler sous nous, comme s'il s'était fendu pour laisser passer les Souffles de l'Enfer. Déjà nous entendions monter le cliquetis des chaînes des pompes, les Clameurs de l'Equipage, et les Hurlements démoniaques du Vent dans la Voilure.

— Un Ouragan ! dit Cocklyn, riant de plus belle et empoignant de nouveau Susannah. Par Dieu ! Si tu appelles cela un Ouragan, quel Mot devras-tu inventer le jour où il y en aura un *vrai* ? Grimpe sur le Pont, ma Colombe, et vas-y jeter un coup d'œil sur ton Ouragan ! Un peu d'air frais te fera du Bien à l'estomac.

Dans son Ardeur de posséder Susannah, Cocklyn avait oublié tous ses Avertissements précédents nous enjoignant de ne pas montrer le nez sur le Pont. Je me traînai sur le plancher jusqu'à l'échelle, que je gravis d'un pied incertain, et me retrouvai bientôt devant le Spectacle le plus terrifiant que j'eusse jamais vu. L'Etendue Liquide était passée du bleu étincelant au vert noirâtre et gonflait ses montagnes d'eau, à la crête desquelles notre Navire se perchait un périlleux instant, avant de retomber dans le creux de la vallée. Parfois, au fond de ces vallées, nous voguions entre deux gigantesques vagues qui menaçaient de se rabattre sur notre tête, pour nous engloutir sans une Ombre d'Hésitation dans une tombe Océane. Nos Mâts vibraient et tremblaient tels des roseaux sous le Vent ; nos Voiles étaient arrachées, déchirées ; les Matelots couraient de droite et de gauche sans savoir où donner de la tête. Certains se cramponnaient aux Haubans, s'efforçant de voir ce qu'il advenait des Navires alentour ; d'autres, agrippés aux Vergues, de Manière vraiment simiesque, essayaient de maintenir les Voiles déchirées qui battaient ; d'autres encore se précipitaient sur les pompes en hurlant que tout était perdu, que nous allions sûrement sombrer ; quelques-uns même tombaient à genoux et en Prières. J'en vis un, balayé du Beaupré, couler en moins de temps que n'en met un Enfant Pervers à noyer un insecte dans un ruisseau de jardin. Je vis la Mer dresser ses folles crêtes, puis les précipiter sur le Pont, une, deux, trois fois, jusqu'à ce que je fusse certaine qu'une seule Masse de plus s'abattant sur nous, nous étions coupés en deux ! Et pourtant, les Ponts avaient beau être martelés et noyés, je ne sais comment nous résistions, alors que, autour de nous, des Navires sombraient ou tranchaient leurs Mâts sans attendre que le Vent s'en chargeât.

Au milieu de ce Désastre, Cocklyn était en bas et faisait l'Amour à Susannah, se moquant comme d'une guigne du Sort de ses Hommes. Et triste il était, ce Sort, en Vérité ; car, tandis que l'un d'eux, projeté du haut d'un Bout de Vergue, se cassait un bras et une jambe sur le Pont (les deux devant être amputés plus tard), un autre se noyait, ainsi que je l'ai dit, et un troisième était emporté par une vague et, par Chance, parvenait à tenir, cramponné à un Espar qui flottait, dans l'Espoir qu'un de ses Compagnons risquerait sa Vie pour le tirer de la Baille.

Jusqu'alors, je ne m'étais pas fait une Véritable Idée des Périls d'une Traversée. O j'avais dévoré tous les Récits de Voyages qui font rêver les Jeunes Dames de Qualité éprises de lecture, et je m'étais imaginé que c'était Grand Dommage que mon Sexe m'interdît de prendre la Mer comme Mousse, pour aller chercher Fortune ! Mais, dans mes Rêves, il n'y avait jamais eu de Mal de Mer, de vermine, de porc salé pourri, de biscuits détrempés, d'eau gâtée ni, surtout, de Tempête, certes ; mais c'est tout autre Chose, que de comprendre très-vite comme est mince la Frontière entre un corps de chair et d'os et la Puissance des lames gigantesques d'une Mer démontée. Nous eussions pu tout aussi bien embarquer sur une coque de noix que sur ce Brigantin, pour la Différence que cela faisait, comparé à l'Immensité et à l'Enormité des Flots ! Et, quelque Part sur cette Immensité, se trouvait Belinda. J'avais autant de Chance de l'y retrouver que de découvrir tel galet plutôt qu'un autre sur une Etendue de Plage caillouteuse, ou qu'un certain grain de sable dans un Sablier, ou qu'une goutte de vin dans un tonneau de chêne qui fuit. Quelle Magie Exceptionnelle n'y eût-il pas fallu ! Une Magie mille fois plus Prodigieuse que celle des Sorcières, que celle qui avait guéri mon ventre, que celle qui m'avait sauvé la Vie pendant que j'enfantais. Sans elle, comment retrouver Belinda sur l'Océan déchaîné ? Et pourtant, la retrouver était toute ma Destinée !

Mais, juste comme je m'abîmais dans ces Pensées, la Tempête sembla s'évaporer aussi vite qu'elle s'était levée. Soudain, les Flots s'apaisèrent, l'air s'éclaircit et, à la place des nuées noires, meurtrières et basses, qui nous cachaient la Face du Ciel, tout à coup s'érigea un Arc-en-ciel. Ah ! elle brillait et frémissait, cette Arche, comme pour révéler à l'Esprit qu'il existe des Miracles, au plus sombre du Désespoir Humain. Et elle était aussi merveilleuse que dans les Contes que l'on en fait : c'était une Promesse, une Alliance, un Signe. Les Matelots tombèrent sur leurs genoux calleux pour remercier Dieu ; car les Mâts avaient tenu bon et les Voiles pourraient être réparées en temps voulu. La Tempête était passée.

Le Danger Immédiat ainsi envolé, l'on remarqua l'Absence de Cocklyn. Un Compagnon du Marin tombé à la Mer, qui s'était finalement noyé, se mit à crier le Nom de Cocklyn d'une voix furieuse, clamant Vengeance, et accusant le Second de la Mort de son Ami.

Peut-être existait-il une vieille Querelle entre les deux Hommes ; mais le Matelot, qui était un Rude Gallois, donnait l'Impression que rien ne le calmerait plus.

— Je cours les Sept Mers, criait-il, depuis l'âge de huit ans ! Et je n'ai jamais vu un Second aussi insensible au Sort de ses Hommes. Je tuerai ce Chien Galeux, ce Fils de Garce, cette Peste à deux Pattes ! (Au vrai, tout le temps que j'ai été en Mer, je me suis interrogée sur cette Habitude qu'ont les Matelots de se traiter de « Chiens », tant ces Créatures à quatre pattes, folâtres et aimantes, sont, à mes yeux, infiniment plus méritoires que n'importe quel Humain — et notamment ceux dont la Vocation est de Sillonner les Mers !)

— Cocklyn, Chien Vérolé ! hurlait le Gallois, en dévalant l'échelle sur laquelle j'étais restée juchée pour jeter un coup d'œil sur le Pont.

Il m'écarta si brutalement que je me hâtai de descendre pour lui faire Place, tant, d'Evidence, il était d'Humeur Fétide.

Sautant du Milieu de l'échelle, droit dans la Cabine de Cocklyn, il y trouva le Second, la culotte grande ouverte, et Susannah, sa chemise de Marin suffisamment déboutonnée pour révéler à l'Evidence sa Féminité.

— Porc ! Chien Enragé ! Tu vas me payer la Mort de Thomas ! (C'était à n'en point douter le Nom de son Ami noyé.)

Il fondit sur Cocklyn avec une telle Furie que l'on eût dit qu'il allait le dépêcher de ses mains nues. Mais je vis un poignard étinceler à sa ceinture et, en un clin d'œil, il l'eut au poing. Cocklyn, de son Côté, attira violemment Susannah à lui, s'en servant comme d'une Sorte de bouclier.

— Serais-tu capable de tuer cette Fille sans Défense ? s'écria le Second, arrachant ce qui, de la chemise de laine, cachait encore les Seins couleur de café et leur Tétin brun comme du chocolat.

La Malheureuse marmonnait des Prières pour sa Délivrance. Quant à Cocklyn, il se mit à sautiller autour de la Cabine, en faisant sonner son pilon et en utilisant cette Merveilleuse Gorge nue, comme Achille eût fait de son bouclier forgé par le Dieu de la Guerre en Personne.

— Roquet Foireux ! hurlait le Gallois. Je t'apprendrai à te servir d'une Fille en Guise d'Armure !

Là-dessus, se jetant à quatre pattes, d'un coup adroit et bien placé de son Poignard expert, il cloue le pied valide de Cocklyn au plancher. Cocklyn braille comme tous les Chiens de l'Enfer, lâche Susannah qui saisit l'Occasion pour prendre le Champ, tandis que le Second frappe le sol de son pilon au Rythme de son Atroce Douleur. Mais plus il tire et tape, plus le sang jaillit du pied valide qui, me dis-je, ne le restera plus longtemps.

La Cabine est maintenant pleine de Matelots qui parient aussitôt sur l'Issue du Combat Singulier, misant Doublons, Guinées, Pistolets, Sabres d'Abordage et Mousquets, Rations de Rhum, Eau et même Porc Salé et Portions de Pois. Ceux qui n'ont pas d'Armes ni d'Argent et qui ont déjà perdu jusqu'aux nippes qu'ils ont sur le dos, au cours d'autres paris, engagent la Paie à venir, les Pilules ou Potions pour guérir la Vérole — si ce sont là toutes les Richesses en leur Possession...

Cocklyn, je ne tardai pas à m'en apercevoir, n'était guère populaire auprès de l'Equipage : la plupart des Parieurs mettaient leur Foi en la Victoire du Gallois, lequel, apparemment, s'appelait Llewelyn. On le donnait gagnant et, de fait, il avait pris une Avance sur la Victoire en clouant le pied de Cocklyn; mais chaque fois qu'il se rapprochait du Second, celui-ci pointait très-habilement son pilon, de Façon à inspirer à Llewelyn une Sainte Peur pour ses Parties Intimes.

Cet Horrible Spectacle se poursuivit tout un temps. Le pied crucifié de Cocklyn saignait abondamment, cependant que le Second lardait le Vide de son pilon et que Llewelyn dansait par toute la Pièce, tel un Pugile. Pourtant, le Gallois avait trop Soif de sang pour se contenter de si Maigre Torture, et Cocklyn souffrait par trop pour pouvoir tenir longtemps. Soudain, Llewelyn tira, je ne sais d'où, un autre Poignard (peut-être un de ses Compagnons le lui glissa-t-il subrepticement), et, tournant Cocklyn, le saisit à pleins bras à la taille, méchamment. D'un coup, il lui fendit le nez. De cet organe étonnamment juteux, le sang gicla aussi allégrement que d'un Cœur. Et moi, qui ne me trouvais déjà guère bien, avant cela, je fus prise d'une nausée et mon estomac se contracta en une boule palpitante. Eussé-je su ce qui allait se passer, que j'eusse certainement arrosé le plancher de mon grossier Dîner de Matelot. Car Llewelyn, non content de ce Traitement, profita de la Confusion Sanglante de Cocklyn pour lui saisir les deux bras et les lui lier derrière le dos avec une lanière de cuir. Puis, tandis que l'Assistance béait d'Horreur, il lui ouvrit la poitrine, de la cage thoracique au nombril, et, de sa main nue, arracha une Longueur de Tripes, puis cloua l'Atroce Gâchis à l'échelle, à l'aide du second Poignard. Sur quoi, il libéra le pied de sa Victime hurlante, et, à la pointe de son premier Instrument de Carnage, força Cocklyn à tourner autour de l'échelle en une Hideuse Course de Mort, jusqu'à ce qu'il s'écroulât miséricordieusement.

La chose prit plus de temps que je ne l'eusse pensé; les Forces de Vie sont plus puissantes que l'on ne le croit, tant que l'on ne les a pas mises à l'Epreuve. De Cocklyn, s'échappaient des Bruits insupportables pour toute oreille humaine, cependant qu'il vomissait et dansait de Douleur. Je n'avais plus le Courage de regarder; je me voilai les yeux de Terreur, jusqu'au moment où un Choc lourd et sourd sur le plancher me convainquit que le Second avait expiré. Lorsque je rouvris enfin les paupières, je vis que Cocklyn avait enroulé ses intestins non moins de six fois autour de l'échelle, avant que la Mort (ou un miséricordieux Evanouissement) le saisît, et qu'il tombât dans le lac de son propre sang.

Les Matelots avaient arrêté les Paris, pour mieux regarder cette Scène de Torture dans un silence révérencieux. O la Vue des Entrailles béantes d'un Homme a un Effet des plus modérateurs sur la Démesure Humaine ! Nous savons que nous ne sommes que chair et ordure, simplement animées par la Grâce d'un seul et unique Souffle Divin; et pourtant, nous en ignorons tout jusqu'à l'instant où nous voyons de nos yeux un Homme ouvert en deux, et où le sombre et boueux Augure de ses Entrailles est révélé à notre Regard horrifié.

La Cabine était, au vrai, si immobile et silencieuse que j'avais l'Impression d'être tombée par Hasard parmi les Figures de Cire de Westminster Abbey. Bien que les Matelots eussent, certes, assisté à d'autres Accès de Fièvre des Mers (au cours desquels les Marins perdaient oreilles, yeux et nez, comme s'il se fût agi d'autant de Trinquetailles), jamais encore la plupart de ceux-ci n'avaient contemplé pareille Torture exercée devant eux. Assurément, ils en avaient entendu parler, tout comme moi, à travers les Récits des Cruautés commises par les Pirates; mais il en va tout autrement d'écouter conter pareilles Sauvageries et d'en être Témoin.

Soudain, la porte s'ouvrit et le Capitaine surgit. C'était un Homme de haute taille, à la barbe grise et dont le nez rouge ressemblait fort à une fraise trop mûre. Il n'eut aucun Mal à deviner qui était le meurtrier, et qui, la Victime, puisque celle-ci gisait toujours dans une mare de sang, cependant que le Meurtrier était debout au-dessus d'elle, un Poignard rougi à la main. Quant aux Spectateurs, ils semblaient figés dans la Glace. A l'entrée du Capitaine, ils se retournèrent tous, d'une seule Pièce, pour le regarder, sachant (ce que j'ignorais alors) que pareille Conduite, proche de la Mutinerie, ne pouvait être tolérée à bord d'un Navire, si impopulaire que fût la Victime. Un Homme d'Equipage capable de tuer un Second pouvait tout aussi aisément expédier un Capitaine; et une Infraction aussi grave à la Discipline était d'autant inacceptable en Mer que, plus encore que sur Terre, le Sort de chaque Homme y dépend de ses Frères.

— Combien d'entre vous ont assisté à ce Meurtre ? demanda le Capitaine, sans grande Nécessité, tant il était clair que c'était le Cas de tous les Hommes présents.

Personne n'éleva la voix ni même un doigt; tous semblaient avoir un bœuf sur la Langue.

— Allons, allons, reprit sèchement le Capitaine. Tout Homme qui manquera de répondre par oui ou par non partagera le Blâme qui retombera sur le Meurtrier.

Malgré cela, aucune Réponse ne vint. La Cabine resta silencieuse, hormis les Grincements des Charpentes et les gifles de la Mer à la Coque. Mais, peu à peu, la Peur finit par luire dans les yeux des Matelots assemblés; car le Fouet et la Cale Humide n'étaient que trop réels dans les Imaginations.

— Ouais, ouais, dit l'un.

— Oui-da, dit un autre.

Puis le Chœur des « Oui » s'enfla, noyant le Silence de la Cabine.

— Très-bien, dit le Capitaine (dont le Nom, Whitehead — Tête-Blanche — s'inscrivait en faux contre son nez en fraise). Il m'apparaît que nous pouvons dépêcher Monsieur Llewelyn vers son Destin, sans autre Forme de Procès.

— Holà ! se récria le Gallois. J'ai Droit à un Procès en Règle, devant Jury, autant que n'importe qui d'autre ici !

— Monsieur Llewelyn, répliqua le Capitaine, il est clair aux yeux de tous que nul autre que vous n'a désétoupé les Coutures, en quelque Sorte, de ce pauvre Gars qui saigne à terre. Nul Carénage ordinaire ne le sauvera plus des tarets; car aucun Calfat, aucun Goudron ne le répareront. Le tout est de savoir si nous devons commencer par le Fouet, ou vous enchaîner en Cale Humide avant de vous pendre à une Vergue, ou si nous devons vous infliger ce qu'il vous a plu de faire à cet Homme... ou encore si nous devons nous montrer miséricordieux et vous lier à ce qui reste de Monsieur Cocklyn, avant de vous jeter à la Mer, pour vous y noyer avec lui.

— Je veux être jugé par-devant Jury, je l'exige ! protesta Llewelyn. Car j'ai seulement vengé la Mort d'un Compagnon. J'ai fait Justice, notez-le bien, et non point commis un Crime d'Humeur. Je refuse d'être pendu comme un Chien, pour avoir vengé le Meurtre d'un Ami !

— L'on peut en débattre, répliqua le Capitaine, dont le Parler ironique et élégant était celui d'un Gentilhomme et s'accompagnait du Dédain le plus glacial de tout Sentiment. Au Nom de quoi qualifiez-vous de « Meurtre » la Perte d'un Marin en Mer ? S'il y a Meurtrier en ce Cas, c'est la Mer elle-même. Et qui donc vous a désigné pour être celui qui tirera Vengeance de Neptune ?

— Si Cocklyn avait été sur le Pont, et non point en bas, à faire l'Amour à une Fille, Thomas serait encore là ! s'écria le Gallois.

— Eh quoi ? Vos Fièvres Marines vous feraient-elles voir des Filles ? Il n'y a point de Jupons ici. Je vous prie, Monsieur Llewelyn, contenez vos Fantaisies débridées. Il n'y a nulle Place à bord de *La Bonne-Espérance* pour les Evadés de Bedlam.

— Il y a des Filles ici, et plus d'une ! dit Llewelyn.

Sur quoi, il nous traîna toutes deux hors de l'Ombre où nous avions trouvé Refuge, et nous amena droit au centre ensanglanté du cercle des Matelots, avant d'arracher nos chemises sous les yeux éberlués du Capitaine Whitehead, et de dévoiler ainsi nos Gorges Féminines.

Whitehead fut aussi stupéfait de nous voir que les autres; cependant, comme le Détachement Ironique était sa Règle Secrète, il refusa d'afficher cet Etonnement. Il fit Mine de se voiler les yeux devant nos Seins, mais une lueur filtrait entre ses doigts légèrement écartés.

— S'il vous plaît, couvrez ces Dames, dit-il. Car je ne tolérerai nulle Impudicité envers le Beau Sexe sur mon Navire.

Il avait dit cela en toute Galanterie et Politesse; mais cela ressemblait plus à une Déclaration de Pure Forme qu'à une Chose Sentie.

— C'est Cocklyn qui les a amenées pour lui servir de Putains Privées ¹ vociféra Llewelyn.

— Et eussiez-vous été plus satisfait, s'enquit Whitehead, s'il avait partagé ces Dames avec vous ?

L'Équipage rit à gorge déployée de ce Bon Mot. Whitehead rétablit promptement le Silence par la Sévérité de son visage.

— Monsieur Llewelyn, en Considération de votre Chagrin de la Perte de votre Ami, je me montrerai miséricordieux; vous ne serez ni fouetté, ni descendu en Cale Humide, ni torturé.

A ces Paroles, les Matelots assemblés parurent respirer plus librement.

— Mais vous serez lié à votre Victime sur le Pont et abandonné là, toute une semaine, sous le Soleil et sous la Lune; ensuite de quoi, vous serez jetés ensemble dans les Bras de Neptune.

L'Equipage eut un hoquet d'Horreur. Susannah me saisit la main et l'étreignit.

— Je veux mon Procès par-devant Jury ! Je l'exige ! cria le Gallois au Comble du Tourment.

— Faites Silence et remerciez Dieu de ma Miséricorde, dit Whitehead, de Glace. Mettez ces Hommes aux Fers sur le Pont de Gaillard, ajouta-t-il en désignant du doigt le cadavre de Cocklyn et le futur cadavre de Llewelyn, lequel tremblait déjà de la Terreur d'avoir à pourrir sur le Pont. Et conduisez ces Dames à la Grande Cabine, dit-il encore. Quand j'aurai vu le Meurtrier mis aux Fers, je m'occuperai d'elles comme je le jugerai bon.

Et Susannah et moi, nous fûmes rudement menées à la Cabine du Capitaine pour y attendre la Périlleuse Issue de ce nouveau Tour de Roue de la Fortune.

Chapitre VIII

Où il est prouvé que les Capitaines de Navire méritent bien leur Réputation de Lubricité; que les Déistes ne font pas toujours les Meilleurs Amants; & que Nombre de Personnes brûlent, dans leurs Habitudes Érotiques, de recevoir le Traitement que, en Vérité, elles méritent, en Conséquence de leur Nature.

PENDANT toute une semaine, alors que le corps de Cocklyn pourrissait sur le Pont, attirant toute Sorte de Vermine hors des Cales, qui venait faire Ripaille de la Corruption des Entrailles béantes, le Gallois, pris en dessous, gémit de Souffrance et sombra dans la Folie; de leur Côté, les Matelots de *La Bonne-Espérance*, à qui il était strictement interdit de le secourir, sous Peine de partager son Châtiment, murmuraient entre eux, au bord de la Mutinerie.

Llewelyn et Thomas avaient été les Favoris de l'Équipage; le Second et le Capitaine étaient cordialement détestés de tous — Cocklyn, parce qu'il se remplissait les poches et le ventre aux Dépens des Hommes, et Whitehead, pour sa Cruauté et son Arrogance. Les Griefs de l'Équipage semblaient, pour le Principal, porter sur le Refus de Whitehead d'accorder un Procès en Règle au Gallois : tous savaient qu'il ne pouvait manquer d'être puni; mais ils estimaient que tout Bon Anglais de Naissance a au moins le Droit d'être jugé par-devant Jury, si bref et injuste que ce dût forcément être, avec le Capitaine Whitehead pour Juge.

Qu'est-ce donc, alors, qui retenait les Hommes de venger le Supplice de Llewelyn — ou tout au moins de le dépêcher plus rapidement à la Baille ? La Certitude de la Sévérité dont le Capitaine eût fait assurément Preuve envers eux. Car Whitehead était célèbre pour son indicible Cruauté — il contraignait les Hommes à avaler des cafards vivants, leur bourrait la bouche d'étoupe à laquelle il faisait mettre le Feu, les condamnait au Fouet et à la Cale Humide jusqu'aux Portes de la Mort, et distribuait très-libéralement les coups de canne, même pour une Infraction Mineure. Un Matelot avait reçu non moins de cinquante coups de fouet pour avoir pris une gorgée d'eau en sus de sa Ration, nous apprit le Coq qui nous servait à table. Les Hommes s'efforçaient donc de fermer les oreilles aux Divagations du pauvre Gallois sur le Pont, bien qu'il leur en coûtât terriblement. Tout de même, l'on parlait à Mots Couverts de Mutinerie dans l'Entrepont, et le Coq nous chuchota que les Hommes étaient écœurés et que, lorsque les charognards étaient venus arracher les yeux de Cocklyn, ils avaient en même temps emporté des lambeaux de la chair de Llewelyn. Bientôt, les yeux du Gallois souffriraient le même Sort que ceux de Cocklyn; après quoi, il était impossible de prévoir ce que ferait l'Équipage.

Susannah et moi, nous frissonnions d'entendre tout cela; car nous étions les Prisonnières de Whitehead dans la Grande Cabine, encore que, jusqu'à présent, il nous eût traitées fort civilement. Extérieurement, notre Sort s'était amélioré; la Cabine était pourvue de fenêtres, de Lumière, d'air, d'une table à écrire et de couchettes sèches et garnies de couettes, aussi bien que de couverts d'Argent et d'Étain aux Armes de Whitehead. Mais nous vivions dans la Terreur des Sautes d'Humeur du Capitaine, et nous avions toutes deux le Sentiment d'être tombées aux mains d'un Maître plus cruel même que feu Cocklyn.

Pour sa part, Susannah était certaine que Dieu l'éprouvait, en Raison de quelque grave Faute par elle commise. Tout d'abord, elle se tenait pour responsable de l'Enlèvement de Belinda, puis du Meurtre de Cocklyn, qui nous avait précipitées entre les Griffes d'un Scélérat. Quelle Leçon devait-elle en tirer ? se demandait-elle. Ah ! de jour comme de nuit, elle ne pouvait s'empêcher de se faire des Reproches à ces Propos.

— Je ne me suis même jamais soumise aux Avances Amoureuses de Cocklyn, plaidait-elle, car j'avais réussi à invoquer le Prétexte de la Tempête et des Mouvements du Navire pour lui échapper. Et pourtant, le Pauvre Homme, il s'est fait étriper pour m'avoir censément séduite !

— Je t'en prie, ne t'accuse pas ainsi, Susannah, disais-je. Ils ont sûrement vidé une vieille Querelle, laquelle a causé sa Perte.

— Dieu m'éprouve, Fanny. Si fait. Tu es trop innocente des Voies du Démon pour pouvoir comprendre le Danger; mais je vois le Démon tout autour de nous, qui nous met durement à l'Épreuve. Si tu avais la moindre Amie en dehors de moi, j'irais de ce pas nourrir les poissons — car ma Vie n'a plus aucune Valeur pour moi ! O maudit soit le jour où je suis allée sur les Quais pour Prue ! Quelle Pitié que j'aie dû faire cette course pour elle, moi qui suis la Messagère de Dieu ! Ce Whitehead... j'ai encore moins Confiance en lui qu'en Cocklyn. Et comment retrouver *La Cassandra*, quand cet Homme n'est point de nos Amis et que la Mer... la Mer est plus vaste et froide que l'Enfer même ?

Un calme étrange s'était emparé de moi, dans ces Affreuses Circonstances; car il est paradoxal que, lorsque notre Fortune atteint à son plus bas, nous trouvions souvent une Forme de Résignation dans le Désespoir et qu'il nous vienne une Ressource pour écarter le Désastre et tenir tête au Chagrin qui, selon toutes les Lois de la Raison, devrait nous écraser. O il est, dans la Vie, des Choses plus puissantes que la Raison; de cela je suis sûre.

— Ne désespère pas, ma Précieuse Amie, dis-je à Susannah. Le Désastre n'est souvent que la robe de la Fortune, tout de même que celle-ci n'est souvent que le masque du Désastre. Nous retrouverons Belinda dans cette Grande Immensité de la Mer, et ferons de cet Enfer un Lieu Céleste !

Susannah tomba dans mes bras et pleura; tandis que ses larmes coulaient, je sentis mes Forces renaître. Nous ne devions pas céder toutes les deux en même temps; l'une de nous devait rester forte pour aider l'autre.

— Maîtresse Fanny, j'ai peu de Souvenirs d'Enfance. Pendant des années, je ne me suis rappelée que mon Naufrage quand j'avais quatre ans; mais hier soir, en m'endormant avec les Plaintes et les Délires du pauvre Llewelyn dans l'oreille, j'ai rêvé de ma Maman Noire des Iles du Sucre, et elle m'a parlé aussi clairement qu'une Femme en chair et en os.

— Et que te disait-elle ? demandai-je, dans l'espoir de la distraire de ses Pensées de Suicide qui, au vrai, me terrifiaient.

Susannah me regarda droit dans les yeux et psalmodia ces Paroles bouleversantes :

— « *On nous a arrachés du Sein d'un Continent de Magie et de Ténèbres, pour nous jeter dans la Lumière de l'Homme Blanc. Son Dieu n'est que Raison; c'est un Faux Dieu — un Dieu qui n'est qu'un Diable Déguisé. Seul, L'Esprit est Réalité; lui seul dure. C'est la Malédiction de l'Homme Blanc, que d'avoir fait un Dieu de Raison; la Fin du Monde sera proche, quand l'Homme Noir en viendra lui aussi à adorer ce Dieu-là !* »

J'avais écouté, frappée de Silence par cette Prophétie, qui me semblait sortir des Profondeurs du Rêve, comme celle des Sorcières, tant de mois plus tôt. Le Rêve est Folie; mais n'enferme-t-il pas la Sagesse ? O Dryden lui-même ne dit-il pas : « Les Grands Esprits sont tout proches de la Folie; et mince est la Cloison qui les en désunit » ?

— Et pourquoi ton Esprit a-t-il perdu Courage, Susannah ?

— O je doute de tout, Maîtresse Fanny, de tout ! Depuis que Llewelyn délire sur le Pont, je doute de mon Dieu et j'ai le Cœur attiré par les Faux Raisonnements du Diable. Je pense à me tuer, tout en sachant que les Suicidés ne peuvent aller qu'en Enfer; et, en même temps, je me dis que je *mérite* Châtiment. J'aimais Belinda comme ma Douce Enfant, et c'est ma Faute si elle fut enlevée. De même, c'est moi qui ai causé le Sort Hideux de Cocklyn. J'étais envoyée pour vous mener au Salut, et voici que je doute moi-même de mon Dieu !

— Pour quelle Raison veux-tu prendre tout le Blâme sur tes épaules ? N'est-ce pas Démesure, Susannah ? Ces Reproches que tu t'adresses, crois-tu qu'il plaise à Dieu de les entendre ? N'est-ce pas à Jésus d'endosser les péchés de l'Homme ? Et non à Susannah ?

Pour toute Réponse, elle gémit. Sur quoi, la porte s'ouvrit et Whitehead entra d'un pas décidé.

— Interrompais-je quelque Débat Métaphysique entre vous, Mesdames ? demanda-t-il, en retroussant une lèvre dédaigneuse. Auquel Cas, pardonnez-moi, je vous prie.

Il avait pris le Ton de Moquerie de celui qui croit les Femmes totalement inaptes à la Métaphysique, mais qui est assez poli pour ne jamais l'exprimer à voix haute. Et pourtant, la Raillerie empreinte sur ses Traits annonçait trop son Opinion.

— Mesdames, reprit-il, devrais-je vous laisser à vos Disputes Philosophiques ?

Si étonnée que je fusse par son Calme et son Impassibilité aux Cris de Llewelyn et à notre Présence à bord, je m'efforçai de rester de Glace devant sa Froideur et de lui retourner son Esprit. Peut-être me figurais-je que, s'il me savait Fille Instruite, et non Simple Catin ignare, cela me sauverait la Vie. *Pourquoi* me l'imaginer ? Je n'en savais rien. Mon Éducation m'avait-elle jamais encore épargné les Épreuves ?

— Je vous en prie, joignez-vous à nous, Capitaine, dis-je, entrant dans son Jeu glacé. Mon amie Susannah souffre d'avoir perdu sa Foi en Dieu, à Cause des Lamentables Plaintes qui viennent, d'instant en instant, du Pont de Gaillard. S'il vous plaît, que pouvez-vous faire pour la rassurer ? En tant que Capitaine, vous êtes le Gardien de nos Ames autant que de nos corps, et nous nous tournons vers vous comme vers notre Guide.

J'avais débité cela en y mettant un léger grain de Moquerie, puis

411

plongeai devant lui dans une Révérence si docile que toute Ironie était effacée. Le Capitaine rit.

— Je n'ai nul Désir de supporter le Lourd Fardeau de vos Ames, Mesdames.

— Alors, qui s'en chargera ? demandai-je. Car nous ne sommes que de Sottes Femmes, et vous êtes notre Seigneur et Maître.

Le Capitaine ne me connaissait pas assez bien pour comprendre que ces Mots étaient en fait tout à l'Opposé de mes Convictions. Peut-être me soupçonnait-il de plaisanter; pourtant, Patriarche invétéré qu'il était et se trouvant, en même temps, pris à l'Improviste par la Flatterie — ce Lubrifiant Universel — il tomba, tête la première, dans les Abîmes de la Discussion Philosophique. « La Satire, adorait dire mon Ami Presto, est une Sorte de Verre à travers lequel le Spectateur découvre généralement le visage de tout un chacun, hormis le sien. » Il en va de même de la Moquerie, à moins qu'elle ne soit du Mode le moins subtil; elle échappe le plus souvent à ceux que nous raillons — protégés qu'ils sont par la Pesante Armure de l'Amour de Soi.

Le Capitaine Whitehead était un Parfait Déiste, et, le propre de cette Race étant de s'essayer à convertir les autres à leur Absence de Foi, il ne put résister à mon Invitation.

— Mesdames, dit-il, la Raison nous enseigne que Moïse lui-même s'est rendu coupable de Bourdes célèbres dans son Récit de la Création; et les Miracles des deux Testaments — l'Ancien et le Nouveau — sont incompatibles avec la Raison, dont il a plu à Dieu de nous doter afin de nous aider dans notre Quête du Bonheur. La Raison nous apprend qu'il se doit d'exister une Cause Première de toute Chose, un *Ens Entium* que nous appelons, fort déraisonnablement, Dieu; mais cette Cause Première est parfaitement indifférente à notre Destin, car, du fait même qu'elle se suffit entièrement à soi-même, qu'elle est heureuse et parfaite et n'éprouve ni Amour ni Haine, pourquoi s'intéresserait-elle à nous ? Et pourquoi, certes, serait-elle affectée le moins du Monde par nos Supplications ? Nos Péchés ne la déconcertent pas plus que nos Adorations ne lui plaisent. Elle a mis la Terre en Mouvement sur son Axe, lancé dans sa Course Circulaire cette Planète sur laquelle nous nous sentons chez nous parmi les autres Sphères étrangères, puis s'est retirée. Ce que nous nommons Religion n'est que Manière Politique, pour les Hommes, de gouverner le Dérèglement de leurs Passions; et, par Voie de Conséquence, le Plaisir des Tyrans a toujours été d'enrôler les Prêtres à leur Service...

— Est-ce à dire que la Prière est inutile ? demanda Susannah, que ces Paroles plongeaient dans une Noire Affliction.

— Elle n'est que l'Opiat des Esprits demeurés en Enfance, répliqua Whitehead. Libre à vous de prier pour passer le temps; mais il

412

n'en sortira rien. Parfois, la Fortune choisit de tourner dans le Sens de vos Prières, mais sans jamais être *l'Effet* de celles-ci. Tout n'est que Caprice, Hasard, Circonstance.

— Mais alors, est-ce que l'Esprit a complètement fui ce Monde ? dis-je. N'est-il donc pas entre l'Homme et Dieu ?

— Permettez-moi de présenter la Chose ainsi, Mesdames : la Circoncision est, dit-on, l'un des Signes de l'Alliance, si je ne m'abuse ?

Nous acquiesçâmes de la tête.

— Pourtant, les Nègres d'Afrique, qui n'ont lu ni l'Ancien ni le Nouveau Testament, circoncisent leurs Enfants Mâles; car ils vivent sous les Climats du Sud et, ne souhaitant pas que les Humeurs transpirées se solidifient sous le Prépuce et provoquent peut-être l'Infection avec ses Suites Fatales, ils ôtent ce capuchon de peau. Toutefois, comme ils ignorent tout de notre Bible, l'on ne peut Parler de Signe de l'Alliance. C'est pourquoi j'aurais Tendance à vous dire, Mesdames, que tous les Rituels, que nous considérons comme Signes de l'Intérêt que Dieu porterait aux Affaires Humaines, ont bien plutôt une Cause des plus logiques et scientifiques. Si, en Dépit de cette Logique, nous désirons croire en des Esprits, soit Amicaux, soit Hostiles, libre à nous, tout comme aux servantes qui croient aux Fantômes et aux Gobelins, aux Sorcières, Apparitions et Prophéties. Mais les Hommes de Bon Jugement et d'Entendement n'en font rien.

Ce Discours n'était guère destiné à accroître la Foi en Dieu de Susannah, ni la mienne pour autant; car, face à la Froide Logique du Capitaine Whitehead, moi qui avais *vu* des Sorcières, qui avais été guérie (là où les Hommes de Science avaient failli) par le Pouvoir de la Déesse et l'Entremise de son Adepte, Isobel, je sentais ma Foi trébucher. La Foi est Connaissance du Cœur; la Logique, Connaissance de l'Esprit. « Le Cœur a ses Raisons, ainsi que dit Monsieur Pascal, que la Raison ne connaît point. » Je citai cette Maxime au Capitaine Whitehead, espérant du même coup endiguer son Mascaret de Déisme à l'aide de ces quelques Mots de Français.

— Pascal, Pascal ! répéta-t-il. Quand j'entends du Français, je saisis mon Pistolet. Ne me citez point de ces Philosophes Français mangeurs d'ail. Car je me méfie d'eux plus que des Hottentots. Le Français s'imagine qu'il lui suffit de faire la bouche en cul-de-poule et une jolie Phrase qui sente l'ail pour battre à plate couture toute Argumentation. Peuh ! ces gens me soulèvent le Cœur, avec leur Belle Philosophie et leur Cuisine de Fantaisie. De même qu'un Français peut faire ressembler un rôt de bœuf à un pâté de caille, ou l'inverse, il peut aussi bien faire que le Mensonge paraisse Vérité, et la Superstition, Science. J'aimerais encore mieux débattre avec un Papiste Romain qu'avec un Philosophe Français !

— Messire, je désirais seulement dire que c'est avec le Cœur que nous connaissons la Vérité, et non avec la tête. Celle-ci trompe souvent...

— C'est ce que prétendent les Faibles et les Scélérats, rétorqua sèchement Whitehead. Le Cœur dicterait Miséricorde pour Llewelyn. Croyez-vous qu'il soit aisé de l'entendre geindre et crier et d'endosser le Poids de la Haine de l'Équipage ? Pensez-vous qu'il soit facile d'être le Capitaine d'une vile Bande de Ruffians, d'un Lot de Poltrons fainéants qui aimeraient beaucoup mieux croupir et pourrir dans les échoppes à Rhum des Iles du Sucre que prendre la Mer pour gagner un honnête Shilling à la Sueur de leur Front ? Que non ! Le Cœur se révulse, mais la tête lui commande de résister. Les Édits du Cœur ne sont que Faiblesse, Sentiment et Couardise Féminine; la tête, elle, est Virilité, Courage. Plutôt sans Cœur que sans tête ! Ce Monde est plein de Cruauté et n'offre que peu de Justice. Malheur à qui vit dans l'Espérance que ses Frères auront Merci de lui; celui-là sera dévoré par les requins avant même que son Navire ait fini de mettre à la Voile. La Vie en Société ne diffère guère de la Vie à l'Etat de Nature telle que Hobbes l'a décrite : « Peur et Danger constants de Mort Violente; et la Vie de l'Homme même : Solitude, Pauvreté, Brutalité, Brièveté. » Qui vit selon le Cœur raccourcit encore son Existence et la rend moins aimable même que celle des Sauvages. Qui vit selon la tête a une Chance d'accroître ses Plaisirs. Car n'est-il pas vrai, Mesdames, que « la Vie ne peut guère fournir/Mieux que bien Foutre et puis Mourir » ?

— Que voilà sombre Philosophie ! s'exclama Susannah.

— Sans doute, mais vraie, rétorqua Whitehead. Vivre peu et gaiement, comme disent les Pirates.

— Monsieur, j'ignorais que vous fussiez Poète, dis-je.

— O je rimaille de temps à autre, dit Whitehead en souriant, flatté.

— A ce que je vois, répliquai-je.

— Allons, Mesdames, mettrons-nous en Pratique la Vérité de mon Distique ? Car je brûle de tâter d'une Dame Noire et d'une Dame Blanche dans même lit, comme Caviar sur beau pain blanc. Tant que la Mer est calme et que les Hommes rêvent seulement de Mutinerie, prenons notre Plaisir comme il vient. Avant longtemps, nous serons sous les Cieux humides et torrides de l'Équateur, et qui sait si la Fièvre des Mers ne nous emportera pas avant que nous ayons atteint notre Château de Guinée.

— S'il vous plaît, demandai-je, qu'est-ce que ce Château de Guinée dont vous parlez ? J'avais cru comprendre que nous voguions vers les Açores, et de là vers les Bahamas, pour remonter ensuite jusqu'aux Colonies.

— C'est ma Foi vrai, Mesdames, oui, c'est la Vérité. Nous ferons

414

en effet Voile vers les Bahamas; puis, de Port en Port, nous nous retrou verons à Charleston, New York et Boston; mais, d'abord, nous toucherons la Côte de Guinée, pour y prendre une belle Cargaison d'Africains à vendre au Nouveau Monde.

— Est-ce à dire que vous entendez nous entraîner dans le Commerce des Esclaves ? demandai-je, incrédule.

— La tête le commande, même si le Cœur y répugne, riposta Whitehead en riant. Une Cargaison de beaux Esclaves Guinéens va chercher un bon Prix dans le Nouveau Monde, quand bien même la Moitié seulement survivrait. Eh mais ! je pourrais même vendre notre Susannah... si elle ne m'oblige point au Lit...

Il éclata de rire comme si la Menace n'avait été qu'une Plaisanterie; et pourtant, Susannah frémit; pareil Sort serait la Preuve Dernière du Déplaisir qu'elle inspirait à Dieu.

— Messire, quand nous sommes montées à bord, dis-je, nous avons joliment payé Monsieur Cocklyn pour notre Passage... non pour participer à un Transport d'Esclaves.

— Il n'a pas plus partagé votre Argent que votre chair avec moi, dit Whitehead. Et, comme vous le savez, il n'a pas sollicité l'Autorisation de son Bien-aimé Capitaine. Ajoutez qu'il a déjà perdu son Grand Mât et ses Voiles et que sa Coque est grandement endommagée. En outre, les oiseaux lui ont volé ses Lorgnettes pour en faire leur Dîner...

— Assez ! m'exclamai-je. Je n'en veux pas entendre plus ! Je suis à la Poursuite de mon Enfant enlevé, et je ne supporterai aucune Plaisanterie stupide de cet Ordre !

— Allons, allons, dit Whitehead. Nous ferons un autre Enfant. Les Marmots sont Chose peu chère et facilement faite. Il n'en coûte rien et l'on y prend de plus quelque Plaisir. Cet Enfant était-il un Fils, que vous le preniez tant à Cœur ?

— Non, une Fille, Messire; mais elle m'était aussi chère que vingt Fils, dis-je, le Cœur me manquant. (*Chère Déesse, pourquoi m'as-tu abandonnée ?* pensai-je.)

— Une Fille ? Hé, les Filles coûtent encore moins cher que les Fils, jusqu'à ce qu'il faille les marier et leur procurer un Établissement. Allons ! si c'est un Bébé que vous voulez, à l'Oeuvre ! Vous en aurez tantôt un autre, dit Whitehead.

— Capitaine, me hâtai-je de rétorquer en dépit de ma Peine, nous ne serions jamais montées à bord si nous avions connu vos Intentions de Négriage.

— Mes Hommes non plus ! dit-il en ricanant. Car la Côte de Guinée foisonne de Maladies, de Maux et de Fièvres de toute Espèce. Si l'Équipage avait connu notre Destination, nombreux seraient ceux qui eussent refusé d'embarquer. Hé quoi ! la Moitié d'entre eux seront morts avant que nous abordions l'Océan Atlantique. Et quant aux Survivants, l'Océan n'a rien d'une Traversée de Plaisance, tant pour les Marins que pour les Esclaves. La Mort visite si souvent les Navires Négriers que les requins mangeurs d'Hommes nous suivront à travers l'Océan et que notre Sillage sera fréquemment rouge de sang... (Il sourit.) Voici une bonne Leçon pour nous : hâtons-nous de cueillir les Plaisirs pendant qu'il est encore temps. Les dents de la Camarde sont aiguës et nous suivent constamment sous les Vagues. La Vorace nage à notre Suite, avec ses yeux gris et froids et sa peau écailleuse...

J'avais la chair de poule, d'entendre ainsi parler Whitehead. Il semblait prendre un singulier Plaisir à nous faire perdre la tête de Terreur. La Mort, eût-on dit, l'excitait plus que toutes les Séductions du Beau Sexe. O Whitehead avait beau prétendre détester les Disciplines qu'il était conduit à exercer en tant que Capitaine, j'eusse juré qu'il les adorait ! Plus il parlait d'Esclavage, plus il s'échauffait et se passionnait. A la Fin, il se dirigea vers un cabinet fermé à clé et y prit une boîte pleine de curieux Instruments, qui, de prime abord, me rappelèrent les Appareils que j'avais vus décrits dans les Traités à l'Usage des Accoucheurs. Mais non, ce n'étaient là ni Forceps ni Crochets d'Extraction; il s'agissait de Menottes et de Fers pour les pieds, de Poucettes et autres; bref, de tout l'Appareillage Métallique qui va avec le détestable Commerce de l'Ebène Humaine.

— Voici, dit Whitehead d'un Air démoniaque, un Système appelé *Speculum Oris,* à l'Aide duquel nous ouvrons les mâchoires fermées de l'Esclave récalcitrant... ainsi !

Il me saisit par la taille et m'enfonça deux pointes métalliques dans la bouche, puis manipula une Sorte de Vis qui me força à ouvrir au plus grand les mâchoires.

— Arrêtez et cessez, Messire ! s'écria Susannah, s'élançant, prête à défier Whitehead, qui s'empressa de dévisser et d'ôter l'Appareil, comme s'il l'avait utilisé par Boutade.

Le *Speculum* ressemblait à un Compas — un Compas d'Épaisseur, plus précisément.

— Je ne veux aucun Mal à votre Maîtresse, dit Whitehead en faisant disparaître l'Engin.

Il n'empêche que j'étais fortement ébranlée par cet Assaut soudain contre ma Personne — moi qui étais déjà bouleversée par la Nouvelle que nous faisions Voile vers une Région du Monde où nous avions bien mince Espoir de retrouver ma Bien-aimée Belinda. Whitehead me tapota le dos en disant : « Là, là. » O quelle Créature toute d'Humeur et de Caprice le Sort nous avait donnée pour Maître !

— Eh bien ! Mesdames, reprit-il, nous réjouirons nous avant que le Requin de la Mort nous dépêche ?

— Avons-nous le Choix ? demandai-je lugubrement

Hélas ! Belinda, je souhaiterais pouvoir te dire aujourd'hui que ta Mère et sa Loyale Suivante, Susannah, trouvèrent un Stratagème habile pour repousser les Avances du haïssable Whitehead. J'imagine deux Tendres Guerrières — l'une Blanche, l'autre Noire — tentant d'esquiver le Viol que le Destin leur réserve — le repoussant avec des Mots à Défaut de Sabres d'Abordage, avec d'intelligentes Astuces au Lieu de Pistolets. Hélas ! ce ne serait pas la Vérité ! Un Navire est une Sorte de Prison, et le Capitaine en est à la fois le Geôlier et le Guichetier — que non pas ! il est le Roi des Mers, le Prince Régent de tout ce qu'il tient sous sa Loi; et où peut fuir le Prisonnier, alors, sinon en se jetant dans les Profondeurs Amères ? Le Déshonneur est pis que la Mort, disent certains — moi, je dis qu'il est Bagatelle, comparé à la Mort. Car, tant qu'il y a Vie, l'Honneur peut souvent être reconquis — bien des Duchesses commencèrent comme Catins — mais quand la Vie n'est plus, à quoi sert l'Honneur ? Ni à nourrir les Affamés, ni à vêtir ceux qui ont froid, ni à guérir les Malades. L'Honneur est comparable à un Insigne de Mérite : sans Valeur chez l'Usurier; sans Effet pour réchauffer les os; incomestible; plus prompt à se ternir qu'une Montre en Argent. (Susannah elle-même, en Dépit de sa Fierté, aimait à dire que toute Femme qui mesure son Honneur au Diamètre de l'un de ses Organes Inférieurs est une Fieffée Sotte.)

En bref, Belinda, nous couchâmes avec le Capitaine Whitehead. « Coucher avec » est une curieuse Expression pour ce que nous fîmes; car, à la Vérité, il n'y eut guère Coucherie, à s'en tenir au Mot; mais j'utilise le Terme par habitude et à Cause de la Timidité qui envahit ma Plume à la Pensée que j'écris pour ma Fille. J'aimerais ne pas avoir juré de dire la Vérité aux Dépens de la Pudeur, et pouvoir me permettre de faire la Prude ! Car, bien que je ne souhaite ni enflammer ni dégoûter en relatant ma Vie dans toutes ses Vicissitudes, il me *faut* pourtant assumer le Risque — sans quoi je n'eusse point choisi cette périlleuse Profession d'Écrivain — que la Description du Vice est souvent la meilleure Garantie de Vertu future, alors que la Description de la Vertu n'est aucune Garantie contre les Pouvoirs du Vice !

Bien des Sottes Gens crédules sont convaincus du Contraire; ils s'en prennent au Chroniqueur du Vice comme s'il en était l'*Inventeur*; et, réciproquement, ils croient que les Écrits mielleux et insipides sont la meilleure Assurance de Vertu en ce Monde de Vice. Baste ! Ne comprennent-ils donc pas que nous autres, Écrivains, devons purger le Monde pour lui rendre ses Esprits ? Ne saisissent-ils point qu'un Auteur *n'approuve pas* nécessairement les Péchés que son Amour de la Vérité le pousse à relater ? Et, quant à dépeindre le Commerce Charnel et Galant des Femmes, si je le fais, c'est non pas pour recommander à ma Fille d'en agir de même, mais plutôt pour lui offrir le Bénéfice de l'Expérience, cette Sublime Maîtresse à Penser. Que les Dames Vertueuses ricanent de mes Exploits et se sentent supérieures à moi, qui fus un jour Putain. Je leur répondrai, comme M. Pope à ceux voulaient tourner la pauvre Jane Shore en dérision :

> J'en sais, en Vérité, qui content autre Fable,
> Que Prudes se moquant d'Envie sont soupçonnables;
> Tant de Rage affichée trahit Flamme intérieure;
> Du Péché leur Ame ainsi cèle la Noirceur;
> Amassant sous des Airs scandaleux de Blandices
> Parmi tant de Vertus mille Trésors de Vice.

Ceux qui ont l'Ame Pure — même si le corps pèche parfois — n'ont nul Besoin, Belinda, de dénoncer ton Infortunée Progénitrice. Mais ceux dont l'Esprit bouillonne de Concupiscence — et qui pourtant ne le confessent pas — ceux-là ne peuvent que condamner !

Ainsi, peut-être te sera-t-il d'un certain Secours, dans tes Futures Épreuves, que je décrive ce qui a suivi en l'expliquant à la Lumière du Caractère du Capitaine. Car la Connaissance de la Nature Humaine est la Clé de l'Histoire et de la Poésie tout à la fois, n'est-il pas vrai ? Clio autant qu'Apollon seraient tous deux muets, sans leur Science des bizarres Aberrations du Cœur Humain.

Le Capitaine Whitehead était un étrange Personnage, incapable de jouir de nous tant que nous n'étions pas pieds et poings enchaînés et qu'il ne pouvait nous tenir sous une Domination entièrement sans Conteste. (Tel est souvent le Cas pour les Hommes qui revendiquent la Supériorité sur le Beau Sexe; ils prétendent ne pas douter de leur propre Domination; pourtant ils ne peuvent jouir d'une Femme que si elle est mise aux Fers comme une Esclave de Guinée.) Quoi qu'il en soit, il n'avait qu'un Intérêt mineur et passager pour l'Acte de Copulation, auquel il se livrait uniquement lorsque la Victime était à quatre pattes, dans la plus Bestiale des Postures, et uniquement aussi quand il pouvait prendre d'Assaut l'Autel d'Amour que partagent les deux Sexes, car il n'avait que faire de la Partie spécifiquement propre aux Femelles de l'Espèce. (Note bien, Belinda, que c'est là Chose souvent significative des Hommes qui nourrissent un Grief Particulier à l'Égard du Beau Sexe et qui préféreraient tenir eux-mêmes le Rôle de la Femme, si le Poids des Coutumes ne l'inter·disait.)

D'abord, le Capitaine nous enjoignit de nous déshabiller toutes deux complètement, tandis qu'il ricanait, de la plus odieuse Façon, de notre Nudité. Puis, il nous fit accroupir à quatre pattes comme des Chiennes et attacha ma main droite à la main gauche de Susannah par des Menottes; et, de même, mon pied droit à son pied gauche. Le Spectacle de ces deux Postérieurs nus et en l'air l'excita outre

Mesure; car, saisissant sa canne souple, avant même de sortir son Membre, il nous « polit » — c'était son propre Terme — la croupe en la cinglant avec les lanières de cuir de son jonc, créant ainsi la Rougeur et l'Échauffement sans lesquels son Conseiller Privé se refusait à redresser la tête. Cette Flagellation était en soi fort douloureuse, mais pour rien au Monde je n'aurais voulu accorder à Whitehead la Satisfaction de m'entendre pousser les Hauts Cris. Susannah, pour sa Part, prit cela comme Châtiment de Dieu pour ses Péchés; peut-être même le trouva-t-elle bienvenu, dans l'Humeur de Contrition où elle était. Mais cet Exercice ne dura pas longtemps; il fouetta si bien en Retour de la Vile Concupiscence du Capitaine qu'il ne tarda pas à abaisser canne, puis culotte, pour tenter de forcer notre Château de Poupe avec son Formidable Engin de Guerre. Moi en premier; Susannah ensuite. C'était tout aussi douloureux que la canne; fort heureusement, cela ne dura pas plus que l'Érection de Whitehead : le temps d'un éclair. Car la Flagellation jointe à la Vue de nos Fesses nues avaient conduit cet Homme si près de la Culmination du Désir qu'il ne put s'attarder dans sa Pénétration de nous.

— O je me meurs ! Je meurs ! s'écria-t-il en émettant Abondance de Fluide et en s'effondrant sur le corps agenouillé de Susannah (et ce, avec une telle Force qu'elle s'affala à son tour sur le Côté, m'entraînant et nous faisant atrocement Mal à nos poignets et à nos pieds enchaînés).

— Assez ! Assez ! criai-je. Délivrez-nous !

Finalement, Whitehead secoua la Léthargie où l'avait laissé l'Épuisement du Désir. Il se remit péniblement debout, puis nous tendit les mains pour nous aider à nous relever. Toujours enchaînées l'une à l'autre, il nous fallut nous tenir au centre de la Cabine, en écartant les jambes aussi grand que possible. O cette fois j'eus très Peur pour notre Destinée ! Car je soupçonnai Whitehead de vouloir peut-être se servir du *Speculum* sur une Partie de notre Anatomie à laquelle il n'est pas destiné. Mais non ! A mon complet Étonnement, il rampa sur le dos entre mes jambes et ouvrit large la bouche, après m'avoir ordonné de l'abreuver de mon Ondée Naturelle. Ce dont je m'acquittai libéralement, cependant qu'il faisait claquer ses lèvres de Joie, comme si l'urine avait été un vin des plus fins, dont il ne pût jamais boire assez.

— Ah ! quel Cru, s'exclama-t-il, à plat sur le dos, tout en savourant le Bouquet de ce Liquide.

Susannah, cependant, me regardait avec de grands yeux; car, puisqu'elle n'avait jamais travaillé dans un Bordel, tout cela, qui ne me surprenait pas, était Nouveauté pour elle.

— Ah ! Vin Défendu ! s'exclama encore Whitehead. Rare Cuvée

de Quelles Exotiques Grappes ! Allons, que je goûte également la Rosée de notre Beauté Noire !

Sur quoi, il se tourna en rampant et grouillant sur le dos et se glissa sous Susannah, laquelle lâcha un Torrent d'urine comme je n'en avais jamais vu, tout en s'écriant :

— Bois, porc !

— O oui ! Insulte-moi ! l'implora le Capitaine.

— Vil serpent ! Chien pelé ! Diable déguisé !

Whitehead gémissait de Volupté en se léchant les babines. O comme nous aurions voulu toutes deux saisir cette Occasion pour le fouler aux pieds dans toute sa Malice ! Mais nos chaînes rendaient la Chose impossible — il ne le savait que trop, sans nul Doute. Néanmoins, Susannah continua à le couvrir de tous les Outrages, tandis qu'il se pourléchait de l'urine aux Commissures de sa bouche et qu'il manipulait son Organe, n'ayant de Cesse qu'il n'eût expulsé une fois de plus sa Semence jaunâtre et gluante, plus semblable à du pus qu'à du Sperme.

— Ah ! oui, oui, soupirait-il. Maintenant me voilà prêt pour une Exécution !

Là-dessus, se relevant tant bien que mal, il nous ôta nos Menottes et nous commanda de nous vêtir, tout en s'enduisant tendrement la barbe d'urine, puis annonça qu'il était temps de dépêcher Llewelyn le Gallois dans la Mer Miséricordieuse.

— Mesdames, il faut que vous voyiez ceci, nous dit-il. Quelle Leçon de Métaphysique !

— J'en ai assez vu aujourd'hui ! protesta Susannah, tant elle était vraiment stupéfaite de nos Activités de l'après-midi (alors que, ayant si souvent vu leurs pareilles au Bordel, j'étais moi-même plus dégoûtée qu'étonnée).

— Venez, venez, dit Whitehead. Ce n'était que le Prologue de nos Festivités Nocturnes. Nous aurons une Exécution comme Divertissement Spécial et d'autres Ébats Amoureux pour Baisser de Rideau.

— Si ce sont là pour vous Ébats Amoureux, qu'est-ce donc quand vous conchiez ? se récria Susannah.

— Mesdames, répliqua-t-il, je réserve le Meilleur pour la Fin. Quand nous aurons jeté à la Mer nos cadavres, nous célébrerons un Véritable Festin de Merde ! O je vous lécherai le Cadran Solaire et j'y enfoncerai les doigts, jusqu'à ce que vous déchargiez vos Bontés dans ma bouche impatiente ! poursuivit-il en se passant la Langue sur les lèvres à cette Perspective. Eh bien ! cela ne vous excite-t-il pas, Mesdames ? En vérité, j'en suis, moi, tout aiguillonné. Je pourrais mourir cent fois, rien que d'y penser ! Allons, Mesdames, venez ! Offrons-nous cette Exécution avant nos Jeux !

Chapitre IX

Où notre Héroïne en apprend plus qu'elle ne le souhai-
terait sur la Nature & les Dérangements de l'Esprit de
Luxure ; puis débat avec le Chirurgien du Bord & en
Vérité avec elle-même de l'Essence du Mal & des Possibilités, pour les Pauvres Mortels que nous sommes, d'y
remédier ; & enfin perd une Vieille Amitié dans le même
Temps qu'elle en trouve une Nouvelle.

L'EXECUTION de Llewelyn était un Evénement Solennel, attendu par
tout l'Equipage. Bien que ce Genre de Cérémonie se tienne de Coutume à l'aube, non au coucher du Soleil, Whitehead avait choisi ce
dernier moment du jour parce qu'il y avait exactement une semaine
que le Gallois délirait sous le cadavre pourrissant de Cocklyn — et il
était dans la Nature du Capitaine d'être une Rigueur telle dans
ses Cruautés que l'on ne pût lui manquer pour des Vétilles. Sa Philosophie était peut-être discutable, mais les Formes qu'elle empruntait
étaient d'une Précision scrupuleuse. Comme beaucoup d'Hommes qui
font du Vice une Vertu, il mettait grande Foi dans la Forme et la
Conduite (comme si, en Vérité, le Vice bien exercé était la Vertu
même, alors que la Vertu mal appliquée ne serait que l'Essence du
Vice).

O j'avais souvent remarqué dans les Livres d'Histoire comme
l'Ordre semblait régner dans les Représentations d'Exécutions ! Des
Hommes décapités gisaient bien alignés, les orteils pointés vers le Ciel
(comme dans l'Intention de monter là-Haut à pied au lieu de prendre
l'autre Direction) et le col apparemment tranché sans Effusion de sang;

ô quelle Dérision, comparée à la Mort avec ses Odeurs, ses Puanteurs, ses abominables Vestiges de corps putréfiés et de chair retournant à la Poussière ! L'homme se détourne de la Mort comme de la Naissance, désirant peu reconnaître la Boue dont il est issu et qu'il lui faudra bien, en dépit de ses Protestations les plus véhémentes, rejoindre. Même les femmes, après l'Accouchement, oublient l'Epreuve, la Proximité de la Mort, la Douleur qui a failli faire divorcer l'Ame d'avec le corps, et elles continuent à procréer et à saigner.

L'Equipage s'assembla sur le Pont de Gaillard, au coucher flamboyant du Soleil, alors que le Disque éblouissant de Phoebus reposait juste au-dessus de la Ligne d'Horizon. La Mer était paisible, oublieuse des Plaintes de Llewelyn. Pourtant, il gisait toujours par-dessous Cocklyn, dont les tripes étaient maintenant toutes vivantes de vermine, et les cheveux, de poux. Au cours du vain Combat du Gallois pour tenter de se libérer de son oppressant Compagnon – dont les yeux arrachés n'étaient plus que deux caillots rougeâtres sur le visage bleuissant, et dont la Langue pendillait horriblement par la bouche ouverte – il s'était emmêlé dans les Entrailles suintantes du Mort, avec la Conséquence que les vers qui grouillaient sur le cadavre l'avaient également envahi. La Miséricorde Pure eût été de l'expédier aussitôt, car il perdait Connaissance comme si les Circonvolutions de son cerveau avaient été dévidées à l'égal des Entrailles de Cocklyn. Même le pilon de bois du Second était à tel point imbibé de sang qu'il en avait viré au noir le plus hideux.

Le Capitaine, qui était penché au-dessus des corps entremêlés des deux hommes – l'un à peine vivant, l'autre si abîmé que l'on avait Peine à croire qu'il eût jamais été un Etre Humain – se redressa de toute sa Dignité. Comment croire que cette Image de Hauteur pouvait être celle de l'Homme même qui, quelques moments plus tôt, buvait mon urine (et celle de Susannah) avec une Expression démente sur ses lèvres avides et une Lueur de Folie dans le Regard ?

L'Equipage, déjà peu nombreux au Départ – les Négriers employaient souvent des Equipages réduits, en Raison à la fois de l'Avarice des Armateurs et de la Conviction de ceux-ci que beaucoup d'Hommes mourraient de toute Façon de l'Abondance des Affections Guinéennes, après quoi l'on pourrait les remplacer en puisant au Comptoir de la Compagnie Commerciale – l'Equipage, donc, avait été encore diminué par la Perte de Cocklyn, de Llewelyn et de Thomas. De ce fait, chaque Homme avait excellemment Vue sur l'Agonie du Gallois. Quant à Cocklyn, si sa Mort avait été horrible, à tout le moins était-elle à présent derrière lui.

– Messieurs, dit Whitehead, et vous, Honorables Dames... en vous priant de me pardonner de vous faire passer en second... vous avez devant vous l'Ultime Résultat de l'Insubordination dans la Divine

Chaîne de la Création — laquelle Insubordination est détestable aux yeux du Bienveillant, Omniscient et Omnipotent Etre Suprême; en Conséquence de quoi, il est de notre Devoir Moral d'Hommes de la châtier promptement et sévèrement...

Je pouvais à peine en croire mes oreilles ! Whitehead le Déiste, l'Esclavagiste, le Libertin, en appelant à l'Etre Suprême pour justifier ses Actes ! Quel Parfait Scélérat ! Ne s'arrêterait-il donc à rien ? Jusqu'où s'abaisserait-il ? Jusqu'à rejeter ce que sa Conduite avait de blâmable sur l'Idée de l'Ordre présidant à la Grande Chaîne de la Création ? O méfie-toi du Mot « Ordre », Belinda, tout comme du Mot « Discipline »; ils ne sont souvent que Masques pour les Tyrans qui n'ont Foi qu'en leur propre Domination — et certainement pas en celle de Dieu. Plus de meurtres ont été commis au Nom de Dieu qu'au Nom de Satan; car l'Adorateur de Satan révère son Seigneur en secret, tandis que l'Homme qui voudrait tyranniser le Monde invoque le Nom de Dieu pour couvrir tous ses Méfaits sanglants; et, ce qui est pis encore, la Populace déraisonnable le croit.

— Car la Bible nous enseigne, poursuivait Whitehead l'Hypocrite, que « celui qui creuse le puits y cherra; et celui qui fait rouler une pierre, elle lui sera retournée ». Or donc, prenez garde à l'Exemple de Monsieur Llewelyn, et n'allez point penser que le moindre Soupçon d'Insurrection ou de Mutinerie d'aucune Sorte demeurera impuni sur *La Bonne-Espérance*. Car, notez-le bien, Messieurs, à la prochaine Occasion je ne ferai pas Montre d'autant de Merci. Si j'entends seulement Rumeur qu'un Homme pense alléger son Sort en répandant Paroles de Mutinerie parmi ses Compagnons, la Cale Humide sera trop bonne pour lui; il subira plutôt les Destins jumelés de Monsieur Cocklyn et de Monsieur Llewelyn...

A ce Point, le Capitaine Whitehead fit Signe que l'on précipitât à la Mer les deux Malheureux. Deux Matelots vigoureux s'avancèrent pour s'acquitter docilement de ce Devoir; mais le plus pur Dégoût était inscrit sur leur visage, cependant qu'ils s'efforçaient de soulever les deux corps emmêlés, lourds comme s'ils avaient été l'un et l'autre cadavres. C'était trop pour deux Hommes; il en fallut trois avant que les chairs confondues de Cocklyn et du Gallois fussent expédiées par-dessus bord dans les Profondeurs. J'eus une dernière Vision du visage de Llewelyn avant qu'on le jetât dans les Flots; il était inondé de Gratitude de voir enfin la Mort. Ainsi les Hommes créent-ils l'Enfer sur Terre les uns pour les autres — plus atrocement que ne pourrait le faire Satan lui-même. L'Océan se referma si vite sur les corps que l'on eût dit qu'ils n'avaient jamais existé ici-bas. O la Mer a tôt fait de guérir les Blessures ! Elle étanche le sang du Monde plus vite même que l'Herbe généreuse qui, avec le temps, transforme toute chair en Verdure.

Puis le Capitaine lut dûment quelques Prières pour les Morts (qu'il déclama avec toutes les Intonations de l'Elève régurgitant César à son Maître de Latin). Sur quoi, l'Exécution étant achevée, il ordonna que le Pont où les deux Hommes étaient demeurés exposés fût lavé au vinaigre pour éviter les Epidémies. Il était bien tard pour cette Mesure; mais, si le Capitaine avait veillé plus tôt au Problème des Fièvres à bord, le Châtiment de Llewelyn en eût été entravé — Chose qu'il ne pouvait guère tolérer. Mieux valait voir la moitié de l'Equipage mourir des Fièvres Tierce et Quarte que de le voir en Vie et mutiné !

Satisfait de l'Exécution, le Capitaine Whitehead nous ramena, Susannah et moi, à la Grande Cabine. O il était aussi luxurieux que les Moines Papistes des Vieilles Fables, et son Appétit de Chair Féminine s'était aiguisé au Spectacle sanglant auquel nous venions d'assister ! Au Bordel, j'avais entendu parler d'Hommes (j'en avais même vu) dont les Faibles Pouvoirs ne pouvaient être éveillés que par la Profanation du Corps Féminin; mais je n'avais jamais encore vu de Meurtre préluder à une Débauche, bien que, sans Doute, l'Orgie effrénée suive assez communément les Exécutions. Au vrai, j'avais assez souvent remarqué que, les jours de Pendaison à Tyburn, Mère Coxtart recevait plus que sa Part habituelle de Clients. La Vue du sang est un puissant Aphrodisiaque, et rien ne pique plus les Libertins que le Spectacle d'un Homme Fait se balançant par le col jusqu'à ce que Mort s'ensuive, hormis celui d'une Petite Fille de dix ans. (J'en frissonne encore aujourd'hui, rien que d'y penser !)

— Allons, Mesdames ! dit Whitehead. Faisons Orgie toute la nuit pour fêter cela !

Susannah gémit de Dégoût; mais elle était si mélancolique et abattue que sa Vivacité d'Esprit habituelle l'avait désertée. Sinon, je suis certaine qu'elle eût songé à un Expédient pour détourner Whitehead des Projets Charnels qu'il caressait.

Que ferait Susannah, me demandai-je, si elle n'était point d'Humeur si mélancolique ? Je me grattai la tête, qui était dévorée de poux (ainsi qu'il en était depuis le Début de ce Voyage Maudit). En un clin d'œil, l'idée me vint ! Whitehead n'avait-il pas Peur des Epidémies ? N'avait-il pas ordonné que les Hommes fussent épouillés ?

— O Capitaine Whitehead, dis-je, je crains d'être gravement affectée par les poux, et si peu que je veuille interrompre vos délectables Projets, j'ai Peur qu'il ne nous faille veiller à ma Condition avant que de goûter aux Jeux et aux Ris !

— Sacrebleu ! s'écria le Capitaine (car il avait aussi Peur de l'Epidémie qu'il était assoiffé de Jeux Amoureux). En êtes-vous certaine ?

— Voyez par vous-même, dis-je, en penchant la tête.

— Non, non ! s'écria-t-il en reculant de Frayeur. Je vous crois sur Parole !

L'urine et l'ordure, il les buvait et les mangeait; mais quelques poux semaient la Terreur dans son Cœur. O quelle Créature curieusement contradictoire est l'Homme !

Lorsque nous fûmes bien installées dans la Grande Cabine, le Capitaine réclama un muid de Brandy et ordonna que l'on fît venir le Chirurgien pour diagnostiquer mon Etat.

Le Chirurgien, Bel Homme de vingt-sept ans environ, se présenta bientôt dans la Grande Cabine, s'inclina devant le Capitaine, nous fit un signe de tête poli et demanda à Whitehead quel Service il souhaitait.

— Je désire que vous inspectiez les cheveux de ces Dames et que, s'il y a des poux, vous dépêchiez instantanément ces Créatures. Etant donné que ces Dames partagent ma Cabine, je ne puis courir le Risque que leur Infection me soit transmise.

— Très bien, Monsieur, répondit le Chirugien.

Sur quoi, il entreprend d'inspecter tout d'abord ma chevelure, puis celle de Susannah et déclare, sans me surprendre, que j'ai des poux, cependant qu'il se pourrait que Susannah en ait au Stade naissant, puis suggère, pour y remédier, une Ablution complète au vinaigre, voire peut-être une Tonsure totale.

— O non ! m'écrié-je, sans penser que pareille Résistance scellera sûrement notre Sort dans l'Esprit du Capitaine Whitehead (car il adore furieusement faire aux Femmes ce qui leur déplaît le plus).

— Le vinaigre est Fluide trop grossier pour de si Gentes Dames, dit Whitehead. Amenez çà le Brandy, que j'assiste au Spectacle !

Là-dessus, il se renverse dans son grand fauteuil de chêne et se complaît à regarder, pendant que nous sommes déshabillées, puis lavées des pieds à la tête au Brandy, et enfin — la Déesse nous préserve ! — tondues. Nos Toisons inférieures sont rasées aussi, en Sorte que nos Monts Plaisants ressemblent à ceux de très-Petites Filles (o que voilà qui m'emplit du Regret de ma Douce Belinda !); mais nos chevelures, elles, sont simplement taillées court, si bien que les cheveux sont hérissés comme paillasson sur notre crâne.

En voyant mes longues boucles rousses tomber une à une sur le plancher de la Cabine, je pleure très-piteusement; car, à la Vérité, c'est à croire que toute Force et toute Résistance s'enfuient de moi avec la Perte de mes cheveux ! Ma Défaite enchante Whitehead. Plutôt que de la Pitié pour moi, il éprouve un Désir violent. L'Abaissement de la Femme est l'Essence même de son Erotisme et, puisque le Capitaine est un Mignon inavoué ou un Giton, il n'aime rien tant que de voir une Femme privée de sa couronne de boucles et dépouillée d'une des plus grandes Gloires de son Sexe.

Nues, tondues, grelottantes, Susannah et moi, nous sommes de parfaites Proies pour les Perversions de Whitehead. Congédiant le Chirurgien, dont l'honnête et beau visage est empreint de Miséricorde pour notre Triste Sort, il nous enchaîne de nouveau l'une et l'autre au Moyen de Menottes et se délecte de planter doigts, godemichés et autres Objets dans nos Séants, jusqu'à ce qu'il se soit procuré son Régal de Choix et de Fête.

Il appelle cette Perversion : « faire pondre la Poule »; quant au Fruit de ses Efforts, il le qualifie d'« Œuf ». Véritablement, il s'extasie à sa Vue comme s'il s'agissait d'un œuf d'Or — et que Susannah et moi, nous soyons les Poules aux Œufs d'Or de la Fable. Ce serait comique, pensé-je, si ce n'était si suprêmement triste. Mais, privée de mes cheveux, de ma Vaillance, et même de mes Excréments (qui ne m'avaient jamais semblé avoir de Valeur avant que Whitehead les désirât), je me sens trop lugubre pour rire. O la Perte de ma chevelure rousse m'a ôté toute Capacité de Gaieté !

Je ne vous importunerai pas plus longtemps, chers Lectrices et Lecteurs, ni toi, ma Chère Fille, avec de plus amples Détails des Perversions du Capitaine Whitehead. Qu'il suffise de dire que, comme la plupart des Hommes de sa Trempe — Mignards et pourtant jouant les Tyrans pour celer leur Nature Efféminée — il s'intéressait à toutes les Parties de l'Anatomie Féminine, hormis le Puits de Délices — ô Divin Monosyllabe ! — qui est le Sommet de l'ordinaire Quête du Plaisir pour le Sensualiste. C'était la seule Part qu'il dédaignât; la seule qu'il feignît d'ignorer comme si, en Vérité, elle avait été prête à le mordre.

Et nous naviguâmes donc au Sud pour aller chercher des Esclaves, sous la Férule d'un Maître capricieux, qui usait plus de nous comme d'Éphèbes que de Femmes, comme de poulaines ou de chaises percées que d'Etres Humains. Le Climat devint humide et chaud et, au Fur et à Mesure que nous avancions sur les Mers du Sud, beaucoup d'Hommes furent atteints des diverses Maladies auxquelles sont sujets tous les Matelots (et dont le Risque avait été grandement accru par les deux corps putrescents exposés sur le Pont). Le Capitaine Whitehead avait fait annoncer qu'il n'y aurait pas d'Escale à Madère pour embarquer des Provisions fraîches; sans doute n'osait-il pas faire Relâche dans un Port civilisé, de Peur de voir son Equipage sauter par-dessus bord. Nous devions poursuivre directement vers l'Embouchure du Fleuve Gambie, où nous ferions de l'Eau et des Vivres; puis, de là, nous devions mettre le cap sur la Côte d'Or de Guinée. Il est à peine utile de préciser que les Matelots n'étaient pas satisfaits de cette Décision, tout malades et malheureux qu'ils étaient.

Le Chirurgien ne dormait ni ne cessait de peiner, car une bonne Moitié de notre petit Equipage était terrassée en Permanence par la

Maladie, et quatre Hommes de plus moururent et furent abandonnés aux Abîmes. Non que cela tempérât le moins du Monde les sinistres Appétits de Whitehead; il s'acharnait à les satisfaire sur ce Navire de la Mort, comme d'autres sur une belle prairie printanière. Sa Luxure était infinie et insatiable, tout en s'exerçant dans une Atmosphère de Détermination opiniâtre, au lieu de l'Enthousiasme et de l'Extase qui, je le crains, sont souvent de Mise dans les cas de Perversion tels que le sien. O je tentais bien de l'intéresser à d'autres Distractions comme ces Ebats sous le masque ou le Costume qui avaient tant intrigué Lord Bellars durant ma Grossesse; mais ses Inclinations ne le portaient pas à cette Religion-là : il leur manquait jusqu'à ce grain de Fantaisie qui était le propre de l'Erotisme de Lord Bellars; elles étaient terre à terre, à un Degré que mon Père Adoptif et ses Frères des Feux Infernaux n'eussent pu connaître.

Ah ! Belinda, le Désir est Chose Curieuse. Il est souvent l'Obsession d'Esprits Dérangés et prend ses Racines à la Nature même de ce Désordre; les Puritains sans Joie qui dénoncent uniformément toutes Formes de Désir sont bien sots et innocents des Voies de ce Monde; car, de même qu'il est une Différence entre la viande saine ou pourrie, il existe aussi une Dissimilarité entre le Désir Joyeux et cette autre Sorte, sinistre, qui rend l'Ame malade. Car il est de l'Essence du Désir Morbide d'être insatiable, alors que l'Amant robuste et aimant prend son Plaisir, puis se prélasse dans la Satiété de la Chose bien faite, savourant les Feux Mourants de l'Extase tout autant que l'Acte lui-même. Quant à l'Amant Morbide, il n'a guère de moments de Paix ou de Repos; il est à jamais en Quête d'une Satiété qui lui échappera toujours.

Imagine alors, Belinda, notre Triste Condition : nous descendions inexorablement vers l'Afrique sur un Navire à Voiles plein de Matelots malades; enchaînées toutes deux à un Maniaque en Proie à une incurable Passion pour l'urine et les excréments; privées de nos boucles et de notre Courage; plongées dans la plus mélancolique des Humeurs; sachant que chaque jour diminuait nos Chances de retrouver Belinda en Vie sur cette Terre et, pour nous-mêmes, de survivre aux mille et un Maux de ce Voyage. Nous avions le Sentiment d'être deux Réprouvées abandonnées sur une Ile déserte, ou pareilles à des Pirates rejetés sur un Ilot maudit et conscients de ce qu'ils n'auront d'autres Visiteurs que les oiseaux de Proie. Il est vrai que nous avions la Compagnie l'une de l'autre, mais la Tristesse nous avait précipitées dans un tel Gouffre qu'il y avait entre nous moins de Joies que l'on ne peut en trouver dans une chope de bière. Même le Rhum nous faisait pleurer et non rire. Et chaque jour nouveau voyait cette Condition se dégrader.

— Dieu nous a abandonnées, disait Susannah.

427

– Tais-toi, Susannah. Si tu le crois, cela sera.

Je n'avais jamais vu une Amie en Proie à pareil Désespoir. Son corps même se révoltait contre son Esprit : son estomac se retournait; son Souffle était devenu court comme paille brisée; et, bien qu'elle ne souffrît d'aucun Mal, disait le Chirurgien, elle semblait curieusement à l'Article de la Mort.

– C'est vrai, tu as Raison, Fanny, soupirait-elle.

– Mords-toi la Langue, Susannah; tombe à genoux et prie.

Ainsi faisait-elle, mais plus par Habitude que par Conviction. Elle implorait son Dieu; moi, le mien. Peut-être était-ce le même. Pourtant, mes propres Pensées étaient sombres, en Dépit de mes Encouragements à Susannah. Depuis le Début des Temps, combien d'Etres Humains ont prié, et prié en vain ? Combien de Grecs, de Romains, de Musulmans, de Juifs, de Turcs, de Bohémiens, de Sorciers et de Sorcières, voire de Bons Chrétiens, ont imploré des Dieux divers et n'en ont pas moins été massacrés ? Les Sorcières, qui priaient la Grande Déesse, étaient mortes, Son Nom Sacré sur les lèvres. Combien d'autres encore étaient mortes sur le Bûcher, sous les Pierres ou le Fouet, par l'Eau, par les Armes — et mortes au plus profond de leurs Prières ? L'Etre Suprême — que ce soit Il ou Elle — n'a point promis de sauver le corps — seulement l'Ame. Seulement ? Certes, l'Ame est la seule partie de l'Etre qui mérite le Salut. Mais, me disais-je, tant que je ne saurais pas ma Belinda saine et sauve, tant que je ne pourrais être sûre du Salut de son petit corps, celui de mon Ame me serait inutile. Si je n'avais vécu que dix-huit ans pour apprendre ce que j'avais appris et mettre au Monde un Enfant, eh bien ! soit : j'étais capable d'accepter ma propre Mort avant même de compter vingt Printemps — mais non d'accepter celle de Belinda ! Aussi sûrement que j'avais porté cet Enfant au Risque de ma Vie, il me fallait faire tout en mon Pouvoir pour le voir s'épanouir et s'accomplir avant ma Mort.

J'étais la Proie d'un immense Remords ! J'accusais mon Roman d'être responsable du Rapt de Belinda, ainsi que ma Sottise dans le Choix de la Nourrice; je m'en frappais la poitrine jusqu'à la bleuir de meurtrissures; je me fusse arraché les cheveux s'il m'en était resté ! Il y avait maintenant six semaines bien passées que nous étions en Mer, et il n'était pas impossible que nous atteignions l'Embouchure du Fleuve Gambie d'ici deux ou trois semaines, avec des Vents Favorables. Au vrai, mieux valait arriver là le plus vite possible, ou tous les Marins seraient morts !

En dehors du Coq, qui nous apportait nos Repas, le seul Membre de notre petit Equipage qui restait à pouvoir nous visiter sans encourir les Soupçons du Capitaine était le Chirurgien; il avait reçu Ordre de prendre Spécialement Soin de notre Santé, en Raison des Contacts étroits que nous avions avec Whitehead. Parfois, tandis que celui-ci était occupé sur le Pont, nous pouvions converser avec M. Dennison, le Chirurgien, lequel me paraissait ressembler beaucoup à une Epave flottant sur ce vaste Océan de Désespoir.

Bartholomew Dennison, ainsi que je l'ai dit, était beau de visage, doux de Manières et fort empêtré devant les Dames. Il n'avait pas plus de vingt-sept ans, mais était aussi timide qu'un Garçon de la Campagne de douze ans amoureux d'une Fille de Laiterie. Il était de ce Genre d'Homme qui se gagnent les Femmes en pensant qu'il n'a en lui rien pour vaincre; de ces Hommes, en bref, que l'on ne qualifiera jamais de Roués ni d'Hommes de Plaisir — bien que, en fait, des Plaisirs, ils en procurent, et plus vraiment que ceux qui se targuent de ce Nom.

Dennison était né dans le Hampshire, des Œuvres Bâtardes d'un Grand Seigneur Terrien et d'une Femme de Chambre, renvoyée du Château par la Maîtresse des Lieux lorsqu'elle s'était trouvée grosse. Il avait grandi à l'Asile, fait son Chemin jusqu'à Londres à quatorze ans, s'y était acoquiné avec le Genre de Compagnie qui fond comme Rapaces sur les Jeunes Campagnards habités des Rêves de la Ville, et s'était retrouvé, de même que d'autres, saoul dans une Taverne, une nuit, où il avait fait Bon Marché de sa Vie par Contrat, en Echange de quelques tournées de bière à Crédit. Mais Dennison était plus fortuné que beaucoup. Ce Contrat abusif signé et le Navire ayant mis à la Voile, il devint Aide-Chirurgien sur un Négrier de Liverpool; il apprit ainsi un Art utile et, au Cours de ses longs Voyages en Mer, il avait lu les Classiques, se donnant à lui-même l'Education de Gentleman que le Sort lui avait déniée. Pourtant, sa liberté lui échappait toujours; car la Compagnie Commerciale avait plus d'un Tour dans son Sac, semblait-il, pour maintenir les Hommes en Etat d'Endetté à Perpétuité : plus ils naviguaient, plus lourdes étaient les Dettes. De ce fait, ils se retrouvaient autant Esclaves que les Noirs de Guinée, et à peine mieux traités.

Dennison s'efforçait de nous distraire de nos Malheurs en nous racontant des Histoires de sa Vie en Mer. Il le faisait pour soulager notre Infortune et remonter notre Courage; car il savait que les Gens meurent autant du Manque d'Espoir que du Manque de Nourriture ou d'Air.

— La plus grande Peur que j'aie jamais eue, mes Belles, disait-il, eut Lieu au Cours de mon premier Voyage, quand, tout comme vous, je compris qu'un Navire est une Prison et que j'étais condamné à rester à bord quoi qu'il advînt — ou à périr dans le Gouffre Amer.

« Jusqu'à ce que le Vaisseau ait quitté la Manche, les Matelots ne sont point trop malmenés; car le Capitaine sait que n'importe quel Vent peut le ramener à un Port Anglais et que, alors, les Hommes sauteront par-dessus bord. Les Rations sont assez abondantes, et la Discipline, lâche. Mais, o quand on atteint la Pleine Mer, quel Chan-

429

gement ! Une pinte d'eau par jour pour des Hommes qui peinent – et dont certains finissent par avoir si Soif qu'ils assèchent leur Ration entière sitôt qu'elle est distribuée et vivent les vingt-quatre heures suivantes en Proie à un Véritable Enfer. Lors de mon premier Voyage, un Matelot trouva le Moyen de lécher les gouttes de rosée tombées à l'aube sur la cage à poules; lorsqu'il fut découvert, on le jeta en Cale Humide, où il mourut des Blessures infligées par les bernacles. Plus nous nous éloignions d'Angleterre, pire devenait la Nourriture, et plus cruelle, la Discipline...

— Alors, comment avez-vous pu résister ? demandai-je, des Profondeurs de mon Désespoir.

— Ah, mes Amies, Dieu use de nous à bien des Fins et Il nous enseigne bien des Leçons afin que nous puissions devenir les Instruments de Sa Volonté. Au Cours de ces quatorze dernières années, j'ai tenu le Livre de tous mes Voyages et des pires Excès du Commerce des Esclaves; je rêve de le publier un jour, pour montrer au Monde les Horreurs de ces Pratiques Démoniaques. Je ne vis que pour guérir les Malades et écrire mon Livre. Je détourne ma face du Monde, pour ne regarder que les Pages de mon Journal Secret, tout en rêvant du jour où il sera publié et où ce même Monde en aura le Souffle coupé.

— Quand a-t-il eu jamais le Souffle coupé par la Cruauté ? demandai-je, d'un Ton las.

Dennison me regarda fort pensivement, puis hocha la tête.

— Le Verbe peut changer le Monde, répondit-il. Il *faut* le croire.

— Ainsi en aurais-je dit, voilà un an; mais, depuis lors, j'ai assisté à des Cruautés qui étonnent jusqu'à l'Ame. Lorsque je rêvais dans une Bibliothèque devant les Livres de Monsieur Milton et de Monsieur Shakespeare, je croyais véritablement que le Verbe pouvait changer le Monde; mais voici qu'il fait « noir, noir, noir, au Cœur des Feux de Midi, / Irrémédiablement noir... / Sans aucun Espoir de Jour » !

J'avais emprunté les Mots mêmes de Milton. Dennison en fit autant.

— « Et de là Tristesse Abhorrée », dit-il, poursuivant la Citation. « Nymphe, hâte-toi d'apporter avec toi / Ris et Jeune Joie, / Jeux Mutins et Bons Mots et Ruses Enjouées, / Signes du Doigt, de l'Œil, de Rire couronnés. »

Puis il m'offrit le Sourire le plus ensoleillé que j'eusse vu depuis des mois.

— O où trouver ces Couronnes de Rire sur ce Navire de la Mort ? demandai-je. Et comment persister lorsque même mon Amie Susannah voit sa Foi inébranlable chanceler ?

— En toute Justice, dit Dennison, étant donné ce dont j'ai été Témoin au Cours de ces années de Négriage, je devrais être sans Foi et mélancolique comme vous. Mais la première Traversée est la pire car il n'est pas de plus triste Etat que l'Innocence frais-terrifiée, si je puis dire. L'on se croit la première Ame sur cette Terre à découvrir la Méchanceté du Monde, et l'on est bien loin de Compte. L'on découvre l'Hypocrisie, la Ruse, comme si l'on était Adam s'apercevant pour la première fois de la Duplicité du Serpent; et l'on raille Dieu, cet Indifférent ! Puis, au Fur et à Mesure que l'on endure, l'on apprend qu'Il nous a mis là pour nous enseigner bien des leçons. Ah ! lors de mon premier Voyage, j'ai vu des Matelots si maltraités qu'ils se donnaient eux-mêmes la Mort dans des eaux pleines de requins. J'ai vu des Noirs entassés les uns sur les autres, comme autant de bûches de bois, si l'on peut dire. Je suis descendu à fond de Cale, pour y soigner des Esclaves qui souffraient de Flux de Sang, et je me suis évanoui à Cause de l'Odeur, sans pouvoir me relever, alors même que j'étais ensanglanté et souillé d'ordure. O la Cale était aussi inondée de sang qu'un Abattoir, et tout ce sang venait des intestins irrités de ces pauvres Esclaves Guinéens ! J'ai vu des Capitaines Négriers qui bourraient d'Etoupe l'anus des Esclaves malades, avant la « Curée », c'est-à-dire l'Encan, aux Indes Occidentales; et j'ai vu des Marins fouettés jusqu'à en avoir le dos à vif — et ce, pour les Fautes les plus légères — après quoi l'on faisait pénétrer dans les Plaies une Mixture d'eau de Mer et de poivre de Guinée. Mais je crois que Dieu m'a envoyé ici-bas pour être Scribe... La Plume de Dieu, en quelque Sorte; Son Secrétaire, si l'on peut dire. J'observe donc tout très-fidèlement et le consigne dans mon Livre. Car je sais que, lorsque les Abus Inhumains du Commerce des Esclaves seront communément connus, tous les Hommes de Raison se lèveront comme un seul Corps et protesteront contre ces Calamités.

— O d'où tenez-vous tant de Foi en la Raison ? demandai-je. O qu'est-ce qui vous incite à croire qu'il suffit de montrer à l'Homme le Mal pour le dénoncer ? Les Hommes considèrent le Mal avec une grande Complaisance lorsqu'il ne les touche pas directement. Et même quand il rôde tout près de leur propre Famille, ils ferment les yeux et refusent obstinément de le percevoir.

— Ah ! Fanny, vous êtes amère; vous avez l'Amertume de l'Innocence effarouchée pour la première fois; mais le temps vous adoucira. Non qu'un Mot suffise à changer le Monde du jour au lendemain ni un seul Livre à transmuter toute Douleur en Gloire, si l'on peut dire — loin de moi cette Idée. Je pense seulement que les Livres sont des Sortes de briques avec lesquelles on bâtit la Maison de la Justice. Nous ne la haussons que d'une brique à la fois. Chaque Quêteur de Vérité tâcheronne comme une abeille dans la ruche, si l'on peut dire, mais, tous ensemble, nous ferons le Miel de ce Monde !

— Le Miel ? s'exclama Susannah. Le Miel ?...

Durant l'Intervalle de ce Dialogue entre Dennison et moi, elle s'était tenue pelotonnée sur sa couchette de la Grande Cabine, la couverture rabattue presque par-dessus la tête. Je n'étais pas même sûre qu'elle écoutât notre Conversation. Mais voici qu'elle se dressait tout à coup hors de sa couche, enveloppée dans sa couette, et s'avançait comme une Apparition. Avec sa petite tête quasiment rase, ses bras et ses épaules amaigries par la Pauvreté de nos Rations de bord, elle avait l'Air d'un Fantôme Noir hantant la Cabine.

— Le Miel de ce Monde ? demanda-t-elle. Ah ! Ne cherchez point le Miel de ce Monde sur cette Terre... Cherchez-le plutôt dans les Cieux !

Elle s'interrompit et leva les bras, laissant tomber la couette sur le plancher. Ses côtes perçaient sous la chair brune; ses chevilles et ses poignets étaient à vif aux Endroits où ils avaient supporté les Menottes pour servir les Caprices de Whitehead.

— Voyez, voyez comme l'air est tout doré de Miel ! s'écria-t-elle. Comme il éblouit l'œil et comme on le goûte sur la Langue ! C'est le Miel de Dieu, ce Miel de notre Terre ! Mais comment le manger sans être piqués de dards ?

Ce disant, elle s'élança en courant, dans toute sa Nudité, hors de la Grande Cabine et jusque sur le Pont. Dennison et moi, nous la poursuivîmes et parvînmes en haut juste à temps pour la voir escalader les Haubans, nue comme au Jour de sa Naissance. Elle parut étendre des ailes, pour prendre son Essor au-dessus de l'Océan et monter droit dans le Sein du Seigneur.

— Dieu vous bénisse tous deux, et la Douce Belinda avec vous ! cria-t-elle.

Sur ces Mots, elle battit un peu de ses bras maigres et vola, tel Icare, l'Espace d'un instant, et sembla s'élever, puis tomba, tomba dans les Profondeurs qui l'enveloppèrent de l'Immense Pardon de la Mer.

Chapitre X

*Où notre Héroïne découvre que même la Pire des Ca-
nailles peut désirer devenir Écrivain; que même les
Négriers se targuent de Patriotisme & de Vertu; que la
Mer est aussi pleine de Magie et de Mystères que la
Terre; & que les Navires deviennent souvent la Proie de
Pirates, tant en Raison de la Connivence de leur propre
Équipage que pour toute autre Cause.*

LE DESTIN prématuré de Susannah ne m'affecta pas tout à fait autant
que je l'eusse supposé. Mélancolique j'étais, et mélancolique je demeurai. Perdue et sans Amitié j'étais — à part Bartholomew Dennison —
et perdue et sans Amitié je demeurai. Pourtant, si je pleurai très-pito-
yablement Susannah, et si elle me manquait cruellement, l'Exemple
de son Suicide, loin de m'insuffler le Goût de l'imiter, m'inspira la
forte Volonté de survivre. Souvent, la Mort d'un Ami ou d'une Amie
a ainsi l'Effet le plus curieux : il n'est pas rare qu'elle suscite en nous
le plus brûlant Désir de vivre. Susannah m'avait sauvé la Vie et avait
partagé avec moi les instants où mon Ame s'était — ô combien irrévo-
cablement ! — dédoublée, lorsque j'étais devenue Mère. A partir de
cet instant, chacun de mes Mouvements, chacun de mes Gestes
n'avaient cessé de tenir Compte de l'Existence et du Sort de Belinda.
Ainsi en va-t-il de la Maternité : c'est la douleur et c'est la Gloire des
Femelles de l'Espèce que, après la Venue au Monde d'un Enfant,
l'Ame se coupe en deux entre l'Enfant et la Mère et celle-ci ne peut
jeter au Vent sa vie sans considérer ce qui en résultera pour son
Enfant.

Cela ne m'empêcha pas de méditer longuement et profondément sur le Destin de Susannah et sur sa Signification. Susannah incarnait la Foi même; elle était la Médiatrice que j'avais choisie entre Dieu et moi; et, quand elle avait perdu la Foi, puis péri, c'était un peu comme si Dieu m'avait infligé un Rappel à l'Ordre sur le Danger qu'il y a à abandonner sa Foi. Cependant, à la toute-Fin, elle avait paru avoir une Vision avant de mourir, comme si, tels ses Ancêtres Africains, elle avait cru que, dans la Mort, elle irait rejoindre leurs Mânes. Ah ! que j'espérais qu'il en fût véritablement ainsi !

Bartholomew Dennison consigna tout cela fidèlement dans son Livre, entre ses Visites aux Malades et aux Mourants et les Soins qu'il me prodiguait. Quant au Capitaine Whitehead, encore qu'il fût piqué de la Perte d'une de ses Putains Personnelles, il n'en était que confirmé dans sa Croyance en l'Infériorité Prédestinée, l'Aptitude à l'Esclavage et la Raison indigente de la Race Noire, ainsi qu'en son propre Bon droit en s'engageant dans le Commerce des Esclaves. Pour sa Part, l'Equipage prenait cette Mort comme un Signe (s'il en était encore Besoin) que ce Voyage était maudit. Toutes les Superstitions des Marins leur revenaient à l'Esprit; ils parlaient de Navires Damnés pour avoir eu des Femmes à bord, de Galions Fantômes nous pourchassant à travers les Mers et autres brumeuses Fantaisies auxquelles tous les Matelots, m'affirmait Bartholomew, sont enclins.

De mon Côté, je ne parvenais pas à déterminer le Sens exact de la Mort de Susannah, mais elle agissait sur moi ainsi qu'un puissant Aiguillon pour aviver ma Résolution d'endurer ce misérable Voyage. Tout comme Bartholomew se croyait envoyé sur Terre pour y tenir la Chronique du Commerce des Esclaves, je me savais destinée à une Mission qui ne m'apparaissait pas encore clairement. Je savais qu'il me fallait sauver Belinda; en même temps, je percevais confusément que tous mes Efforts contrariés pour écrire Epopées et Romans me conduisaient peut-être à un Sort assez semblable à celui de Dennison. Encore que me manquât sa Conviction, peut-être en Raison de mon Sexe. Il est plus aisé pour un Homme que pour une Femme de croire en la Noblesse de son Destin; le Beau Sexe rencontre tant d'Obstacles, dont les moindres ne sont pas la Putainerie, la Maternité et les Distractions de l'Amour !

Mais il y avait certainement quelque Raison pour que j'eusse survécu au Massacre des Sorcières, survécu à cette Naissance qui eût dû me tuer, survécu même à ce Voyage. Retrouvons ma vieille Jarretière rouge, me dis-je, et mettons-la. Sur quoi, comme je retournais les Profondeurs du portemanteau que, Susannah et moi, nous avions traîné à bord, le Hasard me remit en Mémoire la Prophétie des Sorcières que m'avait psalmodiée Joan, la Pauvre Défunte, il y avait tant de mois. Les Mots m'en sonnaient aux oreilles, comme prononcés par sa voix même, que transformait l'Extase divinatoire; mais les Strophes prenaient soudain une Signification toute nouvelle :

> *Ton Vrai Père tu ne l'as pas connu,*
> *Fille naîtra de toi, qui passera les Mers.*
> *Riche tu seras, et de Cœur accru.*
> *Grand Renom te viendra sans que le Cœur s'éclaire.*
>
> *De ton Jeune Sein croîtra l'Amérique.*
> *Tes jeunes yeux seront ta propre Trahison.*
> *Sang changeras en Neige séraphique.*
> *Ta Force d'Ame aura de Lucifer Raison.*

Tant de ces Prédictions s'étaient réalisées ! Si je devais avoir la Renommée, alors, sûrement, il me fallait survivre ! Si je devais avoir de Lucifer Raison, certes je devais vivre ! La Prophétie ne s'était encore jamais révélée erronée ! O mes Chères, Chères Amies, vous, mes Sœurs Sorcières, et toi, Susannah, ma Sœur Noire perdue en Mer, je ne vous oublierais jamais ! Votre Mort n'aurait point été vaine. Je porterais les Bénédictions de la Déesse au-delà des Mers et vengerais par ma Vie et celle de Belinda tous vos Cruels Trépas !

Juste comme j'enfilais la vieille Jarretière effrangée, le Navire se mit à rouler et tanguer; l'eau giflait la Coque; la Cabine gîtait périlleusement, et toutes les Cartes, tous les Papiers du Capitaine glissèrent de son bureau et se répandirent à terre. Puis, on eût dit qu'un Monstre émergeait des Profondeurs, exactement sous notre Coque, et nous soulevait un moment hors de l'eau pour nous replonger ensuite dans les Vagues, avec grand Bruit et Tumulte.

Je fus si prise au dépourvu par cet étrange Phénomène — qui survint à l'instant même ou je me tenais en équilibre sur une jambe, en train de passer la Jarretière rouge à l'autre — que je tombai sur le plancher et sur mon Séant. J'étais encore assise là, ébahie et éberluée, quand Bartholomew entra en coup de Vent pour s'enquérir de ma Santé, apportant avec lui la Nouvelle que le Timonier avait été momentanément saisi de Panique, faute de pouvoir gouverner dans quelque Direction que ce fût, tant que l'Obstacle demeurait.

— Que pourrait-ce bien être ? demandai-je.

— D'après le Timonier, une baleine... ou peut-être un Monstre Marin, si l'on peut dire, répartit Bartholomew en riant nerveusement, car les baleines sont rares sous ces Latitudes.

En un éclair, j'eus la Certitude que cette « baleine » n'en était point une du tout.

— Je sais ce qu'il en est, dis-je.

— Et, qu'est-ce donc, je vous prie ? s'enquit Bartholomew

— Je ne puis le dire... mais c'est un Signe

Car, aussi sûrement que je vis, que je respire et que j'écris ce Livre aujourd'hui, je savais que c'était la Grande Déesse.

— Dites, s'il vous plaît, insista Bartholomew.

— C'est impossible, car vous me croiriez folle. Mais notez bien mes Paroles : ce n'est point une baleine !

— Serait-ce le Fantôme de Susannah ? demanda Bartholomew.

— Exactement, répondis-je. (Et, en un Sens, c'était la Vérité.)

— Dieu Merci, c'est un Fantôme Amical, si l'on peut dire, reprit le jeune Chirurgien, riant comme s'il s'était agi d'une Plaisanterie.

Au moment où je reçus ce Signe de la Déesse d'En-Haut (ou des Sphères Célestes, ou de l'Etre Suprême, quel que soit le Nom que l'on veuille Lui donner), nous voguions, comme je l'ai dit, depuis six semaines, et nous avions déjà atteint des Climats très-tropicaux. Notre Destination était l'Embouchure du Fleuve Gambie, où le Capitaine Whitehead formait le Projet de troquer de ses Marchandises, fort demandées en Guinée (ou en Nigritie — ainsi que cette terre et ses voisines sont dénommées sur les vieilles Cartes) contre les Vivres frais qui nous manquaient cruellement. Puis, nous devions poursuivre en contournant la Côte de la Sierra de Leone, la Côte d'Ivoire et la Côte d'Or, pour nous mettre en quête d'Esclaves. A ma Connaissance, la Côte Africaine abondait en Grands Fleuves, de la Gambie à la Côte de Calbar et même au-delà. Descendant ces Fleuves, les Pirogues apportaient leurs cargaisons d'Esclaves à peau sombre, qui, vendus, étaient promis à une Existence de Misère ou à une Mort Infernale. Aux Fins du Troc, le Capitaine Whitehead avait fait charger à bord des bassines d'Etain de différentes dimensions, des vieux draps, des barres de Fer, de grands coutelas Flamands, des caisses d'Alcools et de gros morceaux de Corail de bonne couleur, ornement fort apprécié, disait-on, des Rois Africains. Il avait aussi embarqué diverses Fournitures pour le Comptoir de la Compagnie Commerciale, telles que Mousquets, bouilloires de Cuivre, tapis Anglais, barres de Plomb, quartauts de suif, poudre, et caetera. Notre Equipage était fort réduit, il est vrai, mais il espérait enrôler des Matelots lorsque nous atteindrions notre « Château », comme il appelait le Comptoir. J'étais, cela va de soi, très-désireuse de m'évader, si bien que je m'empressai de questionner Whitehead sur ses Projets, puisque j'étais peu au Courant du Commerce des Esclaves, hormis les Horreurs que Bartholomew (et Lancelot avant lui) m'avaient contées. Je pensais que plus j'en saurais, meilleures seraient mes Chances d'Evasion. Hélas ! Whitehead se montra des plus évasifs quant aux Escales qu'il envisageait. Il semblait se douter que je m'intéressais par trop à ses Intentions; aussi resta-t-il délibérément vague tant sur le Site exact de la Factorerie de la Compagnie que sur les différents Fleuves où il comptait se livrer à son Trafic.

A une Occasion, peu de temps après la Mort de Susannah, je découvris par Hasard dans la Grande Cabine une vieille Carte de la Côte Guinéenne, avec le Tracé de tous les Fleuves, l'emplacement de toutes les Iles, tous les hauts-fonds. Et, penchée sur elle, j'essayais de me la graver profondément dans la Mémoire, lorsque Whitehead surgit et, malgré tous mes Efforts pour dissimuler ce que je faisais, me prit sur le Fait de mes Etudes secrètes.

— Vous portez vif Intérêt à la Géographie, à ce que je vois, me dit-il en m'arrachant la Carte et en la roulant étroitement.

— O Capitaine Whitehead, rétorquai-je, j'ai l'Etude très-lente ! Je me perds dans les Cartes. A peine si je sais les déchiffrer. (Mais, en mon Esprit, je revoyais clairement les Noms des Pays s'étendant de la Négritie à la Guinée, de Mandingo à Zanfara, ainsi que les Noms des Fleuves, de la Gambie au Mesurado, de la Formosa au Calabar.)

— Vous ne m'échapperez pas, Madame, me dit froidement Whitehead, car j'ai des Moyens de vous retenir sous ma Garde — Menottes, Fers et autres Chaînes — lesquels échaufferaient durement votre adorable peau. Ne manquez pas de prendre en Considération l'extrême Miséricorde que je vous ai témoignée jusqu'ici; mais vous poussez ma Patience à bout.

Ce disant, il tendit le bras et saisit sa canne souple, dont il cingla l'air de Façon très-menaçante, pour bien me montrer sa Sévérité.

— Capitaine, dis-je, mes Intentions sont non pas de m'enfuir, mais simplement de m'instruire plus de notre Expédition; car je suis très-intriguée par ce Commerce où vous êtes engagé et, ayant maintes fois été fascinée par les Narrations d'Explorations et d'Expéditions, j'imagine que, un jour peut-être, j'aurai envie d'écrire le Récit de ce Voyage...

— Ma foi, si vous le faites, Madame, dit Whitehead, je vous en prie, dépeignez-le sous son vrai Jour, car je suis écœuré à en mourir par ceux qui prétendent que le Commerce des Esclaves est Vocation brutale. Et pourquoi brutale ? Hé quoi ! sur un Navire Négrier, les Esclaves sont infiniment mieux traités que les Blancs tenus par Contrat. Ils sont abondamment nourris; Gaieté et Jovialité sont souvent leur Humeur prédominante; et l'on stimule chez eux l'Exercice du corps, pour les empêcher de s'appesantir morbidement sur leur Changement d'Etat et leur Dépaysement. Entassés jusqu'à un certain, mais faible Degré, il faut nécessairement qu'ils le soient; mais le Manque de Place, hélas ! est Sort commun à tous ceux qui sillonnent les Mers...

J'étais ébahie par cette Enumération des Plaisirs de l'Esclavage, car Whitehead lui-même m'avait déclaré que des requins mangeurs d'Hommes suivaient notre Navire durant toute la Traversée de l'Océan et que beaucoup de Matelots eussent refusé d'embarquer s'ils avaient su que nous allions faire Commerce d'Ebène Humaine.

— Pourquoi, dans ce Cas, dupez-vous vos Matelots, demandai-je, puisque le Négriage est Chose si agréable ?

— O les Marins ne sont qu'un Ramassis de Poltrons Fainéants, riposta-t-il, qui ne supportent pas le Labeur Honnête. Et beaucoup d'entre eux craignent les Mers du Sud, corrompus qu'ils sont d'avance par les Récits d'Horreurs que les Sots au Cœur Tendre rapportent de Guinée.

— Et que faites-vous de vos requins dans notre Sillage ?

— O c'était Plaisanterie ! rétorqua-t-il. Simple Bagatelle. Hé quoi ! le sol de l'Océan est pavé d'ossements, dont la plupart sont ceux d'Hommes Blancs ! La Mer n'est point Vocation aisée, je le concède. Mais les Ames de Couards qui dénoncent le Commerce des Esclaves ignorent à la fois la Mer et la vraie Nature du Cœur Nègre. En Afrique, la Vie a peu de Prix; on ne s'y émeut pas de la Mort autant que les Blancs. Hé quoi ! depuis des temps immémoriaux, ces gens ont coutume de réduire en Esclavage tous les Captifs ramenés de Guerre. Or, au temps où ils n'avaient pas encore la Chance cousue d'Or de les vendre aux Hommes Blancs, ils étaient souvent obligés d'en occire de grands Multitudes, de crainte qu'ils ne se mutinassent contre leurs Vainqueurs. Il s'ensuit que le Commerce des Esclaves épargne beaucoup de Vies et que Quantité de Personnes Utiles peuvent continuer à exister. Secondement, ces Esclaves, transportés sur des Plantations, y vivent infiniment mieux que dans leur propre Pays; car les Planteurs, les ayant payés très-cher, ont Grand Intérêt à les garder en Vie et en Bonne Santé. Troisièmement, ce Commerce est Patriotique au plus haut Sens du Terme, car, le Vœu de chaque Vrai Anglais de Naissance étant de voir son Pays prospérer tant à l'Intérieur qu'à l'Extérieur, est-il rien qui puisse faire plus Plaisir à l'Anglais Patriote que de constater les Grands Avantages découlant pour notre Nation des Abondantes Récoltes des Iles du Sucre ? Hé quoi ! même le plus modeste des Londoniens prend du sucre dans son thé et achète à son Epouse des calicots de coton imprimés. Comment notre Capitale serait-elle cette Grande Foire aux Plaisirs sans le Commerce né de nos belles Plantations des Indes Occidentales, lesquelles, sises sous un Climat presque aussi chaud que celui de la Côte de Guinée, font que les Nègres y sont plus aptes à cultiver la terre que les Blancs ? En un mot, de ce Commerce résultent des Profits surpassant largement les Maux et les Inconvénients, réels ou prétendus. Le pis que l'on puisse en dire est peut-être que, comme tous autres Avantages Terrestres, ceux du Commerce des Esclaves sont tempérés par un Mélange de Bien et de Mal; mais, à cet Egard, n'en est-il pas de même de tout ce qui existe ? Je vous en prie, Madame, écrivez bien ceci, si vous devez parler du Commerce des Esclaves ! Par Jupiter ! il a fait plus de Bien à l'Angleterre que toutes les Richesses des Indes ! Et d'ailleurs, comme toutes les Nations civilisées s'y adonnent – Hollandais, Portugais, Espagnols et jusqu'à ces Satanés Français –, seules les Personnes d'Esprit et de Raison véritablement déficients pourraient se laisser égarer par un Cœur trop sensible, au Point de rester aveugles aux Bienfaits de ce Commerce et de ne se fonder que sur ses Malédictions. Evidemment, tout Bienfait s'accompagne de Méfaits renforcés; mais, considéré dans son Ensemble par un Homme de Raison, c'est là une admirable Vocation, bien que fort exigeante. Et plus Patriotique que de conduire une Armée conquérante; car, alors que l'Armée épuise les Richesses de notre Nation, nos Plantations et les Esclaves qui y travaillent rapportent des Trésors dont les Mogols eux-mêmes n'eussent pas rêvé. Ecrivez bien ceci, Madame, et ne manquez point de louer les Vertus Raisonnables de ce Commerce, encore que je vous sache assez peu croyante en la Raison !

J'étais fort stupéfaite de cette longue Apologie d'une Vocation dont, jusqu'alors, je n'avais jamais entendu parler que sous les Couleurs les plus noires.

– Quel magnifique Discours ! dis-je. Véritablement, mon Capitaine sait trouver les Mots.

Whitehead se rengorgea un brin, ravi et pourtant très-attentif à ne point montrer trop clairement son Plaisir.

– Moi aussi, Madame, j'ai souvent songé à écrire mes Aventures; car les Narrations de Voyages que j'ai lues fourmillent d'Erreurs insignes. A tout le moins se pourrait-il que je misse ma Plume à un Pamphlet exposant les Avantages de ce Commerce si souvent décrié.

Aha ! pensai-je à part moi, dans toute l'Angleterre et ses Colonies, ne se trouve-t-il pas de Sot ni de Faquin, si abêti et ignare soit-il, qui ne nourrisse l'Illusion d'être un *Auteur* ? Chaque Faquin serait-il donc Ecrivaillon dans l'Ame ? Quelle Malédiction que l'Education, si le premier Crétin Criminel venu se prend à vouloir écrire son Histoire pour justifier son Commerce ignoble et félon !

– Peut-être pourrais-je vous servir de Secrétaire, Monsieur, dis-je. J'ai une fort belle Ecriture – pour une Fille, s'entend – et je ne manque pas d'Habileté à former les Phrases, même en Vers, en dépit de mon Sexe.

– Hummm, fit Whitehead, assez tenté par ma Proposition. Votre Offre m'intéresse. Accordez-moi le temps de la Réflexion, Madame.

Ainsi parvins-je, par le biais de mon Education et de mon Habileté d'Ecrivain, à obtenir ce que même mes Secrets de Bordel n'avaient pu m'assurer, savoir : la Confiance circonspecte du Capitaine. Car, meme s'il continua à me surveiller de très-près, il se laissa si bien emporter par son Désir de justifier le Trafic des Esclaves dans ses Mémoires (que je commençai bientôt à rédiger pour lui) qu'il ne pouvait plus me traiter tout à fait comme auparavant. L'on dit que nul Homme n'est un Héros pour son Valet; combien le Dicton est encore plus vrai appliqué au Secrétaire ! Car je devenais intime avec les Mécanismes de son Esprit, et c'était moi qui formulais ses Pensées en bon Anglais courant, cependant que sa Mémoire vagabondait en revivant ses Aventures.

A travers Whitehead, j'appris infiniment de Choses sur ce qui motive certains Hommes et les fai. se considérer comme supérieurs à leurs Semblables, à cause de la Couleur de leur peau. Car le Capitaine, dont les Penchants Erotiques étaient fort éloignés du Raffinement, semblait se mettre plus haut que les Nègres, les rapprochant des Bêtes, alors qu'il se voyait Cousin des Anges. Parlant des Noirs de Guinée, il les décrivait souvent comme des « Singes », ou faisait observer que leurs dents, limées en pointe, avaient une Apparence « canine ». Et de même, il proclamait que leurs Chants n'étaient que « Cris sauvages et furieux, convenant mieux aux Bêtes qu'aux Humains ». Or, moi qui avais le plus grand Respect pour les Chiens et les Chevaux aussi bien (et comptais ces Espèces comme souvent supérieures à l'Humaine), je ne pouvais m'empêcher de trouver que c'était là une bien curieuse « Justification » du triste Trafic de Chair Humaine auquel Whitehead se livrait. Il me semblait remarquable qu'un Homme adorant l'urine et les excréments comme lui pût taxer les Esclaves Nègres de « Bestialité », pour ce qu'il appelait leur « ignoble Habitude de déposer leurs Excrétions Naturelles à l'Endroit même où ils dorment ». Ces pauvres Créatures n'étaient-elles pas enchaînées là même où elles gisaient ? N'étaient-elles point privées de pot de chambre ou de toute autre Commodité de la Civilisation où satisfaire les Impératifs de la Nature ? Même les Matelots de *La Bonne-Espérance* n'avaient pas de meilleure Commodité, pour assouvir leurs Besoins Naturels, que de grimper jusqu'au bout du Beaupré pour y décharger leurs Excréments dans la Mer; car personne, hormis le Capitaine, le Chirurgien et les Malades, n'avait Droit à la chaise percée, à bord de notre misérable petit Brigantin. Pourtant, Whitehead blâmait les Nègres pour leur Saleté, comme si eux-mêmes, et non leurs Ravisseurs, avaient été responsables de leur Condition. Cette même Effusion qu'il appelait « Nectar » ou « Vin Fin » dans ses brûlants Accès de Luxure, cette autre Excrétion qu'il baptisait « œufs », n'étaient qu'Objets de Dégoût lorsqu'elles sortaient d'Esclaves Noirs ! Ah ! je préfère tous les jours les Chiens aux Hommes, car eux, au moins, ils ne font pas tout un plat (si l'on me passe cette Plaisanterie de bas étage) de leur Passion de renifler la Merde et n'en font pas non plus Reproche aux autres Canidés !

Les Mémoires de Whitehead, au Fur et à Mesure qu'il les dictait, étaient émaillés d'Expressions telles que « Honnêteté Courante » et

« Propreté Personnelle », comme s'il avait représenté le Sommet de la Civilisation et de la Délicatesse, alors que, au-dessous de lui, rampaient toutes les autres Créatures de Dieu. De fait, j'ai souvent noté cette Attitude dans le Cas des Mémoires de Politiciens comme de Criminels : bien qu'ils soient eux-mêmes coupables des Crimes les plus odieux, ils n'en sont pas moins prompts à juger leur Semblable et à découvrir ses Manquements.

Nous n'étions plus très éloignés de l'Embouchure du Fleuve Gambie et la Température était devenue des plus intolérablement chaudes et humides, quand notre Navire se trouva soudain encalminé au milieu d'un épais Brouillard et incapable de poursuivre à la voile.

Le faîte de nos propres Mâts était invisible et les Haubans eux-mêmes semblaient s'évanouir dans la brume, telles des échelles montant au Ciel. Il était impossible de discerner le Beaupré, sans parler des autres Navires alentour ! En Proie aux Vapeurs Peccantes et malades comme étaient les Matelots — en Raison de l'Insuffisance des Rations puisque nous n'avions pas fait Relâche à Madère — le Brouillard leur semblait augurer de Nouveaux Périls. Tout le monde savait maintenant que le Capitaine avait dupé l'Equipage quant à notre Destination, et les plus avertis des Marins en avaient déduit que nous allions « récolter » des Esclaves. L'Exemple du Supplice de Llewelyn n'eût-il encore hanté leurs Rêves, que les Hommes eussent tué le Capitaine sur-le-champ et pris en main leurs propre Destinée.

O quelle étrange Invention Céleste que le Brouillard ! Il émousse la Vue, l'Ouïe et même le Sens du Toucher, et il encourage les Extravagances de l'Esprit. Les Marins qui n'ont jamais ressenti de Malaise dans la Tempête en éprouvent dans le Brouillard, tant il semble être lui-même un Etre Sensible, une Sorte de Monstre Marin, amorphe, s'étendant sur tout et nulle Part.

Je me souviens que j'étais dans la Grande Cabine lors d'une de ces nuits noyées sous le Brouillard (j'étais occupée à rédiger les Souvenirs de précédents Voyages du Capitaine, cependant qu'il allait de long en large, buvait du Rhum et parlait comme un Possédé), quand l'Homme de Quart se présenta au Rapport pour déclarer qu'il avait entendu un Bruit de rames assez proche. Le Capitaine prit le Chemin du Pont en m'ordonnant de le suivre — car, maintenant que j'étais son Chroniqueur, j'avais de tels Privilèges — et il scruta l'Opacité, tentant de voir le Bateau signalé; mais tout n'était qu'Irréalité et Brume. Nous étions à l'Ancre quelque part au large du Cap Vert, attendant que le Brouillard se levât, avec l'Impression que nous avions fait Voile droit sur l'Hadès, en Raison de ce temps bouché, lorsque, dans les

Ténèbres Tropicales, le doux Battement des Rames et le Cliquetis des dames de Nage parvinrent jusqu'à nous. Whitehead ordonna promptement au Second qui avait remplacé Cocklyn de descendre dans l'Entrepont et d'envoyer en haut autant d'Hommes armés que possible. Puis nous écoutâmes, cependant que le Bruit de rames se rapprochait : « Hélez les Visiteurs ! » commanda-t-il alors au Lieutenant; ce que ce dernier fit dûment, s'enquérant selon la Coutume d'où venait le bateau et quelle était son Identité. Perçant le brouillard, la Réponse nous revint :

— Nous venons des Mers !

— Des Pirates ! s'écria Whitehead, car telle était la Réponse traditionnelle des Pirates, et il savait maintenant à quelle Sorte de Gens il s'adressait.

— Où sont les Hommes que j'ai mandés ? cria le Capitaine, penché vers l'Entrepont.

Mais, en bas, tout était Silence. Je tentai de percer du Regard le Brouillard, me demandant quel Sort nous attendait dans cette brumeuse obscurité. L'on n'entendait aucun Son, sauf le Bruit menaçant des rames battant l'eau. Je pensai aux Histoires de Pirates que j'avais lues; à la célèbre Habitude qu'avait Henry Morgan de hisser le cadavre décapité d'un de ses Ennemis à un bout de Vergue, tandis que la tête elle-même pendait horriblement à une Drisse goudronnée, nouée aux pieds du Mort; aux Récits pleins d'oreilles et de nez tranchés comme s'ils avaient été de beurre; aux Contes de Matelots débarqués sur une Ile déserte et barbouillés de miel avant d'être livrés aux fourmis; de Prisonniers rôtis vifs pour qu'ils avouent aux Pirates de Porto Bello la Cachette de leur Or... « Nous venons des Mers ! » — cette seule Phrase suffisait à glacer le sang ! O j'avais atrocement Peur !

— Où sont mes Hommes... ce Ramassis de Chiens et de Mutins ? hurla désespérément Whitehead.

Le Silence de l'Entrepont fut la seule Réponse qu'il reçut; sur quoi, tirant son Epée, il se dressa sur le Pont, comme s'il avait voulu défier en Duel le Monstre Brouillard. O je ne l'avais jamais vu en Proie à pareille Panique, dans l'Attente de son Destin, semblable à un Don Quichotte prêt à se battre avec des Fantômes de Brume.

— Descendez dans l'Entrepont, ordonna-t-il au Lieutenant. Et sommez les Hommes de monter !

— Oui-da, Monsieur, dit le Lieutenant, qui disparut à son tour.

Mais aucun Bruit de Rassemblement ne vint des Profondeurs du Navire. Finalement, au Comble du Désespoir, le Capitaine m'ordonna, à moi, d'aller chercher les Hommes, ce que j'étais presque sur le Point de faire quand les Echos s'élevant de l'eau me convainquirent que l'Ennemi était déjà là et montait à l'Abordage.

— Ouvrez le feu, Chiens de Mutins ! hurla Whitehead à son Equipage.

Les Pirates qui grimpaient à l'Assaut du Pont ne rencontrèrent pas la moindre Résistance en escaladant le Bord; et ce furent eux qui, prenant le Commandement de Whitehead comme s'il leur avait été destiné, firent feu dans l'instant, abattant le Capitaine d'une volée de Mousqueterie. Ils m'eussent abattue, moi aussi, si je n'avais plongé sur le Pont à temps.

— Faites chercher Dennison ! s'écria Whitehead, qui saignait.

Je me précipitai dans l'Entrepont, à la Recherche de mon Ami le Chirurgien, et vis, à mon Horreur, tous les Matelots vautrés à l'Aise et attendant le moment de devenir Pirates.

— La Vieille Bourrique est-elle morte ? demanda le Lieutenant.

— Dites à ces Gens que nous sommes leurs Hommes ! brailla le Second.

— Chaîne d'Or ou jambe de bois, nous les suivrons ! cria un autre Matelot.

— Vive la Vie courte, mais bonne ! s'exclama un autre.

— Le Capitaine est blessé, dis-je. Il a besoin du Chirurgien.

— Qu'il saigne à Mort, le Vieux Sapajou ! déclara le Lieutenant. Il n'en ferait pas moins pour nous.

— Allez-vous rester tranquillement là et laisser prendre le Navire ? demandai-je, incrédule.

— Avec un peu de Chance, sûrement ! répliqua le Second.

— Où est Dennison ? insistai-je.

— Il griffonne dans sa Cabine, répondit le Lieutenant. Et il est sourd au Monde entier.

A cet instant précis, nous nous retournâmes tous comme un seul Homme pour rester bouche bée devant le Parti de Pirates qui venait de monter à l'Abordage – ils étaient cinq – et qui sautait maintenant dans l'Entrepont, le Sabre haut levé et menaçant, et les Mousquets et Pistolets pointés, prêts à faire feu. A la Vue de ces Visages, je m'évanouis.

— Lancelot ! Horatio ! criai-je en m'affalant.

Chapitre XI

Qui renferme une meilleure Explication de la Propagation de la Piraterie qu'aucun Auteur, Ancien ou Moderne, n'en a jamais fourni; & où notre Héroïne découvrant, en Vérité, mais Tragiquement, que la plupart de ceux qui se disent Révolutionnaires ne le sont plus du tout sur le Chapitre des Femmes, & doit recourir à un Ingénieux Stratagème pour renverser ce Triste Etat de Choses.

C'ÉTAIT Lancelot — aussi sûr que cette Plume avec laquelle j'écris écorche le Papier — et c'était également Horatio, vêtu comme un Prince Pirate de Rêve; et avec eux il y avait trois autres Hommes à la peau d'Ébène : bref, tout un Parti de Potentats Pirates aussi farouches que l'on peut espérer en jamais apercevoir sur Terre ou sur Mer !

— Lancelot ! m'écriai-je, à cette Vision de mon ancien Amour (maintenant paré d'une longue barbe rousse nattée de rubans vert de Mer, mais toujours avec ses mêmes yeux d'aigue-marine au Regard un peu fou).

Cependant, Lancelot me contemplait d'un Oeil absent, comme s'il ne m'avait ni comprise ni reconnue. Tout comme lui, Horatio semblait stupéfait d'être appelé par son Nom. Il avait laissé pousser ses cheveux en une Jungle féroce, sur laquelle était perché un chapeau effrangé, galonné d'Argent terni. Comme le légendaire Barbe-Noire, il avait pris l'Habitude de ficher des Allumettes enflammées sous son couvre-chef, lesquelles flambaient en lui donnant, le temps que durait leur amorce, tout l'Aspect d'un Démon Infernal. Les autres Hommes

Noirs avaient le visage tailladé de Marques Tribales et les dents limées en pointe; leur peau était aussi sombre que la Nuit. Il était clair qu'ils étaient Africains, et non point d'anciens Esclaves des Iles du Sucre; et qu'ils étaient devenus Pirates très-allégrement. Éberlués qu'une Fille osât s'adresser à leur Capitaine et à leur Quartier-maître avec tant de Familiarité, ils me saisirent par les bras et me maintinrent solidement.

Un instant, je fus terrifiée. Rêvais-je ? Y avait-il jamais eu un Lancelot aux joues imberbes, un Horatio le Noir ? O j'avais l'Esprit brouillé par les Tourments de ce Voyage, par les Outrages de Whitehead, le Suicide de Susannah, l'Enlèvement de Belinda et tout ce que j'avais enduré ! Peut-être le Souvenir d'un Amour nommé Lancelot n'était-il que Fantôme de l'Esprit, né de la Lecture d'un Roman ou d'un Rêve nocturne. Peut-être Horatio n'était-il pas Horatio du tout — rien qu'une Noire Apparition. Mais, au Milieu de ces Pensées, mes lèvres se mirent à parler malgré moi : « *Segnius irritant Animos dismissa per Aures,* dirent-elles, citant Horace, *Quam quae sunt Oculis submissa fidelibus !* » (Ce qui, traduit en bonne et solide Langue Commune, signifie : « Ce que l'Oeil fidèle contemple aiguillonne plus l'Esprit que ce qu'il reçoit par l'Oreille. »)

— Par Jupiter ! s'exclama Horatio. C'est la belle Fanny ! Bien que la Fille soit tondue de tous ses cheveux, elle n'en a pas moins conservé Parole Latine d'Argent !

— Que je sois damné ! s'écria Lancelot. Je me refuse à reconnaître en cette Fille chauve ma Douce Fanny sous le seul Prétexte qu'elle babille dans ta satanée Cochonnerie de Latin ! Parle l'Anglais, la Fille ! Et d'où tiens-tu être Fanny Troussecottes la Belle ? Si jamais tu mens, je percerai ton Cœur félon, pour avoir volé en vain le Nom de mon Grand Amour !

Alors, je récitai le Serment de Robin des Bois, afin de prouver mon Identité au-delà de tout Doute et, dès que j'eus fini, mes Compagnons de bord s'écrièrent :

— Hourra ! Hourra ! Nous voulons bien faire Serment et devenir Pirates, nous aussi !

— Un instant, Drôles ! cria Lancelot. Pas si vite ! Tout le Monde ne peut s'allier aux Joyeux Compagnons... (Puis à moi :) Qui est le Ruffian qui t'a coupé les cheveux ? Car tu es pire à voir qu'un canard plumé ! C'est *La Boucle Dérobée* en Réalité, aussi vrai que je suis Robin des Bois réincarné !

— O Lancelot, Horatio ! Je suis si heureuse de vous revoir tous les deux !

Et, me libérant de ceux qui me retenaient encore, bien qu'ils eussent déjà fait un pas en arrière, je me précipitai dans les bras de mes Joyeux Compagnons et y tombai en pleurant.

— Le Navire d'abord, ma Belle, la Fête ensuite ! me dit Lancelot,

Car nous sommes ici pour ravir une Prise, non une Pudicité !

Et il glissa hors de mon Étreinte comme le Lancelot d'autrefois.

— Tuons le Capitaine ! cria, sur ce, le Second de *La Bonne-Espérance*.

— Le tuer serait bien trop bon pour lui ! hurla le Lieutenant.

— Ce qu'il mérite, c'est le Sort qu'il a infligé à Llewelyn !

— Qu'est-ce à dire ? Qu'est-ce là ? demanda Lancelot.

— O Lancelot, répondis-je, il y a tant à raconter ! Mon Bel Enfant a disparu, enlevé par une Méchante Nourrice. Et quant au Capitaine de ce Navire, non seulement il m'a coupé les cheveux, mais c'est un Monstre de Cruauté qui a infligé de tels tourments à tous ses Hommes comme à moi que, même pris de Folie, les Moines Papistes d'un Monastère Romain seraient incapables de rien de comparable. C'est un Tortionnaire, un Négrier, et un Amoureux de la canne souple. Il méprise les Femmes et la Race des Nègres et ne montre aucun Usage envers ses propres Matelots, qu'il traite comme de vulgaires bêtes de somme et jette à la Mer quand ils meurent de Maladie. O je pourrais détailler longtemps ses Cruautés ! Mais mieux vaut ne point nous attarder ici, car il risque de s'échapper si nous le laissons seul sur le Pont.

— Est-ce vrai, Compères ? demanda Lancelot à mes Compagnons de Voyage.

— Oui, c'est la Vérité ! La Vérité ! s'écrièrent-ils.

— La Fille ne ment pas, confirma le Second.

— Qu'on lui fasse faire le Saut de la Mort ! dit le Lieutenant.

— Qu'il passe à la Planche ! dit un autre Matelot.

— La Torture n'a jamais guéri les Tortionnaires ! s'écria Lancelot. Mais la Bonté, si.

— Nenni ! se récria le Second. Si vous faites Preuve de Bonté pour ce Misérable Chien, vous aurez à faire à moi et à mes Hommes !

— Nous refusons de devenir Pirates, si vous le traitez avec Bonté ! ajouta le Lieutenant.

Lancelot leva son Sabre d'Abordage, tant il était piqué au plus vif.

— Vous refusez ? dit-il. Vous refusez *quoi* ?

Il saisit le Lieutenant par la peau du cou.

— Il n'y a que les Ruffians et les Brigands de Sac et de Corde qui enrôlent de Force. Quiconque embarque avec moi, le fait par Amour de la Vraie Démocratie. Nous prêtons le Serment de Robin des Bois; nous signons le Covenant des Pirates, lequel est garant que nul ne prend la Mer contre sa Volonté ni n'aura l'Audace de régner en Roi sur aucun autre; et chaque Prise est mise aux voix. La Part de chacun est fixée selon le Code de nos Lois, et Malheur à qui l'enfreint ! Si, sachant cela, vous désirez prêter le Serment de Robin des Bois en toute Solennité et d'un Cœur sincère, nous mettrons le Capitaine de ce Navire aux Fers; ensuite nous voterons pour décider de son Sort, quand nous en aurons le temps. Si quelqu'un n'est pas d'Accord, qu'il le dise tout de suite !

Les Hommes de *La Bonne-Espérance* l'avaient écouté, saisis d'une Crainte respectueuse; comme tous ceux qui le rencontraient pour la première fois, ils étaient quelque peu éblouis par ses authentiques Dons d'Orateur et son infaillible Habileté à se rallier les Hommes. Un peu fol, il l'était peut-être; mais sa Présence même, sa Stature et le seul Son de sa voix inspiraient le Désir de le suivre jusqu'aux Confins de la Terre.

— Faisons Serment ! cria le Second.

— Oui, d'Accord, approuva le Lieutenant.

— Très bien, alors, dit Lancelot. Répétez le Serment après Madame Fanny.

Et il me fit réciter une fois de plus le Serment de Robin des Bois, avec grande Solennité (tel que je le répète ici pour le Lecteur et la Lectrice qui l'auraient peut-être oublié) :

Par l'Esprit de Robin des Bois je jure
De ne jamais voler que pour le Bien (déclamai-je)
Que je meure si cette Foi j'abjure :
D'aimer Justice Vraie plus que l'Or et les Biens.

A quoi les Hommes clamèrent en Écho leur Assentiment et leur Accord, en répétant le Serment, Vers après Vers.

— Alors, venez, Compagnons, dit Lancelot. Allons mettre le Capitaine aux Fers.

Sur quoi, il prit le Chemin du Pont en Compagnie d'Horatio et suivi de ses Pirates Noirs, derrière lesquels venaient les Officiers et les Matelots de *La Bonne-Espérance*, poussant des Acclamations de Joie.

Parvenus en haut, nous vîmes tout de suite que Whitehead s'était péniblement remis sur pied malgré la Gravité de ses Blessures. Il chancelait dans la Brume, sur le Gaillard d'Avant, étreignant son Pistolet d'une main tremblante.

En voyant la Horde hurlante et vociférante de Joie qui venait le quérir, il braqua son Pistolet sur Lancelot et, comme s'il avait encore été le Maître à bord, cria :

— Bienvenue sur ce Navire ! Si tu l'oses, prends-le et fais-en Bon Usage !

C'était là Paroles de Bravoure pour un Capitaine, mais qui tenaient plus de la Fanfaronnade que de la Férocité, car Whitehead titubait et sa voix vacillait comme celle d'un Vieil Homme. Horatio ne s'en élança pas moins aussitôt pour désarmer le Scélérat; en tant que Garde attitré de Lancelot, il ne pouvait courir le Risque de permettre à Whitehead de tirer.

— Etes-vous le Capitaine de *La Bonne-Espérance* ? demanda Lancelot, connaissant d'avance la Réponse.

— Je l'étais jusqu'à maintenant ! s'écria Whitehead, en grande Détresse.

Déjà, les trois Sauvages Noirs s'étaient précipités pour aider Horatio et entreprenaient de ligoter pieds et poings du Capitaine.

— Attachez-le au Grand Mât, ordonna Lancelot.

Les Pirates Noirs exécutèrent l'Ordre, cependant qu'Horatio prenait le Commandement des Hommes de *La Bonne-Espérance* pour leur faire tirer en l'air une Salve de Victoire. Les Compagnons de Lancelot n'étaient à bord que depuis quelques minutes, et déjà le Navire était à eux !

Mais il apparut bientôt que les Pirates du Bâtiment Commandant, entendant les coups de feu, en avaient conclu que leur Bien-aimé Lancelot était pris; et ils commencèrent à canonner *La Bonne-Espérance*, pour venger le Meurtre présumé de leur Maître et de son petit Groupe d'Abordage. Un terrible Tohu-bohu s'installa dès lors sur nos Ponts, cependant que le Navire Pirate attaquait bien inutilement sa Prise.

— Hissez le Joli Rouge ! s'écria Whitehead, maintenant incapable, en Raison de ses liens, de s'accroupir à notre Exemple pour éviter le Feu et qui était, de ce fait, terrifié à l'Idée d'être de nouveau touché.

— Qu'entends-je ? Chien de Poltron ! s'écria Lancelot. Aurais-tu Peur qu'un bon boulet ne t'expédie droit devant le Diable ?

— Ce ne serait rien, comparé à ce que nous te préparons ! hurla le Second de *La Bonne-Espérance*, en s'aplatissant sur le Pont pour éviter d'être balayé par ce qui ressemblait à un boulet de dix-huit.

Le projectile éclata dans un Bruit de Tonnerre sur le Pont, tout près de lui, et troua le bois aussi facilement que du Papier.

— Si tu étais avisé, tu demanderais à Dieu de t'emporter tout de suite ! cria le Lieutenant.

En un clin d'œil, Horatio tira de sa redingote un Drapeau Pirate plié serré et s'empressa de le déployer et de le hisser. C'était un Pavillon Rouge arborant un Terrible Squelette tenant un Sablier dans une main (pour montrer que la Proie n'a que peu de temps à vivre) et brandissant de l'autre un Sabre d'Abordage. Sous le Squelette, était inscrite cette Devise : « *A Deo a Libertate* » (Pour Dieu et pour la Liberté), afin de bien prouver à ceux qui approchaient les Navires de Lancelot qu'il n'était point un vulgaire Pirate Coupeur de Gorges, mais bien un Pirate de *Principe*.

Bien que le Pavillon ne tardât pas à flotter haut, le Bâtiment

Commandant n'en continua pas moins à faire feu de toutes ses Bouches dans l'Obscurité du Brouillard, et la vigoureuse canonnade ne cessa pas. Si, à cause de la Brume, il n'y avait eu autant de Bordées nous ratant que nous touchant, nous eussions sûrement été coulés !

— Ils ne peuvent voir notre Joli Rouge ! s'exclama Horatio. La Brume obscurcit tout, à part le Halo de nos Fanaux.

— Alors, envoie des Hommes héler le Bâtiment Commandant, dit Lancelot. Et fais vite !

— Garde pour toi tes Ordres, Homme Blanc ! répartit sèchement Horatio. Envoie les Hommes toi-même !

En toute Hâte délibérée, Lancelot dépêcha une Embarcation montée par les Pirates Noirs et le nouveau Quartier-maître de *La Bonne-Espérance*, avec Mission d'informer le Bâtiment Commandant que la Prise était faite, les Matelots transformés en Pirates et que tout allait bien. Ceux d'entre nous qui étaient demeurés à bord de *La Bonne-Espérance* se mirent à l'Abri des Plats-Bords en priant que l'Embarcation arrivât au Vaisseau battant Pavillon Pirate avant que les Hommes de Lancelot eussent entièrement détruit notre Gréement dans le Zèle excessif et erroné de leur Volonté de Vengeance.

Pour sa Part, Whitehead délirait de Rage sur le Pont, où les gros boulets de canon persistaient à le manquer.

— Ayez Pitié de mon Ame Pécheresse ! criait-il, abandonnant le Déisme de Raison pour se tourner vers un Dieu personnel, sinon déraisonnable, en cette heure de Profonde détresse. (O c'était Pitié, de l'entendre perdre ainsi ses Esprits ! Il montrait plus de Peur et de Poltronnerie qu'aucun Homme que j'eusse jamais vu. Dépouillé de sa canne souple, de ses Pistolets et de son Autorité de Capitaine, de grand Scélérat il rétrécissait dans la peau d'un Petit Garçon qui nous suppliait de lui accorder Miséricorde.)

Au Milieu de tout ce Branle-bas, la dernière Personne à qui je pensasse était Bartholomew Dennison, qui avait sans Doute continué à écrire dans sa Cabine, pendant que tous ces Événements se déroulaient sur le Pont. (Il n'y a qu'un Écrivain pour se montrer aussi oublieux d'une canonnade !) Et voilà qu'il montrait soudain son visage, alors même que les boulets pleuvaient. Debout sur l'échelle, le corps sortant à demi de l'Écoutille, le Reste encore engagé, il éleva son Arme en visant Lancelot.

— Descendez ! Descendez ! lui criai-je. Ces Hommes sont des Amis, et non des Ennemis !

Mais, encore tout hébété de ses Écritures et ne comprenant rien à ce qui se passait, Bartholomew arma son Pistolet et s'apprêta à faire feu.

— Ces Hommes sont des Amis ! répétai-je. Abaissez votre Pistolet !

Il me regarda, en Proie à la plus totale Confusion, les yeux papillonnants, comme quelqu'un que l'on vient de tirer du Sommeil. Sur quoi, Horatio, voyant son Lancelot adoré et détesté en Danger, n'attendit pas. Craignant de perdre son Capitaine et Amant, il ouvrit lui-même le feu sur Bartholomew.

— Arrête, arrête, Horatio ! m'écriai-je.

Trop tard ! Touché au ventre, Bartholomew tomba à la Renverse dans la Cambuse. Je courus immédiatement à lui sous la canonnade, pour voir en quel Péril il était. Il gisait sur le sol, sous le fourneau, contenant ses tripes, d'une main ensanglantée.

— Je suis mortellement blessé, Fanny, murmura-t-il. Je le sais.

— Chut, dis-je. Je vais vous bander le ventre. Ne parlez pas de Blessures Mortelles...

Mais, tandis que je m'efforçais de le bander avec un morceau de cotonnade arraché à ma jupe effrangée, je vis que c'était vrai : ses Entrailles béaient presque autant que celles de pauvre feu Cocklyn, et tout ce que je pus faire fut d'essayer de ne pas m'évanouir à cette Vue.

— J'eusse pu vous aimer toute une Vie, Fanny, me dit Bartholomew, si j'avais eu le Courage de me déclarer avant cette Blessure.

Je contemplai son doux visage angélique auréolé de cheveux d'Or, et pleurai. Était-ce seulement la Mort qui lui donnait l'Audace d'avouer son Amour ?

— J'eusse pu vous aimer aussi, dis-je. O mais je vous aime ! En Vérité !

Bartholomew tendit une faible main vers la mienne et, dans le moment où je la pressai, je sus qu'elle avait le Froid de la Mort.

— Je te lègue mon Livre, Fanny, mon Tendre Amour. Si tu retournes jamais à Londres, publie-le et dévoile tout, au Monde entier, du Commerce des Esclaves... (La voix lui manqua et il reprit son Souffle.) Le Verbe peut changer le Monde, dit-il. N'en doute point...

Sur ces Mots, il rendit le dernier Soupir. Je m'affalai sur son corps en pleurant, si secouée de sanglots et de larmes que je ne remarquai pas que le Bâtiment Commandant avait cessé le Feu et que l'Atmosphère était soudain calme.

Plusieurs petites Embarcations s'apprêtaient à aborder *La Bonne-Espérance*, cependant que des Pirates de tout poil envahissaient le Bord, à la Recherche de Rhum pour célébrer la Victoire. Les Musiciens commencèrent à jouer sur le Pont du Gaillard, en une rauque Cacophonie de Tambours et de Trompettes. Des pieds nus frappaient le sol au-dessus de ma tête, tandis que les Marins dansaient leurs Matelotes et leurs Gigues. Des Pirates dévalèrent en Troupe dans la Cale, cherchant Rhum et Brandy ; leurs Imprécations Obscènes emplissaient les airs. Nos provisions étaient presque épuisées ; il n'était donc pas Question de festoyer de Salmigondis — ce formidable Ragoût poivré, fait de toute Espèce de viandes et de poissons et que l'on mettait habituellement à cuire pour célébrer une Prise; mais les Hommes s'esbaudirent de Rhum, roulant des pièces de cet Alcool sur le Pont, pour les ouvrir aussitôt à la Hache d'Abordage, pendant que d'autres faisaient sauter le col des bouteilles de Brandy au Sabre, sans prendre la Peine de les déboucher. O combien peu ils se souciaient du verre brisé jonchant le Pont même sur lequel ils dansaient !

Quelle Débauche ce fut ! Les Matelots de *La Bonne-Espérance* s'y joignirent comme s'ils n'avaient jamais été frappés de Maladie. Et, pendant que la Danse roulait comme un Tonnerre partout au-dessus, je demeurai étendue, joue contre la joue morte de Bartholomew, pleurant tous mes Chers Amis défunts, tous ces Etres Beaux et Intelligents tombés et disparus. « Épargnez du moins ma Belinda, demandai-je à la Déesse des Cieux. Et Béni soit votre Nom, puisque vous m'avez réunie à mes Chers Joyeux Compagnons ! »

La vie est sans cesse Mélange de Douceur et d'Amertume ! Je ne retrouvais mon Lancelot avec Horatio que pour perdre Bartholomew ! Je n'avais perdu Susannah que pour récupérer Lancelot ! Mais Belinda ? Il me fallait la retrouver ou mourir. Sur ce Chapitre, je n'admettrais ni Barguignage ni Marchandage, même avec la Déesse Là-Haut !

La Musique sonnait et résonnait, les Pirates dansaient et buvaient, chantaient leurs Chants de Pirates et parcouraient la Grande Cabine et la Cale en Quête de Butin. Corail et barres de Fer furent amassés sur le Pont, ainsi que les barriques de suif et les cuveaux que Whitehead avait embarqués pour les troquer. Tous les Biens du Capitaine — sa Vaisselle, ses perruques, ses vêtements — furent jetés sur le monceau de Butin. Le collier que Cocklyn nous avait pris avant sa Mort — même cela, ils le trouvèrent et le lancèrent sur le tas — et aussi les Costumes avec lesquels j'ensorcelais Lord Bellars pendant ma Grossesse. C'était vraiment comme si l'on avait voulu étaler les Vestiges de mon Ancienne Vie sur ce Pont ! Je craignais pour le Livre de Bartholomew au Milieu de tout ce Pillage; Bijoux et Costumes, je pouvais bien les perdre, mais ce Livre était un Dépôt Sacré, Legs d'un Ami Défunt. Je courus jusqu'à la Cabine du Chirurgien, où je fouillai quelque temps avant de découvrir le Manuscrit, rudement jeté à terre au Milieu d'une grande mare de Rhum. (Les Pirates considèrent que les Livres ont peu de Valeur.) Je le ramassai et l'essuyai avec ma jupe, enveloppai le cuir détrempé dans une grossière chemise de Matelot, puis revins en courant sur le Pont.

Abruptement, la Musique s'interrompit, et Lancelot ordonna que les Hommes cessassent la Beuverie les Danses, les Chants et l'Accumulation de grands tas de Butin.

— Silence, Ruffians ! cria-t-il. Silence sur le Pont !

Les Hommes n'obéirent que lentement, titubant de-ci, de-là dans leur Ivresse. Après quelque Confusion, ils parvinrent à prendre Place, assis ou debout, parmi le verre brisé et le Rhum répandu. Étreignant le Livre de Bartholomew, je découvris un coin calme sur le Pont et m'y installai. Je reconnaissais quelques-uns des Joyeux Compagnons de naguère — Calotte, Sire Francis Bacon, Caveat l'Inquiet, et Louis le Lutin avec son visage balafré — mais la plupart des autres étaient des Inconnus, tant Noirs que Blancs. O Lancelot avait dû s'emparer de plus d'un Négrier, pour pouvoir libérer tant d'Ames Noires !

— Messieurs ! cria Lancelot. Nous avons fait Jolie Prise, avec *La Bonne-Espérance* ici présente, Brigantin Bon Coureur des Mers, si endommagé qu'il soit dans son Gréement par votre Fol Excès de Zèle à me défendre. Pourtant, je garantis qu'il fera bellement partie de notre Flotte, s'il n'a pas le Cul trop pourri. Son Capitaine est entre nos mains; ses Hommes se joindront à notre Bande; lorsqu'ils auront signé notre Covenant, nous partagerons tout le Butin. En conséquence, et étant donné que je ne voudrai jamais d'aucun Homme enrôlé de Force sur mes Navires, je vais maintenant vous lire les Articles Sacrés de notre Loi, pour être sûr de votre Accord. Qu'en dites-vous, Compagnons ?

— Pour ! Nous sommes pour ! crièrent les Nouveaux Pirates commes les Anciens.

— Vous devez jurer aussi de maintenir haut notre Drapeau, Compagnons, puisqu'il s'agit non pas du Pavillon Noir ordinaire des Pirates, uniquement destiné à frapper de Terreur les Proies, mais du Fier Emblème de notre Foi : « *A Deo a Libertate* » — Devise choisie par notre Excellent Quartier-maître et Savant Latiniste, Horatio le Farouche.

Là-dessus, il présenta aux Hommes Horatio au Terrible Visage, et mon vieil Ami se leva et s'inclina, en s'assurant bien de montrer les dents et de grimacer des plus férocement. (Comme beaucoup d'Esprits Livresques rêvant d'une Vie d'Action, Horatio se délectait de paraître plus terrifiant encore que Nature !)

— Apporte la Bible, dit Lancelot à son Farouche Ami.

De son gilet, Horatio tira une petite Bible in-8, reliée en maroquin noir, à tranche dorée, et présentant en Frontispice une Illustration de Jésus-Christ vêtu en Pirate, et avec le cheveu le plus rouge et les yeux les plus verts du Monde, tout comme Lancelot ! (O certes je ne pouvais rien voir de ma Place assise, mais, par la Suite, je devais avoir tout Loisir de contempler ce curieux Objet.)

— Et maintenant, le Covenant, dit Lancelot en sortant de sa propre redingote un Rouleau de Parchemin froissé. Écoutez bien !

Il déroula cérémonieusement l'Objet; et les Hommes, tout saouls qu'ils étaient pour la plupart, n'en essayèrent pas moins de prêter Attention à Lancelot.

— Article I, lut-il. Tous les Hommes auront Également Voix quant aux Affaires Courantes.. (A ces Mots, les Hommes acclamèrent bruyamment. Lancelot poursuivit :) Chaque Homme aura Titre Égal aux Provisions Fraîches ou aux Liqueurs Fortes, où qu'elles aient été saisies, et en usera selon son Bon Plaisir, à moins que la Pénurie n'oblige, pour le Bien Commun, que Restriction soit votée...

Les Hommes acclamèrent plus bruyamment encore cet Article, car le Rhum a toujours beaucoup plus d'Importance que le Vote.

— Article II. Chaque Homme aura son Tour, en toute Justice, sur la Liste des Prises à son Bord; car, en sus de sa Part Personnelle, il lui sera attribué des vêtements de Rechange. Mais s'il fraude la Compagnie, même de la Valeur d'un Peso Espagnol, que ce soit en Vaisselle, en Bijoux ou en Argent, il sera sans Pitié abandonné sur une Ile Déserte...

Ici, les Hommes, de Terreur, retinrent leur Souffle; car ce Banissement était le Cauchemar de tout Pirate.

— Et si un Homme en vole un autre, il aura le nez et les oreilles tranchées et sera débarqué sur un Rivage où il sera sûr de rencontrer les Pires Traverses...

Un souffle retenu d'Horreur courut parmi les Hommes ivres; mais Lancelot poursuivit, sur un Ton plus Théâtral que notre Grand Acteur M. Garrick déclamant Shakespeare :

— Article III. Le Capitaine recevra deux Parts Entières; le Quartier-maître, une et demie; le Chirurgien, le Canonnier, le Maître d'Équipage et l'Officier de Navigation, une et quart. Le premier à signaler une Proie aura Droit de choisir parmi les Armes de la Prise. Le premier à prendre pied sur le Pont aura Double Part de Butin.

— Hourra ! hurla l'Assistance.

— Article IV. Nul ne jouera pour de l'Argent, tant aux Dés qu'aux Cartes...

Les Hommes gémirent très-haut, mais semblèrent se résigner.

— Article V. Les lampes et chandelles devront être soufflées à huit heures du soir; et si quelqu'un désire boire, passé cette heure, il devra s'asseoir en plein air sur le Pont sans Lumière, afin d'éviter le Danger d'Incendie en Mer.

— Oui-da, c'est une bonne Règle, murmura à côté de moi un Matelot à son Compagnon.

— Article VI. Tout Homme devra tenir son Mousquet, son Sabre d'Abordage et ses Pistolets propres et prêts à servir à tout moment; et quiconque prendra l'Arme d'un autre aura le nez tranché.

— Bravo, bravo ! crièrent les Matelots.

– Article VII. Celui qui déserte le Navire ou son Poste, à l'heure de la Bataille, sera puni de Mort ou de Bannissement; car nous ne pouvons tolérer la Couardise à bord de nos Vaisseaux; et les Couards seront pendus à une Vergue jusqu'à ce que ce Mort s'ensuive, ou bannis et débarqués en un Lieu où ils seront sûrs de mourir de Faim !

Le Silence et des Regards graves accueillirent cette Règle.

– Article VIII. Si un Homme emmène une Femme en Mer, sous un Déguisement ou de toute autre Façon, il sera condamné à Mort...

A ces Mots, mon sang se mit à bouillir de Fureur devant ce Signe que le vieux Lancelot n'était toujours pas mort — car n'était-il pas censé fonder une vraie « Déocratie », où Hommes et Femmes seraient entièrement égaux ? Hélas ! La plupart des Révolutionnaires oublient leur Révolution dès lors qu'il est Question des Femmes. Toutefois, pour l'heure, je retins ma Langue.

– Article IX. Nul ne frappera l'un de ses Compagnons à bord; mais toute Querelle d'Hommes se videra à terre, au Sabre ou au Pistolet, et de la Manière suivante : au Commandement du Quartier-maître, chacun des deux Adversaires, après qu'on les aura placés dos à dos, se retournera et fera feu immédiatement. Si l'un d'eux y manque, le Quartier-maître lui fera sauter l'Arme du poing. Si tous deux ratent leur Cible, ils prendront le Sabre, et celui qui aura tiré le Premier Sang sera déclaré Vainqueur...

Cet Article fut accueilli par de calmes Hochements de tête, car il était assez commun parmi les Pirates de fixer les Moyens de vider les Querelles de Façon à ne pas entraîner l'Équipage entier dans une Mêlée Générale.

– Article X. Les Musiciens n'auront de Repos que le seul jour du Sabbat, de Droit. Et tous autres jours, par Faveur seulement.

A ces Paroles, les Tambours firent un Grand Roulement, et il y eut quelques Vivats.

– Article XI. Nul Homme ne pourra parler de rompre avec son Mode de Vie, tant qu'il n'aura pas amassé une Part d'une Valeur d'un Millier de Livres en Vaisselle Plate, Bijoux ou Argent. Celui qui aura l'Infortune de perdre un Membre pendant le temps de son Engagement, percevra une Somme de huit cent Pesos sur la Cassette Commune pour une Jambe; de six cents Pesos pour un Bras; de cinq cents Pesos pour un œil, de quatre cents Pesos pour une Main, et ainsi de suite à Proportion de la Gravité de la Blessure. De même, si quelque Membre Artificiel figure parmi le Butin, il sera attribué selon la Stricte Nécessité. En outre tout Homme inapte à la Bataille — en Raison de la Nature de ses Blessures — se verra attribuer le Poste de Coq pour le Reste du Voyage, et recevra une demi-Part de tout le Butin pris. S'il y a plus d'un Coq à bord, les autres invalides serviront en Qualité de

Voiliers, de Charpentiers ou d'autres Spécialités, selon leur Qualification. S'ils n'en ont aucune, il leur sera *malgré tout* donné les Moyens de vivre jusqu'à Conclusion du Voyage en Cours.

Les Hommes de *La Bonne-Espérance* semblaient étonnés par cette Clause, car ils avaient l'Habitude, comme la plupart des Hommes de Mer ordinaires, de recevoir les Traitements les plus barbares, tant en Cas de Maladie que de Bonne Santé.

— Article XII. Nul Homme ne reprochera à un autre la Couleur de sa Peau; et Noirs et Blancs vivront en Frères...

Ici, les Joyeux Compagnons applaudirent; mais les Matelots de *La Bonne-Espérance* avaient l'Air un peu éberlué, n'ayant jamais entendu proclamer ni édicter pareille Égalité auparavant.

— De plus, poursuivit Lancelot, lorsque nous aurons trouvé le Havre convenable — que ce soit aux Indes Occidentales, en Amérique du Nord ou à Madagascar — nous le nommerons *Libertalia*, en Harmonie avec notre Foi en la Liberté et en la Justice. Ce moment venu, il sera procédé à un Vote, et ceux qui ne désireront pas se joindre à notre Grande « Déocratie » seront pourvus d'un Vaisseau pour parcourir les Mers et pourront poursuivre une Vie de Piraterie selon leur Bon Gré...

Lancelot se ménagea une Interruption dramatique; les Hommes applaudirent de nouveau.

— Y a-t-il des Questions avant le Serment ? demanda-t-il.

Je vis des Matelots chuchoter entre eux; mais nulle main ne s'éleva. Le Covenant allait bien au-delà des Rêves les plus fous d'un vulgaire Matelot. En des temps où la plupart des Marins ne pouvaient guère espérer obtenir plus de douze Livres Sterling pour toute une année de Labeur misérable, un Millier de Livres leur paraissait être une Fortune de Mogol Indien — et, de fait, ce l'était. Hé quoi ! même le Gouverneur de la Compagnie des Indes Orientales ne gagnait pas plus de trois cents Livres par an.

— Quelqu'un a-t-il une Question à poser ? demanda de nouveau Lancelot.

Silence complet sur le Pont.

— Aucun Homme n'a de Question à poser ? répéta-t-il.

— Aucun Homme, peut-être ! m'écriai-je en me levant d'un Bond. Mais une Femme, si !

Et je me dressai, tremblante de Colère, serrant contre moi le Manuscrit de Bartholomew. Mes vêtements étaient déchirés et tachés de sang et, avec ma tête tondue, mes pieds nus, mes joues noircies par la poudre, je n'avais guère l'Air d'une Femme, et encore moins de la Belle Fanny de naguère; mais, au fond du Cœur, j'appartenais toujours autant, sinon plus, à mon Sexe.

— Votre Covenant !... dis-je, frémissante de Rage et de Crainte à la fois (comme toute Femme qui ferait Face, seule, à deux cents Hommes). Votre Covenant ne contient aucune Disposition concernant les Femelles de l'Espèce !

L'Assistance se retourna comme un seul Homme pour me regarder. Certains se mirent à brocarder, d'autres, à écarquiller seulement les yeux comme devant une Apparition d'Outre-Monde. Était-ce vraiment une Femme ou quelque Va-nu-pied n'appartenant à aucun Sexe en particulier, mais se prétendant du *Beau* Sexe ? Par ma Foi ! les brocards ne firent qu'attiser ma Fureur et je puisai une Force secrète à une Source dont j'ignorais le Nom.

— Soit, riez de moi ! criai-je. Je m'en moque ! Mais quelle Sorte de Démocratie est-ce là, où Blancs et Noirs peuvent vivre en Frères, mais où nulle Allusion n'est faite aux Femmes dans votre Covenant, sauf comme à Motif de Condamnation à Mort ? Oui, quelle est cette Démocratie, où le Sexe qui vous donna le Souffle de Vie et vous combla d'Amour Maternel n'a ni Droit ni Privilège ? Et où les Hommes veulent fonder une grande et glorieuse Nation, mais traitent l'autre Moitié de la Race Humaine comme si elle était faite de Proscrites et de Parias ?

Éblouie par le Pouvoir d'Éloquence que me donnait la Déesse, je m'échauffai à mon Sujet et repris, plus dramatiquement encore :

— Sans nous, plus de Pirates, ni de Navires Pirates, ni de Riches Proies sur Mer, ni de Capitaines à capturer, d'Officiers de Navigation pour faire déferler les Voiles, de Canonniers pour servir les Pièces, de Coqs pour mijoter les Ragoûts, de Charpentiers pour faire et réparer les Mâts, de Voiliers pour recoudre la Toile, de Tambours pour vous égayer, de Quartiers-maîtres pour compter les Parts de Butin ! Passez-vous de Femmes, et où recruterez-vous des Compagnons pour combler les Vides de vos Rangs ? Vous emparerez-vous de Femmes pour en user comme de Poulinières et les jeter ensuite aux requins ? Ferez-vous Prisonniers des Enfants pour les donner en Pâture à la Mitraille ? Toute l'Histoire du Monde est pleine de cet État de Choses et n'allez pas me dire que c'est cela la Démocratie ! Non, si vraiment vous croyez à votre Devise « *A Deo a Libertate !* » et si votre Volonté est bien de fonder une *Libertalia*, d'Esprit comme de Nom, alors il vous faut honorer la Mère à l'égal du Père et accorder à l'autre Sexe la Place qu'il mérite, tant dans votre Cœur que dans votre Covenant...

Il y eut de nouveaux Brocards, tandis qu'une autre Partie de l'Assistance échangeait des Regards stupéfaits et désorientés, tant ce Discours déroutait.

— La Fille est folle ! s'écria le Second de *La Bonne-Espérance* (celui-là même qui devait sa Position à la Mort de M. Cocklyn). Jamais je ne signerai un Covenant où il serait fait Mention de ces Créatures du Diable !

— Ni moi ! approuva le Lieutenant.

— Bien dit ! Bien dit ! crièrent des Hommes de *La Bonne-Espérance* Femmes à bord font Navire Maudit !

— Si j'apporte Malédiction, ripostai-je furieusement, alors comment se fait-il que vous soyez délivrés du Maître le plus cruel que vous ayez jamais connu ? Oui, comment se fait-il que Whitehead le Scélérat soit à cette heure ligoté au Grand Mât ? Suis-je Malédiction, moi qui vous ai permis de trouver votre Lancelot pour vous conduire à la Liberté et à la *Libertalia* ? Autant vous prévenir, mes Gaillards : disposez de moi, et vos Vaisseaux périront aussi vrai que vous me voyez devant vous. De même que votre Fortune a déjà changé, il se peut qu'elle tourne de nouveau; car le seul Trait constant de la Nature est son Inconstance...

Où je prenais cette Éloquence combative, je ne sais, bien que souvent, dans nos Accès de Rage, nous vidions notre Cœur plus aisément qu'aux heures de Tranquillité. Soudain, j'étais saisie d'une Force de Conviction qui eût fait pâlir d'Envie Athéné en Personne, et Diane sauter furieusement sur son Cerf et s'élancer sur un des Rayons que la Lune s'empresse de dérouler pour elle.

— O vous tous, Matelots et Artistes de la Mer, Artisans ou Fils d'Apollon... (Ce disant, je me tournai vers les rudes Tambours et Musiciens, pour les flatter)... n'allez pas conclure de ce dernier Succès que la Fortune vous sera toujours favorable ! Elle ne vous accordera pas chaque fois la Protection d'un Lancelot et de ses Joyeux Compagnons; elle ne vous suivra pas forcément avec la même Fidélité à travers les Flots périlleux. Ne l'oubliez pas : le Soleil, s'il se lève pour atteindre à son Apogée de Midi, ne restera pas au Sommet de sa Course; tout de Suite il décline. Voyez-y une Admonestation à réfléchir aux constantes Révolutions de la Roue de Fortune, dans nos Affaires Sublunaires; car plus grande sera votre Gloire, plus près vous serez de votre Chute ! Toutes nos Observations de la Nature nous enseignent que la Vie n'est que Mouvement continuel. Sitôt la Mer vient-elle lécher la Plage, qu'elle se retire. A peine l'arbre a-t-il fleuri, que les pétales meurent. Et le temps pour la Mère de s'épanouir dans son Enfant, déjà celui-ci se détache d'elle, déjà elle-même se flétrit. Toute herbe, tout arbuste et jusqu'à notre propre Corps nous disent que Stabilité et Solidité ne sont pas de ce Monde. Les Durées passent, indifférentes à nos Protestations, et toutes nos Ressources ne tardent pas à tarir et à se faner. Je vous le dis : disposez de moi, ravalez la Femme dans votre Covenant, et les Puissances qui ont fait votre Rédemption vous abandonneront une fois de plus; vous retomberez aux mains d'un Maître encore plus cruel que votre Capitaine Whitehead !

Des Murmures commençaient à se former parmi les Matelots Principes et Justice étaient bien égal à la plupart d'entre eux; mais les

Gens de Mer, je l'ai dit, sont fort superstitieux et j'avais habilement tablé sur ce Trait de Caractère. O je me gardai de toute Allusion à la Déesse comme Source de leur Salut (bien que j'en fusse certaine); ils eussent été capables de me brûler en tant que Sorcière. Mais ma Rhétorique les remuait dans leurs os, à partir du moment où je semais dans leur Cœur et leur Esprit la Crainte de la Superstition. Et beaucoup en venaient à juger que c'était moi, et moi seule, la Mascotte et la Figure de Proue de leur Bonne Fortune. (Tant il est souvent vrai, Belinda, que, si les Hommes rêvent de se soumettre les Femmes en général, il leur arrivera d'en hisser une en particulier sur le Pavois, pour d'autant mieux asservir la Foule des autres !)

Lancelot, pour sa Part, restait stupéfait de mes nouvelles Facultés Oratoires, si différentes des siennes. Au fond de lui-même il ne pouvait pas ne pas se rappeler la Promesse faite dans sa fameuse Lettre qui avait scellé mon Destin avec la Scélératesse de Kate. Il ne pouvait manquer non plus de voir que j'avais réveillé Doute et Superstition chez ses Hommes, et qu'il était de son Devoir de Chef d'apaiser leur Inquiétude.

— La Belle a Raison ! déclara-t-il à son tour à l'Assemblée des Matelots. Chaque Navire n'a-t-il pas sa Figure de Proue ? Comme chaque Femme sa Mère ? Je dis, moi, que nous désignons Madame Fanny comme la Mascotte de notre Flottille Pirate. Honneur et Respect à elle comme à notre Douce Mère à tous !

— Peuh ! protesta le Second. N'est pas un Vrai Pirate, qui admet Femmes à son Bord !

— Bien au contraire, Compagnons ! répliqua Lancelot, s'échauffant lui aussi à son Propos. N'avez-vous donc jamais ouï dire de Mary Reed et d'Annie Bonny ? Pareille Paire de farouches Sorcières d'Enfer n'a jamais sillonné les Sept Mers, et leur Bravoure valait bien celle de la plupart des Hommes. Il est vrai qu'Annie Bonny était Fille d'Irlande, non d'Angleterre, et élevée sur la terre Américaine, aussi, ce qui explique peut-être la Férocité bien connue de ses Humeurs. Du Diable si elle ne leva pas le couteau un jour sur un Gaillard qui voulait la violer, et si elle ne le terrifia pas autant que l'eût fait l'un d'entre nous ! Quand *elle* courait l'Océan Atlantique, ce n'était pas Malédiction que d'avoir Femme Pirate à bord. De vrai, Compagnons, c'était même Chance assurée ! Las ! elle était plus brave que sage, notre Annie : elle épousa un Chien et un Capon, comme tant de Vaillantes Filles. Et quand son Époux volage, Jim Bonny, devint le Délateur des Pirates de New Providence, elle s'enfuit avec Jack Rachkam, le Roi Pirate, et sillonna les Mers en sa Compagnie, pour changer. Elle était plus intelligente que bien de nos Pirates Mâles et fut, tout un temps de Gloire, le Fléau des Bahamas. Bien des Pirates m'ont parlé de « la Bonny-Salope »; mais pas un de ceux qui l'avaient vue ne manquait de rendre Hommage à son Courage. Et de même son Amie la plus chère, la célèbre Mary Read, qui avait combattu dans les Flandres déguisée en Homme. Ensemble, elles furent la Terreur des Caraïbes; et personne, là-bas, n'oserait rire aujourd'hui des Femmes Pirates.

— Alors, que la Fille apprenne à se battre, si elle doit faire Voile avec nous ! lança le Second de *La Bonne-Espérance*.

— Oui-da, oui-da ! s'écrièrent des Matelots.

— Ce n'est que Justice, dis-je. Je ne veux pas de Privilèges que je n'aie mérités. Si vous donnez Place à la Femme dans votre Covenant, j'apprendrai à me battre au Sabre d'Abordage et au Pistolet, comme un Homme.

— Amendons le Covenant ! s'écria Horatio, car il avait toujours eu un gros Faible pour moi et n'aurait pu supporter de nous voir de nouveau séparés.

— J'apposerai un Astérisque, s'écria à son Tour Lancelot, pour signifier que, partout où apparaît le mot « Homme », « Femme » aussi sera sous-entendu ! (O ce n'était pas idéal, je le savais, mais cela suffirait pour l'instant.)

— Et supprimez l'Article VIII ! protestai-je. Sans quoi, je n'embarque pas !

Car je voulais bien être damnée si je partais sur un Navire où aurait Cours une telle Règle sur la Présence de Femmes.

— Tu n'es pas tendre en Marchandage, la Belle, dit Lancelot.

— Si j'étais dure, répliquai-je, je t'obligerais à changer ton Parchemin en entier, pour qu'on y lise « Femme » à chaque Article... avec un Astérisque précisant que « Femme » inclut aussi « Homme ».

Les Hommes rirent nerveusement, comme si j'avais plaisanté; mais j'étais mortellement sérieuse.

— Très bien, alors, dit Lancelot. Aucune Femme ne naviguera avec nous en Qualité de Putain Privée ou de Mascotte — seulement comme Membre du Détachement de Combat !

— Hourra ! Hourra ! crièrent les Hommes.

Ainsi les Articles furent-ils amendés et les Hommes prêtèrent-ils Serment, en même temps que je devenais moi-même Pirate.

Chapitre XII

Qui contient divers Dialogues entre Lancelot, Horatio & notre Héroïne, au cours desquels l'Histoire va à Rebours; & où nous apprenons ce que ces Gentlemen faisaient pendant que la Reine de notre Récit approfondissait son Éducation et multipliait ses Aventures; à quoi s'ajoute un Bref Historique de la Flibuste, à l'Usage des Lectrices & Lecteurs enclins à accroître les Clartés de leur Esprit, aussi bien qu'à cultiver leur Divertissement.

Ainsi réunie sur les Mers avec Lancelot, et ayant juré de combattre aussi farouchement que n'importe quel Pirate — dès lors que je saurais manier le Sabre d'Abordage — mon unique Pensée était maintenant d'enrôler Lancelot dans la Quête pour retrouver mon Bel Enfant. Au vrai, j'eusse été prête à jurer que la Mer était rose, et le Ciel, vert, si cela m'eût rapprochée d'un pouce de Belinda.

Après la Lecture du Covenant et la Prestation du Serment, les Festivités avaient repris sur le Pont, et, Lancelot et moi, nous pûmes nous esquiver dans la Grande Cabine pour parler un peu plus en privé. Horatio resta pour monter la Garde sur le Grand Monceau de Butin, car, en tant que Quartier-maître, sa tâche était de veiller à ce qu'aucun Homme ne reçût plus que sa Quote-part.

Au Début, Lancelot et moi, nous nous retrouvâmes assis face à face, à nous regarder bêtement, sans trop savoir que dire. Cela faisait presque un an que nous ne nous étions vus, et ô combien d'Événements Mémorables étaient survenus ! Tant de Pensées se bousculaient

dans mon Esprit — les Amis perdus, la demi-Trahison de Lancelot par
Rapport à sa Promesse de créer une vraie « Déocratie », sans compter
tout ce que j'avais enduré avec Whitehead, et ma propre Métamor-
phose de Fille en Mère ! Puis, fort abruptement, Lancelot parla :

— Tu n'étais pas au Rendez-vous pour t'embarquer avec moi,
comme tu l'avais juré, dit-il. Toi, la première Fille en qui j'eusse
Confiance, tu as failli, la Belle...

Soudain, je compris pourquoi Lancelot m'avait montré tant
d'Humeur ; me faire Foi lui était devenu difficile ; il m'avait ouvert
tout son Cœur dans sa Lettre, et je n'étais pas venue !

— O Lancelot, dis-je, j'eusse donné mon bras droit pour être là
— mon bras-tribord, comme disent les vieux Matelots — mais j'en ai
été empêchée par la Jalousie d'une de mes Compagnes, au Bordel où
je gagnais mon Pain. Ne doute pas de ma Loyauté, car j'étais enfermée
à clé dans ma Chambre quand Calotte vint me chercher, et je ne
l'appelai que trop en vain de mes Cris. Si seulement tu savais comme
j'ai tenté de m'échapper, et comme je me suis blessée en m'y efforçant ! Je ne t'aurais jamais trahi de mon plein Gré, je le jure sur la
Vie de Belinda...

— Belinda ? Serait-ce donc que tu n'as pas eu le Fils que tu
devais nommer Lancelot ?

Je le regardai et souris. Ah ! Vanité, ton Nom est Homme...
Mais je retins la Raillerie et les Traits que brûlaient de décocher mes
lèvres sur le moment.

— Pour l'Amour de toi, Lancelot, j'aurais tant voulu que l'Enfant
fût non seulement tien, mais un Garçon qui devînt Lancelot II...
Hélas ! pour ma Part, le Sort a voulu que je donnasse le Jour à une
Fille.

Lancelot me dévisagea d'un Air intrigué.

— Et comment, je te prie, cela se fait-il ?

— Parce que c'est seulement lorsqu'une Femme donne le Jour à
une Fille qu'elle passe à travers le Miroir pour entreprendre le long
Voyage de sa Destinée et voir le Monde avec les Yeux de sa propre
Mère. *Etre* une Fille n'est que la Moitié de cette Destinée ; en mettre soi-
même une au Monde est l'autre Moitié. Et notre Vision en est tout à
coup changée, de Fond en Comble ; notre Fureur contre le Sort, nos
sombres Dénonciations du Destin, nos Rages même contre notre Sexe...
le Fait de donner le Jour à une Fille adoucit toutes ces Apretés.

Mais il ne comprenait pas, je le voyais bien. Cependant il ne
disputa pas. Je repris :

— Il faut que je retrouve Belinda, et tu dois m'y aider.

— Et pourquoi devrais-je faire tout ce que tu dis ?

— Parce que tu m'aimes, Lancelot, et que nos Destins sont étroitement mêlés. Parce que ton Tendre Cœur ne permettra pas qu'un

Petit Enfant périsse dans ces Abîmes. Mais surtout parce que jamais tu ne fonderas une vraie Déocratie sans moi. La Passion n'est pas ce qui te manque, et peut-être as-tu vu Dieu comme tu le proclames, mais tu te laisses emporter trop vite et trop loin par tes ailes et, sans la Retenue d'une main de Femme, tes Rêves sombreront dans les Mers. Ces Hommes sont des Ruffians et des Négriers, pour la plupart ; ils te suivront pour l'Espoir du Gain, non pour les Principes. S'ils n'ont pas de coffre bourré d'Or à montrer pour leur Peine, ils auront tôt fait de te tuer. Les Joyeux Compagnons de naguère sont inférieurs en Nombre, ici. La Passion seule ne suffit plus, à présent : tu as Besoin de Raison, aussi.

— Et crois-tu que je vais permettre à une Fille de m'expliquer ce que c'est que Raison ? Par Jupin ! Ce n'est pas une Femme qui dictera à Robin des Bois ce qu'il doit faire.

— Lancelot, Lancelot, mon Amour, dis-je, il se peut que je sois en haillons et en loques et que l'on ait tondu ma toison ; mais je ne suis plus seulement la Fille de naguère, toute à ta Dévotion. Je suis Femme, aujourd'hui, Lancelot, et plus avisée que je ne le souhaite à ma propre Fille lorsqu'elle n'aura elle-même que dix-neuf ans. En Vérité, tout ce que j'ai vécu te ferait dresser les cheveux sur la tête, s'il me plaisait de te le dire.

— Je t'en prie, Madame Fanny, raconte ; je suis tout Ouïe.

— Pas maintenant... Un jour... Pour l'heure, il nous faut poursuivre et retrouver Belinda. Permettrais-tu que le seul Enfant qu'aura peut-être jamais pu porter ton Aimée trouve la Mort dans l'Onde Amère ? Ah ! Lancelot, toi dont le Tendre Cœur fond devant la Souffrance des Esclaves et des Prisonniers pour Dettes... imagine un Bébé rose, encore humide des Eaux Maternelles, enlevé par une Méchante Nourrice dont tout l'Art est de lier de bandelettes les frêles petits membres et de gifler ce petit visage pour chasser ce que la vieille Gorgone qualifie de Péché Originel ! Hé quoi ! si tu crois en la Liberté et en la Bonté d'une Ame nouvelle-née, il faut que tu fasses tout ce qui est en ton Pouvoir pour m'aider à reprendre Belinda !

A la seule Pensée de Belinda, je me mis à pleurer fort piteusement et le Ventre me fit Mal comme à la Première Séparation. Elle faisait Partie de moi, toute détachée et loin qu'elle était, à présent. Elle m'était proche comme un de mes propres Membres et pourtant si lointaine ; protégée au fond de mon Cœur, et néanmoins à des miles et des miles en Mer, et sans qu'il fût en mon Pouvoir de la défendre. O le Chagrin d'une Mère à qui son Doux Enfant est arraché ! Soudain, et sans savoir pourquoi j'agissais ainsi, je relevai mes cottes déchirées et effrangées et dénudai ma Cicatrice devant Lancelot. Elle était rouge et froncée comme un Nouveau-né, et pleine de Colère, comme si la peau même s'était irritée de toutes les Cruautés du Monde.

— Vois ! m'écriai-je. J'ai donné le Jour à cet Enfant au Prix de ma Vie; si je le perds maintenant, plus rien n'aura de Sens pour moi !

Lancelot contemplait la Blessure, tout interdit. Il était partagé entre la Révulsion et la Pitié — lui chez qui la Peur du Beau Sexe le disputait à un Attrait secret. Ses yeux verts étaient tout grands et fixes; sa barbe même semblait flamboyer. Il ploya le genou et posa les lèvres sur la Cicatrice.

— O permets-moi d'effacer ta Douleur sous mes baisers ! s'écria-t-il en laissant courir ses lèvres du haut en bas de l'horrible Bourrelet.

Sa barbe me chatouillait, mais mon Cœur n'en était pas moins totalement bouleversé, tant je savais combien ce Geste lui était plus difficile qu'à aucun autre, et cela me mit le sang en Mouvement. Moi qui pensais que le Pouvoir du Désir s'était éteint en moi avec la Naissance de l'Enfant et qu'il avait été tué doublement et triplement par les Outrages de Whitehead, à tel Point que l'Acte Charnel d'Amour en était venu à me dégoûter encore plus que la Torture ou le Meurtre, voilà que je n'en ressentais pas moins, une fois de plus, le Doux Frémissement du Désir, telle la Montée de la Sève au Printemps. Si Lancelot me fait l'Amour, pensais-je, je serai totalement sienne. Et aussi sûr que j'étais debout, là, les mains de Lancelot parcouraient mes cuisses; ses doigts se mettaient à toupillonner les vrilles de ma tendre Vigne Féminine, cependant que sa Langue dansait le long de la Cicatrice, en apaisant l'Irritation et en adoucissant l'Amertume. O j'étais émue plus que je ne saurais le dire, à la Vue de ce Visage tendrement penché sur mon ventre, comme si Lancelot, la Forte Tête, s'était senti tout humble devant les Mystères de la Naissance. Je jure que nous paraissions prêts à tomber tous deux dans un Rêve de Passion, dans cette même Cabine où Whitehead m'avait si souvent assaillie de sa Luxure répugnante. Et Lancelot, l'Amoureux des Jeunes Garçons et des Hommes, était sur le Point de se convertir à l'Amour des Femmes, à jamais !...

Hélas ! ce ne devait pas être. A l'instant précis où son Honorable Membre se redressait comme Sceptre de Justice et se montrait tout désireux d'être admis au Jardin des Délices (ce dont il se moquait, auparavant), Horatio fit irruption en courant et en criant :

— Lancelot ! Lancelot ! Les Hommes fouettent Whitehead, sans même qu'il y ait eu Procès en Règle ni Vote !

Sur quoi, mesurant Soudain notre Situation, il bondit sur Lancelot et le saisit par la peau du cou en le traitant de tous les Noms que l'on peut donner au Porc et au Chien et en tempêtant.

— Tu n'auras pas Fanny, tant que je vivrai et respirerai, sinon elle sera à moi aussi !

Puis il empoigna Lancelot par la barbe et l'arracha de mon corps qui criait Famine, le traînant très-violemment hors de la Grande

Cabine et tout le long de l'échelle menant au Pont.

— Et moi, suis-je le Capitaine de cette Flotte, oui ou non ? Espèce de Chien Galeux, Tyran Noir ! Lâche-moi, Traître !...

Tout en hurlant de la Sorte, Lancelot refermait ses braies béantes. Je soupirai profondément en le voyant me fausser ainsi Compagnie. Trouverais-je jamais l'Amour, ou ne serais-je éternellement qu'un des Sommets d'un Triangle ? O peut-être parviendrais-je à briser la Répulsion de Lancelot pour le Beau Sexe, mais qu'adviendrait-il alors de la Jalousie d'Horatio pour lui ? Comment réussirions-nous à accorder notre Étrange Menuet ? C'était là Problème épineux; mais je n'eus guère Loisir d'y réfléchir, car on entendait sur le Pont de tels Glapissements et Vociférations que l'on eût dit les Échos de l'Enfer même. A mon tour, je remontai en courant. Je trouvai un Pandémonium de Pirates et, au Milieu du tout, Whitehead entièrement nu et ligoté au Mât de Misaine, et non point au Grand Mât, le dos réduit à un pitoyable Gâchis de chairs éclatées et de sang, aux Endroits où il avait été fouetté sans Merci. Ayant abandonné le Fouet, les Pirates ivres le bombardaient maintenant de bouteilles brisées, les unes vides, d'autres à demi pleines, certaines encore munies de leur bouchon. Car l'Orgie Bachique battait encore son Plein et les Hommes brisaient le col des flacons, buvaient deux ou trois goulées et lançaient le Reste sur Whitehead, lequel semblait quasiment Mort de tant de Tourments. Sa tête pendait de côté, hideusement; sa barbe même était raidie de sang caillé. Il était suspendu là, tel un anté-Christ à une Croix sanglante. C'étaient non point seulement les anciens Matelots de *La Bonne-Espérance* (maintenant devenus Pirates), mais aussi les Compagnons de Lancelot qui prenaient le plus vif Plaisir à le canonner à coups de bouteilles.

— Cessez immédiatement ! cria Lancelot. Nul Homme ne doit mourir sans Procès en Règle ni Vote !

Mais les Pirates étaient par trop saisis de Frénésie pour l'entendre.

— C'est un Traître, et il mérite la Mort ! s'écria le Lieutenant de *La Bonne-Espérance*.

— Oui ! Si fait ! crièrent plusieurs voix.

— Ne prenez pas la Justice entre vos mains ! répliqua Lancelot. La Justice appartient à Dieu !

— C'est à toi que nous allons faire Justice, dit le Second de *La Bonne-Espérance*, en levant son Sabre pour en menacer Lancelot.

Lancelot lui sauta dessus comme une Furie et entreprit de l'étrangler de ses poings nus. Je pouvais à peine en croire mes yeux ! Ce même Lancelot qui, un instant seulement auparavant, me faisait l'Amour, étreignait maintenant de ses doigts le cou du Second et semblait sur le Point de l'étouffer.

— La Loi n'est pas entre tes mains ! cria Lancelot. C'est moi, le Capitaine, ici !

— Eh bien ! nous élirons un autre Capitaine, si nous le voulons, déclara le Second, en toute Insolence.

Sur quoi, Lancelot, qui écumait à présent d'une Rage comme je n'en avais encore jamais vu (chez lui ni chez aucun autre), donna du pied dans les Parties Intimes du Second jusqu'à ce que ce dernier hurlât de Douleur. Puis, le chargeant sur ses épaules vigoureuses, il fit Mine de le précipiter dans les Flots.

— J'exige Obéissance de mes Hommes ! s'écria-t-il. Aucun Navire ne peut voguer sans cela. Les Courants Océaniques peuvent porter un Navire aux Mâts brisés. L'on peut capter l'eau de pluie dans les Voiles quand les barils sont à sec. Mais, sans Obéissance, tout est perdu !

Ce disant, il souleva le Second par-dessus bord et le jeta à la Baille brumeuse. On entendit quelque temps les Cris; mais, dans le brouillard, jamais l'on ne retrouverait cet Homme vivant. Les Matelots avaient le Souffle coupé et retinrent la Leçon; Lancelot n'était pas Homme à être contrarié. Quant à Whitehead, c'en était fait de lui. Il avait sans Bruit rejoint les Rangs des Fantômes, pendant que Lancelot se déchaînait contre les Hommes. O quelle Fin discrète pour un tel Traître ! Il mourait sans tirer de larmes à personne, hormis peut-être à Satan.

Quoi qu'il en soit, ce fut à partir de cet Incident que Lancelot apprit combien périlleuse pouvait être son Autorité auprès de ces Matelots enclins à la Mutinerie. L'on n'était jamais loin du Chaos, avec ces Chiens de Mer sans Foi ni Loi, et les Principes les remuaient moins que le Rhum ou le Vin. Peut-être fut-ce la Raison pour laquelle Lancelot accepta soudain de mettre à la Voile à la Recherche de Belinda, comme de respecter mes Avertissements selon lesquels il avait Grand Besoin de mon Avis; car il avait senti que j'avais eu Raison à Propos des Pirates; et sans Doute était-il vrai qu'une main de Femme était nécessaire à sa « Déocratie ».

— Mais pourrons-nous trouver *La Cassandra* ? demandai-je plus tard, lorsque Lancelot, Horatio et moi, nous fûmes réunis de nouveau dans la Grande Cabine pour déterminer notre Route sur les Cartes.

— Les Courants doivent la porter au Sud des Indes Occidentales, comme tous les autres Navires, répondit Horatio. Et, bien qu'elle ait mis à la Voile il y a six bonnes semaines, qui sait ? peut-être est-elle prise par un Calme ou a-t-elle rencontré d'autres Difficultés. Si elle se dirigeait sur Charleston ou même Boston, il n'empêche qu'elle n'en mettrait pas moins le cap sur les Indes Occidentales; car naviguer au Sud, le long de la Côte Nord de l'Amérique, c'est aller contre le Vent. Il est plus sûr et plus favorable de faire Voile du Sud au Nord.

— Mais dans quel Port pourrait-elle faire relâche ? demandai-je.

— Il y a une Chance de l'apprendre quand nous serons aux Indes Occidentales.

— Il y a de bonnes Proies par là aussi, de quoi contenter nos Hommes. Annonçons-leur que nous partons pour les Indes Occidentales afin de chasser sur les Grand-Routes Maritimes — et de fait nous ne nous en priverons pas — mais *La Cassandra* ne devrait pas être difficile à trouver. Et les Femmes sont si rares dans ces Iles qu'une Nourrice devrait être facilement remarquée. Ah ! il me semble bien me souvenir, au temps où j'étais avec le Capitaine Thack, d'une certaine *Cassandra* qui avait fait Relâche au Port de Saint-Christophe... ou était-ce à Tartola ? Qu'importe, nous retrouverons ton Bébé, car, ainsi que dit Virgile : *« Non aliter quam qui adverso vix flumine lembun/Remigiis subigit : si brachia forte remisit,/Atque illum praeceps prono rapit alveus amni ! »* Ce qui signifie, comme tu le sais, ma très-Chère Fanny — je ne traduis que pour notre ignorant Lancelot — que, lorsque nous sommes fort las et ne pouvons plus utiliser la rame, souventes fois le Courant lui-même nous pousse en avant. Ainsi en sera-t-il dans notre Quête de ton Bébé ! Tu as ramé assez dur et longtemps; que le Courant nous emporte désormais vers notre Proie, la Ravissante Belinda ! Mais si je vous prends tous deux au lit, il n'y aura pas plus de Belinda que de Lancelot ni de Fanny non plus ! Car je n'ai pas retrouvé ma Délicieuse Fanny à seule Fin de la voir dévorée par mon Exquis Lancelot ! Et si vous faites la Bête à Deux Dos je vous embrocherai l'un et l'autre, aussi sûr que je puis jouer Othello !

Lancelot et moi, nous nous regardâmes tristement. O cette Séparation forcée nous poignait, et d'autre Part nous en étions curieusement soulagés. Lancelot, quant à lui, n'était pas encore très-sûr de ne plus avoir Peur du Beau Sexe; et pour moi, la Pensée de l'Amour Charnel (Ce Coupable, Cause de tant de Chagrins dans ma courte Vie) était encore Chose que je n'envisageais pas sans quelque Alarme. « Retrouvons donc Belinda d'abord, pensais-je en moi-même, et qu'Éros m'attende comme je l'ai fait si souvent pour lui ! »

Il fut décidé que, dès que nous aurions réparé le Gréement de *La Bonne-Espérance* et capturé des Provisions fraîches, de l'eau et même des Hommes en nous emparant de quelque Négrier, notre Flottille Pirate se dirigerait vers l'Atlantique Sud et les Iles du Sucre. La Politique de Lancelot était de libérer autant de Navires Négriers que possible et d'inviter les Équipages, mais plus spécialement les Esclaves, à se faire Pirates; il espérait ainsi mettre Fin à la Pratique de l'Esclavage, en laquelle il voyait une Atrocité aux yeux de Dieu. Horatio, lui, ne consentait à se risquer à faire Voile vers les Iles du Sucre (où il était toujours recherché comme Esclave Fugitif) qu'en Raison de son Grand Amour pour moi De plus, il avait gagné beaucoup en

Audace pendant cette année au Cours de laquelle Lancelot et lui avaient écumé les Mers. Il s'était mis, ainsi que je l'ai dit, à planter des Allumettes sous son chapeau, tel Barbe-Noire, et à laisser pousser ses cheveux comme une Jungle formidable. Il affectait également un Vestiaire somptueux, chapeau galonné d'Argent, gilet brodé, bottes de cuir doré et tous Accoutrements les plus recherchés — boîtes à priser Françaises, Épées à garde d'Argent, Pistolets damasquinés à crosse de Nacre. La Peur que j'avais lue sur son visage à la Taverne de George & Le Vautour avait maintenant totalement disparu. La Piraterie avait chassé l'Esclave, et le nouvel Horatio craignait aussi peu la Mort que l'ancien Lancelot.

— Quand tu as failli à notre Rendez-vous, Fannette, me dit-il, Lancelot et moi, nous avons été effondrés de Désespoir. Je soupçonnais une Félonie extérieure; mais Lancelot se sentait totalement trahi. Pourtant, nous n'avions pas Loisir de nous attarder aux Motifs de ton Absence, car dure était notre Tâche et la Rébellion que nous avions projetée pouvait nous coûter jusqu'à la Vie. Ce ne fut que lorsque nous nous retrouvâmes en Sécurité à bord du *Hazard* et toutes Voiles dehors que nous avons pu parler de toi.

J'écoutais intensément; Horatio poursuivit :

— J'avais déclaré à Lancelot que je ne naviguerais jamais avec lui sans ta Gracieuse Compagnie, car je craignais les Plans d'Établissement de sa « Déocratie » au Nouveau Monde. Mais, dans l'Ébullition de la Rébellion, comment pouvais-je lui faillir ? Ainsi embarquai-je donc; après quoi nous nous retrouvâmes en Mer, en Compagnie de toute cette Lie des Prisonniers pour Dettes de Newgate — dont tout le Savoir en Matière de Navigation ne valait pas un Pet — et nous découvrîmes, pour faire Bonne Mesure, que *Le Hazard* était à peu près aussi navigable qu'un moule à beurre ou qu'un barriquet de Rhum.

— C'est vrai, dit Lancelot. Hélas ! c'est la Vérité pure.

— Nous déterminâmes aussitôt de prendre un autre Navire, poursuivit Horatio. C'était cela ou périr. Nous n'eussions jamais pu naviguer sur *Le Hazard* sans le faire caréner...

— Qu'est-ce que « caréner » ? demandai-je, tant j'avais alors peu d'Idée de la Course en Mer.

— C'est quand tu amènes ton Bateau sur la terre ferme pour gratter la Coque, lui ôter tous ses bernacles et lui goudronner le Cul contre les vers, m'expliqua Lancelot. Tous les Pirates ont Besoin de Territoires où caréner en Paix... New Providence, aux Bahamas, fut, un temps, un Sanctuaire de ce Genre. Et aussi Madagascar et l'Ile de Joannes. Mais, aujourd'hui, il devient beaucoup plus difficile de trouver des Asiles; car la Piraterie est fort malmenée par la Couronne...

— Nous savions que nous ne pourrions atteindre Madagascar ou les Bahamas sur ce Baquet au Cul pourri qu'était *Le Hazard*, reprit Horatio. Si bien que nous mîmes la Chose aux Voix devant notre Racaille de Prisonniers pour Dettes, et décidâmes qu'il nous fallait prendre le premier bon Navire venu. Il se trouva que ce fut un Brigantin, *La Joyeuse-Délivrance*, que nous aperçûmes au large des Açores...

— Et ce n'était certes pas trop tôt, car *Le Hazard* prenait déjà gravement l'eau et était susceptible de couler avant même que nous eussions achevé notre Voyage de Dépucelage, acheva Lancelot.

— Mais Lancelot avait compté sans un Problème, en recrutant sa Bande d'Endettés et de Félons, continua Horatio. La Mer était pour eux un Élément étranger et ils n'étaient quasiment bons à rien sur le Pont. « *Divisium sic breve fiet Opus* », comme dit Martial ; « Ainsi divisé, l'Ouvrage sera bref »...

Lancelot ne battait même plus un cil, maintenant, devant le Latin d'Horatio.

— Mais toute la Manœuvre du Navire nous était laissée, à Lancelot et à moi, dit celui-ci, ainsi qu'à ceux des Joyeux Compagnons qui avaient quelques Notions de la Navigation à Voile ; quant aux Endettés, ils ne savaient que rendre et se plaindre, se plaindre et rendre, et maugréer dans l'Entrepont. Il était clair que nous ne bâtirions jamais une Déocratie avec eux.

— Las ! Horatio a Raison, soupira philosophiquement Lancelot. C'est une Chose que de rallier des Hommes, et une tout autre que d'en faire des Frères unis pour une Cause Commune. Quand *La Joyeuse-Délivrance* apparut dans la Longue-vue, Horatio et moi, nous nous réjouîmes, mais tous les Endettés trouvèrent des Raisons variées pour ne point se battre. C'était lutter ou périr, et ils étaient incapables de combattre ! Ayant auparavant mis l'Abordage aux Voix, j'étais maintenant déterminé à capturer un bon Navire pour entrer dans la Grande Ronde des Pirates sur les Mers Orientales — car ce semblait être l'autre Solution la plus probable, après l'Établissement au Nouveau Monde, auquel Horatio s'opposait. Nous prîmes *La Joyeuse-Délivrance* avec douze Hommes seulement à l'Abordage, cependant que tous nos maudits Endettés grognaient et gémissaient dans l'Entrepont.

— Mais comment êtes-vous parvenus à vous emparer de ce Navire avec si peu d'Hommes ? demandai-je.

— Ah ! Fanny... ainsi en va-t-il le plus souvent de la Piraterie, m'expliqua Horatio. De même Façon, nous avons pris *La Bonne-Espérance*, par temps de Brouillard, et avec encore moins de Monde. La Piraterie réussit souvent non point en Raison de la Force Armée, mais à Cause de la Vitesse et de la Surprise. Plus encore, même, nous réussissons fréquemment parce que la plupart des Marins sont si mal-traités en Mer qu'ils deviennent Pirates en un clin d'œil ! Parfois, il est vrai que les Haches d'Abordage, les Grappins et les Bordées de

Canons servent; mais, souvent, le seul Cri de « *Pirates !* » suffit à étouffer toute Résistance. Il court tant d'Histoires sur nos Cruautés et Sévices que le seul Fait d'entendre ce Mot fait pâlir les Marins, tout comme les Passagers. Je ne suis pas loin de penser que les plus Grands Potentats Pirates racontent eux-mêmes toutes ces Calembredaines à seule Fin de transformer leurs Ennemis en gelée. Certes, le Capitaine Thack était terrible, de cela je suis sûr; mais je me pose souvent des Questions sur les *autres* Chefs Légendaires : Barbe-Noire, Bartholomew Roberts, Howell Davis, Jack Rackham, Long Ben Avery et leurs pareils. Étaient-ils aussi redoutables qu'on le *disait* ? Ou furent-ils seulement hissés jusqu'à la Légende par leurs propres Fables ?

— Mais que dire de tes Voyages avec Calico Thack ? demandai-je, car je me souvenais des passionnants Récits d'Horatio.

— Thack était brave et fol à la fois, répondit Horatio d'un Ton las. Il prenait trop de Risques... et, par Jupiter, Lancelot aussi !

A ces Mots, Lancelot rayonna; il semblait qu'Horatio et lui fussent devenus bien Meilleurs Amis qu'ils ne l'étaient un an auparavant.

— Mais il n'est pas rare que de tels Risques soient inutiles, car la Proie se rend avant même que nous hissions le Pavillon. La Grande Époque de la Piraterie est passée, ma Douce. Mais la Légende des Pirates s'enfle chaque jour. Il est fréquent que, lorsqu'une Entreprise menée par des Mortels agonise, sa Notoriété s'accroisse avant sa Mort définitive. Comme dit Virgile...

— Au Diable Virgile ! l'interrompit Lancelot. Raconte plutôt à la Belle.

— Et pourquoi, s'il vous plaît, la Grande Époque de la Pirate est-elle passée ? demandai-je.

— Parce qu'il ne sert plus à rien à la Couronne Britannique que ses Corsaires attaquent les maudits Espagnols sous le Couvert de Lettres de Marque, m'expliqua Horatio. Mais pendant que les Espagnols étaient nos pires Ennemis, les Boucaniers sont nés, et maintenant la Couronne ne parvient plus à se débarrasser d'eux !

— Ah ! Horatio, m'exclamai-je. Tu es le vrai Tacite de la Piraterie ! Si jamais nous nous retrouvons à Londres un jour, tu pourras rédiger des Volumes avec ton Savoir !

— Et les publier sous un Nom de Plume, dit Lancelot. Sans quoi nous serons pendus !

— J'aimerais beaucoup écrire un Livre des Boucaniers, dit Horatio, dont les yeux s'embrumaient du Rêve de la Célébrité Littéraire (Ambition dont même cet Homme Intelligent n'était pas à l'Abri). Car, dans un Livre, l'on est jugé non point à la Couleur de sa Peau, mais à la Couleur de sa Page, si blanche soit-elle !

469

— Billevesée ! dit Lancelot. Crois-tu que l'on rende Justice aux Auteurs plus qu'aux Boucaniers ou qu'aux Noirs ?

Pour arrêter dans l'œuf la Dispute qui menaçait entre ces deux Adversaires Jurés, je m'empressai de poser une nouvelle Question à Horatio :

— Pourquoi les appelle-t-on « Boucaniers » ? Car j'ai entendu ce Mot et en ai toujours remarqué l'Étrangeté.

— Le Terme est curieux pour un Savant Latiniste, et son Histoire est plus curieuse encore. Quand Colomb aborda Hispaniola, ses Vaisseaux avaient à bord du bétail, des porcs et des moutons, et il en débarqua sur cette île. Un temps, ces Animaux furent soignés par les Indigènes des Caraïbes, ces Sauvages qui s'appelaient aussi de ce même Nom. Mais, quand la Race s'éteignit, les Animaux retournèrent à l'État de Nature sur l'Ile, qui revint elle aussi à la Jungle. Ainsi laissés en Liberté, ils se multiplièrent prodigieusement et, avant longtemps, les Navires prirent l'Habitude de jeter l'Ancre devant Hispaniola pour refaire le Plein de Provisions avec cette viande. Le Profit entraîne les Profiteurs; ainsi naquirent les Boucaniers. Ils vinrent tout d'abord comme Chasseurs — Marins Naufragés, Esclaves en Fuite, Félons, Prisonniers pour Dettes, tous les Proscrits — et se mirent à chasser pour survivre. C'étaient de Fins Tireurs, et agiles dans la Jungle. Ils chassaient par petits Groupes avec leurs Matelots et bannissaient les Femmes de leurs Rangs, pour prévenir les Disputes.

— O tu ferais mieux de ne point dire cela à notre Maîtresse Fanny, l'interrompit Lancelot. Car elle est farouche dans sa Défense des Femmes !

Je me contentai de sourire, pour dépiter Lancelot.

— Je t'en prie, Horatio, continue, dis-je (car je gardais encore assez d'esprit d'Ironie, à cette époque, pour pouvoir prêter l'oreille sans protester aussitôt contre le Sort des Femmes; puisque l'on m'avait mise sur ce Globe pour apprendre, soit donc, je m'instruirais, tant auprès d'un Sexe que de l'autre).

— Ils tuaient leur Proie, la dépouillaient sur Place, puis en grillaient la viande de la Façon que leur avaient montrée les Sauvages, sur une Sorte de claie, que les Caraïbes appelaient *Boucan*, faite de bois vert entrelacé de lianes. De là vint que la viande grillée fut qualifiée de « boucanée », et les Hommes qui la préparaient de « Boucaniers » !

— Mais comment ces Chasseurs sont-ils venus à la Mer ? demandai-je.

— Les Espagnols les débusquèrent des territoires où ils trouvaient leur Subsistance; et Mal leur en prit, finalement, car leurs Victimes devinrent les fameux Frères de la Côte qui, sur leurs Radeaux, attaquèrent et pillèrent les Galions du Roi d'Espagne. Ils apprirent à s'approcher des Navires à Voiles de telle Sorte que les Canons ne servissent à rien pour la Défense. Ils grimpaient par la Proue, se glissaient à bord, immobilisaient le Gouvernail à l'Aide d'un coin de bois avant même que l'Équipage ait eu le temps de se rendre Compte de rien, puis envahissaient les Ponts et, souvent, s'emparaient du Vaisseau sans coup férir. Les Espagnols hérissèrent leurs Coques de longs clous contre ces Envahisseurs et allèrent jusqu'à enduire les Ponts de beurre ! Mieux : il leur arrivait de répandre de la purée de pois pour les rendre encore plus glissants. Mais en vain ! Les Frères de la Côte avaient Riposte à tout. C'est ainsi qu'ils pillèrent les Flottes de Galions transportant les Trésors des Colonies du Roi d'Espagne — Or, Indigo, Damas, Choses Précieuses de toute Sorte — tandis que les Espagnols restaient impuissants devant leurs Attaques promptes comme la Foudre. Si les Anglais appelaient *Boucaniers* les Membres de cette sanglante Confrérie — et ce, non sans une nuance d'Admiration — les Espagnols les traitaient seulement de *Ladrones*, c'est-à-dire de Voleurs. Les Hollandais, eux, les baptisèrent *Zee-Rovers*, Rôdeurs des Mers; les Français, *Flibustiers*, Mot venu aussi du Hollandais et signifiant : « Qui fait du Butin librement ». Mais ce sont les Espagnols qui les détestent le plus et, même aujourd'hui, quand les Mots *Demonio* ou *Corsario Luterano* sortent d'une bouche Espagnole, l'Homme crache aussitôt par terre après les avoir dits, car c'est un des autres Noms des Boucaniers. Il est vrai que c'était un Ramassis Terrifiant, et peut-être les Histoires sur leurs Cruautés sont-elles exactes. Ils haïssaient les Ibériques pour le Carnage qu'ils avaient fait des Indiens et leur Pillage de l'Or du Nouveau Monde. Ce fut le Cas de Montbars, qui se rendit célèbre par sa Façon de trancher la Gorge aux Espagnols et de leur dévider les Intestins; quant à Lolonois, il rôtissait sa Proie toute vive, du moins à ce que l'on dit; je ne l'ai jamais vu de mes propres yeux, Dieu Merci. Mais tout Pirate a besoin de Complices à terre pour vendre le Butin, puisque l'on peut difficilement *boire* l'indigo ou manger la Poudre d'Or. Ainsi les Pirates ne prospèrent-ils que quand on le leur *permet*, que lorsque, à terre, les Gouvernements ferment un œil sur leurs Agissements, prétendant ne rien voir. Lorsque l'Angleterre fit enfin la Paix avec l'Espagne, les Boucaniers ont connu l'aube de leur Perte, et l'Age d'Or de la Piraterie est aujourd'hui passé.

— Comment peux-tu dire que la Piraterie est morte, alors que Robin sillonne les Mers ? s'écria Lancelot.

Horatio jeta un Regard cynique à son Ami et hocha la tête :

— Ah ! ma Fannette, notre Robin des Bois ressuscité s'en va récrire tout seul l'Histoire !... Lancelot, reprit-il, je voulais seulement dire que, depuis la Paix avec l'Espagne, le Fait que les Boucaniers s'en prennent aux Flottes transportant des Trésors est considéré avec quelque Défaveur par la Couronne d'Angleterre. De plus, ni Madagascar ni les Bahamas ne sont plus tout à fait aussi sûrs qu'autrefois; car la Piraterie a toujours prospéré grâce à la Sanction Royale. La Couronne encourageait les Pirates contre l'Espagnol et même contre le Français, cependant que les Colonies d'Amérique du Nord l'utilisaient pour se venger des Pratiques Commerciales du Roi d'Angleterre, qu'elles jugeaient injustes...

— La Piraterie refleurira, aussi sûr que Lancelot vit et respire ! s'exclama mon Robin des Bois réincarné. Kidd est peut-être aussi mort que Poussière; Barbe-Noire également, et même Calico Thack; mais Robin des Bois vit toujours ! Il est moins aisé de jouer les Pirates, de nos jours... soit ! Quand Robin des Bois a-t-il jamais faibli devant le Danger ?

Horatio me regarda et me fit un sourire qui semblait dire : « Tout fol qu'il est, nous ne l'en aimons pas moins. »

— Mais que sont devenus les Prisonniers pour Dettes, quand vous avez capturé *La Joyeuse-Délivrance* ? demandai-je, dans l'Espoir de changer de nouveau le Sujet de la Conversation.

— Nous avons pris d'Assaut le Navire sans eux, répondit Horatio. Et ceux qui désiraient se joindre à nous y furent aimablement conviés; mais la plupart s'étaient cachés comme des Capons dans l'Entrepont, attendant le Salut. Nous les avons abandonnés à la Dérive.

— Malgré leur Ignorance de la Navigation ? demandai-je.

— Hélas ! c'est la Vérité, répliqua Horatio. Mais quel autre Choix avions-nous ?

— Et bien que le Navire fît gravement eau ? Ces Hommes vous ont suivis en Mer et vous les avez abandonnés ?

— Je crois entendre Lancelot, Fanny... brin de Folie inclus, Sauf le Respect dû au Capitaine. L'on peut mener un Opprimé jusqu'au bord du Salut; mais comment le forcer à tendre la main pour le saisir, s'il refuse même d'user de son Libre-arbitre pour bouger un muscle ? Sans Doute ces Hommes ont-ils été sauvés, ou peut-être ont-ils appris à naviguer par Nécessité, qui est Mère d'Invention. Nous leur avons accordé toutes les Chances, et la plupart d'entre eux nous ont fort désappointés : ils se sont révélés une Cargaison d'Imbéciles et de Lâches, s'attendant que nous leur servions le Salut sur un plat d'Argent. Les Théories de Lancelot sur la Bonne Ame qui dort en tout Endetté et tout Félon ont reçu un Rude Coup !

— Faux ! Faux ! cria Lancelot. Je persiste à croire que la plupart des Hommes ont le Cœur bon, pour paresseux qu'ils soient dans la Quête de leur propre Liberté !

— Quoi qu'il en soit, me dit Horatio, il faut que, toi et moi, nous lui apprenions à élaborer des Plans moins fantastiques, tant pour la Liberté que pour sa *Libertalia*. Il convient d'éprouver les Hommes avant de leur permettre de se joindre à notre Grande Déo cratie — les premiers Idiots venus ne sauraient faire l'Affaire. Il est un Capitaine Pirate dont j'ai entendu parler et qui choisit ses Hommes ainsi : il en débarque douze sur une Ile Déserte, avec une bouteille de Rhum en tout et pour tout, puis remet à la Voile en les laissant là, et revient une semaine plus tard. Les Survivants entrent dans l'Équipage; les autres... !

— C'est ce que tu proposes pour notre *Libertalia* ? demandai-je, fort étonnée et scandalisée.

— Non, mille fois non ! protesta Horatio. Je veux seulement dire qu'il faut que Lancelot s'éveille aux Vérités de la Nature Humaine. C'est une Chose que de mener une Grande Rébellion, mais une tout autre que de l'empêcher de se défaire.

— Il parle comme ma propre Mère ! dit Lancelot. O quelle joie, d'avoir un Critique à Demeure ! Qu'ai-je donc bien pu faire de ma Vie avant de le rencontrer ? conclut-il avec un rire de Dérision.

— Après la Capture de *La Joyeuse-Délivrance*, qu'est-il arrivé, *alors* ? demandai-je.

— Son Équipage embrassa la Piraterie, répondit Lancelot prenant le Relais du Récit d'Horatio. Et nous avons tous fait Voile pour la Mer Rouge, où nous avions entendu dire qu'il existait des Richesses indicibles. Qui plus est, nous les avons *trouvées* ! Pendant que tu portais ton Enfant, nous pillions les Trésors des Mogols. O nous avons navigué des Açores aux Iles du Cap Vert, puis de là jusqu'à Sainte-Hélène, et contourné le Cap. Nous avons fait la Ronde Pirate en Mer Rouge et capturé plus de Butin que Long Ben Avery même ! Par Dieu ! sur une seule Proie nous avons récolté cinq cent mille pièces d'Or ! Et nous ne les avons pas encore dépensées. Oui, par ma Foi, ma Belle, nous sommes riches : la Cale de *La Joyeuse-Délivrance* craque sous le Poids des Mohurs d'Or, de la Poudre d'Or, des Rubis, des Emeraudes et des Diamants. C'est un Spectacle à tirer de la Tombe le vieux Robin des Bois !

— Alors pourquoi continuer la Ronde des Pirates ?

Je désirais le savoir, car ces Paroles avaient éveillé en moi des Rêves de Retraite, grâce à cet Or, pour me dévouer à la Poésie et à Belinda — quand Lancelot m'aurait aidée à la retrouver, évidemment.

— Pour respecter la Promesse que je m'étais faite, quand j'étais Aide Chirurgien sur un Négrier, et pour libérer mes Frères à la peau sombre. Pour cette Raison aussi Horatio continue, bien que nous puissions tous nous retirer et vivre en Paix.

— C'est vrai, dit Horatio en passant un bras autour des épaules de Lancelot. Nous naviguons pour le Principe, et non plus pour les Prises, désormais

— Et où vous retireriez-vous pour vivre en Paix, avec tous ces Crimes sur la tête ?

— Oui-da, soupira Lancelot, c'est un Problème, la Belle ; et voilà pourquoi je persiste à vouloir fonder une *Libertalia*... mais où ? Je ne sais. De l'Or et des Bijoux à Foison, nous en avons ; cependant, on nous pourchasse partout sur Mer et sur Terre. Il nous faut donc courir les Flots, car il est peu de Ports où nous puissions faire Relâche en Sécurité. J'ai même rêvé de chercher une Ile dans les Caraïbes, un Asile Tropical, où fonder un Foyer ; une Ile sise dans une merveilleuse Mer d'Azur, avec des oiseaux dont le plumage a la couleur des Pierres Précieuses, et une Abondance de Sources d'eau vive. O je rêve d'un tel Refuge, avec des Plages aussi blanches que l'Ivoire et des couchers de Soleil roses comme l'Intérieur des coquillages ! Si Dieu le veut, nous retrouverons ton Enfant et nous nous installerons alors sur une Ile ensoleillée, sertie dans l'Iridescence de la Mer des Tropiques ; et ta Fille jouera avec des Rubis, éparpillera les Émeraudes autour de ses petits pieds et tiendra de grands Discours enfantins à des Diamants gros comme des œufs de pigeon, pendant que, tous trois, nous vivrons et nous aimerons et prouverons à Dieu que les Hommes peuvent être Frères — même s'ils sont, comme toi et moi, condamnés à aimer tous deux la même Fille !

Nous nous regardâmes tous trois d'un Air circonspect ; puis nous éclatâmes de rire, nous demandant comment ce merveilleux Rêve de Félicité pourrait jamais voir le Jour sans s'écrouler.

Chapitre XIII

Où notre Héroïne apprend bel & bien l'Art de la Piraterie et découvre les Joies de la Navigation à Voiles (après n'en avoir connu jusqu'alors que les Peines) ; à la Suite de quoi non seulement nos Vaillants Pirates rencontrent leur Maître sur les Mers, mais se trouve infirmé le Vieux Dicton selon lequel « un Homme ne peut être violé ».

AINSI notre Puissante Flottille Pirate mit-elle à la Voile pour traverser l'Atlantique Sud (dès que nous eûmes capturé assez de Provisions sur des Négriers, en libérant les Esclaves, qui se joignirent à nous). Comme il s'était révélé impossible de réparer le Gréement de *La Bonne-Espérance* sans jeter l'Ancre dans quelque Port Ami, nous nous emparâmes d'un autre Navire, une Flûte Anglaise à large Coque, *Le Prompt-Retour*, et nous coulâmes *La Bonne-Espérance* sans autre Forme de Procès. Ce ne fut qu'en voyant le Brigantin s'enfoncer dans les eaux Africaines, que je me ressouvins de mon Roman de Philidor et de Clotilde, qui dormait dans l'un des coffres du Capitaine Whitehead et s'en allait reposer maintenant au fond des Mers ! J'avais sauvé le Livre de Dennison aux Dépens du mien ! O je pensai un moment que cela augurait mal de la Carrière d'Auteur que je projetais ! Mon Épopée perdue dans un Relais de Poste ! Mes Oeuvres de Jeunesse égarées je ne savais où ! Mon Roman noyé en Mer ! Comment deviendrais-je jamais le Barde que je souhaitais d'être, si je persistais à semer partout les Oeuvres de ma Vie avec aussi peu de Soin ? Peut-être tout Auteur doit-il apprendre le Métier et vaut-il mieux en effet qu'aucun autre Regard que le sien ne s'arrête sur les maigres Fruits de cet

Apprentissage, qu'aucune autre Lèvre ne savoure leur Suc parcimonieux. Certes, aujourd'hui je peux penser ainsi, mais, sur le moment, j'eus le Cœur brisé de la Perte de mon Travail. Il me semblait que je ne trouverais jamais le temps de recommencer à écrire, et j'étais fort désolée de l'Insouciance qui m'avait fait abandonner mon Roman à l'Immensité de la Mer. Va, Petit Livre, pensais-je, va nourrir les Poissons, s'ils consentent à manger des Mots au Lieu de Nourritures plus substantielles ! Ah ! quelle Vanité, que nos Rêves d'atteindre à l'Immortalité par les Livres ! Au vrai, *la plupart* des Ouvrages périssent ainsi, même ceux qui languissent sur l'Étal poussiéreux d'un Libraire dans la Cour de Saint-Paul; et ceux qui acquièrent Grande Célébrité périssent souvent de même, après un temps. Il n'empêche qu'une Certaine Part de moi-même voyait cette Perte de mon Roman comme une Offrande Propitiatoire pour obtenir les Faveurs du Sort et ramener Belinda en Sûreté dans mes bras. Las ! il est bien vrai, je le crains, qu'aucune Femme ne peut jamais écrire un Livre sans balancer entre son Oeuvre et un Enfant...

Notre Flottille Pirate se composait maintenant de quatre Navires : notre Bâtiment Commandant, *La Joyeuse-Délivrance*, Brigantin à la Cale lourde de l'Or et des Joyaux des Mogols; *Le Bijou*, Sloop rapide; *La Volonté*, Navire Marchand et Négrier capturé; *Le Prompt-Retour*, Flûte Anglaise déjà mentionnée, construite sur des Plans Hollandais. C'était ce dernier, chargé d'Esclaves, que nous avions pris pour remplacer *La Bonne-Espérance*, bien que ce fût, hélas ! un pesant et lent Voilier. Mais les Pirates ne peuvent pas toujours se montrer difficiles, lorsqu'ils ont Besoin d'un Navire.

Quatre Vaisseaux satisfaisaient à Peine nos Nécessités, car nous étions des plus abondamment fournis en Hommes. La plupart des Navires Pirates grouillent de Loups des Mers — d'où leurs Prouesses, disait Horatio, et leur Capacité de terroriser les Proies. Mais, avec tous les Esclaves libérés, nous comptions près de quatre cents Hommes maintenant, et les Cales de nos Navires, hormis le premier, étaient encombrées de paillasses pour les coucher, tout autant que de hamacs pendant et se balançant aux poutres comme dans la Marine Royale.

Lancelot, Horatio et moi, nous étions à bord du Bâtiment Commandant. Des Capitaines Délégués et des Seconds furent élus à bord du *Bijou*, de *La Volonté* et du *Prompt-Retour*. *La Joyeuse-Délivrance* avait pris la tête de la Flottille; mais combien de temps resterions-nous ensemble sur les Mers agitées de Tempêtes et avec des Hommes aussi indisciplinés ? Il était permis à chacun de se le demander.

Je passais mes jours à bord à apprendre le Métier de Pirate. Horatio m'enseignait à tirer le Sabre, à manier le Grappin et la Hache d'Abordage, cependant que Lancelot me montrait l'Art de tenir le

Gouvernail, de prendre des Ris, de serrer le Vent et de veiller durant le Quart. Lancelot croyait fermement que nul, à bord d'un Vaisseau, ne devait ignorer aucune des Tâches du Marin; car, disait-il, l'on ne savait jamais si l'on n'aurait pas à naviguer seul, ou à se retrouver naufragé sur une Ile Déserte.

O l'Art du Sabre d'Abordage ne m'inspira jamais Grand Enthousiasme — bien que j'y fusse devenue fort efficace pour assurer ma propre Défense — pas plus que je n'aimais prendre des Ris sur les Voiles, quoique je le fisse d'assez Bonne Volonté. Mais gouverner le Navire, cela, oui, je l'adorais ! Car, lorsque je tenais le Gouvernail, et que je voyais la Mer azurée se soulever et se fendre le long de nos Flancs, que je veillais aux Grains sur la Face des Abîmes et scrutais des yeux les nuages lourds de pluie, je me prenais pour Colomb découvrant le Nouveau Monde, ou pour une Reine Pirate, Régente des Mers et pilotant sa propre Destinée !

O quelle Différence avec les jours où je me cachais dans la Cabine de Whitehead, comme une Esclave ! Maintenant, j'étais Maîtresse des Mers, je savais lire le Temps qu'il ferait, je m'y entendais en Vents et en nuages et je commençais à me sentir à l'Unisson avec cet Élément Étranger : l'Océan. J'en vins très vite à aimer la Vie à bord. Il est vrai que les Rations n'étaient point aussi frugales sur les Navires de Lancelot que sur celui de Whitehead, et que j'étais traitée avec Grande Déférence par l'Équipage — sur le double Ordre d'Horatio et de Lancelot (et aussi en Raison de mes Prouesses dans l'Apprentissage de tous les Secrets de la Piraterie, si vite et si bien). Mais il y avait plus : mon Esprit semblait prendre son Essor en Mer. Chaque nuit m'apportait des Rêves Enchanteurs, bercés au Rythme des Profondeurs, et j'en vins à aimer le Clapotis de l'eau sur la Coque, la Douceur du Sommeil en Mer et tous les Bruits du Vent dans les Voiles.

Quand nos Vaisseaux étaient portés par les Alizés dans l'Atlantique Sud et que les Voiles requéraient peu de Soins, la Navigation était une Joie ! L'Harmonie régnait entre Hommes et Éléments; le Navire semblait une Nef parfaite, conçue pour soumettre les Forces de la Nature à la Volonté Humaine. Mais quand le Vent fraîchissait soudain et que les Grains nous arrivaient dessus en un clin d'œil, la Nature, d'Aimable Compagne, se muait en Mégère, et l'Harmonie se changeait en Horreur ! O quelle Panique envahissait notre Cœur, lorsqu'il fallait grimper aux Mâts en toute Hâte pour carguer les Voiles, de peur de chavirer à la Baille ! J'appris à être aussi agile à escalader les Mâts, pieds nus, que n'importe quel Simple Matelot; mais je ne le fis jamais sans entendre et sentir un sourd Battement dans ma Poitrine, qui semblait dire : « *Demi-tour ! Demi-tour ! Ce n'est pas là Travail pour le Beau Sexe !* » Je n'en faisais pas moins taire cette voix et continuais comme devant, car j'avais Grand Mépris pour les Peurs

Féminines et m'imaginais n'être ni Homme ni Femme, mais incarner un Alliage des plus Hautes Qualités des deux. Toute ma Vie, j'avais tenté de me forcer à faire les Choses que je redoutais le plus; car ce n'est que lorsqu'on agrippe la Peur par la peau du cou et que l'on s'en proclame Maîtresse, que l'on vit pleinement. Finalement, les grains passeraient, le Vent se calmerait et je redescendrais du Mât avec un profond soupir de Soulagement, et puis, avec tous les Matelots, je trinquerais, levant mon verre de Rhum aux Jolis Vents à venir.

Du Nid-de-pie du Grand Mât, l'on pouvait voir à vingt Miles dans toutes les Directions; ainsi, par temps clair, était-il possible de distinguer les Proies éventuelles et, par Bon Vent, de leur donner la Chasse. La plupart des Navires Marchands étaient mal équipés pour le Combat et presque impuissants devant notre Horde hurlante de Pirates.

Encore à quelque Distance du Navire à capturer, nous hissions le Pavillon de son propre Pays pour le mettre hors de sa Garde; ce n'était que quand nous étions tout proches que nous arborions le Pavillon Pirate, pour inspirer la Terreur. Nous avions aussi différents Drapeaux et Flammes pour communiquer d'un de nos Navires à l'autre. Après quoi, chaque Capitaine Délégué devait mettre aux Voix parmi ses Hommes la Décision de donner ou non la Chasse. C'était Dicton commun chez les Pirates que les Navires Marchands les plus chargés étaient souvent les moins solidement armés, car la Cale servait à la Cargaison plutôt qu'aux Munitions. Fréquemment, ces Navires portaient des Sabords peints sur la Coque, pour donner la Fausse Apparence d'être copieusement armés; mais un vieux Marin, habile à la Longue-vue, pouvait deviner la Différence entre Sabords peints et vrais. Les Vents étant favorables, le Vote aussi, nous donnions la Chasse, chacun de nos quatre Vaisseaux sachant que le premier Homme à aborder recevrait Double Part de Butin. Aussi faisions-nous la Course entre nous, tout en poursuivant la Proie, ce qui donnait à la Capture d'une Prise tout le Sel d'un Jeu.

Le premier Navire à atteindre la Proie attaquait dans la Grande Tradition Pirate, inventée, disait Horatio, par les Boucaniers ou les Frères de la Côte. Nous tirions rarement le Canon, de Crainte de couler une belle Prise avec tout le Butin; nous préférions de beaucoup essayer de l'aborder par le Beaupré — souvent sans lâcher une seule Bordée. Ah ! que les Navires se rendaient vite à la Vue de nos Couleurs Pirates ! C'en était presque comique. J'eusse eu Peine à croire aux Contes d'Horatio, si je n'avais pu les vérifier de mes propres yeux ! Les Navires se rendaient l'un après l'autre à notre Flottille Pirate, avec, habituellement, moins de Dommage pour nos propres Vaisseaux que n'en causaient aux Coques les minuscules vers. Ainsi n'est-il pas rare que le plus petit et le plus invisible des Ennemis exerce le plus de Ravages, cependant que le plus grand peut être terrassé, tout comme Goliath, à l'aide d'une frêle Fronde.

Des Musiciens, nous n'en manquions pas. pour jouer du Fifre, de la Trompette et battre le Tambour en menaçant Guerre, cependant que les plus doués des Pirates faisaient les Matamores sur tous les Ponts, grondant comme des Possédés et montrant les Crocs, avec force Étalage de prétendue Fiévreuse Férocité ! L'on avait souvent aussi recours au Costume, les plus terrifiants des Pirates se vêtant de Couleurs barbares et arborant des barbes et chevelures les plus horriblement embroussaillées. Il leur était facile d'avoir l'Air Terrible, car, au vrai, ces Pirates ne s'étaient guère baignés de plusieurs années et, bien évidemment, il s'interdisaient de raser le moindre poil qui pût servir à effaroucher la Proie ! Leurs dents étaient pourries par la Vie en Mer; leur visage, souvent couturé; leur nez, brisé; et beaucoup n'avaient plus qu'une demi-oreille ! Pour ma Part, je n'avais pas Riche Mine, avec les Vestiges de mes boucles dressés droit comme chaume dans un champ de blé; et quand je m'habillais en Homme, je pouvais passer — aux yeux des non-avertis — pour un Pirate comme un autre, malgré l'Ampleur de ma Poitrine, que je prenais Soin de bander sous ma redingote.

Au fond de mon Cœur, je nourrissais le Rêve Fou d'apercevoir *La Cassandra* dans ces eaux et de reprendre Belinda par un Exploit de Pirate. A cette Fin, je me forçais à escalader le Mât de cent pieds de haut et à scruter les Mers à l'Aide de la Longue-vue de Lancelot. C'était une périlleuse Escalade par Gros Temps (ce l'eût été même sur la terre ferme !) et ma tête avait Peur, lors même que mon Cœur me contraignait. Mais qu'est-ce donc que la Maternité, sinon un perpétuel Défi au Courage ? Et que sont les Enfants, sinon les Moyens de laisser notre propre Enfance loin derrière nous ? Pour le Doux Amour de toi, Belinda, j'étais poussée à des Hauts Faits que, ni auparavant ni depuis, je n'avais jamais ni n'ai plus accomplis.

Hélas ! Je n'aperçus point *La Cassandra*, si je signalai bel et bien d'autres fort jolies Prises, gagnant ainsi le Choix des Armes dans le Butin. J'annonçai *Le Roi-Salomon*, Senau Anglais, et le *Guarda-del-Costa*, Navire Marchand Espagnol. Et je fus également la première à prendre pied sur ce dernier !

O je me souviens de cet Engagement comme s'il datait d'hier ! Lancelot s'effaça pour me laisser jouer les Capitaines à cette Occasion, car il devenait de plus en plus fier de mes Exploits de Pirate et il se délectait de me voir commander notre Vaisseau.

— Tout est-il prêt ? demandai-je comme nous nous rabattions sur le *Guarda*.

— Oui ! crièrent les Hommes.

— Tout le Monde à son Poste ! ordonnai-je, fixant de mes yeux avisés le Timonier. Droite la Barre ! commandai-je ensuite.

— Oui, oui, répondit le Timonier.

Le *Guarda* hissa Drapeau, Pavillon d'Aperçu et Flammes; nous fîmes de même, envoyant le Drapeau Espagnol pour le tromper.

— Amenez votre Hunier et saluez-le ! criai-je.

Ce qui fut fait et le Navire Espagnol fut dûment salué. Nous attendîmes d'être parvenus si près que nous pouvions presque héler le *Guarda*, avant de frapper le Pavillon Pirate.

— D'où venez-vous ? demanda le Maître du *Guarda*, saisi de Frayeur, car il connaissait déjà la Réponse.

— Des Mers ! criai-je.

Le *Guarda* fut si surpris qu'il maintint son Lof, alors que nous nous préparions à virer de bord. Nous nous approchâmes droit dessus, dans un Grand Tapage de Fifres, de Tambours, de Trompettes et de Pirates jouant les Fiévreux et faisant d'horribles Grimaces sur le Pont du Gaillard, tirant la Langue aux Matelots Espagnols terrifiés, et grondant comme des bêtes féroces. Lorsque nous fûmes assez près, je grimpai sur le Beaupré et, d'un Bond, pris pied sur le *Guarda* avant qu'une seule Bordée ait pu être tirée. Dans le même temps, nos trois autres Navires viraient de bord, encerclant entièrement la Proie, canons parés à tirer, avec les mêmes Hordes de Fiévreux hurlant sur le Pont. Ce fut l'Aisance même : nous abordâmes notre Proie Espagnole avec une telle Prestesse qu'elle n'eut pas la moindre Chance de se défendre. Son Capitaine, eût-il voulu faire une brève Démonstration de Force, que ses Matelots ne l'eussent guère suivi : ils avaient trop Souvenir de ses Mauvais Traitements.

Au cours de l'Engagement avec le *Guarda*, comme en beaucoup d'autres, j'avais Horatio pour me seconder, et j'étais vêtue de Façon aussi tapageuse que lui. Je portais une grande perruque pour cacher le chaume de ma tête, un chapeau à plume rouge et un gilet de Damas. Je m'étais même confectionné une moustache pour cacher la Féminité de ma bouche. Horatio me suivait sur le Beaupré et, en sautant à bord de la Proie, nous vociférions en Latin pour effrayer l'Adversaire. Aux oreilles de ces malheureux Chiens des Mers, cela sonnait comme une Langue des plus curieuses et les jetait dans la plus totale Confusion. Ils n'avaient jamais rien entendu de tel, sauf à l'Église, et les Choses que nous criions étaient des moins Liturgiques ! (Voilà comme même le Savoir Livresque a son Utilité !)

Horatio était habile pour trancher nez et oreilles avec grande Profusion de sang, mais peu de Blessures Mortelles. Quant à moi, je grimpais en haut des Mâts pour couper le Gréement, paralyser la Proie et assurer sa prompte Reddition. Rares étaient les Matelots Espagnols qui eussent risqué leur Vie pour de la Vaisselle Plate et des

Joyaux destinés à de Hautains Hidalgos qu'ils haïssaient. Nous prîmes le *Guarda del Costa* avec sa pleine Cargaison de Butin – Poudre d'Or, Émeraudes et Abondance de Lingots d'Argent. Ma seule Double Part du tout suffisait à me rendre très-riche; mais, hélas ! cela ne me restituait pas Belinda.

Un incident très-singulier se produisit alors que nous nous répartissions la Prise après notre Assaut couronné de Succès. Chacun des Capitaines Délégués était venu à bord de *La Joyeuse-Délivrance* pour recevoir la Part de ses Hommes, qui consistait, entre autres, en sacs d'Émeraudes grossièrement taillées. Ayant tout compté, Horatio calcula que nous pourrions en allouer cinq par Hommes, défalcation faite des Doubles Parts revenant à Lancelot et à moi-même, en tant que Commandant de la Flottille et première à l'Abordage respectivement. Mais, ayant partagé les Pierres — toutes de taille petite ou moyenne — et arrivant au dernier Nom de la Liste, il se retrouva devant une unique Émeraude, de Dimension prodigieuse toutefois. Alors que les autres ne faisaient qu'un quart ou une moitié de pouce de diamètre, celle-ci mesurait peut-être dix pouces de large et pesait plus lourd dans la paume que beaucoup de vulgaires cailloux. Le Capitaine Pirate du *Bijou*, Homme rude et sans Éducation, fit Objection lorsque le Sort lui eut alloué cette magnifique Pierre.

— Du Diable ! cria-t-il, Les autres en ont eu cinq, et moi je n'en ai qu'une !

Et il n'eut de Cesse qu'Horatio n'eût pris un maillet et réduit la précieuse Emeraude en éclats, afin qu'il pût avoir son Compte de cinq !

Je ne raconte cette Histoire que pour illustrer la Sorte d'Hommes qu'étaient nos Pirates : des Ruffians mal dégrossis, ignorant qu'une belle et lourde Pierre en valait une douzaine de petites. Ils étaient prosaïques et d'Esprit étriqué, et les Chances de fonder une Démocratie avec eux semblaient en effet bien minces. Nous devenions plus riches de jour en jour et pourtant notre Fusion en une vraie *Communitas* ne se faisait point. Horatio et moi, nous savions tous deux que le Rêve de Lancelot, d'une Jérusalem Nouvelle, était fou — à tout le moins avec ces Hommes-là — mais notre Ami lui-même s'en apercevait-il ? Il était vrai que je le voyais changer à Vue d'Œil. Il était fier de mes Talents de Pirate et avait souvent Recours à mes Avis et Conseils. Pourtant, sentait-il comme moi les Dangers de Rébellion qui menaçaient chez nos vils Compagnons Pirates ? *Cela*, ni Horatio ni moi, nous n'aurions pu le dire. Notre Cale était bourrée de Joyaux Précieux et d'Or, et cependant nos Rêves semblaient s'éloigner chaque jour un peu plus.

De plus, même si la Fortune des Pirates paraissait nous sourire, celle des Amants nous faisait tout autre Mine. Horatio, Lancelot et moi, nous dormions dans la Grande Cabine de *La Joyeuse-Délivrance*, nous regardant l'un l'autre avec une Concupiscence que rien ne payait de retour. Lancelot interdisait à Horatio de me faire l'Amour ; Horatio ne lui permettait pas de me faire l'Amour : et, moi, je leur défendais de faire l'Amour entre eux sous Peine de Mort ! Je n'avais pas appris l'Usage du Sabre d'Abordage pour rien ; j'étais prête à brandir mon Arme pour la Sauvegarde de mon Honneur, Faute de pouvoir m'en servir pour reprendre Belinda. Ainsi observions-nous tous trois une difficile Trêve en Mer, dormant chacun dans une couchette séparée, dans la même Cabine, et mourant de Désir.

— Nous pourrions faire l'Amour à trois, soupirait Lancelot. Pareille Chose s'est déjà vue sous le Soleil...

— Jamais de la Vie ! tranchait Horatio.

Mais si, par hasard, Horatio faisait mine de caresser Lancelot, je protestais avec Véhémence. Ah ! cela nous aiguisait le Tempérament pour la Bataille — tout cet Amour, tout ce Désir sans Issue ! Tous trois, nous reportions sur les Proies les Fureurs que nous ne pouvions éteindre au lit.

Il était clair que les Choses ne pouvaient continuer éternellement ainsi, et une Rencontre en Mer, des plus fatidiques, amena bientôt l'Affaire à Terme.

Nous étions encore dans l'Océan Atlantique Sud, par dix-huit degrés de Latitude environ, et nous nous rapprochions, grâce à des Vents Favorables (disait Horatio), de l'Ile basse et plate d'Anegado, avec son Récif de cinq Miles, dressé telle une Barrière Naturelle entre l'Océan Atlantique et la Mer des Caraïbes. Sir Francis Drake y avait découvert un Passage qui portait à présent son Nom ; et, là, dans ces Iles nommées les Iles Vierges, se trouvaient Nombre de petits Ilots inhabités, dotés de bons Ancrages, où des Navires aussi importants que les nôtres pouvaient se dissimuler et envoyer d'autres Bâtiments plus petits attaquer les Grandes Routes Commerciales. Peut-être avions-nous une Chance d'y trouver notre Ile Tropicale où créer notre *Libertalia*. A tout le moins pourrions-nous y courir sur notre Aire dans une Baie protégée, cependant qu'un Détachement de Débarquement monté sur un Sloop plus rapide, *Le Bijou* par exemple, cinglerait à la Recherche de *La Cassandra*.

Les Vents étaient bons ; Horatio pensait rallier l'Ile d'Anegado en quelques jours. Les Passes étaient périlleuses ; beaucoup de Vaisseaux avaient naufragé sur les Récifs ; mais Horatio, ayant déjà emprunté cette Voie, proclamait qu'il savait quels Bords tirer pour naviguer autour de l'Ile et jeter l'Ancre dans une aimable Baie. Il avait également l'œil exercé pour déceler les Récifs sous-marins.

Mais aucun de ces Plans ne devait se réaliser, car, comme nous faisions Route au grand large, nous aperçûmes par Chance dans notre

Lunette un Navire des plus curieux, qui nous fit des Signaux comme s'il avait été en Détresse.

C'était un Navire d'étrange Aspect, construit comme une Frégate et large de Barrot, avec des Trous de Nage à la Manière des anciennes Galéasses. Il comptait trente Bouches à Feu et son Pont du Gaillard ressemblait à une Puissante Forteresse. Il avait trois Mâts, tous à Voiles Carrées, mais était également doté d'un Foc et d'une Voile Latine. Grâce à cette Abondance de Toile, il avait l'Air d'un Navire rapide en Dépit de sa Masse. O c'était un beau Spectacle, fort éloigné de celui d'un Bâtiment désemparé !

— Par Jupiter ! s'exclama Horatio (il avait été le premier à voir le Navire). Si j'ignorais que le Capitaine Kidd n'est plus de ce Monde, je dirais que c'est la *Galère-de-l'Aventure* voguant sous la Conduite de son Fantôme !

— Et pourquoi cela, Horatio ? demandai-je, comme il descendait du Mât, sa Longue-vue à la main.

— Kidd avait un Navire de cette Sorte — la fameuse *Galère-de-l'Aventure,* comme j'ai dit —, lequel, prétendait-on, pouvait filer quatorze nœuds toutes Voiles dehors, et trois nœuds à la Rame s'il se trouvait encalminé. En tout Cas, je n'ai jamais vu le pareil de celui-ci et, tel quel, je ne lui fais guère Confiance. Je gagerai qu'il ne nous veut pas de Bien !

— Allons-nous rester indifférents à un Frère en Grande Détresse ? lança Lancelot.

— Pourquoi en Détresse ? rétorqua Horatio. C'est ce qu'il signale, mais il m'a l'Air aussi bien portant que nous, car, pour citer Tulle...

— Tulle mon cul ! riposta Lancelot. Et hèle-nous ce Navire !

— Faites Excuse, *mon* Capitaine, rétorqua Horatio avec une lourde Ironie. Mais je me refuse à naviguer étourdiment droit sur un Danger... moi, le Tacite des Boucaniers !

— Oho ! serait-ce de la Mutinerie, mon Garçon ? s'écria Lancelot.

— Appelle cela comme tu voudras, répliqua Horatio.

Je craignais qu'ils n'en vinssent tous deux aux coups, si bien que j'intervins :

— Pourquoi ne pas hisser un Drapeau, pour voir ? proposai-je.

Car, comme beaucoup de Navires Pirates (et Corsaires aussi bien), nous possédions des Drapeaux de Toutes Nations, pour tromper les Proies.

— Et lequel arborer ? demanda Lancelot.

— Pourquoi pas le Puissant Lion Britannique ? répondis-je.

Horatio approuva, Lancelot aussi — encore une Bagarre évitée ! — et nous hissâmes le beau Pavillon Britannique.

L'étrange Frégate en fit autant !

— C'est un Leurre ! s'exclama Horatio.

— O Homme de peu de Foi ! rétorqua Lancelot.

— Il se rapproche, annonça Horatio. Allons-nous rester là comme des Balourds et des Poltrons, ou l'aborder avant que ce soit lui qui le fasse ? Si c'est là Navire qui a subi des Avaries, je mange mon chapeau !

— Tenez les Canons prêts, conseillai-je. Mais n'ouvrez pas le Feu.

La Frégate se rapprochait si rapidement que nous n'avions pas le temps de consulter nos autres Vaisseaux sur cet Engagement.

— Hissez le Pavillon Pirate ! criai-je, cependant que Lancelot s'effaçait et m'abandonnait les Décisions.

Nos Couleurs Pirates furent frappées; sur quoi, nous eûmes Droit à un Spectacle surpassant tout en Etrangeté : l'autre Navire hissa aussi le Drapeau Pirate !

Mais le sien était noir comme la Nuit, et s'y croisaient deux Sabres d'Abordage au-dessus d'une tête de Mort. En outre ce crâne avait ceci de curieux qu'il tenait entre les dents une rose — telle une Fille Impudente !

La Frégate était plus rapide que nous; il y avait de quoi craindre pour notre Vie. Elle portait plus de Voiles que notre pauvre Brigantin, plus de Canons aussi, et possédait un Gaillard d'Avant plus puissant. Ma Foi, c'était une véritable Forteresse ! O fallait-il, après tant de jours en Mer, que nous fussions pris par des Pirates mieux armés que nous ? Désespérément, nous tentâmes d'envoyer des Signaux au Reste de notre Flottille.

— Hissez la Drisse des Signaux ! criai-je.

Ce fut tôt fait, mais aucun de nos Vaisseaux ne se rapprocha pour nous secourir.

— Des Mutins ! Tous des Mutins ! s'écria Lancelot.

Ainsi que je l'ai dit, je craignais depuis quelque temps que, si nous nous trouvions jamais en grave Danger, nos Capitaines Délégués ne vissent notre Déconfiture avec une certaine Complaisance, et cela se vérifiait; ils ne faisaient pas un Geste pour nous porter Assistance. Au vrai, ils semblaient même rompre leur Formation pour fuir.

Mais voici que la Frégate était toute proche et s'apprêtait à nous aborder par le Beaupré, dans ce même Style Pirate que nous avions nous-mêmes si souvent utilisé ! Nous vîmes son Nom... il était étrange : *La Galère-aux-Trois-Cuillers*; et tous ses Canons étaient prêts à faire Feu. Sur ses Ponts et dans la Voilure, il y avait tant de Pirates que, même avec notre Equipage trop nombreux, nous étions surpassés. Mais, tandis qu'elle venait droit sur nous, nous aperçûmes sur le Beaupré, érigée comme une glorieuse Figure de Proue, une Splendide Fille aux cheveux rouges, brandissant un Sabre d'Abordage ! Et, qui plus est, elle tenait une rose soyeuse entre les dents !

Horatio la coucha en joue de son Pistolet, pour la dépêcher; Lancelot arrêta sa main :

— Attends ! dit-il. Faut-il en croire mes yeux ? Aussi vrai que je vis et respire, c'est Annie Bonny ! C'est la Belle Reine Pirate en Personne !

A ces Mots, la Jalousie me mordit le cœur. J'étais là, debout sur le Pont, au Péril de ma Vie, et je ne pouvais penser à rien d'autre qu'à la Perte de *mes* cheveux roux, à l'Allure misérable que je devais avoir en face de cette Beauté, et à l'Envie avec laquelle je convoitais ce Titre de « Reine Pirate » !

Le Beaupré de *La Galère-aux-trois-Cuillers* nous prit par le Travers Bâbord, et la belle Pirate bondit à l'Abordage sur notre Pont, suivie de douze Hommes. Je nous tenais cette fois pour perdus, et je maudis secrètement le Tendre Cœur de Lancelot. Allais-je (et ma pauvre Belinda aussi) être sacrifiée à sa Stupidité ? O maudits fussent Lancelot et son Honneur de Larron ! L'Idiot ! La faible tête !

Deux Pirates se saisirent de moi; deux autres empoignèrent Horatio, et deux autres encore s'apprêtaient à maîtriser Lancelot, quand — Miracle ! — la Reine Pirate parut tout soudain reconnaître l'Amiral de notre Flotte : courant à lui, elle tomba à genoux et lui baisa les pieds en s'écriant :

— Lancelot le Brave ! Ta Célébrité t'a précédé ! Je salue un Compagnon Pirate et un Collègue des Mers !

En un clin d'œil, ses Pirates nous lâchèrent.

Lancelot s'épanouit de Vanité; Horatio laissa échapper un Soupir de Soulagement venu de très loin; et moi... moi, j'étais consumée de Jalousie !

J'avais vu Lancelot se rengorger aux Paroles de cette Femme, tout fier et tout faraud; j'avais vu, quand elle était tombée à genoux, quelle Gorge elle avait, avec des Seins gros comme des melons des Tropiques (à peine maintenus par les buscs), et comme Lancelot les contemplait ! J'imaginais qu'elle n'avait pas le ventre couturé, pas d'Enfant du tout pour lui distendre ces Seins; et ô j'enviais sa chevelure — si semblable à mes anciennes boucles — et ô ô ô je lui enviais son Navire aussi ! Qu'elle eût plus de Voiles, j'eusse pu le pardonner; et plus de Canons, aussi; mais plus de cheveux que moi, jamais, jamais ! Je souhaitais la voir morte, de tout mon Cœur et de toute mon Ame. Pourtant, je souris et lui pris la main, quand on me présenta, plongeant devant elle en une Révérence si profonde que l'on eût dit que je rencontrais la Reine en Personne.

— Annie Bonny, aussi vrai que je vis et respire, je n'aurais jamais pensé rencontrer ta Douce Personne sur Mer ni sur Terre, dit Lancelot. J'avais ouï dire que l'on t'avait jugée à la Jamaïque et condamnée à la Pendaison.

485

— Jack Rackham a été pendu... ce Chien Couard ! dit-elle. Mais j'ai pu plaider mon Gros Ventre ; et, en Vérité, je fus graciée par la Suite. Nous autres, Femmes, nous avons tant de Désavantages que nous pouvons bien profiter des quelques maigres Avantages que la Nature elle-même nous accorde... Par ma Foi ! j'ai mes deux Petits en Mer avec moi... qui se forment à la Piraterie !

J'écoutais, les yeux écarquillés, cette Histoire. Que n'avais-je aussi mon Bébé en Mer avec moi ! O je rêvais de ma Douce Belinda jouant dans la vaste Cale au Trésor d'un Galion Pirate, babillant et bavant parmi les monceaux d'Emeraudes et de Mohurs d'Or, suçotant les Lingots d'Argent et éparpillant Louis d'Or et Doublons étincelants, de ses doigts roses d'Enfant.

— Celui-ci, c'est mon Quartier-maître Horatio, dit Lancelot, son Parler Larron reprenant le dessus avec la Venue d'Annie Bonny. Et là, c'est ma Mascotte : Fanny Troussecottes-Jones.

Annie Bonny se releva pour recevoir l'allégeance d'Horatio ; car c'était maintenant à lui de ployer les genoux et de faire Mille Grâces devant elle, comme un chiot éperdu d'Amour. Quant à moi, elle feignit de ne pas me voir, tant lui en imposaient peu ma Tournure et mon Port. Seul, mon Nom l'amusa.

— Ça ! quel curieux Nom, dit-elle. Troussecottes-Jones... étrange !

— Vous feriez mieux de ne pas l'oublier, répliquai-je. Il sera aussi célèbre que le vôtre, un jour !

Comme cela me ressemblait peu, de manquer ainsi de Manières ! Ces Mots m'avaient échappé, avant que j'aie eu le temps de réfléchir.

— Me trompé-je ou vois-je un Dragon dont les yeux verts lancent des flammes ? me dit Horatio en se redressant.

— Allons, allons, Mesdames ! dit Lancelot. Vous avez toutes deux trop de Choses en commun. De Droit, vous devriez être les meilleures Amies du Monde.

Je n'étais guère convaincue, et pourtant je ne pouvais détourner mes yeux d'Annie Bonny, tant elle était belle et pleine de Feu. Ses cheveux étaient rouges ; ses yeux, de vraies Emeraudes ; sa peau, aussi rose qu'un bouton de rose tout ferlé sur lui-même ; sa Gorge, blanche comme lis. Je touchai le chaume de mon crâne et j'eus Honte. Si j'avais été même la Moitié d'une Annie Bonny, jamais je n'eusse permis à ce Scélérat de Whitehead d'user de moi comme il en avait fait ! O je m'accusais moi-même de tout, y compris de mon Infortune ! Au lieu d'avoir Pitié et de montrer de l'Amitié à mon Ame tourmentée, j'en venais à agir, de surcroît, comme sa Tortionnaire.

Ah ! de tous les Vices Humains, la Jalousie est le plus vicieux ! C'est vraiment, selon les Mots du Poète Dryden, « la Jaunisse de l'Ame » ; et Shakespeare a raison de dire que, assurément, « elle moque la Chair dont elle se nourrit » ! La Jalousie peut faire, d'Amis, des

Ennemis, et d'Ennemis, des Amis, (quand ils ont même Envie d'un ancien Ami !). C'est la Jalousie, et non l'Argent, qui est la Racine de tout le Mal sur cette Terre.

— Venez, Mesdames, dit Lancelot. Allons prendre nos Aises dans la Grande Cabine en vidant un verre de vin de Bordeaux; car il n'est point fréquent que la Providence nous envoie telle Invitée de Marque.

Là-dessus, il prit le bras d'Annie Bonny, comme un vulgaire Courtisan d'antan, et la conduisit lentement, et de la plus noble Façon à la Cabine du Capitaine; Horatio et moi, nous suivîmes humblement.

Une fois installés, avec vin de Porto, fromage et autres Délicatesses disposés devant nous, Lancelot, avec moult Eloges et Flagorneries, leva son verre à la Beauté de Bonny (et ce fut *elle*, cette fois, qui se rengorgea). Puis, il la pria de nous conter sa Vie de Pirate, l'Histoire de sa Capture et ensuite de sa Délivrance.

Je m'installai à la table du Capitaine pour écouter ce Récit, tout en sentant mon Cœur se durcir à l'Egard d'Annie — sinon à cause de son Grand Navire, du moins en Raison de sa Grande Beauté; et si ce n'était pour sa Grande Beauté, alors c'était pour la Façon dont *mes* deux Grands Hommes bavaient et pantelaient en sa Présence. Quand Lancelot avait fait *ma* Connaissance, il ne m'avait guère réservé pareil Traitement. Ah ! les Hommes prétendent avoir Peur des Femmes d'Esprit, des Femmes qui peuvent se battre en duel à la rapière comme n'importe lequel d'entre eux; mais, au vrai, de telles Femmes les fascinent ! Car ce n'était pas la seule Beauté de Bonny qui rendait Lancelot si fou d'elle; c'était la Fatale Alliance de sa Beauté et de son Courage !

— Je suis née en Irlande, dans le Comté de Cork, dit-elle, et je suis Fille d'un Homme de Loi et d'une Servante. La Chance, prétend-on, sourit aux Bâtards; mon Cas le prouve, il faut bien le reconnaître. Car j'ai vu mes Amis de Haute Extraction décliner, pendant que, moi, je prospérais...

Et vantarde, de plus, pensai-je, autant que bâtarde. Pourtant, je ravalai mes Mots et tins ma Langue.

— Mon Père était Will Cormac; ma Mère, Peg Brennan; et Bonny est le Nom de mon premier Mari, ce Chien Galeux de Jim Bonny. C'est tout ce qu'il m'a laissé, et c'est tant mieux ! Mes deux Enfants sont de Jack Rackham — du moins le crois-je, mais je n'en jurerais même pas. Du moins sais-je qu'ils sont *de moi* !

Elle eut un rire éclatant, auquel celui de Lancelot et d'Horatio fit Echo, comme s'il se fût agi de la Plaisanterie la plus fine qu'ils eussent jamais entendue. Je demeurai aussi impassible qu'un bon Joueur de Whist.

— Ma Naissance fut curieusement la Conséquence de la Perte de trois cuillers — aussi en ai-je fait mes Porte-Bonheur — et d'où le Nom que j'ai donné à ma Galère... laquelle est elle-même construite sur les Plans de celle du Capitaine Kidd; en dehors de lui et de moi, nul Pirate n'a jamais navigué sur pareil Navire.

— Tu vois ? me dit Horatio, l' Historien de la Piraterie.

— Peuh ! fis-je.

Feignant de ne pas me voir, Bonny reprit :

— C'est une Histoire étrange.. mais n'est-ce pas le Cas pour beaucoup de Naissances ! Car, si nous savions quel curieux Caprice du Sort amena nos Parents Naturels à faire l'Amour, nous tremblerions de voir comme il s'en faut de peu que nous soyons plongés pour l'Eternité dans la Malédiction du Néant, au lieu de venir prendre l'air sur cette Terre...

Horatio et Lancelot hochèrent furieusement la tête en Signe d'Acquiescement, comme deux parfaits Idiots; je me contentai de jeter un Regard glacial sur ma Rivale Pirate, sans Mot dire.

— Car, à ce qu'on raconte, poursuivit Bonny, mon Père était marié avec une Dame possédant quelque Bien dans le Comté de Cork, et elle était partie pour changer un peu de Climat après un Accouchement; sur quoi, il saisit l'Occasion pour faire la Cour à Peg Brennan, la Servante, pour laquelle il sentait une brûlante Attirance. Tant d'Hommes en font de même, sitôt que leur Epouse est grosse..., et c'est bien la Raison pour laquelle je ne serai jamais plus l'Epouse de personne ! Mais, bon, la première Femme de mon Père s'en fut donc chez sa Mère, à la Campagne, laissant mon Père et Peg Brennan libres de faire ce qu'ils voulaient sans personne pour les épier. Seulement, ma Maman, Peg Brennan, était aussi une Beauté, tout comme moi, et pour sûr qu'elle ne manquait pas de Soupirants en dehors de son Maître.

Ici, Anne se rengorgea comme si elle avait tenu le Rôle de sa Mère. Lancelot et Horatio l'écoutaient, assis, bouche bée, la salive aux lèvres.

— L'un d'entre eux, un jeune Tanneur de la Ville, saisit l'Occasion de l'Absence de la Maîtresse pour voler trois cuillers d'Argent, un jour qu'il était venu faire la Cour à ma Mère. Elle, en Fille avisée qu'elle était, s'aperçut vite qu'il manquait des cuillers — car elle savait fort bien qui les avait prises — et s'en fut voir le Constable pour qu'il appréhendât son Galant. Mais celui-ci, de son Côté, qui avait d'avance compris qu'elle le soupçonnerait, avait décidé de ne pas emporter les cuillers après tout, et les avait cachées entre les draps de la Belle...

Seigneur Dieu ! pensais-je, quel Ennui que cette Histoire ! Pis que de devoir écouter quelqu'un raconter un Rêve qui n'en finit pas !

Pourtant, Lancelot et Horatio restaient sur leur siège à gober chaque Mot, comme si jamais personne ne les avait autant distraits.

— Or donc, continua Annie Bonny, quand la Maîtresse revint, la première Chose qu'on lui conta fut la Disparition des cuillers, que ma Mère n'avait jamais eu aucune Chance de trouver dans son lit, vu qu'elle dormait dans celui du Maître. Mais, bien sûr, de *cela* elle ne souffla mot à sa Maîtresse. Plutôt, elle expliqua que les cuillers avaient été prises par son Tanneur amoureux; qu'*elle-même* était allée voir le Constable, mais que le Tanneur s'était alors enfui et que nul ne savait ce qu'il était devenu ! Et cela, à tout le moins, était vrai. Seulement ce que ma Mère ne savait *pas*, c'était que ledit Tanneur était venu, ce même après-midi-là, confesser le Vol des cuillers à la Maîtresse en expliquant qu'il l'avait fait par pure Plaisanterie, et qu'il les avait immédiatement glissées dans le lit de la Servante. Aha ! pour le coup, la Maîtresse eut Idée de la Raison qui faisait que ses cuillers n'avaient jamais été retrouvées, et cette fois la Jalousie lui affecta le Cœur ! Oho ! qu'elle pensa; ma Servante ne dormait donc pas dans son lit. Oho ! elle était avec mon Mari ! Et là-dessus, la voilà qui décide de prendre les Amants à leur Jeu et de les clouer pour ainsi dire sur la Croix. Elle annonce donc à la Servante que, *elle-même*, elle a l'Intention de dormir dans la Chambre de Service, cette nuit-là (censément pour céder son propre lit à la Mère de son Epoux, mais en Vérité pour pincer son Mari volage). Et elle demande à ma Mère de lui changer les draps... Et alors, quand ma Mère alla faire le lit, que croyez-vous qu'elle y trouva ?

— Le Tanneur ? suggéra vivement Lancelot.

— Mais non, Bêta ! dit Annie Bonny, avec grand Etalage de Seins blancs.

— L'Homme de Loi, votre Père ? dit Horatio.

— Que non, Double Bêta ! dit Annie en secouant sa tête rousse et en souriant.

— Une longue Histoire ennuyeuse ? proposai-je (m'attirant des Regards acérés comme des poignards de la Part de Lancelot et d'Horatio).

— Non, non et non ! dit notre Annie. Pardi, les trois cuillers ! Sur quoi, elle s'empressa de les cacher pour l'heure dans un coffre, avec l'Intention, par la Suite, de les mettre en un Lieu où l'on pût les retrouver par Hasard.

— Oho ! s'écria Lancelot.

— Aha ! fit Horatio.

— Peuh ! fis-je à mon tour (toutefois, à la Vérité, très-doucement et très-bas).

— Bref ! dit la Reine de tous les Pirates. Quand, cette même nuit, la Maîtresse fut couchée dans le lit de la Servante — c'est-à-dire de ma Mère, très-exactement — par la Tête de Mort et les Tibias de notre Vénéré Pavillon, qui croyez-vous qui arriva, sinon son propre Mari, l'Homme de Loi, lequel se mit au lit et, le plus vigoureusement du Monde, joua les Amants avec elle... en la prenant pour la Servante ! Elle supporta le tout avec une infinie Soumission, en Bonne Dame Chrétienne — bien que ce ne soit certes pas mon propre Style de Fornication — et, naturellement, le Mari s'en fut en Catimini le matin venu, comptant maintenant surprendre sa Femme par son Retour à la Maison ! (Car il avait feint d'être absent pour celui de sa Femme, afin de mieux se réserver une nuit de plus avec la Belle Brennan.) Toujours est-il que, la Maîtresse ayant maintenant la Preuve de l'Infidélité de son Mari, cette fois elle file tout droit chez le Constable afin qu'il appréhende la Servante pour le Vol des cuillers — tant est fort en elle le Désir de Vengeance — puis elle se rend aussi chez sa Belle-mère et se plaint furieusement à elle de son Epoux qui a tant joué les Roméo avec elle en la prenant pour la Servante — bien que, à mon Avis, c'est *remercier* celle-ci qu'elle eût dû, vu que jamais auparavant elle n'avait été si bien baisée par son Mari ! Et m'est Avis qu'une Bonne Grâce en vaut une autre, non ?

Là, Lancelot et Horatio furent secoués par des Tempêtes de rire, comme s'ils avaient écouté Theophilus Cibber en Personne interprétant un Bouffon de Shakespeare !

— Mais non ! dit Annie. Au lieu de cela, elle fit jeter la Servante en Prison — la Sotte ! — car, naturellement, quand on fouilla le coffre de Peg, et que l'on y découvrit les cuillers, elle fut vivement condamnée comme coupable de vol... Bon, mais là-dessus le Mari rentre, racontant qu'il était dans une autre Ville, la veille, et la première Chose qu'il apprend est l'Emprisonnement de la Servante; et alors, il entre dans une Rage Folle contre son Epouse, qui, *elle*, l'accuse d'être l'Amant de la Fille; sur quoi sa Mère à *lui* l'accuse de la même Chose, et le Pauvre Homme se voit tant chanter Pouille par les deux Femmes que la Querelle entre son Epouse et lui ne se peut plus réparer; sur quoi Mère et Epouse prennent des Chevaux et, hardi Petites ! partent pour la Demeure Campagnarde de la Mère, laissant le Mari enrager tout seul ! Et, au vrai, ce fut la fin du Mariage; car l'Amertume s'accrut tant entre les Epoux que jamais plus ils ne vécurent comme Mari et Femme.

— Mais qu'advint-il de ta Pauvre Maman dans sa Geôle ? s'enquit Lancelot.

— Ça ! tu peux le demander, s'exclama Annie Bonny. Elle y languit près de six mois avant le Jugement, et pendant ce temps son Ventre enfla de plus en plus — car la Petite Graine que j'étais fleurissait — et quand vint le Jugement, la Maîtresse de Maison avait mis de l'eau dans son vin et, l'ayant prise en Pitié, décida de retirer son Accusation, si bien que la Servante fut libérée. Peu après, elle me donna la Vie. Et voilà qui était bel et bien, sauf que la Maîtresse se retrouva grosse elle aussi, et qu'elle accoucha de Jumeaux. Sur quoi l'Homme de Loi, récapitulant qu'il n'avait point couché avec elle depuis sa précédente Grossesse, en fut encore plus vexé qu'elle ne l'avait été contre lui et décida de vivre ouvertement avec la Servante et sa Bâtarde pour mieux dépiter son Epouse !

« Bon; le temps passe, et voilà que la Mère de l'Homme de Loi, tombant malade, supplie son Fils de se réconcilier avec son Epouse Légitime, par Amour Filial. Mais l'Entêté refuse; il adore bien trop sa Petite Fille et sa Maîtresse pour se séparer d'elles maintenant. Alors sa Mère le déshérite, laissant tout son Argent à l'Epouse abandonnée...

Chère Déesse, pensais-je, épargne-moi cette interminable Histoire, qui m'ennuie tant que les oreilles m'en démangent ! Lancelot et Horatio avaient-ils tous deux perdu la tête ? N'avaient-ils plus de Jugement ? Je me pris à hocher le chef, les yeux clos, feignant d'écouter, mais ne prêtant Attention que çà et là, et seulement à ma Convenance.

Le Fond de l'Histoire semblait être que le Père avait dû bientôt quitter le Comté de Cork, à Cause du Scandale — lequel ruina son Cabinet. Sur quoi, il partit pour Charlestown, aux Amériques, avec son Amante, l'ancienne Servante, et sa Fille, Annie. A Charlestown, il s'installa pour exercer son Métier d'Homme de Loi, mais devint très vite Planteur et réussit fort bien. Las ! il n'était pas plus tôt établi en Caroline que sa Bien-aimée mourut et qu'il devint l'Unique Parent de sa Petite Fille. Ainsi notre Annie poussa-t-elle sur une Plantation de Charlestown, entourée de soins comme la Prunelle des Yeux de son Papa, aussi gâtée et pourrie qu'un Enfant peut rêver de l'être. Ah ! comme il est vrai que, souvent, les Femmes qui brûlent comme Tisons d'Enfer furent élevées par des Pères d'une Folle Indulgence ! Car Annie ne connut jamais de Frein à aucun de ses Désirs; tout enfant, elle avait Droit à ses propres Esclaves, ses Chiens, ses Chevaux. A quatorze ans, elle frappa d'un coup de couteau une Servante tenue par Contrat (presque une Serve) qui avait renversé le potage dans son Giron... et s'en tira sans autre Forme de Procès. A quinze ans, elle se joignit à une Bande de Voleurs, recrutée dans les Bas-fonds des Docks, à Charlestown, et, quand elle fut arrêtée, son Père versa Caution pour la tirer de Prison. A seize ans, elle tua presque un Jeune Galant qui avait sottement cru pouvoir user d'elle. Ah ! Annie Bonny savait se défendre quand elle n'aimait pas un Homme; mais, quand elle avait de l'Inclination, elle savait tout aussi bien s'y prendre. Elle nous parla d'un Maître d'Armes qui lui avait appris l'Art du Duel en la déshabillant à la pointe de sa Rapière, pendant qu'elle lui en faisait autant ! Après quoi, elle nous annonça, en des Termes qui ne laissaient aucun Doute, qu'elle avait perdu sa Virginité à l'Age de neuf ans et n'en avait pas ressenti le moindre Deuil un seul instant.

L'Histoire prenait ensuite du Corps et de l'Epice, et je rouvris les yeux, tentant de compter les Amants d'Annie sur les doigts de mes mains, puis de mes pieds, puis sur les boutons de ma chemise; mais je m'y perdis bientôt. Il y avait eu le Maître d'Armes; le Maître à Danser; un Chasseur Indien qui lui avait appris à chasser, à tirer et même à dépouiller les Proies; un Riche Planteur ou deux et d'innombrables Boucaniers ! Le plus curieux était que, si aventureuse à l'extrême qu'eût été sa Vie, elle parvînt à ennuyer tant, à cause de sa Manière assommante de conter. C'est, hélas ! fréquemment le Cas pour les Récits d'Hommes et de Femmes parmi les plus Grands car, pour peu qu'ils ne mettent pas d'Esprit dans l'Expression et qu'ils soient dépourvus de l'Instinct du Conteur, les Aventures les plus exaltantes en seront ternies. Souviens-t'en bien, me disais-je, pour le jour où tu viendrais à écrire ta propre Histoire; n'oublie jamais que ce n'est pas la seule Fidélité aux Faits qui émeut le sang, mais que ce sont l'Habileté et l'Art ! Et le plus *grand* Art est peut-être de paraître n'en mettre aucun.

Mais Lancelot et Horatio ne concevaient pas la moindre Critique devant l'Histoire de Bonny. Ils buvaient chaque Mot comme s'il était tombé des lèvres d'un Homère Femelle, vaticinant au temps de la Grèce Antique.

Quant à moi, il me semblait que la Liberté dont Bonny avait joui chez elle, à Charlestown, eût dû suffire à lui couper l'Envie de quitter la Plantation de son Père; pourtant, tout de même que les Personnes les plus libres se tiennent pour encagées si elles ont des Appétits de Licence, Anne était déterminée à quitter le Nid. Nantie comme elle l'était, elle avait le plus large Choix de Riches Planteurs à épouser, mais aucun ne lui plaisait. Trop gâtée par un Père trop bon, elle leva le pied avec un vulgaire Matelot, s'attendant bel et bien que son Sot de Papa les couvrît de Présents, de Maisons et d'une généreuse Dot. Mais le Papa se montra plus avisé qu'elle n'y comptait, en l'Occurrence, et la mit à la porte. Sur quoi, elle et son mari, James Bonny, s'embarquèrent pour le célèbre Repaire de Pirates des Iles Bahamas, l'illustre New Providence.

A entendre Annie, New Providence était une Sorte de Sodome du Nouveau Monde, bien que, pour les Pirates, ce fût un Paradis.

— Les eaux alentour, dit-elle, ne sont pas assez profondes pour les Vaisseaux de Guerre, mais sont parfaites pour un Brigantin ou un Sloop... et les Passes sont des plus traîtresses et malaisées...

Bref, sur cette Ile de New Providence, les Pirates avaient Loisir de préparer leurs Expéditions contre les grands Navires Marchands, car il n'y existait aucune Loi et ils pouvaient y vivre comme ils l'entendaient.

— C'était mon seul Rêve depuis les Premiers Balbutiements de ma Chienne de Vie, dit Annie. Une Ville sans Constables ni Juges. Une Ville où celui qui est le plus rapide au Pistolet gagne dans toutes les Disputes, et où les Femmes sont toutes de si Fieffées Putains que l'on m'y prit pour une Pucelle ! Enfin... presque...

Si elle est pucelle, pensai-je, alors je suis la Reine de Saba.

A New Providence, Annie Bonny ne tarda pas à quitter son fade Epoux, Jim Bonny, pour une Chère plus appétissante et s'en fut pirater avec Jack Rackham.

— O Malheur de moi ! dit-elle, sans la moindre Trace de Malheur dans la voix. Chaque fois, je fonds comme beurre à la Vue d'une belle Gueule d'Amour, et Jack n'était que cela ! Un manche de hache dans un pantalon de Calicot flamboyant, et rien dans la cervelle ! A-t-on jamais vu Femme assez bête pour aimer un Homme à Cause de l'Esprit et de la Couleur de sa culotte ? Ça ! une Fille devrait aimer un Homme pour ce qu'il a dans la tête et non sous l'aiguillette; mais je suis bien trop innocente des Mauvaisetés de ce Monde; je suis... non, personne n'imagine combien je suis sotte et naïve sous ma Réputation...

Seigneur Dieu ! Grande Déesse ! pensai-je, n'est-il donc pas au Monde un seul Scélérat qui ne se tienne pour un pauvre Innocent abusé, une seule Louve qui ne se prenne pour une agnelle, un seul Requin qui ne s'imagine être un poisson rouge ? Lancelot et Horatio la regardaient avec Pitié, tandis qu'elle jacassait sur le Sujet de son « Innocence » ! O Cieux, écoutez-moi ! Les Hommes sont de véritables Imbéciles sitôt qu'une Femme qui a belle Gorge et cheveux de feu commence à leur parler de son Innocence blessée !

— Bref, dit Bonny, je me suis lancée dans la Piraterie avec lui, et montrée — à ce que tout le Monde raconte — plus brave qu'aucun Homme...

Au moins elle est modeste, pensai-je.

— Vous n'êtes pas sans savoir, bien sûr, poursuivit Annie, que le Gouverneur de New Providence, Woodes Rogers, avait promis le Pardon à tous les Pirates de cette Ville, dans l'Espoir d'en faire de vrais Colons et de satanés Whigs affamés d'Argent — et nous avons accepté le Pardon, Rackham et moi, toujours nous. Mais nous n'étions pas plus tôt équipés avec un beau Navire Corsaire pour donner la Chasse aux Sales Chiens d'Espagnols, que nous nous établîmes Pirates à notre propre compte. Oui-da, et c'est de *là* que nous est venu par chance, à bord, un Beau Jeune Loup des Mers, du Nom de Mark Read, et qu'entre lui et moi tout de suite ce fut le Feu de Joie... (Elle fit un gros clin d'œil à Horatio et à Lancelot.) Là-dessus, Jack Rackham est devenu jaloux comme Dieu ne le permet pas. Un jour, il nous surprit ensemble tout seuls à nous embrasser sous la Lune et sur le Pont du Gaillard ! Et Jack arracha sa chemise à Mark Read dans un coup de Fureur, et devinez ce qu'il découvrit...

— Les cuillers d'Argent ? demanda Lancelot.

— Le Tanneur ? dit Horatio.

— Mais non, Bêtas, dit notre Annie en se caressant les Seins. Une Gorge aussi puissante et belle que celle-ci !

Puis, elle défit son corps de jupe en ajoutant :

— Oho ! rien ne donne chaud comme de conter une Histoire toute brûlante de Passion; j'en ai Peine à respirer...

Et la voilà qui découvre juste assez de sa somptueuse Gorge, y compris un Soupçon de Tétin rose, pour distraire tout à fait nos deux Pirates de son Récit. Puis elle poursuit :

— Or donc, quand Jack Rackham voit que Mark Read, le brave Boucanier, est en Réalité *Mary* Read, la brave Boucanière, sa Jalousie tombe sur-le-champ. Le Satané Imbécile ! Car j'ai mieux fait l'Amour avec Mary qu'avec aucun Pirate qui ait jamais navigué sur la Mer des Antilles ! Et, croyez-le bien, j'ai couché avec la plupart d'entre eux : Stede Bonnet, Calico Jack, tous ! sauf le Capitaine Kidd soi-même, et aussi Barbe-Noire, naturellement, vu qu'il ne s'est jamais lavé de sa Vie et que mon nez est aussi délicat que mon Vous-savez-quoi !

Lancelot et Horatio rugirent à nouveau de Joie, tandis que (cela va sans dire) je restais de Glace.

— Ma Foi, dit la chère Annie, Mary Read et moi, nous restâmes associées dans la Bataille comme au Lit, tout le temps que dura la Course, et l'on ne compte pas les fois où nous nous sommes battues sur le Pont pendant que nos maudits Hommes faisaient le gros dos dans l'Entrepont. Une fois, j'ai tiré dans la Cale pour faire sortir du trou ces Chiens de Poltrons et j'en ai tué un petit Lot du même coup; et *là*, oui, ils sont remontés pour se battre — du moins ceux qui restaient !

« Nous avons fait Nombre de Prises du Côté de la Jamaïque et des autres parties des Indes Occidentales; et, à part un court séjour à Cuba, où j'ai donné le Jour à mon bébé — le premier, c'est-à-dire — j'ai piraté avec plus d'Entrain que n'importe quel Gaillard. Et Mary, donc ! Nous nous déguisions en Hommes et faisions les Hommes même au lit. O jamais je n'ai rencontré Compagne ou Compagnon aussi brave que Mary, ni Moitié aussi Mâle au lit qu'*elle*. Mais il peut toujours y avoir une première fois..., ajouta-t-elle en clignant à nouveau de l'œil à l'adresse de Lancelot et d'Horatio.

« Mais bon, finalement on nous a capturées, à Cause de la Couardise de Rackham. Notre Vaisseau malmené par les Ouragans et endommagé dans son Gréement et sa Mâture, nous avons été pris en Chasse par des Pirates de Port Royal; et quand ces Chiens se sont rapprochés pour nous prendre à l'Abordage, voilà-t-il pas que Jack Rackham se cache dans sa Cabine, comme un Roquet apeuré ! Mary et moi, nous avons joué les Hommes, seules sur les Ponts toutes deux — mais ô si braves que nous fussions, nous ne pouvions colleter trois Chasseurs de Pirates avec chaque main ! Bref, nous voilà emmenées à la Jamaïque sous les chaînes, et c'est là, à Port Royal, qu'on nous fait le plus magnifique Procès qui se soit vu depuis la Pendaison du Capitaine Kidd ! Un Juge saoul, des faux Témoins, un Avocat plein d'Alcool — la Justice Anglaise dans toute sa Splendeur ! Ça ! quand Mary et moi nous disions : « *Milord, nous plaidons notre Ventre* », le Juge ivrogne croyait que nous protestions qu'il était l'heure de dîner ! Car les Juges Anglais sont plus sensibles à leur ventre qu'à la Substantifique Moelle d'un Procès, si je puis dire. Quand une Prisonnière plaide son Gros Ventre, le satané Juge n'a d'autre Idée en tête que gigot de mouton !

— Oui-da, c'est bien vrai, dit Lancelot.

— Mais enfin, c'est ainsi que nous échappâmes à la Pendaison, reprit Bonny. Seulement, pendant notre temps en Prison la pauvre Mary mourut de la Fièvre des Cachots. Et voilà perdu mon plus Grand Amour !

— Las ! dit Lancelot. J'ai connu cela aussi !

— Hélas ! Trois fois hélas ! dit Horatio, comme si Annie Bonny avait été une nouvelle Héloïse perdant son Abélard, entré dans les Ordres de notre Grande Prieure, la Mort (ou, au vrai, une autre Alceste sacrifiant sa Vie même à l'Amour).

— Toujours est-il que, le matin où l'on devait pendre Jack Rackham, j'entre dans sa cellule — car je ne manquais pas d'Influence dans cette Geôle, grâce à l'Argent que mon Père me faisait passer par ses Amis Planteurs de la Jamaïque — et j'adresse un Tendre Adieu au Coquin, Cause de ma Chute et de ma Délivrance à la fois ! Car, si j'avais été *prise* en Raison de sa Couardise, c'est également grâce à son *Pendard* que je ne fus point pendue ! « *Jack*, je dis. — *O très-chère Annie*, me dit-il. — *Jack chéri*, je dis. — *O très-chère Annie*, me redit-il. — *Jack chéri*, je répète. *Si tu t'étais battu comme un Homme, tu n'aurais pas Besoin d'être pendu comme un Chien.*

— Bien dit ! s'écria Lancelot.

— Oui-da, approuva Horatio.

— Douces et réconfortantes Paroles pour un Homme qui va mourir, dis-je avec une lourde Ironie.

Sur quoi Lancelot m'invita à me taire, Horatio me fit « Chut » et Bonny continua :

— Mais mon Papa vint à la Rescousse, à la Fin. Il m'arracha à la

Prison avec quelques pièces d'Or bien placées — des bourses pleines, en fait — dans la paume du Juge ivrogne, des Geôliers, des Gouverneurs. Sur quoi, que pensez-vous qu'il arriva ?

— Il te fit promettre d'abjurer la Piraterie ? demanda Lancelot.

— Mais non, Bêta ! dit Annie, dont le corps de jupe s'ouvrait de plus en plus et qui se mignotait les Tétins.

— Il t'a fait promettre d'aller vivre avec lui à Charlestown ? demanda Horatio.

— Que non pas, gros Bêta ! dit Annie en remontant sa jupe et en découvrant d'abord ses blancs mollets, puis ses jolis genoux roses et ensuite — ô Déesse ! — ses douces cuisses blanches !

— Quoi, alors ? dit Horatio, haletant.

— Eh bien ! dit Annie, mon Papa me déclara : « *Si tu es aussi résolue à être une Pirate que tu m'en as l'Air, tu auras le plus beau Navire qui se puisse acheter contre bon Argent, et tout ce que ton Cœur désire, car je soupçonne que tu as cela dans le sang !* » Et c'est ainsi qu'il m'équipa comme vous pouvez le voir, avec tout ce qu'il y a de plus beau : une Galère copiée sur le Vaisseau même du Capitaine Kidd; et il n'y a mis qu'une Restriction : je dois lui reverser dix pour cent de toutes mes Prises !

— Etonnant ! dit Horatio.

— Stupéfiant ! dit Lancelot. Et bien d'un Homme de Loi !

— Vous n'êtes pas au bout de vos Surprises, dit Annie.

Sur quoi, elle écarte les jambes et la voici qui entreprend, de très-séduisante Façon, de caresser le Buisson d'Eden qui pousse là, et puis elle commence une Danse Sensuelle devant nos six yeux éberlués. Tels Salomé et ses Sept Voiles, elle se dépouille de ses vêtements tout en dansant et se cajole les Seins et les cuisses ! A croire véritablement que, ayant exposé sa Vie en une longue, tortueuse et épuisante Histoire, elle va maintenant se mettre en Devoir d'exposer son corps à nu.

En Dépit de ma Jalousie, je dois confesser que les formes dénudées d'Annie étaient d'une Beauté qui dépassait mes Rêves les plus insensés : Seins ronds et fermes comme des melons; Tétins roses comme l'Aube et larges comme des oursins des sables; Buisson flamboyant; cuisses de lait; ventre magnifique, montrant, pour tout signe de Maternité, un très léger Relâchement, nullement déplaisant. De plus, elle ne manquait pas d'Habileté à danser et se déshabiller en même temps. Même de ses buscs, de ses jupons et de sa chemise, elle se servait avec infiniment de Séduction, les semant çà, là, sur le sol en ce que M. Herrick, le Poète, eût sans Doute appelé : « un Aimable Désordre ».

Enfin, après moult Danses et Mignoteries, elle saisit la main d'Horatio, le conduit à s'agenouiller entre ses cuisses ouvertes et lui fait Offrande du Miel qui sourd de son petit Arpent, lequel est du plus beau des pourpres. Il s'y précipite avec plus d'Enthousiasme qu'un Chien affamé découvrant un cuissot de mouton ! Pour sa Part, Lancelot est trop scandalisé pour protester; quant à moi, je dois me pincer pour être sûre que je ne dors ni ne rêve. Par tous les Dieux, quelle Femme ! Vulgaire, grossière, et pourtant je ne puis m'empêcher d'admirer en elle cet Etre qui prend son Plaisir avec aussi peu de Détour. En un clin d'œil, Horatio et elle s'étreignent sur le plancher et font la Bête à deux Dos avec le plus bel Entrain. Bonny se donne à la Volupté, de tous ses Esprits Animaux et à tel Point que c'en est contagieux : avant longtemps, même Lancelot et moi, nous rejoignons leur Couple par terre. Pendant que Bonny et Horatio pantèlent et se cabrent, cherchant le Sommet des Plaisirs Sensuels de l'Amour, je caresse les Seins de Bonny, et Lancelot promène ses mains sur le dos noir d'Horatio. Grande Déesse ! se peut-il que cela m'arrive, à moi ? J'ai beau détester l'Ame de cette Femme, j'adore ses Seins — et ô son Cœur m'attire !...

Dans l'Orgie qui suivit, notre Annie fut l'Alpha et l'Oméga de nos Plaisirs. A peine nous occupions-nous tous trois de notre propre Faim : nous étions tout à ses insatiables Appétits ! Les deux Hommes la prirent; puis ce fut moi qui la dévorai presque, de ses orteils à ses boucles rouges; et ensuite, ô comme elle se reput de moi ! Ah ! que notre Annie avait la Langue Agile ! Sur les Mots, elle trébuchait; mais l'Inspiration de la Chair jaillissait d'elle aussi naturellement qu'un ruisseau printanier. Elle pouvait jouer les Hommes mieux qu'aucun Homme; et sa Langue était une clé qui ouvrit dans ma Cassette d'Amour des cases secrètes que j'ignorais moi-même !

O ô ô je rougis de ma Défaite des mains d'Annie ! Elle dont le Discours était si brut et brusque, quelle infinie Douceur dans son Art du Toucher ! (Peut-être était-ce Conquête d'Expérience; souvent, par la Suite, j'ai eu Loisir d'y penser et de le croire.) Mais, le temps pour la Logique de pointer son vilain nez, je m'abîmai dans un gouffre d'Amour si divin que j'en oubliais l'Auteur de ma Bonne Fortune. On eût dit qu'Annie avait travaillé dans un de ces Bordels où l'on rompt les Jeunes Campagnardes au Métier : son Toucher expert m'excita le sang à tel Degré que j'aurais juré que Mère Coxtart en Personne l'avait formée, ou quelque autre Maquerelle de même Ordre.

Ses doigts jouaient sur mon corps avec cette Légèreté qui réveille le sang des Femmes bien mieux que les grossières empoignades offertes par les Hommes. Ses mains blanches et délicates étaient semblables à des oiselles, voletant et se posant pour s'envoler de nouveau et revenir se poser, ici, là, du bout de mes orteils à la Blancheur de l'Intérieur de mes cuisses, pour se nicher ensuite dans la Rousseur de

.mon chaume, si pareil au sien. A Force de Taquineries, de Titillations, de Pressions, de Pincements, de Lèchements, elle m'amena à l'Ultime Conclusion de la Volupté d'Amour. Non point trop vite (comme un Galant impatient), ni trop lentement (comme un Rustre lourdaud), mais en tardant juste ce qu'il fallait pour aiguiser le Plaisir, et avec la bonne Vivacité pour qu'il fût complet, à parfaite Satiété !

Quelle Satisfaction les Femmes cherchent-elles dans l'Amour d'autres Femmes ? Celle de voir leur *propre Image* reflétée dans le corps d'une autre ? Une Sorte de Miroir, comme celui que Narcisse trouvait dans son étang bien-aimé ? L'Affirmation en elles de la Déesse ? Ou seulement le pur Egoïsme de la Lascivité des Sens ?

Quel étrange Quatuor nous faisions ! Deux Hommes qui s'aimaient l'un l'autre, deux Femmes qui se haïssaient mutuellement et que liaient cependant les Chaînes de la Chair. Et si je pouvais douter auparavant que ce fût la Déesse qui ordonnât notre Destin, certes ce Doute ne pouvait résister à ma Rencontre en Mer avec Annie Bonny. Et pour quelle Raison ? On le verra bientôt.

Lancelot, Horatio et moi-même, il est vrai, nous étions affamés d'Amour après notre Continence triangulaire à bord. Nous n'avions pu faire l'Amour, tous les trois, à Cause des étranges Courants de Loyauté et de Passion qui tourbillonnaient autour de nous. Et puis, Annie était survenue, étrangère à notre Trio; et il est souvent plus aisé de faire l'Amour avec un ou une Inconnue qu'avec les Bien-aimés Frères qui se partagent l'Affection de notre Cœur. Du moins est-ce ainsi que je raisonne aujourd'hui.

Horatio ne tolérait pas que Lancelot me fît l'Amour, mais, sur Annie, il ne se sentait aucun Droit de Maître. De même pour Lancelot, qui me réclamait sienne, sans pouvoir l'accorder avec sa Passion pour Horatio. Annie, elle, était une Etrangère Neutre, un Territoire d'Immunité Diplomatique, une Pirate du Pertuis d'Amour, une Catin des Bas-Buissons, une Grotte Béante, un Bienheureux Havre, la Reine du Trou-Madame — et il est plus aisé d'emplir un Trou que de n'en rien faire, car la Nature a Horreur du Vide !

Lancelot et moi, nous nous touchâmes à peine et Horatio toucha à peine à Lancelot; mais, tous, nous fîmes l'Amour à Bonny, comme si, en elle, nous avions trouvé un autre Lancelot, un autre Horatio et une autre Fanny — tous trois enveloppés dans le même Etre ! Platon dit que l'Amour Humain n'est que l'Ombre Ephémère du Divin; se peut-il donc que, souvent, nous exprimions notre Amour pour une Amante ou un Amant sur le Corps d'une ou d'un autre ? Tous trois, nous fîmes donc l'Amour à Annie, et d'un tel Cœur que, véritablement, ce ne pouvait guère être Annie *elle-même* qui entraînât tant de Passion. Mais elle — tel le bichon de Giron qui consent à l'Amour d'une Vieille Fille, telle la Statue de la Vierge qui reçoit l'Adoration des Papistes, tel le Valet de Pied qui recueille les Elans Passionnés de sa Maîtresse devenue veuve — accepta toutes nos Manifestations d'Amour le mieux du Monde, et le plus aimablement. Et maintenant, que je vous dise, si vous le voulez bien, ce qu'elle nous donna en Retour...

Chapitre XIV

Où l'on verra quel Legs Annie Bonny fit à notre Héroïne; & où l'on trouvera les Meilleures Raisons pour que la Piraterie soit Féminine plutôt que Masculine; ainsi que le Récit d'un très-Tragique Incident; avec le Début du Dénouement de notre Histoire — (mais ne craignez point, nous ne quitterons pas Lectrices & Lecteurs sans bon Nombre d'autres Épilogues, Appendices et Adieux).

APRÈS notre Orgie, les quatre étranges Amants que nous étions se prélassèrent à leur Aise, buvant vin de Xérès et de Bordeaux, dormant plusieurs heures durant, tous enlacés aux bras les uns des autres, puis s'éveillant pour converser tranquillement; car il est souvent vrai que le Plaisir partagé adoucit les Aversions que nous avons pu éprouver auparavant, et entraîne parfois même les Ruffians les plus mal assortis dans l'Orbite de l'Amitié — ô d'une Amitié éphémère, peut-être, mais d'une Amitié tout de même ! Ainsi advint-il que je vidai mon Cœur devant Annie et lui parlai de mon Bébé perdu, des Affres de mon Accouchement et même de l'Envie qu'elle m'inspirait parce qu'elle pouvait garder ses Enfants près d'elle en Mer et les former à la Piraterie, cependant que moi, j'étais privée de mon unique Belinda ! Ainsi me laissai-je aller à la confidence, cependant qu'elle (fort adoucie aussi par notre Flamme mutuelle) me consolait; car, au vrai, elle préférait les Femmes aux Hommes, en Dépit de toutes ses Forfanteries. Et, là-dessus, je vins à mentionner par Hasard *La Cassandra*...

    – *La Cassandra,* dis-tu ? demanda Bonny. *La Cassandra* ? Hé mais ! J'ai vu ce Navire au Carénage, à Tartola, quand je me suis

500

faufilée dans le Port de Roadtown, à bord de ma petite Pinasse, pour me quérir quelques belles robes chez le Tailleur Anglais que j'ai là.

— Quand ? Quand l'as-tu vue ? m'enquis-je, le Cœur battant soudain de l'Espoir de retrouver Belinda.

— Il n'y a pas une semaine, répondit Bonny. Et, même, j'ai ouï dire qu'un Ouragan a endommagé son Gréement et sa Coque et qu'on l'a amenée en Réparation à Roadtown, avant qu'elle remette à la Voile pour mon cher vieux Port de Charlestown.

— Et quand devait-elle repartir ?

— M'est Avis que tu pourrais encore la devancer avec un Bon Vent... Elle était censée lever l'Ancre aujourd'hui même.

Soudain, Horatio et Lancelot étaient tirés de la Léthargie de leurs Appétits contentés.

— Entends-tu, Lancelot ? dis-je. Nous pourrions rattraper *La Cassandra* avant qu'elle rallie le Port de Charlestown ! Nous pourrions la capturer !

Je sautai en l'air de Joie Pure et fis claquer l'un contre l'autre mes talons nus.

— Moi, je me méfierais, les Amis, dit Bonny. Ce n'est pas si loin de là que Barbe-Noire en Personne fut occis, sur les Hauts-fonds de la Passe d'Ocacock... Il vous faut prendre *La Cassandra* avant qu'elle pénètre dans le Port de Charlestown; car, bien que Barbe-Noire ait osé faire le Blocus de la Ville, il y a sept ans — avec les Fatales Conséquences que vous savez — je ne vous recommanderais guère de l'imiter.

Sur quoi, avec le plus grand Cœur et la plus large des Générosités, Bonny nous proposa toutes ses Cartes et Plans du Port de Charlestown, des Iles Bahamas et même des Caraïbes.

— Partant du Port de Roadtown, elle devrait emprunter le Détroit de Drake jusqu'à Anegado, puis le Détroit d'Anegado jusqu'en Haute Mer. Avec un peu de Chance, vous pourriez l'intercepter au large d'Anegado ou du Grand Bahama Bank; si vous la manquez là, vous pouvez toujours lui donner la Chasse le long de la Côte.

— Loué soit Dieu ! s'écria Lancelot.

— Louée soit la Déesse, dis-je (bien que, je le suppose, les autres regardassent ces Mots comme pure Figure de Style, alors qu'il n'en était rien pour moi).

— J'aiderai toujours mes Sœurs Pirates en Détresse, dit Annie Bonny, devenant tout à coup la meilleure et la plus brave Femme que j'eusse jamais rencontrée de ma Vie.

Et, sur ces Mots, elle m'embrassa, me souhaita Chance, Santé, Bonheur, Longue Vie, ainsi que le Retour de mon Enfant et de mes boucles, l'accomplissement de tous les Désirs de mon Cœur; puis s'apprêta à remonter à son Bord — non sans avoir auparavant envoyé son Second chercher les Cartes promises, car elle était Femme de Parole.

Le soir tombait, quand Annie Bonny nous quitta en Haute Mer, accompagnée des mêmes douze Pirates qui avaient sauté à l'Abordage de notre Navire de Façon si menaçante. O en la regardant s'éloigner j'étais pleine d'Admiration pour cette Reine Pirate ! Comment avais-je *pu* la trouver vulgaire et commune, alors qu'elle s'était révélée une vraie Sœur des Mers ? Quelle Générosité d'Ame ! Quelle Magnanimité de Cœur ! Annie Bonny était tout, songeai-je, sauf une Hypocrite. Elle méprisait les Belles Manières; prenait son Plaisir où et quand il lui plaisait, comme une Rouée; mais, par-dessous tout cela, se cachaient le Sens de l'Honneur Pirate et un Cœur Honnête. Elle était assez avisée pour honorer en Lancelot et Horatio des Compagnons et Frères des Mers et, bien que sa Morale pût sembler fort lâche à certains, du moins était-il vrai qu'elle n'était pas hypocrite. Elle ne revendiquait d'être que ce qu'elle semblait être. Elle n'avait rien de la Putain prétendant aux Manières d'une Duchesse, ni de la Courtisane parodiant les Comtesses, ni de la Prostituée se proclamant Reine. Cependant que son Navire disparaissait dans le soir des Tropiques — dont le ciel était encore rose des derniers Feux de Phoebus — je vis son Pavillon Pirate claquer fièrement dans la brise, et je me réjouis; car c'était bien la meilleure Femme que j'eusse jamais connue, la vigoureuse Incarnation de la Déesse sur Terre.

Tout était étrangement calme sur le Pont. Lancelot, Horatio et moi, nous fîmes de grands Signes d'Adieu à *La Galère-aux-trois-Cuillers,* le Cœur plus serré que je ne saurais le dire. Lancelot soupirait; Horatio soupirait; moi aussi. Mais, tout à coup, très-étrangement je sursautai.

— Les Hommes ! m'écriai-je. Où sont nos Hommes ?

Nous regardâmes autour de nous; les Ponts étaient vides. Les Voiles faseyaient et le Gréement battait. Il n'y avait pas un seul Matelot en Vue. Rapidement, avec la Sorte de Panique que, seul, un Marin peut éprouver, nous nous élançâmes et courûmes par tout le Navire. Horatio descendit dans l'Entrepont; Lancelot et moi, nous nous précipitâmes pour border les Voiles. Quelques instants plus tard, un Hurlement pareil à celui d'une bête sauvage monta des Profondeurs de la Cale. C'était Horatio qui nous appelait en bas.

Nous y allâmes, Lancelot et moi, l'Ame étreinte par la Peur — et quand nous pénétrâmes dans la Cale, ô le Spectacle était certes piteux ! Dans le vaste Espace inférieur de *La Joyeuse-Délivrance,* au Lieu des lingots d'Argent, des monceaux d'Emeraudes et des Sacs de Pièces d'Or qui s'y entassaient la veille encore, gisait tout l'Equipage, pieds et poings liés, et bâillonné comme une Meute de Chiens enragés !

502

Trois ou quatre Hommes avaient reçu des balles de Pistolet – sans blessure mortelle – en Guise d'Avertissement ou de Souvenir; mais la plupart étaient indemnes, bien que si étroitement ligotés qu'ils pouvaient à peine remuer. Horatio se mit en Devoir de les délivrer. A peine eut-il ôté son bâillon au premier d'entre eux, un Charpentier, que celui-ci lâcha une Volée de Blasphèmes comme je n'en avais pas entendu depuis ma descente de la Tamise en Barge.

– La Garce d'Enfer ! La Pute vérolée ! La Pendarde ! Elle a pris tout le Butin... tout le Fourniment !

Il dévida son Chapelet et, tout d'abord, je ne sus si je devais sourire ou pleurer – quoique, me fussé-je hasardée au premier, il m'en eût coûté la Vie. O l'on dit que les Hommes ne peuvent être violés, et pourtant Bonny venait de prouver le contraire ! Mon Cœur de Femme était partagé entre l'Admiration pour sa Ruse et le Désir de maudire sa Fourberie de Garce. Je pouvais penser ce que je voulais, il m'était absolument impossible de la maudire vraiment. Des Emeraudes, pour cent de perdues nous en retrouverions mille; mais il n'y avait pas deux Belinda sur Terre ! Si Annie m'avait troqué ses Cartes contre tous nos Trésors, en Vérité je n'y perdais pas – même si mieux valait pour moi ne pas le crier sur les Ponts. Ah, quelle Fille ! Assurément, tout ce que l'on disait de l'Audace de Rackham était son Fait à elle. C'était elle qui avait eu du cerveau pour deux. Hé quoi ! attraper ainsi Lancelot et Horatio – ces Grands des Grands parmi tous les Pirates – et leur voler leurs Trésors par les seuls Stratagèmes de la Flatterie et de la Luxure, cela Tenait d'une Sorte de Génie. Sans Jack Rackham, jamais Bonny ne se fût fait prendre. Sur toutes les Mers qu'elle écumerait, un peu de mon Cœur l'accompagnerait pour applaudir la plus Grande Femme Pirate de ce Monde.

Mais, de tout cela, je ne devais rien afficher; je devais montrer un Cœur brisé par la Perte de nos Richesses et trouver le Moyen d'apaiser les Hommes.

– Les autres Navires ont filé ! s'écria le deuxième qui put parler (un Musicien). Elle a ensorcelé les autres tout comme vous !

– Tu veux dire qu'ils ont mis à la Voile avec elle ? demandai-je. Bonny-la-Garce...

– C'est possible, répondit le Charpentier. A moins qu'ils n'aient mis à la Voile pour leur Compte.

– Bon Débarras ! dit Horatio. S'ils n'ont pas l'Esprit de voguer avec Lancelot vers sa *Libertalia*, le Diable les emporte !

Mais Lancelot avait l'Air abattu : une fois de plus, ses Rêves de Déocratie s'écroulaient. Je l'entourai de mes bras pour le réconforter. pendant qu'Horatio défaisait liens et bâillon de plusieurs des Joyeux Compagnons d'Antan : Louis le Lutin, Francis Bacon, Caveat et Calotte.

— Nous nous trouverons beaucoup mieux d'un seul Navire fidèle que de quatre bâtiments mutinés, dit Caveat. O ce n'est pas la première fois que je préviens Lancelot que la Démesure sera sa Perte... comme elle fut celle d'Icare, jadis. Si ces Sots préfèrent voguer avec Bonny-la-Garce à suivre Robin des Bois réincarné, ce sera leur fin. Il leur arrivera Malheur, je vous le dis, souvenez-vous-en.

— Ça ! les Gaillards, fîtes-vous bonne Partie de Croupe en l'air ? dit Louis le Lutin, moqueur. Elle avait dû mettre un philtre dans votre vin de Bordeaux ou de Por o, la Catin, car vous êtes restés morts à ce Monde pendant plusieurs heures, sourds à tous les Cris et à tous les bruits de Bataille. Par ma Foi ! Les Gens d'Annie Bonny ont vidé la Cale comme s'ils avaient passé leur Vie à déménager des meubles.

— Comment as-tu pu te laisser dépouiller de ton Butin ? dit Caveat, sur le Ton d'une Mère grondeuse. Oui, Lancelot, comment ?

Sur quoi, je crus Lancelot sur le Point de pleurer.

— Allons, allons ! dit John Calotte en le prenant à son tour dans ses bras (et moi aussi du même coup). Nous avons déjà capturé du Butin, nous en trouverons d'autre. Il est inscrit dans les Astres que nous sommes destinés à perdre des Fortunes et à en regagner... Moi aussi, reprit-il en donnant à Lancelot une grande claque d'Encouragement dans le dos, je dis bon Débarras si ces autres Ruffians sont partis ! S'ils n'ont pas l'Esprit de vouloir notre *Libertalia*, tant mieux pour nous !

— Oui-da, approuva Francis Bacon. Calotte a Raison. C'étaient tous de satanés Carnivores, et quelles Clartés peut-on attendre d'Esprits qui se nourrissent de Charognes ? Dans notre *Libertalia,* l'on ne mangera que des légumes et des fruits et l'on épargnera les Ames de nos Amis quadrupèdes.

Lancelot semblait quelque peu rasséréné par ce Ralliement de ses vieux Amis bipèdes.

— A Propos de Viande, comment est-elle, Votre Bonny-la-Garce ? demanda le Lutin, avec les Accents du Parfait Pirate. Juteuse comme un gigot de mouton ? Tendre comme un filet de morue ?

Horatio et Lancelot le regardèrent tous deux, puis clignèrent de l'œil ensemble, comme deux Escholiers espiègles.

— Tu aimerais bien que je te le dise ! lança Horatio.

— Tu sais très bien que je n'ai que faire du ridicule Puits d'Amour, dit Lancelot.

— Oho ! fit le Lutin. A d'autres, mon Garçon ! Je connais la Chanson. Ce sont nos jolis Gitons qui raflent *toutes* les Filles. (Et il mima un Mignon tortillant de son charmant croupion sur le Strand, avec ses souliers à hauts talons.)

— Assez de Bavardages ! m'écriai-je alors Hors d'ici, tous ! Sur le Pont, les Hommes ! Les Voiles faseyent : si un coup de Vent survenait, nous serions sûrs de chavirer. Nous aurons tout le temps de parler de Bonny plus tard. Pour l'instant, nous retournons à Anegado. Il y a une belle Proie qui doit traverser le Détroit d'Anegado, et j'ai bien l'Intention de m'emparer d'elle !

— Et quelle est cette Proie ? demanda Calotte.

— *La Cassandra*, répondis-je. Tout le Monde sur le Pont !

O c'était moi qui reprenais le Commandement de notre Navire, et j'entendais retrouver Belinda. Soudain, j'étais tout enflammée de l'Ambition de ressembler à Annie Bonny. Je me disais que, toute ma Vie, j'avais été trop timide, trop bien élevée. Mes bonnes Victoires — mon Départ de Lymeworth pour courir Fortune, ma Rébellion au Bordel, les Conditions que j'avais posées à Lord Bellars pour accepter sa Protection, la Façon dont j'étais devenue le Scribe de Whitehead, comme celle dont j'avais imposé à Lancelot la Modification de son Covenant, puis appris l'Art de la Piraterie — je les avait remportées en tuant en moi la Dame et en jouant les Pirates ! La Dame et la Pirate — on eût dit que deux Personnes luttaient en moi pour s'arroger la Suprématie au plus profond de mon Ame : une Dame vaporeuse et une Hardie Pirate, si différentes l'une de l'autre qu'elles ne pouvaient vivre en Bonne Intelligence. Tandis que, en moi, la Dame frémissait et tremblait de Couardise, la Pirate brûlait de respirer la Liberté ! C'était la Pirate qui pouvait commander un Navire, grimper aux Vergues en un clin d'œil, se percher là-haut dans le Nid-de-Pie, scruter les Mers d'un œil expert à la Longue-vue. C'était la Pirate qui avait usé de ses Charmes sur Lord Bellars pour l'amener à m'entretenir en ignorant tout de ma véritable Identité; et c'était la Pirate qui s'était gagné la Confiance circonspecte de Whitehead en devenant sa Secrétaire ! La Pirate aussi qui avait supporté un Accouchement auquel peu eussent résisté ! Mais c'était la Dame qui, dans son Remords de ne pouvoir allaiter son Enfant et dans ses Craintes vaporeuses, avait permis qu'une Nourrice la tyrannisât et lui dérobât le vrai Joyau de son Existence ! C'était encore la Pirate qui avait fait amender le Covenant de Lancelot, mais la Dame qui, de Prime Abord, en avait voulu à Bonny à la fois de sa Beauté et de sa Liberté !... O il me faut tirer *Leçons* de Bonny, et non lui en vouloir, me disais-je; car elle est ce que toute Femme rêve d'être ! Même Chaucer le dit par la bouche de la Dame de Bath : le Beau Sexe cherche « absolue Domination / Avec toute Régie de Terre et de Maison; / L'Homme se soumettant, Main et Langue Liées » !

Peut-être avais-je eu Rancœur de Bonny parce que, seule entre toutes les Femmes que j'avais rencontrées, elle avait conquis ce que nous ambitionnons toutes : la vraie Maîtrise de son Destin. Elle ne dépendait d'aucun Protecteur, ni Mâle ni Femelle. Elle élevait ses

Enfants et commandait son propre Vaisseau; et toute une Bande de Pirates l'écoutait quand elle parlait. Si les Femmes ne peuvent gouverner leur Sort que par le seul Moyen de la Piraterie, soit ! Bannissons à jamais de mon âme la Dame, pensais-je. Pirate j'étais et Pirate je brûlais d'être ! Et que Belinda, elle aussi, apprît à devenir Pirate !

Nous faisions maintenant Voile vers Anegado, dans l'Espoir de pouvoir, sous quelques jours, intercepter *La Cassandra* au Sortir du Détroit de Sire Francis Drake, alors qu'elle essaierait de gagner la Haute Mer. Les Flots étaient d'un bleu qui semblait peint en camaïeu, du Saphir jusqu'à l'Azur autour des coraux; et, bien que nous fussions déjà presque en Octobre et à la Saison des Ouragans, l'Océan ne se montrait point traître, même si les Vents étaient frais. Oui, les Cieux étaient d'un bleu immuable, la Mer étincelait comme un Bijou; et le Soleil là-haut était pareil à un disque d'Or éblouissant.

Horatio et Lancelot étaient maussades à Cause de la Perte de notre Butin, dégoûtés d'eux-mêmes, j'en eusse juré, pour s'être laissé berner par une Rusée; quant à moi, je déchiffrais la Mer et le Soleil et n'y découvrais que bons Présages. Je comprenais à présent qu'Annie Bonny m'avait été envoyée pour m'éclairer sur ma Destinée; car ce ne serait qu'après avoir tué en moi la Dame timorée que je ressusciterais, tel le Phénix, des Cendres de mon ancienne Vie, pour devenir la Fanny voulue par le Sort.

Mes Pensées se tournaient maintenant vers Belinda — puisque j'espérais vraiment pouvoir la retrouver. Que signifiait d'avoir une Fille dans un Monde de Fils ? Et comment lui apprendre à survivre ? Un jour, j'en faisais le Serment, si nous en sortions toutes deux vivantes, j'écrirais un Livre pour elle, où j'enfermerais tout ce que j'aurais appris sur l'Art de ne pas périr quand on est Femme, sur cette peu gracieuse Planète. Ce Vœu, je le prononçai devant le plat Horizon, l'aveuglante pluie d'Or tombant du ciel, l'Infinie Variété des Espèces sous-marines et la Déesse pleine de Grâce qui règne sur cette Création et la personnifie. Oui, j'écrirais un Livre pour ma Douce Belinda, de Sorte que, lorsqu'elle s'aventurerait dans notre Vaste Monde, elle pût l'emporter comme Guide — comme un Epitomé du Destin de la Femme, une Epopée et un large Historique tout ensemble, et les Conseils d'une Mère Aimante à sa Fille ! Moi, je m'étais avancée les mains vides; mais Belinda aurait son Grand Livre pour elle. Une Mère qui aime sincèrement sa Fille ne s'efforce pas de la retenir à la Maison par le Cœur : elle l'envoie dans le Vaste Monde, armée de toutes les Leçons que lui enseigna sa propre Vie.

Ainsi rêvais-je, et les Vents me répondaient en demeurant frais et favorables. O les Marins vivent à la Merci des Vents, bercés sur l'Océan tels des Enfants nouveau-nés ! Et si nous sommes Gens de

Superstition, c'est que notre Existence entière peut dépendre d'une Brise qui fraîchit. Mais quand les Vents sont bons, que le Soleil brille, que la Face de l'Abîme se crête de blanc sans pourtant se dresser en montagnes liquides hérissées de cimes et creusées de Vallées, alors nous nous tenons pour véritablement bénis et nous rendons Hommage aux Dieux que nous adorons, quels qu'ils soient.

Je vis plus d'un Navire dans ma Longue-vue durant les jours qui suivirent, notamment maints Trois-mâts Marchands; mais aucun n'était *La Cassandra*. Parmi l'Equipage, des Hommes commençaient à grommeler; ils auraient voulu capturer les Proies que nous voyions, afin que nous puissions recouvrer plus rapidement notre Fortune. Lancelot les convainquit d'attendre *La Cassandra,* laquelle, leur promit-il, vaudrait une bonne douzaine d'autre Navires Marchands. Lancelot courait maintenant beaucoup de Risques pour moi — comme si, en Réalité, il en était venu à m'aimer tout à fait, et ce, bien que nous ne nous touchions pas, hormis de tendres élans platoniques. Et si *La Cassandra* ne portait aucun Butin dans ses Flancs et que les Hommes se mutinassent par Vengeance contre lui ? me disais-je. Mais il semblait s'en moquer, pourvu que je retrouvasse Belinda. Mes Passions étaient devenues les siennes; un Homme peut-il offrir plus bel Amour ?

Pour ma Part, je savais que le Temps dont nous jouissions n'était plus de Saison et, au fur et à mesure que les jours passaient sans que *La Cassandra* se montrât, je finissais par me tourmenter en songeant à une Trahison possible de Bonny. Peut-être nous avait-elle donné des Cartes à seule Fin de nous duper et de nous empêcher de découvrir trop tôt la Perte de notre Butin. Peut-être n'existait-il en Réalité aucune Solidarité Féminine entre nous et son apparente Sollicitude devant l'Enlèvement de mon Enfant n'était-elle que Tromperie, Ruse et Méchanceté. Pourquoi lui faire Confiance en pensant que, Mère Aimante, elle ne pouvait tromper l'Amour d'une autre Mère, alors même qu'elle avait volé notre Or et nos Joyaux ? Ah ! Fanny, me disais-je, tu es toujours aussi innocente en ce Monde Mauvais. N'as-tu donc point appris cette Leçon qu'il ne faut avoir entièrement Foi en *personne* ? Car la Traîtrise menace toujours à un Tournant ou à un autre, et la Confiance est l'Ennemie de qui veut survivre !

Je me morfondais ainsi en scrutant l'Horizon à la Longue-vue et en me demandant si je reverrais jamais ma Belinda ou si l'on ne l'avait pas déjà offerte — telle une Iphigénie enfant — en Victime Propitiatoire pour se concilier les Vents. La Déesse nous en préservât ! Plutôt me mordre la Langue que de formuler pareille Peur, même pour moi seule !

Le Beau Temps ne pouvait durer toujours. C'était Octobre et la

Mer donnait maintenant des Signes de Colère. Ce fut par une journée où le ciel était sombre et sinistre et où des nuages obscurcissaient le Soleil, que j'aperçus un trois Mâts à l'Horizon à une Distance de plusieurs Miles, en éprouvant la très-curieuse Certitude qu'il s'agissait de *La Cassandra*.

Nous donnâmes la Chasse à ce Navire, déployant toute une Parade de Voiles digne de faire la Fierté de l'Honneur Pirate. Les Canons étaient prêts à tirer. Une fameuse Brise, soufflant de Nord-Nord-Est, gonflait le Grand-Hunier. Le ciel devint de plus en plus chargé; le temps, de plus en plus méchant. Notre Cale étant vide (au lieu d'être lourdement lestée d'Or et d'Argent), nous donnions vertigineusement de la Bande. Le Vent fouettait nos Voiles et nous courions si bien au plus près que toute la Charpente grinçait et que notre Brigantin semblait près de craquer sous l'Effort. J'étais parfaitement consciente du Danger où nous étions; l'on ne pouvait se tromper sur l'Aspect furieux des Flots, le Noircissement des Cieux, le Courroux soudain des Vents. Mais je remettais mes Craintes entre les mains de la Déesse et de son Pouvoir, en me disant que, si je perdais Belinda, ma Vie n'aurait plus de Valeur à mes yeux, alors que, si je la retrouvais, je n'aurais plus rien à redouter du Sort jusqu'à la Fin de mes Jours.

Ceux qui ont pris en Chasse un Navire à Voiles par Gros Temps croiront volontiers que notre Entreprise était des plus traîtresses. *La Joyeuse-Délivrance* était restée trop longtemps sans Carénage; avec l'Effort exigé de ses Charpentes, elle ne tarda pas à faire quelques Voies d'eau. Une petite Armée de Matelots avait constamment Besoin d'actionner les Pompes et, je le répète, la Perte de notre Cargaison nous rendait trop légers par Mer forte.

Toutefois, par la Grâce de la Déesse, nous gagnions sur notre Proie, à tel Point que, au vrai, je parvins bientôt à lire son Nom et vis que c'était bien *La Cassandra* ! Parce qu'elle venait d'être fraîchement carénée et qu'elle avait sans aucun Doute le Cul en meilleur Etat que nous, elle parut d'abord fort près de nous battre de Vitesse; mais, à Cause de sa Charge qui était Grande et de ses dimensions bien supérieures aux nôtres, nous gardions néanmoins un faible Avantage. *La Cassandra* était un Navire destiné au Commerce avec les Indes Orientales, et de six cents Tonneaux au moins, eût-on dit. Elle avait des Sabords pour vingt-quatre Bouches à Feu, rien qu'à tribord. Heureusement, Horatio me rassura : elle ne portait sûrement pas la Moitié des Canons de ce qu'il paraissait, car elle avait trop Besoin de Place pour sa Cargaison. Il était vain de débattre si nous l'attaquions ou non : il nous fallait la prendre ou périr dans la Tentative. Peut-être cette Grosse Mer nous donnait-elle même un certain Avantage : mieux valait l'espérer, car nous en avions bien peu d'autres.

Il était Midi (bien qu'il fît presque aussi noir qu'à Minuit), lorsque, parvenus à Portée de Tir au Juger, nous frappâmes les Couleurs d'Angleterre. Notre Vaisseau était en Position d'Attaque; *La Cassandra* n'en fut pas moins totalement surprise, car l'Etat de la Mer tenait son Equipage si absorbé qu'elle nous aperçut seulement quand nous lui étions presque dessus. Et elle hissa alors aussi le Drapeau Anglais. Sur quoi, nous arborâmes, nous, le Pavillon Pirate, et virâmes de bord, Canons et toutes autres Armes prêts, de Façon à la terroriser par une formidable Démonstration de Force. La Mer soulevait de vastes montagnes d'eau et creusait de gigantesques vallées, et les Matelots de *La Cassandra* s'affairaient à ferler les Voiles (il y en avait en telle Quantité, avec ses trois Mâts, qu'il ne fallait pas moins d'une cinquantaine d'Hommes uniquement pour prendre les ris), alors que nous avions une plus grande Rapidité de Manœuvre.

Je bus un petit verre d'Alcool pour me donner du Cœur, commandai aux Hommes d'être à leurs Pièces et fis tirer une Bordée de Semonce, dans l'Espoir que *La Cassandra* se hâterait de se rendre, car je n'avais nul Désir tant de la couler avec mon Enfant à bord que de l'endommager au Point de ne pouvoir la garder comme Prise, si cela se révélait utile.

La Bordée — qui ne fit pas Grand Mal à l'Epaisseur de la Coque — jointe à la Vue de nos Couleurs Pirates, jeta un tel Effroi parmi les Marins de *La Cassandra* (dont beaucoup, comme posés en l'air sur Mâts et Vergues, se cramponnaient piteusement pour résister à la Tempête) que le Navire entier devint le Théâtre d'une extrême Confusion. Il tenta bien de nous retourner notre Feu, mais nous virions déjà de bord pour l'aborder par le Beaupré, selon la Tradition Pirate.

Alors commença une Sorte de Menuet, Mer et Navires dansant chacun sa Part des Figures. Car, lorsque la Vague nous soulevait très-haut, *La Cassandra* plongeait, et lorsqu'elle remontait à la Crête, c'était nous qui étions précipités dans le Gouffre. En Conséquence, il ne se trouvait pas de moment qui parût propice à l'Abordage : à peine étions-nous en Position de le tenter, qu'un Abîme bouillonnant se creusait et béait entre les deux Coques toutes proches. Toutefois, il semblait que, là aussi, l'Intempérie fût notre Amie. Juste comme il semblait que jamais nous ne parviendrions à nous emparer de *La Cassandra*, les Flots nous firent en quelque Sorte la courte échelle, assez pour nous permettre de menacer directement son Embelle de notre Beaupré frémissant — tel un Roué livrant Assaut à l'Honneur d'une tremblante Pucelle.

A cet instant, Horatio fit tournoyer son Grappin au-desssus de sa tête et, avec un Cri féroce, s'élança le premier de nous tous — c'est-à-dire moi-même, Calotte, Caveat, le Lutin, Francis Bacon et une Horde de nos Esclaves libérés les plus terrifiants — à l'Abordage et sur les Ponts de *La Cassandra*. Plusieurs de nos Frères Noirs se préci·

pitèrent pour paralyser avec un coin le Gouvernail, tandis que Caveat, Calotte et le Lutin attaquaient à la Hache d'Abordage le Gréement, tranchant et abattant Cordages et Toile, avec les Matelots qui s'y cramponnaient comme à leur Vie, terrifiés. Nos Gaillards de tous Ages pleuvaient littéralement sur les Ponts. Dans la Mêlée générale qui suivit, la Tempête empêcha la Défense de *La Cassandra* plus qu'elle ne gêna notre Offensive, car les Pirates sont plus habiles et entraînés au Sabre d'Abordage et au Poignard que les Matelots ordinaires, et plus fermes sur leurs pieds quand le Pont tangue.

Laissant Horatio mener l'Assaut, je me faufilai à la Recherche de ma Fille dans l'Entrepont, descendant jusque dans les Entrailles mêmes du Navire pour leur arracher, telle une Déméter devenue folle, ma Perséphone. Les Marins de *La Cassandra* montaient tous à la Rescousse, si bien, que, en bas, les Passagers restaient sans Protection, en Proie à l'Alarme de notre Bordée de Semonce. Ils couraient ici et là, les Hommes la perruque de travers, les Femmes en déshabillé. Me prenant, dans sa Panique, pour un Passager comme les autres, un Vieux Barbon, avec une verrue large comme un Peso sur la joue, me cria :

— Sauve qui peut, Jeune Homme ! Nous sommes aux mains de Pirates, à ce que l'on dit !

— Vraiment ? répliquai-je, feignant l'Horreur. S'il vous plaît, où est le Petit Enfant ? Je ne voudrais pas que les Pirates s'emparent de lui, de Peur qu'ils ne le fassent rôtir tout vif pour le manger !

Ce disant, et bien que ce fût Ruse, je sentis tout mon corps frémir et mes dents s'entrechoquer, tant le seul fait de *parler* d'une telle Possibilité suffisait pour que tout mon Etre se révulsât à l'Idée.

— La Petite Fille ? Elle est en bas, où elle dort avec sa Mère dans un hamac, dit le Vieil Homme en m'indiquant du doigt la Partie la plus basse du Navire (loin de se douter du Service qu'il me rendait !).

Sa Mère ! pensai-je. *Sa Mère* ! Comment la Vieille Mégère osait-elle se faire passer pour ta Mère, Belinda ? Dans la Rage de cette Pensée, je bondis en bas de l'échelle tandis que le Navire roulait et tanguait, m'élançai parmi la Forêt mouvante des Hamacs réservés aux Passagers pauvres et — Miracle ! — découvris Prue Feral ronflant comme une vieille Tarasque, ma belle Petite Fille dans ses bras !

L'Enfant venait tout juste de se réveiller lorsque le Hasard me conduisit à leur hamac; son visage avait la jeune Roseur de l'Aurore; ses cils un peu roux reposaient comme deux franges épaisses sur ses petites joues. Elle avait grandi de Façon très-prodigieuse depuis que je ne l'avais vue. A sept mois, elle avait maintenant passé l'Age d'être emmaillotée; mais Prue la tenait attachée à son gros corps hideux par tout un Assortiment de loques et de cordelettes, qui ne lui laissait que les bras libres. Et, de fait, ces petits bras bougèrent, se tendant

510

comme si tu m'avais reconnue, Belinda. Et je me penchai sur toi, pleine d'Etonnement émerveillé.

Quelle Différence peuvent faire quatre mois chez un Enfant ! A trois mois, il n'est que Possibilités informes, changeantes. A sept mois, il a rejoint le Monde des Hommes et des Femmes : la créature Humaine commence à se manifester sous la Forme Enfantine.

Les menottes tendues ouvraient et fermaient les doigts comme pour s'agripper à moi au Sortir de la Demi-Mort du Sommeil ; puis les yeux s'ouvrirent sur leur Lumière d'un bleu céleste, s'écarquillèrent pour un instant de Perplexité et plantèrent leur Regard perçant dans mes grands yeux bruns mouillés de pleurs. Sur quoi, ô ma Belinda, tu poussas un Cri à faire fondre les Feux Glacés de l'Enfer même !

Je saisis à poignée mes cheveux — mon chaume, plutôt — pensant que c'était mon misérable Etat qui t'effrayait de la Sorte (car j'avais trop peu d'Expérience des Petits Enfants pour me douter que, au bout de six mois d'Existence, la Vue d'un visage inconnu pût encore terrifier un Bébé). Non ; puisque tu étais l'Etoile Polaire de mes Rêves, il me semblait naturel que je fusse celle des tiens aussi. Las ! tel n'était pas le Cas. (D'ailleurs, l'Amour des Parents pour leurs Enfants est souvent un Amour non partagé, bien que, devenus Parents nous-mêmes, nous sachions très-bien que nos Enfants rendront aux leurs, sinon à nous, la Passion que nous leur aurons prodiguée. Hélas ! n'est-il pas fréquent dans la Vie, si mélancolique que ce soit, que les Faveurs que nous faisons à certaines Personnes nous soient retournées, non par celles-ci, mais par d'autres, qui n'ont envers nous pas l'Ombre d'une Dette ?)

Toujours est-il que tu crias, crias et que Prue se réveilla à l'instant même où je m'apprêtais, avec mon Sabre, à trancher les nœuds qui te retenaient à ta Ravisseuse. Alors, Prue, me prenant pour un Meurtrier, se mit à crier encore plus fort que toi, et divers Passagers accoururent et nous entourèrent, plus par Curiosité que pour offrir leur Aide, bien que, comme la plupart des Gens, il dissimulassent leur vrai Sentiment sous une telle Offre.

— Au Secours ! Au Ravisseur ! criait Prue, m'accusant, dans son Trouble et sa Peur, de son propre Crime.

En un clin d'œil, une Sorte de Taureau, décidant d'être le Héros de ce Combat Naval, tira l'Epée et me provoqua en Duel.

Prue saisit l'Occasion pour sauter tant bien que mal de son hamac et tenter de fuir en emportant Belinda. Mais la Troupe des Spectateurs, où déjà les Paris faisaient Rage, embarrassait son Passage, et elle se retrouva prise entre cette Foule et l'échelle menant au Pont. Quant à mon Adversaire, il savait jouer de la Rapière, si benêt qu'il eût l'Air. O il avait de grosses lèvres d'Enfant boudeur et le nez rouge comme les pommes d'Automne, mais il connaissait l'Art de se défendre !

Son Epée n'était qu'une mince Flamme argentée, comparée au large croissant de mon Sabre; il lui fallait me percer très-vite le Cœur, ou bien sa Lame se briserait net sur un coup de taille de mon Arme. Nous dansions entre les hamacs mouvants, multipliant Feintes, Estocades, Pointes, Parades et jouant à la Course-poursuite. Ma petite taille me servait; les Mouvements du Navire aussi — bien qu'ils eussent quelque peu diminué, comme si la Tempête s'était calmée — mais il était hors de Doute que, sur le Terrain, cet Homme m'eût prestement dépêchée, la pointe de sa Rapière allant droit à mon Cœur comme le Pigeon Voyageur à son pigeonnier.

Il se fendit et me stria la joue : la Brûlure et la lourde Tiédeur du sang m'étonnèrent cependant que le mince filet rouge coulait jusque dans ma bouche ouverte. Ah ! quel étrange Aphrodisiaque est le Goût salé du sang que l'on vous tire. Cela dut m'enflammer d'une Rage de vivre — comme eût dit mon Vieil Ami M. Pope — car je brandis mon Sabre d'Abordage et brisai la Rapière de mon Adversaire au ras de la Garde !

— Pitié pour mon Ame ! s'écria le Grand Benêt désarmé.

Mais, d'un Bond, je m'étais jetée en avant et j'avais déjà sabré son gros cou rougeaud. Il tomba, son sang jaillissant comme une Fontaine. Ce que voyant, les Spectateurs reculèrent vivement, pleins d'Epouvante. Mais il était trop tard : Prue s'enfuyait avec Belinda, et ce nouveau Rapt de mon Enfant suscitait en moi plus de Détresse que la Mort d'un Homme. Je pourchassai Prue, la truie ! jusque sur le Pont, où je découvris très vite que la Tempête s'était en effet apaisée, mais non la Bataille. Le plancher de *La Cassandra* ruisselait maintenant de sang, et assez de Blessés étaient tombés ou avaient été jetés par-dessus bord pour attirer les requins mangeurs d'Hommes dans ces Eaux Tropicales. O il est des Proies que l'on ne prend qu'au Prix d'un Déluge de sang, tandis que d'autres se rendent sans Coup férir !

Quant à ma Belinda, agrippée à sa Nourrice, elle semblait encore plus terrifiée par cette Tentative de Délivrance qu'elle n'avait dû l'être par son Rapt, car elle poussait les Hauts Cris, tout le visage rouge et grimaçant. Prue clopinait sur le Pont en évitant les Combattants et, moi, je la poursuivais (ma chemise maintenant grande ouverte révélant clairement ma Féminité). Je me guidais parfois sur les Cris de Belinda, priant qu'elle ne trouvât pas la Mort par Hasard et repoussant du Sabre tout ce qui se présentait. Il y eut surtout le Capitaine de *La Cassandra*, lequel, à ce qui apparaissait maintenant, était prêt à défendre l'Honneur (même au Prix de sa Vie) de son Bâtiment qui n'était déjà plus que notre Prise. Jamais je n'avais vu tant d'insolite Bravoure de la Part d'un Capitaine !

— Je mourrai plutôt que de vous voir prendre ce Navire ! s'écriat-il

Je jure que ces Paroles m'enragèrent — ou peut-être étaient-ce les Hurlements de mon Enfant. Saisie de Frénésie sanglante, de Haine pour la Race Humaine en son entier et du Dépit de devoir sauver, seule, ma Belinda, je tailladai du Sabre la Poitrine du Capitaine, en faisant jaillir une grande Coulée de sang qui fleurit sur sa chemise de fine toile de Hollande, ruissela sur sa ceinture de soie et sa culotte pour former une mare sur le Pont, où il s'infiltra comme du goudron entre les planches. L'Homme hurla longuement, sans tomber cependant; il revint sur moi, plein de Haine, comme s'il avait voulu exterminer toute la Gent Féminine.

— Garce ! Sorcière ! Mégère ! criait-il, son visage rouge me rappelant le plus affreux de tous les horribles Scélérats qui avaient violé les Sorcières mes Sœurs.

— Pour Joan ! Pour Isobel ! m'exclamai-je en le perçant de part en part, après m'être fendue de toutes mes Forces.

O ce Mot de « Sorcière » avait déchaîné en moi un Pouvoir inconnu ! Il tomba, notre Capitaine, et mon Cœur exulta ! Mais où était Prue ? Et où, ma Belinda ? A peine avais-je dépêché notre Capitaine disputeur que je promenai autour de moi un Regard égaré. Si Prue tenait tant que cela à t'enlever à moi, c'était, raisonnai-je, qu'elle tenait aussi suffisamment à épargner ta Vie, Belinda. (Mais où Diable était-elle passée ?) C'était d'assez bonne Logique de ma part — un peu comme le Jugement de Salomon touchant un certain autre Enfant réclamé par deux Femmes. Mais le Raisonnement ne tarda pas à se révéler faux; car le Capitaine venait à peine de s'effondrer que, levant les yeux, je vis, dans un instant vertigineux, Prue qui grimpait aux Haubans, ma Petite Fille attachée à son Corps comme un Bébé Indien ! O Prue était grosse et pesante, mais le Dépit pur lui donnait la Force d'escalader le ciel gris et menaçant.

— Elle sera à moi, ou elle retournera dans le Sein du Seigneur ! criait-elle follement.

La Douleur me fauchait les genoux; la Peur me retournait l'estomac. Je pensai à Susannah, à Bartholomew, à Joan et au Carnage de l'Assemblée des Sorcières, à tous mes Bien-aimés Amis perdus qui reposaient au fond de la Grande Baille ou sous les Brumes Ensorcelées du Wiltshire. De Grâce, Chère Déesse, Pitié !

Prue continuait à grimper aux Haubans avec l'Enfant qui criait, attaché à sa taille. Autour de moi, la Bataille s'était suspendue *in Medias Res*, tous les yeux étant levés pour regarder ce Spectacle de Terreur.

Soudain, Horatio bondit, secouant le Cauchemar, et se lance dans les Haubans à la Suite de Prue Feral, laquelle, ce que voyant monte plus haut, tenacement suivie par lui.

— Arrête ! Je t'en supplie, ne la pousse pas plus haut !

C'est moi qui ai crié. De Chagrin, mon Cœur a presque cessé de battre et son Angoisse m'étreint à la gorge. Les Haubans m'écrasent de leur Surplomb, telles les parois vertigineuses d'une Cathédrale; les Mâts oscillent comme les arbres d'une Forêt au Pays des Géants. Le Navire entier grince et craque d'Attente anxieuse, bien qu'aucune voix Humaine ne s'élève en dehors de la mienne. Mes Prières montent vers la Déesse le long des Cordages goudronnés; je me dévore le Cœur, tel un Gâteau d'Amertume tout de Bile et de Douleur. O je prie que Prue réfléchisse et ne saute pas dans le Vide, ou que, si elle le fait, son gros corps amortisse la Chute de ma Douce Belinda, sans quoi celle-ci mourra écrasée par le seul Choc de l'Onde Vorace ! Mais non... la Déesse n'écoute pas ma Supplication. Qu'ai-je donc fait pour l'irriter ? Quelle Punition me suis-je attirée pour perdre ainsi mon Enfant, après pareille Poursuite, si longue et périlleuse ?

Prue s'est élancée des Haubans, entraînant dans sa Chute vers la Mer Sauvage le Bébé hurlant, toujours attaché à sa vaste taille. Horatio les suit, fendant les airs sans une minute ni même une seconde d'Hésitation, telle une Flèche filant droit à la Rencontre de la cible.

— Vite ! Le Canot ! crie John Calotte, qui amène déjà l'Embarcation de *La Cassandra*.

Nous ne perdons pas un instant pour la mettre à la Mer, et pourtant ce temps bref me semble prendre des heures, non, des Siècles — que dis-je ! des Eons. Maintenant, Horatio bat les Flots de ses bras. Quant à Prue, je ne la vois plus.

Les requins ! me dis-je, saisie de Panique. Ma Belinda va-t-elle nourrir les Monstres ?

L'Embarcation frappe l'eau dans un abominable Fracas et manque de se briser en mille morceaux; mais, dans le même moment, j'aperçois brièvement Belinda, petit visage rouge et criant à perdre Haleine à la Surface des Flots en Colère.

Bénis soient ces Cris ! Ils prouvent à tout le moins qu'elle vit ! L'Enfant monte et descend au Gré de la Houle, juste devant la grosse Face lunaire de la Nourrice Démente, qui semble à demi-morte de sa Chute; mais Belinda est vivante ! Prue lui sert de Radeau, de Yole, de Pinasse, de Pilote, d'Esquif ! Horatio nage vers elles, avec une Résolution plus Virile et Héroïque que je ne saurais le dire. Il arrache l'Enfant à ses liens et, tandis que Belinda hurle dans ses bras, il nage déjà contre le bord de notre Canot. Il étouffe et tousse en me tendant ma Petite Fille en larmes, quand, soudain, un long Cri hideux s'échappe de sa gorge, à la seconde même où, élevant haut Belinda au-dessus de sa tête, il la voit enfin en Sûreté dans mes bras !

Je suis si heureuse de tenir Belinda que je comprends à peine ce qui se passe dans l'Onde Amère. Prue a disparu parmi les vagues qui paraissent bouillir. Le Visage d'Horatio se tord en un Rictus atroce, comme s'il était forcé d'assister à un Spectacle détestable sans pouvoir quitter sa Place (peut-être parce que les Acteurs seraient de ses Amis).

— Dieu Bon ! s'écrie Calotte, en tendant le bras pour saisir Horatio.

Il tente de le hisser dans un grand Déploiement de Force; las ! devant mes yeux horrifiés, Horatio n'est plus qu'un tronc, sans hanches ni jambes : tout ce qui était au-dessous de l'eau a été englouti par les requins !

— Bénie soit son Ame ! dis-je, étreignant l'Enfant qu'il a sauvé au Prix de sa Vie.

Trop émue pour pleurer, trop ébranlée pour parler, je tiens Belinda enlacée. Elle aussi a cessé de crier, cependant que le Canot monte et descend sur les Vagues empourprées.

Je lève les yeux vers *La Cassandra*, violée par le Beaupré de *La Joyeuse-Délivrance* : les deux Navires flottent maintenant sur une Mer presque calmée après la Tempête.

Les visages des Joyeux Compagnons et de tous les Matelos se penchent vers nous, stupéfaits, comme si le Sauvetage de l'Enfant était une Sorte de Signe Solennel. Lancelot lance une échelle et nous presse de revenir, Calotte et moi, en toute Hâte, de Crainte, sans nul Doute, que les requins ne livrent un nouvel Assaut pour renverser l'Embarcation dans leur Frénésie vorace.

Je lève les yeux vers mon Lancelot qui m'attend. Sa chevelure et sa barbe sont rouges comme rouille sur le fond d'ardoise grise du ciel, qui, néanmoins, commence à s'éclaircir. Derrière sa tête léonine, j'aperçois les premiers Frémissements d'un Arc-en-ciel, brisé, il est vrai, par les Mâts et les Vergues de *La Joyeuse-Délivrance*, mais qui déploie cependant son Echarpe Messagère.

O Belinda, oui, nous vivrons !

Chapitre XV

Où l'on approche de plus en plus du Dénouement de notre Histoire, tandis que certains Signes présagent l'Avenir de notre Héroïne, ainsi que de notre Héros & de leur Enfant Bien-aimé.

LES BÉNÉDICTIONS de la vie ne sont jamais sans Mélange — hormis pour les Sots. Lancelot et moi, nous étions réunis sur le Pont de *La Joyeuse-Délivrance*, avec la petite Belinda entre nous; mais Horatio nous avait quittés pour ne plus jamais montrer son visage sur notre Planète tournoyante ! O quelle Etrange Ironie du Sort, qu'Horatio eût échappé aux requins durant sa Jeunesse contrariée, mais uniquement comme pour mieux les retrouver à une Fatale Fin !

La Rochefoucauld dit que l'on ne peut regarder en face ni le Soleil ni la Mort; au vrai, ces Mots s'appliquaient à la Mort d'Horatio. Lancelot et moi, qui avions tous deux perdu un Amant et un Ami respectivement, nous pouvions à peine parler de lui, mais nous étions rapprochés par notre Peine commune. La Rochefoucauld dit aussi que le Hasard nous guérit de bien des Défauts incurables par la Raison; Lancelot en était l'Exemple parfait : le Garçon hardi et téméraire que j'avais connu allait s'adoucir avec le Trépas d'Horatio, en même temps que son Caractère se tempérerait de plus de Philosophie. Ainsi le Chagrin ne peut-il faire de nous que des Philosophes ou des Fous; car ceux dont les Espoirs et les Amours sont trop souvent brisés en auraient l'Esprit fêlé, s'ils ne s'adoucissaient à la Fin.

Leur Capitaine mort, les Matelots de *La Cassandra* réchappés de la Sanglante Bataille ne furent que trop heureux de devenir Pirates aux Côtés de Lancelot Robinson — dès que son Nom leur fut connu. Ils l'acclamèrent comme leur Capitaine. Mais voici que, lui, tout à

516

coup, il refusait; il ne désirait plus, disait-il, prendre leur tête; son unique Vœu, à l'entendre, était de mener sa propre Vie. Mais sa tête était mise à Prix et, pour un temps, il ne serait qu'un Homme brisé.

— Les Larrons couronnés de Succès sont adorés du Monde entier, ma Belle, m'expliquait-il. Tandis que l'on méprise ceux qui ont échoué. La Racaille aime le Rebelle dans le Larron et se complaît à rêver de ses Hauts Faits, qu'elle n'a pas le Courage d'accomplir. Robin des Bois, Dick Turpin, Barbe-Noire — même moi — la Canaille ne nous aime guère pour notre Ame; elle nous aime pour notre Audace, pour le Goût de la Rébellion — en Sorte que le Cul-bridé qui n'a jamais osé rêver puisse me montrer du doigt en disant : « Sans mes Chaînes, c'est moi tout craché ! » Pouah ! J'en ai fini de ces Epopées Burlesques !...

La Joyeuse-Délivrance était endommagée, moins pourtant que *La Cassandra*. Lancelot proposa donc que nous réparions les deux Navires, du mieux que nous le pourrions, puis que nous laissions les Hommes décider de celui sur lequel ils navigueraient, et vers quelle Destination. Libre aux Hommes de *La Cassandra* de continuer la Piraterie pour leur propre Compte, si tel était leur Choix. Tel était le Désir de Lancelot lui-même. Il ne souhaitait plus que de méditer sur la Perte d'Horatio, maintenant que ses Rêves d'une *Libertalia* sur une Ile Tropicale étaient fracassés.

Pour ma Part, il me fallait refaire Connaissance avec ma Fille, qui semblait tout éberluée de ces étranges Evénements. Elle me regardait avec de grands yeux presque adultes, paraissant me reconnaître sans me connaître tout à fait. Parfois, un visage d'Enfant laisse transparaître l'Ame de l'Adulte qu'il deviendra; ainsi en était-il de toi, Belinda : tes Traits étaient graves et pensifs, sans pourtant être tristes; l'Intelligence étincelait dans tes Prunelles de Saphir bleu.

Sire Francis Bacon conçut exprès pour toi un Régime de purée de pois, de fromage et de riz bouilli écrasé au tamis. Il était presque providentiel que tu eusses à présent sept mois et fusses capable de prendre des Aliments solides au Lieu du seul lait, car je n'avais point de lait à t'offrir. Prue, à sa Façon, t'avait fait présent d'un Précieux Don de Vie. Ainsi se trouve-t-il que toutes les Bénédictions de l'Existence ne vont point sans Mélange, comme je l'ai dit, et que tel est surtout le Cas pour la Maternité.

Où pouvions-nous aller, avec notre Enfant retrouvé, notre Fortune envolée et nos Espérances si fracassées et en même temps si ravivées par ton Retour, Belinda ?... Lymeworth ! Je pensais à Lymeworth en soupirant, avec une Profonde Nostalgie et le Désir brûlant de le revoir, d'y retourner pour présenter mon Enfant à ma Douce Mère Adoptive. Et cependant je craignais ces Retrouvailles. Je croyais sentir le parfum des haies de mon Enfance même en Pleine Mer ! O qu'est-ce donc, dans cette Sensation de tenir son Enfant contre sa hanche, qui incite une Femme à désirer retourner auprès de sa Mère ? A désirer lui dire : « Regarde, la Chaîne est complète » ? Et aussi : « Regarde, j'ai franchi la Frontière, et maintenant je suis plus proche de toi » ? Ou encore : « Vois, cet Enfant que je t'offre est mon Présent le plus Précieux » ?

— Je me languis de Lymeworth, dis-je un jour à Lancelot. J'en brûle d'une Passion des plus extrêmes. Si je pouvais revoir les haies de mon Enfance, ne serait-ce qu'une seule fois encore, alors je serais vraiment heureuse !

Et donc, alors que le Monde entier s'ouvrait devant nous — les Bahamas, les Bermudes, les Caraïbes, et Madagascar et la Côte Africaine, et les Colonies d'Amérique du Nord, et même les Mers du Sud avec toutes leurs Richesses — nous cinglâmes vers la Verdoyante Angleterre, notre Patrie Insulaire, notre Bouclier de Paix sur une Mer en Furie !

Nous avions les Joyeux Compagnons — les Nouveaux et les Anciens tout à la fois — comme Equipage; et quant à ceux qui voulurent continuer la Grande Ronde de la Piraterie, ils eurent *La Cassandra*, avec la Bénédiction de Lancelot, et mirent à la Voile sous la raisonnable Gouverne de l'un des plus Noirs d'entre les Esclaves Africains. Nous leur fîmes cadeau des Cartes que Bonny nous avait données, en leur souhaitant Bonne Route.

Octobre était maintenant là; la Traversée ne serait pas aisée. Il fallut bien des longues semaines de Froidure pour atteindre la Côte Anglaise et, lorsqu'elle fut en vue, c'était déjà presque Noël.

Nous avions perdu notre Beau Trésor, il était vrai; mais, à nous tous, il nous restait encore quelques Guinées. Nous établîmes nos Plans avec le plus grand Soin et débattîmes s'il fallait accoster à Lundy (où certains des Joyeux Compagnons comptaient des Amis Corsaires susceptibles de nous transporter jusqu'à l'Ile Mère), ou à Lizard Point, en Cornouaille, ou encore près de Bolt Head, dans le Devonshire. Cette dernière Solution fut retenue, en Raison de la Solitude de ce Rivage; il fut en outre convenu que nous nous séparerions en deux Groupes — Lancelot, Calotte, Belinda et moi partant seuls pour Lymeworth, tandis que le Reste des Joyeux Compagnons endosseraient divers Déguisements déterminés à l'Avance et se cacheraient chez d'anciens Compatriotes, jusqu'à ce que nous les mandions près de nous.

Quand les quatre Voyageurs en loques que nous étions furent déposés sur la terre ferme par une Pinasse, tout près de Lantern Rock, dans le Devon, et que nous eûmes fait nos Adieux à *La Joyeuse-Délivrance*, nous ne savions pas si nous reverrions jamais les Joyeux Compagnons — sauf en Rêve.

Las et épuisés par nos Navigations, nous entreprîmes notre

518

Voyage à travers le Devon et le Somerset, habillés en Marchands de Fripes et la tête coiffée d'une pile de chapeaux, tels les Chiffonniers de Londres. Les vêtements mêmes, nous les avions choisis parmi ceux qui étaient à bord de nos Navires; certains provenaient de précédentes Captures; les autres nous avaient été laissés par les Pirates d'Annie Bonny, dans leur Hâte de s'emparer de nos Joyaux et de notre Vaisselle Plate; les derniers, enfin, nous venaient de Whitehead et du fatidique Engagement avec *La Bonne-Espérance*.

Grâce soit rendue à la Déesse de ce que nous les ayons eus en notre Possession et de ce que nous ayons choisi ce Déguisement, car il faisait un Froid et une Humidité de tous les Diables, et maintes furent les Occasions où je soupirai de Regret pour les Iles Tropicales des Caraïbes, tout en me traitant de Sotte pour avoir entraîné Lancelot et Calotte jusqu'à cette Angleterre qui nous glaçait les os, parce que m'avait prise cette Fantaisie de revoir Lymeworth une dernière fois ! L'Enfant calé sur la hanche, et rationnant les *Pennies* pour réserver à notre pain ceux qui nous restaient, mendiant une Place sur les Chars de fumier et les Carrioles, faute de Voiture, je me sentais bien misérable en Vérité. Lancelot et Calotte n'osaient commettre aucun Vol extravagant, de Crainte d'attirer sur nous toutes les Représailles de la Loi. Ainsi cheminâmes-nous, fatigués, affamés, en Direction de la Maison — si toutefois elle existait encore et qu'elle fût toujours mon Foyer. Nous eussions pu prendre un Cheval de trait et une Charrette ou la Diligence, sans notre Peur d'être reconnus en de telles Circonstances; et, bien qu'il nous arrivât de louer de temps à autre des Chevaux dans un Relais de Poste, nous avions le Sentiment que même cela était un trop grand Risque.

Au moment même où l'Espoir nous abandonnait et où nous étions fort mal en point, se plaça un étonnant Incident qui, de sombre qu'elle était, fit virer notre Humeur au Beau Fixe, et sembla, au vrai, présager le Bonheur.

Nous n'avions guère de quoi acheter un Cheval, et pourtant nous en avions cruellement Besoin d'un, ou même de plus, comme l'on peut l'imaginer. Les quelques Shillings qui nous restaient, nous les conservions en Prévision d'une Calamité éventuelle.

Nous n'étions plus très loin de Taunton et venions de parler entre nous d'une Auberge où passer la nuit prochaine, ainsi que de l'Opportunité de voler des Chevaux, Faute de pouvoir en acquérir, lorsque le Spectacle le plus pitoyable qui se puisse contempler s'offrit à nos yeux : un Homme hors de lui battait un Animal, presque à le tuer.

L'Homme était fou furieux; il frappait le Cheval avec une canne souple, puis aussi avec la poignée de son Epée. Tout en rouant de coups la pauvre Créature qui faisait le gros dos sous la pluie glaciale, il hurlait :

— Cheval Prodige ! Ah ! ouiche, un vrai Pégase ! Je vais t'en donner, moi, des Prodiges !

Avec mon Bel Enfant assuré sur la hanche, je courus jusqu'à l'Homme en criant :

— Arrêtez sur-le-champ ! Comment osez-vous traiter ainsi une Créature de Dieu comme vous ? Puisse le Seigneur vous renvoyer sur cette Terre sous la forme d'un Cheval, et doté d'un Maître cruel, dans une prochaine Vie !

— Paix, Mégère ! cria l'Homme (qui n'avait rien d'un Gentil-homme, mais avait bien plutôt l'Air d'un Gueux ayant acheté ce Cheval avec sa dernière Guinée).

Pour ma Gouverne, il entreprit de battre l'Animal plus fort encore. Comme je regardais le Cheval d'un peu plus près — pauvre Créature dont les os perçaient la peau et dont le garrot était si maigre qu'elle paraissait quasi morte de Faim, avec des plaques de Pelade et des croûtes de sang là où elle avait été souvent battue — que vois-je ? Miracle ! Une étoile blanche au milieu du front, bien visible sous la poussière ! Se pouvait-il que cette misérable Haridelle fût Lustre ? J'abaissai les yeux sur son canon droit; et là, à demi cachée par la boue, il y avait une balzane blanche — sur un membre atrocement à vif à Cause de la Gale !

— D'où tenez-vous ce Cheval ? demandai-je d'une voix tremblante.

— Je l'ai acheté à un Gars qu'on allait emprisonner pour Dettes. Par cher, qu'il me l'avait vendu. Et il y est toujours, en Prison, à ce qu'on m'a dit. Il peut bien y pourrir, pour ce que je m'en soucie... le Saltimbanque ! C'est un ancien Acteur et il avait essayé de monter un Spectacle avec cette Rossinante. Et que je t'appelle ça : « Pégase le Cheval Prodige » ! Seulement, vu qu'il n'y a pas eu le plus petit Prodige, la Racaille n'a pas manqué de les lapider tous deux, le Maître et la Bête ! Et pas volé ! Cheval Prodige, oui, va te faire lanlaire !

— S'il vous plaît, quel était le Nom de cet Homme ? demandai-je, espérant qu'il s'agissait de Doggett (espérant, au vrai, que la Déesse avait exercé la Vengeance qui n'appartenait qu'à elle).

— Je n'en sais rien, répondit l'autre. Mais c'était un Acteur Ambulant et il comptait éteindre ses Dettes avec ce Cheval. Seulement, comme vous le voyez, la Bête n'est plus bonne qu'à faire de la viande pour les Chiens.., la vieille Rosse ! J'ai dans l'Idée de l'abattre sans plus tarder.

Et il prit un Pistolet qu'il appliqua contre la tête de Lustre. Je m'efforçai de ne pas montrer à quel Point ce Geste m'affectait. Je dis :

— Je vous en prie, Messire, arrêtez... Je vous paierai joliment pour avoir ce Cheval.

L'Homme m'examina des pieds à la tête et n'eut pas de Mal a voir que mon Apparence était dénuée de tout Etalage de Richesse Le chaume de ma tête avait repoussé en boucles, mais j'étais vêtue de toute la poussière des Routes et n'avais guère l'Air d'une Dame. Le Tortionnaire de Lustre arma son Pistolet.

— Je vous en prie, Messire, s'il vous plaît, réfléchissez, dis-je, le Cœur battant.

Et je serrai plus fort contre moi Belinda, laquelle, comme si elle avait compris, se mit à pleurer. A cet instant précis, Lancelot et Calotte nous rejoignirent.

— Que se passe-t-il ? s'enquit Lancelot.

— Il me faut ce Cheval, répondis-je d'une voix douce, mais ferme.

Il regarda l'Animal, puis me considéra comme si j'étais devenue folle; Calotte en fit autant.

— Combien m'offre-t-on pour ne point tirer ? demanda l'Homme.

— Cinq Shillings ! répliquai-je.

C'était tout l'Argent qui nous restait au Monde.

— Seigneur Dieu, Femme ! s'écria Lancelot. As-tu perdu la tête ?

— Fie-toi à moi, Lancelot, dis-je.

Il me lança un Regard interrogateur; de quelque étrange Façon, il comprit que tout l'Amour et la Confiance qui étaient entre nous se trouvaient jetés dans la Balance.

L'Homme pressa de nouveau son Arme contre le front du Cheval, puis consulta Lancelot des yeux.

— Cette Dame aura le Cheval, déclara Lancelot en tirant notre sac de Shillings d'un des vieux manteaux qu'il portait l'un par-dessus l'autre.

Il compta posément les Shillings; Calotte hochait le chef, de Stupéfaction.

— Prenez-la, votre vieille Rosse ! Et bon Débarras ! s'exclama l'Homme.

Et, tournant les talons, il gloussa de rire en reprenant son chemin.

— Fanny ! dit alors Lancelot. Es-tu devenue folle ? Ce Cheval ne pourra plus jamais être monté ! Qu'allons-nous faire, maintenant que nous avons perdu jusqu'à notre dernier Shilling ?

— Tu as douté de moi, et malgré tout tu m'as fait Confiance. Fie-toi encore un peu à moi; c'est un vrai Cheval Prodige, un Pégase, oui, en quelque Sorte; mais il ne peut accomplir ses Prodiges que lorsqu'il m'a pour Maîtresse. O Lancelot, je t'aime profondément ! dis-je, les yeux s'emplissant de larmes.

Je tendis mon adorable Belinda à Calotte, jetai mes bras autour du cou de mon Lancelot et déposai un long Baiser sur sa bouche.

— Si tu avais voulu gagner mon Cœur, tu n'aurais pu choisir meilleure Façon, dis-je. Lustre te paiera de Retour, je te le jure; et moi aussi

Sur ces Mots, Lancelot, pour la première fois, me rendit pour de bon mon Baiser.

Or, dès l'instant que nous eûmes retrouvé Lustre, la Chance tourna. Le Cheval était malade et avait Besoin de Soins; il ne pouvait même plus porter le Poids de Belinda. Cependant, il reprit Force de jour en jour; et, alors que nous craignions de ne pas avoir assez d'Argent même pour l'avoine ou le foin, Calotte découvrit quelques Guinées tombées, par une poche trouée, dans la doublure d'un des vieux manteaux qu'il portait; puis, à mon tour, je retrouvai quelques Shillings dont j'ignorais l'Existence; sur quoi, Lancelot dénicha un sachet contenant dix Guinées cousu à l'intérieur d'un autre manteau ! Bah ! nous étions riches comme des Propriétaires, maintenant.

– Fort probablement, nous avons toujours eu cet Argent, dis-je à Lancelot et à Calotte.

Pourtant, j'étais sûre de reconnaître la Main de la Déesse ! O un jour il me faudrait bien raconter à mes Compagnons l'Histoire de l'Assemblée des Sorcières et d'Isobel et de Joan; mais, pour le Présent, je devais me consacrer uniquement à ramener Lustre à la Santé et tenir ma Langue. Atteindre à la Sagesse en ce Monde signifie souvent garder bouche cousue et ne point laisser échapper tout ce que l'on sait, avant que le temps en soit venu.

J'avais néanmoins la Certitude de connaître la Raison de nos miraculeuses Découvertes : j'avais reçu mon Initiation de Sorcière, et Lustre était mon Animal Familier. Séparés l'un de l'autre, notre Pouvoir était faible; mais, réunis, une Sorcière et son Animal Familier avaient Triple Puissance – du moins à ce que m'avait dit Isobel. Croyais-je en tout cela ? A de certaines fois, oui; à d'autres, j'en doutais comme d'un Conte de Bonne Femme; je n'en continuais pas moins à porter ma Jarretière rouge tout effrangée, simplement en Cas... Mais il est certain que, du moment où Lustre me fut rendu, la Bonne Chance prit la Place de la Mauvaise !

Le lien qui existait entre Lancelot et moi se renforçait aussi et une lente Fusion s'opérait pour faire de nous une Famille – nous, oui, que, hormis Belinda et moi, nul sang commun n'unissait ! Il serait bientôt temps de tout se dire et d'ouvrir grand notre Cœur pour ne plus jamais le refermer. Lancelot avait complu à toutes mes Fantaisies. Il avait choisi de regagner l'Angleterre avec moi; de me suivre dans le Wiltshire; de prendre Soin de mon Enfant comme s'il se fût agi du sien, et même aussi de ma Rossinante galeuse et pelée, comme de sa propre Monture. Si j'avais pu nourrir des Doutes sur son Amour, ils s'étaient maintenant évaporés; il était devenu vraiment un Homme et faisait Cause Commune avec toutes mes Passions. Que peut demander de plus une Femme ?

La Mort d'Horatio l'avait mûri à l'extrême; il semblait résolu à accumuler sur Belinda et sur moi toute la Sollicitude qu'il réservait auparavant à son Bien-aimé Noir. Il avait aimé une seule Femme, il y avait bien longtemps, dans le Comté d'Oxford; déçu par la Frivolité de cette Créature il en était venu à aimer les Hommes. Mais à présent qu'Horatio n'était plus, sa Foi m'était tout acquise, car nous avions partagé la Grande Aventure de la Vie et nous étions liés par notre Infortune commune tout autant que par nos rires.

Lustre se remit rapidement; nous trouvâmes une vieille Chaise de Poste qui était à vendre dans une Auberge proche de Cheddar (où elle avait été laissée en Gage); nous l'achetâmes à très-bon Compte. Lustre reprit suffisamment de Force pour tirer une Personne en sus de Belinda dans la Chaise; puis deux Personnes et l'Enfant, pendant que la troisième marchait à côté. Par lentes Etapes, nous arrivâmes dans le Wiltshire.

Les nuits étaient longues et le crépuscule tombait tôt et vite; pourtant, il ne nous arriva aucun Mal en Cours de Route — nous ne rencontrâmes pas même de Bandits de Grand Chemin — peut-être parce que nous avions l'air si pauvres. Dans les Auberges, nous dormions tous dans le même lit pour la chaleur et, Lancelot et moi, nous n'allions guère plus loin que de nous tenir la main ou de tenir celle de Belinda — sans oublier Calotte ! Eros s'était enfui à tire-d'aile jusqu'en ces Lieux curieux où il se réfugie souvent, lorsque notre Vie est en Balance et qu'il nous faut épargner nos Forces pour d'autres Exploits.

Ce fut la veille de Noël que nous atteignîmes Lymeworth. Je reconnus à peine l'Endroit, tant il avait changé ! Peut-être est-il vrai que toutes les Maisons d'Enfance changent; mais dans le Cas présent tout l'Edifice Gothique était recouvert d'un prodigieux Echafaudage, au-dessous lequel s'élaborait la façade d'une nouvelle Demeure Palladienne, avec colonnes et frontons, étage inférieur rustiqué et vastes fenêtres carrées — seize au moins de chaque côté — et Dieux et Déesses Grecs s'élevant du fronton et du toit dans l'air glacé du Wiltshire ! O il semblait que Lord Bellars se fût ravisé sur ses Plans de Démolition de tout l'ancien Edifice et eût plutôt décidé de plaquer sur la face Gothique un masque Palladien ! O Folie ! Mode ! Les jardins eux aussi avaient changé, mais point en entier, car un grand Ouvrage commencé avait été abandonné, in Medias Res en quelque Sorte. Les vieux chênes se dressaient toujours sur la colline, ainsi que les hêtres et les ormes, au pied. Mais là où se tenait le jardin topiaire autrefois, tout n'était plus que Nature Pure, avec moutons paissant et petit Temple rond et blanc, dédié à quelque Dieu dont je ne pouvais distinguer les Traits. Mon odorante tonnelle n'avait pas disparu, bien qu'elle fût dénudée par le Froid de l'Hiver; peut-être était-elle demeurée là moins Faute d'Intention de l'abattre que par Manque de temps de le faire. Les obélisques montaient toujours la Garde contre le mur; les boules de pierre taillée semblaient toujours prêtes à s'en aller rebondir contre le ciel; et, Miracle ! ma Vénus sans tête ni bras se dressait toujours à l'Intérieur des murs, sans avoir bougé d'un pouce depuis ce jour — il y avait de cela des Eons ! — où j'étais tombée à ses jolis pieds (reposant sur une conque sculptée au-dessus d'une vague de pierre) pour les mouiller de mes larmes.

Timides comme des Mendiants, nous nous approchâmes de la Grande Entrée, avec l'Impression que nous eussions mieux fait de nous faufiler vers la porte de derrière — bien que je ne susse plus où elle était parmi tous ces échafaudages ! La nouvelle Grande Entrée ressemblait à un Temple Grec, avec ses six colonnes érigées (sans compter deux autres Temples en Construction, un à chaque extrémité de la Grande Demeure). O comme je préférais l'autre Lymeworth ! Le Château qui avait protégé mon Enfance était maintenant encastré à l'Intérieur d'une coquille à la Nouvelle Mode, telles ces boîtes Chinoises qui se casent les unes dans les autres. Je n'en gardais pas moins l'ancien Lymeworth au fond de moi, comme nous y gardons tous les Maisons de notre Enfance (et nos Parents aussi, devenus tout petits pour pouvoir, dirait-on, tenir dans notre Cœur).

Ah ! Belinda, une Mère ne porte son Enfant que pendant neuf mois; et pourtant, tout le Reste de sa Vie, ce même Enfant portera sa Mère dans son Cœur — ainsi que va le montrer tantôt mon Histoire.

Nous cognâmes à la porte. Je tripotais nerveusement mes boucles, me demandant si l'on reconnaîtrait en moi Fanny. Lancelot et Calotte restèrent en Retrait, tenant Lustre, cependant que j'attendais à la porte avec Belinda. Des pas résonnèrent à l'Intérieur. L'instant suivant, Mme Locke, l'Intendante, ouvrit. Elle était tout de noir vêtue et portait plusieurs Bagues de Deuil à ses doigts noueux. Elle me regarda comme si elle allait me jeter dehors, puis me dévisagea encore et encore, avant de tourner les yeux sur mon Enfant et sur les Hommes derrière moi.

— Ma Vue me tromperait-elle, ou est-ce bien Fanny ? demanda-t-elle.

— Elle-même, répondis-je, les larmes me montant aux yeux.

Où était le Portier ? Où, les Valets de Pied ? Toute la Domesticité ? Autrefois, il n'était pas dans les Habitudes que Mme Locke s'occupât de la porte. Derrière elle, je voyais le vaste Vestibule d'Entrée, rénové à la dernière Mode : sol en damier de marbre noir et blanc. Les échafaudages d'un Peintre montaient encore vers le plafond; les peintures Mythologiques des murs étaient inachevées.

— O Madame Fanny, vous arrivez en de telles Circonstances... de telles Circonstances !

— De qui portez-vous le Deuil ? demandai-je.

Pour toute Réponse, elle se mit à pleurer.

— Entrez, entrez, dit-elle.

N'eût été Belinda dans mes bras, je gage que la Vieille Dame s'y fût elle-même jetée.

— Je vous présente ma Fille, dis-je en lui remettant l'Enfant.

Belinda la regarda en babillant sans Crainte : « Dada ? Baba ? » dit-elle en saisissant fermement le nez rouge et gonflé de Mme Locke, comme pour l'arracher. L'Intendante rit entre ses larmes.

— Là, Madame Fanny ! L'on jurerait vous enfant, toute crachée ! Entrez. Lady Bellars sera si heureuse de vous voir !

— Ces Gentlemen m'ont ramenée en Sûreté à la Maison avec la Petite. S'il vous plaît, donnez-leur leurs Aises, dis-je en faisant Signe à Lancelot et à Calotte d'avancer.

Quant à Lustre, nous tournant la croupe, il trottinait déjà vers les Ecuries, comme si rien n'avait changé depuis notre Départ.

Bientôt, l'on nous conduisit à divers Appartements de la Partie récemment rustiquée (le premier étage étant réservé aux Visiteurs de Marque — du moins telle était l'Intention). Mais la traversée des couloirs laissait clairement voir que la Demeure était en grand Désarroi. Partout il y avait des meubles recouverts de linges. Partout aussi, l'on voyait des Traces de Travaux interrompus : nouveaux plafonds aux Peintures en Cours, nouvelles cloisons en remplaçant d'autres. A chaque extrémité de la Maison, le Vent sifflait à travers les murs, éventrés pour permettre la construction des deux Temples Grecs. Et la Domesticité semblait considérablement réduite : une seule Femme de Chambre reçut Ordre d'amener de l'eau et d'allumer des feux pour les trois Personnes que nous étions. La Fille était nouvelle — entrée depuis mon Départ en tout cas — et assez étourdie et sotte pour répondre à mes Questions, sans même savoir qui j'étais.

— De qui la Maison porte-t-elle le Deuil ? lui demandai-je à son tour, voyant qu'elle avait au doigt une Bague significative (non pas de crin ou à Tête de Mort, comme celles de Mme Locke, mais arborant les Mots : « *Apprête-toi à me Suivre* »).

— O Madame ! répondit-elle. Vous ne savez donc pas ? Mais de Lord Bellars lui-même d'abord, et puis maintenant de son Fils Daniel aussi.

— Ce n'est pas possible ! dis-je, prenant Belinda sur mes genoux (d'où elle s'empressa de me tirer les cheveux en babillant comme si la Mort n'existait pas au Monde). Comment se fait-il ? Comment est-ce possible ? Daniel n'avait que vingt ans !

— Oui-da, mais il est tombé en Mauvaise Compagnie, aussi. Il s'est ensauvé à Londres, dame oui; et tout ça pour une Orpheline qui vivait ici autrefois sous le Toit de Lord Bellars; même qu'il a refusé d'aller à Oxford selon le Désir de son Père; et jusqu'à partir en Voyage pour faire son Grand Tour ! O c'était une Propre à Rien, sûr, cette Fille qu'il voulait tant ! Elle travaillait dans une Maison de Joie, comme je vous dis. Et quand il a eu découvert que c'était au Bordel de Madame Coxon qu'elle était — Madame Coxon, c'est une fameuse Maquerelle, vous savez — il l'y a suivie, mais pour découvrir qu'elle en était déjà partie... partie, oui, pour s'en aller servir je ne sais quel Noir Culte de Satan, à ce qu'on dit, vu que c'était une vraie Nature de Sorcière. Alors il s'est mis avec une autre Catin, oui dame, comme je vous dis... une nommée Kate, qu'elle l'a couvert de Dettes, si fait, vu que c'était une vraie Jézabel; et ça fait que, de là, il s'est acoquiné avec des Ecornifleurs et des Escrocs, Malheur ! pour payer ses Dettes, et tant et si bien qu'il s'est fait jeter en Prison plus d'une fois et que Lady Bellars devait payer pour l'en sortir... mais la dernière fois qu'il y est retourné, étant tout à fait résolue à lui donner une bonne Leçon, Milady a refusé de lui envoyer un Sou, et c'est de là qu'il a été tué dans une Rixe avec un autre Prisonnier pour une bouteille de Gin — et ça a été sa Fin, pauvre Gars ! Mais maintenant sa Mère a perdu la tête à Force de se reprocher sa Mort, la pauvre Dame ! Ah ! c'est grand Dommage que le Malheureux soit trépassé. Je l'aimais bien, moi.

— Mais qu'est-il arrivé à Lord Bellars ? demandai-je, moins étonnée par ce Récit que je ne le paraissais (car, maintenant, les morceaux du Jeu de Patience commençaient à s'agencer). Lord Bellars avait des Amis dans l'Allée au Change et au Café Lloyd's, poursuivis-je. Ne pouvait-il mettre son Fils en Garde contre ces Aigrefins et ces Filous ?

— O mais vous ne savez donc pas ? Lord Bellars s'est ensauvé en Suisse, il y a quelques mois, et il est devenu Ermite dans un Monastère. Non seulement il a déshérité Daniel, mais il a laissé la Maison inachevée, comme vous voyez... et c'est pourtant un beau Château, faut dire. O un temps les Ouvriers ont travaillé à Crédit, et puis ils ont refusé de continuer jusqu'à tant que Lord Bellars ou son Banquier les paie. Seulement on n'a plus eu de Nouvelles de Milord jusqu'à ce qu'une Lettre arrive pour annoncer sa Mort. Lady Bellars vous racontera tout ça... si elle n'a pas la tête trop perdue de Douleur. La plupart du temps, elle ne fait rien d'autre que de rester au lit, si triste que c'en est grande Pitié...

Je ne savais guère comment prendre la Nouvelle de ces Morts tragiques qui, de Prime Abord, me donnaient le Sentiment que j'étais la grande Responsable de tous ces Malheurs tombés sur ma Famille Adoptive. Hélas ! pensais-je, j'ai causé la Mort de Daniel et celle de Lord Bellars aussi, comme le Chagrin de Lady Bellars ! Puis, en y réfléchissant, je compris que c'était Démesure que de voir en moi l'Instrument de tout cela. C'était Folie de la part de Daniel que d'être parti pour Londres (ce qu'il avait fait tout autant pour imiter son Père dans sa Chasse à la Catin que par Amour de moi). Et il était de son Destin inéluctable de s'attacher à Kate, laquelle ne pouvait que se toquer de lui puisqu'il était venu pour moi. Les Amants de cette Sorte deviennent souvent le Châtiment l'un de l'autre sur cette Terre, avant que de rejoindre le Purgatoire ou l'Enfer. Prévenue de la Nature envieuse de Kate comme je l'étais, j'imaginais fort bien l'Entrain avec lequel elle s'était jetée sur Daniel en apprenant qu'il était à la Recherche d'une certaine « Fanny ». C'étaient sa Destinée comme celle de Daniel qui les avaient réunis tous deux pour leur plus grande Punition réciproque. Et, me demandais-je, qu'était-il advenu de Kate, après que Daniel eut été jeté en Prison pour y trouver la Mort à cause d'une bouteille disputée ? Je posai la Question à la Servante, qui semblait en savoir tant et avoir la Langue si bien pendue.

— Je l'ignore, répondit-elle d'un Air plein de Mépris. Mais la Drôlesse a dû mourir de la Vérole, pour sûr...

O les Servantes bécasses ont tôt fait de condamner les Femmes conduites au Bordel par la Nécessité — comme si pareille Chose ne pouvait jamais leur arriver à elles ! Moi, j'étais sans Illusion sur ce Point. Sorcière, Putain, Passagère Clandestine, Négrière, Secrétaire, Pirate — je savais tout ce qu'une Femme peut être contrainte de faire, Faute de Pain, Faute de Liberté, Faute de Force, Faute d'être un Homme. Jamais plus je ne condamnerais une de mes Sœurs pour le Sort qui lui serait échu — pas même une Envieuse comme Kate.

La Femme de Chambre fit la Révérence et sortit. Elle revint peu après avec des vêtements frais pour l'Enfant et pour moi, et m'informa que Lady Bellars me recevrait dans ses Appartements dès que je serais prête. Avec l'Aide de cette Fille, je me lavai et me vêtis de la robe qu'elle m'avait apportée, laquelle, par le plus pur des Hasards, était cette même robe de soie gris tourterelle que j'avais essayée, puis rejetée, le jour Fatidique où M. Pope était venu en Visite. Elle avait encore beaucoup plus d'Ampleur qu'alors, car mes Aventures m'avaient non seulement assagie, mais amincie ! Ainsi s'avère-t-il souvent que ce que nous gagnons en Substance Mentale, nous le perdons en Substance Physique de la plus Vulgaire Sorte — ce qui présage peut-être notre Ascension, après la Mort, au Monde des Esprits !

Belinda, baignée par la Servante, fut revêtue d'une robe de soie crème pâle — une de celles que j'avais moi-même portée, enfant. Ensuite, j'informai Lancelot et Calotte que j'irais voir, seule, ma Mère Adoptive, Lady Bellars ; ils me souhaitèrent Bonne Chance. Ils n'avaient pas Tort, car je ne savais guère à quoi m'attendre dans tout ce Tourbillon ni ce qu'il en sortirait pour tout mon Avenir comme pour celui de Belinda.

Lorsqu'on m'introduisit dans l'antichambre des nouveaux

Appartements de Lady Bellars, j'y trouvai les fenêtres lourdement drapées de noir, comme si ma Mère Adoptive avait non seulement pleuré la Mort de son Fils et de son Epoux, mais projeté de quitter dès lors elle-même cette Vie. L'antichambre était sombre comme le Royaume des Ombres et tout encombrée des cages des oiseaux familiers, elles aussi lourdement drapées comme pour la nuit; en Conséquence de quoi, bien qu'il fît jour dehors, aucun oiseau ne babillait ni ne chantait.

Une Servante m'accueillit dans la Chambre même de Lady Bellars. Là, mes yeux stupéfaits découvrirent une Forme Humaine pâle, perdue parmi les oreillers du vaste lit et allongée sur le dos, les yeux clos et comme plongée dans les Transes de la Mort. Ses trois bichons, un épagneul King Charles et deux carlins, étaient couchés sur la courtepointe copiant la Torpeur de leur Maîtresse. Lorsque je franchis le seuil, ils se levèrent d'un bond et se mirent à aboyer, réveillant le singe perché sur le baldaquin du lit, mais sans même inciter leur Maîtresse à battre d'un cil.

Lentement, je m'approchai à côté du lit, Belinda dans les bras.
— Milady, chuchotai-je.
Elle ne remua pas, malgré les aboiements furieux des Chiens qui, sautant du lit, vinrent nous renifler, l'Enfant et moi, puis, satisfaits de mon Odeur amicale, se turent et reprirent la Quête essentielle de leur Existence : le Sommeil.
— Milady, répétai-je tout bas. Je vous apporte Preuve de Vie parmi ces Deuils Tragiques.
Mais ma Mère Adoptive ne donna pas Signe de Vie; ses joues étaient creuses; sa pâleur, si grande que l'on eût dit une des Dames de cire de l'Abbaye de Westminster.
— Babababa ! fit Belinda.
Lentement, Lady Bellars ouvrit les yeux, les posa sur l'Enfant et dit :
— Fanny, comme c'est gentil à toi d'être venue !
Là-dessus, elle tendit une main translucide à Belinda, qui se saisit d'un des doigts avec toute la Force et la Ténacité de l'Enfance.
— Voici Belinda, dis-je.
— Non... c'est Fanny, la petite Fanny. La Bâtarde de mon Mari. La petite, petite, petite Fanny. O l'on dit que les Enfants qui ont le plus d'Esprit et de Caractère ne sont point procréés dans l'Ennui de nos Lits Légitimes, mais sont les Œufs de Coucou du Diable... Comment vas-tu, petite Fanny ?
Sur quoi, elle secoua la menotte de Belinda.
— Milady, chuchotai-je, Fanny, c'est moi. Le Bébé s'appelle Belinda.
— Comment ? Tu as un Enfant ? Aie plutôt des petits Chiens,

d'abord que de porter un Bébé. Les chiots ne t'abandonneront pas eux. Les chiots ne meurent pas d'une Rixe en Prison. Les chiots... Oui-da, c'est bien ce que je dis. Aie donc des petits Chiens, ma Fille.

Elle se tut. Je tombai à genoux, tenant Belinda dont le Babil formait une Sorte de Cantilène plus sensée que les Divagations de Lady Bellars : « Bababababa ! Dadadadada ! » chantonnait-elle. Puis elle conclut par un « La ? » interrogateur.

Chère Déesse, pensais-je en moi-même, la Bonne Dame a tout à fait perdu l'Esprit. Est-ce là le Terme Ultime de la Femme : la Folie pure ? Moi qui ai été Putain et Pirate, je suis moins dérangée de la tête que cette Bonne Personne qui ne s'est préoccupée toute sa Vie que de faire le Bien ! Vive la Piraterie, alors, si c'est là que mène le Bien !

— La lettre, dit Lady Bellars. La lettre de mon cher Mari. Qui en brisera le Sceau ? Pas moi, non, pas moi. Candeur de Lettre intacte, c'est Virginité même à mes yeux. Antique Vestale. Ode à la Vertu et au Silence. Mieux vaut la faire compisser par un chiot que de la violer de mon Regard, qui est celui du Mal.

Elle s'agita parmi ses oreillers, puis tira une Lettre qui était enfouie sous eux et la laissa voleter jusqu'au plancher où j'étais toujours agenouillée. C'était une Missive scellée, adressée de la main de Lord Bellars à Lady Bellars.

— Lis-la. Elle n'est point pour mes yeux, dit Lady Bellars. Il est mort... à ce qu'a écrit le Moine. Je ne désire point entendre ce qu'il peut penser outre-Tombe. Dans la Vie je l'ai épousé, mais la Mort consacre un Divorce ! Ah ! oui, je suis veuve maintenant, et béni soit ce Mot. Ni Mari. Ni Enfants. Aie des petits Chiens, ma Fille.

Je ramassai la Lettre à terre, la retournai entre mes doigts; sur quoi, Belinda la saisit et la porta immédiatement à sa bouche. « Non, non », dis-je doucement en la reprenant et en l'enfouissant dans le Secret de mon corps de jupe; mais, d'une certaine Façon, je pensais que, si l'Enfant l'avait mangée, c'eût été une aussi bonne Solution qu'une autre, puisque Lady Bellars ne souhaitait point de la lire — pas plus, au vrai, que moi.

J'en étais là, lorsque, soudain, la porte du cabinet de toilette s'ouvrit toute grande — et qui apparut ? Mary ! laquelle avait toujours autant l'Air — après tant de mois — de sucer le même citron.

— Ça ! dit-elle. Voyez-moi ce que le chat nous rapporte ! Où as-tu trouvé cette Bâtarde ? Au Bordel ou bien dans le même Endroit où tu as laissé tes cheveux ?

Je me ressouvins de tout ce que j'avais traversé — et dire que Mary était devant moi, exactement la même, suant toujours l'envieuse Acidité de l'Inexpérience. L'on dit que l'Adversité est une Espèce de Creuset où viennent se fondre toutes nos Peurs mesquines, si, après les Infortunes, nous nous ouvrons plus aux Joies de la Vie, c'est que nous savons combien rares elles sont et que, en Conséquence, nous les apprécions d'autant mieux. Mais Mary, qui était restée à la Maison, bien protégée dans le Giron de sa Mère, ne savait pas ce qu'il en est que d'être privée de Toit et de Foyer et, de ce fait, elle n'estimait à leur juste Valeur ni l'un ni l'autre, non plus que sa Mère.

— Mary ! dis-je en me relevant, Belinda toujours dans les bras. Comme il est doux de te revoir !

— Peuh ! fit-elle. Si tu cherches à m'amadouer pour qu'il te soit permis de rester ici avec ta Bâtarde, je tiens une grosse Surprise en Réserve pour toi. Je suis la Maîtresse de ce Manoir, à présent, et n'ai nulle intention de laisser une Bâtarde, accompagnée d'une *autre* Bâtarde, souiller plus avant le Grand Nom de Lymeworth.

— Bâtarde ? dit Lady Bellars. Qui a parlé d'une Bâtarde ? O ayez donc plutôt des petits Chiens. Les carlins sont gentils; les épagneuls bavent, mais sont adorables; et ô les petits Chiens de Ténériffe sont vraiment très mignons !

Mary regarda sa Mère avec Mépris.

— Vois où tu l'as menée ! dit-elle. J'ai Bonne Envie de te mettre dehors.

— Moi ? dis-je. Que, *moi*, je voie où je l'ai menée ? O Mary, tu es malade d'Envie et ta Vie et ton Bonheur mêmes en sont contrariés ! Que dire de ton Père et de ton Frère ? Suis-je à blâmer du Malheureux Assortiment qui t'a mise en ce Monde ? Peut-on m'accuser de toutes les Infidélités de ton Père, des Folies de ton Frère, de la tête dérangée de ta Mère, et ta Nature Envieuse ? Regarde donc au fond de ton propre Cœur et vois la Maladie qui le ronge ! Cela fera plus de Bien que de me blâmer. Pour ma Part, je serai très contente de partir. J'ai fait la Paix avec ma propre Vie. Je m'épanouirai où que j'aille ! Bannis-moi de Lymeworth, et je reprendrai la Mer pour le Nouveau Monde, afin d'y chercher Fortune. Je sais que je survivrai, tout comme ma Belinda ! Ah ! comme je souhaiterais de pouvoir en être aussi sûr pour toi-même.

— Eh bien ! va, alors, dit Mary. Et laisse-moi ici soigner ma Mère ! Elle n'a guère Besoin de *ta* Sollicitude. J'ai appelé une Femme de la Campagne, connue pour ses Talents de Guérisseuse. Retourne à ta Maison de Joie ! Traverse les Mers jusqu'à tes Plantations, pour ce que j'en ai à faire ! Laisse-nous en Paix ! Nous n'avons que faire de Bâtards ici !

— Et la Lettre de ton Père ? dis-je en tirant la Missive de mon Sein. (Je jure que le Diable mit ces Mots dans ma bouche — à moins que ce ne fût vraiment la Déesse.)

— Quelle Lettre ? demanda Mary, ses yeux lançant des flammes.

— Celle-ci ! dis-je.

— Donne ! s'écria Mary en s'élançant et faisant Mine de la prendre.

— Pas si vite ! dis-je, serrant étroitement Belinda et la Lettre.

— Donne ! Tout de suite ! cria Mary. Ou je t'arrache les yeux !

Je courus vers la porte; elle me suivit.

— O mes Gentes Dames ! délira Lady Bellars. Ne vous battez pas ! Vous pouvez prendre mes gâteaux ! Vous pouvez prendre ma bière ! Et prendre aussi mon Mari et ses Lettres ! Mais mes petits Chiens, non, jamais ! Non, vous n'aurez jamais mes petits Chiens !

Sur quoi, les Chiens sautèrent à bas du lit, comme si on le leur avait commandé, et nous poursuivirent, Mary et moi, en aboyant furieusement.

— Donne-moi cette Lettre ! glapit encore Mary, à l'instant où nous atteignions la porte.

Soudain, celle-ci s'ouvrit toute grande, me renversant presque — et qui apparut à mes yeux étonnés ? Isobel ! avec sa coiffe blanche lui enserrant bas le front ! Elle me regarda, puis ses yeux allèrent tour à tour à Belinda et à Mary, qui, s'étant agrippée à ma robe, en arrachait maintenant la traîne de soie gris tourterelle.

— Bénie soit..., murmura-t-elle entre haut et bas, en effleurant des doigts les joues de Belinda au carmin enfantin. Mais qu'est-ce là ? Qu'est-ce là ? reprit-elle. Je ne puis guérir dans une Maison de Fous !

— Elle a volé la Lettre de mon Père... la Catin, la Traînée ! s'écria Mary.

— Quelle lettre ? s'enquit Isobel.

— Celle de Lord Bellars ! m'écriai-je à mon tour.

— Donnez-la-moi, dit Isobel à Mary (bien que, au vrai, ce fût moi qui étreignais toujours la Missive). Ou je refuse à jamais de tenter de guérir votre Mère.

Mary cessa la Lutte.

— C'est donc vous, la Guérisseuse ? demanda-t-elle.

— En Personne, répondit Isobel. Je vous en prie, Mesdames, prenez un siège. Si vous vous asseyez en Paix, j'administrerai une Potion Calmante à Lady Bellars; après quoi je vous donnerai à toutes Lecture de la Lettre.

Je tendis la Missive à Isobel, émerveillée de son Apparition soudaine en ces Lieux, mais trop avisée pour poser aucune Question à ce Propos. Belinda toujours dans les bras, je pris Place dans un fauteuil recouvert de soie rose, tandis que Mary en faisait autant, en face de moi, les yeux noirs de rage.

— C'est la Guérisseuse que j'ai fait mander, me dit-elle, pour soigner ma Mère. S'il ne tenait qu'à toi, elle pourrait bien mourir, que je sache !

— O ! fis-je seulement, tout en regardant la silhouette familière d'Isobel s'affairer au chevet de Lady Bellars, après avoir extrait d'un sac Herbes et Potions.

— Il me faut de l'eau très chaude, dit-elle à Mary.

— J'appelle la Femme de Chambre, répondit ma Sœur Adoptive en se levant pour aller tirer le cordon de la sonnette.

— O Mary, Mary, qui toujours contrarie ! dit Lady Bellars, ses yeux égarés cherchant sa Fille dans la Chambre.

— Je suis ici, Mère, dit Mary. J'ai fait quérir une Femme qui va vous guérir.

— Quoi ? Me guérir ?

Elle regarda Isobel d'un Air intrigué, tout en paraissant la reconnaître, et reprit :

— O cette Dame m'a déjà guérie une fois, je crois bien; mais j'ai fait rechute... n'est-il pas vrai, ma très-Chère ? N'est-il pas vrai ?

Isobel lui prit la main et la serra très fort.

— Celui qui vous brisa n'est plus, aujourd'hui, dit-elle simplement.

La Femme de Chambre entra; les Chiens aboyèrent; Belinda babilla. Isobel tenait toujours la main de Lady Bellars, penchée sur le regard fou de la Malade. Se connaissaient-elles toutes deux ? J'allais de Prodige en Prodige ! Il y avait ici trop de Choses dont je n'étais pas instruite ! De cela, du moins, j'étais sûre.

— S'il vous plaît, de l'eau très-chaude, ordonna Isobel à la Servante.

— Dadada ? s'enquit Belinda, battant des mains de Joie.

Isobel lui jeta un Regard plein d'Amour, puis ramena ses yeux sur Lady Bellars qui délirait de nouveau, disant :

— Sorcellerie ? O non ! C'est seulement une Guérisseuse... Cette Femme est mon Amie. Ne faut-il compter que sur l'Amitié des Hommes ? Assurément, les Femmes aussi peuvent être des Amies.

— Ne parlez pas, Mère, dit Mary.

— De quel Droit m'interdis-tu de parler, ma Fille ? dit Lady Bellars. Je n'ai nulle Honte d'accorder mon Affection à une Amie ou à un chiot.

L'Air était lourd de Sous-entendus étranges. Que pouvait bien présager tout cela ? Je restai assise dans mon fauteuil tandis que l'on apportait l'eau chaude, que l'on mélangeait les Herbes, puis préparait la Potion de Lady Bellars et la lui servait. Elle ne tarda pas à paraître calmée et à somnoler. Ce que voyant, Isobel nous entraîna, Mary et moi (toujours tenant Belinda) dans l'antichambre en disant :

— Laissons-la reposer, à présent. Nous allons lire la Lettre.

Refrénée par la Présence d'Isobel, dont elle dépendait pour les Soins à sa Mère, Mary se montrait calme et docile. Elle nous suivit dans l'antichambre, l'Air toujours aussi acide, certes mais sans plus protester.

— Prenez Place, Mesdames, dit Isobel en nous indiquant des sièges, mais en restant debout devant nous.

Jamais je n'avais été aussi frappée par son extrême Fragilité; avec son dos voûté et ses os frêles comme ceux d'un oiseau, on eût dit un Bibelot Précieux. Et sa coiffe basse, cachant sous sa Blancheur l'atroce Croix gravée dans son front, lui donnait l'Aspect d'une curieuse Nonne, l'Abbesse de Chaucer, peut-être, comparée à la Dame de Bath que j'étais. Mais que de Force dans cette minuscule Silhouette Féminine ! De sa voix argentine comme un carillon, et pourtant étonnamment résolue, elle commença à lire :

Mon très-Cher Cœur,

Quand cette Lettre parviendra en vos mains, je serai Mort. Entre tous les Etres au Monde, c'est vous qui avez le plus le Droit de connaître la Raison de mon étrange Disparition; et cependant, c'est envers vous que ma Honte est le plus durable, pour les Raisons qui seront bientôt claires.

Par quel bout entreprendre de défaire plus de vingt-cinq années de Torts ? Si je n'étais que l'Epoux Dévoyé des Chansons et des Contes, je reviendrais sur-le-champ au Foyer, tel Ulysse aux bras de Pénélope, pour vous prendre dans les miens en faisant Vœu d'employer à expier mes péchés les dernières années qui nous restent. Mais les Dieux m'ont destiné à un Châtiment plus sévère. Les Torts que j'ai faits ont déjà engendré leur propre Progéniture, et me voici maudit à tout jamais, je le crains ! Pour cette Raison, je me suis retiré dans ce Monastère, afin d'y passer le Reste de mes Jours dans la Prière, espérant par là tempérer les Méfaits d'une longue Vie d'Erreurs, dont je vous révélerai tantôt la Pire (si fort que cela puisse me chagriner). Depuis toujours accoutumé à complaire à mes Passions les plus frivoles, à peine hésitai-je — si même je le fis du tout — lorsque je me trouvai saisi d'un profond Désir de notre Fille Adoptive, Frances...

— Aha ! Je m'en doutais bien, s'exclama Mary.

— Dada ? s'enquit Belinda, un filet de bave argentée coulant sur sa lèvre inférieure de Chérubin rose et venant tacher le corps de jupe à fraise de ma robe de soie.

— Je vous en prie, ne continuez pas, dis-je à Isobel. Je n'en saurais entendre plus.

— Que si, dit Isobel. Et c'est vrai pour Mary aussi. Il est grand temps que la Vérité éclate, si dure soit-elle.

— Lisez cette Lettre ! s'écria Mary, roulant des yeux furieux à mon Adresse, comme si cette Lecture allait enfin administrer la Preuve Positive de tous mes Péchés et de toute son Innocence.

— C'est lettre est à Lady Bellars, fis-je observer.

— Si fait, répondit Isobel. Mais c'est vous qu'elle intéresse surtout, et Lady Bellars n'est nullement en Etat de la lire à présent. Laissez-moi continuer...

Je baissai la tête et fermai les yeux, prêtant l'oreille tout en tenant Belinda, qui babillait adorablement comme un ruisseau au Printemps.

Isobel poursuivit :

Ainsi donc, ayant découvert que j'étais en Mesure de la séduire...

De Honte, je courbai encore plus la tête.

... ni votre Présence dans notre Demeure, lut Isobel, *ni les Strictes Obligations Morales incombant à un Père Adoptif ne purent me retenir. J'ai fait d'elle ce que j'ai voulu, pensant que ce serait sans plus de Conséquence que lorsqu'un Grand Seigneur prend son Plaisir avec une Femme de Chambre. Que n'en fut-il ainsi ! Bien plutôt, sachant ce que je sais aujourd'hui, il ne pouvait pas en être ainsi, car les Dieux me préparaient une Tragédie des plus Shakespeariennes. En effet, j'étais loin de me douter alors que Fanny était ma propre Fille Naturelle...*

— Quoi ? s'écria Mary. Blasphème !

— Chère Déesse, préservez-moi ! murmurai-je.

— Silence ! dit Isobel. Ecoutez !

... j'étais loin de me douter que Fanny était ma propre Fille Naturelle et que, la séduisant, j'allais engendrer une autre Bâtarde d'une première Bâtarde.

— C'est impossible, dit Mary en montrant du doigt Belinda. Cet Avorton morveux ne peut être la Fille de mon Père !

— Non, dit doucement Isobel, car Lord Bellars n'est même pas votre Père...

— Comment ? hurla Mary. Comment osez-vous mettre les pieds dans ma Maison pour me dire Chose pareille ?

— J'expliquerai tout, répondit Isobel. Mais commencez par écouter jusqu'au bout ce qui est écrit ici.

— Cette lettre n'est que Mensonge et Tricherie ! s'écria Mary. C'est une Machination ! Elle n'a jamais été de mon Père !

En un Sens, j'espérais que ce fût vrai, car à la Pensée d'avoir commis l'Inceste, mon sang se glaçait.

— Oui ou non, voulez-vous m'écouter ? dit Isobel à Mary. Ou bien préférez-vous que la Suite des Evénements vous saisisse par Surprise ?

— Quels Evénements ? cria Mary.

— La Venue de l'Homme de Loi de Lord Bellars, porteur du Testament et des toutes Dernières Volontés dont il est fait Mention dans la Lettre.

— Son Testament et ses Dernières Volontés ? répéta Mary.

— Si fait, dit Isobel. Vous avez très-bien entendu.

534

Mary se tut, et Isobel reprit sa Lecture .

Car vous ne m'avez pas dit alors. Chère Cecilia, ce que vous saviez déjà, à savoir que Fanny était la Fille que j'avais eue d'Isobel, l'Intendante que nous avions mise dehors parce qu'elle était soupçonnée de Sorcellerie; — ce que sachant, néanmoins, vous n'avez dit Mot et vous avez élevé Fanny avec Amour comme votre propre Fille, sans me donner à entendre d'aucune Façon qu'elle était ma véritable Fille, alors que Mary n'était que le Fruit d'une Substitution de sa Nourrice...

— Comment osez-vous ? hurla Mary.

Et, se levant d'un bond de son fauteuil, elle se saisit de la Lettre puis s'élança jusqu'à l'âtre où elle la jeta dans le feu. Le Papier s'enflamma aussitôt et fut carbonisé et rendu méconnaissable avant qu'Isobel eût pu même tenter de le sauver. Pour une Part, mon Esprit en éprouva du Soulagement, comme si la Disparition de la Lettre avait pu supprimer l'Acte Incestueux même.

— Qu'importe ! dit calmement Isobel. L'Homme de Loi doit venir tantôt de Londres et vous connaîtrez la Vérité. On ne peut pas plus tuer la Vérité par le Feu que les Bûchers ne peuvent avoir Raison de la Déesse. La Vérité elle-même est un Incendie qui dévore tout.

— Mais quelle est-elle donc, cette Vérité ? demandai-je, les yeux ruisselants de larmes et le Cœur s'affolant dans ma Poitrine, tel un pigeon qui s'est écarté de la Route, loin de ses Tendres Congénères.

— Fanny, mon Enfant, tu sais au fond de toi-même que je suis ta Mère et que Lord Bellars était ton Père. Ma Chère Fille... Je t'ai appelée par ce Nom dès l'Instant où tu as cessé d'être en Travail pour la Naissance de cet Enfant... et pourtant tu l'as oublié...

— Je le pensais, je le pensais, mais je n'osais y croire... J'imaginais que ce n'était que Métaphore, dis-je, mouillant de mes larmes les boucles rousses de Belinda.

La Douceur d'apprendre qu'Isobel était ma Vraie Mère allégeait quelque peu ma Peine de savoir que j'avais pour Père Lord Bellars.

— O mon Dieu, mon Dieu ! dis-je.

— Déesse ! rectifia Isobel en souriant.

De la Chambre à coucher, parvint un cri solitaire de Lady Bellars. Puis le Silence retomba. O mes deux Mères ! L'une était saine d'Esprit; l'autre, folle. L'une, Sorcière; l'autre, Epouse, rendue démente par sa propre Bonté ! O mais où m'y retrouver ? Peut-être étaient-elles *toutes deux* folles, chacune à leur Manière ?

— Ecoutez-moi maintenant ! dit impérieusement Isobel, s'adressant tant à mes sanglots qu'au Regard incrédule de Mary. Quand Lady Bellars donna le Jour à son premier Enfant — c'est-à-dire vous, Mary — le Bébé fut confié en Nourrice à une Femme de la Campagne, Dame Griffith; car, pas plus qu'aujourd'hui, la Coutume de ce temps-là ne voulait que les Mères de Naissance Noble donnassent le Sein à leur Progéniture — c'était Occupation vile, bestiale... Lord Bellars n'avait nul Désir que les pleurs d'un Bébé vinssent troubler son Sommeil; quel Roué, quel Homme de Qualité tolérerait pareil Dérangement ? Bref, l'Enfant nouveau-né fut expédié aussitôt à Griffith et confié à elle pour près de trois années. J'étais alors Intendante à Lymeworth et j'avais connu Mary à sa Naissance. A la Vérité, c'est moi qui trouvai la Nourrice, laquelle était mon Amie... tu l'as rencontrée naguère, Fanny : elle s'appelait Joan.

— Joan avait été la Nourrice de Mary ? m'écriai-je, bouleversée.

— Aha ! Ainsi donc, vous êtes liguées toutes deux contre moi ? dit Mary. O que vienne l'Homme de Loi de mon Père ! Je vous ferai bouter hors de cette Demeure !

— Soit, dit Isobel. Mais d'abord que j'en finisse. Hélas ! le Tendre Bébé qu'était Mary, poursuivit-elle, mourut dans son troisième mois, emporté par une Fièvre; et Joan, qui avait mortellement Peur d'être accusée de Sorcellerie — elle vivait seule, ayant perdu son propre Enfant en Bas Age, et pratiquait la Guérison en même temps qu'elle était Nourrice — lui substitua un autre Nouveau-né, le pauvre Bébé abandonné d'une Femme de Chambre, elle-même envoyée dans les Plantations des Colonies pour avoir commis un Vol après son Accouchement.

— Quoi ? se récria Mary. Je n'ai jamais eu de Femme de Chambre pour Mère ! Tu mens, Femme !

— Silence ! commanda Isobel. Quand l'Homme de Loi apportera le Testament, tout sera dit. En attendant, laisse-moi conter ce que je sais.

— Ce ne sont que Mensonges ! cria Mary. Mensonges !

— Dans ce Cas, pourquoi vous alarmer tant ? dit doucement Isobel. L'année suivante, reprit-elle, Cecilia mit au Monde un Fils, Daniel, et faillit mourir en Couches. Je la guéris grâce aux Plantes que je connais. Elle m'en garda Reconnaissance Eternelle, voyant en moi une Amie bénie qui lui avait sauvé la Vie. Mais ce qu'elle ignorait, c'était que, durant sa Grossesse, Laurence Bellars avait tourné ses Regards Concupiscents sur moi, me forçant à devenir sa Maîtresse, sous Peine d'être dénoncée pour Sorcellerie — car j'étais également célèbre dans le Voisinage pour mes Guérisons. Et je finis par porter Enfant de lui.

— Non ! m'écriai-je, tout étonnée que, ma Mère et moi, nous eussions connu le même Sort exactement.

— Mais, dit Isobel, Cecilia se refusa à ce que l'on lui enlevât Daniel tant elle avait souffert pour le mettre au Monde, et tant lui manquait cruellement sa Petite Fille envoyée en Nourrice. Elle engagea donc une Femme pour donner le Sein à Daniel à Lymeworth même, sans jamais permettre qu'il fût hors de sa Vue et forçant la

536

Nourrice à coucher avec le Bébé dans son antichambre, pour que, même dans son Etat de Faiblesse, elle pût aller les voir souvent. Cette Installation ne plaisait guère à Lord Bellars; en outre, il commençait à se fatiguer d'une Epouse Malade, dont les Faveurs lui étaient déniées depuis tant de mois. Il s'en fut donc s'amuser à Londres parmi les Putains... Je le vis partir sans grand Regret et j'envisageai même de me faire avorter. Mais la Vérité est que je souhaitais ardemment et de tout Cœur un Enfant; car j'avais trente-trois ans et ne savais quand je pourrais en avoir un, si ce n'était tout de suite. Cecilia et moi, nous retrouvant seules, abandonnées, nous devînmes, à vrai dire, les plus Chères Amies du Monde. Après un certain temps, il me devint impossible de lui cacher mon Etat et, la connaissant comme je la connaissais, je courus le Risque de lui confesser que son propre Mari était le Père de l'Enfant que je portais...

— Que dit-elle ? Et que fit-elle ? demandai-je.

— Elle prit la Chose calmement, répondit Isobel. Car elle était loin d'être sotte, si affolée fût-elle du Manque d'Affection véritable de son Epoux. « Vous m'avez sauvé la Vie, me dit-elle, et prouvé votre Parfaite Amitié. Donc, j'élèverai votre Enfant comme s'il était le mien, jusqu'à l'Age où il sera mûr pour connaître votre Nom. Alors, il lui appartiendra de juger. » Au sixième mois de ma Grossesse, je me rendis chez mon Amie Joan et j'accouchai avec l'Assistance de ses mains expertes. Puis, comme convenu, j'abandonnai le Bébé sur le perron de Lymeworth et, comme convenu aussi, Cecilia le recueillit. O je regrettai ma Décision presque sur-le-champ, car l'Enfant me manquait et je ne tardai pas à être certaine que j'eusse pu l'élever, malgré mon Etat de Pauvreté. Mais Cecilia m'interdit de changer d'avis. Sans Doute me gardait-elle un peu Rancune, après tout; et lorsque je lui réclamai Fanny (ou au moins le retour à ma Place d'Intendante, pour que je pusse en tout Cas la voir grandir), elle me chassa de Lymeworth. Dur Châtiment, en Vérité, car j'adorais ma Petite Fille. J'aurais pu me venger en gardant Mary (car j'allai vivre chez Joan); mais il n'a jamais été dans ma Manière de prendre en main mes Vengeances, car je suis convaincue que notre Destinée est entre des mains plus grandes que les nôtres. Et la Vérité est, ma Foi, que la Preuve en a été administrée.

— Ensuite, qu'est-il arrivé ? demandai-je.

— Mary avait près de trois ans quand elle est revenue à Lymeworth. Bien que Cecilia n'en eût été expressément instruite, elle me semblait savoir que Mary était un Enfant substitué — les Mères sentent ces Choses et d'ailleurs la Petite s'accrochait à sa Nourrice, Joan, comme si elle avait eu Peur de Cecilia; en fait, son Retour à Lymeworth fut pour elle un Coup dont elle ne se releva jamais. Nul Lien ne naquit jamais entre elle et sa Mère — comme c'est souvent le Cas pour

537

les Enfants élevés en Nourrice pendant trop d'années, loin de la Maison.

— Mensonges ! cria encore Mary, désespérée.

Et cependant, il y avait bien des Détails du Récit qui paraissaient expliquer les Griefs qu'elle avait contre le Destin. Et je me disais qu'une Nature aussi envieuse et maussade était peut-être vraiment la Conséquence d'une Vie pleine de Malheur.

— Lord Bellars ignorait tout de ces Choses, poursuivit Isobel. Fanny était pour lui un Enfant Abandonné; Mary et Daniel étaient au contraire sa Descendance. Son Amour pour Fanny, il le prenait pour un Hasard de la Nature... car il l'aimait plus que sa propre Fille et se délectait de la voir si douée pour le Langage et l'Ecriture, si habile au Latin et, bien entendu, à l'Equitation...

— Douée ? protesta Mary. La petite Péronnelle ! Elle n'a aucun Don !

O sur ces Mots elle se mit à pleurer en poussant de petits Cris de Chien fouetté. Au vrai, elle me faisait Pitié. Quel Coup, de découvrir que toute sa Destinée, toute sa Généalogie n'étaient qu'Illusions !

— Mais quand Lord Bellars apprit-il la Vérité ? dis-je.

— Après la Naissance de ton propre Enfant. Sans, certes, t'en douter, tu étais l'Instrument de la Vengeance de la Déesse. Sous le Couvert de tes Masques et en lui permettant de te protéger sans qu'il connût ta véritable Identité, tu l'amenas au Repentir. Sans Conteste, tu as sauvé son Ame. Quelle Fille ferait plus pour son Père ?

— Papapapapa ? dit Belinda.

Je restais muette de Saisissement de tant de Révélations. Mary sanglotait toujours à petits coups, comme si, au vrai, elle avait su qu'Isobel ne mentait pas. Lady Bellars, réveillée soudain, se mit à crier, réclamant Isobel. Celle-ci se précipita pour l'assister.

— Mary, dis-je à ma Sœur Adoptive, laquelle, pour toute Réponse, redoubla ses sanglots. Mary, répétai-je, allant jusqu'à elle, Belinda sur un bras, et posant ma main libre sur l'épaule de la Malheureuse. Ma Sœur, mon Amie, ma Compagne des Jeux de notre Enfance... si tout cela est vrai et si je suis l'Héritière de Lymeworth, je jure que tu auras toujours ta Place ici et une Maison; car c'est ton Foyer autant que le mien.

— C'est d'abord le mien ! hurla-t-elle.

Puis elle me cracha au visage.

Chapitre XVI

Où l'on approche toujours plus du Dénouement.

DURANT les jours qui firent Suite à ces Révélations Stupéfiantes, toute la Maisonnée se retrouva dans un État de grande Anxiété, dans l'Attente de l'Homme de Loi de Lord Bellars qui devait arriver de Londres. Les Festivités habituelles qui avaient embelli les Noëls de ma Jeunesse étaient mises de côté, en Raison à la fois du Deuil et de la Grave Maladie de Lady Bellars, qui requérait les Soins constants d'Isobel.

Comme il n'est rien de plus sombre que d'être triste quand le Monde entier est joyeux et en Fête, Lymeworth était véritablement lugubre. De toute Façon, beaucoup des Serviteurs étaient partis depuis des mois, Faute de Gages, sans nul Doute pour chercher de meilleures places en Ville – car ils avaient succombé aux Séductions qu'on leur chantait à Propos de la Capitale et s'étaient imaginé trouver plus de thé à boire dans les Grandes Maisons de Londres, et de meilleures Livrées, et moins de Travail que dans les mornes Résidences Campagnardes.

Quant à moi, quelle était mon Attitude par Rapport à l'Annonce que je serais peut-être bientôt la Maîtresse de Lymeworth ? Au vrai, j'avais peine à y croire ! C'était un Conte de Fées, un Rêve, une Fable tirée de Récits Romanesques Français ! Tout d'abord, en tant qu'Enfant naturel – et Fille en sus – comment pouvais-je hériter du Domaine légué à Lord Bellars par son Père ? Ensuite, quelle Raison avais-je de croire que Lymeworth ne croulait pas sous les Dettes et les Hypothèques ? Hé quoi ! certaines des plus Grandes Demeures d'Angleterre étaient aussi grevées d'Hypothèques que leurs Marronniers de marrons. Je présumais donc que Lord Bellars avait laissé ses Affaires en grand Désarroi, après avoir engagé des Dépenses Excessives pour la Rénovation avortée de sa Maison, et devait être en Dettes avec son Architecte, son Jardinier Paysagiste et tous ses Entrepreneurs, Peintres et Plâtriers, sans oublier son Banquier et même son Homme de Loi. A Londres, il avait mené la Vie à Grandes Guides ; quant à Lymeworth, ses seules Dépenses pour ses Chevaux, Palfreniers et Écuries — sans parler de sa Meute — devaient atteindre des Centaines — que dis-je ? des Milliers — de Livres par an. O je n'avais pas la tête faite pour la Banque ni l'Argent (si je devenais Maîtresse de Lymeworth, il me faudrait vraiment avoir Recours à Sir Richard Hoare pour diriger mes Affaires, comme Lord Bellars avant moi) ! Mais je savais que, probablement, je n'hériterais que de Dettes et que le fait même de verser un Douaire à Lady Bellars saignerait presque à blanc le Domaine.

En outre, l'Ébranlement que j'avais subi en apprenant que ma Bien-aimée Belinda était de Naissance Incestueuse achevait d'éteindre le peu de Joie que j'eusse pu éprouver à la Nouvelle de mon Héritage présumé. Je ne cessais de contempler mon Enfant, cherchant sur elle une Flétrissure, une Marque de la Queue du Démon, une Imperfection, sans pourtant en trouver aucune. Au vrai, tu étais plus Parfaite, plus Aimable, plus Belle, plus Intelligente qu'aucun Bébé que j'eusse jamais vu, ma Belinda ! Si tels étaient les Fruits de l'Inceste, soit ! pensais-je. Peut-être fallait-il nous souhaiter à tous une Naissance Incestueuse ! Sur quoi, je me hâtais de me tancer pour une telle Impertinence envers le Sort, et courbais de nouveau la tête, de Honte.

Telle est souvent ma Réponse à la Bonne Fortune, alors que les Calamités stimulent tout mon Etre. Il est de la plus vraie des Vérités que nous ressentons plus d'Aise face à l'Adversité qu'en Présence de Circonstances Agréables ; car le Mauvais Sort fait ressortir tout ce que l'on a de Courage et de Ténacité, alors que la Bonne Fortune encourt le Risque de nous précipiter droit dans l'Ennui, qui est, bien sûr, un Mal plus grand encore que la Piraterie, la Nécessité ou même les Dettes.

Ainsi donc réfléchissais-je et me torturais-je à Propos de ma Bonne Fortune supposée. Je ne manquais pas non plus de penser à des centaines d'autres Possibilités catastrophiques susceptibles de se dresser entre moi et la Jouissance de ces Biens : Daniel pouvait soudain surgir, après que l'on eut faussement annoncé sa Mort ; Mary, me poignarder pendant mon Sommeil ; Isobel, se révéler tout aussi folle que Lady Bellars — car ne sont-ce point les plus fous d'entre les Fous qui, ne doutant jamais de leurs Convictions, semblent en fait les plus sains d'Esprit ? Peut-être n'y avait-il point du tout de Dernières Volontés & Testament, comme l'on dit, mais rien que la Parole d'Isobel — Parole d'une Femme soupçonnée de Sorcellerie -

540

contre celle de Mary. Peut-être Daniel avait-il épousé Kate avant de mourir et lui avait-elle donné un Fils et Héritier, à qui le Domaine reviendrait sûrement. Peut-être Kate *elle-même* parviendrait-elle à assombrir ma Bonne Fortune; car, assurément, les Racontars de la Femme de Chambre à son Sujet ne pouvaient être tenus pour totalement dénués d'Erreur. Il y avait certes infiniment plus de Raisons de s'attendre au Désastre qu'au Succès. Et même si le Succès me couronnait, je gageais que, aussi sûr que les bourgeons naissent au Printemps et les mouches en Été, avec le temps nos Actes de Piraterie et de Vol de Grand Chemin nous rattraperaient à Lymeworth.

Je dis tout cela à Lancelot, qui s'en tint les côtes de rire.

— Tu as le Mal des Larrons, ma Belle, me dit-il. Tu as Peur de la Vie Tranquille. La Calme Existence Campagnarde te terrifie plus que la Fuite Perpétuelle sur les Mers ! Ah ! je connais très-bien cela; mais j'ai sillonné le Vaste Monde si longtemps que m'est Avis que cette *Libertalia-ci* pourrait bien être la meilleure que nous puissions jamais trouver; et je me contenterais fort bien de demeurer ici à cultiver mon Jardin.

Car Lancelot avait déjà toute Sorte de Plans pour Lymeworth, que nous devrions rebaptiser Companions' Park et transformer en Sanctuaire pour Pirates et Larrons retirés, lesquels y pourraient entreposer leur Or et appliquer les Méthodes d'Agriculture les plus Modernes, élever Chevaux et moutons, et se livrer des Combats Navals pour rire sur une Mer Artificielle.

— Le jour où je t'ai rencontrée, ma Belle, j'ai pensé que tu ne servirais jamais à rien ni à personne, à Cause de ton Arrogance, de ta Beauté et de ta Diablesse de rousse Impertinence. Et puis, peu à peu, j'ai fini par t'aimer, jusqu'à ce que mon Cœur fût si bien pris dans toutes tes Rousseurs que l'on eût cru mouche se débattant dans toile d'aragne. Et maintenant il est tout à toi, quelque Usage que tu veuilles en faire ! Et voilà que, de surcroît, je découvre que tu es une Héritière ! Connais-tu Homme qui ait tant de Bonne Chance ? Je t'aurais prise sans un Sol en me considérant comme béni des Dieux, et maintenant, en sus, il y a un Héritage !

Là-dessus, il m'enferme dans ses bras, me renverse sur le lit et entreprend de me baisoter le visage, du front au menton, en disant :

— Fanny, Fanny, Fanny Troussecottes-Jones ! Promets seulement de ne jamais changer de Nom !

Je me ressouvins alors du Lancelot qui m'avait frappé Nom à ce Coin; le Lancelot tapageur, querelleur et vantard qui n'avait que faire des Femmes ni, d'ailleurs, d'aucune autre Créature Humaine qui ne servît point de Miroir à sa Glorieuse Image ou d'Echo à sa Bravacherie. Et je ne pus m'empêcher de rire. Et puis, les larmes vinrent irrésistiblement, cependant qu'il me couvrait les yeux de

Baisers et buvait mes pleurs et me faisait l'Amour avec une Passion engrangée depuis tant d'années – qui sait ? depuis, même, peut-être, tant de siècles.

Nos Épousailles, à Force de Retard, ne pouvaient être que détestables ou merveilleuses; ce fut un Paradis. Nous nous embrassâmes et nous étreignîmes, pour recommencer indéfiniment. Nous nous délectâmes l'un de l'autre tout le jour et toute la nuit, avec la Tendresse que, seuls, les Amants qui connaissent l'Ame l'un de l'autre avant même que d'en découvrir l'Enveloppe Charnelle, peuvent prodiguer mutuellement à leur corps. Après avoir fait l'Amour, et entre chaque Explosion tumultueuse, nous riions, et parlions, et nous souvenions.

O comme nous partagions la même Histoire ! Et que d'Amis nous avions connus ensemble – d'Horatio à Annie Bonny ! Dans notre Corbeille, il y avait l'Art de la Piraterie, l'Art de la Larronnerie, le Serment de Robin des Bois, l'Amour de la Mer et même la Duperie de notre Bonne Reine Pirate !

De même que les Événements, souvent tragiques lorsqu'ils surviennent, tournent à la Comédie avec le Souvenir et le Récit, l'Incident de notre « Viol » par Annie ajoutait un lien de plus entre nous. Même la Nouvelle abominable de ta Naissance Incestueuse, Belinda, Lancelot la transmua, par sa Philosophie, en Bien :

– Car nous sommes tous Créatures de Dieu, Fanny, mon Amour, et Lui Seul décide quels Parents engendreront quels Enfants, me dit-il. Belinda est une Grâce envoyée par Dieu à cette Union qui, autrement, n'eût engendré que Mort. Pourrais-tu contempler Bébé aussi beau et plein de Vie et penser que tu as fait le Mal ? Sottises ! La Beauté de Belinda est le Signe même du Pardon de Dieu; elle est un Covenant, en Vérité, une Marque de Grâce.

Et, véritablement, je ne pouvais que le croire. Car, tout comme je sais que les Enfants ne sont qu'un Prêt à brève Echéance, et non un Don, fait aux Parents, je sais aussi que le Hasard de la Naissance lie souvent sous le même Joug Parents et Enfants des plus mal assortis. Ainsi nous sentons-nous tous Orphelins (voire Enfants Substitués), alors même que nous grandissons rapidement sous le Toit Familial. A la Vérité, le Hasard de la Naissance est des plus capricieux – pour *tous*, quels que nous soyons, incestueux ou non !

De plus, Belinda, il était clair pour moi que tu n'avais pas plus d'Empêchements que les autres Enfants. A Cause de tous les Périls de tes premiers mois, tu étais encore plus chérie; de ce fait, Amour et Adoration t'entourèrent et environnèrent de leur Doux Éclat chaque instant de ton Enfance et de ta Jeunesse. O tous les Agacements habituels que ressent une Mère, lorsqu'un Enfant empiète sur sa Tranquillité, me furent épargnés; car, chaque fois que tu mettais à dure Épreuve ma Patience et ma Tendresse, il me suffisait de me rappeler comme je t'avais arrachée aux sombres mâchoires de la Mort pour me réjouir de t'avoir près de moi !

Quand, enfin, L'Homme de Loi se présenta, nous apprîmes, entre autres Choses, que Daniel était bien mort; que Kate avait succombé à la Vérole alors qu'elle était enceinte; que, à l'Étonnement de tous, Lord Bellars était décédé, non pas couvert de Dettes, mais immensément riche et ayant gagné tant de Milliers de Livres en diverses Entreprises que non seulement Lymeworth était libéré de toutes Hypothèques, mais que le Domaine s'était agrandi au Point de rapporter des Revenus de près de sept mille Livres *per Annum* — ce qui faisait de l'Héritier de Lymeworth l'un des Propriétaires Terriens les plus fortunés de toute l'Angleterre !

Mais qui était l'Héritier ? Je dodelinai de la tête en bâillant, lors de la Réunion de Famille devant l'Homme de Loi; car rien ne m'endort plus volontiers que les Affaires de Testament, de Fidéicommis, de Constitutions de Rentes, de Douaires, de Parts, de Réversions, de Dots et de Provisions pour Cassettes Personnelles. Je sais que ces Termes rythment la Ronde de notre Monde fatigué; et je sais que les Hommes de Loi sont à ce Jargon ce que les Chevaux sont à la Charrette — c'est-à-dire qu'ils *font aller*. Mais je n'ai jamais pu me trouver dans la même Pièce qu'un de ces Gentlemen sans avoir Envie de hurler de Désespoir ou de m'abandonner au plus profond Sommeil, même s'il s'agit d'Affaires intéressant très-profondément mon Avenir.

Et de ce fait, rien de surprenant pour moi — quoique ce le fût pour tous les Serviteurs et Gens de Maison, sans oublier Mary, rassemblés là — si je m'endormis, alors même que l'Homme de Loi donnait Lecture de tous les « Dons et Legs » de Lord Bellars. Ma Foi, le pauvre Homme avait fait un Inventaire de toute la Maison avec son Contenu, et même pris la Peine de donner et léguer ses petits pots de crème en Argent, montres en Or, perruques de prix et gilets à certains des Serviteurs qui, dans leur Ingratitude, étaient déjà partis.

Lady Bellars recevait le généreux Douaire porté à son Contrat de Mariage : huit cents Livres par an (mais il faut dire qu'elle avait apporté à Lord Bellars une Dot de huit mille Livres, avec laquelle il avait bâti sa Fortune, si bien que ce Legs était sûrement un Dû — car, même en ce temps, les Douaires représentaient le dixième de la Dot). Mary et Isobel se voyaient toutes deux allouer des Annuités, tout comme Joan Griffith ne se voyait point oubliée — (bien que hélas ! elle fût décédée); étant stipulé que sa Part devait revenir à Isobel, au Cas où elle viendrait à disparaître avant Lord Bellars.

Je ne me souviens plus du Reste du Testament, car, après la Mention concernant Joan Griffith, je m'endormis pour de bon et rêvai de Piraterie sur les Mers; de Galions aux Voiles couleur d'Arc-en-ciel; de Brigantins se muant en libellules; de Navires de Guerre roulant sur des roues de Charrette; d'Esclaves au chef orné de coiffes emplumées, et le cou, de colliers d'Or; et d'Annie Bonny me clignant de l'œil avant de sauter du Beaupré jusque dans mes bras, puis de tomber à genoux et de me faire l'Amour le plus divinement qui se puisse jamais imaginer en Rêve...

Ma tête dodelinait sur ma Poitrine et mes cuisses étaient si humides de mon Rêve que ma Jarretière rouge et élimée, que je portais toujours, commençait à m'échauffer la peau, quand, Miracle ! je m'éveillai pour entendre que j'étais l'Héritière de Lymeworth.

Il était expliqué que Lord Bellars m'avait adoptée fort légalement; que j'étais maintenant Propriétaire à Vie de Lymeworth, Belinda devant prendre ma Succession, laquelle passerait à son tour à son Fils Premier Né.

— Je fais Objection ! s'écria ma Mère, Isobel. Pourquoi pas à une Fille ? (Ainsi voit-on que, même à nos plus grands moments de Gloire et de Bonne Fortune, il se trouve toujours une Voix pour élever une Protestation — et c'est souvent celle de notre Mère !)

Le Reste de l'Histoire, tu le connais, Belinda : comment les Provisions du Testament furent amendées, pour accorder l'Héritage du Domaine et du Titre à une Fille Première Née; comment tu fus élevée par Lancelot et les Joyeux Compagnons, tout comme par Isobel, Lady Bellars et moi-même; comment Mary devint aussi obséquieuse et servile envers moi qu'elle avait été précédemment méprisante et hautaine; et alors que, auparavant, elle crachait et hurlait, elle passait maintenant la Pommade et flattait. (Hélas ! tel est souvent le Cas pour les Personnes viles de Nature, qu'elles ne connaissent que deux Modes de Conduite : l'un étant le Mépris, l'autre, la Flagornerie; alors que les Personnes d'Ame Élevée traitent tout le Monde avec la même Bonne Humeur, sinon Déférence, et n'infligent à personne, pas même à leurs Serviteurs, un Traitement qu'elles ne réserveraient jamais à leurs Amis.)

Tout cela, tu le sais. Ce que tu ignores, c'est le curieux Enchaînement des Événements qui me fit écrire ce Livre, et qui constitue le Propos même de l'Épilogue qui suivra.

Mais, tout d'abord, imagine-moi en ce Jour où je devins la Maîtresse de Lymeworth. C'était une journée dénudée de Janvier, et tous les jardins étaient veloutés du givre de l'Hiver. Vénus cachait ses pieds nus sous une couverture de Neige et les haies de Lymeworth ne portaient plus nulle feuille.

Tu avais moins d'un an et tu jouais devant l'âtre de la Chambre d'Isobel, sous la Garde Aimante de cette Grand-mère (qui, même alors, était bien déterminée à t'enseigner la Sorcellerie et le Culte de la Grande Déesse). Ton autre Grand-mère, Lady Bellars, était étendue sur son lit d'oreillers de dentelle, jouant avec ses Chiens et leur parlant. Elle avait maintenant assez recouvré ses Esprits pour garder autour d'elle ses oiseaux, cages découvertes, bien qu'elle ne fît plus grande Différence entre oiseaux et Personnes — pas plus qu'entre Chiens et Humains — et ce, jusqu'au jour de sa Mort. Son Poème favori, qu'elle avait brodé de ses mains en une Tapisserie accrochée au-dessus de son lit, allait ainsi :

> Jamais Raison ne peut autant d'Amour donner
> Qu'aux Fols Nature sait en dispenser;
> Ulysse, son chien se révéla tendre et bon,
> Quand tant d'Amis lui firent Trahison.
> Pour mes Amis j'ai fait Voyages aussi vrais,
> Même si moins loin ils m'entraînaient;
> Fidélité d'Amour n'ai jamais barguignée,
> Bien qu'en Retour l'on ne m'ait égalé.
> Plus d'Amour a mon Chien que je n'appréciais guère
> Que tant d'Amis que je croyais sincères.

Quant à Mary, elle s'accoutumait lentement à son nouvel État dans la Maison, ainsi qu'il est commun, et commençait à hésiter dans sa Résolution d'engager Procès contre moi, contre Isobel, contre les Hommes de Loi et les Banquiers de Lord Bellars, de Crainte de tout perdre de ce fait. Son Annuité était suffisamment importante pour tempérer ses Rages procédurières, bien qu'elle demeurât fort partagée. Voilà comment l'Argent adoucit même la plus furieuse des Furies et calme le plus enfiévré des fronts ! Lancelot avait envoyé un Message aux Joyeux Compagnons, selon lequel ils pouvaient se mettre en route pour Lymeworth; et, présentement, alors que nous nous promenions dans les jardins figés par l'Hiver, enveloppés de manteaux contre le Froid, les pieds enfonçant dans la Neige, nous parlions de nos Plans pour la Demeure et les jardins — car n'est-ce pas toujours le cas que, après la Piraterie et l'Amour, vient l'Architecture, pris que nous sommes du Besoin de déverser notre Cœur dans la Construction d'une Grande Maison, pour donner corps à tous nos Rêves ?

— Ici, nous hisserons notre Pavillon Pirate, me dit Lancelot en montrant le grand fronton Palladien de la nouvelle façade. Ici, nous fonderons la *Libertalia*. Les Joyeux Compagnons travailleront le sol, feront croître des fleurs et des fruits nouveaux et curieux, et Lustre sera le plus Grand Étalon que l'Angleterre aura jamais connu. *Ceci* est *Libertalia*, ma Belle, et nous l'édifierons selon le Désir de notre Cœur !...

Ses yeux verts étincelaient; la Folie de ses cheveux roux

ressemblait à un Feu qui, de son Ame, eût monté vers le Ciel. Je dis : « Si fait, si fait », et le baisai aux lèvres; mais, avec les yeux de l'Esprit, il me semblait voir la Galère d'Annie Bonny sur les Mers Tropicales, et tout au fond de mon Cœur, je mettais à la Voile avec elle

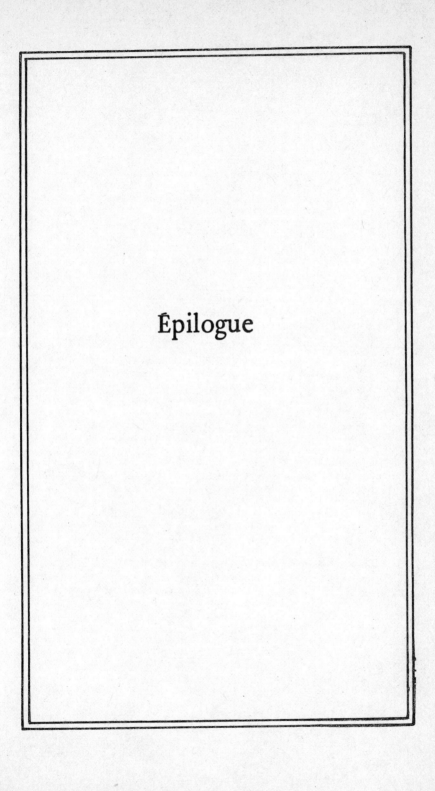

Épilogue

Où l'Auteur explique le Curieux Enchaînement d'Événements qui la Conduisit à écrire cette Histoire.

Ainsi advint-il que notre Affection pour cette Campagne prit le Pas dans nos Pensées sur la Ville, et que la Terre en vint en satisfaire nos Rêves de Mer; nous changeâmes le Nom de Lymeworth en Companions' Park (non sans chaudes Protestations de la Part d'Isobel, qui voulait que ce fût : Sorcery Park), et nous y vécûmes en Paix et en Harmonie, cultivant nos magnifiques jardins, élevant la splendide Progéniture de Lustre et t'aidant toi-même à grandir, petite Merveille de Rousseur, de Fantaisie et de Gaieté, ma Belinda – dans les campagnes vertes et fertiles du Wiltshire.

J'étais assez riche pour tenir la Loi à Distance, car la Justice, comme l'avait toujours su Lancelot, est Province des Riches. Il en va de même de la Littérature, j'en ai Peur; car ce fut seulement lorsque je me fus solidement et vraiment établie en Héritière, et lorsque j'eus près de moi Lancelot, les Joyeux Compagnons (aussi bien qu'Isobel et Lady Bellars) pour m'aider à t'élever, que je m'assis à ma Table à Ecrire et commençai pour de bon à devenir le Barde que je souhaitais d'être.

Lancelot s'était instauré Régisseur du Domaine (il n'eût confié ce Poste à personne d'autre); et, au vrai, il accrut grandement notre Prospérité et fit de nos champs et jardins, sans oublier nos Ecuries, l'une des Merveilles de la Contrée. Mary, comme tu le sais, épousa Sire Francis Bacon, après quoi ils entreprirent de se tourmenter l'un l'autre tout le Reste de leur Vie commune (étant donné que ta Tante Mary, dès sa plus tendre Enfance, n'aimait rien tant qu'un bon rôt de bœuf à l'Anglaise, tandis que Francis Bacon qualifiait ce Mets de « vache morte » et rendait sa femme fort misérable en lui reprochant de dévorer ceux qu'il tenait pour ses « Amis à quatre Pattes »).

Je ne vous ennuierai point avec tous les Détails de ma Carrière Littéraire, dont la plupart sont déjà fort connus. Qu'il me suffise de dire que je commençai, comme la plupart des Ecrivains, par des Imitations de mes Grands Anciens — une longue Epopée de mes Tribulations et Aventures, transcrites en Strophes Héroïques Parfaites, et que j'intitulai, selon le Goût du Jour, *La Piratiade*. Dans cette Epopée, je mis tout ce que je savais des Navires à Voile et de la Mer des Antilles; des Courses d'un Groupe de Vaillants Pirates appelés les Joyeux Compagnons (dont tout le Monde crut qu'il s'agissait d'une pure Invention due à la Fantaisie du Poète); de la Fameuse Femme Pirate Annie Bonny; tout comme des Négriers, des Esclaves, des Boucaniers, et de la Grande Ronde des Pirates sur les Mers Orientales — toutes Choses qui, vers cette Fin des Années 1720, entraient dans le Royaume de la Légende (et, en Conséquence, devenaient de plus en plus Sujet de Livres et de Poèmes). J'eus la Finesse, à cette Croisée des Chemins de ma Vie, de signer du Nom de « Capitaine F. Jones », ce que tout le Monde prit pour Nom d'Homme.

Ce Poème Epique eut un Succès fabuleux ! Les Critiques délirèrent; le Public acheta tout le Tirage avant que l'Encre fût sèche. Tout le Monde, à Londres, clamait son Désir de rencontrer le « Capitaine Jones » ! Les Belles soupiraient pour lui; les Beaux le voulaient interroger sur la Construction des Navires; les Matrones souhaitaient de lui présenter leurs Filles à marier, et les Compositeurs, de collaborer avec lui à l'Elaboration de Divertissements pour la Scène. Que dis-je ! Le Roi en Personne le pria à une Audience Royale; et les Lettres affluaient à Companions' Park, m'invitant à Londres, Paris, Rome, Boston, New York, voire à Constantinople !

Charmée de ce Succès, pensant que le Monde, enfin, reconnaissait le Don que m'avait dispensé la Déesse, je rêvais de quitter ma Chambre Solitaire, de voyager jusqu'à Londres et de m'y révéler comme Fanny Jones, Auteur de cette Epopée. Erreur pitoyable, bien qu'assez naturelle ! Mais ô quel Ennui que la Campagne, si belle fût-elle; et, de plus, de quelles Excuses l'Ecrivain ne rêve-t-il pas pour abandonner sa Table à Ecrire et se mêler au Beau Monde de la Ville ? Ecrire est un Art solitaire et mélancolique; et la Célébrité récente, en particulier, incline aux Sottes Fantaisies que l'on se fait des Plaisirs réservés par la Ville : Bals, Assemblées, Soirées Masquées et Musicales; Cafés, Pièces de Théâtre et Opéras — toute la vaine Pavane et le Clinquant de la Vie Londonienne à la Mode.

Isobel me prévint de ne point m'y rendre — bien que le nouveau

Lancelot, dans sa Tendresse, se montrât d'une Indulgence infinie pour mes Caprices. Mais Isobel dit :

— Lorsqu'ils découvriront que le Capitaine Jones n'est qu'une Fille — et une Belle Plante, de surcroît — ces gens-là mettront plus haut ta Personne que tes Ecrits; souviens-toi de mes Paroles.

Je haussai les épaules, trouvant qu'Isobel se montrait toujours trop sensible pour ce qui concernait le Lot des Femmes et voyait toujours et partout Persécution, à Cause de son Passé. En outre, je rêvais d'une Audience Royale, grâce à quoi je pourrais obtenir le Pardon de tous les Joyeux Compagnons, en Sorte que, désormais, nous puissions ne plus vivre hantés par le Fantôme de la Peur.

Bref, je désobéis à ma Mère, et y allai.

Le Roi fut stupéfait de voir une Fille là où il attendait un Homme, et, dans un Accès de Générosité (et peut-être de Concupiscence), il accorda tous les Pardons que je souhaitais — pour moi-même, pour Lancelot et pour les Joyeux Compagnons. Il s'émerveilla aussi de ma Connaissance des Mers. Car, en tant que Capitaine Jones, j'étais *présumée* être un Grand Marin; mais maintenant que l'on voyait la Femme, le Roi lui-même était fort stupéfait que je distinguasse une Voile de Misaine d'un Cacatois de Perroquet, un Beaupré d'un Bout-dehors. On eût dit que j'étais soudain devenue une Idiote de Village qui eût écrit par Chance un Couplet réussi; ou un Bébé qui, en babillant, eût prononcé par Erreur un Mot Latin !

Quant au Jugement de la Ville, il ne manqua pas de changer — à mon grand Etonnement. Je compris sur-le-champ combien j'avais été naïve de croire que les mêmes Valeurs prévalent pour les Ecrivains Femelles et pour les Mâles. Si n'importe quel Ecrivaillon de Grub Street avait été l'Auteur de *La Piratiade*, il eût eu son Trône assuré au Parnasse; mais ô ce n'était plus le Cas quand le même Poème était issu d'une Plume Féminine ! Car, bien que les Offres d'Audience, les Assemblées et les Bals n'eussent point de Fin, il y entrait maintenant sans Conteste un Grain de Lubricité. Qui plus est, même les Beaux Esprits des Cafés et jusqu'aux Critiques retournaient leur première Opinion de *La Piratiade*. Là où, auparavant, mon Style était « fort et viril », on le disait maintenant « faible et efféminé ». Alors que les Personnages des Joyeux Compagnons avaient été tant admirés, l'on chuchotait à présent, selon les Termes d'un Vil Scribe, qu'une « Plume Féminine est insuffisante pour portraicturer des Personnages et des Passions d'Hommes ». On allait jusqu'à me dénoncer comme une Femme vaine, sans Sexe et contre Nature, une misérable Assoiffée de Célébrité et de Fortune, une Catin et une Putain. Humiliée, mon Innocence outragée une fois de plus par les Calomnies du Monde. je m'enfuis chez moi, pour retrouver Lancelot et Lymeworth — ou plutôt Companions' Park.

La *Piratiade* continua de se vendre par la Force du Scandale, bien que sa Réputation littéraire déclinât. Lancelot, qui, lui aussi, avait dû goûter au pain de l'Humilité, lorsque ses Espoirs de Déocratie s'étaient brisés à plusieurs Reprises, comprit mieux que quiconque mes Déceptions. Si bien que la Dénonciation de mon Epopée, d'abord tant louée, forgea entre nous des liens encore plus étroits. O nous nous aimions profondément à présent — unis que nous étions par l'Amour, par la Chair, par l'Adversité partagée et par Belinda, notre ravissante Fille (que Lancelot aimait comme s'il l'avait lui-même engendrée — que dis-je ! plus encore) ! Cependant, nous ne nous sommes jamais mariés ; que je sois damnée si je vais jamais donner à un Homme — même aussi aimant que mon Lancelot — Pouvoir sur mes Terres et Maisons, mes Actions et mes Parts ! Lancelot pouvait partager tout ce que je possédais ; mais, selon la Loi, si je l'épousais, c'était lui qui avait Titre sur tout et non plus moi ; voilà comme étaient traitées les Epouses selon la Règle Britannique. Je restai donc résolue à ne jamais me marier (ce à quoi Lancelot, qui n'était lui-même guère Ami de la Loi, aplaudit pleinement, en le comprenant).

Je revins, après une Période de Deuil, à mes Ecrits. Au Diable, pensai-je, tous ces Faquins atrabilaires et grossiers de Londres ! Je ne me laisserai pas réduire au Silence par une Bande de Poltrons ! Sur quoi, comme il est bien connu, j'écrivis, dans la vingtaine d'années qui suivit, une vingtaine de Romans dans la Manière de Mme Haywood, qui nous rendirent, mon Libraire Editeur et moi, plus riches et gais que ne le furent Messieurs Rich et Gay avec leur *Opéra du Gueux*.

O j'avais maintenant obtenu Renommée et Fortune grâce à mes Oeuvres d'Imagination — même si ma Réputation n'atteignait pas aux Sommets. J'écrivais mes Romans et je nourrissais mes Bien aimés, car je savais, après avoir subi tant de Pertes, que l'Amour est ce que nous connaissons de plus proche du Paradis en ce Bas Monde, et qu'il nous faut aimer l'Humain avant que de découvrir le Divin. Je vivais pour Lancelot, pour Belinda, pour mes deux Mères et pour les Joyeux Compagnons ; pour soigner mon jardin, élever mes Chevaux, mes tourterelles, gambader avec mes Chiens et écrire mes Livres. Je tins aussi ma Promesse à Bartholomew en publiant son Livre (bien que, hélas ! il ait sombré dans les vastes Océans de l'Indifférence Publique sans laisser de Trace ; car les temps n'étaient point encore venus de critiquer le Commerce des Esclaves, d'où l'Angleterre tirait tant de Trésors, de Rhum, de Sucre, transportés sous le fouet par les Esclaves). J'eus du Chagrin du Sort réservé au Livre de Bartholomew et fus presque heureuse qu'il ne fût point là pour le voir. Mais, en dehors de cela, j'étais assez heureuse avec mes Biens-aimés, Lancelot, Belinda et mes Oeuvres.

Puis, en cette infâme année 1749, me parvint, enveloppé dans une seule feuille de Grand Papier Tellière, et avec une inscription de la main moqueuse de John Cleland lui-même, un Outrage qui *exigeait* Réponse de ma Part. C'était un Livre abominable, publié par mon propre Libraire, ce satané Faquin de Ralph Griffiths (caché en l'Occurrence sous la grotesque Rubrique de G. Fenton), et dont le Titre — ô Calomnie ! — était : *Mémoires d'une Femme de Plaisir* ! Il y était conté l'Histoire d'une Héroïne pleurnicharde et fade, appelé Fanny Hill, d'Evidence modelée sur moi dans ma jeunesse, et qui s'échinait dans un Bordel, tout en aimant si tendrement et si fort le Membre Viril, qu'elle avait, pour le qualifier, des douzaines de termes délicieux et amoureux !

Je lus ces soi-disant « Mémoires » et mon sang ne fit qu'un tour ! Penser que Cleland, pour qui j'avais eu tant de Bontés, pouvait me poignarder et me rabaisser à seule Fin de gagner son pain ! Car il avait écrit cette Saleté uniquement pour se faufiler hors de la Prison pour Dettes — où il aurait bien pu pourrir jusqu'à la Fin des Fins, pour ce que je m'en souciais !

Lancelot me supplia d'oublier l'Insulte, et me cita les Vers étincelants d'Intelligence du Doyen Swift :

> *Si du Parnasse tu parviens au Faîte,*
> *Rarement tu mordras, mais mordu seras, certes ;*
> *Sois sûr que les petits Poétaillons*
> *Critique et Dérision te prodiguer sauront*
> *Et te déchireront à Belles Dents,*
> *Cependant que leur Pairs leur en feront autant.*

Isobel soutenait que c'était la Popularité de mes Romans qui provoquait pareilles Attaques, car n'existe-t-il pas un Proverbe Arabe qui dit : « Nul ne jette de Pierres à l'Arbre Stérile » ?

Mais j'enrageais bien trop pour écouter Mère ou Amant. Très bien, donc, pensai-je, le temps est venu de raconter ma *propre* Histoire au Monde. Souvent, lorsque nous avons bercé un Rêve pendant des années, c'est quelque Provocation du Monde qui met notre sang en Mouvement et nous pique si bien que nous nous attachons à le réaliser. Depuis notre Retour au Wiltshire, je rêvais (tout en écrivant mon Epopée Burlesque et mes Romans) d'écrire l'Histoire de ma Vie et de mes Aventures, pour toi, ma Fille, de Sorte que, lorsque tu irais au-devant du Vaste Monde, tu y allasses non point les mains vides, mais nantie d'un Guide plein d'Amour, pour affronter le Dédale des Dilemmes que le Sort mettrait sûrement sur ton Chemin. (O certes je te ferais aussi Cadeau de ma Jarretière rouge tout effrangée — à ton tour tu la transmettrais à *ta* fille — mais du moins t'aurais-je donné un Bagage de Sagesse, avec l'Art de la Sorcellerie, la Sagacité aussi bien que l'Art des Charmes !)

Je rêvais d'un tel Livre, et pourtant j'hésitais. La Peur de la Censure retenait ma main; ce n'était pas le Goût du Temps, que d'écrire l'Histoire de sa propre Vie. De plus, d'autres Peurs plus puissantes encore me tenaillaient : les Lois contre la Sorcellerie ne furent révoquées qu'en 1736 et, dans les Campagnes, il se trouvait encore bien des Méchants pour lapider ou pendre une Pauvre Vieille Femme, sur l'Accusation de Sorcellerie. En outre, Pope, ma Némésis, vivait toujours et, exerçant son Terrible Pouvoir, venait de transpercer ses Ennemis de sa Plume dans *La Dunciade*. (Il m'y avait mise sous les Traits d'une Pécore de Second Ordre — sans nul Doute à Cause de ma Réussite dans le Roman et de mon Dédain à son Egard, il y avait bien des années.) Que serait-ce si je venais à dire la Vérité sur lui ? O la seule Pensée de sa Vengeance était terrible ! De ce fait, jusqu'à sa Mort en 1744, je ne pus dire tout ce que je savais de lui.

Ainsi rêvais-je donc, tout en hésitant; car je savais que, si j'écrivais un Livre pour ma Fille et le rédigeais sous Forme de Testament d'Amour, il me faudrait ne rien cacher et dire la Vérité entière; il faudrait que Clio et la Déesse guidassent ma Plume.

Le Livre de Cleland fut donc un étrange Dardillon, une Bénédiction déguisée, une Sorte de Défi. Pas plus que ne me découragea le fait que M. Richardson et M. Fielding eussent tous deux entrepris d'écrire des Histoires où des Scènes de la Vie Anglaise et des Personnages de Basse Condition traversaient les Pages du Livre, au Lieu de Lords et de Ladies placés dans des Paysages Exotiques. Peut-être était-ce là aussi un curieux Signe pour m'indiquer que je pouvais parler dans mes Ecrits de tous les Ruffians du Commun que le Sort avait mis sous mes yeux. Ma propre et *authentique* Histoire n'était-elle pas aussi émouvante que celle de Fanny Hill, ou de Pamela, ou même de Tom Jones ? Orpheline, Putain, Aventurière, Femme Entretenue, Négrière, Secrétaire, Sorcière et même Pirate pardonnée — par la Déesse ! ma *propre* Vie faisait une bien meilleure Histoire que tout Conte inventé. Oui, par la Déesse, le temps était venu de tout dire !

Toi, ma Belinda, de Bel Enfançon, tu étais devenue une Beauté et une Femme, dans ce qui semblait être le temps d'un clin d'œil; et, à ma Tristesse — mais résignée — tu désirais entreprendre un Grand Tour de notre Globe, afin de visiter tous les Lieux que j'avais connus, et d'autres que je n'avais pas vus — telle l'Amérique. (Car, même connaissant les Flots Azurés des Caraïbes, je n'avais jamais accosté aux Rivages tant vantés du Nouveau Monde.) Et voilà que tu désirais voyager dans ces lointaines Contrées — civilisées et sauvages à la fois — inconnues de ta Mère !

J'étais certaine de ne pouvoir t'arrêter dans ce Rêve; et cependant, je désirais écrire un Livre à ton Intention, que tu pusses presser sur ton Sein en courant le Monde, et consulter dans les moments de

Grande Nécessité, et qui, songeais-je, te ramènerait en Sûreté à la Maison : à Companions' Park, ton Patrimoine, et à moi.

Et c'est ainsi que je pris ma Plume et que je commençai.

Postface

M'étant incarnée dans le personnage de Fanny Troussecottes-Jones tout au long de ces pages, il me reste à vérifier si je puis encore revenir à moi-même, pour éclairer les lectrices et lecteurs que cela intéressera sur les antécédents de ce livre — ses racines, en quelque sorte.

En 1961, jeune étudiante à l'université Barnard, je suivis mes premiers cours de littérature anglaise du XVIIIe siècle — ceux du professeur James L. Clifford, l'éminent érudit, spécialiste de cette période et chroniqueur de la vie de Samuel Johnson. Les cours de Jim Clifford étaient aussi extraordinaires que lui-même. Tout d'abord, on y voyait, sur les mêmes bancs, réunis en une sorte d'amitié et de bonne camaraderie, des étudiants de première année de Barnard et de Columbia, et d'autres déjà diplômés. Ensuite, bien qu'il s'agît d'un cours « ex cathedra », il y avait toujours bon nombre de dialogues animés entre professeur et étudiants — ce qui, Dieu sait, était rare à l'université Columbia en ce temps-là. Jim Clifford faisait vivre pour nous le XVIIIe siècle. Il se référait à des personnages comme Boswell et Johnson en les appelant par leur petit nom. Il partageait avec nous les curiosités et les morceaux de choix de ses recherches biographiques, nous les rapportant avec un magnifique sens de l'humour. Mais plus importante encore, peut-être, était la façon dont le fascinaient les détails de la vie quotidienne au XVIIIe siècle. Dans un de ses savants essais, *Quelques aspects de la vie au milieu du XVIIIe siècle*, il décrit tous les détails omis par tant d'autres érudits : l'état de la plomberie dans l'Angleterre de ce siècle-là, la façon dont on vidait les pots de chambre et les fosses d'aisance, l'éclairage des rues et tel ou tel système pour réduire les agressions et les crimes sur la voie publique. Il entrait dans la minutie de ces choses parce que, comme biographe, il était convaincu que l'on ne peut véritablement comprendre l'esprit d'un être humain si l'on s'appesantit uniquement sur

557

l'aspect intellectuel de l'Histoire – l'on doit aussi pouvoir imaginer les côtés les plus mondains de son existence.

Deux dissertations étaient exigées durant l'année de ses cours : l'une traitant de la période de la reine Anne, l'autre, de « l'Age de Johnson ». Naturellement, l'on pouvait rédiger une dissertation scolaire, fournie en notes en bas de page, si on le désirait; mais Jim Clifford nous encourageait, au lieu de cela, à tenter d'imiter un écrivain que nous admirions. Pour la première moitié de l'année, j'écrivis une « épopée burlesque » en distiques héroïques, à l'imitation d'Alexander Pope. En guise de seconde dissertation, j'écrivis un court roman dans le style d'Henry Fielding.

Par la suite, je reçus une bourse Woodrow Wilson, pour me permettre de passer une maîtrise de littérature du XVIIIe siècle à Columbia, et ma thèse fut sur Alexander Pope. Nantie de cette maîtrise en 1965, j'entrepris un doctorat dans le même champ d'études, mais abandonnai lorsque ma propre création littéraire devint de plus en plus pressante et m'en détourna. Pourtant, dans un coin de mon esprit, je gardais toujours la fantaisie de revenir à l'Angleterre du XVIIIe siècle, comme je l'avais revécue sous la tutelle de Jim Clifford, et d'écrire un roman dans le cadre de cette époque.

Je n'ai pas osé m'y risquer durant bien des années, tout en continuant à étudier ce siècle dans les textes et à visiter des demeures du temps, chaque fois que j'étais en Angleterre. Au cours des années qui suivirent immédiatement ma maîtrise, puis quatre années besogneuses de professorat de lettres dans une université, j'étais bien trop occupée à me débarrasser des influences académiques pour avoir envie de me replonger dans la recherche. Mais, même alors que j'écrivais des livres tels que *Le Complexe d'Icare* et *La Planche de Salut*, ainsi que mes quatre premiers recueils de poésie, je continuais à rêver d'écrire un jour un roman burlesque dans le goût du XVIIIe siècle. Pourtant, je voulais attendre, à la fois, de m'être suffisamment libérée de l'étudiante en moi pour m'y donner d'un cœur léger, et de trouver assez de calme dans ma vie personnelle pour me vouer aux recherches massives que cela exigeait, je le savais.

Au début de 1976, après avoir terminé *La Planche de salut*, et avant même sa publication, je commençai les recherches pour *Fanny* – alors provisoirement intitulé : *La Véridique Histoire des Aventures de Fanny Troussecottes-Jones*. J'allai voir Jim Clifford et il m'aida à compiler l'essentiel de la bibliographie qui me permettrait d'écrire ce roman. Au cours des une ou deux années qui suivirent, il me donna diverses lignes directrices et répondit aux questions que je soulevais. Il m'avait également promis de lire mon travail avant sa publication; hélas ! il ne vit jamais le manuscrit terminé, car il mourut en 1978.

J.H. Plumb eut la bonté et la générosité d'assumer la tâche, et je lui suis infiniment débitrice pour son aide. Tant son enthousiasme pour le livre que son offre généreuse de me signaler les solécismes et les anachronismes ont été inappréciables. Ma compréhension du XVIIIe siècle, je la dois en partie à ses magnifiques ouvrages; les erreurs, bien entendu, sont miennes. (Je dois également remercier Phyllis Chesler, qui nous fit rencontrer.)

J'ai bien d'autres dettes, qu'il me faut reconnaître. Un roman tel que celui-ci n'eût jamais pu être écrit sans la patience et la tolérance de nombreux bibliothécaires. J'aimerais notamment remercier les bibliothèques et bibliothécaires dont les noms suivent : la Pequot Library de Southport, dans le Connecticut (Stanley Crane, Grace Donaldson); la Bibliothèque de Weston, dans le Connecticut (Jane Atkinson, Geraldine O'Connell); les Bibliothèques de Westport et de Greenwich, dans le Connecticut; la Beinecke Rare Book and Manuscript Library, à l'université de Yale (Donald Gallup et Marjorie Wynne); la South Street Seaport Library, à New York (Norman Brauer); les Bibliothèques de Columbia et de Barnard; la Law Library de l'Université Columbia (Barbara Kessler m'a tout particulièrement aidée); et la Bibliothèque de l'université de Bridgeport, dans le Connecticut (Betty Meyer).

Burt Britton, d'abord à la librairie du Strand, puis à Books & Co, rechercha pour moi des ouvrages épuisés. Feue Ellen Moers, ainsi qu'Elaine Showalter et Scott Waugh m'encouragèrent et me firent de précieuses suggestions pour mes recherches. Russell Harty m'emmena à Bath pour y conduire une enquête qui me fut d'une grande utilité, même si Bath n'apparaît pas, finalement, dans mon roman. Le capitaine Mike McCarthy et son second, Sally Polk, m'apprirent un peu de l'art de la Voile et me firent visiter quelques repaires de pirates dans la mer des Caraïbes. Bardi McLennan, ma secrétaire, écuma les bibliothèques pour moi, paya les amendes lorsque je gardais trop longtemps les livres et n'osais plus me montrer, de honte; elle apprit presque par cœur l'*Oxford English Dictionary* en y vérifiant l'usage archaïque des mots, et dactylographia le manuscrit plus de fois je ne ne saurais le dire. Jonathan Fast, mon mari, me prodigua les encouragements au fur et à mesure de sa lecture, cent pages par cent pages; il me fit des suggestions si excellentes que je me les appropriai. Il m'incita également à tenter cet abandon de la scène contemporaine et ranima ma foi quand elle vacillait (ce qui fut fréquent). Lula Johnson et lui entourèrent de leurs soins vigilants notre fille, Molly, pendant mes heures de travail, me permettant d'écrire l'esprit en paix. Et Molly elle-même prêta son concours en se montrant le plus aimable et le plus sage des bébés (elle est née entre la deuxième et la troisième pages du Chapitre XIII !)

Mon directeur littéraire, Elaine Koster, lut et encouragea ce projet dès le début. Je lui suis redevable de suggestions pour la révision, et du soin avec lequel elle lut et relut le manuscrit et aida à sa mise au point, durant ce qui se trouva être la toute dernière semaine de sa propre grossesse. (Pas mal de gens mêlés à ce livre eurent des enfants durant son enfantement !) Herbert K. Schnall, de la New American Library, me donna avis et bénédictions. Diana Levine et Joan Sanger prêtèrent également l'assistance de leurs conseils littéraires. J'ai le sentiment d'une chance unique en ayant eu des éditeurs qui m'aient autant soutenue et qui aient si spontanément partagé mes nouveaux enthousiasmes, sans me demander de répéter mes œuvres précédentes. Mon agent, Sterling Lord, ainsi que Pat Berens et Philippa Brophy, de l'agence Sterling Lord, furent mes premiers lecteurs, d'un grand secours grâce à leur enthousiasme et à leurs critiques. Lori Henig et Martha Carpentier, de l'université Columbia, vérifièrent certains faits dans le manuscrit achevé et firent d'excellentes remarques. Je suis aussi reconnaissante à Janice Thaddeus, de l'université Barnard, qui me les avait recommandées toutes deux. Sandee McComas, Natalie Corbin et Lesley Nagot m'assistèrent dans l'horrible tâche que fut la préparation du manuscrit définitif. Bill Reynolds fut l'intrépide préparateur de copie. Susan Battley aida à la correction des épreuves.

J'espère que ce roman est fidèle à l'esprit, sinon à la lettre du XVIIIe siècle. Car je suis très consciente d'avoir souvent tiré sur la « vérité » historique (sans la faire voler en éclats, je pense) pour rendre le récit plus divertissant. Annie Bonny, par exemple, disparaît des livres d'histoire après 1720. Ce qu'elle fit durant les années qui suivirent, nul ne le sait ; c'est dire que l'imagination romancière est libre. Les Clubs des Feux Infernaux furent interdits par la loi en 1721 ; mais je me suis accordé licence de supposer qu'ils continuèrent des réunions secrètes, même si leurs membres étaient assez prudents pour ne pas dire où ni quand. Pour la description des grottes de mon club, je me suis inspirée en partie de celles qui sont encore visibles au village de West Wycombe, dans le Buckinghamshire, et qui, je le sais bien, ne furent construites qu'après l'époque de mon récit. Mes « Moines », je les ai pris aux célèbres Medmenham Monks, qui fleurirent vers la fin du XVIIIe. A part ces quelques points, j'ai tenté de respecter la chronologie.

Lancelot Robinson est un « Pirate » de mon invention. Toutefois, peu après que je l'eus imaginé, le hasard de mes lectures me fit tomber sur l'histoire du pirate français Misson, dont la devise était : *A Deo a Libertate*, et dont les rêves utopiques ressemblaient assez à ceux que j'avais prêtés à Lancelot. Les fanatiques de la Piraterie sauront reconnaître que le « Covenant » de Lancelot ressemble beaucoup aux « Articles » de Bartholomew Roberts, avec quelques détails empruntés à George Lowther, pour faire bon poids. Ce genre d'« Articles » ne variait guère — mais aucun de ceux que j'ai lus ne fait allusion aux Femmes, sauf pour les proscrire. Pourtant il y eut des femmes pirates célèbres aux XVIIᵉ et XVIIIᵉ siècles, la plus fameuse de toutes étant Annie Bonny.

Swift, Pope, Hogarth, John Cleland, Theophilus Cibber, et Annie Bonny, je les ai imaginés tous comme personnages de fiction, conformément aux paramètres des faits de leur vie. Leur place dans ce livre en qualité de personnages comiques ne vise nullement à ternir la grandeur de leur juste renommée. Swift et Hogarth, en particulier, comptent parmi les artistes les plus extraordinaires que le monde ait jamais connus.

Pour les arguments pour et contre le commerce des esclaves, j'ai puisé aux journaux de bord de l'époque, surtout à celui du Capitaine Snelgrave. Quant aux aventures de « pirate » de Fanny, je les dois au Capitaine Charles Johnson, qui inspira tant d'autres écrivains sur le sujet, et à son livre (1724) : *A General History of the Robberies and Murders of the Most Notorious Pyrates from Their First Rise and Settlement in the Island of New Providence to the Present Year.* Nombre d'érudits croient que Johnson était en réalité un pseudonyme du prolifique Daniel Defoe. Je n'en suis pas sûre, car la langue de ce livre me parait inférieure à celle de Defoe; mais peu importe, ce volume est un trésor que tous les auteurs de livres sur la piraterie ont pillé.

Touchant les rapports de Fanny avec le « commerce des vessies », j'ai puisé à l'*Histoire médicale de la contraception* de Norman Himes, et au gracieux savoir de Jeanne Swinton, bibliothécaire à la Margaret Sanger Library du Planning Familial, à New York.

Pour ce qui est de mes connaissances obstétriques, la césarienne est, bien entendu, pratique ancienne, connue de la Grèce et de Rome, comme de civilisations « primitives » actuelles. La première opération de ce genre réussie, dans l'histoire de la médecine britannique, prit place en 1738, et fut pratiquée par une sage-femme à l'aide d'un rasoir, d'une aiguille de tailleur et de fil de soie. La mère non seulement survécut, mais se rétablit vite et fort bien. Il n'empêche que la césarienne n'a jamais cessé d'être un sujet de controverses et que le débat à son propos tend à s'enfiévrer et à obliquer vers la politique, même de nos jours. Je présume que, si la première opération réussie date de 1738, elle fut très probablement précédée d'autres succès qui restèrent secrets, peut-être à cause des lois contre la sorcellerie encore en vigueur. En tout cas, j'ai choisi cette naissance pour Belinda à dessein.

Sur ce sujet de la sorcellerie, je dois beaucoup à l'œuvre capitale d'une anthropologue, feue le docteur Margaret A. Murray, bien que mes sorcières ressortissent autant aux contes de fées qu'à la science.

J'ai pris pour décor le Wiltshire, même sachant que cette région n'était pas aussi renommée pour ses sorcières que, disons, le Lancashire. Mes sorcières du Wiltshire sont surtout de mon invention.

Les lectrices et lecteurs qui connaissent l'introduction que j'ai écrite pour *Fanny Hill, ou les Mémoires d'une Femme de Plaisir*, dans l'édition de l'Erotic Art Book Society, savent que c'est un de mes livres favoris; c'est dire que je ne partage pas l'opinion qu'a mon héroïne de M. Cleland. Néanmoins, j'ai trouvé amusant de la faire se piquer de Cleland pour s'aiguillonner à écrire ses propres mémoires. Nul irrespect à l'égard de ce classique de la littérature érotique qu'est *Fanny Hill* n'entrait dans mes intentions.

J'ai aussi une dette envers Ditchley Park, dans le comté d'Oxford, l'une des nombreuses très belles demeures campagnardes d'Angleterre qui m'inspirèrent les décors de mon roman. Ceux qui ont séjourné à Ditchley Park, comme hôtes de la Fondation Ditchley, retrouveront, dans le poème chéri de Lady Bellars vantant la supériorité des chiens sur les humains, celui que l'on peut lire sur un tableau de Sir Henry Lee (ancêtre du général Robert E. Lee et des Lee de Virginie), dans la salle des tapisseries de ce château. Mais le Lymeworth de mon roman ne s'inspire que partiellement de Ditchley. J'en ai visité beaucoup d'autres — tant que je ne puis les nommer tous ici — et je suis extrêmement reconnaissante à la Fondation Nationale de Grande-Bretagne de les maintenir toujours debout.

Quant à l'orthographe : les fanatiques du XVIIIe siècle savent, naturellement, que l'emploi des majuscules comme l'orthographe étaient hautement capricieux en ce temps-là et ne se banalisèrent que plus tard. (La plupart des romans de l'époque que nous lisons — *Tom Jones, Moll Flanders*, etc. — sont aujourd'hui adaptés aux règles contemporaines de l'orthographe, de l'emploi des majuscules et de la ponctuation.) J'ai opté pour un compromis très personnel, mettant des majuscules régulièrement à certains noms et certaines expressions toutes faites. J'ai gardé le principe, cher au XVIIIe siècle, des majuscules destinées à accentuer certains mots — pratique que nous avons largement abandonnée, sauf pour marquer l'ironie. Mon intention était de donner idée de la *saveur* de la prose du temps, sans, toutefois, forcer mes lectrices et lecteurs à déchiffrer des *f* en place de *s* ou à rester perplexes devant un dédale de majuscules totalement erra tiques.

J'aimerais aussi ajouter que j'ai commencé avec l'idée de n'utiliser que la seule langue en usage dans la première moitié du siècle et, dans une large mesure, je m'en suis tenue à cette règle. Mais j'ai fini par découvrir qu'il était impossible de la respecter. Tout d'abord, l'*Oxford English Dictionary* ne répertorie que le langage écrit, et non pas le langage parlé. Ensuite, certains mots ont tant varié dans leur sens

562

en deux cent cinquante ans que le fait de les utiliser eût laissé le lecteur contemporain pantois, et gâté le plaisir de la lecture. Aussi : à des fins comiques, j'ai attribué à Fanny une forme de langage quelque peu antique et rhétorique, même pour l'époque. Dans le doute, j'ai opté pour l'agrément et non pour la rigidité des règles — même celles que je m'étais moi-même forgées.

Certains m'objecteront peut-être que Fanny n'est pas une femme typique du XVIIIe siècle — et je m'en rends parfaitement compte. C'est une conscience moderne à bien des égards. Mais je suis convaincue que, à toute époque, il existe des gens dont la conscience transcende leur temps, et que, personnages de romans ou figures historiques, ce sont ceux auxquels nous nous identifions le plus intimement, et qui nous fournissent nos lectures les plus passionnantes. J'ai essayé d'écrire un roman divertissant et intéressant, non pas un traité d'histoire ; aussi, l'évolution du personnage de mon héroïne a-t-elle toujours beaucoup plus compté pour moi que le décor qui l'entoure. J'espère que ce livre traduira un peu de la fascination qu'a exercée sur moi le XVIIIe siècle anglais, dans ses manières et ses mœurs. Mais. par-dessus tout, l'intention était de faire un roman sur la vie et l'évolution de la femme, en un temps où celle-ci souffrait d'une oppression infiniment plus grande que celle qu'elle subit de nos jours.

Ce livre est dédié avec amour à ma mère, Eda Mirsky Mann, et à ma fille, Molly Miranda Jong-Fast.

E.J.

Table

Livre Premier

Chapitre I

Chapitre II

Chapitre III

Livre Deuxième

Chapitre XII

Chapitre XIII

Livre Troisième

Chapitre I

Chapitre II

loin d'être aisée; ce qui leur apparaît alors
même que le Navire vient à peine de lever
l'Ancre, 384.

Cet ouvrage a été composé par Y. Graphic
et imprimé par S.E.P.C. à St-Amand-Montrond - Cher
pour le compte des éditions Belfond

Achevé d'imprimer le 6 octobre 1980

Dépôt légal : 4ᵉ trimestre 1980.
N° d'Édition : 278. N° d'Impression : 995.
Imprimé en France